KRÜGER

BIRGIT
HEROLD

Die Schreiberin

KRÜGER

MIX
Papier | Fördert gute Waldnutzung
FSC® C014496

Originalausgabe
Erschienen bei KRÜGER

Abbildungen aus dem Originalmanuskript »Liederbuch der Clara Hätzlerin«,
1472, Xa12, fol. 2v, 5v, 211v, 249v, 276v, 359v, Sammlung des Tschechischen
Nationalmuseums, mit freundlicher Genehmigung der Prager Nationalbibliothek
Vignetten: Tintenfass: © macrovector/Freepik, Schriftrolle: © nazlisart/istock,
Schreibfeder: © rawpixel.com/Freepik

Satz: Fotosatz Amann, Memmingen
Druck und Bindung: GGP Media GmbH, Pößneck
ISBN 978-3-8105-0064-9

Meinem Mann,
meiner Tochter
und den Wölfen.

Die Besonderheit dieses Materials … besteht darin, dass es noch etwas von der Körperlichkeit des schreibenden Autors in sich trägt. Gewiss, es sind festgefrorene Schriftzeichen, und doch haftet ihnen noch etwas an vom lebendigen Impuls der Schreibbewegung, von der Hand, die über die Seite eilt …

(Almuth Grésillon, Critique Génétique,
in: Handschrift, Hg. von Wilhelm Hemecker, Wien 1999)

Anno domini Augsburg 1471
(Signatur der Clara Hätzlerin am Ende des Liederbuchs)

In der Schreibstube

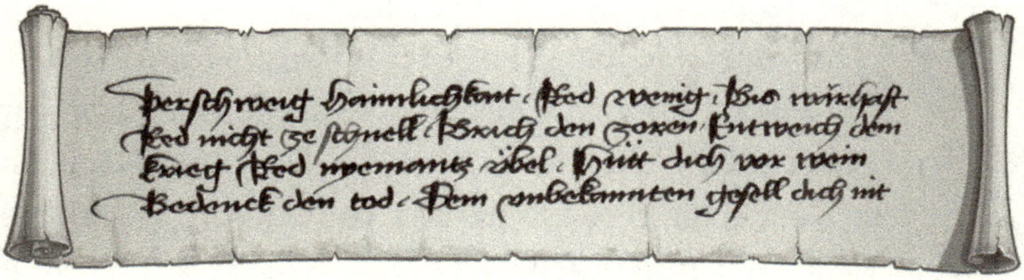

Verschweig Heimlichkeit, Red wenig und wahrhaft | Red nicht zu schnell, Brich den Zorn, Entweich dem Krieg | Red von niemand übel, Hüt dich vor Wein | Bedenk den Tod, Dem Unbekannten gesell dich nicht
(aus dem Liederbuch der Clara Hätzlerin)

November 1470

Der wippende Tanz der Feder ist die einzige Bewegung im Raum, ihr zartes Zirpen das einzige Geräusch. Vom Fenster streift kalte Novemberluft herein. Eine Haube auf dem Kopf schützt vor Kälte und vor Blicken. Der dunkle Zopf liegt auf dem Rücken.

Clara taucht die Feder ins Tintenhorn und klopft sie ab. Tinte darf nie tropfen. Wenn die Feder kreischt, ist sie nicht mehr spitz genug. Weich soll sie das Blatt berühren. Beim geringsten Widerstand muss Clara sie neu ansetzen.

Sie fügt Strich an Strich, Buchstabe an Buchstabe. Gleich hoch müssen die Buchstaben sein und so wirken, als ob sie alle im gleichen Abstand stünden, doch ein »r« muss breiter geschwungen werden, damit es vom »m« nicht erdrückt wird. Das verschlungene »v« treibt das Bild voran, der nach links strebende Unterstrich des »y« gibt das Gegengewicht. Die Schrift soll ein Bild ergeben, ein dem Auge wohltuendes Geflecht sich aneinanderschmiegender Zeichen. Wie ein schön gewebter Barchent soll kein Knoten das Auge stören, das gleich einem Finger auf weichem Stoff Zeile um Zeile entlangfährt. Schiffchen und Feder, Gewobenes und Geschriebenes, Textur und Text, wie am Webstuhl muss sich alles ineinanderfügen.

In der Schreibstube ist es still. Clara widersteht dem Verlangen, aufzustehen und ans Fenster zu gehen, auf die Straße zu schauen und sich vom Treiben in den Augsburger Gassen ablenken zu lassen. Am Heilig-Creutz-Tor sind immer Leute unterwegs, im schnellen Schritt die Botenjungen, gemächlich schlendernd die Söldner von den nahe gelegenen Waffenmagazinen, Marktleute mit Schubkarren, Mägde mit Körben, spielende Kinder.

Stattdessen bleibt sie sitzen und lässt nur den Blick wandern in der holzgetäfelten Schreibstube des Herrn Notar, ihres Bruders Bartholomäus Hätzler. Hier riecht es nach Papier und Pergament, nach Staub, Asche und Holz, manchmal auch nach schalem Bier oder dem letzten Rest Wein im Becher vom Vorabend. Neben der Tür stapeln sich Papiere und Pergamente auf der Bank, die an der Wand entlang bis zur Fensterfront läuft. In der Mitte des Raumes steht der große Tisch, leer bis auf das Tintenfass und den Behälter mit den langen, weiß leuchtenden Gänsefedern. Über der Bank auf den Borden reihen sich Krüge aus Zinn und Ton, Becher und Bücher. Der dunkelgrün glänzende Ofen an der linken Wand spendet Wärme, daneben hängt der abschließbare Kasten des Bruders, in dem er die Geldkassette und seine Siegelringe aufbewahrt. Die Läden mit den dünn gegerbten Ledern vor den Fenstern sind zurückgeschlagen, doch es kann nicht mehr lange dauern, bis das fahle Licht des Novembernachmittags der Dunkelheit weichen muss. So lange will sie noch schreiben.

Am ockerbraunen Kleid hat sie die Ärmel nach oben geschoben. Der linke Unterarm liegt auf dem Pult, mit gespreizten Fingern hält sie das Papier fest. Sie blickt auf die Vorlage, ein in ein hölzernes Gestell am Pult geklemmtes Pergament mit verblassender Schrift.

»Die nachfolgende Lehr gab Aristoteles König Alexandro« schreibt sie ab und beginnt:

Verschweig Heimlichkeit!

Sie atmet tief ein und setzt zur nächsten Zeile an. Murmelnd fährt sie die Buchstaben entlang.

Red wenig bis wahrhaft.

Die Lehr des Aristoteles, taugt sie? Clara hat geschwiegen, mehr als ihr halbes Leben lang.

Es heißt, Aristoteles habe die Lehr dem großen König Alexander erteilt, als dieser noch ein Jüngling war. Ihr Vater hatte Clara und ihrem Bruder Barthel die Geschichte erzählt, als sie selbst noch ein Kind war, die Geschichte vom Knaben Alexander, schon durch sein löwenhaftes Äußeres zum Helden bestimmt, vom Jüngling Alexander, der seinen Vater rächte und mit achtzehn Jahren König wurde, und vom Feldherrn Alexander, der seine Truppen um das Mittelmeer herum über Persien bis Indien und noch weiter führte und zu einem der größten Herrscher wurde, die der Erdenkreis je gesehen hatte, der alle Wunder und Reichtümer dieser Erde sah, besaß und wieder verlor und alle Abenteuer erlebte, die ein Held nur finden kann. Aber war Alexander auch weise? Hatten ihn die Worte seines Lehrers je erreicht?

Brich den Zorn! Entweich dem Krieg!

Jung gestorben soll er sein, mit nur zweiunddreißig Jahren, nach einem kurzen Leben voller Kampf und Streit. Woran könnte man da seine Weisheit messen?

Clara atmet aus und taucht nun die andere Feder in das Tintenhorn mit der roten Tinte. Sie zieht die senkrechten Striche durch die Großbuchstaben. Red wenig, verschwätz dich nicht. Gute Lehren, doch wie schwer sind sie zu befolgen! Nach so vielen Jahren zieht es noch im Innern, noch immer sieht sie sich selbst, wie sie am Tisch in der armseligen Kammer steht, wo ihr Geliebter seine Sachen packt, und sie spürt wieder, wie in stummer Verzweiflung das Grauen einer elenden Zukunft in ihr aufzieht.

Red wenig. Damals hatte sie geschwiegen. War das etwa eine gute Lehr?

Um verloren Sach, die nicht wieder zu bringen sind,
hab kein Schmerzen.

Ja, das nun wirklich. Was geschehen war, ist nicht wieder zu bringen. Verschweig Heimlichkeit und red wenig, und nun weg mit den alten Sehnsüchten, den vermoderten Gefühlen, die stinken zum Himmel wie dieses alte Pergament.

Sie schreibt noch eine Zeile zu Ende und legt die Feder vorsichtig auf den Lappen am Pult. Kalte Finger an die heißen Wangen. Immer schon werden die Wangen so schnell rot und heiß, wenn sie sich anstrengt, wenn sie sich schämt, wenn sie sich freut. So vornehm blass wie die Bäsingerin wollen alle gern sein, doch Clara war das nie.

Vor dem Fenster stirbt das Licht. Es wird zu dunkel zum Schreiben. Sie steht auf, legt die flachen Hände in den Rücken und streckt sich nach hinten. Sie reinigt die Federn mit dem Lappen und gießt die Tinte vorsichtig zurück, vom Tintenhorn ins Tintenfass, erst die rote, dann die schwarze. Im Vorübergehen greift sie nach dem Stapel Pergament, der auf der Bank neben dem Pult liegt. Es riecht nach altem Leder, feucht und muffig. Vorsichtig streicht Clara über das Pergament und lächelt.

Ein paar Tage zuvor war Jörg Roggenburg gekommen, an einem Nachmittag, der noch nicht so kalt war wie der heutige. Staubflöckchen tanzten in den Sonnenstrahlen, die ihr den Rücken wärmten. Sie schrieb einen Brief ab für den Bruder, als die Treppe unter Schritten ächzte. Nicht das leichte Tappen der Ledersohlen Afras, ihrer Magd, die nach vierzig Jahren im Hätzler'schen Haus immer noch flink die Treppe hinaufeilt. Auch nicht Barthels, des Bruders, der in derselben Lebensfrist vom rundlichen Buben zum wamstigen Herrn Notar wurde. Seine Schritte sind schwer und stetig. Diese hier näherten sich ohne Takt, schlurrend, stolpernd, fremd.

Clara straffte die Schultern. Es klopfte, scharrte fast an der Tür, und sie rief:

»Herein!«

Ein Arm zeigte sich durch den Türspalt, ein großer schlanker Mann im schwarzwollenen Mantel der Kaufleute schob sich ins Zimmer, mit einer Hand die Türklinke haltend, mit der anderen das grüne Barett auf dem Kopf nach hinten drückend, und unter beiden Armen dicke Bündel Pergamente. Schon rutschten die Pergamente unter dem Ellbogen hervor, und ein Luftzug vom Fenster tat sein Übriges. Wie ein Schwarm Tauben flogen die Bögen ins Zimmer und ließen sich auf dem Boden nieder.

»Ach herrje, Clara, wie ungeschickt von mir!«

»Jörg, du bist es, was bringst du denn da?«

Clara lachte und stand auf.

»Ich hab die Gedanken woanders gehabt, und dieses neue Barett, das passt noch nicht zu meinem Kopf. Kennst du das, wenn die Sachen neu sind und man sie erst an sich gewöhnen muss?«

»Lass uns erst einmal die Blätter einsammeln«, sagte Clara.

Sie rümpfte die Nase, altes, schimmeliges Pergament, feucht geworden, und die Schrift verblasst. Doch beim Aufheben eines Bogens stutzte sie.

»Vom Dichter Muskatplüth, Jörg«, rief sie aus, »was hast du da mitgebracht?«

»Gedichte!«, sagte Jörg Roggenburg strahlend, »Gedichte!«

Jörg Roggenburg wird von allen der »Ulmer« genannt, obwohl schon sein Vater Conrad eine der beiden Meuting-Schwestern geheiratet hatte und Jörg sein Geschäft zeit seines Lebens in Augsburg betrieb. Doch Jörg hatte seine Lehrjahre in Ulm beim Onkel verbracht, und als er zurückkam, war er der »Ulmer«, der seltsame Kaufmann. Die Hiesigen um einen guten Kopf überragend, mit lang gestreckten Gliedern, viel zu großen Ohren, einem breiten Mund und einem stolpernden Gang trägt er seine Gedanken in den Wolken, nie ganz auf der Erde oder bei der Sache. Dennoch hat er es zu Vermögen gebracht, und ohne großes Aufheben vor wenigen Wochen, im Sommer des Jahres 1470, die Fuggertochter Felicitas geheiratet, die jüngste des Andreas Fugger und der Barbara Stammlerin, ein mit einer enormen Mitgift und einer noch größeren Verschwendungssucht gesegnetes Menschenkind. Felicitas liebster Zeitvertreib ist – nach allem, was Clara auf dem Markt beobachtet und im Bad so hört – das Erwerben von Stoffen, Bändern, Tand und Geschmeide. Über eine Neigung zu höfischen Minneliedern, erbaulichen Schriften und spöttischen Versen ist ihr jedoch noch nie etwas zu Ohren gekommen, ja, sie zweifelt, ob Felicitas des Lesens ausreichend kundig ist.

Mit leuchtenden Augen erzählte Jörg von seinem Vorhaben, die Sammlung an Pergamenten seiner Felicitas zu ihrem Jahrtag im nächsten Sommer schenken zu wollen – als sauber auf Papier abgeschriebenes und geordnetes Liederbuch. Clara quittierte das mit hochgezogenen Augenbrauen.

Wie dem auch sei: Nach dem wenigen, was sie beim Aufsammeln der Bögen gesehen hatte, war die Sammlung viel zu bedeutend, als dass man sie dem Verschimmeln anheimfallen lassen durfte, wessen Augen auch immer sie später lesen und wessen Lippen auch immer die Gedichte aufsagen würden.

Von allen ihr bekannten Dichtern waren Werke dabei, vom Mönch von Salzburg, Muskatplüth, Konrad von Würzburg, Oswald von Wolkenstein, Hermann von Sachsenheim, und auch viele Gedichte, deren Urheber sie nicht kannte. Es waren Minnelieder, Tagweisen, Mariengesänge, Spottverse, Lehrgedichte und wieder Minnelieder und noch mehr Tagweisen. Jörg und Clara versuchten, die Reihenfolge der Blätter wiederherzustellen. Auf den meisten Blättern war nur ein Gedicht, aber bei den besonders langen wurde es schwierig, die Fortsetzung zu finden.

»Das Licht ist zu schlecht, Jörg, lass uns morgen weitermachen«, sagte Clara nach einer guten Stunde, in der sie rätselnd die Köpfe über die Pergamente am großen Tisch gebeugt hatten.

Sie verabredeten sich für den nächsten Vormittag. Clara schichtete die Bögen sorgfältig und legte sie in die Truhe, verschloss diese und nahm den Schlüssel an sich.

»Einen Schatz hast du mir gebracht, wahrhaftig.«

In wohliger Wärme am Morgen die Füße unter der Decke aneinanderreiben und warten, bis das Klappern aus der Küche und der Geruch von Rauch davon künden, dass Afra das Feuer auf der Herdstelle angefacht und den Kessel mit Wasser aufgesetzt hat, das war Claras Diebstahl am Tagwerk. Niemand schrieb ihr vor, wann sie aufzustehen hatte. Aber was war doch heute, was war an diesem Morgen besonders? Schlaftrunken versuchte sie sich zu erinnern. Es gab heute etwas Neues, Gutes, Wichtigeres als warme Füße unter der Decke … Jörg! Die Pergamente!

Sie schlug die Decke auf. Die Füße spürten die kalten Dielen, die Arme umschlangen den Körper. Sie trat ans Fenster und streckte sich auf die Zehenspitzen, wie damals, als sie es als kleines Mädchen kaum erwarten konnte, dass es tagte, damit sie endlich Schiefertafeln bekritzeln konnte. Mit schräg gelegtem Kopf blickte sie am Dachgebälk vorbei in das Stückchen Himmel, das vom Fenster aus zu sehen war. Seit wie viel Jahren schon blickte sie immer in dasselbe Stückchen Himmel, jeden Morgen, wenn sie aufstand? Nichts Neues bot er ihr: ein paar Wolken auf Blau oder eine graue Leere, Schwärze im Winter und ab und an ein höhnisch blickender, kleiner kalter Mond, mit viel Glück am Morgen rosarote zarte Streifen, die als sanftes Glühen über den Himmel zogen.

Doch heute war es wichtig zu wissen, wie das Wetter würde. Grauweiße Schleierwolken versprachen, dass der Tag hell genug würde, damit sie sich die Pergamente genau ansehen konnte, die Jörg am Vortag gebracht hatte.

Afras verwunderter Blick folgte ihr, als sie die Küche betrat und sich händereibend auf die Bank setzte.

»Gibt es schon Grütze?«

»Bist früh auf«, brummte Afra, die es nicht mochte, wenn man ihre Morgenroutine störte, »gleich.«

Clara schnitt sich einen Kanten Brot ab und biss hinein.

»Hast noch keine Eier geholt?«, fragte sie, stand auf, ohne die Antwort abzuwarten, nahm den Korb und ging mit schwingenden Armen aus der Küche über den Hof nach hinten zum Hühnerstall. Wie ein kleines Mädchen.

»Nein«, sagte Afra, blickte ihr hinterher und wandte sich kopfschüttelnd wieder dem Topf überm Feuer zu.

Jörg ließ nicht lange auf sich warten. Clara war dabei, die Pergamente in Stapeln auf dem Tisch in der Schreibstube zu sortieren. Der Ofen war beheizt, das Bier stand im Krug auf dem Schrank, und ihre Wangen glühten auch schon.

All diese berühmten Dichter – auf ihrem Tisch versammelt. Woher hatte Jörg diesen Schatz?

Als er einen Schluck Bier getrunken und sich gesetzt hatte, ging Clara mit einem Blatt ans Fenster und las:

»*Es saust dort her von Orient / Der Wind, Levant ist er genennt, / Durch India gar wohl erkennt / In Siria ist er behendt* – das ist ein Gedicht von Oswald von Wolkenstein! Erzähl, Jörg, wie bist du an diese Werke gekommen?«

»Ich hab die Pergamente bei einem fahrenden Händler gefunden, und sie haben mir alle gleich gefallen.«

Wie er vor einigen Tagen über den Markt ging und von Stand zu Stand schlenderte, sah er an der Ecke der Moritzkirche den Karren eines Händlers. Der hölzerne Laden an der Seite war zum Vordach aufgestellt. Im Innern lagen einige Stapel Papiere und Pergamente auf ein paar Truhen, an das Vordach hatte der Händler Pergamentrollen und Flugblätter gehängt, Holzschnitte und kirchliche Traktate, Gesetzesabschriften, Kalender und Aufrufe, Unnützes und Wichtiges. Jedes einzelne Schriftstück war mit Mühe einmal von Hand geschrieben, verlor aber in diesem Durcheinander seinen Wert, das Kleinod vom Schund nicht mehr zu unterscheiden. Jörg ärgerte sich über die Missachtung all dieser Schreiberhände. Schreiben war kein angenehmes Geschäft, es schädigte die Augen und den Rücken und forderte strenge Disziplin. Dabei war es so wichtig, Wissen festzuhalten und in die Welt zu tragen.

Der Händler saß auf einem Dreibein neben dem Stand und betrachtete seine schmutzigen Fingernägel.

»Was bietest du feil?«, fragte Jörg.

Der Händler sah auf und betrachtete abschätzend das feine Tuch des Mantels und den Pelzkragen. Er rieb sich vor Eifer die Hände. Seine Apfelbäckchen glühten, und sein gelblicher Schnurrbart wackelte.

»Erbauung, Erlabung, Erfreuung der Seele und des Geistes«,

legte der Händler los. »Ergötzung, Erquickung, Ergüsse des Körpers und des Herzens!«

»Ergüsse des Körpers?«

Jörg runzelte die Stirn.

»Nun ja, die erbauliche Literatur ist freilich ohne Illustrationen, aber ich hab für die Ergötzung auch Schriften mit Illustrationen, wenn Euch danach der Sinn steht.«

Geschickt schob er die Stapel zur Seite und zog aus der Truhe einige schlecht gebundene Pergamente.

»Nein, nein«, Jörg winkte ab und wandte sich zum Gehen. »So was such ich nicht.«

Schnell erkannte der Händler seinen Fehler und zog den feinen Herrn am Ärmel zurück. Dass man diese Kaufleute nie einschätzen konnte! Er hätte geschworen, das wär einer dieser Verklemmten, seine besten Abnehmer für die, wie er sie nannte, »ergötzlich-ergüsslichen Bilderchen«.

»Bleibt doch, bleibt, Herr, Ihr habt edlen Geschmack, das hab ich gleich gesehen, wartet, ich hab etwas für euch, das wird euer Gefallen finden.«

Unwillig drehte sich Jörg um. Dieses Mal kramte der Händler noch tiefer in der Truhe und zog schließlich einen Stapel Pergamente heraus, die nach altem, ranzigem Leder stanken. Jörg fasste die angebotenen Pergamente mit zwei Fingern vorsichtig an, doch als der Händler ein paar Namen nannte, wurde er neugierig: »Muskatplüth, der Mönch von Salzburg und der große Oswald von Wolkenstein«, flüsterte er verschwörerisch, als handele es sich um verbotene Schriften.

»Woher habt ihr das?«

»Aus Nürnberg, aus dem Nachlass derer von Artzt. Die Witwe brauchte Geld für die Steuer, sonst hätt sie es nicht verkauft.«

»Und was wollt ihr dafür?«

Der Händler nannte einen horrenden Preis.

Jörg drehte sich wortlos um und ging davon. Er mochte unbedarft wirken, aber was das Feilschen anging, machte ihm keiner etwas vor.

Der Händler lief ihm nach. »Na, wer wird denn, da kann man drüber reden.«

»Über diesen Preis?« Jörg schnaubte. »Über den red ich nicht.«

»Wie wäre es dann mit drei Pfund Pfennigen?«

»Viel zu viel. Dir schimmelt das Zeug unter der Nase weg. In so schlechtem Zustand gebe ich dir ein halbes Pfund.«

Jetzt schnaubte der Händler. Eine Weile ging es noch hin und her, schließlich einigten sie sich auf drei Viertel Pfund. Der fahrende Händler knirschte mit den Zähnen. So ein scharfer Hund, geizig und durchtrieben, und er hatte sich blenden lassen von dem feinen Gewand und dem schlaksigen Auftreten.

Nun hielt Jörg in Händen, was er so günstig erworben hatte, denn wenn auch das Pergament nichts mehr wert war, weder zum Abschaben noch für andere Zwecke, so bot die Sammlung, das hatte er zu Hause gleich überprüft, eine reiche Auswahl der schönsten Minnelieder und erbaulichen Schriften. Einen Oswald von Wolkenstein zu haben! Und hier gab es gleich mehrere. Allein diese waren schon ein Pfund wert, aber das hatte der fahrende Händler nicht geahnt. Immer wieder wunderte sich Jörg, wie wenig die Reiseknechte vom Inhalt der Bücher verstanden, die sie ihm anboten, und wie oft sie sich vom äußeren Zustand eines Werkes täuschen ließen, wenn es um dessen Wert ging. Manchmal hatte er den Eindruck, die Reiseknechte wären nicht in der Lage, mehr als ein paar Buchstaben dessen zu entziffern, was sie feilboten, geschweige denn, das Geschriebene zu verstehen.

Jörg war begeistert und entschlossen, den poetischen Schatz zu bewahren, indem er ihn auf sauberes, hochwertiges Papier abschreiben ließ, und wessen Handschrift wäre besser geeignet, die Gedichte für die Nachwelt niederzuschreiben, als die der Clara Hätzlerin, die in Augsburg nicht nur für eine schöne, klare Schrift, sondern auch für eine fehlerfreie Schreibweise bekannt war.

»Schau«, sagte er nun zu ihr, »das sind Minnelieder, da sind wertvolle Stücke dabei, und ich möcht, dass du sie mir abschreibst mit deiner schönsten Schrift, und dann schenk ich sie der Felicitas, zu unserm Jahrtag. So schöne Gedichte sind das! Die Felicitas wird's mögen: *›ein wohlgeziertes Fräulein / das tut mir groß Verlangen schein / ihr Mündlein rot als ein Rubin / ihr Wänglein fein / zwei Grüblein darein / mit Worten ist sie linde‹*.«

Wieder überschlug sich seine Stimme vor Eifer. Sie legten eine erste Liste an und beschlossen, mit den einfachen Versen zu beginnen, dann mit den Lehrgedichten fortzufahren und schließlich mit dem Minneschatz, den er gefunden hatte, zu enden. Fast den ganzen Vormittag steckten sie die Köpfe zusammen und merkten erst beim Läuten vom Dom, dass der Morgen vorüber war.

Papier besorge er, sagte Jörg, Papier sei besser als Pergament, moderner und haltbarer und mittlerweile sogar billiger. Und er zahle sie jeden Monat einmal, denn das sehe er ein, dass sie nicht fast ein ganzes Jahr schreiben könne, ohne einen Gulden zu sehen.

Nun taucht Clara die Feder in das Horn mit der roten Tinte und setzt an zu einem großen »A« – dem Anfang des »ABC des bösen Weibs«. Den dünnen Strich oben ansetzen, am Boden eine Schleife nach links schwingen, dann erneut ansetzen mit einem weiten Kreis nach links, der in einen Bogen nach rechts mündet, und mit einem geschwungenen Abstrich mit festem Federdruck enden. »*A wie Abgerittene*«, nun, Jörg ist der Auftraggeber, wenn er unbedingt Gossenverse und Abzählreime aufgeschrieben haben will, soll ihr das recht sein. Sie schmunzelt. Ein Schmähgedicht, ein Abzählreim für Kinder:

Abgerittene Böswichtin,
czerrissene, durchtriebene, ehrenlose Frauenschänderin,
grundlose, hurische, inbrünstige Kotz,
lügende, misstreuige Nachrederin,
offenbare Blutvergießerin,
Quostenbinderin,
räudige Sackhur,
trunkene Verräterin,
gottloses Volk,
ymmerwährende Zageltasch.

So darf eine Frau nicht sein: nicht hurend, nicht tratschend, nicht trinkend. »Räudige Sackhur«, flüstert sie vor sich hin und findet Gefallen an den bösen Wörtern. Wenn man sie doch mal laut rausschreien dürfte auf dem Markt.

»Räudige Sackhur, räudige Sackhur, räudige.« Sie lässt das »r« rollen. Irre Freude ergreift sie. »Zageltasch«, wie vulgär, selbst würde sie das nie sagen, der Zagel des Mannes und die passende Tasch dazu, sie rümpft die Nase und kräuselt die Lippen. Die »tasch« weicht aus nach rechts, keine neue Tinte, schräg und schnell geschrieben, fertig werden und weg damit. Weit weg schieben muss sie das Bild dazu, das sich in ihrem Kopf nach vorne drängt. Das will ich nicht sehen, nicht fühlen, nicht daran denken. Wann hat sie zuletzt so böse Worte in den Mund genommen? Halbwüchsige rufen so was durch die Straßen, aber nicht Frauen in ihrem Alter. Doch hat sie es selbst einmal getan, vor so vielen Jahren, als dummes, kleines Kind.

Frühjahr 1437

Eine Schwalbe trieb mühelos im Abwind, nur ab und an korrigierte sie ihren Kurs, wippte mit dem gegabelten Schwanz oder den Flügelspitzen. Den tragenden Luftmassen nachspürend glitt sie von den hohen grauen Bergen über die grünen Matten bis ins flache Alpenvorland, das sich, von den silbernen Adern der Bäche und Flüsse durchzogen, bis an den Horizont erstreckte. Von weither erhob sich die Stadt auf einer Hochterrasse wie die Nase einer alten Frau aus einem zerfurchten Gesicht.

Der Vogel näherte sich der Stadt von Süden her. Ein erstes lockendes Ziel schienen die dunklen Maueröffnungen am Roten Tor, wo er sich kurz niederließ. Gleich breitete die Schwalbe die Flügel nochmals aus und schwebte um den Turm der Ulrichskirche herum an der Stadtmauer entlang, die sich wie die abgestreifte Haut einer Blindschleiche grausilbern um die Stadt legte.

An hohen Giebeln und roten Ziegeldächern vorbei strich die Schwalbe über die Bäume der Gärten, die sich hinter den Häusern erstreckten. An einem knorrigen Apfelbaum rieb eine kleine Kuh ihre braun verkrustete Flanke. Die noch kahlen Äste mit den angeschwollenen Knospen wackelten, als wolle die Kuh den Baum schütteln. Eine schwarz-weiße Katze stolzierte, Pfote vor Pfote setzend, auf der Mauer zwischen zwei Gärten und äugte aufmerksam auf beiden Seiten nach einer Maus oder einem Spatzen. Eine Magd trug einen Korb mit Tüchern vom Garten in den Hof. Über all dies flog die Schwalbe hinweg, über den First einer Hofeinfahrt und hinein in eine Gasse. Im Giebel des gegenüberliegenden Hauses schlüpfte sie schließlich in eine kleine Öffnung zwischen Firstbalken und Mauerwerk.

Die Schwalbe war angekommen. Sie setzte sich auf den Rand des vorjährigen Nestes und schaute auf die Gasse hinab. Ein Knecht zog einen zweirädrigen, mit Fässern beladenen Karren an den beiden Deichseln durch den Dreck, der gerade so weit abgetrocknet war, dass der Karren nicht stecken blieb, es aber immer noch beschwerlich genug war, ihn voranzubringen. Ihm wich eine junge Frau mit einer weißen Haube aus, die den Saum ihres blauen Kleides hob, um es vor dem Straßenschmutz zu schützen. An einer Hausecke wühlte ein Schwein mit der Schnauze in Küchenabfällen, die gerade eine Magd neben die Haustür geworfen hatte. Sie trug die hölzerne Schüssel noch in der Hand und wischte sich mit dem Zipfel ihres Kopftuches über Stirn, Wangen und Kinn. Dann steckte sie ihn im Nacken wieder unter das Tuch, wandte sich um und ging zurück ins Haus. Das Schwein fraß sich gierig durch die Innereien eines Huhns, Krautstrünke und verschimmelte Brotreste. Als der Mann mit dem Karren es mit dem Stiefel in die Seite stieß, um sich Platz zu schaffen, quiekte es und drückte sich mit den Hinterbeinen an die Wand, ohne die Schnauze aus dem Haufen zu heben.

Ein paar Kinder rannten die Gasse hinunter, vorneweg ein schlanker Junge mit einem Schopf heller Locken und kleinen grauen Augen. Er bewegte sich mit der zielgerichteten Unbekümmertheit eines Knaben, der weiß, dass alles, was um ihn herum geschieht, gerade so beschaffen ist, dass er es für seine Streiche nutzen kann. Mit einem Hüftschwung wich er einem kräftigen Metzgersknecht aus, der in schmutzigem Hemd eine Schweinshälfte über der Schulter trug. Dabei drehte der Junge sich geschickt seitwärts, ohne sein Tempo zu verringern. Gleich hinter ihm versuchten zwei Kinder, mit ihrem Anführer Schritt zu halten, gut einen Kopf kleiner als er und viel runder. Geschwister waren sie, mit den gleichen rotbraunen, weichen Locken. Der Junge, prustend und mit dicken, roten Wangen, drückte die Ellbogen eng an den Oberkörper und richtete den Blick immer auf den Anführer vor ihm. Er war längst nicht so wendig und schaute sich viel öfter auch nach seinen anderen Freunden um, vergewisserte sich, dass seine Schwester noch an seiner Seite war. Auch ihre Wangen waren rot von der Anstrengung und Aufregung, ihre Augen glitzerten. Sie versuchte, den vorneweg Stürmenden einzuholen.

»Johann«, rief sie, »ist sie denn auch zu Hause?«

Hüpfend drehte sich der Angesprochene um und grinste breit.

»Wo soll sie sonst sein? Wenn sie nicht in unserem Haus ist, ist sie in ihrem Loch. Oder meinst du, sie sucht sich auf dem Markt feine Stoffe und Bänder für ein neues Gewand? Und das führt sie dann aus auf dem Geschlechtertanz im Tanzhaus, und die feinen Bürger verneigen sich vor ihr …«

Johann hob einen imaginären Rock und sah mit hochmütig gerecktem Kinn auf seine Freunde herab. Er tänzelte mit Trippelschritten um den Jungen herum, der das Spiel lachend aufgriff und sich einen imaginären Hut mit einer tiefen Verbeugung vom Kopf zog.

»Ich bin die schöne Emme«, rief Johann mit verstellter, hochgequetschter Stimme.

»Oh, Frau Einzahn«, antwortete der Junge, »euer Eiterpickel blüht heut aber schön.«

»Nicht wahr, und ich kredenz euch auch noch einen Nasenpopel dazu!«

Johann bohrte in der Nase und schnippte das Erbohrte in Richtung des Jungen.

»Iiiih«, rief das Mädchen, »Barthel, er hat dir einen angeheftet.«

Johann bohrte noch tiefer in seiner Nase.

»Ja«, drohte er, »und jetzt bist du dran.«

Kreischend stob die Gruppe auseinander. Johann holte weit aus mit gestrecktem Arm, wies ihnen den Weg und setzte sich wieder an die Spitze. Es ging durch die Annastraße, hinter dem neuen Welserhaus bogen sie nach links ab. Sie verließen die breite, gepflasterte Straße mit den stolzen Bürgerhäusern und standen bald in einer schmuddeligen Gasse, in der sich ärmliche Hütten an die Stadtmauer drängten, als wären sie zu schwach, um allein zu stehen.

Die Kinder versammelten sich vor einer kleinen strohgedeckten Hütte, die noch zerfallener wirkte als die Nachbarshütten. Schmutzige Lappen hingen über dem Zaun, dahinter scharrten ein paar zerrupfte Hühner im Dreck. Die Tür war aus alten Brettern grob zusammengezimmert und am unteren Rand mit Hühnerdreck verschmiert und lehmbespritzt. Die vor die Fenster gespannten Lederstücke waren zerrissen und löchrig.

Johann stieg auf die untere Querstange des schiefen Zauns, die anderen taten es ihm nach und hielten sich mit den Händen an den Zaunstangen fest. Einige wackelten am Zaun vor und zurück, der ächzend um Mitleid heischte. Erwartungsvoll schauten alle auf ihren Anführer. Johann selbst betrachtete grimmig die Hütte und schien für einen Augenblick die anderen und ihr Vorhaben vergessen zu haben.

Johann Bämler war vielleicht zwei oder drei Jahre älter als die beiden Hätzlerkinder Barthel und Clara, und er meinte, allen Grund zu haben, vor dem Haus der alten Emme Unfug zu treiben. Sie hatte es verdient, die böse Frau. Unbedingt wollte er sie mit diesem Schmähgedicht ärgern, das er seinen Freunden beigebracht hatte. Ab und zu half die alte Emme seiner Mutter im Garten oder mistete den Hühnerstall aus. Dabei mischte sie sich in alles ein, was sie nichts anging, die garstige Hexe. Einmal kam er fast zu spät zum Abendbrot und wollte sich ungesehen nach oben schleichen. Mittags hatte der Vater ihm Stubenarrest gegeben, wegen irgendeines kleinen Vergehens. Stubenarrest war die schlimmste Strafe für ihn, untätig herumzusitzen, während draußen die anderen Kinder nach ihm riefen. Prügel hätte er vorgezogen, die wären schneller vorbei, aber sein Vater war berechnend, wenn er strafte. Er wusste, was den Sohn mehr schmerzte als Striemen und blaue Flecken. Als alles ruhig war im Haus, hatte Johann sich weggeschlichen, und jetzt am Abend wollte er ungesehen zurück in die Kammer im oberen Stock, um, Schlaftrunkenheit vortäuschend, sich etwas später in die Küche zum Abendbrot rufen zu lassen. Aber Emme hatte wohl sein Weggehen bemerkt, denn sie lauerte hinter der Hoftür. Als er die dunkle Tür aufstieß, sprang sie dahinter hervor, holte aus und verpasste ihm laut kreischend eine Ohrfeige, die ihn zu Boden warf:

»Du Rumtreiber, hat es dir dein Vater doch verboten, nie machst du, was man dir sagt. Du Lausbub, du verreckter.«

Noch im Fallen wuchs sein Zorn schneller als sein Schreck. Er rollte sich über die Schulter ab, sprang auf, duckte sich sprungbereit vor ihr und stieß einen lauten Fluch aus: »Herrgottsack!«

Sein Gesicht war rot vor Zorn, und seine hellgrauen Augen wurden von den Pupillen her schwarz. Er, der zehnjährige Bub, hätte der alten Frau die Ohrfeige fast zurückgegeben, wäre die scharfe Stimme seines Vaters nicht von der Schwelle zu ihm gedrungen:

»Johann! Hierher.«

Es war zu spät. Zumindest seinen schlimmen Fluch hatte der Vater mitgehört, und das würde er ihm nicht durchgehen lassen, schon gar nicht, weil nun sein Wegschleichen nicht mehr unentdeckt geblieben war. Die Tracht Prügel an jenem Abend war ihre Schuld und auch der folgende, noch viel längere Stubenarrest, und das musste er ihr heimzahlen.

Deswegen stand er jetzt auf dem Zaun, grinste und fragte die kleineren Kinder:

»Könnt ihr es alle noch?«

Sie nickten.

»Gut, dann los. Aaaa …«, rief er.

»Abgerittene …«, antworteten die anderen.

»Beeee …«

»Böswichtin!«

»Tseeee.«

»Zerrissne!«

»Deee.«

»Durchtriebene!«

Es machte einen Heidenspaß, so laut böse Wörter zu rufen. Sie fühlten sich stark und sicher. Zaun und Garten trennten sie vom bösen Weib. Gleichzeitig prickelte es in ihren Mägen vor Aufregung, denn die Alte musste sie doch hören.

Die Tür der Hütte flog auf. Emme kam heraus, einen knorrigen Stock schwingend. Sie kreischte mit hoher Stimme:

»Haut ab, verschwindet, ihr Blagen, ihr nichtsnutziges Gekröse!«

Wie eine Handvoll Erbsen, die auf den Küchenboden fällt, stoben die Kinder vom Zaun weg in alle Richtungen. Einen Augenblick zu lang hielt sich Clara am Zaun fest. Verzückt formte ihr Mund noch ein »Eeeee«.

Der knorrige Stock donnerte auf den Zaun, auf dem sich eben noch die Kinderfaust befand. Clara starrte erschrocken auf ihre Hand, auf die Grübchen im rundlichen Handrücken und dann in das hässliche Gesicht der Alten. Der Mund, mit zwei gelben krummen Zähnen im Unterkiefer, aufgesprungenen Lippen und tiefen, wie mit grauem Staub gefüllten Furchen am Kinn, stieß noch immer Flüche aus. Sie hob den Stock zum nächsten Schlag. Das Mädchen machte kehrt und rannte die Gasse hinunter. Claras Herz klopfte wild, und die Holzpantoffeln klapperten das nächste Wort aus dem ABC des bösen Weibs auf die Holzbohlen: *Ehrenlose, Ehrenlose, Ehrenlose.*

»Clara, wo bleibst du denn?«

Barthel fasste sie am Arm und zog sie um das Hauseck.

»Warum hast du da so lang gestanden? Die hätt dich fast erwischt.«

Clara rieb sich noch immer die Hand, die sie gerade noch unter dem Stock weggezogen hatte. Sie blickte hoch und fragte ihren Bruder: »Wo ist der Johann?«

»Der ist schon vorgelaufen, komm jetzt. Hat sie dich erwischt?«

Er nahm Claras Hand und untersuchte sie.

»Nein, ich hab die Hand noch wegziehen können.«

Er schüttelte den Kopf, ließ ihre Hand nicht mehr los und zog sie mit.

Ledersohlen tappten über das Pflaster, Holzpantoffeln klapperten über die Bretter der Gehsteige, bare Füße schmatzten im Straßendreck. Die Kinder rannten und hüpften zurück zum Heilig-Creutz-Tor. Es drängte sie, das Erlebte unterm Holderbusch zu besprechen. Hinten im Hätzler'schen Garten hingen die Zweige tief. Ungesehen, ungehört kauerten sie dort oft, schmiedeten Pläne, erzählten sich leise Witze und bei Einbruch der Dämmerung auch Gruselgeschichten.

Heute aber nicht, denn bevor die beiden Geschwister in dem Winkel zwischen dem Hätzler'schen Haus und dem des Nachbarn verschwinden konnten, rief sie die Stimme Afras:

»Cläre, Barthel, kommt rein!«

Barthels Hand umfasste die Ecke der Hausmauer, er zögerte.

Konnte er so tun, als hätte er die Magd nicht gehört? Doch Clara hatte sich schon zu Afra umgedreht. Zu spät. Die anderen Kinder verschwanden im Winkel. Er seufzte und trottete hinter Clara zum Tor.

Im Hofeingang neben der Küchentür zogen sie die Holzpantinen aus und lederne Hausschuhe an. Strenge Regeln galten im Hätzler'schen Haus: kein Straßenschuhwerk in den Kammern. Afra scheuchte sie zur Treppe.

»Auf, hoch zum Vater, er will euch sehen.«

Clara und Barthel sahen sich an. Konnte die Emme vor ihnen hier gewesen sein? Konnte der Vater das schon wissen? Das war unmöglich. Sie waren so schnell gerannt, und die Alte konnte niemals vor ihnen da sein, oder doch? Auf die Unterlippe beißend betraten beide zögerlich den Treppenabsatz. Doch gleich riss ihr Zwillingsspiel sie mit: eine kleine Hand am Geländerpfosten, dann die andere am nächsten, wer ist am schnellsten, wessen Hand liegt oben, mal seine, mal ihre. Wer drückt zuerst die Klinke der Schreibstubentür? Heute gewann Barthel. Er grinste sie an, Hand auf der Klinke – und sie musste klopfen.

»Herein«, erklang Vaters Stimme von drinnen.

Der Vater stand am Fenster, die Hände hinter dem Rücken verschränkt, wippte mit den Füßen auf und nieder und sah seinen Kindern lächelnd entgegen.

»Kommt her, ihr beiden, ich habe euch was zu sagen.«

Da stand der klein gewachsene Mann, mit rotbraunem Haarkranz um eine glänzende Glatze, braune Knopfaugen blickten zuversichtlich in die Welt. Immer hatte er schwarze Tintenflecke an den Fingern, immer roch es bei ihm nach altem Bier und eisenhaltiger Tinte, nach Pergament und Staub. Vatergeruch. Die Kinder drückten sich vor ihm aneinander, Hand in Hand, Schulter an Schulter. Er lächelte sie an.

»Was ich euch zu sagen habe: Barthel«, er räusperte sich, »du bist jetzt sieben Jahre alt und kein Kind mehr, jetzt ist es Zeit, dass du lernst. Du sollst einmal Notarius und Schreiber werden wie ich. Ich habe beschlossen, dass du jeden Morgen ein paar Stunden in der Schreibstube verbringen wirst, um lesen und schreiben zu lernen.«

Er machte eine Pause, und die Augen seiner Kinder blieben aufmerksam auf ihn gerichtet. Clara drückte Barthels Hand so fest, dass er zappelte und ihr die Hand entzog. Und ich, dachte sie, und ich? Ihr kleiner Körper streckte sich ein wenig nach vorn, ihr Kinn reckte sich um eine Spanne nach oben, und ihr Blick richtete sich noch fester auf den Vater.

»Ja, und du, Cläre, du machst halt mit. Schadet nix, wenn du auch lesen und schreiben lernst, wer weiß, wozu es dir noch nutzen kann im Leben.«

Jetzt erst atmete Clara wieder.

»Meine beiden Glückskinder«, sagte der Notar, und legte seine Hände wie segnend auf den Scheitel von Tochter und Sohn. Da standen sie, in einem innigen Dreieck, die Hände wärmten beider Köpfe, Ruhe kehrte ein. Der Vater strich ihnen über die Haare und schickte sie dann hinunter. »Morgen nach dem Läuten«, rief er ihnen hinterher.

Das Spiel ging auch treppabwärts, wer ist zuerst am nächsten Pfosten, wer zuerst an der Küchentür. Barthel wollte schon triumphierend die Hand auf die Klinke legen, da schlüpfte ihm Clara unter der Schulter durch und schob ihre Hand unter die seine.

»Gewonnen!«, rief Clara. Sie war so froh, dass auch sie das Schreiben lernen durfte.

Die Kinder betraten die Küche. Ihre Mutter hockte an ihrem Platz, wie fast immer, die eine Hand im Schoß, die andere flach auf der Tischplatte, den Kopf gesenkt. Sie blickte auf und sagte: »Schaut, wer da ist.«

Hinten auf der Bank saß noch eine Frau, eine feste, große und vertraute Gestalt hockte breitbeinig auf der Kante der Bank und hatte im Schoß auf einer Schürze ein halb gerupftes Huhn. Ihre dunkle Kleidung war die einer Bäuerin, und unter dem schwarzen Kopftuch strahlten helle blaue Augen aus einem sonnengebräunten Gesicht die Kinder an.

»Da seid ihr, meine Glückskinder.«

Glückskinder nannte sie die beiden, wie der Vater. Siebenjährige Zwillinge müssen Glückskinder sein, denn sie haben die Geburt überlebt.

»Änne«, riefen beide und stürzten sich auf sie. Links und rechts vom Huhn hing nun je ein Kind an ihrem Hals. Vier rundliche Kinderarme drückten sich an sie. Sie zog ihre Arme hervor und umarmte beide. Dann drückte sie je einen Kuss auf ihre Köpfe, genau auf die Stelle, auf der kurz zuvor die Vaterhand gelegen hatte.

Federn schwebten durch die Küche. Die Mutter schüttelte missbilligend den Kopf.

»Passt doch auf«, murrte sie.

»Änne, bleibst du? Hast du was mitgebracht? Wo ist die Mine?«

»Der Reihe nach«, Änne lachte, »ich bleib ein paar Tage, ich hab euch was mitgebracht, und der Hund ist daheimgeblieben, wisst ihr, sie wird langsam zu alt für die Reise.«

Die Kinder setzten sich auf die Eckbank hinter den Tisch, wo schon für jedes ein Stück Brot und ein Löffel lagen und in der Mitte eine große Schale mit Dickmilch stand.

Änne zog mit Zeigefinger und Daumen die Haut des Huhns straff und packte mit der anderen Hand ein Federbüschel dicht an der Haut. Mit sanftem Ruck riss sie die Federn aus. Ihre rechte Hand wanderte immer weiter Richtung Hühnerkopf, die linke folgte ihr auf dem Rücken des Huhns. In der Küche roch es nach Sauermilch und Brot, nach Liebstöckel und Zwiebeln. Auf dem

Rand der Herdstelle lag ein Brett mit klein geschnittenen Möhren, Zwiebeln und Sellerie. Die Magd stocherte in der Glut und ließ den gusseisernen Hafen an der Zahnstange ein paar Zähne weiter nach unten. Im Hafen dampfte schon Wasser. Das sollte die Suppe für den Abend und den nächsten Tag werden, nur das Huhn fehlte noch. Änne brachte das Huhn zu dem Holzklotz rechts neben der Herdstelle und nahm es aus. Mit einem Messer schnitt sie den Hals ab, dann einen Kreis um den After und zog alle Gedärme und Innereien heraus. Eine Katze strich ihr um die Beine und schaute mit steil aufgerecktem Schwanz jedem ihrer Handgriffe zu. Änne beachtete die Katze nicht. Sie warf die stinkenden Gedärme ins Feuer und spülte Herz, Nieren, Leber und Magen in einer hölzernen Schüssel mit etwas Wasser ab. Dann legte sie alles in eine Schüssel und stellte diese hoch auf ein Wandbrett, das das Tier nicht erreichen konnte. Dennoch setzte sich die Katze vor das Brett, legte den Kopf in den Nacken und blickte gierig nach oben.

Änne wusch das Huhn ab und gab es Afra. Diese hatte inzwischen das Gemüse in das kochende Wasser gegeben und legte nun vorsichtig, so dass nichts herausspritzte, das Huhn dazu.

»Das Salz«, sagte Afra zur Mutter.

Die Mutter stand langsam auf, legte sich ächzend die Hand in den Rücken und ging zur gegenüberliegenden Wand. Dort öffnete sie einen Hängeschrank, hob den Deckel vom Salzkästchen und schöpfte einen Löffel voll Salz. Vorsichtig ging sie zur Herdstelle, eine Hand unter dem Löffel, damit kein Körnchen auf den Boden fiele. Sie beugte sich über den Kessel, streute das Salz in die Suppe und streckte sich wieder. Dann ging sie schleppend zum Schrank zurück, legte den Löffel hinein, schloss Deckel und Tür. Seufzend setzte sie sich wieder, legte den rechten Unterarm auf den Tisch und ließ die Hand herabhängen. Änne merkte wohl, dass das Ächzen und Seufzen ihr galten, sollte sie sich doch erkundigen, ob es der Mutter gut gehe, ob sie ihr helfen könne, dann würde sie sich anhören, welche Schmerzen die Mutter habe, seit wann und wo überall. Änne würde ihr etwas zum Einreiben geben und ein paar Kräuter für einen Aufguss und die Mutter der beiden gebührend bemitleiden. Aber jetzt, vor dem Essen, wollte Änne das nicht. Dafür war später noch Zeit.

Die Kinder warteten, bis Änne die Federn von Tisch und Boden gewischt und sich ebenfalls gesetzt hatte. Die ganze Zeit knufften und stießen sie sich mit den Ellbogen über dem Tisch und mit den Füßen darunter. Barthel langte mit zwei Fingern nach dem Brotstück vor ihm, Clara schlug ihm auf den Handrücken. Er zog die Hand zurück, um gleich wieder nach vorne zu greifen, und wieder tatschte Claras Hand auf seine. Sie machten ein Spiel daraus und wackelten mit ihren Schenkeln auf der Bank herum, bis endlich auch Afra und Änne zu Tisch kamen und die Mutter ein Tischgebet sprach. Die Kinder senkten die Köpfe. Änne schaute vorsichtig, ohne ihre Stirn zu heben, auf rotbraune Locken und runde Wangen und auf die gefalteten Kinderhände.

»Amen.«

Jeder am Tisch ergriff seinen Holzlöffel und tunkte ihn in die Milchschale.

»Was meinst du, Änne, wann sie niederkommt?«, fragte die Mutter.

»Ich war vorhin bei ihr. Das dauert noch, der Bauch ist noch hoch.«

Die Mutter zog die Augenbrauen zusammen und riss sich ein Stück Brot ab.

»Und du bleibst hier?«

»Sie bezahlen ja die Wartezeit, mir ist es gleich. Da bleib ich für ein paar Tage und kann meine Glückskinder sehen.« Änne lächelte den beiden zu.

»So viel Aufwand für ein Kind, man sollte nicht meinen, dass die schon drei hat. Sie tut, als wär's ihr erstes.« Die Mutter verzog missbilligend den linken Mundwinkel.

»Ach komm, Bertha, ich hab dir doch auch geholfen, und es war dir recht. Weißt du, wenn ich's zu bestimmen hätte, gäb es so viele Hebammen, dass jede Frau bei jeder Geburt eine rufen kann, das wär doch für alle besser. Und dass nicht nur die Reichen …«

»Ja, Änne«, unterbrach Bertha, »ich weiß, dass du ein Herz auch für die armen Weiber hast, obwohl es bei denen immer stinkt und Ratten hat.«

»Siehst du«, sagte Änne und tätschelte Berthas Hand, die neben ihr auf dem Tisch lag, »und solang ich auf das Kind der Rehmin wart, kann ich von dem Geld, das sie mir fürs Warten geben, noch das eine oder andere Kind einer armen Frau auf die Welt helfen …«

»… eine Welt, in der es doch nur wenige Wochen lebt, so Gott will, das arme Wurm, da wär's besser nicht geboren«, wandte Bertha ein.

Änne seufzte und widmete sich ihrem Brot. Mit Bertha war es manchmal schwer. Besser, man sagte dann nichts mehr. Geduld war Ännes Stärke, und als Hebamme brauchte sie die öfter, als ihr lieb war, Geduld und Entschlossenheit gleichermaßen, alles zu seiner Zeit.

Änne hatte die Zwillinge zur Welt gebracht. Sie war im selben Alter und aus demselben Dorf wie die Mutter von Bartholomäus Hätzler und wurde schon früh von ihrer Mutter zur Hebamme angelernt. Als Bertha schwanger war, spürte Änne eines Tages vier Arme und vier Füße unter der Bauchdecke. Zwillinge waren kein Grund zur Freude – es waren Unglücksboten. Ännes Mutter lebte damals noch, konnte sich aber kaum rühren, ihre Glieder und Gelenke schmerzten sie zu sehr. Aber sie beobachtete alles genau und half Änne mit Ratschlägen. Die Geburt kostete Bertha viel Kraft. Ohne Änne und deren Mutter hätte sie es wohl auch nicht überlebt, und trotz aller Missbilligung und allen Murrens war Änne einer der wenigen Menschen, denen Bertha ganz vertraute. Als sie vor lauter Schmerzen nichts mehr wahrnahm, drang Ännes Blick zu ihr durch, Ännes blaue Augen versenkten sich in ihren, und Ännes Worte erreichten sie. Sie hörte auf die Hebamme, tat, was sie ihr sagte, und ließ ihre Augen nicht mehr los, bis beide Kinder endlich auf der Welt waren, lebten, atmeten und der Schmerz nachließ. So quälend langsam wie er kam und sich steigerte, so grell er in ihrem Körper wütete, so urplötzlich war er weg, als sie in jedem Arm ein lebendiges Kind hielt und Ännes blaue Augen sie noch immer anstrahlten. Diesen Augenblick vergaß sie nie, und deswegen durften diese Augen in ihrer Küche strahlen, wann immer Änne in Augsburg war.

Änne lebte vor der Stadt, in den westlichen Wäldern. Vieles von dem, was sie über Heilpflanzen und Krankheiten wusste, wurde in der Stadt nicht gern gesehen, und einiges von dem, was sie außer Geburtshilfe für Frauen tat, durfte schon gar kein Mann wissen.

Das Brot und die Milch waren aufgegessen. Die Kinder leckten die Löffel ab.

»Weißt du, Änne, der Vater wird uns lesen und schreiben lehren«, platzte Clara stolz heraus.

»Euch?«, fragte Änne und wechselte einen schnellen Blick mit Bertha, die ihre Mundwinkel missbilligend noch weiter nach unten zog.

»Ja, dem Barthel und mir. Richtig schreiben, mit Feder und Tinte.«

Clara strahlte sie an. Barthel beugte sich von der Bank unter den Tisch, holte einen Bindfaden aus seinem Beutel und lockte die Katze, die mit ihrer Tatze nach dem baumelnden Fadenende schlug.

»Dann seid fleißig und passt gut auf, dann könnt ihr schon bald Briefe schreiben.«

»Briefe?« Claras Augen wurden groß und rund. Sie überlegte. »Ja, ich kann dann Briefe schreiben.«

»Wirst etwas können, was deine Mutter und ich nicht vermögen.«

Begeistert klatschte Clara in die Hände. Runde, kleine Finger mit Grübchen auf dem Handrücken drückten sich aneinander. Kinderhände, bald Schreiberhände.

Im Grau des nächsten Morgens erwachte Clara mit zappelnden Füßen. Die Augen sprangen auf. Heute durfte sie schreiben lernen. Kalter Boden wartete auf die kleinen warmen Füße. Sie schlang ihre Arme um die Schultern und stellte sich auf die Truhe, um aus dem Fenster zu blicken, das hoch oben in der Wand war. Es war noch so dunkel und still, so kalt und einsam im Haus. Kein Mond zu sehen, kein Stern und nur ein schwacher Schimmer, eine Ahnung vom anbrechenden Tag. Sie tappte zurück ins Bett und rieb die Füße aneinander. Sie musste warten, bis der Himmel heller wurde und sie Afra durch den Garten zum Hühnerhaus gehen hörte. Sie fürchtete sich zu sehr, schon jetzt den Gang entlang der Kammern zu gehen, dann die Treppe hinunter, die Hofeinfahrt zu überqueren und die Küche zu betreten. Immer hatte sie Angst, dass hinter dem großen Tor, das den Hof zur Straße hin abschloss, einer lauerte. Sie wusste ja, dass es über Nacht verschlossen war, aber es wäre doch für einen bösen Mann keine Schwierigkeit, sich tagsüber in den Garten hinter das Hennenhaus zu schleichen und sich dann über Nacht am Tor zu verstecken. Es gruselte sie, und sie rückte näher an Barthel, der tief und fest schlief. Wie kann er nur schlafen, wo sie doch heute schreiben lernen würden! Sie stupste ihm die Ferse in die Wade. Er grunzte nur und drehte sich mit dem

Rücken zu ihr. Sie verknotete die Hände und betrachtete ihre Fingerkuppen, die allmählich immer besser unterscheidbar wurden im grauen Licht. Wie lustig die roten Knubbel aussahen, also ob sie gar nicht zu ihr gehörten. Die Finger tanzten, die Füße zappelten, das Kind seufzte. Nach schier endloser Zeit hörte sie das Knarzen des Gartentors und das Gackern der Hühner. Gleich würde Afra mit den Eiern zurückkommen. Sie stand auf und rüttelte Barthel an der Schulter.

»Steh auf, Barthel, komm mit runter.«

Barthel rieb sich die Augen und schmatzte im Halbschlaf. Endlich schlug er die Decke um und zog sich seine Hose an. Clara hatte ihr Oberkleid schon übergestreift und band eine Schleife in den Gürtel aus Stoff. Sie schlüpften in ihre Schuhe und gingen in die Küche.

Nach einem schnellen Frühstück leckten beide Kinder den Löffel ab und gaben ihn Afra. Diese bestand auch noch darauf, dass sie sich die Hände wuschen.

»Aber wir sind doch ganz sauber, warum müssen wir denn Hände waschen!«

»Wir kommen doch aus dem Bett«, empörte sich Barthel.

Afra ließ sich nicht erweichen und musterte sogar die Fingernägel der Kinder, bevor sie endlich an der Treppe das Wer-berührt-zuerst-Spiel beginnen konnten.

Als die erste Hand den unteren Treppenpfosten umfasste, kamen ihnen von oben gewichtige Schritte entgegen, und der Talarsaum eines Kirchenmanns wurde am Treppenabsatz sichtbar. Von unten sahen sie in den Rock hinein, solange der Herr sich am Treppenabsatz aufhielt, um dem Vater noch etwas zuzurufen. Seltsam dürre Knöchel staken in feinen braunen Lederschuhen, klein wie Weiberfüßchen, mit blassen, dünnen und doch haarigen Waden. Cläre und Barthel blickten sich an und mussten an sich halten, um nicht loszuprusten. Da kam der Herr schon die Treppe herunter, unwillig schnaubend, gar vor sich hin murmelnd vom »untreuen Schreiberling, nur auf den eigenen Vorteil bedacht, sollte man mal ausmisten, diesen Augsburger Klüngel«. Vor sich her trug er einen spitzen Bauch, der die dünnen Waden noch unglaubwürdiger machte. Als er die Kinder erblickte, die sich artig neben die Treppe stellten, grunzte er sie nur an, raffte seinen Rock und stürmte zur Hoftür hinaus.

Neugierig steckten die beiden die Köpfe nach draußen. Barthel stupste Clara mit dem Ellbogen in die Seite und flüsterte:

»Schau mal, Mutters Schwestermann, der Ulrich, und der Kirchenmann redet sogar mit ihm.«

»Warum kommt der Ulrich nicht rein, wenn er schon vor dem Haus steht?«, fragte sich Clara laut, sprach's und trat vors Hoftor, fröhlich dem Onkel winkend.

Der schaute nur mit gerunzelter Stirn, drehte sich weg und ging in Richtung Dom mit dem Kirchenmann davon, den er rasch vor sich herschob. Claras winkende Hand wurde immer langsamer und sank enttäuscht nach unten. Hatte sie nun etwas falsch gemacht? Hätte sie ihm nicht winken dürfen? Aber er war doch schon öfter im Haus gewesen, zusammen mit Tante Irmel, die schwanger war. Sie sollten bald eine Base oder einen Vetter bekommen. Claras Gedanken schweiften ab. Barthel zog sie am Arm in den Hof und ging zur Treppe. Herausfordernd nickte er seiner Schwester zu, und schon trieben sich die Kinder glucksend und grinsend nach oben. Der Vater antwortete nicht auf ihr Klopfen. Ein neuer Zwillingsblick überzeugte beide stumm davon, dass es schon erlaubt wäre einzutreten, schließlich waren sie bestellt, und es hatte schon geläutet, als der Kirchenmann an die Treppe getreten war. Barthel öffnete die Tür, und sie traten ein.

Der Vater stand am Tisch, eine steile Falte über der Nase, wo seine Stirn sonst in freundlicher Glätte lag, und blickte finster auf ein Blatt vor ihm. Die beiden setzten sich gleich bei der Tür auf die Bank. So sahen sie den Vater selten, mit finsterer Miene und nach unten gezogenen Mundwinkeln.

Erst mit einer Bewegung am Fenster machte sich ein weiterer Besucher bemerkbar. Er erhob sich seufzend, die Hände auf die Oberschenkel gestemmt. Es war Oswald Horch, der Gehilfe des Stadtschreibers.

»Bartholomäus«, sagte er, »mach dir nicht so viel Gedanken. Das war schon richtig so. Du musstest es schließlich schwören.«

»Ich hab halt Sorge, dass die Pfaffenleute es mir übelnehmen, und du weißt, wie sie hetzen können gegen einen, wenn sie meinen, man habe nicht recht gehandelt.«

»Aber du hast das Rechte getan. Wer ist dir näher, die Pfaffen oder die Bürger? Du stehst nicht in des Bischofs Diensten.«

»Es ist schwer, den Herren vom Dom eine Bitte abzuschlagen.«

»Du machst es dir schwer. Er wollte die Leibrente für seine Nichte, nicht für den Dom. Für genau solche Fälle hast du vor ein paar Jahren schwören müssen: keine Urkunden für Kirchenleute, in denen Leibrente, Leibgeding oder andere Geldbeträge für Grundstücke, Häuser und Sachen bezahlt werden. Das hat dir der Rat verboten.«

Nachdenklich las Bartholomäus noch einmal das Blatt, das vor ihm lag:

Von des Hätzlers wegen. Item am Sankt-Bricien-Tag ist durch einen Rat mit Bartholomäus Hätzler geredet und empfohlen worden, dass er keinen Brief schreiben solle, weder um Ewiggeld noch um Leibding, über Häuser und andere Güter, die in der Stadt Steuer gelegen, sofern man diese an Gotteshäuser oder geistliche Leute verkaufen wollte. Dess hat er einen Eid geschworen.

»Der Rat hat es mir verboten, und das wissen die Kirchenleute doch, warum kommt er dennoch zu mir? Das versteh ich nicht. Er musste doch wissen, dass ich ihn abweisen muss.«

»Du hast dich wohlverhalten, und ich bin dein Zeuge, jetzt schlag dir die trüben Gedanken aus dem Kopf.«

Oswald nahm sein Barett von der Bank und setzte es auf. Er blickte aus dem Fenster in den Morgennebel und schlang den Mantel fester um sich.

»Ich dank dir, Oswald«, sagte Hätzler, »es war gut, dass du so schnell gekommen bist.«

»Das hab ich gern gemacht für dich.«

Die beiden Männer drückten sich fest die Hände und Oswald wandte sich zur Tür. Die Kinder, die eng aneinandergeschmiegt auf der Bank saßen, beachtete er nicht.

Lange noch, nachdem die Tür hinter ihm ins Schloss gefallen war, blickte Bartholomäus Hätzler auf die Pergamente vor ihm, runzelte die Stirn und strich sich mit der Hand übers glatt rasierte Kinn. Barthel hatte schon längst sein kleines Strohpferdchen aus einem am Gürtel baumelnden Beutel geholt. Immer lag in seinem Beutel ein aus Stroh und Hanfseil gebundenes winziges Pferdchen, das er stets aufs Neue reparieren oder ganz neu zusammenbinden musste, denn so ein Pferdchen überlebte nicht lang in einem Beutel. Meist zog er die Strohhalme einzeln heraus und spielte mit dem, was vom Pferdchen noch übrig war. Die Mutter schimpfte mit ihm, weil Strohhalme um ihn lagen, wo immer er länger als ein paar Augenblicke saß. Erst als das Pferdchen mit kleinen schnaubenden Pferdegeräuschen über den Graben zwischen seinen Schenkeln sprang, hob der Vater den Kopf und nahm seine beiden Kinder wahr.

»Ihr – seid ja da.«

Barthel blickte auf und fragte:

»Vater, warum war eben der Onkel Ulrich da, hat mit dem Kirchenmann gesprochen, ist aber nicht zu uns gekommen?«

»Wo war er?«, fragte der Vater in scharfem Ton.

Wieder hatte Clara Angst, etwas falsch gemacht zu haben, aber Barthel erklärte dem Vater ganz ruhig, was sie auf der Straße gesehen hatten, als der Kirchenmann das Haus verließ.

»Soso«, sagte Bartholomäus, kratzte sich am Kinn und schaute wieder durch das offene Fenster, durch das kühle Morgenluft drang.

»Dieser Lump, hat er doch wieder seine Finger im Spiel, das hätte ich mir denken können, hintertrieben und unehrlich, wie er ist.«

Er atmete tief aus, drehte sich um und winkte seine Kinder zu sich. Am Ofen neben der Tür war es viel wärmer gewesen, aber er setzte sie auf die Bank beim Fenster.

»Hier habt ihr genügend Licht. Licht ist das Alpha und das Omega des Schreibens.«

Zwei Augenpaare schauten ihn unverwandt und verständnislos an. Bartholomäus seufzte.

»Ach so, das könnt ihr ja noch nicht wissen. Alpha und Omega sind der erste und der letzte Buchstabe im griechischen Alphabet, und das bedeutet … nun, sei's drum, das erklär ich euch später – merkt euch heute nur: schreibt nie bei schummrigem Licht, das verdirbt die Augen und das Schriftbild.«

Er gab ihnen zwei Schiefertafeln und Griffel. Dann malte er Kreise und Striche auf die Tafel und hieß die Kinder, hinter seinen Kreis ebensolche und darunter viele Striche zu malen. Er ermahnte sie, gleichmäßig und immer auf einer Höhe zu bleiben.

Clara war erst enttäuscht. Kreise und Striche – so sahen die Buchstaben gar nicht aus, die der Vater immer schrieb. Doch dann war es nicht so einfach, wie sie dachte, und die ersten Versuche gerieten gründlich schief. Aber sogar das Auswischen der mit krummen Zeichen vollgeschriebenen Tafel war ein Vergnügen, mit einem Wisch des Lappens war alles weg, und die Tafel blickte ihr ins Gesicht, als würde sie nur darauf warten, neue Zeichen aufzunehmen. Auch Barthel schnaufte und bekam rote Backen, und das Pferdchen lag als kleiner Haufen Stroh achtlos neben ihm auf der Bank. Noch nie war ein Morgen so schnell vergangen, ums Versehen läutete es Mittag. Der Vater bat sie, die Tafeln wegzulegen.

»Genug für heute, ihr wart sehr brav und fleißig. Morgen beim Läuten seid wieder da.«

Der kleine Vogel störte Barthel. So konnte er keine Bögen und Striche auf die Schiefertafel machen. Die Meise saß im Garten des Nachbarn auf der höchsten Spitze des kahlen Apfelbaums und schmetterte einen Ruf in den Himmel, den Barthel diesem kleinen Tier niemals zugetraut hätte. Erst vor einigen Tagen hatte er eine tote Meise in der Hand, die hinten im Garten gelegen hatte. Es fühlte sich an, als ob der kleine Vogel nur aus Federn und einer dünnen Haut bestünde, ein hohles Bündel, nicht mal so fest wie ein Wollknäuel. Und dieses bisschen Tier konnte so laut sein? Versonnen lauschte er der Meise. Dann blickte er neben sich. Seine Schwester saß über der Tafel gebeugt und kritzelte unermüdlich die Reihen voll, die der Vater vorgezeichnet hatte. Ihre Wangen glühten, ihre Zungenspitze schaute hervor. Sie war versunken in ihre Arbeit und hielt nur inne, um die Reihen wieder wegzuwischen, die sie eben erst geschrieben hatte. Er hatte noch nicht ein einziges Mal die Tafel vollgeschrieben, die dritte Reihe war grad zur Hälfte mit den Stöckchen beschrieben. Gut, sie waren ganz hübsch und grade, seine Stöckchen, aber ein einziger Stock bei ihm dauerte so lange, wie seine Schwester eine ganze Reihe schrieb. Und ihre waren auch hübsch und grade. Barthel seufzte laut. Nicht einmal das störte Clara. Sein Blick wanderte in der Stube umher. Da am großen Tisch standen vor kurzem noch die beiden Männer, für die sein Vater einen Vertrag aufgesetzt hatte.

Heute Morgen waren ein Kaufmann und ein Bauer zum Schreiber Hätzler gekommen. Der Kaufmann besaß ein Stück Land im Dorf des Bauern und wollte es ihm zur Pacht geben. Vater Hätzler vermittelte den Preis, hielt alles schriftlich fest, las es den beiden vor und ließ sie unterzeichnen. Schreiben und lesen konnte der Bauer nicht, ehrfurchtsvoll nahm er die schlanke Feder in seine Bauerntatze und setzte ein wackliges Kreuz unter den Schriftsatz. Doch beide vertrauten sie dem Bartholomäus Hätzler, dass er den Vertrag richtig aufgesetzt und vorgetragen habe. Barthel beobachtete die Gesichter und Gesten. Das war allemal aufregender als Stöckchen malen. Jetzt, kurz vor dem Mittagsläuten, war der Vater weggegangen und hatte ihnen aufgetragen, Stöckchen, Kringel und Schleifen zu malen, bis er wiederkäme. Wann das wohl sein werde? Barthel seufzte, blickte ein letztes Mal hinaus in die blaue Luft über dem Apfelbaum, von dem der kleine Vogel schon längst weggeflogen war, und beugte seinen Kopf wieder über die Tafel.

Bald schrieben die Kinder richtige Buchstaben. Zuerst ließ der Vater sie ihre eigenen Namen schreiben. Barthel fand das ungerecht, denn natürlich gelang es Clara viel schneller, ihre fünf Buchstaben aneinanderzufügen. Er betrachtete den vom Vater oben auf die Tafel geschriebenen eigenen Namen. Immer war er stolz gewesen, wie der Vater zu heißen, aber wenn er jetzt anfing, an den Fingern die Buchstaben abzuzählen: B – a – r – t – h – eins, zwei, drei … alle zehn Finger reichten nicht! Und bei Clara reichte eine Hand! Er sprach die Laute langsam vor sich hin, wieder und wieder, und merkte gar nicht, wie er dabei lesen gelernt hatte. Die Verbindung zwischen Laut und Buchstabe war plötzlich da, und weder Vater noch Kinder hätten genau beschreiben können, ab welchem Augenblick sie erkannten, wie die Laute in Buchstaben unterteilt wurden und wie sich beim Lesen aus Buchstaben Laute zusammensetzten. Claras Lerneifer ließ sich mit dem Mittagsläuten nicht abstellen, und an den Nachmittagen saß sie mit einem Stöckchen vor der Wand des Hennenhauses und malte Buchstaben in die Erde, während die anderen mit Murmeln spielten. Sie versuchte, alles aufzuschreiben, was sie hörte, gab allen Dingen, die sie sah, Namen und schrieb sie nieder. Auch Barthel hatte es begriffen, aber er ließ sich viel leichter ablenken. Wenn der Vater Besuch hatte, schwebte Barthels Griffel reglos über der Tafel. Mit offenem Mund folgte er jeder Bewegung und Äußerung der Menschen in der Schreibstube so gebannt, wie die Augsburger sonst dem Spiel der Gaukler auf dem Jahrmarkt zusahen. Bald konnte er die Formeln auswendig, die sein Vater auf die Urkunden zu schreiben pflegte, und murmelte sie leise mit, wenn der Vater die Schriftstücke vor der Unterzeichnung verlas.

Keines der beiden Kinder vermisste an den Vormittagen die Spiele mit den anderen. Der Sommer kam, und dennoch setzten sie sich ohne Murren jeden Morgen auf die Bank in der stillen, staubigen Schreibstube, wo die beiden Tafeln warteten. Übers Jahr bekamen sie eigene Federn geschenkt, und ein kleines Fass Tinte stand bereit. Wann immer ein Schnipsel Pergament oder ein Fetzchen Papier übrig war, bekamen sie es, damit sie mit der Feder üben konnten. Mutters und Afras Schimpfen brachte ihnen bei, Tintenflecke auf den Ärmeln zu vermeiden, und mit der Zeit lernten sie auch, sich während des Schreibens nicht an der Nase zu kratzen oder die Haare hinters Ohr zu streichen, so dass die Tinte an den Fingern blieb und nicht im ganzen Gesicht lästige Flecken hinterließ. Nicht einmal ein Jahr war vergangen, und sie konnten schon schreiben. Das wird euch keiner mehr nehmen, dachte ihr Vater manches Mal zufrieden.

Frühjahr 1438

An einem Sonntag in dem Jahr, in dem die Kinder acht Jahre alt waren, rief der Vater sie zu sich.

»Nach der Messe kommt ihr beide zu mir. Ich will euch was zeigen.«

Clara biss sich erwartungsvoll auf die Unterlippe. Das letzte Mal, als der Vater das sagte, nahm er sie mit zum Wasserwerk am Roten Tor. Sie bestiegen den Turm und sahen die großen hölzernen Räder, die sich wie kräftige Tiere ohne Unterlass bewegten. In der Tiefe rauschte der Bach, bei ihnen oben plätscherte das Wasser durch die Rohre. Das Räderwerk knirschte und dröhnte, das ganze Bauwerk zitterte. Der Wassermeister erklärte dem Vater, woher das Wasser gepumpt wurde, wie die Räder ineinandergriffen und wo das Wasser in die Brunnenrohre geleitet wurde. Er war sehr stolz auf sein Wasserwerk.

»Unsere Stadt ist die einzige weit und breit, die sauberes Wasser hat, bis vor die Häuser«, sagte er und wies mit weitausgreifender Handbewegung auf die langen Röhren aus ausgehöhlten Baumstämmen, Holzdeichel genannt, durch die das frische klare Lechwasser schoss und in der ganzen Stadt verteilt wurde.

»Das war ein genialer Einfall von Hans Felber, dass er den hohen Ablass am Lech baute und das Pumpwerk hier am Roten Tor errichtete.«

Clara steckte die Hände in die offenen Holzrohre und ließ sie vom kalten Wasser umspülen. Der Vater und der Wassermeister unterhielten sich über den Unrat und Dreck, den die Lechkanäle aus der Stadt spülten, und um wie viel sauberer ihre Stadt im Vergleich zu München war.

»Und jeden Tag können wir frisches Wasser an den Brunnen schöpfen.«

»Nicht nur das, Meister Hätzler, nicht nur das: der hohe Ablass regelt auch die Wassermenge. Wir können es dort aufstauen und in die Wiesen lassen, wenn Hochwasser droht, und so drückt nicht so viel Wasser in die Stadt. Oder habt ihr schon mal vollgelaufene Keller oder gar überschwemmte Straßen erlebt?«

Stolz strich sich der Werkmeister über den vollen Schnurrbart.

Zu Hause zeichnete der Vater auf der Tafel mit dem Griffel auf, wie ein Zahnrad ins andere griff, wie das Wasser floss, wie eine Schneckenpumpe funktionierte. Was seine Kinder über die Welt wissen sollten, erklärte er ihnen.

»Ihr braucht nicht in die Schule zu gehen«, sagte er oft, »Schulen sind teuer, und die Lehrer sind schlecht.«

In Wahrheit hatte er seine Kinder viel zu lieb, als dass er sie der herzlosen Obhut und Willkür eines prügelnden Lehrers überlassen wollte.

Am heutigen Sonntag aber, dessen Himmel so leuchtend und rein wie ein frisch gewaschenes Kleid war, wollte ihnen der Vater eine Überraschung bereiten. Es war einer der ersten Frühlingstage im April. Der Glockenklang vom Dom trug weit durch die Stadt und über ihre Mauern hinaus. Die Kinder hüpften wie Fohlen zur Kirche. Im Innern des Doms, dessen Pfeiler gen Himmel und damit zu Gott strebten, beteten die Gläubigen. Es war ein raunendes Summen und sanftes Wogen im Raum, von leisen Stimmen und gedämpften Gesten. Kleinere Kinder setzten sich zu Füßen ihrer Mütter. Die größeren gingen von Kapelle zu Kapelle oder drückten sich in die Ecken und spielten mit Püppchen oder Strohpferdchen.

Im Altarraum hinter der hohen, mit Gemälden verzierten Holzwand, dem Lettner, geschahen die wundersamen Dinge des Allerheiligsten, und durch den Lettner drang nur der Abglanz der Sakramente ins Kirchenschiff, ein heimliches Funkeln von Pokalen, ein leises Rascheln von Talaren, ein sanftes Klirren von Schalen hinaus zum betenden Volk. Ab und an trat der Leutpriester vor den Lettner und stimmte ein Lied an, so dass die Gläubigen wussten, welche heilige Handlung gerade vollzogen wurde. Er nannte ihnen den Sonntag im Jahreslauf, die Heiligen der Woche, verkündete die Eheschließungen und Sterbefälle und gab ihnen moralische Ermahnungen auf den Weg.

Nach dem Segen leerte sich das große Schiff des Augsburger Doms. Die beiden Kinder schlüpften zwischen den Erwachsenen hindurch, um schneller durch die Pforte ins Freie zu kommen. Sie erblickten ihren Vater, doch solange sie im scharfen Schatten des hohen Domschiffes gingen, passten sie ihre Schritte denen der Kirchgänger an. Als sie die wärmende Sonne und den hellen sandigen Platz erreichten, verfielen sie wieder ins Hüpfen. Der Vater nahm jedes Kind an eine Hand und ging mit ihnen die Straße hinunter bis zum Perlachturm.

»Wo gehen wir hin, Vater?«, fragte Barthel.

Wie zur Antwort blieb der Vater vor dem Turm stehen.

»Dort hinauf«, sagte er und wies mit der rechten nach oben. Dabei zog er Barthels Arm einfach mit, so dass Barthel mit einem Fuß vom Boden abhob. Barthel lachte.

Clara legte den Kopf in den Nacken und sah am nicht enden wollenden Turm hoch. Die strahlend weißen Wände vor dem blauen Himmel schmerzten in ihren Augen. Sie fürchtete sich, allein schon wegen der zwei Bären in den Käfigen an beiden Seiten des Turms hoch über der Straße, die grimmig auf die Städter herunterbrüllten. Für die Erwachsenen waren die Bären ein harmloses Spektakel, eine Besonderheit ihrer Stadt. Welcher Ort konnte sich schon rühmen, im Uhrturm zwei Braunbären zu halten! Die Augsburger Kinder aber hatten Angst und machten einen großen Bogen um die Käfige. Ihnen erzählte man nämlich, dass die Bären nachts rausgelassen würden, um böse Kinder zu jagen, die sich in der Dunkelheit herumtrieben, anstatt brav in ihrem Bett zu liegen. Im Turm waren Barthel und Clara noch nie gewesen, deswegen war Clara bang. Wie nah würden sie den Untieren kommen?

Bartholomäus grüßte den Turmwärter, der ihnen das Tor aufschloss. Eine breite Steintreppe führte nach oben in den ersten Stock. Der Gestank der beiden alten Bären drang durch das ganze Treppenhaus. Die Käfigtüren waren erstaunlich klein und nur mit einem winzigen vergitterten Fensterchen versehen. Sie wirkten so solide und undurchdringlich, dass Clara aufatmete und Barthel enttäuscht die Luft auspustete, hatte er sich doch einen ganz nahen Blick auf die Bestien erhofft, mit dem er vor Johann und den anderen hätte prahlen können.

Die Treppe wurde schmaler, je höher sie stiegen. Kleine Gucklöcher ließen Licht herein, aber zum Herausschauen lagen sie für die Kinder zu hoch. Clara erhaschte ein Stück blauen Himmels, der wie eine leuchtende Kerze immer nur eine Treppenstufe in Licht hüllte und die nächsten Stufen dafür umso düsterer erscheinen ließ. Die ersten Stufen stiegen die Zwillinge noch im rangelnden Spiel hinauf, wie sie jede Treppe stets erklommen, aber am Ende wurden sie langsamer und stützten sich mit ihren Händen an der rauen feuchten Wand ab. Von der letzten steinernen Plattform führte nur noch eine schmale Holzstiege nach oben. Dort angekommen, öffnete der Vater eine Tür, und sie traten hinaus. Barthel stürmte an die Brüstung und schaute hinab.

Er lachte laut auf.

»Schau mal, Clara, die sind alle ganz klein. Wie Ameisen.«

Clara trat zögernd zu ihm, blickte kurz hinab und wich dann vorsichtig zurück. Sie stützte sich mit beiden Händen hinter ihrem Rücken an der Wand ab. Ihr schwindelte. Langsam rutschte sie an der Wand entlang auf den Boden und rührte sich nicht mehr. Bartholomäus ging zu ihr.

»Komm, Cläre, steh auf, ich nehm dich an der Hand«, sagte er mit leiser Stimme. Sie erhob sich und fasste mit ihrer kleinen Hand fest um seine Finger, den Blick unverwandt auf sein Gesicht gerichtet, als er mit ihr zur Brüstung trat.

»Da schau in die Ferne, zum Horizont, dann gewöhnst du dich besser an die Höhe«, riet er ihr.

»Was ist das, ein Horizont?«

»Der Horizont ist da, wo Erde und Himmel sich treffen. Schau hinaus!«

Sie war jetzt doch neugierig, was es mit dem Horizont auf sich hatte, und hob den Blick. Über ihr spannte sich ein blaues, strahlendes Himmelsgewölbe, das sich in der Ferne auf die Erde hinabsenkte. Das dunkle Blau im Zenith wurde zum Rand hin milchiger und heller, bis es fast weiß auf die neblig grauen Hügel in der Ferne traf. Das war also der Horizont, dieses weiße feine Band über den Hügeln, noch nicht Himmel, aber auch nicht mehr Erde.

»Vater, was ist hinter dem Horizont?«

Der Vater lachte.

»Mein kluges Kind«, antwortete er, »hinter dem Horizont geht die Welt weiter, grade so, wie du sie hier siehst, und immer weiter«, er machte eine Pause, »bis zum Meer.«

Sie stellte sich vor, sie stünde am Horizont, vor sich die Welt, zuerst ein milchiges Nichts, das sich dann aufblätterte wie ein vierfach gefaltetes Pergament. Neue Wälder, Flüsse und Felder erstreckten sich über das Pergament, bis ihr Auge wieder an einen anderen Horizont traf, und so ginge es weiter und weiter bis …

»Vater, was ist das Meer?«

»Das Meer ist ein riesiger See, so breit, dass man das andere Ufer nicht sehen kann.«

»Wie ist die Welt so groß«, flüsterte sie.

Barthel brach in fröhliches Lachen aus: »Schaut doch nur, da unten die Leut auf dem Markt, schau mal, wie klein sie sind, ich kann ihnen auf den Kopf spucken.«

Vorsichtig beugte sich Clara neben Barthel über die Brüstung und vergaß ihre Angst, so lustig sahen die kleinen Schweine und winzigen Hühner aus, die Stoffdächer der Marktstände, der glitzernde Brunnenkreis. Immer neue Winkel ihrer Stadt erkannte sie.

»Schau, da ist das Fugger'sche Haus und schau, wie schön die Gärten von oben aussehen!«

»Und dort ist die Stadtmauer, wie lang sie ist.«

»Ich seh von der Ulrichskirche bis zum Dom und bin höher als alle Türme!«

Barthel war hellauf begeistert und warf seine Arme in die Luft. »So groß bin ich, größer als die alle!«

»Es ist Zeit«, sagte der Vater nach einer Weile. Clara blickte noch einmal nach dem Horizont. Wenn ich groß bin, dachte sie, will ich mal sehen, was hinter dem Horizont ist. Wenigstens einmal soll sich das Pergament der Welt vor mir auffalten. Das möchte ich gern erleben.

November 1470

Seit ein paar Tagen schreibt Clara nun am Liederbuch. Jörg kommt ab und an vorbei.

»Ich hab noch was mitgebracht, die Gedichte hier möchte ich auch noch dabeihaben, sind nur in meiner Schrift geschrieben«, sagt er heute.

Clara liest vor: »Nun du sollst sein: Am Tisch ein Adler, Auf dem Feld ein Löwe, Auf der Gasse ein Pfau, In der Kirche ein Lamm, Im Bett ein Aff.«

»Aber Jörg«, Clara kichert, »das passt doch nicht zu den anderen, zu den schönen Liebesgedichten und zu den hochlöblichen Marienehren, ich weiß nicht …«

»Wenn wir schon dabei sind, dann möchte ich, dass du alles dazuschreibst, was wir uns hier in Augsburg so erzählen und vorsingen, die Verse, über die wir lachen, und was man so auf den Gassen sagt.«

Sie zieht die Augenbrauen hoch und will zu einem Widerspruch ansetzen. Der Unterschied zwischen den erbaulichen Werken des Mönchs zu Salzburg und den Augsburger Gassenliedern scheint ihr doch gar zu groß. Während sie noch überlegt, wie sie das ausdrücken soll, schiebt Jörg ihr die offene Handfläche sanft und beschwichtigend entgegen.

»Das soll da alles rein. Ein Kompendium unserer Augsburger

Schöngeistigkeit soll es werden, welches das Herz meiner lieben Felicitas erfreuen soll.«

»Es sind aber so gewöhnliche Verse, mit Schimpfwörtern und voller Spott.«

»Clara, schreib es auf, damit es bleibt, damit ich es meinen Kindern vorlesen kann und die ihren und so fort, und noch in hundert Jahren vielleicht wird einer unser Liederbuch lesen und sich daran erfreuen.«

»Hundert Jahre, Jörg, wo denkst du hin.«

Sie wedelt mit ein paar der beschriebenen Bögen.

»Du kannst noch so sehr auf das Papier aufpassen, es gibt zu viele Gefahren. Nässe zerstört die Tinte, Flammen verbrennen Papier schneller, als du es mit dem Schüreisen wieder aus dem Feuer ziehen kannst, vor Wind musst du es schützen, sonst weht es davon. Wer weiß, was deine Enkel und Urenkel damit anstellen werden. Du hast ja selbst das verschimmelte Pergament der Artzt aus Nürnberg vor dem Verfall retten müssen.«

Jörg wiegt den großen Kopf mit den abstehenden Ohren hin und her.

»Wie schnell, Clara, wie schnell stirbt ein Mensch? Im Wasser, im Feuer, an irgendwelchen Krankheiten? Wie schnell ist einer dahin, der eben noch war? Rascher noch als Papier oder Pergament verbrennen, ist es nicht so? Das Geschriebene lebt länger als der Mensch. Wir haben die Pflicht, es zu verwahren und weiterzugeben. Ein Text überwindet den Tod.«

Clara blickt nachdenklich auf das bereits Geschriebene. Dass sie mit ihrem Handwerk den Tod überwinden sollte, dieser Gedanke war ihr noch nie gekommen, und sie findet Jörgs Begeisterung etwas übertrieben. Doch wer sollte sonst dafür sorgen, dass all diese schönen Verse, die Lehrgedichte und Liebesweisen von vielen gelesen werden könnten, wenn nicht eine Schreiberin wie sie?

»So sei's denn, schreiben wir auch die Kinderreime und die Spottverse, vielleicht hast du recht. Du wirst es gut verwahren, und vielleicht lebt das Buch lange, länger als wir beide, vielleicht sogar länger als deine Kinder und Enkelkinder.«

Sie kann sich nicht recht vorstellen, was in hundert Jahren sein wird, ob die Schriften noch immer da sein werden, sie jedenfalls wird es dann schon lange nicht mehr geben. Jetzt ist sie schon vierzig Jahre alt, und ihr Vater schon fünfundzwanzig Jahre tot. Kein Mensch wird hundert Jahre. Keiner kann das Verrinnen der Zeit über sein eigenes Leben hinaus fassen. Doch Jörg hat recht, das Geschriebene war so wertvoll, dass es gut aufbewahrt werden muss. Das brachte der Vater ihr von Anfang an bei. Wer wird meine Schrift lesen in hundert Jahren? Oder zweihundert? Wie alt wird die Welt dann sein, und würde die Tinte nicht verblassen wie der Schatten eines Baumes in der Dämmerung? Sie weiß es nicht. Aber ich bin Schreiberin, denkt sie, wer weiß, was von mir bleibt. Sie atmet tief ein. Ans Ende des Liederbuches werde ich meinen Namen setzen, beschließt sie. Vielleicht werden dann in hundert Jahren die Menschen noch meinen Namen lesen, wenn längst keiner mehr wissen wird, wer ich war.

Bei einem der Gedichte aber geraten sie fast in Streit. Clara sträubt sich.

»Ich möcht aber schon, dass du das Liedlein hineinschreibst«, sagt Jörg. »Das gehört dazu, ebenso wie die Trinklieder und das Badelied. Was stört dich so dran? Es besingt die Schönheit der Frauen, wie viele andere Lieder im Buch.«

»Aber derber, solche zotigen Wörter.«

»Die Wörter gehören auch zu uns, nicht nur die edle Minne und Freude. Schreib es rein.«

Da ist schon kein »bitte« mehr dabei, und er ist nun einmal der Auftraggeber.

»Gut, dann, wenn es sein muss.«

Geschriebene Worte zerren eine Erinnerung hervor. Nach all den Jahren steigt noch immer heiße Scham in ihr auf.

Februar 1442

Der ganze große Fronhof hinter dem Dom stand voll mit Zelten, eines eng am andern. Überall waren Schnüre gespannt, staken Pflöcke für die Pferde und Maulesel in der sandigen Erde und lagen Sättel auf Böcken. Jedes Zelt war mit bunten Wappen auf Holzschildern und Fahnen geschmückt. Die Ritter und Edlen überboten sich an Farbenpracht und Vielfalt bei der Auswahl ihrer Wappentiere: Adler, Löwen und Bären, Eichhörnchen, Schlangen und Hasen fanden sich ebenso wie Pelikane, Delfine und Affen. Auch gänzlich der Phantasie entsprungene Wesen wie Einhörner, Greifdrachen und Lindwürmer zierten die Schilder und Fahnen, Decken und Mäntel der Ritter. Dabei standen auf dem Fronhof nur die Zelte der vierundfünfzig Ritter, mit denen Markgraf Albrecht vor einigen Tagen, kurz nach Lichtmess 1442, in der Stadt eingetroffen war. Die anderen dreihundert Edlen lagerten vor der Stadt auf dem Bleichfeld, und der Markgraf selbst mit seinem Gefolge war natürlich im bischöflichen Palast zu Gast. Albrecht, Markgraf von Ansbach, dritter Sohn des Kurfürsten Friedrich von Brandenburg aus dem Haus der Zollern, hatte gemeinsam mit dem Bischof von Augsburg zum großen Fastnachtsspiel geladen. Genauer gesagt, blieb dem Bischof nicht viel anderes übrig, als zum Turnier zu laden, nachdem er den Vorschlag des Markgrafen dazu vernommen hatte, denn einen solchen Mann wollte man nicht als Gegner haben und erfüllte seine Wünsche.

Barthel und Clara hatten noch nie eine so große Menschenmenge gesehen. Zur Michaelidult im September und am Ulrichstag im Sommer war nicht halb so viel los. Seit Tagen war an Arbeit und Unterricht nicht zu denken, von morgens bis abends liefen die Kinder auf dem Fronhof und der Bleichwiese umher.

Den prachtvollen Einzug des Markgrafen und seines Gefolges wollten sich Barthel, Clara, Johann und ihre Freunde nicht entgehen lassen. Sie zwängten sich durch die Menge hin zur Mitte der breiten Straße, die von St. Ulrich bis zum Dom führte. Barthel zog noch einmal an Claras Ärmel und fand eine Lücke, dann standen sie ganz vorne und blickten erwartungsvoll in die Richtung, aus der der Zug kommen musste.

Von weitem sahen sie endlich die an der Spitze tänzelnden Pferde mit den schwarz-goldenen Decken und dicken Federbüschen auf den Köpfen. Darauf ritten sechzehn Ritter in vollem Harnisch, gefolgt von einem Wagen mit Waffen und Bannern, der von acht großen schwarzen Pferden mit langen Mähnen gezogen wurde. Allein diese Pferde waren von so wuchtiger Gestalt, dass die Menschenmenge zurückwich und sich wundersame Geschichten über ihre Kraft und Ausdauer zuraunte. Die Hufe waren von langem Fell verhüllt, die schwarzen Augen glühten wie Kohlestücke, und die Nüstern waren so groß, dass eine Kinderfaust hineinpasste.

»Aus dem Norden kommen sie«, sagte ein Mann neben Barthel.

»Sie können Bären töten.«

»Sie stiegen aus dem Meer – es sind die verwandelten Töchter und Söhne der Meeresgeister.«

»Jetzt hört aber auf, das ist lästerlich, es gibt keine Geister«, rief einer.

Es folgten vier Ritter in silberglänzenden Rüstungen mit weißen und roten Decken. Dann stupste Barthel seinen Ellbogen in Claras Seite und wies auf einen einzelnen Reiter auf einem Schimmel, der wie von einem goldenen Schein umhüllt schien. Was die Menge zum Staunen brachte, war nicht allein das hell glänzende Ross, sondern sein Reiter, der mit stolzer Brust auf dem Pferd saß, bekleidet nur mit ledernen Beinkleidern, einem goldbraun leuchtenden Wams aus Leder und einem seidenen, weißen Hemd. An der Seite glänzte sein Schwert, in der linken Hand reckte er eine Lanze in die Luft. Er war sehr groß, mit breiten Schultern und einem Respekt einflößenden Schnurrbart, der zu beiden Seiten des Mundes nach unten hing. Seine dunklen Augen schienen jeden einzelnen Zuschauer anzublitzen, seine gewölbte Brust wirkte selbst im Seidenhemd härter als jeder Brustpanzer.

Wieder begann das Geraune.

»Das ist er.«

»Wer?«, fragte ein sommersprossiger Junge, vielleicht drei, vier Jahre älter als Clara und Barthel.

Der Sprecher gab ihm eine Kopfnuss.

»Albrecht Achilles, du Trottel, der Markgraf.«

»Stimmt es«, fragte Johann, der hinter Clara und Barthel stand, »was wir hörten –, er wird im Seidenhemd kämpfen? Ganz ohne Rüstung?«

»Aber sicher, das seht ihr doch, er tritt ohne Rüstung an im Turnier.«

»Was für ein Recke!«, seufzte eine Magd.

»Ein großer Herrscher!«

»Sein Vater hätte König werden können.«

»Er sollte König werden!«

Markgraf Albrecht erntete bewundernde Blicke von fein gekleideten Damen und ehrfürchtige von den Herren, und diejenigen unter ihnen, welche am Vorabend zum Festbankett am bischöflichen Hof geladen waren, die Meutings, Welsers, Fuggers, Langenmantels, Gossembrots und Egens wölbten ihrerseits die stattlichen Bäuche, als hätte die Nähe des strahlenden Helden einen Abglanz auf sie gelenkt.

Albrecht saß auf dem Pferd und blickte auf das Volk hinab. Er nahm die Huldigung der Augsburger mit allseitigem, sparsamem Kopfnicken entgegen und schien zu ihnen zu sprechen: Schaut mich an und fürchtet mich! Das schadet nichts.

Was er wohl jetzt denkt, überlegte Clara. So stark und stolz, dabei noch so jung.

Ihr Vater hatte ihnen in der Frühe vom Markgrafen erzählt, denn er war am Vorabend beim Bankett der Domherren zu Ehren des Markgrafen geladen.

Barthel und Clara lungerten schon den ganzen Morgen voller Ungeduld am Fuß der Treppe im Hof herum. Sie konnten es kaum erwarten, bis der Vater endlich aufstehen wollte.

»Wer wohl alles geladen war«, sagte Clara, »und wie die Damen wohl gekleidet waren?«

Sie hatte die Hände ins Kinn gestützt und schaute an die Decke der Toreinfahrt, als ob sie dort das Bankett sehen könnte. Barthel sah ebenfalls hoch, konnte aber nichts weiter erkennen als ein paar Spinnweben und ein Schwalbennest. Er prustete verächtlich.

»Ihr Mädchen wollt immer nur wissen, ›wie sie gekleidet waren‹«, äffte er seine Schwester nach, »es ist doch viel wichtiger, wer mit wem gesprochen hat, wer an welcher Stelle der Tafel saß und an wen der Markgraf oder der Bischof ihr Wort richteten.«

In letzter Zeit tat Barthel so, als wäre er schon Notar, sehr zum Ärger von Clara, die Barthels neuen Dünkel völlig unangebracht fand und auch gar nicht wusste, wo er ihn hernahm.

»Ach, du, als ob du das durchschauen würdest, wie willst du denn die mächtigen Herren verstehen!«

Barthels Augenbrauen zogen sich zusammen, und er setzte zu einer feinen Beleidigung an, die der Schwester wenig Hirn zum Denken attestiert hätte, da ging die Tür zur Schlafkammer endlich auf.

Bartholomäus Hätzler kratzte sich die Brust am offenen Hemd, nahm seine Schlafmütze ab und ging langsam die Treppe hinab.

Seine beiden Kinder sprangen auf und hielten sich jeder an einem Pfosten des Geländers fest.

»Guten Morgen, Vater«, riefen die beiden.

»Nicht so laut, Kinder, nicht so laut«, sagte er müde lächelnd und rieb sich mit der Hand übers Gesicht.

In der Küche nahm er sich einen Becher Dickmilch und etwas Brot und setzte sich zu den Kindern an den Tisch. Dann aß er, bedächtig den Löffel in die Dickmilch tunkend, als ob er die vor Ungeduld zappelnden Kinder an seiner Seite nicht bemerken würde.

Endlich legte er den Löffel weg.

»Nun, was wollt ihr denn wissen, ihr Zappelgeister?«

Barthel platzte heraus:

»Wie ist er so, der Markgraf?«

Bartholomäus erklärte seinen Kindern, dass Albrecht erst achtundzwanzig Jahre zählte, aber schon die Markgrafenwürde von seinem Vater geerbt habe, dass er als junger Mann im Namen des Königs Geleitschutz gegeben und sich auf dem Schlachtfeld bewährt habe, und er erklärte ihnen, warum er den Beinamen »Achilles« trug.

»Er hat früh in seinem Leben gekämpft, Turniere gefochten und Schlachten geschlagen und sich dabei mutig und unerschrocken gezeigt wie Achilles, der große Held der griechischen Sage.«

Dabei habe er es jetzt gar nicht so leicht, erklärte der Vater, besonders wenn man seine Lage mit der seines Vetters Ludwig von Landshut verglich. Albrechts Vater hatte ihm vor allem einen großen Haufen Schulden hinterlassen, und er konnte nicht wie Vetter Ludwig auf einer Burg über der Stadt Landshut thronen, denn zu Albrechts Herrschaft zählte keine bedeutende Stadt. Die Cadolzburg wäre zwar ein statthaftes Gebäude, aber sie lag am falschen Ort, in einem kleinen Nest, dessen tumbe Bauern nicht mehr wollten, als ihren Ochsen beim Ackern auf den Arsch zu schlagen, so habe sich Albrecht Achilles beim Bankett mit dem Bischof geäußert.

»Wisst ihr, das Geld, das er so dringend braucht, ist in den Städten, deswegen müssen wir Städter uns gut mit ihm stellen. Nürnberg ist zu stark, das nimmt er nicht ein.«

Barthel riss die Augen auf.

»Und Augsburg? Wird er einen Krieg mit uns anfangen? Eine Belagerung etwa?«

»Nein, nein«, sagte Bartholomäus beruhigend und tätschelte seinem Sohn auf den Kopf. »Da würden sich die Domherren wehren, ihre Säckel sind so voll, dass sie sich Söldner von überallher kaufen können, um unsere schöne Domstadt zu verteidigen. Und das weiß der Markgraf auch. Ein Fürst ohne Burg ist er, und ohne Geld. Aber mit viel Mut und nach allem, was ich gehört habe, auch mit einiger Schlauheit.«

Bartholomäus erzählte Clara und Barthel die Geschichten, die der Markgraf beim Bankett zum Besten gegeben hatte. Was für einen Spaß er in seiner Kindheit gehabt habe, als er mit seinen Vettern gemeinsam durch die Landshuter Burg strich, den Katzen Fackeln an Schwänze band oder Schlangen in die Schöpfeimer der Mägde setzte.

»Ja, auf seine reichen Vettern in Landshut, München und Ingolstadt kann er schon neidisch sein, obwohl diese sich untereinander spinnefeind sind. Der Ingolstädter trägt die Nase so hoch, wie man sie nur als Bruder der Königin von Frankreich tragen kann, und der Landshuter Vetter, sagt man, ist ein prunksüchtiger und grausamer Herrscher. Für Albrecht besteht das Regieren bestimmt nicht aus Hasenjagd, Tanz und Kurzweil. Er muss Schulden eintreiben, seine Kampfeskraft verhökern und den Beutel eng halten, wenn ihr mich fragt.«

Nachdenklich blickte Bartholomäus durchs Fenster.

»Und … ist er schon verheiratet?«

Clara fragte beiläufig, wischte sich mit den Fingern eine Fluse vom Rock und schielte nach Barthel, dessen Spott sie fürchtete.

»Nein, noch nicht. Ich denke, er muss sich seine Braut klug auswählen, damit die Mitgift stimmt und die Allianzen, die er über seinen Schwiegervater eingehen wird, seiner Herrschaft zuträglich werden. Seine Mutter wird ihm dabei helfen, sie ist äußerst klug, und er hört auf sie, wie man sagt.«

»Ist sie auch in Augsburg?«

»Ich glaube nicht. Jemand erwähnte, sie wäre kränklich. Hoffen wir für ihn, dass sie noch lange lebt.«

»Wenn sie hier wäre, hätte er sie bestimmt wie eine Königin durch die Stadt geführt.«

Clara blickte wie ihr Vater durchs Fenster, ihre Stimme klang verträumt.

»Ha, ja«, rief Barthel, »aber er ist ein richtiger Held, nicht wahr, Vater? Ihm haben sie fast schon mal die Nase abgeschlagen und einen Speer in den Bauch gerammt!«

»Ach hör doch auf, Barthel, bei dir muss immer alles gleich so blutig sein«, sagte Clara.

»Er wird aber bestimmt der prächtigste, tapferste und stärkste aller Ritter sein und auf dem Turnier siegen.«

Nun sahen sie ihn beim Festzug, den strahlenden jungen Markgrafen, und er war fast noch prächtiger, als sie es sich vorgestellt hatten. Ihm folgten über dreißig Ritter und dreihundert Edle, jeder Einzelne von ihnen kam mit Knappen, Knechten, Köchen und Gesinde, dazu noch die Marktleute und Schausteller, Puppenspieler,

Bärenzähmer, Sänger, Tänzer und Musikanten. Der Zug schlängelte sich drei volle Stunden über den langen Weinmarkt bis zum Fronhof.

Die Rauflust der ansonsten auch zur Wegelagerei greifenden Rittersleut mit Hilfe eines Turniers im Zaum zu halten und gleich noch den Bürgern und Kaufleuten gute Einkünfte durch den großen Andrang zu verschaffen machten einige der Nachteile wett, die das Ausrichten eines so großen Turniers für die Stadt Augsburg mit sich brachte. Allein zweitausend junge Männer aus der Gegend mussten zum Wachdienst verpflichtet werden, und es war beileibe kein einfacher Dienst, betrunkenen Rittern in der Nacht den Weg zu ihrem Zelt zu weisen. Wie sollte ein Bauernbursch aus dem Augsburger Land, mit einem Stock und einer Laterne versehen, einem bewaffneten Adligen in Kampfeslaune nach einer durchzechten Nacht höflich, aber bestimmt klarmachen, dass sein Platz nun im Zelt sei und seine Pflicht die Ruhe, wenn dieser sich von einem Gemeinen nichts sagen zu lassen brauchte und außerdem so lange in der Gasse singen dürfe, wie er wohl selbst am besten wisse.

Viele der Ritter und Edlen waren Söhne und jüngere Brüder aus den großen Häusern der deutschen Fürstentümer und Grafschaften. Sie hatten in ihrem Leben nicht viel mehr geübt als Schwertkampf und Reitkunst. In Erwartung des großen Turniers tranken sie sich Mut an, warfen sich Frechheiten und Angebereien an den Kopf und zeigten mit heißen Wangen ihre Vorfreude und Spannung. Frauen war es nicht erlaubt, auf den Fronhof zu kommen, doch die Badehäuser waren seit Ankunft der Ritter rund um die Uhr geheizt und geöffnet, und in der Jakobervorstadt war im Gelben Haus und im Quergässchen ein ständiges Kommen und Gehen. Dort waren die Frauenhäuser, die sich kurz vor dem Turnier auf wundersame Weise mit Frauen füllten. Keiner wusste, woher sie plötzlich alle kamen, Augsburgerinnen waren es nicht. Alle

Gasthäuser waren von morgens bis abends zum Brechen voll. Die Sperrstunde war weit in die Nacht hinein verlegt, und selbst danach kam die Stadt kaum zur Ruhe.

Die Geschäfte liefen gut, seit die Ritter in der Stadt waren, so gut, dass es den Metzgern, Bäckern, Sattlern, Schmieden und vielen anderen Handwerkern leichtfiel, die paar Schlägereien der Ritter, ihre Handgreiflichkeiten und unschönen Eigenmächtigkeiten gegenüber den Frauen in den Bordellen und die Beleidigungen betrunkener Edler gegen die Bürger der Stadt zu übersehen und zu überhören, wogen doch die Preiserhöhungen der letzten Tage ein großes Maß an Ärger auf.

Clara war gewachsen in den letzten Monaten, und sie hatte sich verändert. Ihre Hüften und Schenkel waren rundlich geworden. Ihre Brüste wurden weich und schmerzten, wenn Barthel beim Gerangel dagegenstieß. Das alles wollte sie sich nicht anmerken lassen, am liebsten würde sie es nicht einmal selbst wahrhaben.

In den Tagen des Turniers zog sie auch nicht oft mit Barthel, Johann und den anderen umher. Die Jungen prahlten mit ihrem Wissen über Waffen und Kampftechniken und überboten sich in der Bewunderung ihrer Turnierhelden. Clara dagegen ließ sich lieber allein auf dem Fronhof treiben. Ein seltsamer Drang zog sie zu den Zelten der fremden Männer hin. Sie versteckte sich an den Eingängen, wo die Planen doppelt um die Stangen gelegt waren. In dieser Tasche stand sie und beobachtete die Männer, wenn sie tranken, ihr Sattelzeug und ihre Rüstungen pflegten oder im Feuer stocherten und sich unterhielten. Es lag ein Geruch nach Lederfett, Pferden, Bier und Schweiß in der Luft, der bei jedem Atemzug unangenehm scharf in die Nase stieg und der sie doch so anzog, dass sie oft kein Ende fand bei ihren heimlichen Streifzügen durch die Zeltstadt der Ritter. Einmal geriet sie sogar in die Nähe eines

Badezeltes und konnte die nackten Leiber der jungen Männer durch die Lücken der Zeltplanen sehen. Im Dampf der heißen Bottiche erkannte sie Schenkel und Waden. Sie spürte Angst, aber es prickelte im Magen, und die Augen konnte sie keinesfalls abwenden. Sie fürchtete den Augenblick der Entdeckung, sollte man sie beim Spähen durch die Zelte erwischen, aber aufhören konnte sie dennoch nicht. Sie war ja noch Kind, man würde sie ausschimpfen und heimschicken, im schlimmsten Fall bekämen Vater und Mutter zu hören, dass sie sich dort herumtrieb, aber ihr selbst würde doch nichts passieren.

Eine Frau war Clara noch nicht, aber so unscheinbar, wie sie sich selbst wahrnahm, auch nicht mehr. Ihre Gestalt war unverkennbar weiblich, und ihre Locken noch nicht von einer Haube verhüllt, als sie am Eingang eines Zeltes stand, dessen Wappen von gelbschwarzen Rauten und einem Schwan geziert wurden. Sie beobachtete einen blondgelockten jungen Ritter, der sein Schwert mit einem Lappen polierte, immer wieder prüfend vom Schoß nahm und ins Licht hielt. Er war sehr schön, der junge Ritter, wie er in seine Arbeit versunken nur auf sein Schwert sah und sich am Gespräch der anderen nicht beteiligte. Clara stellte sich vor, wie es wäre, mit ihm auf dem Pferd in seine Burg zu reiten, wie es sich anfühlen würde, an seinem Arm zu lehnen und seinen Duft mit der Nase an seiner Brust einzusaugen.

Sie war so selbstvergessen in ihrem Tagtraum, dass sie nicht bemerkte, dass ein Mann mit schmalem schwarzem Bart sie beobachtete. Er saß vor dem Zelteingang vornübergebeugt auf einem Holzklotz mit einem Bierhumpen in der Hand und grinste Clara an. Mit einem Ellbogenstoß machte er einen dickeren Ritter auf das Mädchen aufmerksam. Dieser war etwas älter als die anderen Ritter im Zelt und erst vor wenigen Augenblicken gekommen. Er hatte feiste Backen und einen langen gelben Schnurrbart, von dem er sich grade den Bierschaum abwischte, nachdem er seinen Humpen in einem Zug geleert hatte. Mit dem Humpen wies er auf Clara: »Wen hemmer denn do?«, fragte er in einem ihr unbekannten Dialekt.

Clara erschrak. Ihre Wangen brannten.

»Ein Haubt von Böhmerland oder ein Bruschd von Schwaben her?«

Er lachte laut auf, und die anderen wandten sich nach ihr um. Im Zelt waren noch zwei Knappen, die neugierig nach vorne traten.

»Ei, ein Maidlein, guck amol. Kennsch des Gedicht, odr?«, fragte der Dicke mit blitzenden Augen. »Ha sag's mal uff, komm, des kann doch jedes Kind bei eich.«

Clara ging vorsichtig rückwärts. Weg hier, war alles, was sie dachte. Maria hilf, ich hab Angst.

Doch der dunkle Ritter war mit zwei Schritten bei ihr und hielt sie am Ellbogen fest.

»Ein Haupt von Böhmerland, auf, sag's, no löse mer dich aus«, lachte der Dicke. Die anderen stimmten ein, und das Lachen war rau und roh.

Nur ein Gedicht und dann weg hier. Wie gut, dass keiner da war, der sie kannte. Oder war das gar nicht gut? Sie war verwirrt. Clara reckte das Kinn hoch. Soll er es doch hören.

»Ein Haupt von Böhmerland«, sagte sie. Die anderen im Zelt wurden still, als ihre leise Stimme erklang.

»Zwei weiße Ärmlein aus Brabant, eine Brust von Schwaben her, von Kärnten zwei …«, sie zögerte, »Tittlein, ragend wie ein Speer.«

Die Männer lachten laut.

»Ein Bauch von Österreich, der wär schlecht und gleich, und ein …«

Sie stockte, atmete tief ein und stieß es trotzig vor: »und ein Arsch von Poland …«

Noch mehr Gegröle –

»und … auch ein bayrisch …«

Jetzt aber verließ sie aller Mut. Erst jetzt wurde ihr klar, was gleich kommen musste. Sie konnte nicht mehr weiterreden. Ihre Knie waren weich, gleich würde sie umknicken.

»Ja, was isch, woisch net weiter?«, grölte der Dicke.

Ihre Stimme wurde ganz leise.

»Ein bayrisch …«

»Clara«, rief eine klare Stimme.

Johann Bämler war da. Er stand vor dem Zelteingang dem dunklen Ritter gegenüber und schaute ihn unverwandt an, mit funkelnden Augen und grimmig vorgestrecktem Kinn.

»Komm, Clara, wir gehen heim.«

Clara setzte sich in Bewegung und ging auf Johann zu. Der dunkle Ritter streckte den Arm aus, doch der Dicke schüttelte leicht mit dem Kopf.

»Oh, einen Galan hat des bayrisch Futlein au scho«, sagte der Dicke.

Johann ballte die Fäuste.

»An kloiner Schweinehirt, ha no ganged halt wieder Säu hüta, ihr zwoi, mached eich recht dreckig, wenn ihr em Saudreck wälzet.«

Die anderen Ritter lachten.

Johann nahm Claras Hand und ging ein paar Schritte weg vom Zelt. Er drehte sich zu den Rittern um, Clara mit dem Arm hinter sich schiebend.

»Ich dacht, von Rittern könnt ich Manieren lernen, aber wir sind im falschen Zelt, hier sind nur die Stallburschen.«

Im Zelt wurde es ganz still.

Johann zog Clara mit sich, und dank seiner Wendigkeit war er schon zwischen den Zeltpfosten verschwunden, als der Humpen des Dicken an den Pfosten knallte.

Im Zelt brachen die anderen in Gelächter aus, der dicke Ritter rief Clara und Johann etwas nach, was sie aber nicht mehr hörten.

Sie rannten zum Dom und hinunter zum Tanzhaus. Johann sah sich um und wurde langsamer. Sie hielt seine Hand ganz fest, ihre Lippen zitterten, und ihre Augen füllten sich mit Tränen.

Johann blickte vor sich auf den Boden. Erst jetzt fiel ihm auf, dass er nicht nur eine Tracht Prügel, sondern viel Schlimmeres hätte provozieren können. Er hatte einen Ritter beleidigt, als einfacher Bürgersohn, und es spielte keine Rolle, dass dieser zuvor Clara beleidigt hatte, das würde nicht ins Gewicht fallen. Die Ritter hatten Gastrecht und einen weitaus besseren Leumund. Außerdem waren sie zu fünft. Er wurde blass, als er sich ausmalte, auf welche Arten dieses Aufeinandertreffen noch hätte ausgehen können.

Clara schluchzte.

»Komm«, sagte er, und dabei zitterte seine Stimme selbst ein bisschen, »beruhig dich. S'ist nix passiert.«

Doch, es war etwas passiert, und Clara trug die Schuld daran, ganz allein. Sie hätte nicht dort sein dürfen. Sie schämte sich. Es kam ihr nun sinnlos und abscheulich vor, dass sie die Ritter beobachtet und nicht davon hatte lassen können. Die Bilder der nackten Schenkel und der offenen, lachenden Münder vermischten sich in ihrem Kopf. Aber das konnte sie Johann nicht sagen. Und Johann fragte auch nicht. Er nahm seinen Hemdsärmel und wischte ihr die Tränen von den Wangen. Sie schniefte.

»Sag nix«, flüsterte sie, »zu niemandem. Bitte.«

»Ich versprech's«, sagte er ganz leise.

Noch nie in ihrem Leben hatte sie sich so geschämt. Was für eine dumme Gans sie doch war!

November 1470

Und heute? Im fahlen Licht des Novembertags in der Schreibstube kann sie mit ihren vierzig Jahren das, was sie als junges Mädchen tat, immer noch nicht so abtun, als wär es jemand anderes gewesen. Sie konnte nie über sich selbst lachen und sich schamvolle Dinge mit einer lustigen Erzählung von der Seele schwätzen. Johann hatte Wort gehalten, das ist es nicht, was noch heute ein Brennen beim Atmen fühlen ließ, wenn sie an der Ritter Ehre dachte. Niemand außer ihm hatte je von ihrem Erlebnis erfahren. Doch es war der Anfang von etwas anderem, von funkelndem Glück und noch viel ätzenderem Unglück.

Sie sieht noch, wie Johann, als er ihr die Tränen abgewischt hatte, die Straße entlangschlenderte. Sein Mut und seine Lässigkeit zündeten in ihr eine kleine Flamme an, die ein größeres Feuer entfachte, als sie es je für möglich gehalten hätte.

Clara blickt wieder auf das Blatt. Immer noch hält sie die Hand gespreizt, die Spanne zwischen Zeigefinger und Daumen tut ihr schon weh. Das Wort schreib ich nicht, denkt Clara trotzig. Ein »f« soll reichen, und Jörg wird nichts sagen, denn das Gedicht ist drin.

Ein Haupt von Böhmerland, zwei weiße Ärmlein aus Brabant, eine Brust von Schwaben her, von Kärnten zwei Tittlein ragend wie ein Speer, ein Bauch von Österreich, der wär schlecht und gleich, und ein Arsch von

Poland, auch ein Bayrisch F daran, und zwei Füßlein von dem Rhein, das möcht ein' schöne Frau sein.*

Clara reibt ihre Schreibhand. Der Daumen schmerzt, und die Hornhaut auf dem Mittelfinger, wo die Feder aufliegt, ist schon richtig dick geworden. Genug für heute, genug auch der Erinnerungen. Sie säubert die Federn, gießt die Tinten zurück und verschließt beide Tintenfässer. Das gerade Geschriebene lässt sie auf dem Pult zum Trocknen liegen. Sie schließt den Fensterladen. Bevor sie die Stube verlässt, kehrt sie noch einmal zum Pult zurück und deckt vorsichtig ein zweites Blatt über das Gedicht.

Im Bade

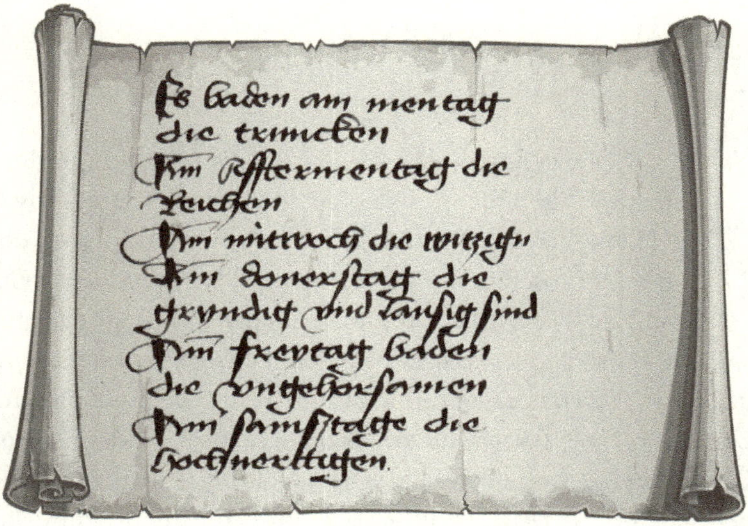

Es baden am Montag die Trunkenen, | Am Aftermontag die Reichen | Am Mittwoch die Witzigen | Am Donnerstag die grindig und lausig sind | Am Freitag baden die Ungehorsamen | Am Samstag die Hochwertigen.
(aus dem Liederbuch der Clara Hätzlerin)

November 1470

Clara zieht sich ihre Kleider aus. Es ist kalt in der Kammer. Sie öffnet fröstelnd die Truhe und holt ein frisches Hemd heraus. Das raue Leinen kratzt auf der Haut, doch es riecht frisch nach Lavendel und ein bisschen Nelke. Clara nimmt noch ein Paar wollene Strümpfe und zieht das grüne wollene Oberkleid an. Daran kommen die langen, weiten Ärmel, in die sie die Hände stecken kann. Im Korb liegen schon einige Leintücher. Die Tücher, die der Bader bereithält, sind ihr suspekt. Das Rabenbad ist sauberer als viele andere, aber man weiß trotzdem nie, ob die Magd nicht einfach ein benutztes Tuch trocknet und wieder aufhängt. Flecken haben die Tücher vom Badehaus allesamt. Die Frage ist nur, wie alt sie sind.

Clara durchläuft ein Schauer vom Steißbein bis unter die Ohren, als sie sich vorstellt, wie sie in weniger als einer Stunde in das warme Wasser des großen Badezubers tauchen wird. »Am Freitag baden die Ungehorsamen«. Das schrieb sie vor ein paar Tagen, gleich auf den ersten Seiten im Liederbuch. Jetzt ist sie schon ein gutes Stück weitergekommen und schreibt das Gedicht »Von der Welt Lauf« ab. Aber das alte Badelied kennt sie natürlich auswendig:

Es baden am Montag die Trunkenen,
am Aftermontag die Reichen,
am Mittwoch die Witzigen,
am Donnerstag die grindig und lausig sind,
am Freitag baden die Ungehorsamen
und am Samstag die Hochwertigen.

Nun, im Rabenbad wird das Wasser nicht nur einmal in der Woche gewechselt, sondern täglich. Das fünfmal benutzte Wasser, das die »Hochwertigen«, also eigentlich die ganz Armen, am Samstag ertragen müssen, will sie sich nicht antun. Montags sind viele Bäder geschlossen, deswegen baden die Trunkenen da allenfalls in Pfützen und Bächen, in die sie im Rausch fallen, doch am Dienstag baden im frischen Wasser gern die Reichen, die sich den Aufpreis leisten können, und natürlich am Mittwoch die, die sich für die Schlauesten halten und überall ihren Vorteil suchen: im Wasser, das nur die Reichen schon benutzt haben, ist es billiger als am Dienstag, aber noch nicht so schmutzig wie am Donnerstag. Zum Ende der Woche wird es dann richtig unappetitlich, zumindest in einigen Bädern in der Jakobervorstadt.

Schmunzelnd zieht sie die Tür der Kammer zu und geht die Treppe hinab.

Im Haus ist kein Geräusch zu hören. Barthel ist bestimmt schon in der Schreibstube, und Afra hantiert leise in der Küche. Seit Veronika geheiratet hat und in ein eigenes Haus gezogen ist, ist es still geworden. Unser Haus ist zu groß für so wenig Leut, denkt sie. Und doch ist sie froh, dass Veronika einen guten Mann gefunden hat.

Wann war es, dass Veronika zum ersten Mal von ihrem Bräutigam sprach? Es muss schon mehr als ein Jahr her sein. Veronika war gerade achtzehn geworden. An einem Nachmittag ging Clara mit dem Korb zur Schlossermauer, um Eisenvitriol für die Tinte zu besorgen. Veronika stand schon an der Tür und fragte, ob sie mitkommen könne. Erst war Clara erstaunt. Sonst ging Veronika nicht gern mit ihr zu den Handwerkern. Schon früh half sie zwar, Besorgungen zu machen, aber immer gern allein. Und gerade in letzter Zeit war sie nicht viel zu Hause, wenn Clara das so recht bedachte.

Als sie über den Rathausplatz gingen, begann Veronika:

»Tante«, sagte sie, »ich muss dir was sagen.«

»Was gibt es?«, fragte Clara.

»Ich hab einen kennengelernt, und den werde ich heiraten.«

Clara zog die Luft ein und verlangsamte ihren Schritt. Sie blickte Veronika von der Seite an, aber die hatte ihre Haube so tief ins Gesicht gezogen, dass grade die Nasenspitze zu erkennen war.

»Vroni, aber das sind ja Neuigkeiten! Hast du mit Barthel gesprochen? Du hast schon seine Erlaubnis?«

Die trotzige Bestimmtheit – »den werd ich heiraten« – ließ keinen anderen Schluss zu, als dass der Herr der Herdstatt schon seine Erlaubnis gegeben hatte. Dann wunderte es sie aber, dass Barthel noch nicht mit ihr, Clara, darüber gesprochen hatte. So eine Neuigkeit hätte er ihr doch gleich weitererzählt.

Veronika schwieg.

»Wer ist es denn?«, versuchte Clara das begonnene Gespräch wieder aufzunehmen. Selten nur zog Veronika sie ins Vertrauen, so dass Clara bei einer gespielten Munterkeit blieb, um Veronika die Laune nicht zu verderben. Seit Veronika kein Kind mehr war, konnte Clara nicht mehr unbefangen mit ihr reden und wog jedes Wort ab, um sie nicht zu verärgern. Veronika war schnell beleidigt, und Clara nahm sich stets in Acht, fast so, als könne Veronika sie mit jedem Satz bei einer Lüge ertappen.

»Könntest ihn kennen«, sagte Veronika vorsichtig. »Es ist der Sohn vom Pfister.«

»Von welchem Pfister, doch nicht vom Leonhard?«

»Nein.«

Veronika lachte und schaute zum ersten Mal auf und in die erschrockenen Augen von Clara. Sie wusste, dass Clara den großkopferten Leonhard nicht mochte. Die Pfister waren schon lange nicht mehr reich, nicht einmal mehr einflussreich. Einige Jahre war Leonhards Vater nicht in der Stadt, und um die Quelle des Vermögens, das er bei seiner Rückkehr mitbrachte, rankten sich Gerüchte wie Efeu ums Rote Tor. Aber mit den ganz Großen, den Fugger, Meuting, Rehlinger und Welser konnte er nicht mithalten. Immerhin vermählte er sich mit einer Langenmantel. Was aber seinen Sohn Leonhard anging, den konnte Clara nicht ausstehen. Er ging mit geschwollener Brust und roten Strümpfen wie ein Hahn mit Kropf durch die Straßen, das Wams unter dem spitzen Bierbauch so kurz, dass es einfach nur unanständig aussah, und blickte auf sein Gesinde und die ihm zuarbeitenden Handwerker nur von sehr weit oben herab.

»Nein, der ist es nicht. Er heißt zwar auch Leonhard Pfister, aber er ist nur entfernt verwandt mit denen. Sein Vater ist der Wolfgang und dessen Vater der Oswald.«

Clara überlegte.

»Der Wolfgang, der Gewandschneider aus der Annastraße? Ja, den kenn ich. Der macht gute Arbeit. Und der hat einen Sohn, der schon so groß ist, dass du …«

»Ja, Tante.«

»Ach.«

Clara seufzte und schüttelte sich, erst den Kopf, dann die Schultern. »Ach.« Und noch ein Seufzer.

»Aber dass der Barthel mir davon noch nichts gesagt hat und dir die Erlaubnis gegeben hat, ohne …«

»Ich brauch eure Erlaubnis nicht«, unterbrach sie Clara, »mit welchem Recht musst du als Tante mir denn die Erlaubnis geben? Ich heirate den Pfister, dann seid ihr mich los.«

Veronika stieß es trotzig, hart und leise hervor. Clara schämte sich. Nichts konnte sie ihr entgegnen, gar nichts, und es tat weh. Versöhnlich bleiben, red wenig und wahrhaftig.

Eine Weile gingen sie stumm nebeneinanderher.

»Was hat er denn gelernt, der Leonhard?«

»Er war beim Meuting in der Lehre als Kaufmannsgesell, aber er will Rechenmeister werden.«

»Rechenmeister? So jung?«

»Ja, er ist gut. Du müsstest mal sehen, wie schnell er den Wechselkurs für die ungarischen Gulden ausrechnet und wie rasch er die Menge und den Preis von Stoff für seinen Vater bestimmen kann.«

Jetzt hatte Veronika doch etwas zu erzählen, und die Wangen röteten sich von der Begeisterung über ihren Bräutigam.

»Du warst auch immer schon gut mit den Zahlen, da passt ihr ja zusammen.«

»So haben wir uns auch kennengelernt.«

Und auf dem Rest des Weges, nur unterbrochen vom Einkauf beim Schlosser, bei dem Veronika still danebenstand, erzählte sie Clara von ihrem Leonhard. Wie er bei einem Wettstreit unter Freunden jedes Rätsel schneller löste, wenn es nur um Zahlen ging, und wie sie es eines Tages mit ihm aufnahm und fast, fast gewonnen hätte. Von dem Tag an gingen sie beide zusammen von der Kirche nach Hause, und wann immer sie Besorgungen machte, legte sie diese auf die Zeit, zu der Leonhard mit seinen Pflichten beim Kaufmann fertig war. Er erwartete sie meist unten an der Einmündung zur Annastraße, so dass weder seine noch ihre Familie die beiden zusammen kommen oder gehen sahen. Sie träumten von ihrer eigenen Schule, von dem Geld, das sie beide mit dem

Unterricht und mit dem Führen von Büchern für die Kontore der Kaufleute verdienen würden.

Veronika hat schon immer alles genau im Voraus bedacht. Heute, über ein Jahr nach der Hochzeit im Sommer 1469, wohnt sie mit Leonhard in einem Häuschen hinter dem Obstmarkt. Ein Kind ist unterwegs und kommt bald. Und im Hätzler'schen Haus ist es noch stiller geworden. Still, und auch ein wenig einsam.

Clara tritt auf die Straße. Es ist nicht so kalt heute, die Luft riecht erdig, und am Morgen haben sogar ein paar Vögel gezwitschert, obwohl schon Ende November ist, aber bis zum Rabenbad ist es noch ein weiter Weg durch die Stadt. In der Hand wippt der Korb mit ihrem Strickzeug, den Leintüchern und ihren Kämmen. Heute Abend ist Tanz der Weber. Sie hofft, wie jeden Freitag, Bärbel im Bad zu treffen, damit sie ihr die Haare flechte.

Die hölzernen Sohlen ihrer Trippen klappern durch die Lange Gasse. Ein Bäckergesell mit einem Brett frisch gebackenen Brotes auf der Schulter quert vor ihr die Straße auf dem Weg zum Brotmarkt. Der Duft von röscher Kruste und weichem Teig zieht ihr in die Nase. Es ist verboten, dem Bäckergesellen außerhalb des Marktes etwas abzukaufen. Die Gesetze sind streng. Aber warum soll sie nicht den kleinen Umweg über den Brotmarkt machen und von dort über den Weinmarkt zum Rabenbad gehen? Clara macht kehrt und geht dem Bäckerburschen hinterher. Natürlich in gebührendem Abstand, wie sieht denn das aus, wenn eine erwachsene Frau mit Haube und grauen Strähnen im Haar sich die Lippen leckend einem Bäckergesellen an die Fersen heftet?

Gesehen hat er sie trotzdem. Als er sein Brett vorsichtig auf den Tisch am Verkaufsstand schiebt, dreht er sich um und grinst.

»Nix vom Brett geklaut, Frau, oder?«, sagt er frech.

Clara wird rot. Jetzt denkt er auch noch, sie hätte was genommen, so schuldbewusst wie sie aussieht. Muss sie denn fünfzig Jahre alt werden, bis sie endlich nicht mehr rot wird, wenn sie sich ertappt fühlt? Dabei hat sie doch nicht einmal etwas gestohlen, sie hat nur dran gedacht. Schnell kramt sie die Pfennige aus dem Beutel am Gürtel und nimmt sich eins der Brote. Noch warm wiegt sie es in der Hand und legt es vorsichtig zwischen die Leintücher in den Korb.

Das würde Bärbel schmecken, der rundlichen, gemütlichen Freundin, die es so faustdick hinter den Ohren hat. Man darf sie nicht unterschätzen. Sie wirkt behäbig, aber aus ihren winzigen blauen Augen blitzt ein wacher Geist. Ihre scharfe Zunge ist stadtweit gefürchtet. Wie lange kennt sie Bärbel schon?

Sommer 1444

Es musste das Jahr gewesen sein, bevor der Vater starb. Sie mochte so dreizehn oder vierzehn Jahre alt gewesen sein. Damals ging sie oft auf den Markt und schaute sich die Stände der fahrenden Händler an, die Pergamente und Abschriften verkauften und stets Neues aus anderen Städten berichteten.

Clara umrundete den Karren eines Händlers, der Blätter an sein Gestänge geheftet hatte. Frische Texte in fremden Handschriften entziffern, neue Wörter lesen, die sie noch nie gesehen hatte – das Stöbern auf dem Markt war ihr liebster Zeitvertreib. Sie tauchte ein mit der Nase in die Pergamente, strich über die Buchrücken und schob den einen oder anderen Stapel wieder grade. Manchmal verscheuchten die Händler sie. Keiner rechnete damit, dass ein so junges Mädchen lesen und schreiben konnte, auch wenn ihre Kleider auf einen guten Stand deuteten und sie nicht wie eine Bauerstochter aus dem Umland Augsburgs aussah. Sie war aber auch keine der hochgeborenen Damen, die sich im Schlitten oder in der Kutsche fein gewandet spazieren fahren ließen.

Den Blick fest auf die Schriften gerichtet, wollte sie gerade um die Ecke biegen, um auf der anderen Seite des über und über mit Papier und Pergament bedeckten Wagens weiterzulesen, da stieß sie auf Wolle und einen weichen Körper.

»Bitte um …«, wollte sie sagen, doch die Worte blieben stecken, und mit offenem Mund starrte sie ein Mädchen an, rundlich und klein, etwas älter als sie. Auch das Mädchen blickte verdutzt, wenn auch nicht mit offenem Mund. Beide erzählten sich später, dass sie ein und denselben Gedanken hatten: »Noch eine, die lesen kann.«

»Ich heiß Clara.«

»Ich bin Bärbel.«

Von diesem Tag an steckten zwei Köpfe zusammen am Küchentisch im Hätzler'schen Haus, auf der kleinen Bank im Hof oder am Holzstoß auf zwei Klötzen vor dem Haus der Peutingers. Ein Kopf voll brauner Locken, ein hellerer mit glatten Haaren, zwei Mädchen über Schiefertafeln gebeugt, eine mit heißen Wangen, eine mit flinken Händen. Kichernd und glucksend, einander die Haare flechtend und die Hand auf der Tafel führend verbrachten sie jede Stunde, in der keines der beiden Mädchen zu Hause gebraucht wurde, von nun an miteinander.

Barbara Peutinger hatte wie Clara das Glück, einen Bruder zu haben und Eltern, die der Meinung waren, es schade einem Mädchen nicht, das Lesen und Schreiben zu erlernen. Sie hatte sogar gemeinsam mit dem Bruder Lateinunterricht und lernte griechische Buchstaben.

Bärbels liebste Beschäftigung war, anderen etwas beizubringen.

»Schau, das ist ein Alpha.«

»Davon hat mir mein Vater mal erzählt. Aber wann schreib ich das?«

»Ja, wenn du Griechisch schreibst, ist es das ›A‹.«

»Aber warum nehm ich nicht unser ›A‹?«

»Griechisch schreibt man eben anders, es ist ja auch eine andere Sprache.«

»Aber Lateinisch ist doch auch eine andere Sprache, und ich benutz dieselben Buchstaben?«

»Ja, das ist, weil … ach Clara, ist halt so, ich frag mal den Konrad, ich weiß es auch nicht. So jetzt kommt das Beta.«

Nachmittage im Sommer verbrachten sie so, Regentage in der Hätzler'schen Küche, immer über Schiefertafeln gebeugt, aber was sie miteinander flüsterten, hatte nicht nur mit Buchstaben zu tun.

»Ich will früh heiraten.«

»Wieso früh? Wann denn?«

»So in ein, zwei Jahren.«

»So früh schon? Aber Bärbel, dann bist du erst neunzehn.«

»Denk doch mal nach. Wir beide dürfen nirgends alleine hin, und es gibt keinen Tanz und kein Vergnügen, bei dem nicht jemand über uns wacht. Als Ehefrau kannst du überallhin. Dann werden wir geachtet und eingeladen. Ich möchte auch früh Kinder haben, und denen bring ich dann alles bei, was ich weiß.«

»Ich weiß nicht, als Ehefrau bestimmt dein Mann über dich, wo du hingehen darfst, was ist daran besser, als wenn es der Vater macht?«

Bärbel lächelte verschmitzt.

»Der Vater, weißt du, muss auf deine Ehre achten, auf deine Wohlerzogenheit und Gesundheit, damit du gut unter die Haube kommst. Ein Ehemann aber ist so was wie, na ja, wie ein unbeschriebenes Blatt. Da kannst du selbst noch deine Sätze draufschreiben, verstehst du?«

Clara stellte sich das vor, ein Ehemann mit breiter weißer Brust, auf die Bärbel ihre Sätze kritzelte. Sie musste lachen.

»Und der Mann dazu? Wie wirst du ihn finden?«

»Oh, den hab ich mir schon ausgesucht. Wie findest du den Hochstetter Ulrich?«

»Ich kenn den kaum.«

»Der kommt aus einer guten Familie, er hat schon Vermögen, und er ist fleißig.«

»Der kommt nicht nur aus einer guten Familie, die sind ungeheuer reich. Woher weißt du, dass er dich will?«

»Ach, da hab ich meinem Vater schon einen Floh ins Ohr gesetzt. Hab öfter mal was beiläufig über die Hochstetters gesagt, hab dafür gesorgt, dass sie beim letzten Tanz direkt hinter unserer Familie eingingen.«

»Bärbel, wie machst du das? Ich weiß überhaupt nicht, was man dafür tun müsste.«

»Ich kenn den Schubinger Ulrich, der neulich bei den Stadtpfeifern angefangen hat, und der kennt den Tanzmeister. Das war nun nicht so schwer, wie du denkst.«

Fast fünf Jahre älter war Bärbel, und während Clara noch an Bänder und Schleifen für die Haare dachte und am liebsten griechische Buchstaben auf die Tafel malte, plante Bärbel ihr Leben, überlegte, wie viele Kinder sie haben wollte, welcher Hausstand nötig sei und welche Güter sie mit Hilfe des Vermögens ihres Mannes ansammeln könnte. Sie überließ nichts dem Zufall.

November 1470

Clara steht vor dem Rabenbad und blickt an der Tür hoch nach dem Besenreis. Manchmal, wenn etwas mit der Wasserversorgung nicht stimmt oder nicht genügend Brennholz da ist, schließt der Bademeister kurzerhand. Dann hängt kein Besenreis vor der Tür. Doch heute hängt es aus. Clara öffnet die Tür und tritt in den mit Steinfliesen ausgelegten Vorraum. Eine Bademagd kommt ihr entgegen.

»Guten Morgen, Frau Clara, hab schon einen Platz für dich.«

Sie führt Clara in einen kleinen Raum mit geweißten Wänden, an denen sich sauber geschrubbte Holzbänke aufreihen. Weiche Kissen liegen aus. Clara ist ganz allein. Wie sie das genießt, dass niemand ihr beim Umziehen zuschaut. Sie stellt ihren Korb ab und zieht sich das grüne Oberkleid und das leinene Hemd aus. Dann legt sie sich die beiden Badetücher um, eins um die Hüften, eins um die Schultern, bindet es hinten zusammen, damit nichts verrutscht, und schlüpft in die blank geputzten Holzsandalen. Sie geht durch das Badezimmer mit den großen Zubern rechts und links nach hinten durch in den Ruheraum. Was ihr am Rabenbad am besten gefällt, natürlich neben dem täglichen Wasserwechsel, sind die Vorhänge vor den Zubern. Man hört die Menschen dahinter plantschen, baden, kichern, reden, aber man sieht sie nicht. In anderen Bädern ist das nicht so, da spielt sich alles vor den Augen aller ab. Man sieht zu, wie sich einer einseift und abspült, wie sich zwei im Badezuber küssen und streicheln, wie einer sich die Nase ins Wasser schnäuzt. Ist sie nun zu prüde oder zu empfindlich? Sie will beim Baden für sich sein, sich keinen Blicken aussetzen. Und keiner anderen dabei zusehen müssen, wie sie einen Mann küsst.

Im Ruheraum ist es nicht ruhig. Zwar ist der Bereich zwischen Männern und Frauen aufgeteilt, aber das hölzerne Gitter dazwischen lässt nicht nur freche Rufe und Neckereien, sondern auch Blicke zu. An den Tischen sitzen frisch gewaschene Männer mit nass an die Stirn geklebten Haaren und spielen Karten, vor sich große Krüge mit Wein. Hinten auf der Bank plaudern einige Frauen miteinander. Das Stimmengewirr gleicht der schnatternden Gänseschar auf der Wiese vor dem Jakobertor. Der Dunst aus dem Baderaum wabert an der Decke des Raums entlang, und sie kann nicht gut erkennen, wer da hinten bei den Frauen sitzt. Aber schon schießt ein dicker, winkender, nackter Arm hervor, und ein fröhliches Rufen ist zu hören: »Clara, Cläre, komm hierher, hier bin ich, ich wart schon auf dich.«

Bärbel sitzt hinter einem Tisch auf der Bank, ihren fülligen Leib zu beiden Seiten mit weichen Kissen gepolstert. Die mit Fettpolstern gefütterte Haut lässt sich von ein paar Badetüchern nicht verhüllen. Sie thront zufrieden mit sich und der Welt auf ihren Kissen. Nur die etwas gespanntere Haut auf dem Bauch weist auf die fortgeschrittene Schwangerschaft hin, und auch nur, wenn man Bärbel kennt und weiß, in wie vielen Ringen sich ihr Bauch nach den Geburten falten kann.

Bärbels Pläne waren aufgegangen. Sie hatte noch vor ihrem zwanzigsten Geburtstag den Ulrich Hochstetter geheiratet. Mit dem ersten Kind hatte es dann noch eine Weile gedauert, aber dann gebar sie dem Ulrich nacheinander vier Söhne, und der fünfte ist nun unterwegs. Dass es wieder ein Sohn würde, steht für Bärbel fest. Zwischen den Geburten ihrer Söhne war sie einige Male schwanger gewesen, aber alle Mädchen waren ihr kurz nach der Geburt oder im ersten Lebensjahr gestorben. Sie versagt es sich einfach, an Mädchen zu denken, dann würde das Kind schon leben.

Bärbel hat ihr Strickzeug in der einen Hand und klopft mit der anderen neben sich auf ein Kissen.

»Hab ich dir freigehalten, komm, setz dich. Hast hoffentlich noch nicht gebadet?«

»Nein, ich wollte erst sehen, ob du schon da bist.«

Neben ihr kauert ein schmächtiger, blasser Junge auf einem Hocker am Tisch. Er hat eine Schiefertafel vor sich und mehrere kleine Blätter Papier, Abschnitte und Reste von größeren Bögen. Sein glattes, dunkles Haar fällt ihm in die Stirn. Unbeirrt vom Treiben um sich herum kritzelt er die Tafel voll. Dabei ist er vielleicht erst fünf, sechs Jahre alt – oder sehr klein für sein Alter. Es ist nicht üblich, dass Bärbel einen ihrer Söhne mit ins Bad nimmt.

»Ist das dein Ambrosius oder schon der Hieronymus?«

Clara findet Barbaras Namenswahl bei ihren beiden jüngsten Buben bedenklich. Bei den ersten beiden, Georg und Jakob, blieb ihre Wahl noch ganz konventionell, aber wie mag sie dann wohl den fünften nennen, wenn es wieder ein Bub wird? Nepomuk vielleicht?

»Keiner von beiden, das ist mein Neffe, der Konrad.«

»Ach, ist der schon so groß, dass er lesen und schreiben lernt?«

Barbara unterrichtet alle ihre Kinder selbst, darauf ist sie überaus stolz, und das lässt sie auch gern alle wissen.

»Der Konrad«, sie wuschelt ihm durch das Haar, er blickt unwillig auf und gleich wieder zu seiner Tafel, »der Konrad ist ein ganz gescheiter Bub. Der ist jetzt ein bisschen mehr als fünf Jahre alt und kann schon lesen und schreiben, und jetzt lernt er Latein.«

Clara zieht verblüfft die Augenbrauen hoch.

»Komm, Konrad, sag mal auf Lateinisch: ich lerne, du lernst …«

Wieder schaut Konrad unwillig auf: »Tante, ich bin grad beim Schreiben, jetzt nicht.«

»Und er weiß auch schon, was er will«, Clara muss über den ungehorsamen Ernst des Jungen lachen.

Bärbel gibt dem unbeteiligt wirkenden Konrad einen nachsichtigen Stups mit der Hand auf den Oberarm. Der ganze kleine Kerl wackelt bedenklich auf seinem Hocker, aber er blickt nicht auf und schreibt unbeirrt weiter.

»Weißt du, der Konrad ist jetzt bei uns im Haus, Ulrich und ich werden ihn erziehen und unterrichten.«

Bärbels Bruder Konrad war vor über fünf Jahren an einem heftigen Fieber gestorben, kurz nach der Geburt seines Sohnes. Obwohl der Tod hinter jedem Schnupfen lauerte und ein jeder weiß, dass ein heute gesunder, freundlicher und gescheiter Mann wie Konrad Peutinger morgen dahingerafft sein kann von irgendeiner der vielen Plagen, mit denen Gott die sündige Menschheit straft, war Bärbel unendlich traurig über den Verlust ihres Bruders. Sie hatten von klein auf eine enge Beziehung, lasen dieselben Schriften, redeten über die Grammatik der lateinischen Sprache und die Worte der Gelehrten. Wenn keiner verstehen durfte, was sie sich zu sagen hatten, redeten sie lateinisch miteinander, wie zwei muntere Bächlein, so schnell, dass nicht mal die Kirchenleute mitkamen.

»Seit ein paar Wochen ist der Bub jetzt bei uns. Die Frickinger Barbara, seine Mutter, will wieder heiraten. Ich hab ihr das abschwätzen können, dass der Bub zu uns kommt.«

Sie senkt die Stimme.

»Weißt doch, die könnte ihm all das nicht beibringen. Sie hat dafür keinen Sinn. Konrad ist so aufgeweckt wie sein Vater. Es ist für alle das Beste, wenn ich ihn unterrichte.«

Vor allem für dich, denkt Clara, doch sie gönnt es der Freundin, den Buben ihres Bruders bei sich zu haben.

»Komm, wir gehen baden«, ruft Bärbel fröhlich und winkt mit hocherhobenem Arm die Bademagd herbei. »Sei so gut, Agnes, pass auf den Kleinen hier auf, dass er keinen Unfug macht. Wirst keine Mühe mit ihm haben, der schreibt sowieso am liebsten.«

Wieder wuschelt sie ihm durchs Haar. Er verzieht die Lippen zu einem schmalen Lächeln und beachtet sie kaum.

Bärbel und Clara gehen zum Baderaum.

Sie haben sich zwei Zuber nebeneinander reserviert, ohne Trennvorhang, so dass sie nach Herzenslust plaudern können. Auf der Steinbank sitzend, waschen sie sich zuerst mit der nach Lavendel duftenden Talgseife. Bärbel beobachtet, wie Clara sich das kalte Wasser ganz zaghaft über Arme und Beine schüttet. Als sie sich hinunterbeugt, um ihre Schöpfkelle erneut zu füllen, kippt Bärbel ihre Kelle über Claras Rücken aus. Clara kreischt auf.

Bärbel lacht wie ein junges Mädchen.

»Los, gib's mir zurück!«

»Das ist gar nicht gerecht, du bist ja jetzt drauf gefasst, mich hast du überrascht.«

»Ich tu so als ob, ich schaff es doch auch nicht selbst. Das Wasser ist so kalt.«

»Na, wie du willst«, ruft Clara. Übermütig greift sie den ganzen Eimer und schüttet ihn über Bärbel aus. Deren triefendes Gesicht mit den zusammengekniffenen Augen und dem wie ein Fisch auf dem Trockenen schnappenden Mund bringt Clara zum Lachen. Bärbel nimmt ein Handtuch, zieht es mit einer Hand nach hinten und lässt es nach vorn auf Claras Schenkel klatschen. »Au! Mensch, warte nur«, ruft Clara, und beide bespritzen sich mit den Händen, Wasser aus dem Zuber schaufelnd, bis der Bademeister ihren Vorhang beiseitezieht:

»Ehrenwerte Frauen, was macht ihr da?«

Die Hände in die Seiten gestemmt, starrt er sie finster an. Die beiden sehen ihn an, dann sich und prusten los.

»Ich bitt euch, gebt Ruhe, andere wollen sich hier erholen.«

Kopfschüttelnd dreht er sich um und murmelt noch so etwas wie »… sollte man nicht meinen, sind doch keine fünfzehn mehr …«

Die frisch gereinigte Haut prickelt überall, als Clara sich in das warme, mit Rosenblättern bestreute Wasser sinken lässt.

Vor ihnen liegen Bretter über den Zubern, auf denen Becher mit gewürztem Wein und kleine Streifen getrocknetes Quittenmus bereitstehen.

Bärbel seufzt wohlig und nimmt von dem Obst. Kauend fragt sie: »Und was gibt es bei dir Neues?«

Clara zögert.

»Zainer hat mich eingeladen.«

»Ja, und?«

»Na ja, ich weiß nicht.«

»Was weißt du nicht?«

»Ob ich der Einladung folgen soll.«

»Oh Clara, lass dir nicht alles aus der Nase ziehen. Wozu hat er dich eingeladen und was hindert dich?«

»Wir haben uns neulich auf dem Markt getroffen, und er hat mich in seine Werkstatt eingeladen. Er druckt viel für die Abtei, und er möchte mir seine neuen Schriften zeigen.«

»Und?«

»Ja, ich weiß halt nicht, ob ich, ob es geziemt …« Clara verstummt.

»Ach Clara, jetzt mach es dir nicht so schwer, geh hin und fachsimpele mit ihm. Ich weiß doch, wie gern du Schriften und das neue Druckwerk magst.«

»Aber du weißt doch, dass mehr dahintersteckt. Er«, sie zögert,

»ist interessiert an mir. Ich glaube, er mag mich wohl, und auch immer schon mehr als ich ihn, oder vielleicht anders.«

»Du verhaspelst dich aber ganz schön. Geh einfach, er ist dein Freund, und ihr seid zwei erwachsene Menschen, da kann man doch mit vernünftigen Worten über alles reden.«

»So einfach ist das mit dem Zainer nicht. Er redet überhaupt wenig, und darüber, wie er fühlt, schon gar nicht. Wenn er drei Worte hintereinander sagt, ist das schon viel.«

»Fühlst du dich denn wohl, wenn er da ist?«

»Schon.«

»Dann geh hin, besuch ihn, schau dir an, was er dir zeigen will.«

Sie schweigen. Das Wasser plätschert, die Stimmen der anderen Badegäste klingen wie das sanfte Geschnatter der Enten am Lech in den Abendstunden. Bärbels Stimme wird weich und leise.

»Clara, wir sind nicht mehr die Jüngsten. Keiner weiß, wie viel Tage Freud und Leid uns noch beschieden sind, nutze die Zeit!«

»Gut, Bärbel, ich lass ihn wissen, dass ich seine Werkstatt sehen will.«

»Dann wäre das geklärt«, sagt Bärbel, holt tief Luft und taucht mit dem ganzen Kopf in den Zuber. Das lange blonde Haar treibt wie Schlingpflanzen um ihren Kopf.

Clara nimmt nachdenklich einen Schluck aus ihrem Becher. Dann lächelt sie und nimmt gleich noch einen kräftigen hinterher.

Bärbel hat versprochen, ihr nach dem Bad die Haare für den Tanz zu flechten.

»Was wirst du tragen? Wie sollen die Haare werden?«

»Ich werde das moosgrüne Samtkleid mit dem roten Unterkleid aus Seide tragen, das mit den Ärmeln mit offener Naht und dazu die goldenen Bänder. Kannst du mir ein paar goldene Bänder einflechten? Ich hab sie hier im Korb. Die Kappe ist da auch irgendwo.«

Bärbels flinke Finger streichen durch die braunen Locken, ziepen und zerren daran. Claras Kopf ruckt vor und zurück. Mit geschlossenen Augen sinken ihre Gedanken in sie hinein, und schläfrig lauscht sie dem Gemurmel der anderen Badegäste. Es ist ihr gleich, was Bärbel mit den Haaren anstellt, im Duft der Rosenblüten auf der Haut und des Lavendels in dem Tuch, das um ihre Schultern liegt, schweift sie zurück zu einem anderen Tag, vor so vielen Jahren, als sie, jung und zum Zerreißen verliebt in die eigene Zukunft, sich im Bad von der jungen Bärbel die Haare flechten ließ, als die Aufregung dicht unter ihrem Herzen saß und ungestüm gegen den Magen klopfte. Auch damals sollte es am Abend einen Geschlechtertanz geben. Es war das erste Mal, dass sie auf einen Tanz gehen durfte, und dazu noch geladen von Barbara Bäsingerin, der Frau des Jakob Fugger. Der Abend war ihr so wichtig, so einzigartig, und die wilden Versprechungen des ungestümen Herzklopfens schraubten ihre Erwartungen an ein paar Stunden Tanz und Gesellschaft in schwindlige Höhen. Es könnte ein Abend werden, wie man ihn nur einmal im Leben erlebte, was könnte nicht alles geschehen! Sie könnte beachtet werden, Komplimente bekommen, Lob und Bewunderung, besonders von dem einen großen Unbekannten, auf dessen Erscheinen sie hoffte, der sie ansehen sollte. Wer es auch sei, sie würde ihn erkennen.

»Was seufzest du, meine Liebe?«

Bärbel wedelt mit einem golden glänzenden Band vor ihren Augen, das sie ihr gerade an der Schläfe in den Zopf einflicht.

»Oh, hab ich geseufzt?«

»Ein tiefes Atmen gefolgt von einem sanftem Ach, das nenn ich einen Seufzer.«

»Ich hab nur an früher gedacht.«

»Tu das nicht, in unserm Alter führt das zu nichts Gutem«, sagt Bärbel lachend.

Wenig später ist Bärbel bei der Bademagd und lässt sich durchwalken. Clara sitzt am Tisch und strickt ein Leibchen für Veronikas Kind. Neben ihr sitzt der kleine Konrad. Nun schreibt er nicht mehr, sondern hat den Kopf in eine Hand gestützt und zwirbelt den Griffel auf dem Tisch herum.

Leise murmelt er vor sich hin: »Amo amas amat amamus amatis amant. Ich liebe du liebst er liebt wir lieben ihr liebt sie lieben. Nomen mihi est Conradus. Ich heiße Konrad.«

Er lächelt Clara an.

»Aqua aqua viva – balneatum adeo, weißt du, was das heißt?«

»Hm«, sagt Clara, »ich hab nicht viel Latein gelernt, vielleicht was mit Wasser und Bad?«

»Hihihi. Du bist nicht mal so gescheit wie ich, dabei bist du schon richtig alt«, sagt er hochnäsig.

Clara ist erstaunt über dieses vor Hochmut strotzende kleine Bündel Mensch. Du wirst ja bestimmt mal hochberühmt, du kleiner Gernegroß, denkt sie. Der Junge beachtet sie schon nicht mehr, sondern schreibt eifrig weiter seine Tafel voll.

Plötzlich hält er noch einmal inne, legt seinen Griffel weg und schaut Clara an.

»Hast du noch Vater und Mutter?«, fragt er unvermittelt.

Clara blickt in zwei braune Augen, die sie festhalten und eine Antwort erzwingen.

»Nein, sie sind beide schon gestorben.«

»Hast du sie gekannt?«

»Ja, sicher, als mein Vater starb, war ich ungefähr vierzehn oder fünfzehn. Meine Mutter starb ein paar Jahre später.«

»Warst du traurig, als dein Vater starb?«

Clara rutscht unwillig auf der Bank hin und her und nestelt an Barbaras Strickwolle. Unverwandt schaut Konrad in ihr Gesicht. Sie zögert. Was fragt er mich? So ein kleiner Kerl. Geht es ihn etwas an? Und doch spürt sie nach so langer Zeit die Trauer, die in ihrer Brust zieht.

»Ja, sehr.«

Jetzt nickt er und wendet sich wieder seinem Griffel zu. Er lässt ihn von Finger zu Finger wandern.

»Dann hab ich mehr Glück als du.«

»Wie meinst du das?«

»Ich hab meinen Vater nie gekannt, deswegen muss ich auch nicht traurig sein. Und meine Mutter hab ich noch, obwohl …«

Er verstummt, sie wartet.

»Obwohl es ihr lieber ist, dass ich bei der Tante bin.«

»Bist du denn gern bei deiner Tante?«

»Ja schon. Sie weiß viel, und ich darf bei ihr so lange schreiben und lesen, wie ich will. Bei Mutter sollte ich immer raus zu den anderen Kindern, aber das hat mir gar nicht gefallen.«

Er schaut auf seinen zwirbelnden Griffel.

»Aber du wärst schon auch gern bei deiner Mutter?«

Er zuckt mit den Schultern. Dann schiebt er sich die Tafel näher und fängt wieder an, in rasender Geschwindigkeit lateinische Wörter auf die Tafel zu schreiben.

»Konrad Peutinger«, ruft Bärbel, die mit ölig glänzender Haut und roten Wangen aus der Massagekammer kommt. »Pack dein Zeug zusammen. Wir müssen los, wenn wir daheim noch was von der Suppe abbekommen wollen. Bei mir wär's gleich, ich hab Reserven, aber du dünner Hering brauchst dringend mehr Fett zwischen den Rippen.«

Als Clara vom Bad nach Hause geht, hebt sie den Unterarm an die Nase und schnuppert daran. Ihre Haut riecht nach Lavendel, nach den Rosenblättern im Öl, mit dem die Magd sie einrieb, und nach ihr selbst. Dass man den eigenen Geruch nur bemerkt, wenn man ganz sauber oder ganz schmutzig ist, denkt sie und muss lächeln.

Ein kurzer Schwung von Glück fährt ihr durch den Körper. Von den Füßen bis zum Haupt fühlt sie Wohligkeit. Wie gut ich es doch habe, denkt sie. Ich habe eine Herdstelle, die mir niemand wegnehmen kann, einen Bruder, der zu mir steht und nicht über mich bestimmt. Ich bin Augsburger Bürgerin mit allen Rechten. Ich zahle sogar Steuern. Niemand kann mich von hier vertreiben. Ich bin Schreiberin. Man gibt mir Aufträge, und ich bekomme Geld dafür, so viel, dass niemand für meinen Unterhalt sorgen muss. Es fehlt mir doch rein gar nichts, denkt sie fast mit Trotz.

Doch das schmale bleiche Kindergesicht des kleinen Konrad lässt Clara nicht los. Ob er besser dran ist als sie, weil er um seinen Vater gar nicht trauern musste? Ich hab meinen Vater sehr gemocht, denkt sie, so sehr. Wie ging dieses Gedicht von Freydanck? Sie hatte es doch in Jörgs Liederbuch gesehen. Ja, so ging es:

Der Tod Lieb von Liebem schält,
bis er uns alle hingezählt,
der Tod die Leute von uns stiehlt,
recht als ob er Schachzabel spielt.
Gott tat wohl, dass er verbot,
dass niemand weiß sein selbes Tod.

September 1445

»Schach!«, rief Barthel und klatschte in die Hände.

»Nicht so laut«, zischte seine Mutter.

»Lass ihn, Bertha, er freut sich, dass er seinen alten Vater schlagen kann«, sagte Bartholomäus mit leiser Stimme. Er lag im Bett, in der Kammer der Eltern, ein paar Kissen in den Rücken gestützt. Sein Gesicht war gelb und eingefallen, seine Knochen, die sich unter der Bettdecke abzeichneten, wurden von Tag zu Tag spitzer.

Ein Grauen erfasste Clara jedes Mal, wenn sie die zum Krankenlager gewordene Schlafstube der Eltern betrat. Sie war ihrem Vater böse, weil er krank geworden war, verärgert, weil es doch so ungerecht war, wütend, weil es ihren Sommer verdorben hatte. Und wusste doch zugleich, dass er es war, der litt, nicht sie. Sie rupfte an ihren Fingernägeln und schaute grimmig auf ihre Hände. Eine gute Tochter hat Mitleid mit dem kranken Vater und zürnt ihm nicht. Ich bin keine gute Tochter, aber warum geschieht mir das? Mit Widerwillen sah sie auf die arme, kranke Gestalt, die einmal ihr rundlicher, liebevoller Vater war. Jetzt war September, und sie erinnerte sich, dass der Vater im Frühjahr 1445 sich öfter an den Bauch fasste, wenn er gegessen hatte. Er verzog das Gesicht und sah plötzlich alt aus, und sie fragte ihn damals erschrocken, was er denn habe.

»Nichts, nur zu viel gegessen«, sagte er oft oder brachte zwischen zusammengepressten Zähnen solcherlei Beschwichtigungen hervor.

Doch über den Sommer nahm sein Appetit ab und seine Lebenskraft ebenso. Er blieb immer länger im Bett und war immer seltener in seiner Schreibstube anzutreffen. Es sprach sich herum, dass Bartholomäus Hätzler krank sei, und als aufgrund der Länge der Erkrankung klar war, dass es sich nicht um eine ansteckende Krankheit handelte, besuchten ihn auch seine Freunde, ein paar Schreiber, denen er sonst immer Arbeit gab, und einige der Kaufleute, für die er tätig war. Sein Freund, der Stadtschreiber Oswald Horch, kam öfter vorbei. Es war ein Abschiednehmen im Haus, als draußen die Ernte in vollem Schwunge war, und seit Anfang September erhob er sich überhaupt nicht mehr, aß auch nichts als hin und wieder ein paar Löffel Brühe und wurde immer gelber im Gesicht. Clara vermied es, ihn zu berühren. Einmal streifte ihre Hand die seine, als sie ihm einen Becher reichte. Aus dem warmen, rosigen Fleisch seiner lieben Hand war gelbliches, faltiges Pergament geworden, das sie ekelte.

Barthel hatte immer einen Einfall, wie er dem Vater die Zeit vertreiben konnte. Ob er ihm die Menge der in die Kornscheuer eingefahrenen Garben beschrieb, ihm einen Strauß Rosen mitbrachte oder wie heute das Schachspiel aufbaute, dessen Figuren sich der Vater in seiner Schwäche von Barthel bewegen lassen musste –, Barthel verstand es, ein paar Minuten Freude und Kurzweil ans Krankenlager zu bringen. Das Schachspiel war etwas zwischen Vater und Sohn. Vor ein paar Jahren wollte der Vater es beiden Kindern beibringen und erklärte ihnen die Züge der Figuren. Er ließ sie gegeneinander spielen. Barthel begriff es schneller und gewann jedes Mal, bis Clara zornig und enttäuscht allen kundtat, sie würde dieses Teufelsspiel nie wieder anrühren. Barthel und der Vater lachten sie aus, und sie ging wutstampfend aus der Tür. Damals war sie vielleicht neun oder zehn Jahre alt. Jetzt bewunderte sie Barthel für den liebevollen Gleichmut, mit dem er dem Vater die Hand zur Figur führte. Clara wusste nicht, wie er es schaffte, ihr war jedes Mal zum Heulen, und sie musste ihren ganzen Mut zusammennehmen, überhaupt das Krankenlager zu betreten.

Hoffnung auf Heilung hatte niemand mehr. Ihr Vater war zu einem ausgezehrten Greis geworden, dessen Bild sich in ihr Gedächtnis einbrannte, wie ein heißer Stichel Striche in ein Stück Holz brennt.

Ab und an kam Änne vorbei und gab ihnen Mohn- und Hanfsamen mit einer genauen Dosierungsanleitung zur Herstellung eines schmerzstillenden Tranks. Doch auch sie schüttelte nur den Kopf, wenn sie die Schlafstube verlassen hatte. »Betet für ihn«, sagte sie beim Abschied.

Noch eine Besucherin kam häufiger, als sie das in den letzten Jahren getan hatte. Berthas Schwester Irmel schaute öfter vorbei, war aber meist gar nicht im Krankenzimmer, sondern trieb sich in der Küche, im Vorratskeller und sogar in der Schreibstube herum. Einmal überraschte Clara sie, als Irmel mit ihren Händen oben auf dem kleinen Schrank ihres Vaters, in dem er die Siegelringe und Geldschatulle aufbewahrte, herumtastete, als suche sie etwas.

»Kann ich dir helfen, Tante?«, fragte Clara.

»Äh, nein, nein, schon gut«, sagte diese und wandte sich rasch zum Ofen. Sie tat so, als würde sie sich die Finger wärmen.

»Ich verstehe nicht«, sagte Clara, »was hast du denn gesucht da oben?«

Und im selben Augenblick begriff sie es. Irmel hatte den Schlüssel für die Geldschatulle gesucht. Clara sah es vor sich und konnte es doch kaum glauben. Wie konnte Mutters eigene Schwester nach Geld in ihrem Haus suchen? Wollte sie etwa stehlen? Hatte sie eine Diebin ertappt?

Sie mochte mit keinem darüber reden. Ihre Tante konnte doch keine gewöhnliche Diebin sein, das durfte einfach nicht sein. Was, wenn sie nur einen falschen Schluss gezogen hatte und die Tante gar kein Geld gesucht hatte? Besser nicht daran denken, vor allem mit niemandem drüber reden, denn wie der Fall auch lag, es würde entweder sie oder die Tante beschämen.

Für alle am überraschendsten in dieser Zeit des Siechtums aber war die Veränderung ihrer Mutter Bertha. Als hätte sie ihr Leben lang auf diese Aufgabe gewartet, hörten alles Jammern und Klagen um die eigenen Zipperlein, alles Schwarzsehen und Schlechtmachen auf. Je kränker ihr Mann wurde, umso hingebungsvoller pflegte sie ihn und war Tag und Nacht nur noch für ihn da. Sie schlief auf einem Lager in der Schlafstube, damit er des Nachts ruhig im Bett läge, sie tränkte und fütterte, säuberte und kleidete ihn mit einer Geduld, die ihr niemand zugetraut hatte. Sie wusch ihrem Mann Gesicht und Hände mit einem kühlen Lappen, hielt ihm den Becher zum Trinken an die Lippen, brachte den Nachttopf weg, ohne Zögern, ohne Zittern, ohne eine Miene zu verziehen.

Einen Augenblick lang war alles still in der Stube. Dann sprach der Vater leise zum ersten Mal von seinem kommenden Ende.

»Lang werd ich nicht mehr bei euch sein«, flüsterte er, »Barthel, pass mir auf Mutter und Schwester auf. Werde du ein ehrlicher Schreiber, dann kommen die Leut auch zu dir, und nimm nicht so viel von den Armen. Clara, sei deiner Mutter eine Stütze. Grüß mir die Änne. Bertha, meine Frau, wenn uns reuigen Sündern von Jesus Christus dereinst verziehen werden wird, werden wir uns wiedersehen, dort im Fegefeuer, vielleicht sogar …«

Tränen standen in seinen Augen. Er sprach mit vielen Unterbrechungen und wurde manchmal ganz leise. Er atmete schwer und schloss die Augen.

»Soll ich den Pfarrer holen?«, flüsterte Bertha.

Er nickte kaum merklich mit dem Kopf.

Eine Nacht und einen halben Tag später atmete er noch einmal rasselnd ein und aus und dann nicht mehr. Seit seinen letzten Worten hatte er die Augen nicht mehr geöffnet. Clara weinte an Barthels Schulter und er in ihre Haare.

Bartholomäus Hätzler hatte ein großes Geleit auf dem Kirchhof, denn viele hatten seine Dienste in Anspruch genommen, die reichen Kaufleute in schweren schwarzen und braunen Mänteln mit Pelzbesatz ebenso wie die kleinen Handwerker und die Bauern vor der Stadtmauer, die, des Lesens und Schreibens unkundig, sich darauf verlassen konnten, dass er nie etwas anderes las, als da geschrieben stand, und nie etwas anderes schrieb, als sie von ihm gewünscht hatten.

Als der Sarg ins Grab gelassen wurde, blickte Clara in den weiten leeren Himmel. Es war ein klarer Tag im Frühherbst. Die Blätter färbten sich schon, und Wölkchen trieben am Himmel wie die in Hecken verfangenen Flausen von Schafwolle. Sie schwebten harmlos daher und missachteten die Trauer in Claras Herz. Warum regnet es nicht?, dachte sie, warum stürmt und nieselt es nicht an so einem Tag? Wo ist mein Vater?

Der Pfarrer sprach: »Und er sitzet am Tisch des Herrn«, aber wo sollte der sein, dieser Tisch? In diesem weiten blauen Himmel, wo sollte da ein Tisch sein, an den man sich setzen konnte, ein Heim, dessen Herd einen wärmte? Eine feste Klammer hielt Claras Brust starr und steif zusammen. Das Atmen fiel ihr schwer. Trost im Gebet, wie ihre Mutter, die seit dem letzten Atemzug ihres Mannes ununterbrochen den Rosenkranz betete, nur ab und zu in einen unruhigen Schlummer fiel und wieder erwachte, sobald ihr der Rosenkranz aus der Hand zu fallen drohte, fand Clara nicht.

Mit dem letzten Atemzug ihres Mannes verfiel Bertha wieder

der Schwermut und hatte an nichts mehr teil. Eine Stütze sollte Clara der Mutter sein, das war der Auftrag ihres Vaters. In Wahrheit hatte Clara fast allein, nur mit Afras Hilfe, das Haus gereinigt und das Totenmahl vorbereitet. Sie hatte die Schreibstube ausgewischt, den Ofen abgeputzt, das Geschirr poliert, während Afra die Stiege und die Küche kehrte und das Essen zubereitete. Sie war zum Brotmarkt gegangen und hatte Brot und Kuchen bestellt. Gleich hatte die Bäckersfrau sie erkannt und mitleidig angesehen.

»Ich komm wegen der Leich'«, flüsterte Clara. Mit einem Mal traten Tränen in ihre Augen, und sie fragte schnell, wie viel sie bestellen solle. Die Bäckersfrau wischte sich die Hände an der Schürze ab und holte eine Schiefertafel und ein Stück Kreide. »Ich mach es wie immer bei einer Leich. Der Max bringt es euch. Wann ist der Kirchgang?« Clara war ihr dankbar, dass sie nicht mehr Worte machte. Auch der Wirt von der Schankstube nahm die Bestellung fast stumm entgegen, brummte und nickte am Ende: »Verlass dich auf mich, Clara.«

Im Haus war alles gerichtet für die Gäste, unter denen sie nun auf dem Kirchhof stand. Der gewölbte Himmel über Clara war so ungeheuer groß, ihr schien, als ob die Seele des Vaters wie ein kleiner weißer Hauch von dem großen Blau verschluckt würde. Die hohen Eichen und Buchen am Rand des Kirchhofs grenzten den Himmel ein und raschelten gleichgültig mit den Blättern im Herbstwind. Ihnen war es einerlei, ob Clara nun ohne Vater zurechtkommen musste, ob sie seine Scherze und sein Lachen nie mehr hören würde, ob seine warme Hand nie mehr auf ihrem Kopf ruhen würde. Er war fort, so weit fort.

Als die Trauernden in kleinen Gruppen den Kirchhof verließen, löste sich eine hohe Gestalt aus der Menge und setzte sich schwerfällig auf die Bank vor der Mauer. Barbara Bäsingerin, verheiratet mit Jakob Fugger, Sohn des Kaufmanns Hans Fugger, war hochschwanger, und es zog in ihrem Rücken. Konnten das schon die Wehen sein? Es wären noch drei oder vier Wochen, so hatte Änne erst gestern nach der Größe des Kindes und der Höhe des Bauches geurteilt.

Änne hatte sie beobachtet und trat zu ihr.

»Wie geht es dir?«

»Es zieht im Rücken.«

»Wie zieht es?«

»Es sticht und fährt mir von unten nach oben.«

»Dann sind es keine Wehen, es ist dein Kreuz, das sich mit dem Gewicht des Kindes schwertut.«

Barbara lächelte Änne dankbar an und rieb sich den Rücken.

»Ich geb dir nachher ein Öl und ein paar Kräuter, damit lässt du dir den Rücken einreiben, das lindert die Schmerzen.«

Dennoch setzte sich Änne auf die Bank und wartete geduldig darauf, bis Barbara sich erholte.

Barbara, die Tochter des Goldschmieds Franz Bäsinger, war eine der schönsten Frauen in Augsburg. Ein Kranz aus hellblondem feinem Haar umrahmte ein schmales Gesicht mit klaren blauen Augen und einer sehr hohen Stirn. Barbara war eine der wenigen, die ihre Stirn nicht ausrasieren mussten. Von schlankem, hohem Wuchs schritt sie stets mit großer Ruhe durch die Straßen der Stadt. Hochmut schritt mit ihr mit, aber Änne wusste wie so oft mehr als das, was die Klatschweiber auf der Straße sahen. Sie hatte ihr vor vier Jahren bei der Geburt des ersten Sohnes Ulrich geholfen, und auch beim zweiten Sohn Andreas und bei der Tochter Anna im letzten Jahr war sie ins Fugger'sche Haus gerufen worden. Sie kannte auch die Gerüchte um ihre Hochzeit mit Jakob Fugger, und keiner wusste genauer als sie, die Hebamme des Erstgeborenen, wie kräftig das Kind war, als es nicht einmal sechs Monate nach der Hochzeit auf die Welt kam.

Die beiden Fuggerbrüder Andreas und Jakob ließen sich Zeit bei der Wahl ihrer Bräute. Schließlich spann dafür ihre Mutter Elisabeth, die Witwe des Webers und Kaufmanns Hans Fugger, die Fäden. Für die Fuggerbrüder, selbst nur Angehörige der Weberzunft und erst in der zweiten Generation Augsburger, eigneten sich auf dem Heiratsmarkt die Töchter hoch angesehener, jedoch in finanzieller Not steckender Patrizier und Handwerksmeister. Jakob Fuggers Vater war als junger Weber vor vielen Jahrzehnten fast mittellos in die Stadt gekommen und hatte es durch kluge Verbindungen und Geschäfte in wenigen Jahren zu Einfluss und Vermögen gebracht. Seine zweite Frau Elisabeth, nun eine strenge und herrische Witwe, hielt das Vermögen zusammen und gab ihren Söhnen kaum Geld, aber versorgte sie mit einer Lehre bei den Goldschmieden. Dann suchte sie nach den besten Verbindungen, um die Söhne durch Heirat in die gute Gesellschaft der Herrenstube, der ehrwürdigen Gemeinschaft altadeliger Augsburger Geschlechter, zu bringen. Und sie suchte lange. Für Andreas arrangierte sie die Hochzeit mit der erst sechzehnjährigen Barbara Stammler, als er schon sechsunddreißig war, und Jakobs »Wahl« fiel auf die Tochter des Goldschmieds Bäsinger. Womit die Brüder nicht rechneten, war der Stolz der Barbara Bäsingerin, die den wenig stattlichen Jakob, der ihr kaum bis zu den Ohren ging, keines Blickes würdigte, wann immer man sie in Gesellschaft bei Tänzen oder Feiern zusammensetzte. Barbaras Vater tobte. Doch wie sehr er auch drohte und zeterte, an Barbaras hartem Stolz, an ihrer ungerührten Miene zerbarst jeder Zorn wie ein gläserner Pokal, der an eine Steinwand geworfen wurde. Ihre Mutter rang mit den Händen und heulte.

Die Eltern Bäsinger hatten schon die Hoffnung aufgegeben, ihre einzige Tochter reich zu verheiraten, als diese eines Tages im März unumwunden ihren Eltern mitteilte, sie wäre jetzt bereit, den Jakob Fugger zu heiraten, sie mögen das Aufgebot bestellen, und zwar schnell, bevor sie es sich wieder anders überlege, im April müsse noch die Hochzeit sein, am besten kurz nach Ostern. Vor lauter Freude übersah ihr Vater die irritierten Blicke seiner Frau, und diese schwieg wohlweislich. Die Vermählung wurde alsbald mit einem prächtigen Fest gefeiert, wie man es von einem Fugger erwarten konnte. Am neunten Oktober gebar Barbara ihren ersten Sohn, den kleinen Ulrich.

Über die Gründe der kurzen Schwangerschaft schwieg Barbara. Sie offenbarte sich weder Änne noch ihrer Mutter oder einer Freundin, und von den Fuggern rechnete offiziell keiner nach. Es gab auch keinen Anlass zur Klage, was Barbaras Verhalten betraf. Sie führte den Haushalt vorbildlich und gebar dem Jakob in rascher Folge noch zwei Kinder, jetzt war sie mit dem vierten schwanger.

»Änne«, brach Barbara nach einiger Zeit das Schweigen, »ich hab noch eine Bitte. Wenn das Kind auf der Welt ist und der Winter kommt, brauche ich jemanden, der mir bei etwas hilft.«

»Eine Amme zu finden ist nicht schwierig für deine Familie«, sagte Änne stirnrunzelnd. Da sie nicht in Augsburg wohnte, suchte sie auch nicht die Ammen aus.

»Nein, es geht nicht um eine Amme. Es geht um Clara, die Tochter vom Hätzler. Die kann doch jetzt bestimmt ein bisschen Zuverdienst gebrauchen. Schick sie zu mir, wenn das Kind da ist.«

»Als Kindermädchen?«

»Nein.«

Barbara rieb sich die Handgelenke und presste die Lippen aufeinander. Der nächste Satz war kaum hörbar.

»Ich will lesen und schreiben lernen.«

»Aha.«

»Das hat Clara doch gelernt von ihrem Vater, wie ich gehört habe.«

»Ja, das kann sie sehr gut.«

Barbara streckte die Schultern zurück und hob das Kinn.

»Mein Mann und mein Schwager machen viele Geschäfte, und sie sind auch oft nicht im Kontor. Wenn sie nicht in einer Ratssitzung hocken, dann sind sie in den Dörfern bei den Webern, und manchmal verreisen sie für länger, nach Frankfurt auf die Messe oder gar nach Venedig. Ich will wissen, was im Kontor geschieht. Ich will wissen, welche Geschäfte die beiden Fuggerbrüder treiben. Dazu muss ich lesen und schreiben können, sonst finde ich es nicht heraus, und sonst nimmt mich keiner ernst.«

»Ich frag Clara.«

Änne betrachtete Barbaras entschlossenes Gesicht und den bitteren Zug um den Mund. Ihr war klar, dass noch etwas anderes hinter dem Wunsch stecken musste, aber es ging sie nichts an. So nah eine Hebamme bei den Körpern der Frauen ist, wenn sie gebären, so fern musste sie ihrem Herz und Geist bleiben, um nicht in alle möglichen Liebeshändel und Familienstreitereien hineingezogen zu werden.

»Ist sie auch verschwiegen? Sie soll erst einmal als Kindermädchen zu mir kommen und kein Wort vom wahren Zweck sagen. Es darf keiner merken.«

Änne nickte, nahm Barbaras Hände in ihre und sagte nur:

»Ich red mit ihr.«

»Es wär doch so viel leichter für dich, wenn wir hierherzögen, nicht wahr«, sprach Tante Irmel und tätschelte Berthas Hand.

Clara und Barthel standen an der Tür zur Schreibstube und erstarrten. Worte stiegen in Claras Kehle hoch, aber es waren zu viele, und sie wusste nicht, welche sie zuerst aussprechen sollte. Sie schwieg, und Barthel ging es wohl genauso. Sie waren eben aus der Küche, in der sie Afra bei der Verteilung der Reste vom Totenmahl an die Armen geholfen hatten, nach oben in die Schreibstube gekommen. Alle Gäste waren schon gegangen – alle, bis auf Tante Irmel, Schwager Ulrich Mangolt und deren pausbäckige siebenjährige Tochter Apollonia, die, schmollend mit dem Kinn auf der Brust und halb auf der Bank liegend, auf das Ende des langweiligen Gespräches wartete.

Ulrich nickte eifrig mit dem Kopf und pflichtete seiner Frau bei:

»Wir können dir das Leben so viel einfacher machen, es braucht doch einen Mann im Haus, allein schaffst du das ja doch nicht, mit zwei minderjährigen Kindern.«

»Wir können dir schon in den nächsten Wochen zur Hand gehen, was sagst du?«

Zögernd blickte Bertha auf und sah ihre beiden Kinder an der Tür stehen.

»Ach, da seid ihr ja endlich.«

Barthel und Clara blickten sich an und wussten plötzlich, was sie zu tun hatten.

»So«, sagte Barthel laut und klatschte in die Hände, so dass auch Irmel und Ulrich nach ihm schauten. »Jetzt wären fast alle Gäste gegangen. Schwager Ulrich, sag mal, was war das neulich bei Gericht für ein Prozess mit dem Langenmantel und dem Schneider aus der Schwibbogengasse? Da ging es ja ziemlich hoch her!«

Barthel wusste, dass Ulrich nichts lieber tat, als von den Streitigkeiten vor Gericht zu berichten. Er war zweiter Gerichtsschreiber und verdiente nicht übermäßig viel, denn den Richtern reichten meist die Dienste des ersten Schreibers, der überaus tüchtig war, ein Ruf, den Ulrich nicht hatte. Ulrich und Irmel wohnten am Predigerberg, vom Dom aus gesehen hinter dem Judenviertel und der Stadtmetzg. Dort waren die Straßen schmutziger und lauter, und es lief viel Gesindel vor dem Haus herum. Das Heilig-Creutz-Tor hingegen, in dessen Nähe der Notar Hätzler sein Haus vor fast zehn Jahren gekauft hatte, lag in einer sehr guten Gegend, in der Nachbarschaft kein lärmendes und stinkendes Handwerk, nur wohlhabende Bürger und Kaufleute. Sogar der Kaiser nutzte, wenn er in Augsburg weilte, das vom Bischof unterhaltene Gästehaus schräg gegenüber dem Hätzler'schen Haus.

Kein Wunder, dass Irmel und Ulrich damit liebäugelten, ins Hätzler'sche Haus zu ziehen. Aber Barthel und Clara waren sich einig, dass sie Mutters Schwester und vor allem ihren neidischen Mann überhaupt nicht mochten. Es musste unbedingt verhindert werden, dass sie zu ihnen zogen.

»Mutter«, sagte Clara, »die Afra braucht dich in der Küche, sie will noch wissen, was sie mit den Resten machen soll, und ich konnte ihr das auch nicht sagen, gehst du bitte hinunter?«

Irmel hielt Berthas Hand fest, als diese aufstand, musste sie aber wohl oder übel loslassen und wandte sich mit einem süßsauren Lächeln an Clara, als Bertha die Stube verließ.

»Irmel«, Claras Lächeln war strahlend, und sie wunderte sich selbst, woher sie das nahm, »ich bedanke mich sehr für euren Besuch. Schade, dass ihr uns nun verlassen wollt, aber es ist ja auch schon dunkel und gleich Schlag sieben, da wird der Nachtwächter sicher seine Runde beginnen. Fängt er nicht immer hinten beim Roten Tor an und geht als Erstes über den Predigerberg?«

Sie zog Irmel an den Ellbogen hoch und drückte zwei herzhafte Küsse auf ihre Wangen.

»Noch mal vielen Dank für euren Besuch. Es hat so gutgetan, euch zu sehen.«

Und es wird noch besser, wenn ihr geht, verkniff sich Clara.

Das gelangweilte Kind sprang auf und zog an Irmels Rock.

»Ich will heim«, quengelte Apollonia.

Unwillig schlug Irmel das Fäustchen des Kindes vom Rock. Auch Barthel hatte dem Ulrich schon den Abschied gegeben.

Ulrich wollte noch nicht von seinem Vorhaben lassen und

mahnte die beiden, ihrer Mutter aufzutragen, sie möge über seinen Vorschlag nachdenken.

»Jaja«, sagte Barthel leichthin und geleitete ihn zur Tür. Sie brachten die Verwandten zum Hoftor, damit diese nicht auf den Gedanken kamen, noch mal in die Küche zur Mutter zu gehen, und lehnten sich dann nebeneinander an das geschlossene Tor.

Clara atmete auf.

»Das war knapp.«

»Mutter hätte fast ›ja‹ gesagt, ich hab es ihr angesehen.«

»Was machen wir nur, wenn sie sich von denen überreden lässt?«

»Uns wäre nicht mehr wohl in unserem eigenen Zuhause. Der Schwager und die Tante würden bestimmen, was hier geschieht.«

»Es wäre fürchterlich.«

»Womöglich schafft er es, unser Vormund zu werden. Wir müssen das verhindern.«

»Aber wie?«

Das Begräbnis hatte in den letzten Tagen wie ein großer Haufen Steine vor Clara gelegen, der abgetragen werden musste, und sie hatte so gehofft, dass es danach einfacher weitergehen würde. Nun lag ein neuer Schutthaufen vor ihr, Irmel und Ulrich standen obendrauf, und Apollonia warf Steine von oben auf sie herab. Sie schüttelte sich, um das Bild loszuwerden.

»Ich weiß nicht, lass uns morgen drüber reden. Ich bin hundemüde.«

Im Hätzler'schen Haus war es trüb und still geworden. Claras Mutter saß auf der Bank in der Küche, vom Morgen bis zum Abend, ein stiller fester Körper, der eine graue Wand um sich herum baute. Clara mied die Mutter und war nur zum Essen in der Küche. Doch wohin sollte sie? Barthel floh aus dem Haus und trieb sich mit seinen Freunden in den Höfen der Gasthäuser und auf der Straße herum. Clara roch das Bier, das er dort trank, wenn er spätabends die Treppe heraufgetappt kam. Sie wünschte sich, ihr Bett in einer anderen Kammer aufstellen zu können. Wenigstens hatte Afra ihr eine Matratze genäht, und sie hatte sich vom Stallknecht einen Holzrahmen zimmern lassen, so dass Bruder und Schwester nun nicht mehr im selben Bett schliefen.

Am schlimmsten war die Langeweile. Wie im Nebel, in lähmender Eintönigkeit, vergingen die Tage nach der Beerdigung des Vaters. Clara half Afra, wann immer diese es erlaubte, doch selbst für Afra allein war es keine schwere Arbeit, das Haus mit den vier Bewohnern, dem kleinen Garten und den paar Hühnern in Ordnung zu halten, vor allem da nun keine Besucher mehr in der Schreibstube erwartet wurden.

Clara hatte es übernommen, auf den Markt zu gehen und einzukaufen. Die ersten paar Male ging Afra mit, aber Clara lernte rasch die Preise auf dem Markt. Und sie sah dabei, wie viel Geld der Haushalt ausgab, war er auch noch so klein. Alle Gulden, die der Vater eingenommen hatte, lagen in einer Truhe in der elterlichen Schlafkammer. Sie lebten sparsam in den ersten Wochen nach des Vaters Tod. Was Clara beunruhigte, war, dass kein Geld mehr in die Truhe hineingelangte, nur welches heraus. Auf dem Weg zum Markt schwang ihr Korb nicht beschwingt wie bei anderen Töchtern und Mägden ihres Alters. Sie umklammerte den Griff mit beiden Händen, hielt den Korb vor sich und rechnete hin und her. Sie hatte eine Schiefertafel in die Küche gelegt und schrieb täglich auf, was sie wofür ausgegeben hatte. Abends übertrug sie es auf ein altes Stück Pergament. Niemand sonst schien sich darum zu scheren. Barthel nahm seine Pfennige fürs Bier vom Küchenbord, Afra stand es nicht zu, etwas zum Vermögen ihrer Herrschaft zu sagen, und Bertha stöhnte und seufzte nur, wenn Clara sie auf das Geld ansprach.

»Ach Kind, das Leben ist mir so schwer geworden, mach es mir nicht noch finsterer«, war alles, was sie von der Mutter zu hören bekam.

Wenn Clara von Besorgungen zurückkehrte und beim Betreten des Hofes Stimmen hörte, war es allzu oft Tante Irmel, die beharrlich zwei-, dreimal in der Woche ihrer Schwester einen Besuch abstattete. Clara und Barthel hatten nach dem Begräbnis eindringlich auf die Mutter eingeredet. Sie fürchteten, dass Ulrich und Irmel die Herrschaft im Haus übernehmen würden, selbst wenn Bertha sie nur als Mieter oder, was noch schlimmer wäre, als Familienmitglieder ohne Bezahlung bei ihnen wohnen ließe. Bisher hatte die Mutter standgehalten, und meist versuchte Clara, bei Irmels Besuchen dabeizubleiben, um einschreiten zu können, aber sie fürchtete den Tag, an dem Bertha ein »Ja« abgepresst werden würde, wie man das Laugenwasser beim Putzen aus einem Lappen drückt.

Am schlimmsten waren die Tage, an denen auch Ulrich mit in der Küche saß. Wenn Clara den Raum betrat, zogen sich seine Mundwinkel bis zu den Ohren. Er tätschelte bei jeder Gelegenheit ihren Rücken oder ihre Arme.

»Ja, die Clara, die wird ja wohl auch bald Freier haben, nicht wahr?«, fragte er sie, und es sollte scherzhaft klingen. »So ein hübsches Kind, das wird doch unter die Haube zu bringen sein« oder »Wie steht's, Cläre, hast du schon einen Galan?« waren Sätze, die sie ständig von ihm zu hören bekam. Sein Blick bekam etwas Gieriges, wenn er so mit ihr redete, und seine Zunge fuhr über seine Lippen.

Sie tat so, als hörte sie die Widerlichkeiten nicht, aber schämte sich gleichzeitig für das tatenlose Ertragen. Beim Abschied zwickte er sie sogar in die Wange oder fasste ihr Kinn und schüttelte es leicht. Jedes Mal ging sie danach zum Wasserfass und wusch sich die Hände und das Gesicht, aber die Stellen, an denen er sie berührt hatte, brannten noch lange wie Feuer.

Wann immer es ihr möglich war, traf sie sich mit Bärbel Peutinger. Kaum brachte Bärbel ihren lebhaften rundlichen Körper ins Haus, schien es, als ob Funken sprühten. Solange Clara neben ihr stand und saß, färbten sich die Bänke, Tische und Wände bunt, wie in einem mit prächtigen Tapisserien ausgekleideten Zelt. Sie setzten sich in die verwaiste Schreibstube ihres Vaters, rührten Tinte an und übten sich in Schönschrift. Clara versuchte, ihre Sorgen für ein paar Stunden zu vergessen, umso mehr als sie wusste, dass auch diese Zeit bald zu Ende sein würde, wenn Bärbel ihre beabsichtigte Heirat wahrmachte. Dennoch genossen beide das gemeinsame Schreiben. Was auch immer sie in die Finger bekamen, wurde abgeschrieben. Sie tüftelten neue Arten aus, Buchstaben zu schreiben und zu verzieren, legten Schwünge und Ranken unter die Wörter und lasen sich alles genau durch, um zu verstehen, was sie abschrieben.

Dabei stellten sie fest, dass alle Schreiber die gleichen Wörter aus unterschiedlichen Buchstaben zusammensetzten.

»Wie unnötig ist das doch«, sagte Bärbel, »dass man ständig entziffern muss, welches Wort sie jetzt meinen, schau, und sogar ein einziger Schreiber verwendet für dieselben Wörter andere Buchstaben – auf demselben Blatt!«

»Es wär einfacher, wenn sie alle gleich schreiben würden, dann könnte man viel schneller lesen, weil man es gewohnt wäre.«

»Du hast recht – wir werden ein Verzeichnis aller Wörter anlegen und zwar so, wie wir sie schreiben wollen.«

Clara lachte.

»Aber Bärbel, das wäre doch eine Arbeit für ein ganzes Leben, denk doch wie viel Wörter es gibt.«

»Dann lass es uns wenigstens versuchen, dass wir beide in unseren Schriften die Wörter immer gleich schreiben.«

Ein altes Stück Pergament knisterte in ihrer Hand, als Clara es vom Tisch nahm und in die Truhe legte. Der November war gekommen, und mit ihm Kälte und Dunkelheit. Clara und Bärbel blieb immer weniger Zeit für das Lesen von Handschriften und Üben der Kalligraphie. Wie sehr wünschte sie sich mehr Papier! Nur wenige Male bisher durfte sie welches anfassen oder darauf schreiben. Papier war so glatt, sanft und schmeichelnd für die Fingerkuppen. Es fühlte sich an wie Stoff, nur noch zarter. Die Feder glitt weich darüber, die Buchstaben standen sauber darauf, schwarze zierliche Gebilde auf einem Weiß wie Apfelblüten oder Gänsedaunen.

Ein hartes Klopfen an der Tür riss sie aus dem Traum vom weißen Papier.

»Äh, ja, bitte«, stotterte sie.

Ein streng blickender Kirchenherr in schwarzem Mantel mit Tonsur und einem grau melierten, sauber gestutzten Bart trat ein und sah sich um.

»Gott grüße dich, bist du allein hier?«

Clara war verwirrt. Sie kannte den Mann nicht. Wer hatte ihn hereingelassen? Vermutlich war das Hoftor offen, und er war einfach allein die Stiege hochgekommen. Sie schämte sich, weil sie »Ja, bitte« gesagt hatte, als ob sie die Herrin des Hauses sei. Ihrem Rang nach hätte sie ihm die Tür öffnen und ihn hereinbitten sollen. Kein Wort kam über ihre Lippen.

»Ja, jetzt antworte halt. Bist du die Tochter?«

Seine Stimme war tief und seine Rede barsch.

»Ja, die Clara«, flüsterte sie.

»Wo sind denn Mutter und Bruder?«

»Ich denk, meine Mutter ist in der Küche, und der Barthel …«

Nein, sie konnte ihm doch nicht sagen, dass sich Barthel am Nachmittag gern auf der Straße beim Wirtshaus herumtrieb. Ihre Hände begannen zu schwitzen, und sie knetete sie unablässig vor ihrem Rock. Clara, nimm dich zusammen, hörte sie ihres Vaters Stimme in ihrem Kopf.

»Herr, setzt euch doch bitte, ich hole die beiden.«

Wie froh sie war, dass die Schreibstube aufgeräumt und staubfrei war. Nicht auszudenken, müsste der würdige Herr nun auch noch in einer schlampigen, schmutzigen Kammer sitzen. Sie rannte die Treppe runter, riss die Küchentür auf und sah ihre Mutter und Afra am Tisch sitzen und Äpfel schneiden, als ob nichts wäre, als ob nicht oben ein wichtiger Herr säße, ganz allein und unbewirtet.

»Mutter, ein Kirchenherr ist oben, bitte geh zu ihm. Ich kenn ihn nicht, ist er vom Domkapitel? Afra, hast du ihn nicht kommen hören? Geh schnell, lauf und hol Barthel, er will Mutter und Barthel sprechen. Ich weiß noch nicht mal, wer es ist.«

Während sie sprach, ging sie zum Küchenbord, holte einen Zinnkrug und goss etwas Bier hinein. Dann nahm sie ein Brett, legte ein kariertes Tuch darauf, ein paar Quittenstreifen dazu und etwas von den weißen Brötchen – so, war das alles? Sah es gut aus?

Die beiden Frauen betrachteten sie verwundert, Messer und Äpfel in der Hand, steif und stumm wie zwei Puppen.

Jetzt verlor Clara die Beherrschung: »Mutter, steh auf, hol dein schönes Schultertuch und eine weiße Haube und geh in die Schreibstube zu dem Herrn, frag ihn, was er will, und vor allem, wer er ist. Afra, lauf und hol den Barthel her, aber schau, dass er sauber ist.«

Die beiden zuckten zusammen. So laut war Clara noch nie, so heftig und befehlend. Aber es wirkte. Afra sprang auf, wischte die Hände an der Schürze ab und lief durch die Tür. Auch Claras Mutter erhob sich, stützte sich schwer mit beiden Händen auf die Tischplatte und wandte sich dann zur Tür. Clara beachtete sie nicht mehr, vorsichtig trug sie Krug und Brett nach oben. Ihr Herz klopfte zum Zerspringen, aber in ihrem Kopf reihte sich ein klarer, fester Gedanke an den nächsten. Ob ihre Mutter kommen würde oder in ihrer Schwermut auf halbem Weg in der Kammer bleiben, war jetzt schon gleich. Sie würde den Herrn bewirten, als wäre sie die Hausfrau, es war das Beste, was sie tun konnte.

Clara überlegte, ob sie an die eigene Schreibstubentür klopfen müsse, wenn da ein Herr drinnen saß, aber sie entschied sich dagegen. Stattdessen öffnete sie die Tür einen Spaltbreit, aber hörbar, und stieß sie dann ganz auf.

»Mein Bruder wird gleich kommen«, sagte sie. Sie stellte den Krug und das Brett auf die Bank neben den Herrn.

»Herr, verzeiht die Frage, aber ich kenn euch nicht.«

Der Herr, der ruhig auf der Bank saß, schaute auf.

»Woher sollst du mich auch kennen, hab deinen Vater gut gekannt, aber ich bin nicht oft in der Stadt und war selten bei euch in der Schreibstube. Ich bin Johannes Widmann, kaiserlicher und bischöflicher Notar, und ich habe etwas für deinen Bruder hier.«

Clara nickte, als sei nun alles klar. Nichts war klar, meine Güte, der kaiserliche Notar, und er kam zu ihrem Bruder? Hatte er etwas ausgefressen? Aber nein, dann würde der Büttel kommen, doch nicht der kaiserliche Notar. Trappelnde Schritte auf der Stiege erlösten sie. Endlich, Barthel. Die Tür ging auf. Barthel blieb einige Schritte vom Notar entfernt stehen und sah auf diesen hinab. Er war groß geworden in den letzten Wochen und kräftig wie ein Mann.

»Bartholomäus Hätzler«, sagte der Notar und zog unter seinem Mantel eine Schriftrolle hervor. »Diese Urkunde habe ich mit deinem Vater gemeinsam aufgesetzt. Als er merkte, dass die Krankheit immer schlimmer wurde, bat er mich, dich nach seinem Tod in meine Dienste zu nehmen. Ich höre, du kannst gut schreiben und lesen und verstehst etwas vom Recht und den Gesetzen. Dennoch denke ich, dass du noch viel lernen musst, wenn du Notar werden willst, und daher bin ich bereit, dich auszubilden. Das Entgelt hat dein Vater schon entrichtet.«

Barthels Adamsapfel, der erst seit kurzem richtig sichtbar war, hüpfte bedenklich auf und ab. Der Notar trank einen guten Schluck aus dem Krug und fuhr fort:

»Als Erstes wirst du nach Ulm in die Kanzleischule von Doktor Neithart gehen. Danach kommst du zu mir in die Lehre. Wenn du dich gut anstellst, kannst du in ein paar Jahren als Substitut bei mir arbeiten.«

Barthel wurde so rot wie seine Schwester und öffnete den Mund, aber der Notar winkte mit der Hand ab.

»Komm morgen zu mir. Ich will dir ein Empfehlungsschreiben für Doktor Neithart in Ulm geben, dass er dich in die Schule aufnimmt. Es ist die beste Schule in ganz Schwaben, du wirst dort viel lernen. Ich hoffe, du bist dir der Ehre bewusst, dass man dich dort aufnimmt. Dorthin gehen sonst nur die adeligen Söhne aus den besten Familien. Lesen und Schreiben kannst du schon, aber wie ist es mit deinem Latein und deinen Kenntnissen des Rechts?«

Barthel räusperte sich.

»Latein hab ich auch gelernt«, sagte er heiser. Er drückte die Brust ein wenig nach vorn und reckte das Kinn. »Ich bin dem Vater schon zur Hand gegangen.«

»Das ist gut, aber nicht genug. Dein Vater wünschte, dass du einmal Notar wirst, und dazu brauchst du eine solide Ausbildung. Lass dir von deiner Mutter deine Sachen richten, du musst bald los. Die Schule hat schon mit dem Curriculum begonnen, du solltest nicht allzu viel versäumen.«

Er zögerte.

»Da ich weitermuss und deine Mutter nicht kommt, zeig ihr die Urkunde und erklär ihr alles. Ich brauch ihre Zustimmung nicht, denn ich habe den Vertrag mit deinem Vater. Doch eins gebe ich dir mit: Lerne fleißig in der Schule! Doktor Neithart ist streng und verlangt viel, aber wenn du seine Schule durchlaufen hast, steht einer Anstellung bei mir nichts mehr im Wege.«

Widmann stand auf, übergab Barthel die Schriftrolle, legte ihm die Hand auf die Schulter – und ging zur Tür hinaus.

Eine ganze Weile herrschte Stille. Die knappen, harschen Worte des Notars waren wie Kieselsteine auf den Holzboden der Schreibstube gefallen. Clara und Barthel sahen sich an und blickten auf die Urkundenrolle in Barthels Händen.

»Hast du was davon gewusst, Barthel?«

»Nein, woher denn, wie auch, ich weiß nichts.«

»Barthel, steh nicht so steif da rum, schau dir die Urkund an«, mahnte Clara, »du tust grad so, als könntest du nicht lesen.«

Barthel ging zwei Schritte zur Bank, setzte sich und öffnete langsam die Schriftrolle. Clara stellte sich neben ihn, legte eine Hand auf seine Schulter und las mit. Es war der Lehrvertrag, den der Vater mit dem kaiserlichen Notar geschlossen hatte.

»Barthel«, stupste Clara ihren Bruder an. »Jetzt sag doch was. Das ist gut. Du kannst Notar werden und Geld verdienen, und wir können im Haus bleiben und haben genug zum Leben.«

Barthel schaute sie erstaunt an.

»Du denkst nur an Geld«, murrte er, »und was, wenn ich das gar nicht will, Notar werden?«

Clara zog die Augenbrauen hoch und blickte ihn graderaus an:

»Du weißt schon, wie wenig Geld da ist? Der Vater hat keine Wechsel und keine Schuldscheine von anderen, keine Rente und keine Pfründe. Glücklicherweise hat er auch keine Schuldscheine selbst ausgestellt, aber außer den Gulden, die in der Truhe sind, haben wir nichts, und die werden nicht ewig reichen. Ich hab nachgerechnet, was wir in den letzten Wochen ausgegeben haben. In etwa drei Jahren wird der Vorrat aufgebraucht sein, aber nur, wenn wir sehr bescheiden leben. Wir beide sind erst fünfzehn. Denk dran, was Vater gesagt hat. Wir brauchen dich.«

Barthel ließ die Schriftrolle auf den Boden gleiten und lehnte sich, die Hände im Nacken verschränkt, mit dem Kopf an die Wand.

»Du hast recht«, sagte er schließlich. »Ich hab keine andere Wahl.«

Clara blickte ihm verständnislos nach, als er aus der Stube ging. Wäre sie an seiner Stelle gewesen, hätte sie sofort ja gesagt. Es kränkte sie, dass keiner an ihre Zukunft dachte. Natürlich nicht als Notarin, so etwas gab es nicht. Aber schließlich hatte sie dasselbe gelernt wie Barthel.

Sie starrte lange auf die Schriftrolle mit dem Vertrag, die Barthel unter die Bank hatte fallen lassen. Sie nahm das Blatt und drehte es in den Händen, als ob sie sich fragte, was sie nun damit anfangen solle.

So ein Blatt hätte Vater doch auch für sie hinterlassen können. Hatte er denn gar nicht an ihre Zukunft gedacht? Die Buchstaben auf dem Blatt verschwammen. Tränen standen in ihren Augen. Hätte er doch nur in irgendeiner Weise auch für sie gesorgt! Es wäre ihr sogar recht gewesen, hätte er einen Bräutigam für sie ausgesucht, dann wüsste sie nun wenigstens, wohin ihr Leben führte.

Einsam blieb Clara auf der Bank im Schreibzimmer. Irgendwo im Haus war die Mutter, wahrscheinlich in Trauer versunken und bewegungslos, irgendwo war Afra, die den Sinn ihres Lebens aus den Dingen sog, die sie Tag für Tag in den Händen hatte, und irgendwo in Augsburgs Straßen ihr lebenslustiger Bruder, der einfach schon den nächsten Schritt gehen durfte. Nichts hielt die Hätzler'sche Familie mehr zusammen, sie strebten auseinander wie Kegel beim Kegelspiel.

Barthel und Clara standen vor der Küchentür. In scharfem Flüsterton flogen Sätze zwischen ihnen hin und her.

»Sie ist schon wieder da, und der Ulrich auch.«

»Irgendwann haben sie sie so weit, was sollen wir nur machen, Barthel?«

Er zuckte mit den Schultern.

»Ich weiß es doch auch nicht.«

»Du brichst in drei Tagen auf nach Ulm, und ich bin dann allein, das schaff ich nicht«, sagte Clara, und in das Flüstern mischte sich heiße Angst.

»Wir müssen etwas unternehmen«, sagte er grimmig in halblautem Ton und ballte die Fäuste. »Ich werde morgen zu Widmann gehen.«

»Was willst du von ihm?«

»Er muss mir helfen, eine Lösung zu finden.«

»Meinst du, er hilft dir? Er wirkte so unfreundlich und unwillig bei seinem ersten Besuch.«

»Ich kann es auch lassen, aber wenn ich es nicht versuch, wird eh nichts Gutes geschehen. Mehr als abweisen kann er mich nicht.«

»Soll ich mitkommen?«

Barthel schaute sie von der Seite an.

»Nein, bleib du mal hier. Ernst nehmen muss er mich schon. Wenn ich bei ihm mit der kleinen Schwester auftauche, wie sieht das denn aus!«

Wie schaffte es Barthel nur, sie dauernd zu kränken? Sie war es doch ganz allein, die die Ausgaben aufschrieb und sparte, wo es nur ging. Ihr schien es oft, dass sie die Einzige war, die sich Sorgen machte um ihrer aller Zukunft in diesem Haus. Nachts, wenn sie nicht schlafen konnte, malte sie sich aus, wie sie aus dem Haus ausziehen mussten, um ins Armenhaus zu gehen, wie sie sich als Magd verdingen musste und ihre Mutter teilnahmslos im Armenhaus darauf wartete, dass sie zu ihr kam, um ihr eine Mahlzeit zu bringen. Während diese grausamen Bilder sie des Nachts nicht schlafen ließen, schnarchte Barthel leise, manchmal schmatzte er im Schlaf wie ein kleiner Junge. Und nun behandelte er sie schon wieder wie ein lästiges kleines Gör, das besser nicht mit erwachsenen Männern spricht.

»Ach, die kleine Schwester bin ich«, zischte sie. »Seit wann denn bitte kleiner als du? Wir sind Zwillinge, ist das neuerdings nicht mehr so? Was macht dich denn auf einmal zum großen Bruder?«

In ihrem Ärger hatte sie nicht bemerkt, dass Ulrich zur Küchentür gegangen war. Er stieß die Tür von innen auf, die Zwillinge schraken zurück.

»Bertha, der Barthel geht in drei Tagen. Dann hast du keinen männlichen Beistand mehr, wenn man davon bei dem Jungen überhaupt schon reden kann. Dann wird das Leben erst richtig schwer«, rief er nach hinten zur Küche mit seiner hohen, gepressten Stimme.

Er drehte sich um und musterte die beiden jungen Menschen vor ihm, grinste schief, und ging ohne ein Wort raschen Schritts an ihnen vorbei auf die Straße.

Am anderen Tag stand Clara am Hoftor und knetete den Beutel an ihrem Gürtel mit beiden Händen. In gespannter Erwartung sah sie der Straße entlang. Barthel war nun schon so lange unterwegs, dass er den Weg zum Widmann und zurück viermal hätte gehen können. Immer wieder stellte sie sich vor, wie er gerade jetzt aufbrach und zu ihr kam, welche Läden und Kirchen er passierte und wie er dann gleich hier in der Straße auftauchen müsste. Immer wieder berichtigte sie ihre Zeitvorstellung und dachte, nein, wenn er jetzt noch nicht da ist, wird er vielleicht jetzt erst losgehen, und wieder und wieder stellte sie sich seinen Weg durch die Stadt vor.

Endlich tauchte Barthel in der Straße auf, wie Dutzende Male vorher in ihrer Einbildung.

»Was hat er gesagt?«

»Clara, es wird alles gut werden«, sagte er, aber mehr als eine Beschwichtigung konnte sie nicht aus seinem Satz heraushören. Er winkte ihr mit der Hand, ihm zu folgen, und sie gingen nach hinten zum Hühnerhaus an den Brunnen, wo ihr Barthel ungestört erzählte, wie er bei Widmann geklopft und eine Magd geöffnet hatte.

In der Notarstube saß der schlanke Widmann mit dem strengen Gesicht hinter einem großen Tisch. Er blickte nicht einmal auf, als Barthel eintrat, sondern schrieb mit seiner langen Gänsefeder auf einen großen Bogen Pergament.

Barthel stand vor ihm und drehte sein Barett in den Händen, unsicher, ob er nun auf sich aufmerksam machen sollte oder lieber still sein.

Endlich sagte Widmann ohne Gruß:

»Nun, warum will der junge Mann mich so dringend sprechen? Passt ihm die Abreise nach Ulm nun doch nicht mehr?«

»Nein, das ist es nicht, Herr Notar«, sagte Barthel. »Also, verzeiht, dass ich euch belästige, aber …«

»Komm zur Sache, ich hab nicht den ganzen Tag Zeit«, schnarrte Widmann.

»Die Schwester und der Schwager unserer Mutter wollen bei uns einziehen, und wir müssen das verhindern. Übermorgen fahre ich nach Ulm, dann sind meine Mutter und meine Schwester allein. Ich weiß nicht, wie ich ihn daran hindern kann, und brauche euren Rat.«

»Wer ist der Schwager deiner Mutter?«

»Ulrich Mangolt.«

»Der Gerichtsschreiber?«

»Ja, der.«

Widmann verzog das Gesicht, als hätte er auf etwas Saures gebissen.

»Und was willst du wissen?«

»Wie können wir verhindern, dass er in unser Haus einzieht?«

»Das ist die falsche Frage. Wenn du auf der Notarschule bestehen willst, musst du schon präziser sein.«

Widmann sagte nichts mehr, und Barthel wurde heiß in seinem Mantel. Der Notar erwartete eine bessere Frage von ihm, aber wie sollte diese lauten? Es ging doch darum, Ulrichs Einzug zu verhindern. Wie könnte es nur gehen?

»Welches Recht haben wir, ihm unser Haus zu verweigern?«

»Hm, etwas besser, aber längst nicht der Kern der Sache.«

Barthel überlegte fieberhaft. Er sah ängstlich, wie Widmann schon wieder nach seiner Feder griff. Der Kern der Sache, was war das, der Kern? Das Haus?

»Wem gehört unser Haus?«

Die Feder stach auf Barthel zu.

»Sehr gut, junger Mann, sehr gut. Als Erstes sag mir, hat dein Vater seinen Willen in einem Vermächtnis niedergeschrieben?«

»Ich weiß es nicht.«

»Habt ihr danach gesucht?«

»Nein.«

»Dann ist es höchste Zeit. Wenn er einen geschrieben hat, dann wird er, wie ich ihn kenne, das Haus und Hab und Gut euch Kindern vermacht haben, mit einem lebenslangen Sitz für seine Witwe. Das wäre üblich und sichert den Besitz des Hauses für die nachfolgende Generation.«

»Und was machen wir dann mit dem Willen?«

»Sollte der Schwager vor deiner Haustür stehen und hereinwollen, dann hol die Büttel und sag ihm vor Zeugen, dass seine Frau kein Recht an dem Haus hat, weil es nicht ihrer Schwester gehört, und er von deiner Schwelle verschwinden soll.«

Barthel nickte. Er zögerte.

»Was noch?«, fragte Widmann.

»Was, wenn wir den Willen nicht finden? Wenn er keinen geschrieben hat? Vater hat uns nämlich nichts davon gesagt, und das hätte er vermutlich, wenn er einen geschrieben hätte.«

»Guter Einwand. Ich seh schon, man wird einen leidlichen Notar aus dir machen können. Wenn ihr nichts findet, komm zu mir. Ich geb euch eine Urkunde für euer Haus, in der das Erbe an die Kinder nach Augsburger Erbrecht bestätigt wird. Mit Siegel von mir. Die Urkunde und die Anwesenheit der Büttel reicht dann aus. Das kann ich aber erst machen, wenn ich weiß, dass es keinen Vermächtniswillen gibt.«

»Ich dank euch sehr, Herr Notar«, sagte Barthel und verbeugte sich.

Widmann wedelte mit der Hand Richtung Tür.

»Jaja, schon gut, jetzt geh.«

Clara und Barthel suchten bis zum Nachmittag in der Schreibstube, in der Schlafstube der Eltern, in der Küche, im Lagerraum, sogar im Keller und in der alten Truhe mit dem Werkzeug im Stall, aber einen letzten Willen fanden sie nicht. Auch Afra hatte ihnen bestätigt, in ihrer Kammer wäre nichts dergleichen, womit auch niemand gerechnet hatte. Als die Sonne sank, machte sich Barthel erneut auf und ließ dem abwesenden Notar Widmann ausrichten, der Wille wäre nicht gefunden, und er wäre ihm sehr verbunden, wenn er morgen in der Früh die Urkunde mit der Bestätigung des Erbes abholen dürfe.

Am nächsten Morgen wurde Clara von einem ungewohnten Geräusch geweckt. Sie hörte, wie sich das Hoftor öffnete und ein Pferd schnaubte. Sie wusste gleich, dass etwas nicht stimmte, und rüttelte ihren schlafenden Bruder an der Schulter.

»Barthel, wach auf, ein Pferdekarren ist am Hoftor.«

»Ja, und?«, murmelte er schlaftrunken.

»Wenn das der Ulrich ist?«

Barthel richtete sich auf, rieb sich die Augen und zog seine Hose an. Dann eilte er zur Tür und blickte hinaus.

»Er ist es wirklich«, flüsterte er. »Du verhinderst unter allen Umständen, dass er das Haus betritt. Ich lauf durch den Garten zum Widmann. Wir können nur hoffen, dass er die Urkunde schon geschrieben hat.«

Barthel eilte zur Tür hinaus, und Clara zog sich hastig ihr Wollkleid über, setzte sich die Haube auf und schlug ein Tuch um die Schultern.

Als sie an der Treppe oben ankam, hörte sie Afras Stimme, und der Blick hinab in die Hofeinfahrt ließ sie wie angewurzelt stehen bleiben. Afra stand mit verschränkten Armen und blickte einem Pferd in die Augen.

»So kann der Karren hier nicht stehen bleiben«, sagte Afra vollkommen ruhig zu dem Pferd.

Als die Zwillinge kleiner waren, fürchteten sie Afra nur bei einer Sache. Wenn sie Messer wetzte, wirbelten die blitzenden Klingen durch die Luft, und Afras Augen blitzten mit, so dass sich die Kinder unter den Tisch verzogen und Afra laut auflachte. Auch ihr Lachen war dann zum Fürchten.

Nun stand Afra mit ihren messerwetzenden Augen in der Hofeinfahrt. Vor ihr, mit den Vorderbeinen im Hof und den Hinterbeinen auf der Straße, stand das Pferd, das an einen Karren geschirrt war. Auf dem Bock des Karrens saß Ulrich Mangolt.

»Mach Platz, Magd, wir wollen hier rein«, rief Ulrich mit seiner schnarrenden Stimme.

Afra schwieg und rührte sich nicht. Das Pferd schnaubte leise.

Ulrich starrte vom Bock auf die Magd, die seinem Blick mit zusammengekniffenen Augen standhielt.

»Mach Platz, sonst …«

Von draußen waren Rufe zu hören. Der auf der Gasse stehende Karren behinderte das Fortkommen anderer Gefährte. Fuhrleute schimpften, und Mägde keiften. Clara konnte Irmels Stimme hören, die zurückkeifte.

Ulrich legte die Zügel beiseite und verließ den Bock. Er ging auf Afra zu.

»Ich werd dir schon zeigen, was du zu tun und zu lassen hast.«

Sein zögernder Gang und seine hohe Stimme schwächten die Drohung erheblich ab. Als er ungefähr fünf Schritte vor Afra stand, stellte sie den Schürhaken senkrecht, der auf ihren gekreuzten Unterarmen lag, und sagte nur:

»Ich war gerade dabei, das Feuer zu schüren.«

Dabei sah sie nicht Ulrich an, sondern betrachtete den Schürhaken, als würde sie sich gerade erst bewusst werden, was sie da in Händen hielt.

Ulrich blieb stocksteif stehen.

Afra griff nach dem Zaumzeug des Pferdes und redete behutsam auf das Pferd ein.

»Na, mein Guter«, sie schnalzte mit der Zunge, »gehen wir ein Stückchen zurück?«

Nach einer für Clara schier endlosen Zeit des Flüsterns hob das Pferd einen Huf und setzte ihn zurück. Ganz langsam drückte es sich Schritt für Schritt wieder aus der Hofeinfahrt hinaus. Die Rufe von draußen wurden immer wütender und lauter. Nun stand der Karren wieder vollständig auf der Straße, das Pferd schaute nur noch mit dem Kopf zum Hoftor hinein. Wenn Ulrich sich jetzt entschlösse wegzufahren, würde es dennoch eine Weile dauern, bis er den mit Möbeln und Hausrat voll beladenen Karren wieder in Fahrtrichtung der schmalen Gasse gebracht hätte. Das war allen Wartenden klar und verbesserte ihre Laune nicht.

Clara sah, wie Ulrich der Zorn ins Gesicht stieg. Seine Miene verzerrte sich, und er begann nun, wie ein Tanzbär von einem Bein aufs andere zu hüpfen und ziemlich unflätig zu schimpfen, was Afra nicht im Geringsten zur Kenntnis zu nehmen schien.

Clara hielt den Atem an, als Ulrich sich nicht mehr halten konnte, eine Gerte vom Bock nahm und auf Afra losging. Afras ganzer Körper spannte sich an. Ulrich war schon am Pferd vorbei. Afra hatte den Schürhaken, den sie während des Einredens auf das Pferd locker an der Hand nach unten hängen ließ, nun so hoch gehoben, als wolle sie gleich einen Hund mit einem Stock schlagen. So sah auch ihre Miene aus. Clara wollte etwas rufen, aber sie stand nur starr da, mit weit aufgerissenen Augen. Sie war sich sicher, dass Afra den Ulrich schlagen würde, und ganz bestimmt zuerst, und nicht mit einem Holzscheit, sondern einem eisernen, zugespitzten Haken. Eine Magd schlägt einen Bürger, das würde übel enden. Ulrich hob nun seinerseits die Gerte und war nur noch zwei Schritte von Afra weg.

Eine laute Stimme kam vom Tor:

»Bleib stehen, Ulrich Mangolt.«

Barthel war da und zwei Büttel mit ihm. Er ging auf Ulrich zu, der sich zu ihm umdrehte.

»Was treibt ihr da?«

»Ach, der Barthel«, höhnte Ulrich. »Auch schon wach?«

»Was willst du, Ulrich?«

»Hier hinein will ich, und dieses unverschämte Weibsstück, diese abgerittene Kotz, hat mich bedroht. Es wird ihr noch übel gehen, einem Gerichtsschreiber droht man nicht!«

Seine Stimme wurde immer schriller.

»Warum willst du mit einem Karren voller Hausrat in mein Haus?«

Ulrich wurde ruhiger. Er stieß das Kinn nach vorne und grinste:

»Weil deine Mutter uns gebeten hat, hier zu wohnen und ihr zu helfen. Du verlässt sie ja jetzt und eine Frau und ein Mädchen, ohne Vormund im Haus, das geht doch nicht.«

Clara erwachte aus ihrer Starrheit. Endlich taten die Beine wieder ihren Dienst, und sie eilte die restlichen Stufen hinunter.

Ulrich fuhr fort: »Willst du denn deine Schwester hier ohne Obhut lassen? Da wäre ihr Ruf aber schnell verdorben, sie hat keinen Vater und keinen Bruder, ein Bräutigam ist nicht in Sicht, da ist die Unzucht meist nicht weit, sie braucht doch Schutz.«

Clara japste nach Luft. So eine Unverschämtheit! Wie konnte er ihr das einfach unterstellen, und dabei blickte er sie von oben bis unten an und zog einen Mundwinkel nach oben, so dass das Wort »Schutz« plötzlich sehr bedrohlich für sie klang.

»Ich kann selbst auf mich aufpassen, ich brauch dich nicht«, zischte sie. Ihre Hände zitterten.

»Na, das wollen wir doch …«

»Schluss jetzt«, sagte Barthel mit lauter Stimme. »Verlass unser Haus.«

Ulrich wandte sich wieder an ihn.

»Mit welchem Recht verbietest du mir das Haus? Irmel ist die Schwester deiner Mutter!«

»Mit Augsburger Recht«, unterbrach ihn Barthel erneut und hielt ihm ein Pergament mit Notarsiegel vor die Nase.

»Haus, Hof, Hab und Gut gehören meiner Schwester und mir. Du hast hier nichts verloren, ganz gleich, was unsere Mutter sagt.«

Ulrich sah Barthel an und dann die Büttel, und Clara schien es, als würde er dabei in der Mitte entzweibrechen. Plötzlich sanken die Schultern ein, und er blickte Hilfe suchend seine Frau an, die aber immer noch keifend damit beschäftigt war, sich die vom Spektakel angelockten Umstehenden wie lästige Fliegen vom Leib zu halten.

Afra war wieder beim Pferd und schob es Schritt für Schritt weiter zurück auf die Straße.

Ulrich setzte sich mit zusammengepresstem Mund und zornerfülltem Blick auf den Bock, herrschte die Fuhrknechte an, ihm zu helfen, und drosch mit der Gerte auf das Pferd ein, das deswegen doch nicht schneller durch das Gewühl kam. Unter dem schrillen Rufen seiner Frau und dem Schimpfen der Knechte und Mägde auf der Gasse zog der Karren schließlich von dannen.

In der Nacht vor Barthels Abreise schlief Clara schlecht. Sie starrte aus dem Fenster in ihrer Kammer in den Nachthimmel und sah den Mond langsam und ungerührt vorüberziehen. Die größte Gefahr, die ihnen von Ulrich und Irmel drohte, war gebannt, aber Clara sah noch Ulrichs verkniffenes Gesicht auf dem Kutschbock, und sie ahnte, dass dieser von Neid zerfressene Mensch sie nicht in Ruhe lassen würde. Aber schlimmer für sie war der Abschied von Barthel, und das Allerschlimmste, untätig zusehen zu müssen, wie Barthel das Gelernte weiterführen durfte und sie nicht. Das drückte ihr auf die Brust. Ich will auch etwas tun. Ich kann Afra nicht länger beim Eierholen beaufsichtigen und ansonsten Mutters Schal stopfen. Afra war eine fleißige Magd, die schon früh am Morgen ihre Pflicht versah und gern kochte und buk. Alles im Haus tat sie von selbst und in ihrer Ordnung. Eine Magd wie Afra war ein Segen, bei einer Hausfrau wie Bertha.

Was nur sollte sie tun, wenn nun auch Barthel ab morgen nicht mehr da sein würde? Sie schaute aus dem Fenster. Der volle Mond grinste sie an. Sie zog fröstelnd das Wolltuch um ihre Schultern. Der Mond war so unbeteiligt wie die ganze Welt da draußen. Keinen kümmerte ihr Schicksal, niemand hatte eine Aufgabe für sie. Sie ahnte die endlosen Bahnen, die der Mond Woche um Woche ziehen würde, als einziger teilnahmsloser Begleiter ihrer Einsamkeit. Ein trockener Schmerz wollte nicht einmal Tränen aus ihren Augen treiben. Es fror sie an allen Gliedern.

Mit immer noch kalten Händen drückte sie Barthel am nächsten Morgen ein Bündel in die Hand. Sie hatte für ihn ein Horn voller Tinte angerührt und eine schöne Feder besorgt. Afra hatte alle Köstlichkeiten, die sich auf einem Pferd tragen ließen, in einen Sack gefüllt, und ihre Mutter füllte ihre Tränen dazu. Barthel verstaute seinen Proviant am Sattel, während Clara das Pferd am Zaumzeug hielt. Ein junger Mann kam in den Hof, blonde Locken und graue Augen. Clara hatte Johann Bämler schon einige Monate nicht mehr gesehen, und er war, wie auch Barthel, ein Mann geworden, mit breiten Schultern und einem schmalen Gesicht. Er lächelte sie an, schlug Barthel auf die Schulter und sagte:

»Bruder, geht es auch in die Fremde?«

»Ja, du etwa auch?«

»Ich breche demnächst auf. Mein Vater meint, in Straßburg könnte ich mehr lernen als bei ihm.«

»Und hat er recht?«

Johann zuckte mit den Schultern und grinste.

»Glaube schon. Er und ich, das tut nicht gut.«

»Wann kommst du wieder?«

»Ich weiß nicht, in drei Jahren vielleicht?«

»Bei mir sind es mindestens zwei.«

Jetzt zuckten beide mit den Schultern und grinsten sich unsicher an. Johann scharrte mit der Schuhspitze im Staub. Dann klopfte er Barthel auf die Schulter.

»Halt dich tapfer, Freund«, sagte er, winkte Clara mit zwei Fingern zu und ging wieder, ohne sich umzudrehen.

Wie schade, dachte Clara, dass er geht. Ein Freund aus Kindertagen, an den sie den ganzen Sommer und Herbst über nicht mehr gedacht hatte, und nun fand sie es schade, dass er Augsburg auf eine lange Zeit verließ? Ein seltsamer Gedanke, der sich mit flatterndem Grummeln in ihrem Magen breitmachte.

Das Pferd schnaubte und Barthel nahm ihr das Zaumzeug aus der Hand.

»Träum nicht, Clara, sag mir Lebwohl.«

Sie umarmten einander lange. Zum ersten Mal in ihrem Leben würde es keinen Barthel geben, der im Schlaf schmatzte, der sie ärgerte, der mit ihr über andere lachte, der abends mit einem Ächzen in sein Bett fiel, so dass sie jedes Mal um das Bettgestell fürchtete.

»Hör auf zu heulen«, sagte Barthel mit belegter Stimme, »bevor mein Mantel ganz nass ist.«

Fast wäre es der trübsinnigste Winter ihres Lebens geworden. Barthel würde vor Neujahr nicht zurückkommen, vielleicht noch nicht einmal dann. Es waren erst einige Wochen seit seiner Abreise vergangen, und sie vermisste ihn schrecklich. Nun, da sie die Kammer für sich allein hatte, war es auch wieder nicht recht. Sie vermisste das Rascheln und Stöhnen des Bruders im Schlaf, und das leere Bett strahlte Kälte aus.

Mit ihren fünfzehn Jahren war sie ein Bock, ein Böckchen, ein noch nicht mannbares Mädchen, zu jung für die Tänze und Spiele der alten Patrizier und der reichen Zünfte, aber auch zu alt, um sich den Kindern anzuschließen, die an Markttagen mit Bällen und Reifen durch die Straßen zogen. Clara steckte fest. Nachts zappelten die Füße und wollten all die Wege gehen, die ihr des Tags verschlossen waren. Niemand fragt mich, niemand kümmert sich, wie es mir geht, klagte sie an langen Winterabenden dem Mond, wenn er in ihr Fenster schien. Wird mich einmal jemand mögen? Bin ich hübsch? Wer wird mich heiraten? Sieht mich überhaupt irgendwer? Auch der schwindende Guldenvorrat in der Truhe machte ihr Angst. Schlaflos wälzte sie sich und ihre Gedanken von einer Seite auf die andere. Ohne Geld wird mich keiner heiraten. Ohne Heirat werde ich mich und Mutter nicht besser versorgen können. Ich bin so allein.

Um den Barbaratag kam Änne vorbei. Sie umarmte Clara und setzte sich zu Bertha an den Tisch. Alle schwiegen. Sie blickte von einer zur anderen und sah in die gleichen müden Augen. Bertha schob die Krümel auf dem Tisch mit der Hand hin und her. Das konnte sie den ganzen Vormittag machen, stundenlang, und es brachte Clara nach wenigen Augenblicken so auf, dass sie sich oft auf die andere Seite der Bank setzte und sich tief in eine Stickerei oder eine Näharbeit versenkte, bloß um das sinnlose Streifen der Hand auf dem Tisch nicht zu sehen. Doch immer noch war da das scharrende Geräusch von Haut auf dem groben Tisch. Das Haus war zu still.

Änne sah Clara an: »Kommst du mit? Ich hab noch einen Gang zu machen und könnte deine Hilfe gebrauchen.«

»Gern, warte, ich hol meinen Schal.«

Nur zu gern war Clara bereit, das Haus zu verlassen, sei es auch nur für einen Botengang. Sie zog sich ihre Holzschuhe an und legte den großen wollenen Schal um. Es war kalt und feucht geworden in den letzten beiden Wochen. Als sie aus der Tür trat, sah sie feinen Nieselregen durch die Luft schwirren, Tropfen, die gar nicht zu Boden fallen wollten, sondern sich lieber an den Haaren und Mänteln der Augsburger wie kleine Mücken festkrallten. Schweigend gingen die beiden nebeneinanderher in Richtung Tanzhaus.

»Clara, ich hab eine Nachricht für dich – und ein Angebot«, sagte Änne.

Clara schaute erstaunt auf. Um Ännes Augen hatten sich schon Lachfältchen gebildet, aber sie blickte noch recht ernst.

»Wir gehen jetzt zur Barbara Fugger. Sie will dich etwas fragen.«

»Oh Änne, jetzt spann mich nicht so auf die Folter. Sag mir, was sie will. Aber sag mir zuerst, welche Barbara Fugger du meinst, es gibt doch zwei.«

»Ich mein die Bäsingerin.«

Clara atmete auf. Sie fürchtete schon, sie würden zur Stammlerin gehen, zu diesem aufgeblasenen Tratschweib, das stets mit einem Tross von Cousinen, Töchtern, Mägden und Freundinnen durch die Straße zog und mit schriller Stimme immer etwas zu schimpfen und zu zetern hatte. Eine richtige Schwätzerin. Zu der wär sie nicht gern gegangen. Dann schon lieber zur Bäsingerin, deren Schwägerin, die zwar unnahbar und hochmütig wirkte, aber wenigstens still war – und stets sehr gut angezogen. Eine schöne Frau.

»Es ist eine etwas, nun ja, verzwickte Sache. Sie will, dass alle denken, du kommst als Kindermädchen zu ihr.«

»Und wozu soll ich in Wirklichkeit kommen?«

Änne lächelte.

»Du sollst ihr Lesen und Schreiben beibringen.«

»Ich? Aber wieso denn ich?«

»Nun, sie hat gehört, dass du eine schöne Schrift hast, und sie braucht jemanden, der verschwiegen ist und nichts mit ihrer Familie zu tun hat.«

»Nur, Änne, ich bin doch keine Lehrerin. Ich weiß doch gar nicht, wie das geht.«

Änne blieb stehen und drehte sich zu Clara um.

»Clara, du kannst das. Ihr werdet nur zu zweit sein, sie will nicht, dass es jemand erfährt. Du bringst ihr ungestört einfach alles bei, was du von deinem Vater gelernt hast.«

Clara schluckte. Dann nickte sie, aber im Magen fühlte sie Vögel flattern.

»Und gehen wir jetzt zu ihr?«

»Ja. Vor zwei Wochen hat sie ihren Sohn Hans geboren, und da hab ich mit ihr alles besprochen. Heut stell ich dich vor, und ihr verabredet euch.«

»Aber Änne, wenn ich das gewusst hätte, hätt ich mich schöner gekleidet, meine Güte, die Fugger, die sind doch so vornehm.«

»Du bist sauber, deine Haube ist weiß und bedeckt dein Haar. Mach dir keine Gedanken. Schließlich sollst du als Kindermädchen durchgehen.«

Bald darauf betraten sie den Flur des Fugger'schen Hauses. Er war holzgetäfelt und mit einem weichen Teppich ausgelegt. Sie stiegen eine Treppe hinauf, und Änne klopfte an eine der vielen Türen, die sich an einem endlos langen Holzbalkon aufreihten.

Im Zimmer war es warm, fast zu warm. Auch hier lagen Teppiche auf dem Boden, und ein Kachelofen war beheizt. Zwei Buben spielten am Boden mit Holzpferden, ein kleines Mädchen lag mit rosigen Wangen auf dem Bett und schlief, die Arme weit von sich gestreckt. In einer Wiege lag das jüngste Kind und schlief reglos. Von ihm waren nur das Näschen und eine winzige Hand zu sehen. Barbara Fugger saß bei der Wiege und stippte sie sanft mit dem Fuß an. Sie hatte Stickzeug im Schoß und blickte auf, als Änne mit Clara eintrat.

»Ah, da bist du, Änne, und bringst Clara mit.«

Ihre Stimme klang freundlich. Im warmen, behaglichen Zimmer waren kein Stolz und keine Kälte an ihr zu spüren. Clara entspannte sich, nahm den Wollschal ab und setzte sich auf die Bank neben Barbara.

»Ich hab es mir so gedacht: Du kommst jeden Dienstag am Nachmittag und bringst Schiefertafel und Griffel mit. Du bringst mir Lesen und Schreiben bei. Dafür bekommst du pro Woche ein Viertelpfund Pfennige.«

Clara nickte vorsichtig.

»Clara, was meinst du?«

Änne hatte bemerkt, dass Clara noch etwas auf dem Herzen hatte, und forderte sie mit einem freundlichen Heben des Kinns auf zu sprechen.

Clara wusste nicht, ob sie dieser Herrin widersprechen durfte. Sie war ja fast noch ein Kind, und diese schon Mutter und Frau eines sehr reichen Mannes. Allein die Behänge und Teppiche, ihr mit bestickten Bordüren verziertes Hauskleid aus weichem Wollstoff und die vielen Spielsachen, die im ganzen Zimmer auf dem Boden lagen, Stoffpuppen, Holzpferdchen, Kreiselspiele, Schachfiguren: überall war Reichtum zu sehen und zu spüren. Die Gulden kullerten nur so durch die Kammer.

Sie blickte auf und gradewegs in die blauen Augen Barbaras. Ihr Gesicht wirkte freundlich und aufmunternd. Claras Wangen wurden ein bisschen rot, doch sie wagte es:

»Frau Barbara, wenn Ihr lesen und schreiben lernen wollt, dann würde es sehr lange dauern, bis Ihr es könnt, wenn wir uns nur einmal in der Woche treffen. Ich hab jeden Tag geübt und hab fast ein Jahr gebraucht, vor allem für das Schreiben, da war ich sieben, und Ihr seid schon erwachsen. Verzeiht, ich weiß nicht, wie …«

Sie verhaspelte sich und wusste den Satz nicht zu beenden.

Barbara lachte auf.

»Ist schon gut. Du schlägst also vor, öfter zu kommen. Ja, das klingt richtig. Versuchen wir es Dienstag, Mittwoch und Donnerstag? Bekommst auch mehr Geld.«

»Nein, nein«, fiel ihr Clara ins Wort, »darum geht es nicht, der Lohn reicht, aber Ihr würdet einfach nicht schnell genug lernen, nicht vorankommen, es würde zu lange dauern, bis Ihr es könnt.«

»Ist gut. Ich hab es verstanden. Komm am Dienstag. Aber zu keinem ein Wort, hörst du! Du kommst immer in dieses Zimmer, und wenn dich jemand fragt: du kümmerst dich um die Kinder. Keiner darf wissen, dass ich lesen und schreiben lerne.«

Zu keinem ein Wort.

Bärbel Peutinger lachte laut und fröhlich auf, als sie die Neuigkeit vernahm.

»Oh Clara, ich freu mich so für dich. Das ist ja der schönste Zeitvertreib, den ich mir vorstellen kann, und du bekommst sogar noch Geld dafür!«

Bärbel machte sich sogleich an einen Lehrplan, wie man einer nicht des Lesens und Schreibens kundigen Frau die Buchstaben näherbringen könnte.

»Nimm Schiefertafeln, wie wir es auch gelernt haben, die gehen auch immer als Spielzeug für die Kinder durch, falls euch jemand überrascht.«

Bärbels Haube zitterte vor Eifer.

»Dann bring ihr die Buchstaben einzeln bei, aber vielleicht nicht in der Reihenfolge des Alphabets. Wäre es nicht eine gute Idee, gleich die Buchstaben einfacher Wörter zu nehmen? Schließlich ist sie kein Kind mehr.«

»Ach Bärbel, ich hab so was noch nie gemacht. Du könntest das, aber ich?«

Bärbel stupste ihre Faust in Claras Arm.

»Du dummes Huhn. Dafür hast du mich doch. Ich bin die geborene Lehrerin, mach dir das zunutze und hör genau zu.«

Am ersten vereinbarten Tag trat Clara mit Herzklopfen in den Fugger'schen Hof. Die dritte Tür rechts, hatte ihr Änne gesagt. Das Haus roch ganz anders als ihr eigenes. Es roch nach Holzfeuer und Leder und nach warmem Stoff und staubigen Teppichen. Auf dem Hinweg hatte sie sich ausgemalt, was alles schiefgehen könnte. Sie könnte die Türen verwechseln, jemand könnte sie fragen, wer sie sei und da sie nicht lügen kann, würde sie über und über rot werden und stammeln und Unsinn reden. Jeder würde sofort bemerken, dass sie die Unwahrheit sprach, an den roten Backen würde man es ablesen. In der Nacht zuvor hatte sie irrsinniges Zeug geträumt. Im Traum hatte sie nur ein Unterkleid an und ihr Kleid auf dem Arm, weil sie keine Zeit mehr hatte, es anzuziehen. Sie öffnete die Tür, und alle Fuggerfrauen und das Gesinde starrten sie an. Dann stand sie wieder in einem endlosen Flur und wusste nicht mehr, welche Tür sie öffnen sollte, alle sahen gleich aus, und als sie eine öffnete, landete sie im Schweinestall. Unter den Ferkeln lag der Säugling, das jüngste Kind der Fuggerin. Sie wollte es retten, konnte sich aber nicht von der Stelle rühren. Sie war froh, als der Morgen graute, auch wenn sie sich die müden Augen reiben musste. Wenn sie nur schon dort wäre.

Langsam stieg sie die Treppe hoch und lauschte auf jedes der fremden Geräusche im Haus. Von hinten im Hof kam ein dumpfer Schlag, aus dem Raum links neben der Hoftür ein Rascheln wie von Pergament und ein Räuspern. Die Treppe ächzte unter ihren Schritten. Lieber wär es ihr, sie würde kein Geräusch machen. Doch keine Menschenseele begegnete ihr auf dem Weg nach oben. Wirklich sahen alle Türen in dem langen Flur gleich aus, wie im Traum, aber mit Bedacht wählte sie die dritte Tür und vergewisserte sich noch zweimal, dass es auch ganz sicher die dritte war.

Schüchternes Klopfen, für niemand hörbar. Von drinnen drang Kindergeschrei. Es half nichts, wenn sie hineinwollte, musste sie lauter klopfen. Sie atmete tief ein und hob die Faust noch einmal. Endlich erklang ein lautes »Still!« hinter der Tür und in die Stille hinein das dritte Klopfen von Clara.

»Tritt ein.«

Es war, als hätte Claras Eintreten alle Bewegungen der Menschen in der Kammer eingefroren. Sie blickte wie auf eines der großen Gemälde in den Kirchen, auf denen die Mutter Gottes und ihre Schwester mit ihren Kindern dargestellt waren. Drei Augenpaare schauten sie an, als spielten sie das Spiel, bei dem man sich nicht bewegen darf, wenn der Jäger sich umblickt. Barbara saß an der Wiege, wie beim letzten Mal, und hielt in der einen Hand ein

Tuch, an dem sie stickte, von dem Nadel und ein bunter Faden am Rock herunterbaumelten, und in der anderen das Ohr des kleineren der beiden Jungen, dessen Gesicht vor Schmerz und Ärger verzogen war, die Tränen liefen die Wangen hinab und der Rotz aus der Nase. Der größere Junge stand schräg hinter seiner Mutter und hatte trotz des neugierigen Blicks auf die eintretende Besucherin noch ein befriedigt schiefes Grinsen im Gesicht, einen Mundwinkel nach unten gezogen. Die Mutter hatte den Falschen am Ohr, so kam es Clara vor, denn wenn einer so zufrieden über das Leid eines anderen grinst, hat er seinen Anteil daran.

Mit einem Klaps auf den Hintern des kleinen Bruders löste Barbara die starre Szene auf. Der Bub lief heulend hinter den Ofen, der Große legte seiner Mutter eine Hand auf die Schulter und blieb neugierig stehen.

»Da bist du, Clara. Komm hier herüber, zum Fenster, da ist das Licht besser.«

Sie setzten sich in eine mit weichen Kissen gepolsterte Nische. Clara packte ihre Schiefertafel aus.

»Schaut, hierauf werdet Ihr schreiben …«

Barbara unterbrach sie: »Clara, ich bin nicht so viel älter als du, und zum Adel gehör ich auch nicht. Duze mich, das passt mir besser.«

Clara nickte vorsichtig. Sie nahm einen Griffel aus dem Kasten und gab ihn Barbara. Dann nahm sie ihren Griffel und schrieb ein »t« auf die Tafel. »Siehst du, so, zuerst den geraden Strich mit einem Häkchen unten, dann einen Strich quer durch. Das ist ein ›t‹, wie der erste Laut in ›Tafel‹.«

Barbara nahm die Tafel und den Griffel, doch hielt sie ihn fast in der ganzen Faust, mit abgespreiztem Handgelenk und viel zu fest umklammert.

»Streck die Hand, leg den Zeigefinger auf den Griffel, ganz

locker, ohne zu klammern. Jetzt lege den Mittelfinger unter den Griffel, so.«

Behutsam sortierte Clara die weißen, schlanken Finger mit den schönen Ringen.

»Wie du die Nadel beim Sticken hältst, genau so leicht und locker halte auch den Griffel.«

Barbara lachte verlegen auf. Dass sie sogar das Halten des Griffels üben müsste, hatte sie sich nicht gedacht. Wie ein Kind, dachte sie, und schaute zu ihrem Ulrich, dem größeren der beiden Söhne.

Dienstag, Mittwoch und Donnerstag wurden die schönsten Tage in Claras Woche. Freitags ging sie mit Bärbel Peutinger ins Bad und schwatzte ausgiebig mit ihr. Samstags ging sie auf den Markt, um für das Hätzler'sche Haus einzukaufen. Sonntags ging sie zur Messe und ruhte, wie der liebe Gott es wollte. Am Montag sorgte sie dafür, dass ihre Hauben sauber waren und ihre Kleider gut rochen, und den Rest des Tages wartete sie, bis es Dienstag wurde.

Der Weg zum Fugger'schen Haus wurde ihr vertraut. Längst grüßte sie die Bediensteten, denen sie am Tor und auf dem Flur begegnete, hoffte aber immer noch inständig, von niemandem angesprochen zu werden. Oben klopfte sie kräftig an die Tür zu Barbaras Kammer, aus der fast immer Kinderlärm zu hören war. Meist schlief die kleine Anna während der Schreibstunden, und Andreas und Ulrich spielten mehr oder weniger friedlich mit Strohpferdchen und Holzklötzen.

Ulrich schaute öfter seiner Mutter über die Schulter, und eines Tages gab ihm Clara eine Tafel und einen Griffel, die sie für ihn eingepackt hatte.

»Nimm das, und schreib die Bögen ab, die ich da aufgemalt hab. Immer schön in die Reihe.«

Ulrichs Augen wurden groß und rund, er nahm die Tafel, setzte sich in eine Ecke, senkte den Kopf und schubste den kleinen Bruder weg, der neugierig auf die Tafel sah. Mit der Zungenspitze zwischen den Lippen kringelte er Zeichen auf die Tafel, längst nicht so elegant und zierlich wie seine Mutter, aber dafür mit großem Eifer.

Barbaras Handfertigkeit, beim Führen von Nadel und Faden erlernt, half beim Schreiben. Schnell schwang sie gleichmäßige und zierliche Buchstaben nach Claras Muster. Sie übte das »t«, das »a«, das »f«, das »e« und das »l«. Als sie alle Buchstaben konnte, wies Clara ihr an, diese nun zu verbinden und zu lesen.

»Lesen? Aber wie?«, erschrocken starrte Barbara auf die Buchstaben: »t – a – f – e – l«.

Clara las ihr vor, erst langsam, Buchstabe für Buchstabe, dann das ganze Wort.

Barbara schwieg verlegen. Was verstand sie daran nicht? Es lag doch vor ihr.

»Noch mal, t – a – f – e – l – Tafel. Siehst du die Buchstaben?«

»Ja, schon.«

»Und jetzt füg sie zusammen.«

»te a ef e el, weiß ich doch, aber wo steht da jetzt Tafel?«

Sie hoben beide den Blick. Mit großen, ratlosen Augen sahen sie sich an. Was tun? Warum sieht sie denn das Wort nicht?

Wo soll denn hier ein Wort stehen?

Clara dachte nach.

»Andersrum«, sagte sie plötzlich. »Wir versuchen es mal anders. Wenn ich »Tafel« sag, was hörst du?«

Langsam sprach Barbara das Wort.

»Noch langsamer, sag es ganz langsam, als wär dein Mund gelähmt.«

»Tuuaaaafaaallle.«

»Was ist der erste Buchstabe?«

»Thhh«, hauchte Barbara.

»Dann schreib den jetzt auf die Tafel – so. Was hörst du als Nächstes?«

»Ta oder Tua, ich weiß nicht …«

»Sag den ersten Teil des Wortes ein paarmal hintereinander. Ganz schnell.«

»Taf taf taf ta ta ta.«

Ulrich fing an zu lachen, Andreas stimmte ein, obwohl er nicht wusste, was so lustig war, aber Barbara achtete nicht auf die Kinder.

»Ein a, ein a!«, rief sie und schrieb es hinter das »t«.

»Und was steht da jetzt?«

Clara tippte mit dem Zeigefinger auf die Tafel.

»Ta steht da«, sagte Barbara. »Taf – ffff ist das nächste, und ›e‹ und ›l‹ – ich hab's. ›Tafel‹ steht auf der Tafel, ich seh es jetzt!«

Auf den blassen Wangen Barbaras erschienen vor Eifer rote Flecken, ihre Augen glänzten Clara an. Die beiden Jungen hüpften um sie herum: Ihre Mutter freute sich ganz offensichtlich grandios über das, was sie gerade mit der Tafel machte.

Sie sangen es durch den Raum: »Tafel steht auf der Tafel, Tafel steht auf der Tafel!«

Barbara verlangte das nächste Wort, Clara gab ihr »Apfel«. Erst muss man das Wort sagen, dann kann man es schreiben, und wenn man es schreiben kann, kann man es auch lesen. Das Schreiben war also wichtiger als das Lesen.

Als Barbara alle Buchstaben fehlerfrei schreiben konnte, diktierte ihr Clara ein paar Wochen lang kurze Sätze, die sie in einer zierlichen, ordentlichen Handschrift auf die Tafel malte.

Es war schon lange nach Weihnachten, als Barbara Clara eines Abends bat, länger zu bleiben.

»Du musst mir nachher helfen. Ich kann zwar jetzt schon meine eigene und deine Schrift lesen, aber eigentlich geht es mir um eine andere Schrift, und ich fürchte, die kann ich noch nicht entziffern.«

»Und wessen Schrift willst du lesen?«

»Die meines Mannes.«

Barbaras Lippen wurden sehr schmal.

»Was hast du vor?«

»Mein Schwager und mein Mann sind auf Reisen. Am Abend, wenn alle Schreiber und Gehilfen nach Hause gegangen sind, gehen wir ins Kontor und fangen an zu suchen. Dabei musst du mir helfen.«

»Aber wonach suchen wir?«

»Das sag ich dir dann schon.«

Barbara stieß das in einem so herrischen Ton hervor, dass Clara nicht widersprach. Barbara war nicht immer freundlich, besonders nicht im Umgang mit den Mägden.

Als es dunkelte, öffnete Barbara die Tür zum Flur und lauschte auf die Geräusche im unteren Stockwerk. Clara fühlte sich unbehaglich. Sie taten etwas Heimliches, vielleicht sogar Unrechtes in einem reichen, herrschaftlichen Haus. Wenn jemand sie dabei erwischte, würde sie dieses Haus wohl nie wieder betreten dürfen. Andererseits gehorchte sie der Herrin des Hauses. Zeit für Zweifel blieben ihr ohnehin nicht mehr.

»Jetzt«, flüsterte Barbara.

Leise gingen sie Stufe um Stufe hinunter und dann in den Flur, der zum Kontor führte. Barbara öffnete die knarrende Tür. Ein Geruch von Staub, Pergament und Tinte, aber auch Metall und Münzen kam Clara entgegen. Im Kontor war alles aufgeräumt. Zwei dicke Bücher lagen auf dem Tisch in der Mitte des Raumes. An den Wänden sah Clara Bretter vor Dutzenden von Fächern, ein jedes mit einer kleinen Tafel beschriftet. »Venedig«, stand darauf, »Meuting«, »Schwaz« oder auch »Kaiser«, »Medici«, »Cöln«, »Fondaco di Tedeschi«. Clara musste eine Reihe dieser Täfelchen leise vorlesen, bevor Barbara versuchte, sie selbst zu entziffern. Sie öffnete zuerst das Fach mit der Aufschrift »Schwaz« und legte alle Schriftstücke auf dem großen Tisch aus, als wäre es ihr eigenes Kontor, in dem sie schalten und walten konnte, wie sie wollte.

»Barbara, wenn jemand kommt?«, flüsterte Clara.

»Keine Sorge, die sind alle weg.«

»Aber die Wächter?«

»Schauen nur auf Besuch von außen. Wie sollten sie vermuten, dass jemand aus dem Innern des Hauses spioniert, wo des Nachts doch nur dumme Weibsleute hier sind?«, sagte Barbara mit bitterem Unterton.

Clara und Barbara sortierten die Pergamente und Papiere. Neben Rechnungen, Listen mit Waren und Namen von Handwerkern fanden sie einige Schuldscheine des Herzogs Siegmund. Wenn Barbara hinter ihr raschelte, fuhr Clara herum und sah zur Tür oder den dicken Vorhängen, die das Kontor vom Verkaufslager trennten. Barbara legte kaltblütig Blatt um Blatt auf die verschiedenen Stapel. Plötzlich hielt sie inne, hob einen Brief ans Licht und gab ihn Clara.

»Lies!«

»An Jakob Fugger Augsburg von deinem demütigen Diener und Freund Franz Bäsinger.«

»Das ist einer der Briefe«, murmelte Barbara.

»Franz Bäsinger, das ist dein Vater?«, fragte Clara.

»Ja, er ist es.«

»Ist er in Schwaz?«

»Ja.«

»Ich wusste nicht, dass er damals …«

»Ja, genau«, unterbrach Barbara, »du weißt nichts und alle anderen auch nicht, aber die Mäuler habt ihr euch doch alle zerrissen. Du weißt sicher, was damals geredet wurde, vor Jahresfrist, oder?«

Barbara sprach schnell und scharf.

Clara senkte den Kopf.

»Man sagt, er habe Schulden gehabt, man hat ihn der Falschmünzerei beschuldigt, und er musste Augsburg verlassen, mehr weiß ich nicht.«

»Falschmünzerei! Ha!«

»Stimmt es nicht?«

»Doch, das ist ja das Schlimme. Es stimmt alles haargenau, und dann doch wieder nicht. Es fragt sich keiner, wie alles gekommen ist. Wie kommt es, dass ein rechtschaffener, unbescholtener Goldschmied Schulden anhäuft und sich dann auch noch der Falschmünzerei schuldig macht? Hast du je gehört, wer der Bürge für seine Schulden war?«

»Nein, davon hab ich nichts gehört.«

»Mein eigener Gatte. Jakob hat für seine Schulden gebürgt, und er hat meinen Vater in den Ruin getrieben«, stieß Barbara mit so viel kalter Wut hervor, dass es Clara einen Schauer über den Rücken jagte.

»Und dein Vater ist jetzt in Schwaz?«

»Ja, mit meiner Mutter. Zurück können sie nicht, wegen der Anklage wegen Falschmünzerei und der vielen Schulden.«

»Und was hast du vor?«

»Ich suche nach Beweisen für den Verrat meines Mannes an meinem Vater. Wenn ich den hab, dann können meine Eltern vielleicht wieder zurück nach Augsburg.«

»Wie geht es deinen Eltern dort in Schwaz?«

Ein Zittern schob sich in Barbaras Stimme.

»Ich weiß es nicht. Keinen Brief lässt Jakob an mich durch. Ich bin mir sicher, sie schreiben auch an mich, oder zumindest schreibt mein Vater in seinen Briefen Nachrichten für mich. Darum will ich sie alle lesen, die Briefe aus Schwaz.«

Sie sammelte rasch alle Briefe mit derselben steilen und würdigen Handschrift des Goldschmieds Bäsinger ein und stopfte sie in ihren Ärmel. Dann räumten sie die übrigen Schriftstücke wieder in das Fach.

»Andreas und Jakob sind noch viele Tage fort. Bis sie wieder da sind, haben wir sie gelesen und zurückgelegt.«

Als sie das Kontor verließen, drehte sich Barbara mit dem Öllicht in der Hand um und sagte leise:

»Das wirst du mir büßen, das schwör ich dir, Jakob, das wirst du mir büßen.«

Am nächsten Tag gab es keine Leseübungen, stattdessen half Clara beim Entziffern der Briefe. Die meisten Briefe handelten von der Schüttung der Silbermine, den Schwierigkeiten, genug Kohle und Blei für die Erzgewinnung heranzuschaffen, den Beschwerden der Bergleute über die harten Arbeitsbedingungen, den geringen Verdienst und das arrogante Verhalten des Herzogs. Dieser hofierte regelmäßig in großer Pracht im Dorf, gestand den Bergleuten aber nur Verbesserungen zu, wenn sie in Scharen davonzulaufen drohten.

Barbaras Verdacht bestätigte sich. In fast jedem Brief fand sich ein Gruß an die Tochter und manchmal auch ein Wort von der Mutter, von Vaters Hand geschrieben. Je öfter sie diese Grüße ihrer Eltern fand, desto härter zog sich die feine Linie ihres Mundes, und eine steile Falte erschien auf ihrer glatten hohen Stirn.

Im jüngsten Brief bedankte sich Franz Bäsinger bei Jakob und Andreas für das schöne neue Haus, in welches sie im Herbst umgezogen waren, und für die Erhöhung des Lohnes, welcher aber nicht nötig gewesen sei, weil sie alles zum Leben hatten. Barbara wirkte erleichtert, als sie dies hörte.

»Wir müssen weitersuchen«, drängte Barbara in der folgenden Woche. »Ich brauche Beweise.«

Sofort begann Claras Herz heftig zu pochen. Sie hatte gehofft, dass die Nachrichten von ihren Eltern Barbara genügen würden und sie keine weiteren nächtlichen Ausflüge ins Kontor mehr machen müssten.

»Was meinst du, wonach müssen wir suchen?«

»Das weiß ich eben nicht so genau. Wir müssen Schriftstücke und Briefe suchen, die mit Ereignissen im August des letzten Jahres zu tun haben. Irgendwo muss der Schlüssel dazu sein. Ich muss wissen, warum mein Vater sich verschuldet hat und wieso er die Falschmünzen machte.«

Es blieb auch nicht bei einem zweiten nächtlichen Besuch. Clara blieb lange Abende bei Barbara. Jakob Fugger war als harter Kaufmann bekannt. Sie hatte ihm noch nie gegenübergestanden, ihn nur aus der Ferne gesehen, aber sein Ruf in Augsburg reichte aus, um ihr Herz flattern zu lassen, wenn sie abends im Kontor Papiere und Pergamente untersuchten, Briefe von Kaufleuten, Listen mit Waren, Umrechnungstabellen für die verschiedenen Währungen oder einfach nur Notizen von Jakob und Andreas. Jedes Geräusch im Haus ließ Clara aufschrecken, der Wind, der die Vorhänge bewegte, ließ sie den Atem stocken, das Rascheln der Mäuse trieb ihr das Blut in den Kopf. Barbara war unerbittlich. Sie konnte Claras Angst nicht verstehen.

»Sie sind doch weg. Sie werden es nicht erfahren, und außerdem ist das auch mein Haus, mein Geld, und es sind meine Eltern. Ich werde herausfinden, was vor einem Jahr geschah, und du hilfst mir dabei, dafür bezahl ich dich schließlich.«

Clara öffnete den Mund, um zu antworten, dass sie ihr eigentlich nur das Lesen und Schreiben beibringen sollte, und das könne sie ja jetzt, aber klugerweise blieb sie stumm. Den Verdienst konnten sie und ihre Mutter gut gebrauchen, wo sollte sie sonst als Bürgerstochter, jung wie sie war, Geld verdienen. Oftmals steckte ihr

Barbara am späten Abend noch einige Münzen mehr zu. Clara zwang sich, an diese zu denken, wenn sie mit zitternden Händen in den Fächern des Kontors wühlte.

An manchem Abend blieb sie so lange, wie sie es gerade vertreten konnte, um unbeschadet vor Begegnungen mit dem Nachtwächter nach Hause zu kommen. Barbara ließ einen Fackelläufer mit ihr mitgehen, doch Bertha runzelte oft die Stirn, wenn Clara spät kam.

»Warst du schon wieder bei ihr! Was macht ihr nur so lange? Verbrüdere dich nicht mit den Fuggern, das hat schon manchen in den Abgrund getrieben«, prophezeite sie düster. Clara konnte dem nicht einmal etwas entgegnen, denn Abend für Abend hatte sie das ungeklärte Schicksal des Franz Bäsinger vor Augen.

»Morgen kommen die Brüder heim«, sagte ihr Barbara eines Nachmittags, etwa drei Wochen, nachdem ihre nächtlichen Ausflüge ins Kontor begonnen hatten. Sie saßen in Barbaras Kammer. Die beiden großen Buben spielten, die kleine Anna schlief, ebenso wie der Säugling. Barbara legte die Stickarbeit nieder und seufzte.

»Vier Jahre bin ich jetzt verheiratet, Clara, und vier Kinder habe ich ihm geboren. Er ist so alt, so runzlig, er widert mich an.«

Clara legte das Blatt weg, das sie gerade gelesen hatte, irgendeine Abrechnung von Gewürzen aus Venedig, und sah Barbara erstaunt an. Sehr selten hatte Barbara mit ihr Worte über ihre Gefühle gewechselt.

»Ich war so jung bei der Hochzeit, erst Anfang zwanzig«, fuhr sie fort. »Jetzt bin ich, Barbara Bäsingerin, Tochter des Goldschmieds Franz Bäsinger und seiner Frau Dorothea Seidenschwanz, sechsundzwanzig Jahre alt und Gattin des Jakob Fugger, Sohn des Hans Fugger und der Elisabeth Gfattermann.«

Sie schnaubte unwillig durch die Nase.

»Ich seh noch sein Gesicht, als ich ihm in jenem Frühjahr sagte, ich würde ihn heiraten, das bleiche Grinsen mit den verkniffenen Lippen. ›Ja endlich‹, sagte er nur. ›Doch jetzt.‹ Er tat, als hätte er gewonnen, als ob er mir seinen Willen aufgezwungen hätte. Dabei war es meine Entscheidung. Ich hätte ihn nie geheiratet, wenn nicht …«

Sie schwieg eine Weile, nahm die Stickarbeit hoch und legte sie wieder beiseite. Sie sah Clara an.

»Du verstehst nicht, oder?«

Clara schüttelte den Kopf.

»Im April haben wir geheiratet, im Oktober kam der Ulrich auf die Welt. Bist du schon alt genug, um das zu verstehen? Wenn nicht, ist es gleich. Es geht dich ja nichts an.«

Clara wurde rot. Ulrich war nicht … sie wagte den Gedanken nicht zu denken. Barbara erzählte weiter:

»Ich wusste, dass er wusste. Oder ahnte. Und er ließ es mich spüren. Als Ulrich auf der Welt war, rief er mich zu sich ins Kontor, wo alle hätten mithören können, und machte mir klar, was er von mir erwartete, als wäre es ein Handel, wie alles in seinem Leben. Kinder gebären sollte ich, viele Kinder, und ansonsten gefälligst das Maul halten. Er hat Ulrich nicht mal angesehen, als er geboren wurde. Nun ja, auch seinen zweiten Sohn nicht, und den dritten beachtet er auch kaum, mein Mädchen Anna schon gar nicht. Ulrich ist mein Junge«, sagte sie mit Trotz in der Stimme, »und ich bin ihm Vater und Mutter genug. Er ist mein Ein und Alles, das einzige hier im Haus, das nur mir gehört.«

Barbara blickte sich in ihrer Kammer um.

»Du weißt noch nicht, wie das ist, einen Ehemann zu haben. Sei froh. Zögere es hinaus, solange es geht. Es ist keine Freude, glaub mir. Heirate am besten gar nicht.«

Wieder schwieg sie lange.

»Fast freu ich mich, wenn ich schwanger bin, dann kommt er

nicht in meine Kammer. Dann legt er sich nicht auf mich. Er grunzt wie ein Eber und stößt und seufzt. Und redet kein Wort. Jeden Sonntag das Gleiche. Wenn ich sein Gesicht sehe nach der Messe und ich schon weiß, welche Frage gleich kommt, könnte ich ihm die Nase zerkratzen. ›Bist schwanger?‹, fragt er mich, Woche für Woche, jeden Sonntag die gleiche Frage, mit dem schiefen, verächtlichen Grinsen. Oh, eines Tages werde ich zurückschlagen, ihm diese Verachtung ins Gesicht einkratzen in tiefen Striemen, die zu roten Narben werden, rechts und links neben seinen tiefen Falten sollen sie ihn zieren.«

Clara erschrak über den Hass aus dem Mund Barbaras, der nicht zu der blassen und unbewegten Miene passte.

»Wenn ich schwanger bin, lässt er mich wenigstens in Ruhe und schläft im Nebenraum beim Kontor, bis das Kind auf der Welt ist. Viermal schon hat er es so gemacht. Das ist ein Widersinn, dass ich ihn immer wieder lassen muss, um Ruhe vor ihm zu haben. Ich komme mir vor wie eine kalbende Kuh«, sie hob die Arme und ließ sie wieder sinken, »aber ich bin nicht so dumm wie eine Kuh.«

An diesem Abend trottete Clara hinter dem Fackelträger her und war zum ersten Mal froh um die Begleitung, die sie sonst verlegen machte, denn Fackelträger begleiteten keine Bürgerstöchter, sondern Patrizier. Aber sie musste ständig an Barbaras Worte über ihre Ehe denken und an Barbaras Rat, bloß nicht zu heiraten. Bärbel Peutinger war ganz froh, bald zu heiraten, sie redete von den Kindern, die sie einmal gebären würde, als wären sie schon da, und hatte von der Freiheit der Ehefrau geschwärmt. Barbara hingegen war so verbittert und dabei nur wenige Jahre älter als Clara. Wer von den beiden hatte wohl recht? Ach, wie wird es mir einmal ergehen? Barbaras harte Worte hallten in Clara lange nach. Sie saß schweigend mit der Mutter am Küchentisch, wie oft am Abend, doch dieses Mal war Clara es, die tief Luft holte und schwer seufzte, als ihr der Gedanke kam, dass es für sie gar keine Wahl geben würde. Frauen brauchten einen Vormund, und es war entweder der Vater, der Bruder oder der Ehemann, manchmal sogar, und das möge Gott verhüten, ein anderer Verwandter. Jedenfalls würde Clara nicht die Wahl haben. ›Heirate am besten gar nicht‹, hatte Barbara gesagt. Welches Leben als unverheiratete Frau konnte sie sich denn vorstellen? Zu den Beginen oder gar zu den Nonnen? Das wäre ein sehr leeres Leben.

Barbara war so begierig, mehr über die Geschehnisse des vorigen Jahres herauszufinden, dass sie bald nicht mehr wartete, bis Andreas und Jakob auf Reisen waren. Sie nutzte nun auch Zeiten, zu denen beide nur vor den Toren Augsburgs in einem der Dörfer bei den Webern waren. Clara wurde es immer mulmiger, Barbara wurde immer dreister.

»Heute Abend«, flüsterte sie eines Tages, »sind sie im Zunfthaus. Das geht immer lang, da haben wir viel Zeit.«

»Aber Barbara, sie könnten doch jederzeit heimkommen.«

»Wir gehen schon früh genug wieder hoch, keine Sorge.«

»Ich weiß nicht.«

Clara zögerte.

»Du kommst mit, hörst du, ich brauch dich«, flüsterte Barbara, umfasste ihre Schultern und sah ihr fest in die Augen.

Clara schluckte und nickte.

Am Abend schlichen sie sich wie immer leise ins Kontor. Sie nahmen sich dieses Mal das Fach der Fondaco di Tedeschi vor, der Gilde der deutschen Kaufleute in Venedig.

»Schau hier, Barbara, da ist ein Brief über einen Schiffsuntergang, vielleicht ist das von Bedeutung.«

Ein deutscher Kaufmann aus Venedig schrieb den Brüdern Fugger.

»Lies vor«, sagte Barbara.

»Es schreibt euch der Meissner Hans und sendet euch Grüße aus Venedig. Wir hoffen, ihr seid bei …«

»Jaja, weiter, die Grüße brauchst du nicht zu lesen.«

»Hier kommt etwas: Der Hafenmeister lässt euch ausrichten, dass die drei Schiffe, die der Kaufmann Hans von Hoy aus Augsburg ausgestattet und für den Einkauf von Gewürzen und Seide in den Orient geschickt hatte, vor der adriatischen Küste in einem Sturm untergegangen sind.«

»Hans von Hoy, ja, das war in jenem Sommer. Was steht da noch?«

»Einige Schiffbrüchige konnten aufgenommen werden, die gesamte Ladung aller drei Schiffe ist vernichtet und ruht auf dem Grunde der Adria.«

»Wann genau war der Untergang?«

»Das steht hier nicht.«

»Hm. Solch ein Brief ist ja nur von Nutzen wenn der Untergang allen anderen noch nicht bekannt ist. Wir müssen herausfinden, wann der Hans von Hoy vom Untergang seiner Schiffe erfahren hat.«

»Lass uns zusammensuchen, was wir noch vom vorletzten August gefunden haben.«

»Hier ist die Auszahlung des Schuldscheins meines Vaters. Den hat irgendein Italiener gekauft, ein gewisser Salvatore Foscari, und Jakob hat meinen Vater dann ausgelöst und dem Italiener das Geld bezahlt. Das weiß ich noch. Da saß er aber schon im Gefängnis, mein armer Vater.«

»Aber warte, hier ist noch eine Notiz bei der Auszahlung, nur ein kleiner Zettel, er klemmt hier im Hauptbuch.«

»Was steht drauf, kannst du es lesen?«

»Hier steht: ›Für Andreas – Anteil Hoy an Lauginger verkauft,

Aufschlag vorteilhaft‹ – und das ist in Jakobs Schrift. Hängt das irgendwie zusammen?«

»Steht da ein Datum auf der Notiz?«

»Nein. Aber die Tinte ist ganz anders als die des Eintrags im Hauptbuch. Ich würde sagen, das hat er nicht am selben Tag geschrieben.«

»Der Schuldschein des Italieners, für wen war der ursprünglich?«

»Von deinem Vater an – Hans von Hoy.«

»Dann hat mein Vater – warte, wann gingen die Schiffe unter?«

»Hier steht: Mitte August.«

Barbara schob eine Haarsträhne unter die Haube.

»Wie könnten wir herausfinden, wann genau der Hans von Hoy damals die Nachricht vom Schiffsuntergang erhielt?«

»Ich weiß es nicht.«

»Aber ich!«, sagte Barbara triumphierend. Ihre blauen Augen leuchteten im Schein des Talglichts. »Warte, ich hol Tinte, such dir ein Stück Papier. Wir schreiben diesen Brief aus Venedig ab. Der ist wichtig.«

Clara kramte in den Fächern und fand ein ausreichend großes Stück. Barbara suchte eine Feder und ein kleines Tintenfass.

»Schreib, beeil dich.«

Claras Feder flog übers Papier. Im Schein der Kerze waren einige Wörter schwer zu entziffern, aber es gelang ihr meist. So schnell hatte sie noch nie geschrieben. Es war auch nicht schön. Sie hoffte nur, dass sie ihre eigene Schrift später lesen könnte.

»Wie weit bist du?«

Barbara hatte währenddessen das Kostenbuch aufgeschlagen und fuhr mit dem Finger über die Zeilen.

»Ha, da ist es«, murmelte sie, schrieb sich etwas mit dem Griffel auf die Tafel und räumte dann alle anderen Schriftstücke wieder in die Fächer.

Sie trommelte mit den Fingern auf den Tisch.

»Gleich fertig«, sagte Clara.

Vom Hoftor war ein Geräusch zu hören. Beide erstarrten und lauschten hinaus. Barbara ging zur Tür des Kontors.

»Schreib weiter«, zischte sie.

Sie kam rasch zurück und verschloss sofort das Tintenfass.

»Andreas und Jakob kommen zurück, schnell jetzt.«

Clara setzte den letzten Strich: »Euch stets zu Diensten, Hans Meissner, Fondaco dei Tedeschi, Venezia.«

Sie schnappte sich den abgeschriebenen Brief und die Feder und eilte hinter Barbara her zur Tür.

Der Weg nach oben war versperrt. Barbara blies das Talglicht aus und zog Clara am Ärmel aus dem Kontor weiter nach hinten in Richtung Sacklager. Unter der Treppe hinter den schweren Seilen versteckten sie sich.

Andreas und Jakob gingen lachend ins Kontor. Sie hörten Andreas fragen:

»Jakob, weißt du, warum dieser Brief von der Fondaco auf dem Tisch liegt?«

Clara hob die Hand vor den Mund. Sie hatte den Brief liegen gelassen, nur die Abschrift und die Feder hatte sie mitgenommen.

»Ich hab nichts liegen lassen und auch heute nichts von der Fondaco bekommen.«

»Nein, warte, der ist ja ganz alt, vom vorigen Jahr.«

»Ah, dieser Faulenzer, dieser unordentliche Geselle, wie heißt er noch, Peter, ich hab ihm schon so oft gesagt, dass er abends alles wegräumen soll. Ich will nichts auf dem Tisch liegen haben. Das war das letzte Mal, das schwör ich dir, der kann woanders seine Unordnung hinterlassen, dieser schludrige Nichtsnutz«, sagte Jakob.

»Schmeiß ihn raus, aber hör auf zu schimpfen. Ich frag mich nur, was er mit so einem alten Schreiben wollte?«

»Was weiß ich, was in seinem weich gebrühten Kopf vorgeht. Dem wird es morgen nicht gut gehen, das sag ich dir.«

»Ich weiß nicht, ob es der Peter war«, sagte Andreas zweifelnd.

»Aber wer könnte hier herumschnüffeln?«

»Ah, da fallen mir viele ein.«

»Ja, das weiß ich wohl, dass viele wissen mögen, was in unserem Kontor ist, aber wer schafft es hier herein und holt sich ausgerechnet diesen Brief?«

»Morgen früh lass ich die Nachtwächter und den Kontoristen kommen. Wir werden schon rausfinden, wer hier seine Nase reinsteckt.«

»Und ich frage mich, warum ausgerechnet dieser Brief …«

Ein längeres Schweigen folgte. Holz war zu hören, wie es über Holz schabte. Einer der beiden räumte den Brief wohl weg.

»Barbara, ich muss dringend«, flüsterte Clara.

»Sei still und halt es ein.«

»Hmpff«, stöhnte Clara.

Ihr Leib schmerzte.

Andreas Stimme war wieder zu hören.

»Was hören wir eigentlich vom Hafenmeister?«

»Sein Geld für dieses Vierteljahr hat er bekommen, das hat mir der Meissner geschrieben, warte mal, vor etwa zwei Wochen.«

»Aber keine Neuigkeiten?«

»Nichts los, vielleicht wegen des kalten Wetters.«

»Lass uns das Kontor verschließen. Ich möchte nicht, dass hier herumgeschnüffelt wird. Es ist nicht gut, wenn unsere Übereinkunft mit dem Hafenmeister in Augsburg bekannt wird. Nur du und ich behalten die Schlüssel.«

»Hm«, brummte Jakob, »wird schwierig, es kann dann niemand ins Kontor, wenn wir beide weg sind. Das geht so nicht. Aber du hast recht, wir müssen wachsam sein. Und herausfinden, wer sich in unserem Kontor herumtreibt, der da nichts verloren hat.«

Die beiden Brüder wünschten sich eine gute Nacht, und Andreas verließ das Haus. Er hatte das Nebenhaus erworben und lebte dort mit seiner Familie. Jakob ging mit weinschweren Schritten die Treppe hoch. Clara sah Barbara erschrocken an.

»Will er zu dir?«, flüsterte sie.

»Ich hoffe nicht.«

»Du hoffst?«, Claras Stimme verzog sich zu einem angstvollen Quieken.

»Still!«

In der Mitte der Treppe, gerade über den Köpfen der beiden Frauen, hielt Jakob inne. Hatte er sie gehört?

Er brummte: »Ach sei's drum, meinen Spaß hatte ich heut ja schon. Und bestimmt einen besseren als mit dir, du dürres bleiches Gespenst.«

Er trampelte wieder nach unten und ging ganz knapp an ihnen vorbei in die kleine Kammer neben dem Kontor, in der sein Lager aufgeschlagen war. Dann – endlich – schloss sich seine Tür. Clara und Barbara schlichen nach oben.

Clara musste in jener Nacht bei Barbara bleiben. Es war viel zu spät, die Nachtwache war schon lange unterwegs, und eine Frau konnte allein nicht nach Hause. Einen Fackelträger zu holen hätte zu viel Lärm im Haus gemacht. Am nächsten Morgen ging Clara in aller Frühe nach Hause. Sie hatte Glück, Afra und ihre Mutter schliefen noch, und sie hoffte, dass beiden ihr Wegbleiben nicht aufgefallen war.

Ein Bote von Barbara traf am Vormittag ein, mit einem Brieflein von ihr, auf dem nur wenige Worte standen:

»Ich weiß jetzt, wie es lief.
Komm heute Nachmittag,
ich erzähl dir alles.«

Fast jedes Mal, wenn sie den Flur des Fugger'schen Hauses am Rohr betrat und sich zur Treppe begab, befiel Clara ein Gefühl der Angst, eine ungute Vorahnung. Merkte denn niemand im Haus, dass es blanker Unsinn war, sie zum Spielen mit zwei Buben anzustellen, wenn diese ganz gut allein und unter Aufsicht einer Magd oder Amme hätten spielen können? Aber sie begegnete in dem stillen Flur fast nie jemandem. Wenn sie das Hoftor betrat, konnte sie links im Lager und Kontor geschäftiges Treiben sehen. Meist waren mehrere Fuhrwerke in dem kleinen Hof, und durch die offene Tür erspähte sie Männer in langen Mänteln, mit Pelzmützen oder in bunten kurzen Jacken. Sie hörte deren Stimmen, das Kratzen von Federn auf Pergament, das Klimpern von Münzen, wenn sie auf das Rechenbrett gelegt wurden. Leise und rasch erklomm sie die Treppe, es war immer besser, ungesehen in den Flur zu den Kammern zu kommen und so das Unbehagen zu verscheuchen.

Ausgerechnet heute stellte sich ihr kurz hinter dem Hoftor ein Herr in braunem Wollmantel mit Pelzbesatz und Pelzmütze in den Weg. Eine Hand mit dem großen Siegelring lässig auf dem Treppenpfosten stand er auf der untersten Stufe. Es wirkte, als hätte er auf sie gewartet. Sie wusste sofort, dass es Jakob war, Jakob Fugger, der Gatte ihrer Schülerin, der Sohn der herrischen Elisabeth Gfattermann, einer der reichsten Augsburger Bürger. Mit braunen Augen blickte er sie streng aus einem bartlosen Gesicht an. Seine enorme Nase wirkte noch größer durch zwei tiefe Längsfalten, die von der Nasenwurzel bis in die Stirn an den Besatz der braunen Pelzmütze reichten, die er tief ins Gesicht gezogen trug. Er kniff kurz die Lippen zusammen und fragte:

»Wohin willst du?«

Sofort wurde Clara rot. So oft sie sich ausgemalt hatte, wie sie es anstellen wollte, wenn sie einmal Rede und Antwort stehen sollte, dass es der Hausherr selbst war, der das tun würde, hatte sie nicht vor Augen gehabt.

»Zur Barbara«, flüsterte sie fast.

»Soso, und wer bist du?«

»Clara. Clara Hätzlerin.«

»Sagt mir nix. Was hast du hier zu suchen?«

Seine Falten wurden immer tiefer, seine Nase schien aus seinem Gesicht herauszuwachsen.

Clara öffnete den Mund, aber mehr als Gestammel würde nicht rauskommen, das wusste sie schon jetzt.

»Wer ist da?«, rief Barbaras klare Stimme von oben. Ihr helles Gesicht beugte sich über das Geländer nach unten. Sie sah den Rücken und Kopf ihres Mannes und Claras erschrockenes Gesicht. Gleich wusste sie Bescheid.

»Komm rauf, Clara, ich wart schon auf dich.«

»Nix da. Erst will ich wissen, was sie hier treibt«, knurrte Jakob Fugger.

»Komm rauf, und ich bitt dich, du auch, Jakob, das bereden wir hier in der Kammer. Hier wird nicht im Flur herumgeschrien.«

Die Anweisung kam so schneidend, dass Jakobs Kopf wie von einer Schnur gezogen nach oben zuckte. Er starrte sie an, drehte sich wortlos um und schritt die Treppe hinauf, vor Clara her.

In der Kammer stand Barbara aufrecht vor der Wiege, als wolle sie den kleinen Hans darin vor etwas schützen. In der kurzen Frist, die Jakob brauchte, um die Treppe herauf und den Flur entlangzugehen, hatte sie es geschafft, Anna, Ulrich und Andreas der Amme zu geben, die Clara gerade noch mit den drei Kindern in einem der nächsten Zimmer verschwinden sah.

Clara blieb zögernd in der Tür stehen. Jakob blickte sich nach ihr um.

»Komm rein, mach die Tür zu«, befahl Barbara.

Eine solche Spannung lag in der Luft, dass Clara sich nicht traute, zwischen den beiden hindurchzugehen. Sie drückte sich an der Wand entlang und setzte sich, den Korb auf den Knien und das Tuch um die Schultern, auf die Ofenbank, als wolle sie sich gleich in einen der Gegenstände im Raum verwandeln.

Barbara stand aufrecht und ruhig in ihrem grünen Wollkleid da, die Haube sauber festgesteckt, kein Härlein legte sich in die klare hohe Stirn. Aber Clara sah ihre Finger zittern, bevor sie sich auf den Rand der Wiege legten und diesen fest umklammerten.

Jakob hatte die Arme vor der Brust verschränkt und tippte ungeduldig mit den Fingern auf seinen Oberarm.

»Jetzt, sag, was macht die hier? Warum weiß ich nix von ihr?«

Einen Augenblick lang schien Barbara zu zögern, als wöge sie ab, ob sie ihm die abgemachte Lüge vom Kindermädchen auftischen oder doch die Wahrheit präsentieren solle. Sie holte tief Luft.

»Sie bringt mir Lesen und Schreiben bei.«

»Sie – was? Wozu das denn?«

Barbara verzog ihren schönen Mund zu einem bitteren Lächeln, als hätte sie erwartet, dass er nichts begriffe.

»Nun, seit ich lesen kann, habe ich so einiges erfahren – über eure Geschäfte und den Bankrott meines Vaters zum Beispiel.«

In ihrem Gesicht lag Kampfbereitschaft. Eine große Nase ist noch kein Zeichen eines großen Mannes, dachte Barbara und schleuderte ihrem Gatten die Wahrheit entgegen darüber, was vor anderthalb Jahren in Augsburg vorgefallen war.

August 1444

Franz Bäsinger ließ sich seinen Becher mit Wein füllen und näherte sich den beiden Fuggerbrüdern, die neben dem hohen Kachelofen am Spieltisch saßen. Je länger der Goldschmied den beiden zusah, desto leiser schienen das aufbrausende Gelächter und die spitzen Rufe der Damen in der Herrenstube zu werden. Die Fuggerbrüder saßen wie in einer Blase am kleinen Spieltisch, an dem nur die Würfel klackerten. Geduldig wartete Bäsinger das Ende des Spiels ab und nippte ab und zu an seinem Becher. Es drängte ihn immer zu seinen Schwagern, wie er sie nannte, obwohl streng genommen Jakob sein Schwiegersohn war und Andreas dessen Bruder. Doch waren sie fast im selben Alter, denn Franz Bäsinger war nur acht Jahre älter als sein Schwiegersohn, der Barbara erst in seinem dreiundvierzigsten Jahr geheiratet hatte. Zwar waren die Fuggerbrüder Goldschmiede wie er und ihr Vater als armer Weber vor vielen Jahren in die Stadt gekommen, doch fühlte man sich stets als Bittsteller, wenn man das Wort an die beiden richtete. War es der arrogante Zug um den Mund, der einen schüchtern werden ließ, oder die schnellen, mit Bedeutung aufgeladenen Blicke, die sich die Brüder zuwarfen? War es der Gleichklang ihrer Bewegungen oder die von beiden zelebrierte Verachtung für ihre Umgebung? Franz Bäsinger war stolz auf die familiäre Verbindung zu den Fuggern, die, längst keine Handwerker mehr, mit allem handelten, was Gewinn einbrachte, früher mit Tuch, jetzt auch mit Gold- und Silberwaren, Spezereien und Salz. Anders als die alteingesessenen Patriziergeschlechter der Langenmantel, Gossembrot, Rehlinger und wie sie alle hießen, konnten die Handwerker der ehrbaren Zünfte am neuen Reichtum der Fugger nichts Faules erschnuppern. Sie rochen eher die Chancen auf lukrative Aufträge und vorteilhafte Verheiratungen. Wem das Glück hold war, wie dem Konrad Meuting, der Anna, die Schwester der Fuggerbrüder, geheiratet hatte, dem ebneten Teilhaberschaften und Kredite von den Fuggern den Weg zum Reichtum. Das Warten auf ein Gespräch mit Andreas und Jakob Fugger konnte sich immer lohnen.

Endlich zog Andreas seinen letzten Spielstein in sein Feld und fasste mit beiden Händen die äußeren Tischkanten mit freudig geschwellter Brust, auf der eine schwere goldene Kette unter dem schwarzen Mantel hervorblitzte. Trotz der Wärme des Ofens trug er einen langen Wollmantel und auf dem Haupt ein samtenes Barett. Jakob hob den Blick nicht vom Spielbrett und begann, die Spielsteine auf die Anfangsposition zurückzuschieben. Unter seiner pelzbesetzten Mütze gönnte er dem Andreas nicht den Blick des Verlierers auf dessen Siegerpose.

»Gut gespielt, Schwager«, ließ sich nun Franz Bäsinger mit einem Räuspern hören.

Nun blickten beide Brüder auf, mit hochgezogenen Augenbrauen und gerade der nötigen milden Verärgerung über die Störung im Blick, die den Neuankömmling in seine Schranken wies, ihn aber auch zum Sprechen zwang.

»Äh, wie stehen die Geschäfte?«, stammelte Bäsinger etwas plump. Er wusste nicht recht, wie er das Gespräch auf die Machenschaften des Hans von Hoy lenken sollte, der in letzter Zeit die Augsburger Woll- und Tuchhändler in Aufruhr gebracht hatte.

»Ah, Franz, mein Bester, setz dich zu uns«, sagte Jakob.

Eilfertig zog sich Bäsinger einen Schemel heran. Fast hätte er den Becher des Andreas umgestoßen, weil er mit dem Knie den wackeligen Spieltisch rammte.

»Was sagt ihr zum Hans von Hoy?«, fragte Bäsinger. »Das kann doch nicht gut gehen, was der da treibt.«

Andreas wankte bedächtig mit dem Kopf hin und her.

»Er hat wohl was vor, das ist klar.«

»Aber was bringt es ihm, so viel Wolle aufzukaufen? Seine Lager sollen schon voll sein.«

»Wenn er den Großteil der diesjährigen Schur aufgekauft hat, kann er den Preis im Winter diktieren, darauf hofft er.«

»Doch er kauft die Wolle auf Schulden und zu höheren Preisen als auf dem Markt üblich. Wie kann das gut gehen?«

Jakob zuckte mit den Schultern.

»Er spekuliert. Wenn es so weit ist, will er den Preis bestimmen.«

»Und der soll dann ausreichen, damit er all seine Schulden bezahlen kann?«

Jetzt blickten sich Andreas und Jakob bedeutungsvoll an, Andreas nickte dem Jakob mit dem Kinn zu, und dieser beugte sich noch näher zum Bäsinger Franz.

Dann erzählten sie ihm raunend, was sie von den Geschäften des Hans von Hoy vorgaben zu wissen. Er warte auf drei Gewürzschiffe, die über den Indischen Ozean fuhren und mit reichlich Spezereien, Pfeffer, Muskat und Zimt zurückkommen sollten. Er wolle der Ladung habhaft werden, sobald sie in Venedig einträfe, und hatte Anzahlungen darauf geleistet.

»Und mit dem Gewinn aus dem Verkauf der Ladung zahlt er seine Gläubiger aus dem Wollhandel aus?«

»So ist es. Um noch mehr Gewinn einzustreichen, wenn er im Winter ein Vielfaches des heutigen Wollpreises verlangen kann, weil es nur noch in seinem Lager nennenswerte Mengen geben wird.«

»Nur, er braucht Geld, um die Ladung der Gewürzschiffe zu kaufen, und deswegen bietet er eine verzinste Teilhaberschaft und Schuldscheine an. Die stellt man für ihn aus, damit er in Venedig Geld flüssig machen kann.«

»Seid ihr, ich meine, macht ihr, äh, habt ihr da auch Anteile?«

»Erst wollte er nicht, der Hans von Hoy, aber er hat schon einige Weber und Tuchverleger verärgert, so wählerisch kann er nun nicht mehr sein«, Andreas lehnte sich zurück und hob beide Handflächen nach oben, »wenn's zu eng wird, nimmt man halt auch das Geld der Fugger.«

Bäsinger reckte das Kinn nach vorn.

»Meint ihr, braucht er vielleicht noch etwas Kapital?«

Andreas zuckte die Achseln.

»Fragen kannst du ihn ja mal. Ich weiß nicht, ob er schon alles zusammen hat.«

»Wie viel habt ihr gegeben?«

»Eine Teilhaberschaft über fünftausend Gulden, mit einer versprochenen Verzinsung von zehn von Hundert am Gewinn der Ladung.«

Bäsinger rechnete. Seine Chancen, vom ehrbaren Meister, der von seiner Hände Arbeit lebte, in die Riege der Geldleute aufzusteigen, waren durch diesen einen Satz ums Vielfache gestiegen. Er kam aus einer guten Familie und war nicht unvermögend. Aber vom frühen Morgen, wenn er in die Werkstatt ging, sobald das Licht das Arbeiten zuließ, bis zum späten Abend, wenn er sie mit müden Augen wieder verließ, fragte er sich, warum er mit seiner Hände Arbeit so viel schuften musste für all die neureichen Bürger. Diese ersetzten allmählich die Pfaffen als Kunden und verschafften ihm allerlei Aufträge, Schmuckstücke für ihre Frauen, Pokale und

Kannen für ihre Tresuren, Kruzifixe und Kerzenleuchter für ihre Kapellen. »Fingerslang gehandelt ist besser als armslang geschafft« – der Satz ging ihm schon seit einiger Zeit im Kopf herum. Er hatte schon Besitzungen um Augsburg herum auf Kredit gekauft und als Pfand gegeben. Das waren ganz sichere Geschäfte, wenn auch die Gewinne daraus nur langsam flossen. Nun fehlte ihm noch ein krönender Abschluss, bevor er sich zur Ruhe setzen und vielleicht sogar Ratsherr werden konnte, Ratsherr mit einer schwarzen Schaube und einer dicken goldenen Kette um den Hals.

Andreas nahm die Würfel in die Hand, und Jakob schlug dem Schwiegervater auf die Schulter.

»Geh, frag den Hoy.«

Bäsinger war entlassen. Die Fuggerbrüder grinsten sich an.

»Aber wieso nur fünf von Hundert? Die Fuggerbrüder haben einen Anteilsschein mit zehn von Hundert auf den Gewinn des Schiffes«, protestierte Bäsinger am nächsten Tag im Kontor des Hans von Hoy.

Ah, der Bäsinger will also auch investieren, dachte dieser und rieb sich die Hände. Es lief wie am Schnürchen. Bald hatte er alles Geld zusammen, um die Ladung in Venedig zu bezahlen.

»Mein lieber Bäsinger, wenn ich mit deinem Schuldschein in Venedig Geld bekommen will, muss ich doch einen Abschlag zahlen, der viel höher ist als der der Fuggerbrüder –, der Name zählt, der Name! Du bist ein geachteter Bürger in Augsburg, nichts für ungut, aber in Venedig hat der Name Fugger einen weitaus goldeneren Klang als der deine. Die Venezianer sind da sehr scharf, was ausländisches Geld betrifft, und ich sag dir, von deinem Schuldschein bekomme ich da längst nicht so viel, da muss ich gleich ein Disagio drauflegen, du glaubst nicht, was die an Gebühren verlangen, für die Speicher, die Schiffsanlandung, für Waagen und Gewichte, für den Hafenmeister, die Fondaco, und ich weiß nicht, was noch. In Venedig schmilzt das Geld wie das Lecheis im März.«

Seufzend fügte sich Bäsinger. Vom ganzen Handel in Italien wusste er wenig, und ihm schwirrte der Kopf von all den Wechseln, Anteilscheinen, Bürgschaften, Schuldscheinen, Anleihen, Agio und Disagio. Er übergab dem Hoy eine Schuldverschreibung über die stattliche Summe von dreitausend Gulden und bekam dafür eine in Schönschrift ausgeführte Urkunde, die besagte, dass der Bäsinger auf Verlangen die dreitausend Gulden zu zahlen habe und im Gegenzug nach Verkauf der Ladung der drei Schiffe seinen Einsatz und fünf Prozent vom Gewinn der Ladung ausbezahlt bekäme, gesiegelt und gezeichnet von Hans von Hoy.

Als Bäsinger ein paar Tage später wieder die Fuggerbrüder besuchte, stand Jakob an einem Pult am Fenster, und Andreas suchte nach einem Schriftstück. Beide Brüder blickten hoch, als der Ankömmling ihnen den Morgengruß entbot.

Bäsinger knautschte seine Mütze in den Händen und räusperte sich.

»Also, ich hab jetzt auch eine Beteiligung an den drei Gewürzschiffen.«

»Soso.«

»Bin eingestiegen mit dreitausend Gulden.«

Andreas und Jakob wechselten einen Blick, und Jakob zog erstaunt die Augenbrauen hoch.

»Ich wusste gar nicht, dass du so viel flüssig hast.«

»Hab ihm einen Schuldschein gegeben, das heißt, nach dem Verkauf der Ladung zahlt er mich aus, mit einem saftigen Anteil aus dem Gewinn.«

»Hat der Hoy das so vorgeschlagen?«

»Äh, ja«, Bäsinger stutzte, »ist das nicht in Ordnung?«

»Doch, doch«, antwortete Andreas schnell, »passt schon, ist nicht unüblich, heutzutage werden Schuldscheine immer öfter gewährt, und sie lassen sich auch leicht verkaufen.«

»V-v-verkaufen? Wieso denn verkaufen? Und an wen?«, fragte Bäsinger beunruhigt.

»Na ja, deinen Schuldschein kann er einlösen gegen Gulden bei der Fondaco in Venedig, dann kommt jemand von der Fondaco auf dich zu und will das Geld haben, oder aber er verkauft ihn mit einem Abschlag weiter an einen anderen Kaufmann.«

»Aber ich dachte, dass er es ist, der sich das Geld dafür in Venedig holt.«

Beruhigend legte Jakob die Hand auf die Schulter seines Schwiegervaters.

»Keine Sorge, du musst die dreitausend Gulden vermutlich erst bezahlen, wenn der Gewinn der Ladung schon da ist.«

»Vermutlich, sagt ihr?«

Bäsingers Stimme schraubte sich hoch.

»Habt ihr es anders gemacht?«

»Wir haben eine Beteiligung bei ihm, verbrieft und gesiegelt vom Notar.«

»Aber schau, auch die kann man verkaufen, mit einem Aufschlag oder mit einem Abschlag, je nach Risiko des Geschäfts, um das es geht.«

Bäsinger schüttelte den Kopf. Das war ihm alles zu verworren. Aber wenn die Fugger die Unternehmung für erfolgversprechend hielten, so sollte es sein Schaden nicht sein. Er strich sich mit zwei Fingern langsam den an den Mundwinkeln herabhängenden Schnurrbart.

»Und wenn das Schiff, ähm, also wenn die Schiffe vielleicht nicht ankommen sollten?«

Andreas fiel ihm ins Wort. Solche Gedanken durften nicht zu Ende gedacht werden.

»Franz, meinst du, wir würden so viel Geld setzen, wenn wir unserer Sache nicht sicher wären?«

Bäsinger ließ beide Hände schwer auf seine Schenkel fallen und lehnte sich zurück. Er war so frohgemut nach seinem Handel mit dem Hoy zu den Schwagern gegangen, doch jetzt nagte ein Wurm in seinem Innern.

Hans von Hoy wartete täglich auf Nachricht von der Ankunft der Schiffe. Er wusste, dass in den nächsten Tagen der Bote aus Venedig erwartet würde. Er beschloss, ein Festmahl zu geben, und lud sie alle ein, seine Geldgeber, die Zunftmeister und die übrigen Kaufleute. Er bestellte Braten, Brot, Pasteten und Kuchen und ließ Bier und Wein von den Brauern und Weinhändlern bringen. Die Krüge und Schalen wurden auf Hochglanz poliert, einige Dutzend Bedienstete geheuert und beim Tuchhändler weiße Tischtücher geordert, die über die vom Schreiner gezimmerten Böcke und Tischplatten in der großen Stube seines Hauses gelegt wurden.

Hans von Hoy verfolgte seinen Plan seit Jahren. Er hatte die Gewürzschiffe ausgestattet und rechnete mit einem Gewinn aus der Ladung von 90 000 Gulden. Für das Schiffsunternehmen hatte er von anderen Geldgebern Anteile gesammelt. Jedem der Geldgeber gab er im Vertrauen zu verstehen, dass er den größten Anteil an der Schiffsexpedition selbst beisteuere, aber das war gelogen. Nein, nicht gelogen, die Wahrheit war nur in die Zukunft verschoben: Er brauchte das Geld nicht nur für die Anzahlung auf die Ladung, sondern verschuldete sich, um große Mengen Wolle aufzukaufen. So überbot er die anderen Wollhändler und fegte den Augsburger Markt leer. In seinen Wolllagern türmte sich die Rohwolle, und sobald die Schiffe da wären, würde er seine Schulden bezahlen und die Wolle teuer an die Spinnereien und Webereien der Fugger verkaufen – und genau das war das Ziel seines Plans: reich werden auf

Kosten der Fugger. Ein Bruchteil des Gewinns aus dem Gewürz- und Wollhandel reichte aus, um seine Schulden zu bezahlen. Er würde sich ein noch viel größeres Haus kaufen als das Fugger'sche Haus am Rohr und es mit einem Badezimmer, mit gläsernen Scheiben und einem eigenen Brunnen ausstatten. Das Wasser würde in goldenen Rohren von den Deicheln der Stadt in sein Haus geleitet werden.

Hans von Hoy setzte sich mit speckglänzendem Gesicht an die Stirnseite seiner Festtafel, hob den Becher, dankte den Gästen und hielt eine kurze, verworrene Rede über die Früchte der Zukunft und die Weisheit der Voraussicht.

Das Mahl war in vollem Gange, als kurz nach dem Hauptgang, einem Pfau als Schaugericht, dazu Wildschweinragout und Hirschkeule, ein Bote gemeldet wurde.

Hans von Hoy sprang auf, wedelte wild mit den Händen:

»Führt ihn herein, lasst ihn reden.«

Seine roten Backen leuchteten wie ein glühendes Buchenscheit. Allmählich erstarben die Gespräche, schließlich wurde ein mit dem Staub der Straße bedeckter Bote hereingeführt, der angesichts Dutzender Augenpaare, feister Bäuche, Goldketten und fettglänzender Bärte nervös seine Mütze in den Händen drehte.

»So sprich denn, mein Sohn«, tönte gönnerhaft die Stimme Hoys, der sich an der Tafel vorbei bis zum Boten vorarbeitete.

»Herr von Hoy, ich komme aus Venedig.«

Ungeduldig flatterten Hoys Hände.

»Die drei Schiffe …«, er stockte.

»So red schon.«

»… sind untergegangen, am Horn von Afrika. Das meldete der Kapitän eines anderen Schiffes, der Schiffbrüchige von einem der Schiffe aufgenommen hat. Bestätigt und besiegelt vom Fondaco dei Tedeschi in Venedig.«

Damit verbeugte er sich und drückte dem starr vor ihm stehenden Hoy eine versiegelte Pergamentrolle in die Hand.

Das Schweigen war so tief, dass sich die Hunde duckten. Hoy blickte verständnislos auf den Boten und dann auf die Schriftrolle. Dann drehte er sich um und verließ den Raum.

Noch am selben Abend, als die letzten Gäste sich klammheimlich noch ein paar Leckereien vom Tisch nahmen und das Haus des Bankrotteurs verließen, als die Dienerschaft die Tische voller Bratenreste und Brotkanten abräumte, sich in die Taschen stopfte, was essbar war, und die Hunde abwehrte, die die Schnauzen über die Tischkante hoben, betrat schon der Stadtvogt das Haus des Hans von Hoy, nahm ihm und seiner Frau den Schlüssel des Hauses vom Gürtel und sammelte alles Geld und alle Wertsachen ein, die er finden konnte.

Von da an dauerte es nicht mehr lange, bis Hoy die Stadt verließ. Seine Wolllager räumten sich rasend schnell. Hoy hatte immerhin die Nerven, so lange zu warten, bis er das Geld für seine Flucht beisammenhatte. Mit seiner Frau zog Hoy kurz nach Einbruch der Dämmerung durch das Stadttor, das der Wächter für ein Handgeld ein paar Augenblicke länger offen hielt, und ward in Augsburg nie mehr gesehen.

Noch ein Mensch wurde blass, als der Bote die Nachricht aus Venedig überbrachte. Mit allen anderen Gästen stand Franz Bäsinger langsam auf, strich sich über den Bart, schwankte kurz und eilte dann durch die Augsburger Straßen zum Fugger'schen Haus am Rohr.

Im Kontor war nur noch ein Gehilfe. Beide Fuggerbrüder wären nicht da, beschied er ihm, einer nach München, der andere nach Ulm aufgebrochen, frühestens in zwei Wochen wieder zu erwarten. Als Bäsinger etwas von Schuldscheinen und Gewürzschiffen faselte, zuckte der Kaufmannsgehilfe nur mit den Schultern.

Ihm dämmerte, dass er ohne die finanzielle Hilfe der Fugger vor dem Bankrott stand, vor dem Schuldturm und der Schande, doch er hatte vor dem strengen Blick und den abschätzig nach unten gezogenen Mundwinkeln seiner Tochter zu viel Respekt, um sie in die Sache hineinzuziehen. Dreitausend Gulden – wie sollte er den Verlust nur auffangen! Er hatte doch schon die Schulden vom Kauf der Hofgüter. Sein Schuldschein, dürre Lettern auf einem Stück Pergament, würde vielleicht in fremde Hände wandern. Er hoffte auf ein Wunder, das den Schuldschein in den Wirren Venedigs verschwinden ließ.

Auch zu seiner Frau sagte er nichts. Er schickte zwei Schreiben mit dringendem Flehen an seine »lieben und geschätzten Schwager« ab. Er schlief nicht mehr, er aß nicht mehr, er verließ das hintere Zimmer seiner Werkstatt kaum mehr, und sein Schnurrbart war so glatt gestrichen, dass ihm langsam die Haare ausfielen.

»Francesco Basindscherrrrr«, rief die Stimme mit dem fremden Einschlag durch die Werkstatt, kaum dass die Tür geöffnet wurde.

»Frrrancesco Basingggerrrr!«

Bäsinger kam aus dem hinteren Raum gelaufen. Ein schlanker, groß gewachsener Mann in neuester italienischer Mode mit dunklen vollen Haaren und blitzenden Augen stand vor ihm und wedelte mit einem Stück Pergament.

Bäsinger schwitzte. Es war so weit. Er hatte so gehofft, der Kelch möge an ihm vorübergehen. Aber nun stand er vor ihm, der Gläubiger, und verlangte sein Geld, kaum dass ein paar Tage nach dem Eintreffen der katastrophalen Nachricht vergangen waren. Bäsinger schaffte ihn in den hinteren Raum und schloss die Tür, bevor seine Gesellen etwas merken konnten.

»Du schuldest mirrr Geldä«, grollte der elegante Herr.

»Still, seid leise, Herr, wir regeln das schon.«

Beschwichtigend drückte er die Hände nach unten. Der Italiener rührte sich nicht und starrte ihn nur mit blitzenden Augen an. Er streckte die Hand aus und zeigte ihm das Pergament. Es war sein eigener Schuldschein.

»Ihr bekommt euer Geld ja, ich muss es nur zusammenholen, das hab ich noch nicht flüssig.«

»Wanne?«

»Wie bitte?«

»Wanne hasse du das Geld?«, zischte der Italiener.

»Kommt doch in drei Tagen, dann müsste ich es beisammenhaben.«

»Morrrgen. Morrrgen isch bin wieder da.«

Er drehte sich um und ging.

In der Nacht schnitt Bäsinger in blanker Verzweiflung in seiner Werkstatt aus den Gulden die Deckel heraus, feilte das goldene Innere der Münze aus, legte eine Schicht Blei ein und prägte den Deckel wieder auf. Die ausgefeilten Goldspäne legte er auf eine Waage. Unendlich langsam senkte sich die Waagschale. Zehn solcher Münzen schaffte er, bevor ihn der Schlaf übermannte. Die elfte lag aufgesägt auf dem Tisch, als am Morgen der Italiener wiederkam, dieses Mal mit zwei Bütteln und dem Befehl, ihn vor den Richter zu bringen. Einen angesehenen Goldschmied auf das Wort eines Ausländers hin zu verhaften, wäre noch abwendbar gewesen – das Wort des Augsburger Goldschmieds wog doch recht schwer –, aber als die Büttel die aufgeschnittenen Münzen und die Goldspäne auf der Waage sahen, blieb ihnen nichts anderes übrig, als ihn mitzunehmen und beim Richter der Falschmünzerei anzuzeigen, mitsamt der Corpora Delicti. Noch am selben Abend saß er im Schuldturm, während seine Frau jammernd und heulend ins Fugger'sche Haus zu Barbara lief, die sich aus dem Gestammel der Mutter keinen Reim machen konnte. Warum sollte ihr Vater plötzlich zum Falschmünzer werden? Wieso unterschrieb er ohne Not einen Schuldschein über dreitausend Gulden? Etwas an der Sache passte ganz und gar nicht.

Nach schier endlosen Wochen, in denen Barbaras Mutter Dorothea jeden Morgen und Abend mit einem Korb voll Käse, Brot und Äpfeln zum Schuldgefängnis ging und den Wächtern ihren Teil gab, bevor sie ihren Mann umarmte und mit ihm gemeinsam weinte, bis beide rote Augen hatten, kam Andreas Fugger wieder in die Stadt. Barbara erzählte ihrem Schwager sofort vom Unglück ihres Vaters, und Andreas legte ihr beruhigend die Hand auf die Schulter:

»Barbara, mach dir keine Sorgen, wir holen ihn da raus. Der Jakob und ich, wir bürgen für ihn. Ich geh morgen als Erstes zum Stadtpfleger und bespreche die Sache mit ihm.«

Schon am nächsten Abend saß Franz Bäsinger mit seiner Frau in der Stube der Fugger, Andreas und Jakob rechts und links von ihm auf der Ofenbank.

»Schuldschein ist Schuldschein, du hast ihn unterschrieben, und er ist in die Hände des Italieners gekommen. Wir konnten den Italiener runterhandeln und auszahlen. Der ist weg. Aber Franz, das mit der Falschmünzerei ...«

»Und die anderen Schulden!«

»Ihr müsst euer Sach hier in Augsburg verkaufen, macht alles zu Geld, was noch da ist. Das hilft uns dann, den Verlust wegen deines Schuldscheins wenigstens etwas auszugleichen. In Augsburg kannst du mit deiner Frau nicht bleiben, da droht dir der Prozess. Ihr geht nach Schwaz«, sagte Jakob. In Schwaz, wo die Fugger für den Herzog ein Silberbergwerk betrieben, könnten sie einen wie den Bäsinger gut gebrauchen. Er solle dort aufpassen, was der Fürst vorhat, was die Bergleute treiben, welche Kaufleute ankommen und abreisen, und ihnen all dies wöchentlich in Briefen schreiben und per Bote schicken.

»Nach Tirol?«, fragte Dorothea entgeistert. Ihr ganzes Leben hatte sie noch nie einen Fuß außerhalb der Stadtmauern Augsburgs gesetzt. Allein der Gedanke an die Reise jagte ihr eine Heidenangst ein. Franz Bäsinger schaute trübe vor sich hin.

Barbara behagte der Gedanke nicht, den Vater in Schwaz für die Fugger spionieren zu lassen. Aber eine andere Lösung fiel ihr nicht ein, und sie war Jakob dankbar für die Begleichung des Schuldscheins.

»Mutter, es ist das Beste. Dort kennt euch keiner, und ihr seid geachtet.«

Die Mutter hörte nur »kennt euch keiner«. Doch sie mussten sich fügen. Binnen einer Woche waren Barbaras Eltern abgereist.

Januar 1446

Nun wusste Barbara alles.

»In der Nacht des großen Festes, da wusstet ihr beide schon lange Bescheid. Ihr wusstet vom Untergang der Schiffe früher als alle anderen.«

Die Falschmünzerei und die hohen Schulden ihres Vaters – all das hätten ihr Mann und ihr Schwager verhindern können, wenn sie ihn über den Untergang der Schiffe informiert hätten, sobald sie es selbst wussten. Schließlich hatten sie ihren Anteil noch rechtzeitig verkauft.

Im Kostenbuch fand sie die Spesen für den Fugger'schen Boten, der mit der Nachricht vom Untergang der Hoy'schen Schiffe im Kontor der Fugger drei Tage vor der Ankunft des Boten vom venezianischen Hafenmeister beim Hoy eintraf.

»Mit dem Hafenmeister in Venedig habt ihr eine Vereinbarung, sicherlich nicht zu dessen Nachteil, damit er die Übermittlung jeder Schiffsnachricht so lange hinauszögert, bis einer eurer Boten sich auf den Weg über die Alpen gemacht hat. Ich weiß, wann unsere Boten ankommen und wie müde ihre Pferde sind. Ich schätze, je nach Wetterlage könnt ihr gut und gern zwei bis drei Tage vor dem Eintreffen des offiziellen Boten der Fondaco über alles Bescheid wissen, was im Hafen von Venedig ein- und ausläuft.«

Jakob kreuzte die Arme und schien amüsiert zu schmunzeln. Clara sah aber seinen scharfen Blick, mit dem er Barbara nicht aus den Augen ließ.

Im Hauptbuch fand Barbara die Auszahlung des Schuldscheins an einen gewissen Salvatore Foscari.

»Ihr hattet es einfach. Ihr habt eure Anteile vor dem Bekanntwerden des Untergangs abgestoßen. Ihr habt es gewusst und meinen Vater nicht gewarnt. Ihr habt ihn in den Ruin laufen lassen.«

»Wir haben doch für ihn gebürgt.«

»Gebürgt! Ihr habt ihm erst geholfen, als es zu spät war. Seinen Schuldschein abzulösen war einfaches Spiel. Womöglich habt ihr ihn sogar selbst gekauft, und Foscari war nur euer Strohmann.«

»Das kannst du nicht beweisen.«

»Nein, kann ich nicht, den Rest aber schon. Ihr konntet einen treuen und billigen Spion nach Schwaz schicken, dabei hättet ihr meine Eltern retten können, aber ihr habt sie ins Unglück und in die Fremde getrieben. Belogen habt ihr sie und betrogen.«

Rote Flecken erschienen auf Barbaras blassen Wangen, und ihre Augen wurden schmal.

Gelassen zuckte Jakob mit den Schultern.

»Das spielt jetzt alles keine Rolle mehr. Schnee von gestern. Will keiner mehr wissen.«

Barbara schwieg. Sie schien sich sammeln zu müssen, Clara sah es an den weiß hervortretenden Knöcheln ihrer Hand, die immer noch die Wiege umklammert hielt.

Jakob ließ die Arme sinken und wollte sich mit einem bösen Grinsen umdrehen, als sie ihre Stimme wieder erhob:

»Nun, es könnte den Lauginger heute durchaus interessieren, wieso sein Anteil zwei Tage, nachdem er ihn von euch gekauft hat, nichts mehr wert war.«

Jakob blieb stehen.

»Und Konrad Meuting, der liebe Schwager und Teilhaber in Schwaz, hatte auch Geld in Hoys Schiffen. Ihn wird interessieren, wie die Fuggerbrüder Teilhabe verstehen.«

Jakob lachte auf: »Wer soll ausgerechnet dir glauben?«

»Oh, man muss mir nicht glauben. Ich kann das beweisen.«

Barbara sah Clara an, Jakob folgte ihrem Blick.

»Das junge Ding da, die Bürgerstochter, die ist als Zeugin nichts wert.«

»Sie nicht. Aber sie kann schreiben. Sie hat eine Abschrift des Briefes vom Hans Meissner angefertigt. Und diese Abschrift, die ist schon was wert.«

Barbara fuhr ungerührt fort:

»Hör gut zu. Ich will, dass du alle Schulden meiner Eltern ablöst und sie nach Hause kommen lässt. Ich will die Lehrer meiner Kinder aussuchen und bestimmen, wohin sie zur Lehre gehen. Und ich will achthundert Gulden im Jahr nur für mich.«

Jakob grunzte durch die Nase.

»Keiner wird dir glauben.«

»Sei dessen nicht so sicher. Konrad ist ein guter Freund von mir, das weißt du, und der Lauginger war nicht angetan davon, dass ihr ihm zwei Tage vor dem Bankrott dieses faule Ei ins Nest gelegt habt. Die Übereinkunft mit dem Hafenmeister erklärt euer Verhalten damals einfach viel zu gut.«

»Wag es«, stieß er hervor. »Du weißt, wie ich, was du bist.«

Dann sagte er trocken, grimmig und leise: »Billige Sackhure.«

Er drehte sich auf dem Absatz um und verließ die Kammer, die Lippen zu einem Strich zusammengepresst.

Die beiden Frauen sahen sich an. Barbara war noch blasser als sonst. Ihre Schultern sackten nach vorn, und sie kam Clara mit einem Mal sehr müde vor.

Das Kind in der Wiege wimmerte ein bisschen. Barbara wandte

sich ihm wie erlöst zu, hob es aus den Kissen und legte es sich auf den Arm. Der Säugling erwachte, schlug ganz langsam die Augen auf und blickte tief in die seiner Mutter.

Zum Tanz

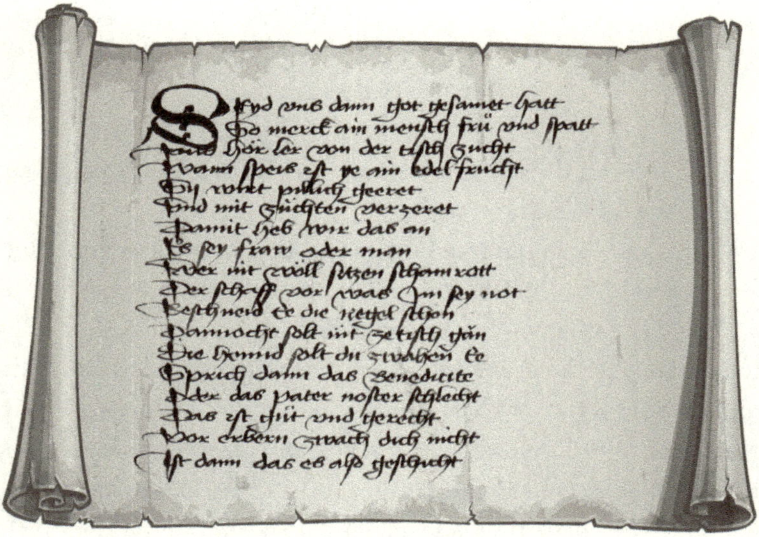

Von Tischzucht | Seid uns dann Gott gesamet hat | So merk ein Mensch früh und spät | Und hör Lehr von der Tischzucht | Wann Speis ist je ein edel Frucht | Sie wird billig geehret | Und mit Züchten verzehret
(Liederbuch der Clara Hätzlerin)

November 1470

Es wird Zeit, sich umzuziehen für den Geschlechtertanz. »Afra, kommst du?«

Clara zieht das rote Unterkleid an und bindet es mit einem schmalen Gürtel. Afra stülpt ihr das schwere grüne Kleid mit den goldenen Stickereien über, legt es am Rücken in Falten und bindet die grünen Ärmel mit goldenen Bändern am Schulterausschnitt fest. Auf Claras mit Bändern durchflochtenes lockiges Haar, das sie zu einem Knoten hochgesteckt hat, setzt sie die Kappe mit den beiden angedeuteten Hörnern. Clara hält nichts von der neuen Mode, alle Arten von spitzen Hörnern, Dreizacken, Turbanen, kunstvoll aufgetürmten Stoffballen, mit Federn und Glöckchen, Perlen und Schnallen verziert zu tragen, so dass auf dem aufs Doppelte vergrößerten Kopf ein riesiges Kissen thront und man statt ins Gesicht in ein Vogelnest starrt. Nicht auffallen, nicht ins Gerede kommen. Dann dreht sie aber doch eine Pirouette und lässt ihr Kleid eitel schwingen. Sie blickt an sich herab und freut sich an dem aufschwingenden Rock, am Stoff, der schwer auf der Hüfte liegt und aufreizend an der Taille scheuert, so dass man keinen Augenblick vergessen kann, wie man gekleidet ist.

Afra räumt die Kleider weg, die Clara im Bad dabeihatte. Sie beugt sich über die hölzerne Truhe, öffnet den Deckel und legt das Unterkleid sorgfältig zusammen. Sie muss lächeln. Eitel wie ein kleines Mädchen. Eitel war Afra nie. Jetzt ist sie schon eine alte Frau, aber noch nie hatte sie das Bedürfnis, sich fein zu machen und zu gefallen, nicht einmal als Kind. Als sie ungefähr zwanzig war, kam sie ins Hätzler'sche Haus, die beiden Kinder hatten gerade laufen gelernt. Sie kam vom selben Dorf wie Vater Hätzler. Man wusste dort nichts mit ihr anzufangen, denn heiraten wollte sie keiner. Obwohl sie fleißig war, wich sie jedem Mannsbild aus und hielt sich fern von allen dörflichen Vergnügungen, auf denen man Liebeleien knüpfen und Ehen stiften konnte. So fand der Vater für sie die Stellung als Magd, und auf seine Ermahnung, er wolle sie aber nicht mit einem Balg wieder nach Hause kehren sehen, und das Heiraten könne sie sich als Magd auch aus dem Kopf schlagen, lächelte sie nur. Den bitteren Zug um ihren Mund hatte er nicht bemerkt. Es war ihr nur allzu recht, als Magd nicht mehr auf dem Heiratsmarkt zu sein. Jetzt ist sie, wenn sie richtig gerechnet hat, schon mehr als sechzig Jahre alt, genau weiß sie es nicht, weil sie die Jahre allein an Claras Älterwerden misst. Ach Clara, denkt sie, du bist doch selbst nicht mehr die Jüngste, was schwingst du dich im Kleid wie eine Maid, erhoffst du dir etwa einen Freier auf dem Geschlechtertanz?

Clara sieht dem schimmernden Stoff zu, wie er sich auffächert und wieder in Falten legt. Sie denkt dasselbe: Was dreh ich mich wie ein junges Böckchen, wer soll mich denn noch anschauen, in meinem Alter? Zainer vielleicht. Aber was soll ich mit ihm anfangen? Das Kribbeln und Prickeln im Bauch kommen doch nicht mehr wieder, und wozu hat es geführt, damals? Sei es, wie es sei, ich will mich selbst schön finden, so viel Stolz hab ich noch, ich will in der Tanzgesellschaft etwas gelten, nicht wie eine Magd daherkommen, oder gar wie eine vertrocknete alte Ahne.

»Und hör Lehr von der Tisch Zucht«. So war doch der Titel von dem alten Lehrgedicht in der Sammlung des Jörg Roggenburg.

Tischzucht kann sie heute Abend wieder gut gebrauchen, den Umgang bei Tisch mit den hohen Herren und Damen, das hatte ihr damals alles Barbara Bäsingerin beigebracht.

Januar 1446

Am Tag nach dem Streit der Eheleute Fugger ging Clara nicht zu Barbara. Sie saß in ihrer Kammer und drehte die Haube in den Händen. Ich kann nicht zu ihr gehen, er wird es mir verwehren. Jetzt sitz ich hier ohne Lohn und Arbeit.

Clara hatte Angst. Die Fuggerbrüder waren nicht zimperlich, wenn es um ihre Geschäfte ging. Clara hatte geheime Dinge erfahren. Das musste diesen mächtigen Kaufmann doch herausfordern. Was hatte Jakob nun vor? Würde er ihr, der Zeugin, schaden? Am liebsten würde sie sich hinter ihrem Bett in der Kammer verkriechen und nie mehr hervorkommen. Wäre sie doch besser zu Hause geblieben, anstatt Barbaras Angebot anzunehmen und ihre Lehrerin zu werden, dann wäre sie in all das nicht hineingezogen worden. Vielleicht hätte sie ihre Zeit besser darauf verwandt, einen Freier zu suchen, um sich gut zu verheiraten. Schwager Ulrich hatte womöglich recht: Ohne männlichen Beistand galten sie und die Mutter wenig und konnten den mächtigen Fugger nichts entgegensetzen. Am Ende stünde ihr Haus doch auf dem Spiel, am Ende würde Ulrich es doch schaffen, hier einzuziehen. Der Gedanke schnürte ihr die Kehle zu. Lange saß sie auf ihrem Bett und grübelte.

Hunger trieb sie schließlich nach unten in die Küche. Sie versuchte sich sogar vor Afra und der Mutter klein und unsichtbar zu machen und blieb den ganzen Vormittag auf der Bank in der Küche sitzen, die Krumen hin und her schiebend, wie ihre Mutter es sonst immer tat.

Am Mittag kam ein Bote mit einem Zettel von Barbaras Hand. Claras Finger zitterten, als sie ihn entfaltete.

»Komm in den Garten hinterm Rohr, die Pforte ist offen.«

Nie im Leben, war ihr erster Gedanke, niemals mehr betrete ich dieses Haus, und den Garten auch nicht.

Afra sah ihr aufmerksam zu, wie sie den Zettel in den Fingern knetete.

Als Bertha aus der Küche ging, fragte Afra:

»Was ist eigentlich los mit dir?«

Clara sah auf. Afras dunkle Augen in dem schmalen Gesicht hielten sie fest. Sie seufzte.

»Es ist – schwierig zu erklären.«

»Ärger mit der Bäsingerin?«

»Weniger mit ihr.«

»Mhm.«

Ein erneuter Seufzer von Clara.

»Ich«, sie zögerte, »weiß etwas, was jemand anderem schaden könnte. Barbara will, dass ich zu ihr komme«, sie wies auf den Zettel, »aber ich traue mich nicht, ihr Haus zu betreten.«

»Es ist nicht gut, sich mit den Fuggern einzulassen.«

»Ich hab mich nicht eingelassen«, protestierte Clara, »ich hab eigentlich nur meiner Dienstherrin gehorcht.«

»Mhm.«

Afra fegte die Asche von der Herdstelle. Dann drehte sie sich um.

»Es kann dir ja nur etwas geschehen, wenn du etwas Unrechtes getan hast. Hast du?«

Clara zuckte mit den Schultern. Nun seufzte Afra und schüttelte sogar den Kopf.

Clara dachte nach. Was hatte sie denn getan? Den Brief abgeschrieben. Die Abschrift war aber nicht bei ihr, sondern bei Barbara. Wer konnte ihr etwas vorwerfen? Oder gar sie für etwas belangen? Gut, sie war in einem fremden Haus herumgeschlichen und hatte Briefe gelesen, die nicht für sie bestimmt waren. Aber sie hatte nichts zerstört und nichts Verschlossenes geöffnet. Alles lag doch so herum, in diesen unverschlossenen Fächern, in diesem unverschlossenen Kontor, offen für jeden, der lesen konnte. Das konnte sie schließlich, und sie hatte es auf Barbaras Geheiß getan.

Vielleicht hatte ihr Barbara etwas Wichtiges zu sagen. Sie musste erfahren, was Barbara von ihr wollte, sonst hätte sie doch keine Ruhe. Claras Augen blickten nach rechts zu den Krumen, nach links zu Barbaras Zettel, als ob auf dem Tisch die Entscheidung herumläge.

Ohne länger nachzudenken, nahm sie ihr Tuch, stopfte sich die Haare unter die Haube und sagte zu Afra:

»Ich bin bald wieder da. Hoffe ich.«

Schon von der Pforte aus konnte Clara Barbaras hellblauen Wollmantel mit dem Pelzbesatz sehen. Sie saß unter einem Vordach, ein Kohlebecken neben sich, im winterlichen Garten des Fugger'schen Hauses. Niemand sonst war bei ihr.

Clara trat näher. Barbara blickte auf. Sie lächelte.

»Setz dich zu mir, hier am Kohlebecken kann man es aushalten.«

Barbara streckte die Hände über der Kohle aus, um sich zu wärmen. Lange schwiegen sie und starrten beide in die Glut. Barbara war so entspannt, wie Clara sie noch selten gesehen hatte. Mit einem feinen Lächeln auf den Lippen zupfte sie Flusen von ihrem Kleid.

»Er gibt mir das Geld. Und ich bestimme über die Lehre meiner Kinder.«

»Einfach so?«

»Es blieb ihm nicht viel anderes übrig. Er wollte die Abschrift. Ich hab ihm gesagt, ich hätte sie nicht im Haus, aber wohl verwahrt.«

»Wird er sie bei mir suchen?«, fragte Clara bang.

»Kann er ja.«

»Ich hätte nicht gedacht, dass er, also, dass du und er …«

»Dass wir so schnell eine Übereinkunft finden? Weißt du, auf gewisse Weise verstehen mein Gatte und ich uns sehr gut. Ich hab sehr viel gelernt in den letzten vier Jahren. Ich verstehe nun, wie er denkt, wie ein Kaufmann denkt. Und glaub mir, das kann ich auch.«

»Und deine Eltern?«

Barbara zuckte mit den Schultern.

»Ich bin mir nicht sicher, ob sie überhaupt zurück nach Augsburg wollen. Ich werde meinem Vater schreiben, aber es ist gut möglich, dass sie in Schwaz bleiben. Vielleicht schämen sie sich zu sehr, oder es geht ihnen einfach gut dort mittlerweile. Wir werden sehen.«

Eine Weile schwiegen sie. Krähen zogen über die kahlen Bäume der Stadtgärten, und von außerhalb der Mauern hörte man Räder knarren und Menschen reden.

»Was wird aus unseren Lehrstunden?«

Barbara lächelte wieder.

»Also, ich hab mich daran gewöhnt. Komm einfach weiter zweimal die Woche. Wir hatten doch unser Vergnügen, findest du nicht?«

So verbrachte Clara noch einen ganzen Sommer und einen halben Winter mit Barbara und ihren Kindern. Ulrich lernte lesen und schreiben von Clara, Barbara konnte es und mittlerweile auch besser rechnen, als es ihr Clara hätte beibringen können. Langsam wendete sich das Blatt. Clara war nicht mehr die Lehrende, sondern Schülerin. Barbara zeigte ihr, wie sie sich elegant kleidete und schmückte, brachte ihr bei, wie man tanzte und wie man sich bei Tisch benahm. Sie saßen in Barbaras Kammer und lachten über das Lehrgedicht »Von der Tisch Zucht«, das im Hause Fugger zur Erbauung aufbewahrt wurde.

»Das ist für Männer geschrieben, die sich nicht zu benehmen wissen, für Bauern und Söldner, wer kommt schon auf den Gedanken, sich ins Tischtuch zu schnäuzen?«

»Aber dass ich den Becher nicht mit beiden Händen nehmen soll und nicht das Brot über der Schüssel schneiden, das ist doch wichtig.«

»Viel wichtiger, Clara, ist, dass du nicht gierig das Essen in dich hineinschlingst und dich nicht betrinkst.«

Barbara sagte ihr, worüber sie sich mit tumben Sitznachbarn unterhalten könnte, wie sie sich vor zudringlichen jungen Männern schützen könnte, die ihr schmeichlerisch die besten Bissen am liebsten noch ins Mündchen schieben würden, und wie sie sich die guten Stücke aus der Schüssel sicherte, ohne gierig zu wirken.

Eines Tages sagte ihr Barbara, dass es nun besser sei, wenn Clara den Dienst bei ihr beendete. »Die Zeit ist gekommen. Ich kann dir nichts mehr beibringen, und du mir auch nicht. Ich danke dir, und ich möchte dich als Belohnung einladen zum Webertanz am nächsten Samstag.«

»Danke, Barbara, nur – ich habe dafür nichts zum Anziehen.«

Würdevoll erhob sich Barbara von ihrem Hocker und ging zu einer Truhe an der Wand. Sie nahm aus ihr ein säuberlich zusammengelegtes dunkelrotes Kleid aus schwerem, mit grünen Ranken besticktem Stoff, mit einem seidenweißen Unterkleid.

»Mein Geschenk für dich. Geh mit mir zum Tanz, an meinem Tisch.«

Clara hob eine Hand an den Mund. Ihre Augen weiteten sich, dann schossen Tränen hinein. Ein schöneres Geschenk hatte sie noch nie bekommen.

Mit einem Lächeln im Gesicht, das Kleid fest an die Brust gedrückt, ging Clara nach Hause und begriff erst im dunklen Durchgang vor der heimischen Küche, als sie ihre Trippen gegen die Hauspantoffeln tauschte, dass ihr bisheriges Leben zu Ende war, dass sie wieder im Haus anlangte, in dem es wie immer still und einsam war, und dass sie am nächsten Morgen nicht mehr zum Fugger'schen Haus gehen könnte und nächste Woche auch nicht mehr und nie mehr. Sie drückte den weichen Stoff an ihre Wange und öffnete die Küchentür. Über ihre Zukunft würde sie nachdenken, wenn der Webertanz vorüber war. Dann wäre noch Zeit genug.

November 1470

Clara erinnert sich, wie aufgeregt sie war, als sie sich für ihren ersten Tanz richtete. Wie es auch damals Bärbel Peutinger war, die ihr die Haare frisierte. Wie ihre Locken, die sie alltags nur unter einer Haube bändigen konnte, von Bärbel in Dutzende kleiner Zöpfchen geteilt, nach einem Tag wieder aufgelöst und mit grünen Bändern durchflochten wurden. Ihr Haar schmückte sie wie ein kostbarer Schleier. Sie, ein sechzehnjähriges Böckchen, ließ es auf die glatten Schultern fallen und wandte eitel den Kopf hin und her, sich selbst im Nacken streichelnd mit dem dichten Haar.

Heute ist das alles kein Zittern im Magen mehr wert. So viele Tänze und Feste, so viel Wein und Musik, so viele Blicke und Worte sind in den Jahren versunken. Sie schaut an sich herab, an ihrem schön schwingenden Rock, unter dem die Silberschnalle auf der Trippe hervorblitzt.

Als sie aus der Kammer tritt, öffnet sich im selben Augenblick die Tür zu Barthels Kammer. Bruder und Schwester blicken sich an und lächeln einander zu. Barthel trägt seine beste Schaube aus dunkelgrün glänzendem Wollstoff mit dem breiten Kragen aus Kaninchenpelz.

»Bist immer noch schön«, sagt Barthel mit anerkennendem Blick.

»Was soll das heißen, Bruder, ›immer noch‹? Für wie alt hältst du mich?«

»Das weiß ich – ich halt dich für genau so alt wie mich selbst«, er lacht.

Sie dreht sich zur Treppe und lässt wieder den schönen Rock schwingen, eine Hand liegt auf dem Treppengeländer. Da spürt sie seinen Atem im Nacken, und seine Hand liegt plötzlich vor ihrer auf dem Holz. Das alte Spiel. Seine Hand strahlt trockene Wärme ab, sein Atem riecht sauer, ein wenig nach Bier und altem Holz.

»Na, wenn du das willst«, und trotz der feinen Kleider legt sie ihre zweite Hand vor seine und trippelt, so schnell es in den hohen Trippen geht, die Treppe hinunter, dicht gefolgt von Barthel, der immer wieder seinen Arm vor ihren schiebt und sich um sie herumdrängen will, immer mindestens eine Hand auf dem Treppengeländer. Unten angekommen lachen sie sich an, beide mit erhitzten Wangen in ihren warmen Mänteln. Er bietet ihr den Arm.

»Komm, Clara, auf zum Tanz.«

Sie werden gemeinsam zum Eintrittstanz schreiten, wie so oft in den letzten Jahren. Nur sie sind einander geblieben, Geschwisterpaar statt Ehepaar. Unter Barthels Barett ist noch ein Kranz brauner Löckchen übrig, oben ist sein Schädel kahl, und seine Liebe zum Bier und guten Essen haben ihn reichlich rund werden lassen – ein behäbiger Bürger ist er geworden. Zu den Geschlechtern zählen die Geschwister nicht, aber durch ihre ehrbaren Berufe sind sie in Augsburg bei den guten Familien bekannt, bei den Zunftmeistern und Kaufleuten, der kaiserliche Notar und seine Schwester, die Schreiberin.

Barthel hatte nicht mehr geheiratet, nachdem im schwarzen Jahr 1457 seine Frau und die kleine Grete an der Pest gestorben waren, die ihn selbst, Clara und Veronika verschonte. Noch heute sieht er die dunklen Flecken der schrecklichen Krankheit in ihren lieben, blassen, toten Gesichtern. Kein zweites Mal wollte er einen solchen Verlust ertragen müssen. Mit Clara und Veronika richtete er sein Leben ein und suchte nie nach einer neuen Frau. Sein Beruf als kaiserlicher Notar bringt es mit sich, dass er viel auf Reisen ist. Nach der Zeit der Trauer um Frau und Kind genügt es ihm zu wissen, dass das Haus nicht leer ist, wenn er zurückkommt von seinen Missionen zum Bischof nach Dillenburg, nach München, Ulm oder Ingolstadt.

Clara begleitet ihn nicht auf diesen Reisen. Sie bleibt in der Schreibstube, empfängt die Bittsteller und Klienten während seiner Abwesenheit und erledigt alle Aufgaben, die sie ohne sein Siegel ausführen kann. Einmal, ja, einmal musste sie ihn begleiten, ganz unverhofft. Heute kommt es ihr wie ein Abenteuer vor, aber als die Reise begann, war es eine gefährliche Mission mit ungewissem Ausgang.

August 1467

Im heißen August des Jahres 1467 traf am Donnerstag nach Bartholomäi ein Brief in Augsburg ein, der die Ratsherren aus ihrer sommerlichen Trägheit riss. Seit dem Afratag Anfang August hatte es keinen einzigen Tropfen geregnet, der Hafer musste geerntet werden, ob er nun reif war oder nicht, sonst würde er am Halm verdorren. Die Städter stöhnten unter der Hitze und bewegten sich langsam durch die Straßen, suchten Schatten unter den Vordächern und taten nur noch das nötigste Tagwerk. Glückliches Augsburg, floss doch der Lech mit seinem Wasser vom Gebirge unermüdlich erquickend durch die Rohre und Kanäle der Stadt, verschaffte wenigstens den Füßen hier und da Abkühlung und sorgte dafür, dass genug frisches Wasser in der Stadt war. Die Kinder hielten sich zum Spielen fast nur noch an den Bachufern auf.

Alle Fenster in der Ratsstube waren weit geöffnet, dennoch stand die Luft im Raum, und die Ratsherren, die so viel Kleidung abgelegt hatten, wie gerade noch schicklich war, fächelten sich mit Baretten und Wachstäfelchen Luft zu. Selbst die sonst nie versiegende Debattierlust litt unter der Hitze. Mitten hinein in die träge, nur hier und da von Gemurmel unterbrochene Stille, platzte der Stadtbote Jörg Feyerabend, als er durch die getäfelte Tür trat und mit einem Brief winkte.

»Post vom Herzog Ludwig, aus Landshut!«, rief er. Seine zitternde Stimme und sein rotes Gesicht verrieten zumindest Neuigkeiten, wenn nicht mehr, und einige der Ratsherren, die schon weit auf der Bank nach unten gesunken und die Beine lang ausgestreckt hatten, zogen sich nach oben und setzten sich einigermaßen ordentlich hin.

Seufzend und nichts Gutes ahnend befahl der Bürgermeister Bartholomäus Welser: »Lies vor, Jörg, was gibt es aus Landshut?«

»Der Herzog Ludwig schreibt:

An den Rat der Stadt Augsburg.

Wir haben hier festgesetzt den Hühnerläufer Georg Glatzkopff, von Augsburg gen Landshut gekommen, den wir als Ausspäher gefänglich eingezogen haben, und seinen Kumpan. Unter der Marter, bezeugt von Heinrich Erlenbach, hat er gestanden, er wäre vom Rath zu Augsburg bestellt worden, in unsere herzogliche Küche Gift zu bringen, um uns, dem Herzog Ludwig, an Leib und Leben zu schaden. Demgemäß wird er vor das Urgericht gestellt und wird sein Urteil erwarten, doch wollen wir dem Rat der Stadt Augsburg Gelegenheit geben, das Geständnis der schändlichen Tat selbst zu hören, und bieten daher freies und sicheres Geleit hin und zurück für zwei Entsandte der Stadt, nach Landshut zu kommen, die Bezichtigung anzuhören und zu widerlegen, sollte dies möglich sein. Das Gericht ist festgesetzt auf den Samstag nach Augusti. Schickt die Stadt keinen Entsandten, nehmen wir das als Geständnis der Schuld der Stadt Augsburg an der Anstiftung zur Giftmischerei und werden dem Umstand entsprechende Maßnahmen ergreifen, ebenso werden wir handeln, finden wir die Widerlegung der Augsburger nicht ausreichend.«

Je länger der Bote las, desto unruhiger wurden die Ratsherren. Die unverhohlene Drohung am Ende des Briefes verfehlte ihre Wirkung nicht.

Der bayrische Krieg, bei dem sich die Augsburger auf die, nun ja, falsche Seite geschlagen hatten und mit Albrecht Achilles gegen Herzog Ludwig von Landshut gezogen waren, war erst vor vier Jahren in Prag beendet worden. Die Augsburger hatten Söldner aus der Schweiz geworben und gingen gegen Friedberg vor, die Gunst der Stunde nutzend, da Markgraf Albrecht Achilles, der unersättliche und gewaltige Krieger, von Norden mit Unterstützung des Kaisers gegen Landshut und seinen Vetter, Herzog Ludwig, zog. Doch die Augsburger schafften es nicht, Friedberg einzunehmen. Das Kriegsabenteuer kostete sie viel Geld, viele Söldner und noch mehr Dörfer, die von den schweizerischen Söldnern ebenso geplündert und gebrandschatzt wurden wie von den Truppen des Landshuter Herzogs und seines Verwandten, des Herzogs Albrecht von Bayern-München, und es war großem Glück und dem enormen Mut ebendieser schweizerischen Söldner zu verdanken, dass die Einnahme Augsburgs durch Ludwig verhindert werden konnte, gegen das er zweimal für kurze Zeit anrannte.

Frieden aber gab es nur auf dem Papier zwischen Augsburg und Landshut. Die Wege aus der Stadt waren nicht mehr sicher, die verbrecherischen Raubritter Knöring, Rinach und Argun überfielen Fuhren und Kaufleute und zogen sich mit Beute und Gefangenen auf Schloss Wasserburg zurück. Leicht hätte Herzog Ludwig etwas gegen die Straßenräuber unternehmen können, hatte er doch das Öffnungsrecht für Schloss Wasserburg, aber es war ein offenes Geheimnis, dass Ludwig die Diebesbande deckte und sogar anstachelte. Seinerseits verhaftete der Herzog unter abenteuerlichen Behauptungen unbescholtene Zöllner und Kaufleute und ließ sie hinrichten, nachdem sie unter der Folter gestanden hatten, für Augsburg zu spionieren und zu stehlen. Die Augsburger protestierten beim Kaiser und verlangten, dass ordentliche Gerichte solche Angelegenheiten aufklärten und der zänkische Landshuter Herrscher nicht einfach nur erzwungene Geständnisse vorlegen könne, um die Stadt Augsburg und ihre rechtschaffenen Bürger zu verleumden. Als Gipfel der Frechheit sahen die Augsburger es an, dass Ludwig eine Bande von Wegelagerern anstiftete, gar den kaiserlichen Gesandten, den ehrwürdigen Ulrich Artzt, zu überfallen und zu misshandeln.

Nun gab es den nächsten Streich des Herzogs Ludwig, ein Brief mit der Aufforderung, sich das Geständnis eines neuen angeblichen Falls von Giftmischerei zu Lasten Augsburgs anzuhören, eine Frechheit, die die sommermüden Ratsmitglieder so schnell wachrüttelte, als hätte der Lehrer sie an den Ohren aus dem Schlummer gezogen. Für die Augsburger Räte war schnell klar, wer hinter dieser neuen Perfidie steckte: der giftspritzende ehemalige Stadtschreiber Heinrich Erlenbach, das verlogene Subjekt, der Ende der fünfziger Jahre Augsburg im Streit verlassen hatte und seitdem in den Diensten des Landshuter Herzogs seine Intrigen gegen den ehrenwerten Rat der Stadt spann.

Ellbogen wurden in Rippen gestoßen, um die letzten Trägen aus ihrem Nickerchen zu wecken, Papier raschelte, Stöhnen und Murmeln waren zu hören. Als Jörg endete, brausten sie auf, als käme der lang ersehnte Gewittersturm, und wetterten über die Unverschämtheit des Herzogs von Landshut und das natternhafte Wesen des Heinrich Erlenbach, sie rätselten über die neuen Vorwürfe und unklaren Einzelheiten der absonderlichen Geschichte. Gerüchte sind Kräuter, die umso besser gedeihen, je dürrer die Worte sind, auf denen sie wachsen müssen. Viele schimpften und waren der Meinung, man solle das freche Schreiben einfach mit Nichtachtung strafen, doch einige der beherzten und besonnenen Ratsherren gaben zu bedenken, dass der Herzog jedes Ignorieren als Schuldeingeständnis auffassen würde, was den Zwist wie eine Stichflamme wieder entfachen würde: »Wir kommen nicht umhin, wir müssen jemanden entsenden mit einem Brief, in dem wir klar sagen, dass wir mit dieser Sache nichts zu tun haben.«

Nun meldete sich von den Ratsherren aber niemand mit den ersehnten Worten: »Ich reise hin und stehe ein für meine Stadt«. Man war sich schließlich nicht ganz sicher, wie die Worte »freies und sicheres Geleit« unter den gegebenen Umständen zu verstehen seien. Schließlich erhob Bartholomäus Welser seinen schweren Körper und dröhnte mit tiefer Bassstimme: »Wir schicken den Notarius Publicus, und begleiten soll ihn der Stadtbote Jörg Feyerabend. Beide reisen in unserem Auftrag mit einem Schreiben von uns. Sie brechen morgen in der Früh auf. Ich stell euch drei Mann von der Stadtwache zum Geleit ans Tor.«

Aufatmend lehnte man sich zurück. Welch weiser Schachzug! Beide konnten den Auftrag nicht ablehnen, waren sie doch Bedienstete der Stadt oder – im Falle des Notarius – von den Aufträgen der Stadt abhängig. Und beide waren sie nicht aus den Geschlechterfamilien und gewissermaßen entbehrlich und im schlimmsten Fall ersetzbar, im besten Fall aber mit einem guten Leumund versehen.

Der Stadtbote Jörg Feyerabend wurde blass und starrte Bartholomäus Welser mit offenem Mund an. Dieser gab schon Anweisung, den Brief zu schreiben und den Notarius Bartholomäus Hätzler holen zu lassen.

Am Abend saß Jörg Feyerabend bei Barthel in der Stube und trank mit hastigen Schlucken einen Becher Wein. Barthel schaute grimmig vor sich auf den Tisch.

»Es hilft nichts«, sagte er. »Für uns gibt es keinen Weg heraus, wir müssen morgen früh aufbrechen. Komm hierher, am besten eh die Sonne aufgeht, wir dürfen keine Zeit verlieren«, wies er den Jörg an. Der schüttelte nur den Kopf. Der Becher an seinem Mund zitterte.

»Aber was, wenn …«, flüsterte er.

»Jörg, es hilft nichts«, beharrte Barthel. »Wir müssen hin und schauen, was wir dort vorfinden. Die Stadt hat sich nichts vorzuwerfen, und wir haben freies Geleit.«

Clara hörte seine Mut machenden Worte, aber sie sah auch, wie fest seine verschränkten Hände den Becher umklammert hielten.

Am nächsten Morgen stand Clara mit Barthel auf, noch bevor es dämmerte. Der kühle Augustmorgen ließ sie frösteln.

Afra hatte für Barthel einen prall gefüllten Proviantsack vorbereitet, den er gerade an sein Pferd hing, als ein Junge durchs Hoftor rannte und sich keuchend am Rahmen festhielt.

»Der Jörg Feyerabend schickt mich. Ich soll ausrichten, er hätte einen, äh, verdorbenen Magen und könne nicht mitreiten. Ihr sollet keinesfalls auf Besserung warten, sondern losreiten, soll ich sagen.«

»Ach«, sagte Barthel nur und wandte sich wieder seinem Zaumzeug zu, »verdorbener Magen.«

Er kniff die Lippen zusammen.

»Feigling.«

»Was willst du nun tun?«, fragte Clara.

»Allein reiten, was sonst?«

»Tust du nicht, Barthel«, sagte Clara, »ich komme mit.«

Clara wusste selbst nicht, woher dieser Entschluss kam, aber sie war sich sicher, dass sie nicht in Augsburg auf ihren Bruder warten, ihre Hände ringen und Brotkrumen auf dem Tisch hin und her schieben würde, bis er wieder da war. So ungewiss ihr der Ausgang der Sache schien, sie musste bei Barthel sein.

»Nein, Clara, der Ritt ist viel zu hart und auch …«

Sie unterbrach ihn:

»Gefährlich? Nun, ich dachte, freies Geleit und das Wort des Herzogs zählen, das sagtest du wenigstens gestern noch.«

»Du bist ewig nicht mehr auf einem Pferd gesessen.«

»Schaff ich schon.«

»Du bist …«

»Ja, weiß ich auch, dass ich eine Frau bin. Aber du kannst nicht allein reiten, du brauchst jemanden an deiner Seite, und ich reite mit – ich bin deine Schreiberin.«

Barthel stand mit hängenden Armen vor seinem Pferd.

»Schau, um das Urgericht rechtzeitig zu erreichen, haben wir keine Zeit, jemand anderen zu finden, und ich bin so gut wie fertig. Du hast nicht auch nur eine Stunde Zeit, um darauf zu warten, dass der Rat jemanden findet, der mitreitet.«

Barthel seufzte und schüttelte ratlos den Kopf.

»Warte hier«, sagte Clara und ging die Treppe hoch. Afra verschwand im Stall. Ein gutmütiger alter Zelter stand da noch, den sattelte sie zusammen mit dem Stallknecht und führte ihn neben Barthels Pferd.

Barthel schaute Afra an und schüttelte wieder mit dem Kopf, dieses Mal resigniert. Wenn Afra und Clara sich einig waren, das hatte er in den letzten Jahren gemerkt, war es für ihn das Beste, einfach nachzugeben.

Am Stadttor wartete wie vereinbart eine dreiköpfige Wache. Für den Weg nach Landshut hatten sie nur eineinhalb Tage Zeit. Sie hatten vor, in Zolling an der Amper zu übernachten, so dass sie am ersten Tag möglichst weit kommen konnten, um schon früh am zweiten Tag vor dem Landshuter Gericht vorstellig zu werden. Das Reiten ging besser, als Clara es befürchtet hatte. Sie dankte Gott für das alte Pferd mit dem sanften Gang und biss die Zähne zusammen, als es gegen Nachmittag doch unangenehm wurde. Mit jeder Stunde wünschte sie sich mehr Polster unter ihrem Hintern. Tapfer lächelte sie, wann immer Barthel sich nach ihr umdrehte. Keine Klage sollte über ihre Lippen kommen.

Die Sonne stand schon hoch am Himmel, als sie am zweiten Tag durch das Münchner Tor in die Stadt Landshut einritten. Das Stadtwappen Augsburgs an der Stange des vor ihnen reitenden Wächters öffnete ihnen ohne weitere Worte die Tore: Sie wurden erwartet. Trotz aller Anspannung blickte sich Clara neugierig um. Sie war zum ersten Mal in Landshut. Die Straßen hier waren alle gepflastert, anders als die Augsburger, und die Häuser aus roten Ziegelsteinen gemauert. Sogar die große, noch im Bau befindliche Kirche zeigte überall rot gescheckte Mauerwerk. Kräne mit Flaschenzügen und Gerüste aus Holz umgaben sie.

Die Augsburger pflegten zu spotten über die Landshuter, denen ein Herr stets in der Burg auf dem Felsen über den Köpfen thronte und die demnach unfrei und hörig ihr Stadtleben zu fristen hatten. Als graue Mäuse stellten sich die prächtigen und freien Augsburger ihre unfrohen Vettern und Basen vor, die tagein, tagaus dem Herzog zu Diensten zu sein hatten. Was geschähe, wenn sie sich wehren würden, erzählte man sich noch immer, denn den Aufstand im Jahr 1408 ließ der Vater des jetzigen Herzogs mit blutiger Gewalt niederschlagen, die reichsten Familien wurden enteignet und der Stadt verwiesen und gleich zur Mahnung etliche ihrer Mitglieder hingerichtet oder verstümmelt.

Doch sah Clara jetzt keine ärmlichen Untertanen, die sich gehetzten Blickes abgezehrt und in Lumpen durch die Straßen schleppten –, nein, auf dem Markt herrschte ein lebhaftes Treiben fein gekleideter und gut genährter Bürger, die sich an den Ständen drängelten und frisch duftendes Gebäck, würzige Pasteten und reifes Obst kauften. Auf den Straßen lag kein Unrat, und die adretten Häuser waren sauber, häufig mit bunten Blumenbeeten neben der Haustür versehen, die Mauern zierten Holzläden mit feinen Schnitzereien. Über allem thronte die Landshut, die mächtige Burg des Herzogs, und leuchtete im Licht der Morgensonne. So also sah Unfreiheit aus. Clara und Barthel staunten.

Ihr Tross hielt vor dem Rathaus. Während die drei Mitglieder der Augsburger Stadtwache die Pferde tränkten, schritten Barthel und Clara zur Rathaustür und klopften an. Ein rundlicher Herr mit feisten Backen und Doppelkinn öffnete.

»Seid gegrüßt, ihr Herren aus Augsburg, ich bin Alexander Mornauer, Stadtschreiber von Landshut.«

Dann stockte er, als er Clara erblickte.

»Äh, ihr Herren aus Augsburg«, er kratzte sich am Kinn und wandte sich an Barthel, »ihr seid doch die Delegation?«

»Ich bin Bartholomäus Hätzler, kaiserlicher Notar zu Augsburg und berechtigt, Aussagen vor dem Richter der Stadt Landshut zu machen, und das ist meine Schreiberin.«

»Ja so was, die Augsburger, von einer Schreiberin hab ich ja noch nie gehört.«

Mornauer zog die Augenbrauen hoch und grinste.

Dann fügte er mit verschwörerisch leiser Stimme zu Barthel gewandt hinzu: »Hat bestimmt seine Vorteile, nicht wahr, Herr Notar, die Schreiberin immer bei der Hand, was?«

Barthel starrte ihn finster an. Clara war sich sicher, dass er jetzt etwas sehr Strenges entgegnet hätte, wäre ihre Lage nicht so unklar.

»Es liefen schon Wetten, ob ihr es schaffen würdet, viel Zeit hattet ihr ja nicht«, sagte der Mornauer mit schalkhaftem Zwinkern.

Die eigentümliche Mission und unverhohlene Drohung des Herzogs hatten Clara und Barthel mit jeder Stunde, die sie sich Landshut näherten, unruhiger und gespannter werden lassen. Der Schalk des gut genährten und nach Wein riechenden Mornauer kam bei Barthel nicht gut an. Er verzog nicht einmal die Mundwinkel.

Wenn der Stadtschreiber die Wogen bei Barthel damit glätten will, ist es ihm schon mal gründlich misslungen, dachte Clara.

»Nun gut«, Mornauer räusperte sich verlegen und klang ein wenig enttäuscht, »ich führ euch mal hinüber zum Gericht.«

Wieder beugte er sich nah zu Barthel herüber und hauchte ihm seinen Weinatem ins Gesicht, dieses Mal aber mit ernster Miene: »Merket euch: Der Richter, der edle Ritter Hans Ebran von Wildenberg, ist nicht von der Stadt bestellt, sondern Oberrichter des herzoglichen Gerichts in Landshut. Sein Herr ist der Herzog – einzig und allein.«

Mornauer ging voran über die Straße zum Zollhaus.

»Das fängt ja gut an«, raunte Barthel Clara zu, »ein Richter, der vom Herzog unmittelbar bestellt ist und dem wir beweisen sollen, dass die Stadt Augsburg nichts mit einem Giftanschlag auf seinen Herrn zu tun hat.«

Er griff sich mit zwei Fingern an den feuchten Kragen und zog ihn vom Hals weg.

»Ich kenne seinen Namen«, fügte Barthel hinzu, »er soll seinem Herrn ein treuer Lehnsmann sein.«

Clara schluckte.

Im Zollhaus durchquerten sie einen mit einem Wandelgang versehenen Hof und stiegen die Treppe hoch. Mit jeder Stufe klopfte Claras Herz lauter. Schließlich gelangten sie in einen großen holzgetäfelten Saal, in dem schon alle am Prozess Beteiligten versammelt waren.

Vorne auf einem erhöhten Podest saß an einem großen Eichentisch der Richter, ein hagerer Mann in den Vierzigern, mit dunklem Haar, grauen Schläfen, scharfen Gesichtszügen und stechend blickenden Augen. Das musste der Ritter Ebran von Wildenberg sein. Neben ihm saßen einige Ratsherren, und auf der linken Seite zwischen zwei uniformierten Wachleuten ein schniefendes, in sich zusammengekauertes Häufchen Mensch, der angeklagte Georg Glatzkopff, glatzköpfig tatsächlich. In alte Lumpen gehüllt und deutlich von der Folter gezeichnet, stierte er vor sich hin. Gleich bei ihm saß ein Herr mit einem grau melierten wirren Haarschopf und etwas schiefen Gesichtszügen. Clara erkannte in ihm den ehemaligen Stadtschreiber Erlenbach, den sie in Augsburg einige Male gesehen hatte.

»Ah, die Delegation aus Augsburg«, rief auch der Richter mit erkennbarer Überraschung aus, als sie hereingeführt wurden. Clara versteckte sich, so gut es ging, hinter Barthel, um nicht Grund für noch mehr Überraschung zu sein.

Das verhinderte nicht, dass Mornauer sogleich den Notar aus Augsburg und seine »Schreiberin« vorstellte, was er gedehnt aussprach und mit einem Grinsen versah. Der Richter blickte kurz auf und sagte dann ungerührt:

»Nun, dann verleset die Anklageschrift, damit wir alle wissen, worum es geht, und dann wollen wir den Augsburger Notar hören.«

Hans Ebran von Wildenberg wies den Gerichtssprecher mit einer Handbewegung an, sich zu erheben und die Anklage zu verlesen. Dann lehnte er sich zurück und rieb sich die Schläfen. Clara stand immer noch knapp hinter Barthel und blickte über dessen Schulter zum Richtertisch. Aller Bangigkeit zum Trotz würde sie zu gern wissen, was das für ein Mann war. Er wirkte anders als die behäbigen Augsburger Ratsherren. Bei diesem Richter schien es, als ob allein sein durchdringender Blick genüge, um die Wahrheit über jeden im Gerichtssaal ans Licht zu bringen. Aber er fühlte sich auch offensichtlich nicht wohl. Vielleicht hatte er Kopfschmerzen, oder es war die Hitze.

Unter der Folter habe der Glatzkopff gestanden, dem Herzog in der Küche Gift ins Essen mischen zu wollen, was der aufmerksame Koch zu verhindern wusste, und er verweise – auch unter der Folter – darauf, den Befehl dazu vom Augsburger Rat erhalten zu haben, zusammen mit einem Sold dafür.

Als das letzte Wort der Anklageschrift verklungen war und der

Gerichtsschreiber sich gesetzt hatte, wandte sich der Richter an die beiden Wachen:

»Habt ihr Münzen bei ihm gefunden?«

Sie schüttelten den Kopf.

»Antwortet mit Ja oder Nein, ihr seid hier vor Gericht.«

»Nein, Herr«, sagte einer heiser.

»Irgendetwas von Wert? Schmuck? Silberzeug?«

»N-nichts, Herr.«

Der Richter nickte und schwieg. Vom Rathaus tönte eine helle Glocke zwölfmal. Nach dem letzten Schlag stand der Richter auf, drehte die Sanduhr um, schlug die Hände zusammen und rieb sie. Dann rief er laut in die Runde: »Mittag. Zeit für Speis und Trank, wir treffen uns wieder, wenn die Sanduhr abgelaufen ist. Die Augsburger mit dem Mornauer in die Ratsstube, man bringe ihnen Erfrischungen, sie haben es nötig. Der Glatzkopff in die Arrestkammer, der Erlenbach soll auf ihn aufpassen, und der Rest bleibt auf dem Hof, so dass die Wachleute alle sehen können. Mornauer, zu mir.«

Keiner wagte auch nur zu zögern, als sie alle den scharfen Worten des Richters nachkamen. Erlenbach murrte immerhin, strich sich den langen Bart und zuckte mit dem herabhängenden Augenlid, trottete aber mit den Bütteln und dem Angeklagten in die Arrestkammer, wo er ausharren musste, anstatt sich im Wirtshaus laben zu können.

Mornauer beugte sich zum Richter, nahm eine Schiefertafel von ihm entgegen, die dieser rasch vollgeschrieben hatte, und wandte sich dann an Barthel und Clara.

»Kommt mit, kommt mit, in der kühlen Ratsstube lässt sich gut aushalten bei der Hitze«, sagte Mornauer und schritt voran.

Dankbar nahm Clara den Becher Wein und trank ihn in einem Zug leer. Ihre durstige Kehle und ihre angespannten Nerven begrüßten das kühle Getränk. Als sie den Becher an die Lippen setzte, bemerkte sie im hinteren Teil der Schänke eine Bewegung, und als sie ihn absetzte, saß Richter Hans Ebran von Wildenberg an ihrem Tisch und schaute sie nachdenklich an.

Dann wandte er sich an Barthel und begann zu reden.

»Ich bin gar nicht hier. Hört gut zu, wir haben nicht viel Zeit. Dieser vermaleidete Erlenbach ist ein Unruhestifter und Ränkeschmied, wie er im Buche steht. Ich komme gut ohne diese fette intrigante Kröte aus. Der Herzog hegt einen Groll gegen die Augsburger, den der Erlenbach ausnutzt. Ihr wisst wie ich, dass wir vor wenigen Jahren haarscharf an einer Katastrophe vorbeigeschrammt sind. Alle Dörfer hätten damals brennen können, von Landshut bis Augsburg und von Ingolstadt bis München, und eure Stadt gleich mit, wenn es nicht gelungen wäre, mit euch Augsburgern Frieden zu schließen. Ich will keinen Krieg. Es ist klar wie ein Becher Wasser: Der Erlenbach hat vom Glatzkopff ein Geständnis, und wer weiß, vielleicht ist er auch ein Giftmischer, ein loses Subjekt scheint er mir schon zu sein. Aber für die Beteiligung Augsburgs haben wir nur das vom Erlenbach erpresste Wort des Glatzkopff, und was das nach der Folter wert ist, wissen wir alle. Leider war ich nicht dabei, der Erlenbach war zu schnell mit seiner Folterei. Es gibt einen Ausweg: Wir müssen gegen das Wort des Glatzkopff ein Ehrenwort setzen. Notar Hätzler, nachher im Gerichtssaal gibst du mir dein Ehrenwort, dass der Rat von Augsburg den Glatzkopff gar nicht kennen kann. Du musst das Ehrenwort nur aufs Wort genau aufsagen, sonst gilt es nicht. Damit können wir das Geständnis des Glatzkopff nichtig machen, was die Beteiligung Augsburgs betrifft.«

Mornauer holte die Tafel hervor. Das Gekritzel des Richters war schwer zu entziffern, aber Clara nahm ihre Feder, das Tintenfässchen und ein Stück Pergament aus ihrem Beutel und begann rasch, alles sauber abzuschreiben. Barthel blickte über ihre Schulter und sprach die Worte halblaut vor sich hin. Es war ein langer Satz mit komplizierten Wendungen, doch hätte man ihn ganz einfach zusammenfassen können: In Vertretung des Augsburger Rats schwor Barthel, dass weder die Stadt Augsburg noch einer ihrer Bürger etwas mit dem Giftanschlag zu tun hatten und dass der Glatzkopff in Augsburg auch gänzlich unbekannt sei. Barthel las sich Claras Pergament mehrmals durch, strich sich den Schweiß von der Stirn und stöhnte leicht.

»Kann er denn das Pergament mit in den Gerichtssaal nehmen?«, fragte Clara den Richter.

Er legte den Kopf schief, dann nickte er.

»Kann er. Wäre besser, wenn er es auswendig weiß, aber bevor er einen Fehler macht, soll er es lieber bei sich haben, um die Schwurformel abzulesen.«

Wieder war Barthel mit Auswendiglernen beschäftigt.

Der Richter blickte Clara an.

»Und du bist eine Schreiberin? Beim Notar?«

»Ja.«

»Verdienst damit dein Geld?«

»Ja.«

»Was schreibst du so – außer Schwurformeln?«

»Alles, was anfällt. Verträge, Testamente, Briefe, auch Abschriften von Codices und Lehrbücher aller Art.«

»Und wer hat dir das alles beigebracht?«

»Unser Vater.«

Schnell wechselte der Blick des Richters zu Barthel und wieder zu ihr zurück.

»Ihr seid Geschwister«, stellte er fest.

Clara nickte.

»Was es alles gibt!«, sagte er, »eine Schreiberin.«

Er lehnte sich zurück und griff nach seinem Humpen Bier. Dann ging er rasch und geräuschlos.

Kurz darauf drängte Mornauer die beiden wieder zum Gerichtssaal, wo alle bereits versammelt waren.

Ritter Ebran von Wildenberg trat ein, drehte die abgelaufene Sanduhr um und winkte Barthel herbei. Dieser stellte sich in die Mitte des Saals, sprach ohne zu stocken und ohne auf Claras Pergament zu schauen die Schwurformel und setzte sich wieder.

Der Richter ließ fast unmittelbar danach die Glocke läuten, erhob sich von seinem Stuhl und verkündete kraft seines ihm vom Herzog verliehenen Amtes das Urteil: Glatzkopff werde gehängt, eine Augsburger Mittäterschaft sei nicht gegeben, die Delegation erhalte Kost und Logis für eine Nacht und solle dann ungehindert zurückreiten – mit Landshuter Geleit bis Zolling.

Schon bei seinen ersten Worten rutschte der Erlenbach auf seinem Stuhl hin und her, und als der Richter geendet hatte, begann er zu protestieren.

»Mit aller Ehrerbietung, hochwohlgeborener Richter, aber …«

Hans Ebran von Wildenberg schnitt ihm mit einer Handbewegung das Wort ab.

»Erlenbach, noch ein Wort von dir in dieser Sache, und ich schwöre dir, dass ich den Spieß umdrehe. Willst du gern von mir höchstpersönlich peinlich befragt werden, woher *du* den Glatzkopff kennst? Es wäre mir ein Vergnügen, glaube mir. Wenn du das willst, rede einfach weiter.«

Erlenbach verstummte und schnappte mit seinem großen Mund unter dem langen Bart Luft wie ein Karpfen.

Clara ließ erleichtert die Schultern fallen und spürte mit einem Mal ihre schmerzenden Arme und ihren wehen Hintern. Es war geschafft.

Mornauer brachte sie zu einer Gästekammer im Rathaus.

»Das wäre die Logis, und wegen der Kost kommt ihr heute Abend in die Ratsstube, da werden wir die Sache noch würdig begießen, nicht wahr?«, lautete sein letzter Satz, bevor er sie in der Kammer allein ließ.

Clara ließ sich erschöpft auf die mit einem Leintuch bespannte Strohmatte sinken.

»Ich bin so müde.«

Sie schloss die Augen, um sie gleich wieder zu öffnen.

»Barthel, was ist das für ein Mann, dieser Ritter Ebran von Wildenberg?«

»Wie meinst du das?«

»Ich werde nicht schlau aus ihm. Er hat doch einen Lehnsherrn, dem er gehorchen muss. Der Herzog thront hier doch über allem, auch über ihm. Warum hat er für unsere Sache und gegen den Erlenbach entschieden?«

»Ich weiß es nicht, Clara, ich kannte ihn vorher nicht. Hab zwar schon von ihm gehört, aber immer nur, dass er der treue Gefolgsmann seines Herzogs sei. Ein sehr fähiger Kopf, ja, das hab ich auch schon gehört, aber mehr kann ich mir auch nicht erklären.«

Mit dem Gesicht des strengen Richters vor Augen dämmerte sie schließlich ein.

Am Abend waren Clara und Barthel hungrig wie die Bären im Perlachturm. Stadtschreiber Mornauer war kein Kind von Traurigkeit. Dass er die Aufgabe hatte, sie zu verköstigen, legte er auf seine Weise aus. Er ließ in der Ratsstube ein fürstliches Abendmahl auftischen, mit Kapaun, Hase und sogar Lachs. Er orderte Bier nach, sobald sein Becher leer war, was viel öfter geschah als bei Barthel. Clara blieb beim Wein, der ihr nicht so zu Kopfe stieg.

Als der Mornauer mit hochrotem Kopf und glitzernden Äuglein begann, ein Trinklied zu singen, öffnete sich die Tür und der schlanke, schwarz gekleidete Richter trat ein. Er setzte sich und winkte sich ein Glas Wein herbei. Dann lächelte er in die Runde und nickte zufrieden ein paarmal mit dem Kopf. Er fragte Barthel nach den Augsburger Ratsherren, ob der Bartholomäus Welser noch Bürgermeister sei, und es entspann sich ein Gespräch über das Augsburger Stadtrecht, bei dem Clara mitreden konnte, hatte sie es doch erst vor kurzem abgeschrieben. Ihre Bemerkungen quittierte der Richter mit hochgezogenen Augenbrauen. Clara kam es vor, als wäre er immer noch überrascht, eine Frau an der Seite des Notars zu sehen. Es begann, ihr Vergnügen zu bereiten, ihre Meinung kundzutun, und der gestrenge Richter hörte ihr so aufmerksam zu wie allen anderen am Tisch.

Als Wein und Bier schon reichlich zugesprochen ward und der Mornauer in der Ecke zu schnarchen begann, wurde es ruhiger am Tisch. Clara merkte, wie Barthel tief einatmete und dann die Frage stellte, die auch ihr auf der Seele brannte:

»Herr Ritter, warum habt ihr dem Glatzkopff nicht geglaubt, sondern uns Augsburgern den Kopf aus der Schlinge gezogen?«

»Ja, das würdet ihr gern wissen«, er lachte. Dann schwieg er eine Weile.

»Es ist eigentlich ganz einfach: Ich hasse den Krieg. Als ich jung war, da zog ich mit meinem Herrn, nein, in Wahrheit, für meinen Herrn in die Schlacht. Es war, glaubt mir, das Schlachten war das Schrecklichste, was einem Menschen geschehen kann. Ich habe mir geschworen, dass ich nie wieder in den Krieg ziehen werde. Ich muss meinem Herrn ein treuer Vasall sein. Wenn er Krieg haben will, muss ich gehorchen. Aber bisher ist es mir mit Gottes Hilfe gelungen, nach dem letzten Schlachten ein weiteres zu vermeiden.«

Er seufzte.

»Oft komme ich mir vor, als hinge ich über einem Abgrund, mit den Zehen klammere ich mich an der einen Seite fest, mit den Fingern an der anderen, und darunter gähnt die Schlucht der Ungnade. Immer öfter denke ich, dass irgendein Bauernlümmel genauso wenig in den Krieg ziehen will wie ich. Der Bauernsohn will die Felder seines Vaters bestellen, die Tochter seines Nachbarn heiraten, Kinder großziehen und diesen irgendwann seine Felder und sein Vieh übergeben. Mehr wollen die meisten nicht, jedenfalls nicht Tod und Zerstörung, Verstümmelung und Schmerzen. Die Frage ist doch, mein lieber Hätzler, warum soll ich dazu beitragen, den nächsten Krieg anzuzetteln? Ihr Augsburger wollt ihn doch auch nicht, der letzte hat eure Herren Kaufleut viel Geld gekostet, das tat ihnen anscheinend mehr weh als die paar Bauernsöhne, die sie opfern mussten. Geld für die Schweizer Söldner, die so teuer sind, dass es einem durch die Finger rinnt wie die Milch beim Ziegenmelken, und wenn der Krieg vorüber ist, ziehen sie marodierend durch die Lande derer, die sie geheuert haben. Es ist ja nicht ihre Heimat, die sie zerstören. Da habt ihr den Grund, warum ich das Ränkespiel beendet hab, zumindest für dieses Mal.«

Drei Tage später waren Barthel und Clara wieder in Augsburg. Noch am späten Abend erstattete Barthel dem Bürgermeister Bartholomäus Welser Bericht. Barthel wankte erst nach Mitternacht nach Hause, denn es dauerte seine Zeit, bis der Kleine Rat zusammengerufen war, damit alle hören konnten, was Barthel zu berichten hatte –, und es musste natürlich auch noch debattiert werden, denn es fiel wieder leichter, sich die Köpfe heiß zu reden, da glücklicherweise ein Gewitter durchgezogen war und ein angenehm munterer Nordwind für die nötige Nachtfrische sorgte. Clara blieb zu Hause, ließ sich von Afra den wehen Rücken salben und schlief in jener Nacht wie ein Stein bis lange in den nächsten Morgen.

November 1470

Die Zeiten sind ruhiger jetzt in den siebziger Jahren, das Gespenst des Krieges macht sich gerade sehr klein, denkt Clara. Dafür hebt der Streit innerhalb der Stadt an, und die Zünfte sind einander spinnefeind und mit den Patriziern ständig im Zwist. Der neue Bürgermeister Ulrich Schwarz macht es mit seiner provokanten Art auch nicht gerade besser. Stets mit wirrem Haar, als hätte er keinen Kamm zu Hause, rennt er mit wehendem Mantel vom Zunfthaus zum Rathaus, vom Markt zur Metzg und vom Dom nach St. Ulrich. Er spottet gern und viel, hat ein scharfes Mundwerk und keine Scheu vor lauten Streitgesprächen. Doch stärkt er die Handwerkerschaft, die sich über Aufträge freut, welche nun nicht mehr nur von den Patriziern und Domherren kommen, sondern auch aus der Bürgerschaft, die allmählich wohlhabender wird. Das merkt auch Clara an den Aufträgen, die sie allenthalben zum Schreiben bekommt. Das schöne Liederbuch von Jörg ist nur eine ihrer Arbeiten, mit denen sie beschäftigt ist. Sie ist stolz darauf, Münzen für getane Schreibarbeit zu bekommen. Weil das Hätzler'sche Haus ihnen beiden gehört, verlangt der Rat so viel Steuern von ihr wie vom Bruder, und sie kann ihren Teil dazu beitragen. Ihre Dienste sind gefragt, ihre Kunst ist anerkannt. Etwas wenigstens habe ich im Leben geschafft, in diesem Leben. Mag das Fegefeuer ruhig kommen, denkt sie trotzig.

Schweigend geht sie mit dem Bruder durch die Straßen, vom Heilig-Creutz-Tor bis zur Steinstraße, an deren Ende sich der große Marktplatz vor dem Rathaus öffnet. Zu dieser abendlichen Stunde klappen die Krämer ihre Holzdächer herunter und schließen ihre Auslagen. Der Schlachter trägt die Rahmen zum Zerlegen der Schweine in seinen Laden zurück. Eine Gruppe gut gekleideter Männer und Frauen geht auf der anderen Seite des Marktes am Perlachturm vorbei Richtung Brotmarkt, mit demselben Ziel wie Barthel und Clara.

»Danke, Barthel, dass du mitkommst.«

»Clara, es gibt Freibier, wo denkst du hin. Das lass ich mir nicht entgehen.«

Clara lacht. Sie weiß aber, dass Barthel lieber gemütlich im Wirtshaus hockt mit seinen Freunden, dem Schönschreiber und Illustrator Heinrich Molitor und dem nun alten Kanzlisten Oswald Horch, der schon Freund seines Vaters war. Das sind ruhige Männer, die nach getaner Arbeit gern ein paar Humpen Bier in Gesellschaft genießen und sanft betrunken zur seligen Nachtruhe rechtzeitig vor der Sperrstunde nach Hause wanken. Ein Tanz ist nichts für Barthel und prunkvolle Gewänder schon gar nicht.

»Ich rechne es dir hoch an, dass du deiner Schwester heute eine Freude machst.«

»Wenn es so ist, ist es auch für mich ein Vergnügen«, erwidert er galant.

»Lüg nicht!«

Mit der flachen Hand schlägt sie ihm auf den Arm.

Es ist kalt geworden, Clara ist froh um die Schaube und die langen warmen Ärmel ihres Überkleids, aber sie weiß auch, dass es gleich im Tanzhaus sehr heiß und stickig werden wird.

An der Moritzkirche erkennen sie schon die brennenden Fackeln vor dem Tanzhaus. Dort drängeln sich die hohen Bürger der Stadt vor dem Tor. Ein Stadtpfeifer in grünweißem Gewand hält eine lange Liste in der Hand und ordnet den Zug für den Einzugstanz. In der schwatzenden, wabernden, summenden Menge ist Clara immer erleichtert, den Arm des Bruders zu fühlen. Allein könnte und möchte sie nicht teilnehmen am Geschlechtertanz. Als alleinstehende Frau dürfte sie sich nur bei den Witwen und Großmüttern einreihen, die auf Hockern neben dem Tanzboden nur zuschauen dürfen. Da würde sie lieber zu Hause bleiben.

Es dauert noch eine Weile, bis alle Geladenen geordnet in Paaren in einer langen Schlange vor dem Eingang des Tanzhauses stehen. Sie sieht Bärbel, ihre Freundin, am Arm ihres Mannes Ulrich Hochstetter. Vor ihm gehen der Gossembrot und der Rehlinger mit ihren Gattinnen, hinter ihm die beiden Schwägerinnen aus dem Haus Fugger, Barbara, die Stammlerin, und Barbara, die Bäsingerin. Andreas Fugger, der Mann der Stammlerin, ist schon seit vielen Jahren tot, und Jakob, sein Bruder, ist im letzten Jahr gestorben. So reich die beiden Witwen sind, so ungleich sind sie auch. Von Barbara Bäsingerin geht wie immer ein Leuchten aus, sie bleibt sich treu in ihren Farben, wählt grau, schwarz, blau und silber und für ihr schönes blondes Haar, das immer heller wird, einen fast durchsichtigen Schleier, den sie kunstvoll um eine weiße, große Feder drapiert. Diese Feder stammt von Riesenvögeln aus Arabien, hat Bärbel erzählt, Vögel, die gewaltige Schwingen haben, aber nicht fliegen können, weshalb man sie leicht fangen kann. Diese Federn sind hochbegehrt als Schmuck.

»Ach Herrje, Barthel, schau«, weist Clara mit dem Zeigefinger ihrer Hand, die auf Barthels Unterarm liegt, ganz unauffällig auf die Schwägerin der Bäsingerin, auf Barbara Stammlerin, die Witwe des Andreas Fugger. Sie schreitet an der Seite eines ihrer Söhne und zitiert mit ungeduldigen Gesten ein Dienstmädchen herbei, das ihr die Falten richten soll.

»Sie übertreibt wieder maßlos.«

»So sind sie halt, die Fuggerfrauen«, flüstert Barthel leise und grinst.

Barbara Stammlerin ist eher klein von Statur und fast so rundlich wie Bärbel.

»Sie kann ihr Kinn so hoch recken, wie sie will, an Barbara kommt sie doch nicht ran«, murmelt Clara. Auf das helle Kleid der Stammlerin sind große bunte Blumensträuße gestickt, mit gold- und silberdurchwirkten Fäden. Allein die Stickerei ist ein Vermögen wert. Als Unterkleid trägt sie eine rot glänzende Robe, dazu braune Schnabelschuhe mit langen Spitzen, auf denen große grüne Pompons thronen. Die Kopfbedeckung besteht aus zwei spitzen Hörnern, noch mal so hoch wie ihr Kopf, über die sie einen langen, wallenden und mit Efeublättern bestickten Schleier geworfen hat. Alles an ihr ist bunt und teuer, alles an ihr schreit: »Seht mich an!«

Hinter seiner Schwiegermutter ragt Jörgs Haupt empor, fein geschmückt mit einem grünen Barett mit lang schwingenden Fasanenfedern, am Arm seiner Felicitas, die in einem prunkvollen rosenfarbenen Gewand und grünem Unterkleid ihrer Mutter kaum nachsteht. Die Putzsucht hat sich leider vererbt.

»Der arme Jörg«, flüstert Clara.

»Jetzt hör schon auf, ihn zu bemitleiden«, sagt Barthel, »er hat sie vorher gekannt.«

Clara fühlt sich gerügt, Barthels Ton war scharf. Ich kann sie halt nicht leiden, denkt Clara, aber sie sagt nichts mehr.

Von drinnen tönen jetzt die Pfeifen, Trommeln und Schalmeien. Die Kleider rascheln, die Umstehenden sprechen schneller und höher, der Zug setzt sich in Bewegung. Sobald ein Paar über die Schwelle tritt, wird es im Saal vom Stadtpfeifer ausgerufen. Das Paar macht die vorgegebenen Tanzschritte, rechts vor, links vor, Wechselschritt, links vor, rechts vor, Wechselschritt, und schreitet mit würdiger Miene in den Saal, nach allen Seiten grüßend. Die ersten sind natürlich die Edelsten und werden von den bereits anwesenden Witwern, Witwen, Jünglingen und Jungfrauen mit freundlichem Beifall begrüßt. Clara und Barthel sind ziemlich weit hinten im Zug, aber das ist auch gut so. Im Stimmengewirr und Geplauder, das anhebt, sobald die Spitze des Zuges einmal die Runde gemacht hat, achtet keiner mehr auf die beiden, und sie können sich gleich nach dem Einzug trennen und ihrer Wege gehen. Clara drückt Barthels Arm, als sie den Saal betreten haben:

»Barthel, du zum Bier und ich zu Bärbel?«

»Ja, Clara, wie immer.«

Er lacht.

An den Wänden sitzen auf Hockern und Stühlen die Alten, die Jungen tanzen oder haben sich in die Fensternischen gesetzt. Kein anderer Anlass ist so gut geeignet, sich kennenzulernen, züchtig unter den Augen aller Familienmitglieder. Die Stadtpfeifer auf der Empore machen höllischen Lärm – für die Tänzerinnen und Tänzer himmlische Musik.

Claras schweifender Blick fällt in ein blaues Augenpaar, bekrönt von buschigen Brauen, mit einer Hakennase und einem gewaltigen rotbraunen, mit grauen Haaren durchzogenen Bart, der bis zur Brust reicht. Zainer! seufzt sie innerlich und lächelt ihm zu.

Zainer winkt. Sie winkt zurück. Sei nicht so albern, denkt sie. Wir sind doch keine siebzehn mehr. Sie gibt sich einen Ruck und geht auf ihn zu. Er stellt seinen Humpen beiseite, an dem er sich festgeklammert hat, und nickt schweigend mit dem Kopf. Nimmt man es genau, dann senkt er ein wenig das Kinn, so dass nur bei genauer Beobachtung der Eindruck einer grade noch wahrnehmbaren Begrüßung entstehen kann. Clara muss lächeln.

»Guten Abend, Zainer.«

Noch nie hat sie ihn anders angeredet. Er ist nicht Günter für sie, immer nur der Zainer. Ob ihm das gefällt oder gar verletzt, daran hat sie noch nie einen Gedanken verschwendet. Zainer schweigt. Clara auch. Sie blickt zu Boden auf ihre Schuhspitzen und fängt schon wieder an, rot zu werden. Er räuspert sich.

»Hast du's dir überlegt?«

Sie atmet tief ein.

»Ja, Zainer, ich komm. Wann passt es dir?«

Langsam breitet sich ein Grinsen unter seinem Bart aus. Er nickt wieder kurz.

»Nächsten Dienstag. Ich will dir was zeigen. Ich hab vor, eine Schrift zu schneiden, eine besondere, neue. Und das neue Werk ist auch fertig, bald geht es los mit dem Drucken. Ich hab schöne Schnitte machen lassen beim …«

Er lässt den Satz unvollendet.

Clara sieht ihn fragend an.

Er lenkt ab. »Also ich freu mich.«

»Beim Bämler?«, fragt sie.

»Äh ja. Also bei dem …«

Er stottert nur noch.

Trotzig sagt Clara: »Ich komm am Dienstag.«

Dann schaut sie ihn noch kurz an, dreht sich um und setzt sich zu den alten Weibern. Beim Bämler lässt er Schnitte machen, so ist das also. Sie sitzt eine Weile, lauscht in sich hinein, knotet ihr Tuch ums Handgelenk und knotet es wieder auf.

Als sie aufschaut, winkt ihr Barbara Bäsingerin zu, und das Zuwinken ist ein recht majestätisches Herwinken. So stellt sich Clara eine Königin vor.

Clara nennt sie nie Fuggerin, allein um sie von der unsympathischen Schwägerin zu unterscheiden. Jetzt ist ihr Mann Jakob schon fast zwei Jahre tot, und alle Pläne Barbaras, die sie in den bleiernen Jahren der Ehe sorgsam vorbereitete, gehen nun auf, alle Fäden, die sie spann, um ihren Kindern Stellung, Bildung und Reichtum zu verschaffen, verweben sich gerade zu einem starken Netz, in dessen Mitte Barbara sitzt, um das Vermögen der Fugger von der Lilie zu halten und zu mehren. Schon vor mehr als vierzehn Jahren, im Jahr 1454, trennten sich die Brüder Andreas und Jakob, uneins über die weitere Ausrichtung ihres Handels. Jakob setzte auf den Silberbergbau in Schwaz, Andreas wollte das Handelsnetz und vor allem den Verleih von Geld an den Adel ausweiten. Er starb allzu früh, nur drei Jahre nach der Trennung der Geschäfte, und konnte seine Pläne nicht mehr umsetzen.

»Wie geht es dir?«, fragt Barbara, als Clara zu ihr tritt.

»Ich danke dir, sehr gut«, antwortet sie.

Barbara klopft auf die Bank neben sich, und Clara setzt sich. Wie immer, wenn sie sich treffen, fragt Clara nach den Kindern von Barbara, die sie im Laufe der Jahre aufwachsen sieht.

»Was macht dein Ulrich?«

Von ihrem ältesten Sohn Ulrich ist Barbara enttäuscht. Mit all ihrer Liebe überschüttet, verhätschelt, umsorgt und vor allem Bösen beschützt, vor dem wahren Leben, vor der Anstrengung und sogar vor seinen eigenen Träumen, lebt er in den Tag hinein. Kaufmännische Tugenden wie eiserne Disziplin, einen wachen Geist, ein gesundes Misstrauen und Lust am Intrigieren fehlen ihm völlig. Dagegen liebt er gutes Essen und trinkt den besten Wein – in rauen Mengen.

»Sieh selbst!«

Barbara wedelt resigniert mit einer Hand in Richtung Weinfass, wo Ulrich inmitten von gleichaltrigen Herren fröhlich den Becher hebt und einem anderen zuprostet.

»Ich hoffe, ich kann ihn gut verheiraten. Mehr kann ich nicht für ihn tun.«

Bittere Enttäuschung klingt aus ihrer Stimme, und ihre Mundwinkel ziehen sich unweigerlich nach unten.

Clara geht die Geburten der Barbara Bäsingerin durch. Nach Ulrich kam Andreas, ihr zweitgeborener, der mit nicht mal zwanzig Jahren an einem Fieber gestorben war. Der kränkliche kleine Hans, der in der Wiege lag, als sie Barbara damals unterrichtete, hatte sein zweites Lebensjahr nicht überstanden und war gestorben, kurz nachdem Claras Dienst bei Barbara endete.

»Und wo ist Markus gerade?«

Barbaras Miene hellt sich wieder auf.

»Markus ist sehr fleißig bei den Domherren, unersetzlich, sagt man mir. Ein so kluger Kopf. Erst dreiundzwanzig und schon die rechte Hand des Bischofs. Natürlich muss er sich gegen viele Neider wehren, doch vermutlich schaff ich es sogar, ihn nach Rom zu bringen.«

In Rom, so meint Barbara, fehlen den Fugger noch wichtige Verbindungen, und mit dem Geist und Witz des klugen Markus könnten sie es dort weit bringen.

»Und Peter? Der müsste doch jetzt auch schon zwanzig sein. Was hast du mit ihm vor?«

Clara weiß genau, wer im Hause Fugger die Pläne macht. Barbara hat sie alle fest in ihrem Griff.

»Ach, leider nicht der hellste«, sagt Barbara kalt und abfällig. »Aber Georg, der ist jetzt achtzehn und stellt sich fürs Geschäft ganz manierlich an.«

»Und dein Jüngster?«

»Der Jakob. Er geht in die Klosterschule. Ich will, dass er Markus nachfolgt und diesen hier in Augsburg ersetzt, wenn Markus in Rom ist.«

Sie verstummt für einen Moment.

»Weißt du«, sagt sie Clara in einem Tonfall, als wäre ihr das gerade erst klargeworden, »er kann besser rechnen und denken, als alle meine anderen Kinder zusammen. Vielleicht lasse ich ihn nicht im Kloster. Vielleicht hat er das Zeug zu einem Kaufmann. Zu einem richtig guten.«

Über ihre Töchter braucht sie Barbara nicht auszufragen. Die Töchter sind Barbaras Material, um ihre Beziehungen zu den alteingesessenen Augsburgern zu festigen. Schwägerinnen und Schwager, Neffen und Nichten werden in das große Spinnennetz eingewoben. Mit Anna, der ältesten Tochter, hat sie schon begonnen, sie hat vor drei Jahren den Hektor Mühlich geehelicht, und für Barbara und Walburga werden sich auch noch geeignete Gatten finden, einer der Meuting, Rehm, Lauginger, Langenmantel, Gossembrot oder wie sie alle heißen. Wenn Clara Barbara so reden hört, überläuft sie manchmal ein kalter Schauer. Mit den Jahren ist Barbara härter geworden, der Mund schmaler, die Augen dunkler. Ihr Regiment im Haus ist gefürchtet, Fehler duldet sie nicht, und Vergehen werden bestraft. Seit dem Tod ihres Mannes wagt es niemand mehr, der Witwe zu widersprechen.

»Meine Pläne gehen auf, Clara, ich bin zufrieden. Ja, das hätte mein schlauer Gatte auch nicht besser geschafft. Ich glaub, eher schlechter. Und er – er liegt im Grab, da kann er modern«, stößt sie hervor und lächelt dabei, dass Clara Angst wird.

Trotz der stolzen hohen Stirn, dem feinen Gewand und der schimmernden Perlenkette sieht Clara jedes Mal wieder das Gesicht der bleichen jungen Frau, die Hand an der Wiege, wie sie alle ihre Kraft aufbietet, um ihrem Mann die Stirn zu bieten.

Bärbel, die rundliche und stets wohlgelaunte Freundin, kommt auf die beiden zu.

»Was schaut ihr beide so ernst? Ausgerechnet heute! Wollt ihr mitkommen, gleich wird der Martinsgruß verlesen. Und danach wollen sie draußen auf dem Moritzplatz etwas ganz Neues zeigen, sie nennen es Feuerwerk.«

Bärbel zieht sie hoch. Clara lacht und fügt sich dem mitreißenden Eifer der Freundin, die sie, ob nun mit sechsundvierzig oder sechzehn Jahren, stets mit demselben Lachen aus trüben Gedanken holt.

Februar 1447

So war es auch damals im Februar 1447, bei ihrem allerersten Tanz, zu dem Barbara Bäsingerin sie eingeladen hatte. Tage zuvor streiften Bärbel und sie über den Markt und feilschten mit den Händlern um Bänder, Federn und Silberschnüre. Bärbel flocht ihr die Haare zu Zöpfchen, und sie malten sich aus, wen sie beim Tanz sehen, wer dort sein würde, mit wem sie tanzen könnten. Mit ihren nicht ganz siebzehn Jahren war es Clara noch nicht erlaubt, beim Einzugstanz mitzuschreiten, und sie hätte auch keinen, der sie führte, aber sie durfte zusehen, die Musik hören, mit den Füßchen wippen. Es war allein schon aufregend, mit Barbara Bäsingerin an einem Tisch zu sitzen.

»Darum beneide ich dich aber ehrlich«, sagte Bärbel. »Dort bekommst du die besten Bissen und die frischesten Speisen. Ich muss viel weiter hinten sitzen, für mich wird Soße und Brot übrig bleiben.«

»Übertreib nicht«, Clara lachte, »du wirst nicht kurz vor den Almosensammlern sitzen, so schrecklich wird es nicht werden.«

Rotes Surcot, weißes Unterkleid und neue silberne Schnallen auf den Trippen. Clara drehte sich in ihrer Kammer, nur um zu sehen, wie der Rock schwang. Rot und weiß, weiß und rot, Wangen und Stirn, einer sieht mich, einer sieht mich nicht. Weiß und rot hat hohen Mut ohn Not, so heißt es doch in dem Gedicht mit der Farbenlehre. Vielleicht wird einer da sein, ein Schöner, einer mit hellen Locken, der am Rand steht und zusieht und mich sieht und mir die Hand reicht, vielleicht ist heute Abend so einer da und mein Herz hüpft und mein Bauch summt.

Die Trommler der Stadtpfeifer gaben den Takt, nach dem sich alle Tanzenden drehten, aufeinander zuschritten, die Hände hoben, wieder wegschritten, einen hüpfenden Zwischenschritt machten, sich wieder drehten und wieder schritten. Der junge Cornettspieler blies eine überraschend zarte Melodie dazu, die sich weit hinaufschwang und dennoch wieder herunterfand, um sich mit dem Takt der Trommel zu vereinen. Er blickte kaum auf und schien nichts um sich herum wahrzunehmen. Seine Finger berührten den Zink sacht. Das lange, gebogene Holzinstrument tanzte zur Melodie auf und ab. Nicht einmal das Aufblasen seiner Backen machte ihn hässlich. Tanzen kann er nicht, dachte Clara, wie schade, wie gern würde ich mich mit ihm drehen. Sie stand am Rand und hatte sich so gestellt, dass sie die tanzenden Paare und zugleich den Cornettspieler betrachten konnte. Sonst schien ihr niemand anziehend zu sein. Alle Gleichaltrigen kannte sie von klein auf. Da war der dicke kleine Siegmund Rehm, immer schon dick und klein, der bei ihren kindlichen Streifzügen durch die Stadt mit roten Backen und vom Schweiß an die Stirn geklebten Haaren hinter ihnen herrannte, stets als Letzter ankam, immer ächzend vor Anstrengung. Georg Lieber, herausgeputzt wie ein Pfau, wortwörtlich, mit einer mächtig ausgestopften Braguette vorne an seiner blauen Hose und einem Barett, aus dem sich Pfauenfedern schwangen, die er alle zwei Minuten glattstrich, wenn er nicht damit beschäftigt war, die Braguette mit zwei Fingern in die richtige Form zu drücken. Anton und Leonhard Lauginger umschwänzelten Lucas Welser, der zwar ein schöner junger Mann war, doch so arrogant über alle hinwegschaute, dass Clara fast mit den beiden Schmeichlern Mitleid bekam. Und dann die vielen alten und mittelalten Männer, von denen es zweierlei Blicke zu ernten gab: altväterliche, bei denen sie sich wie ein kleines Mädchen fühlte, oder widerlich lange und tief dringende, bei denen Clara erschrak, wenn sie diese versehentlich erwiderte.

Außer dem Zinkspieler hätte sie bestimmt mit keinem tanzen wollen. Sie seufzte tief auf.

Bärbel stupste sie mit dem Ellbogen in die Seite.

»Was ist, Clärchen?«

»Ach.«

»Nicht so, wie du es gedacht hast?«

»Na ja.«

»Na, und was hat das Prinzesschen sich denn gedacht, das hochwohlgeborene?«

Bärbel wollte zu einer langen Predigt über die Hoffart ansetzen, all die bekannten Sätze, die sie stets über die Sehnsucht ihrer Freundin legte, um sie zuzudecken, abzuwiegeln, weich zu betten, doch ein junger Mann kam auf Bärbel zu, mit einem seltsam wackelnden Gang und breiten eckigen Schultern, darüber ein breites eckiges Gesicht mit einem roten gekräuselten Backenbart.

»Der Ulrich«, flüsterte Bärbel, und Clara wusste, dass für den Rest des Abends keine Bärbel mehr an ihrer Seite sein würde.

Das Werben Ulrichs war schon weit vorangeschritten. Bärbel beförderte es mit allen möglichen Intrigen und Winkelzügen und hatte fest vor, noch vor Jahresende am Traualtar zu stehen. Jetzt strahlte sie Ulrich an, der ihr freundlich den Arm bot. Beide wirkten sie nicht gerade elegant, sie in einem grünweißen Gewand mit der hohen Hörnerhaube, rundlich und klein, er mit watschelndem Gang, der sich bei jedem Schritt von einer Seite auf die andere wiegte und das nicht unbedingt zum Takt der Musik. Doch bildeten sie ein Einvernehmen, einen Einklang, den Clara mit Erstaunen wahrnahm. Bärbel weiß immer, was sie will, dachte Clara, anders als ich. Mutlos schaute sie sich um. Sollte sie darauf warten, dass ihr einer der Rehms, Laugingers oder Langenmantels den Hof machen würde? Das würde nicht geschehen. Sie war keine Kaufmannstochter, keine Meistertochter und aus keinem der Geschlechter. Eine Schreibertochter bin ich, eine Halbwaise. Was soll ich bloß anfangen mit meinem Leben?

Irgendwann hatte sie genug davon, auf einem Hocker am Rand des Tanzbodens auszuharren. Unauffällig ging sie nach draußen und in Begleitung eines der Nachtwächter nach Hause. Daheim war alles still. Mit den Trippen in der Hand schlich sie leise die Treppe nach oben, Afra und ihre Mutter sollten sie nicht hören.

In dieser Nacht lag sie lange wach und starrte durch das kleine Fenster. Wenigstens schaute der böse kalte Mond sie nicht an. Wolken bedeckten den Februarhimmel. Draußen in der Welt schien jeder seinen Platz zu haben. Sie ging die Häuser durch. Viele der Mädchen in ihrem Alter waren schon jemandem versprochen, die Familien mussten klug handeln, um in der Zunft und in der Herrenstube Macht zu mehren, Einfluss zu gewinnen und Vermögen zu verwalten. Vermögen. Sie schauderte. Nächste Woche würde sie schon wieder Gulden aus der Truhe nehmen müssen. Der Vorrat schwand, und daran konnte sie nichts ändern. Wie denn auch, wenn nichts dazugelegt wurde? Wovon würden sie und ihre Mutter leben, wenn der Vorrat zu Ende war? Sie zählte ihn wöchentlich und führte Buch, und sie war sich sicher, dass das Geld ausgegangen sein würde, bevor Barthel von der Notarschule zurückkehrte. Sein Weg war vorgezeichnet, wie der aller Söhne, denn der Vater hatte für Barthel die Notarschule und anschließende Lehrzeit noch zu Lebzeiten arrangiert und bezahlt. Der Notarsohn wurde Notar, der Kaufmannssohn wurde Kaufmann, der Webersohn wurde Weber.

Und die Schreibertochter? Lesen und Schreiben, Buchstaben zusammenfügen und wieder auseinandernehmen, Tinte machen, Pergament abschaben, Hilfslinien zeichnen. Das war alles, was sie konnte. Vom Steißbein bis zum Nacken zog ein warmer Strahl durch ihren Rücken. Aber ja, genau das war es doch, was sie konnte. Jetzt bin ich schon mal da, dachte sie plötzlich, dann werde ich auch etwas daraus machen. Schreiben kann ich, und zwar gut. Morgen besorge ich Tinte und Papier. Oder Pergament. Ich werde schreiben. Irgendwas. Endlich schloss sie die Augen.

Am andern Morgen war sie sofort wach, beide Füße auf dem Boden, und noch bevor Afra bei den Hühnern war, hatte sie in der Schreibstube nach den Galläpfeln gesucht. In der Truhe neben dem Fenster fand sie noch ein paar brauchbare Kugeln und etwas Eisenvitriol. Gummi arabicum war keines mehr da, das ließ sich aber leicht in der Apotheke besorgen. Zuerst zerstieß sie die Galläpfel und siebte die groben Fasern aus. Übrig blieb ein schwärzliches Pulver. Sie strich über die kleine verstaubte Waage, die oben auf dem Wandbord stand, säuberte sie und wog ein Lot Gallapfelpulver ab. Sie dachte an den Vater, seine warmen Hände, die einst auf ihrem Kopf lagen, sie segnend. Es war, als stünde er hinter ihr und beobachtete sie. Ganz fein reiben, sagte er, rühr es gut zusammen mit dem Gummi, schütte es langsam ein ins Wasser, und jetzt koch es vorsichtig auf, aber lass es nur sieden, es darf nicht blubbern. Sie rührte langsam und vorsichtig die dunkle Flüssigkeit. Geduld, mahnte der Vater, lass es bis morgen stehen oder besser bis übermorgen, dann kommt das Eisenvitriol hinzu, vergiss nicht einen Löffel Essig und etwas Salz, und in ein paar Tagen schon hast du dicke, fließende, tiefschwarze Tinte.

In der Karwoche hatte Clara schon einiges abgeschrieben. Der Vater besaß ein paar Blätter des Augsburger Stadtrechts. Sie übte mit alten Pergamentteilen, die sie zusammensuchte. Oft saß sie ganze Vormittage in der Schreibstube am offenen Fenster und schrieb. Sie vermisste den Vater schmerzlich. Es war noch so viel von ihm zu spüren in der Schreibstube, sein Geruch hing noch in der Luft, fast hörte sie sein Lachen. Obwohl sie mit Barthel vor dessen Abreise nach Ulm oft gestritten hatte, vermisste sie auch ihn. Früher saß er immer neben ihr, nun fühlte sie sich allein. Doch sie tat wenigstens das, was sie am besten konnte, und die Tage flossen schneller vorbei. Sie musste jetzt auch öfter zum Markt, um die Zutaten für die Tinte zu besorgen und um hier und da ein Schnipsel Papier oder Pergament zu ergattern. Wenn sie ihre Einkäufe getan hatte und es nicht regnete, dehnte sie ihre Gänge aus. Je wärmer die Tage wurden, desto weiter streifte sie durch die Straßen und Gassen der Stadt.

Der alte Bämler stand in seinem roten Samtmantel vor seiner Werkstatt und feilschte mit einem Papierhändler um einen Stapel Papier. Clara besah sich die Auslage eines Kerzenhändlers gegenüber der Schreiberwerkstatt des Johann Bämler und lugte unter ihrer Haube hervor, um die beiden zu beobachten.

Bämler war Schreiber und Rubrikator, weithin bekannt für seine fein gemalten Bilder. Ein Buch von ihm war eine Kostbarkeit, und seine besten Kunden waren der Abt vom Kloster St. Ulrich und Afra und natürlich das gesamte Domkapitel. Er war ein drahtiger, hagerer Mann mit spitzer Nase. Seine ernste Miene passte nicht zu dem roten Samtmantel, den er stets trug. Kaum ein Meister oder Ratsherr trug rot, das war den Edlen vorbehalten, aber solange man es dem Bämler nicht verbot, zog er des Morgens den roten Mantel an, den er, wie man sagte, einmal von einem Kirchenherrn, manche sagen, vom Bischof selbst, als Geschenk für eine besonders schöne Illustration erhalten habe.

Johann Bämler, sein Sohn, war schon so lange fort wie Barthel.

Vom Vater ins ferne Straßburg geschickt, sollte er dort das Illustrieren lernen. Clara hatte schon eine Weile nicht mehr an ihn denken müssen, erst jetzt, als sie sah, wie Meister Bämler mit energischen Armbewegungen jeden weiteren Versuch des Händlers zu feilschen abwehrte, erinnerten sie seine Gesten an Johann. Heiß schoss es ihr vom Magen in den Hals, als sie an das Turnier dachte und wie Johann ihr geholfen hatte.

Meister Bämler rief einen Gehilfen, der ihm den Stapel Papier ins Haus trug, und zahlte den Händler aus. Clara schlenderte gedankenversunken nach Hause. Noch ehe sie die Küche betrat, wusste sie, was sie tun würde.

Zwei Wochen später war der erste Teil ihres Plans ausgeführt. Heute sollte es sein. Sie zog sich besonders sorgfältig an und ging in die Schreibstube. Auf dem Pult lag ein Stück Papier, das sich vom dunklen Holz abhob und fast zu leuchten schien. Sie hatte nach dem feinsten Stück Papier in der Schreibstube gesucht und dann in ihrer sorgfältigsten Schrift die erste Seite eines Gebetbuches abgeschrieben, das der Vater auf den Borden aufbewahrt hatte. Nun rollte sie das Papier vorsichtig zusammen, band eine rotweiße Kordel darum, die sie eigens angefertigt hatte. Leise, ohne die Küche zu betreten, verließ sie Haus und Hof. Über die Judengasse ging sie nach unten zur Schwibbogengasse und weiter, bis sie unterhalb des Milchbergs fast beim Roten Tor angekommen war. Die Morgensonne leuchtete schräg in die Färbergasse hinein. In den obersten Stockwerken schwangen lange bunte Stoffbahnen durch die Lüfte, die zum Trocknen von den Geländern der Balkone hingen. Rote, grüne, graue und viele gelbe und blaue Bahnen tanzten im Wind und schmückten die Gasse, als gäbe es ein Fest. Ihre Augen schmerzten von der Leuchtkraft der Farben. Sie blickte nach oben in den hellblauen Himmel hinein, der sich hinter den flatternden Stoffen wie eine Kuppel zu wölben schien. Die Himmelsfarbe war fest und dicht, als ob der Himmel nicht aus Luft, sondern auch aus Stoff wäre, aus einem ebenmäßig gefärbten, wunderbar glatten Stoff, mit dem ein riesenhaftes Gewölbe ausgekleidet war, höher als die Decke im Dom, höher als jedes Gebäude, das man sich nur vorstellen konnte. Ihr Schritt wurde leicht, und sie war sich sicher, dass es gelingen müsse. Sie holte tief Luft, und eine Welle von Freude öffnete ihr die Brust und presste von innen ein Lächeln auf ihr Gesicht. Seit Monaten war ihr nicht mehr so wohl gewesen.

Kurze Zeit später gelangte sie an die Tür der Bämler'schen Werkstatt. Jetzt klopfte ihr doch das Herz bis zum Hals, und die Wangen glühten. Es musste unbedingt gelingen. Sie hob die Hand und zögerte kurz. Dann klopfte sie entschlossen. Von drinnen hörte sie ein Brummen und Schritte, die sich entfernten. Sie klopfte nochmals. Endlich rief jemand: »Herein doch!«

Clara öffnete die Tür. Zirpende Federn waren zu hören, und raschelndes Papier. Sie blieb an der Tür stehen und sah sich um. An zwei Pulten neben den Fenstern zur Straße saßen zwei jüngere Männer, blickten kurz und neugierig auf und wieder hinab zu ihrer Schreibarbeit. Dabei senkten sie den Kopf aber fast ein bisschen zu sehr, um gleich wieder unter den Augenbrauen auf das junge Mädchen zu schielen, das die Werkstatt besuchte. So sahen Bämlers übliche Kunden nicht aus.

Bämler selbst trat hinten aus der Werkstatt in den Raum.

»Was kann ich für euch tun?«, sagte er. Er wischte sich die Finger an einem Tuch ab. Offensichtlich hatte er grade mit Tinte hantiert. Seine Hände waren knöchern, mit langen, knotigen Fingern. Die Augen zusammenkneifend, bemerkte er erst beim Näherkommen, dass sie keine Bürgersfrau mit einem Schreibauftrag war, sondern ein junges Mädchen. Missbilligend zog er die Mundwinkel herunter und legte den Kopf leicht schräg, als ob er gleich zu spotten beginnen wolle.

Clara kam ihm zuvor: »Ich bin Clara Hätzlerin, die Tochter vom Notar Bartholomäus aus der Heilig-Creutz-Gasse. Ich kann schön und schnell schreiben, mit Tinte und Feder umgehen und suche Arbeit.«

»Arbeit? Pfff«, stieß Bämler hervor. »Schreiber hab ich genug und Mägde auch.«

Clara nahm all ihren Mut zusammen und streckte ihm die rotweiß umgürtete Schriftrolle hin.

»Schaut euch bitte an, wie ich schreibe.«

Bämler war schon an der Tür und öffnete diese. Er griff nicht einmal nach dem Papier, das sie ihm anbot. Da streifte sie die Kordel ab und rollte es ganz aus, trat dicht zu ihm hin und hielt es ihm vor die Nase. Er sah wohl nicht gut in die Ferne, da er sie bei ihrem Eintreten nicht einordnen konnte und keine Anstalten machte, genauer auf das zu sehen, was sie in der Hand hielt. Es ärgerte sie, dass er sich noch nicht einmal bemühte, ihre Schreibarbeit anzuschauen.

Bämler hob den Arm, um das Papier unwillig zur Seite zu schieben, blickte dabei darauf – und nahm es an sich. Er drehte sich zur offenen Tür, damit mehr Licht darauf fiele, und hielt es dicht vor seine Augen.

»Hmm«, brummte er. »Das ist von deiner Hand?«

Sie nickte. Er sah sie über den Blattrand an. Kaum sichtbar nickte er mit dem Kinn und verzog den Mund auf eine Seite. Dann schmunzelte er, fast zufrieden.

»Du schreibst schön. Und gut. Alle Buchstaben richtig. Die Wörter leserlich. Hmm.«

Er sah sich um. Das zirpende Schreibgeräusch hatte aufgehört. Es wirkte, als hätte alles in der Werkstatt den Atem angehalten, die Federn, das Papier, die Schreiber. Und Clara.

»Gut. Ich habe einen großen Auftrag und brauche jemanden, der sauber und akkurat im Schreibfenster bleiben kann. Wie viel davon schaffst du pro Tag?«

»Vier, vielleicht fünf solche Seiten.«

»Wenig.«

»Aber richtig«, sagte sie, »was ich schreib, muss keiner nacharbeiten.«

»Das werden wir dann sehen. Einen halben Gulden die Woche.«

»Einen«, sagte sie. Clara hatte Mut gefasst.

»Das fängt ja gut an mit dir. Wir sind hier nicht auf dem Markt. Aber gut, drei Ort die Woche.«

Sie war sicher, dass die anderen Schreiber mehr verdienten, denn keiner zuckte auch nur mit der Hand oder dem Kopf, was sie gewiss gemacht hätten, wenn Clara mehr verlangt hätte, als sie verdienten. Aber das war ihr einerlei. Mit drei Ort, also drei Viertel Gulden pro Woche, konnte sie für das Essen aufkommen und noch etwas sparen. Sie würden jedenfalls nichts mehr von den väterlichen Gulden nehmen müssen, um ihr täglich Brot zu kaufen. Damit würde der Vorrat in der Truhe langsamer schwinden als bisher. Alles Weitere würde sich ergeben.

»Dann komm morgen früh. Die Arbeit beginnt, sobald es hell genug ist.«

»Ich dank euch, Meister Bämler.«

»Woher kennst du mich eigentlich?«

»Vom Johann«, sagte sie und wurde wieder ein bisschen rot.

»Soso.«

Auf dem Heimweg pochte ihr Herz bis zum Hals, und die Hände zitterten. Aber ihr Mund lächelte, bis nach Hause. Sie hatte es geschafft.

Unterwegs kaufte sie der Mutter eine Zuckerbrezel und legte sie ihr auf den Tisch.

»Da, Mutter, hab ich dir mitgebracht. Krümel nicht so sehr damit.«

Sie lachte ihrer Mutter ins Gesicht, die erstaunt aufsah. Solche Frechheiten sollte sich eine Tochter nicht erlauben, und sie wollte sie schon zurechtweisen, aber Clara musste ihre Neuigkeit loswerden, bevor sie platzte:

»Ich hab Arbeit gefunden, als Schreiberin. Ich geh ab morgen zum Bämler in die Werkstatt. Brauchst es mir nicht zu verbieten, das würde nichts nützen. Außerdem brauchen wir das Geld. Das weißt du genau. Solange der Barthel nicht fertig ist mit der Ausbildung, schmelzen die Gulden in unserer Truhe wie ein Schneehaufen im März.«

Die Mutter schwieg lange und zog die Stirn in Falten.

»Wenn du meinst, dass das gut ist, dass ein junges Mädchen wie du arbeiten geht, dir kann ich eh nichts mehr verbieten, tust ja sowieso, was du willst.«

Clara hatte gewonnen. Mehr Widerspruch war von ihrer Mutter nicht zu erwarten.

Der Morgen hatte jetzt etwas zu bieten. Meist wurde sie vom Krähen der Hähne geweckt und zögerte nicht einen Augenblick, die Füße unter der Decke hervorzuholen und zum Fenster zu gehen, um nach dem Wetter zu sehen. Die Arbeit begann, wenn es hell genug zum Schreiben war. Das nahm sie ernst. In den ersten Tagen stand sie vor der Tür der Bämler'schen Werkstatt, lange bevor sich dort drinnen etwas rührte. Frühe Passanten starrten sie an, wie sie so vor der verschlossenen Tür stand, das Körbchen mit ihrem Brot in der Hand. Wie ein kleines Mädchen kam sie sich vor, den Korb wendend, am Tuch zupfend, in den Himmel schauend, als ob es da etwas Wichtiges zu sehen gäbe, nur um nicht angesprochen zu werden. Sie musste sich zwingen, allmählich später zu kommen, wenigstens so, dass sie nicht mehr in der frischen Morgenluft verlegen auf den Stufen der Bämler'schen Werkstatt stand. Nach ein paar Wochen gehörte sie immer noch zu den Ersten der Schreiber, die den Raum betraten, aber sie war auch nicht mehr jeden Tag die Allererste.

Die Werkstatt im Erdgeschoss war hell. An jedem der vier Fenster, zwei nach vorn und zwei nach hinten zum Garten, waren zwei Pulte gegeneinandergestellt, damit die Schreiber so viel Tageslicht wie möglich hatten. Die Plätze nach hinten waren begehrter, dort war die Luft besser, und es gab nicht so viel Lärm.

Ihr Alltag fügte sich fest, die Wochentage in ihrem Leben folgten dem Rhythmus der Stadt, zwischen Arbeit, Kirche, Bad und Markt musste sie lediglich darauf achten, vor der Dunkelheit zu Hause zu sein und einen Bogen um die Wirtshäuser zu machen, um von Betrunkenen nicht mit den Huren verwechselt zu werden, denn sonst waren Bürgerstöchter in ihrem Alter nicht allein unterwegs. Zum Bad ging sie stets nur mit Bärbel an den Frauenbadetagen. Tänze oder Ausflüge in die Umgebung – das war ihr nicht vergönnt, sondern nur den jungen Frauen vorbehalten, um die schon geworben wurde.

Die einzige Abwechslung waren Besuche, doch die waren rar. Ab und an hörte sie Stimmen aus der Küche, wenn sie heimkam, und wenn eine hohe schrille dabei war, zuckte sie zurück und musste tief durchatmen, bevor sie die Küche betrat. Dann saß die Tante am Tisch, die kleine, dicke Irmel mit dem schmalen Mund und zwei tiefen, senkrechten Falten von der Nase zum Kinn. Meist saß Appollonia dabei, die jetzt ungefähr zwölf Jahre alt war und mit seltsam gierig starrenden Augen wortlos neben Irmel saß, was aber nicht weiter auffiel –, das Sprechen erledigte ihre Mutter gleich für alle mit.

Einige Monate nach dem Streit vor Barthels Abreise begann Irmel wieder, ihre Schwester zu besuchen. Sie kam stets allein oder in Begleitung ihrer Tochter, der Schwager Ulrich ließ sich nicht mehr blicken. Clara fand nie heraus, ob es seine Angst vor Afra war oder es einen anderen Grund hatte, dass er nicht mitkam. Für Bertha war es gut, dass sie sich mit ihrer Schwester versöhnte. Sie hatte sonst niemanden mehr.

»Ja, die Clara«, rief Tante Irmel aus, als sie eintrat. »Wo kommst du denn jetzt her? Du siehst so müde aus.«

»Einkaufen«, murmelte Clara, grüßte mit einem knappen Nicken und stellte den Korb möglichst weit weg unters Fenster in Afras Nähe, damit niemand sah, dass im Korb keine Einkäufe waren. Keiner der Verwandtschaft sollte etwas von ihrer Arbeit hören. Es war nicht üblich, und die kleinmütige Schwester und ihr habgieriger Mann, die es auf das schöne Haus am Heilig-Creutz-Tor abgesehen hatten, wären schnell dabei, eine Arbeit der minderjährigen Tochter außer Haus als Zeichen von Schwäche und Armut zu deuten und mit einem neuen Versuch nach ihrem Haus zu greifen.

»Ach, einkaufen, ja, die Preise steigen ständig. Das muss für euch beide aber auch nicht einfach sein, müsst ihr viel sparen, ihr Armen?«

Sie musterte Claras Kleid von oben bis unten, und fast hätten ihre ständig durch die Luft fahrenden dicken Finger nach dem Stoff gegriffen, um zu prüfen, wie fadenscheinig er war, hätte Clara sich nicht mit einer schnellen Drehung vom Tisch entfernt.

»Erst neulich musste ich für Apollonias neues Kleid doch so viel mehr zahlen als für das vorige. Wir sparen ja auch, man muss den Schneidern das Geld ja nicht hinterherwerfen, und das hab ich dem Schneider auch gesagt, als er mir den Preis nannte, seinen ersten Preis, so geht es ja nicht, wo kommen wir denn da hin, die schlagen ja auch immer was drauf und betteln ja danach, dass man mit ihnen handelt, also wer gleich auf den ersten Preis eingeht, der wird ja so betrogen, das grenzt schon an Dummheit. Neulich wollte sogar der Bäcker für ein schönes Stück Rosenkuchen also, unglaublich, so viel, da hab ich gesagt, nein, das zahl ich nicht, und was sagt er da? Dann gäb's halt nix für mich, sagt der doch. Dem hab ich aber gehörig die Meinung gesagt, das könnt ihr glauben. Da war es ganz still vor der Lade, da haben aber alle mal zugehört.« Ihr Doppelkinn bestätigte das heftig nickend.

Clara konnte sich die Szene gut vorstellen. Irmel war in der Lage, sogar noch mit dem Bäcker ums Brot zu feilschen, obwohl der Brotpreis in einem engen Rahmen festgesetzt war. Wie hätte ich mich geschämt, wäre ich dabei gewesen, dachte Clara. Die Umstehenden waren bestimmt nicht beeindruckt von Irmels Verhandlungsgeschick, sondern eher peinlich berührt von den mit keifender Stimme vorgetragenen und vom Geiz vergifteten Vorwürfen.

Irmel war schon wieder weiter in ihrem Redefluss:

»Wie lebt ihr denn so, nur zu dritt in dem großen Haus? Pferde habt ihr auch keine mehr, oder? Hab grad in den Stall geschaut, das wär ja auch reine Verschwendung, einen Knecht und Pferde zu halten, wo ihr sowieso nirgends hingeht, ihr beiden, oder habt ihr doch noch mehr Gesinde als die, na, die Afra?«

Den Namen stieß sie mit einem leicht angeekelten Gesicht aus.

Afra stellte grade ein paar Streifen getrocknetes Obstmus auf den Tisch. Die Schüssel knallte auf das Holz. Als sie sich umdrehte, rollte sie die Augen nach oben, nur für Clara sichtbar, die vor Irmel stand und sich das Grinsen verkneifen musste.

»Also so ein schönes Haus und so wenig Bewohner, da müsst ihr ja ständig leere Räume putzen, das ist doch auch nicht angenehm. Aber sag Clara, wie geht es dir, was machst du so den lieben langen Tag?«

Clara wollte Luft holen und zu einer Antwort ansetzen, was bei Irmel aber nicht nötig war.

»Junge Mädchen gehen halt gern spazieren, gell, ich seh dich oft durch die Schwibbogengasse gehen, was machst du denn so weit von daheim?«

»Ja, ich geh gern spazieren«, murmelte Clara, bloß kein Wort zu viel sagen. Hoffentlich beobachtete Irmel sie nicht, ging ihr womöglich nach. Das Bild, wie ihre Tante nach Geld im Haus der eigenen Schwester suchte, war tief eingebrannt in Claras Gedächtnis. Der Tante war alles zuzutrauen.

Irmel ließ sich den ganzen Abend über die Verschwendung aus, dass nur drei Menschen in einem solch großen Haus wohnten. Es war klar, worauf sie hinauswollte, und als sie endlich aus der Küche und dem Hof hinauskomplimentiert war, setzte sich Clara seufzend auf die Bank, auf der eben noch Irmels breiter Hintern geruht hatte, und trank einen Becher Wein auf einen Zug aus.

»Maria, Mutter Gottes, gib, dass sie nicht so oft zu uns findet«, stöhnte sie. Sie war froh, die Arbeit zu haben, so wurde keine Armut offensichtlich. Irmel und Ulrich ließen einfach nicht locker. Vielleicht waren sie doch noch imstande, ihre Mutter zu überreden. Was, wenn der Schwager sich zu ihrem Vormund machen wollte? Dann würde es nicht lange dauern, und Irmel mit ihrer Familie würde das Haus beziehen und Clara und ihre Mutter in zwei Kämmerchen verweisen. Das musste sie verhindern, das durfte nicht geschehen. Sie musste wachsam bleiben.

In der Werkstatt des Bämler hatte sie sich einen festen Platz erarbeitet. Bald war klar, welche Aufgaben man ihr übertrug. Die von ihr geschriebenen Texte sollten gelesen werden, es würde darin geblättert, das Wissen daraus gesogen, die Seiten abgenutzt. Es waren die medizinischen Traktate, die Rezeptsammlungen, die Lehren und Chroniken, die man ihr gab, deren in den Buchstaben verborgenes Wissen für die künftigen Besitzer wichtiger war als die Schönheit des Werks, die Buntheit der Bilder, die Pracht des Einbands. Claras Buchstaben marschierten übers Blatt wie kleine Soldaten vor der Schlacht, sauber gekleidet, gut gerüstet und in geordneten Reihen. Sie hatte die Gabe, sich die Buchstaben zu merken, zu denen sie die Worte fügte, ein bey war immer ein bey, ein ymmer immer ein ymmer.

Wenn Bämler mit wehendem rotem Mantel, rosig angehauchten Wangen und blau blitzenden Augen die Werkstatt betrat, unter dem Arm einen Stapel Pergamente, wussten gleich alle, dass er wieder einen lukrativen Auftrag von den Domherren oder dem Abt des Klosters St. Ulrich und Afra erhalten hatte. Messbücher und Antiphonare, Liturgien und Legenden waren gut bezahlte und einträgliche Geschäfte. Ehre und Ansehen gab es obendrein, wenn das Werk mit Schmuckinitialen, Ranken oder gar ganzseitigen Bildern verziert werden sollte.

Bämler schickte mit fliegenden Händen einen Gesellen zum Apotheker, damit er die nötigen Pigmente besorge. Er wühlte in den Vorräten seines Farbenschranks, dessen Schlüssel er um den Hals trug, selbst nachts und im Badehaus. Fiebrigen Eifer verbreitend, legte er die Vorlage auf dem großen Tisch in der Mitte der Werkstatt aus, nummerierte sie und verfiel dann in grübelnde Starre, oft stand er einen ganzen Tag lang vor den Blättern, bis er das Werk vor seinen Augen sah, bis er erkannte, wie sich Wörter und Bilder verteilen würden und welche Farben leuchten würden zu Ehren Gottes in der Höhe.

Mit Bleistift, Zirkel und Lineal zeichnete er die Zeilen auf das Papier, ließ Platz für seine Verzierungen und hieß den Kalligraphen, manchmal auch Clara, die Texte sorgfältig abschreiben. Tinte musste immer genug da sein, ein Lehrbub hatte die Aufgabe, stets für frische Tinte zu sorgen. Der arme Kerl hatte tiefschwarze

Finger vom Befüllen der Tintenhörner in den Pulten, meist auch noch Ohren und Nase geschwärzt und dazu noch rote Striemen auf den Backen, wenn er beim Befüllen danebengoss und Bämlers Pult beschmutzte. Eine pfeifende Ohrfeige, von der die Finger des Lehrbuben zitterten, noch mehr Tropfen, die danebengingen, und erneute Ohrfeigen – ein ewiger Kreislauf. Manchmal konnte Clara es nicht mehr mitansehen, stand auf, nahm dem Buben das Tintenfass und den Trichter aus der Hand und goss das Horn voll. Bämler brummte dann unwillig vor sich hin. In diesem Stadium des Auftrags war er aber noch vergleichsweise gut gelaunt. Das schlug um ab dem ersten Wort, das aufs Papier kam. Er war überzeugt, das Werk würde misslingen, mit all den unfähigen Leuten, von denen er umgeben war, und er brummte und grantelte vor sich hin, bis er endlich die Farben angerührt hatte und sich an die Initialen machte. Ein Jesus in einem A, denn Jesus war das Alpha und das Omega, auf einem Grund aus blank poliertem Blattgold, das er sorgfältig auf roten Ocker auftrug. Ans Gold ließ er niemanden. Das Mischen der Farbe aus Gold, Eiklar, Kälbergalle und Gummi blieb ihm allein vorbehalten.

Der alte Bämler hatte einen wunderbaren Schwung und konnte die Tinten in den Farben rot, blau, grün, gold und schwarz so fein und kunstvoll ineinandersetzen, dass der Text von innen heraus zu leuchten schien.

Wie man nur so nörglerisch, so miesepetrig und schlecht gelaunt durchs Leben gehen kann, dachte Clara oft, und dabei so schöne Bilder erschaffen. Was fehlte ihm nur? Er hatte eine gut gehende Werkstatt, er konnte sich von seiner Arbeit einen kleinen Wohlstand aufbauen, der ausreichte, einen schönen Ofen mit grün glasierten Kacheln zu kaufen, eine Menge Zinngeschirr und zwei Pferde anzuschaffen und sogar noch etwas Gold fürs Altenteil beiseitezulegen. Aber Bämler wirkte immer unzufrieden, vor allem mit der Arbeit der anderen. Seine eigene, war sie dann fertiggestellt, lobte er gern bei seinen Auftraggebern, so dass es Clara, vom Vater zur Bescheidenheit erzogen, schon einige Male peinlich war, in Anwesenheit der Gesellen und Kunden zu hören, wie er sich anpries.

»Und sehet, wie ich hier das Grün und das Gold miteinander verwoben habe. Man denkt erst, es wird eine Schlange, aber schaut genau hin, seht ihr hier, wie der Körper der Schlange zu einem Baum wird, das ist mir, muss ich sagen, sehr gut gelungen.«

Er nickte, tupfte wohlgefällig mit den Fingerkuppen seiner langfingrigen Hand über das illuminierte Blatt und konnte sich nicht losreißen von seinem Werk. Selbstverliebt blickte er es an, gab es schließlich mit einem Seufzer und einem merklichen Zögern in die Hände seines Auftraggebers, als ahne er schon, dass dieser es nicht zu würdigen wisse und bei nächster Gelegenheit seinen Bierkrug darauf abstellen werde – auf seinem goldgrünen Schlangenbaum!

Sommer 1448

Clara öffnete die Truhe mit dem Geld und blickte in leeres Dunkel. Jemand musste die Gulden gestohlen haben, und die Pfennige. Alles war weg. Sie durchfuhr die Truhe mit beiden Händen, fuhr durch leere Luft und stieß an die hölzernen Wände, aber erspürte keine Beutel. Alles Ersparte verschwunden, gestohlen.

Sie japste nach Luft und fuhr aus ihrem Traum auf. Ihr Hemd klebte am Rücken. Trotz der frühen Stunde wehte nur trockenheiße Luft durch das kleine Kammerfenster, und die helle Sonne stand schon gleißend am Himmel. Das kalte späte Frühjahr war einem trockenen Sommer gewichen, der die Erde und alles, was auf ihr wuchs, verdorren ließ. Der Brotpreis stieg, denn die Ernte war spärlich ausgefallen, und immer mehr Bettler sammelten sich an den Kirchentoren. Clara brauchte jeden Pfennig, den sie verdiente. Von ihrem Verdienst konnte sie nun gerade mal Essen für sich, die Mutter und Afra kaufen. Für alles andere mussten sie an den Vorrat der Gulden in der Truhe gehen. Sie sparte, wo sie nur konnte. Wenn sie nur wüsste, wann Barthel zurückkommen würde. Kein Wunder, dass ihr die Gulden in der Truhe Albträume bereiteten.

Später deutete sie den Traum als schlechtes Omen, aber an diesem Morgen war ihr nur heiß und unwohl. Sie widerstand dem Drang, in Mutters Kammer zu gehen und in der Truhe nachzusehen, ob das Geld noch da war. Es war nur ein schlimmer Traum, schalt sie sich, werd nicht irre. Doch immerzu kam die dunkle Leere der Truhe zurück. Das Gefühl, etwas verloren zu haben, klebte an ihr wie das schweißnasse Unterkleid, als sie zu Bämler ging.

Kurz vor dem Mittagbrot kam ein Junge in die Werkstatt. Er war gerannt, rot im Gesicht und mit Schweißperlen auf der Nase.

»Ich such Clara Hätzlerin. Sie soll schnell heimkommen. Ihrer Mutter geht es schlecht«, stieß er keuchend hervor.

Clara spürte denselben Schmerz in der Brust wie beim Aufwachen am Morgen. Noch nie hatte Afra nach ihr schicken lassen, wenn Mutter unwohl war, und in letzter Zeit klagte diese oft über Kopfschmerzen und Übelkeit. Von klein auf war Clara gewohnt, die Mutter über irgendein Weh klagen zu hören, es war schwierig herauszuhören, ob es ihr schlecht ging oder sie sich schlecht fühlte. Den ganzen Weg nach Hause klopfte ihr Herz bis zum Hals.

Afra stand im Hauseingang, blass und die Hände vor sich verschränkt.

»Der Doktor ist oben«, sagte sie. »Ich hab sie in ihrer Kammer gefunden. Sie ist so lang nicht heruntergekommen, da bin ich nachschauen gegangen. Wär ich nur früher hoch!«

»Was ist mit ihr?«

»Ich weiß es nicht. Sie liegt nur da und sagt nichts.«

Sie habe den Stadtarzt Peter Metlinger geholt, der von Afra lauwarmes Wasser verlangt und die Mutter zur Ader gelassen habe.

Als Clara die Kammer betrat, wusch der Arzt Berthas Füße. Ein weißer Fuß mit blauen Adern schaute unter der Decke hervor und lag leblos in der Hand des Arztes.

Clara stockte. Ihr war übel, und sie lehnte sich an die Tür.

Irgendwann schaute der Arzt auf. Er war ein wenig gesprächiger Mann. Seine Lippen waren zu einem schmalen Strich zusammengepresst und seine Augen von grauen Schatten umrandet. Er war einer der Ärzte, die man in der Nacht rufen konnte und die nicht zuerst nach Geld fragten, wenn sie das Haus eines Kranken betraten. Er war auch bekannt dafür, stets die Wahrheit zu sagen und nichts zu beschönigen. Welche Lebenszeit er auch immer prophezeite, man konnte seine Gebete und die nötigen Messen in der Kirche danach richten.

Peter Metlinger sprach eine Antwort aus, obwohl er keine Frage gehört hatte.

»Der Schlagfluss. Es steht nicht gut. Wenn sie innert eines Tages zu sich kommt, hat sie vielleicht noch etwas Zeit zum Leben. Hol besser den Pfarrer.«

Clara wurde kalt. In der Sommerhitze fing sie an zu zittern. Ihre Fingerspitzen waren klamm, und der kalte Schweiß auf der Stirn schien nach innen gegen ihren Kopf zu drücken. Dumpf dröhnte das Wort Schlagfluss wie das Echo einer Glocke, und unsinnige Gedanken jagten hinter ihrer Stirn. Was denn jetzt, schlagen oder fließen, was soll das, ich versteh nicht, schlagen oder fließen, was hat sie?

Afra drückte hinter ihr die Tür auf. Clara rückte zwei Schritte zur Seite. Der Doktor begann, seinen Beutel mit dem Besteck wieder einzuräumen. Er wies die beiden Frauen an, die Mutter regelmäßig mit lauwarmen Salzbädern zu waschen. Mehr könnten sie nicht tun, sagte er.

»Und holt den Pfarrer«, wiederholte er.

Clara setzte sich auf den Hocker vor dem Bett der Mutter und starrte die reglose Gestalt an. Immer noch hämmerten Worte von innen an die Stirn, als wollten sie herausgelassen werden. Damals, nachdem der Vater gestorben war und ihr erstes Leid vergangen, hatte sie die tüchtige Tochter gegeben, hatte die ganze Leich, Haus und Hof alleine gerichtet. Auch in den drei Jahren seit Vaters Tod ging alles Lebendige im Haus von ihr aus, die Mutter saß meist in der Küche, ließ Afra alles tun und tat nichts, gar nichts. Eine unnütze Mutter habe sie, dachte sie oft, keine Stütze, keine Hilfe, allen Antrieb für ihr junges Leben musste sie aus sich selbst schöpfen. Jetzt aber wurde Clara plötzlich klar, wie sehr sie ihre Mutter brauchte, als schützenden Halt in der wuchernden Stadt, als sichtbare Herrin des Haushalts. Der blau geäderte Fuß, der nicht mehr auftreten würde, die reglose, blasse Gestalt im Bett, unhörbarer Atem, der die Brust nur um weniges hob, alles drohte um Clara herum zu zerfallen. Wo sollte sie bleiben? Sie atmete schwer und spürte in sich einen Schrecken wachsen, der sich verästelte und rasch vorwärtstreibend jeden Finger und Zeh, jedes Stück Haut auf ihrem Körper erreichte.

Afra kam herein mit einer Schüssel frischen Wassers.

»Was soll ich machen, Afra? Ich weiß nicht, was ich machen soll«, schluchzte Clara verzweifelt. Afra stellte die Schüssel ab und wischte sich die Hände an der Schürze trocken. Sie blieb reglos vor Clara stehen.

»Schreib einen Brief an Barthel und sende ihn mit einem Boten nach Ulm, so schnell es geht. Ich hab nach Änne geschickt, aber ich kann nicht schreiben.«

Die harten, festen Worte Afras ließen Clara aufblicken. Schreiben. Ja, in die Schreibstube musste sie und sich ein Stück Papier holen. Die Worte kamen nur zögerlich, und sie setzte dreimal an, bevor sie einen vernünftigen Satz zu Papier gebracht hatte. In dem unsinnigen Bestreben, Barthel nicht zu erschrecken, wollte sie Hoffnung in die Worte legen. Das ist doch widersinnig, dann brauch ich ihm doch auch nicht zu schreiben, wenn es nicht so schlimm ist. Am Ende waren es nur zwei dürre Sätze, der Mutter gehe es schlecht, er müsse aufbrechen, sobald er den Brief in Händen halte.

Sie verließ die Schreibstube und stand oben an der Treppe, den gefalteten Brief in den Händen drehend. Wohin jetzt damit? Was als Nächstes? Wieder wuchs der Schreck aus dem Magen und drückte von innen an die Haut.

»Afra!«, rief sie. »Soll ich damit jetzt zur Stadtmetzg, einen Boten suchen?«

Afra trat aus der Kammer der Mutter.

»Geh zur Fuggerin. Die wird dir helfen.«

Ja, ja, genau, Barbara würde ihr helfen. Die Fugger schickten doch jeden Tag Boten in die ganze Welt, warum war sie nicht selbst darauf gekommen!

Barbara nahm sie gütig auf, ließ ihr gewürzten Wein bringen und rief sofort einen Gehilfen aus dem Kontor.

»Geht heut noch ein Bote nach Ulm?«, fragte sie.

»Nein, Frau, die Boten sind heute Morgen schon raus.«

»Dann lass den Edwin ein Pferd satteln. Er soll gleich los, über Nacht reiten und schauen, dass er morgen früh in Ulm ist. Gib ihm das mit, das Geld gebe er dem Barthel Hätzler, der soll sich davon ein Pferd nehmen und gleich hierherkommen.«

Clara öffnete den Mund, um zu protestieren.

»Du sei still, das ist meine Sache. Trink den Wein und dann geh nach Haus und bleib bei deiner Mutter. Ich lass dir was zu essen bringen, damit ihr euch nicht kümmern müsst.«

Sie trat zu Clara, fuhr mit der Hand über ihren Kopf und drückte ihre Schulter.

Spät am Abend traf Änne ein. Sie musste geritten sein, was ihr gar nicht lag, sonst hätte sie es nicht geschafft in der kurzen Zeit. Änne musterte Clara kurz und legte die Hand auf Berthas Stirn. Sie untersuchte ihre Arme und Beine und legte ihr dann vorsichtig ein Holzkreuz in die Hände. »Habt ihr den Pfarrer schon gerufen?«, fragte sie ganz leise.

Clara brach in Tränen aus. Weder sie noch Afra hatten das bisher übers Herz gebracht.

Mit dem Kommen des Pfarrers war eine neue Wirklichkeit um Clara. Jetzt half nicht einmal mehr das Beten.

Diese Nacht verbrachte sie am Bett der Mutter. Wenn das möglich war, so war es noch stiller im Haus als sonst. Kein Rascheln kam vom Bett, kaum noch Atem war zu hören. Claras Gedanken kreisten um das Haus, das Geld, ihre Stelle beim Bämler, die Truhe mit den Gulden und um das Wort »allein«. Allein. Allein. Und keiner da, der sie beschützte. Sie legte den Kopf auf den Bettrahmen und schloss die Augen. Lange verharrte sie so, bis Änne sie schließlich am Ellbogen nahm und in ihre Kammer brachte. In Kleidern legte sie sich aufs Bett und schlief bis zum Morgen.

Als sie die Augen aufschlug, war der erste Gedanke wieder: allein, allein, allein. Aber warum? Warum musste sie dauernd denken, sie wäre allein? Weil die Mutter auf den Tod erkrankt war. Der Morgen stürzte in sich zusammen, das helle Licht vom kleinen Fenster hatte keine Bedeutung mehr.

Barthel konnte frühestens zur nächsten Nacht ankommen, selbst wenn er jetzt schon aufgebrochen war und durchritt. Eher war mit ihm in Tagesfrist zu rechnen, denn wenn er es nicht an einem Tag bei Helligkeit schaffte, würde er in einem Gasthaus übernachten müssen.

Clara wälzte sich aus dem Bett, saß auf der Kante und senkte den Kopf. Ich wag es nicht, hinauszugehen und zu fragen, ich trau mich nicht zu hören, was ist. Wenn sie noch lebt, muss ich ihr weiter beim Sterben zusehen, und wenn sie schon …

Sie raffte alles zusammen, was an Kraft und Entschluss noch da war, stand auf und wusch sich das Gesicht mit dem Wasser aus dem Krug.

Änne saß am Bett in der Kammer der Mutter und schaute sie mit müden, klaren Augen an. Bange Blicke von Clara brachten Änne zum stummen Achselzucken.

Der Tag verging, als ob ein Nebel in Claras Kopf hinge, der sich nicht lichten wollte, wie einer der kalten Oktobertage, an denen einen morgens schon fröstelte, die Feuchtigkeit sich ihren Weg durch das Wollgewebe der Schaube bis ins Innerste bahnte und selbst der Ofen, mühselig grauen Rauch ausstoßend, ein paar Scheite Holz mit großer Unlust am Brennen hielt.

Als sie am Fenster stand und nach Barthel Ausschau hielt, der mit keinem Pferd der Welt schon da sein konnte, durchfuhr sie heiß der Gedanke, Barthel könne vielleicht gar nicht kommen, die Botschaft nicht erhalten haben, gerade nicht in Ulm sein, oder ihm mögen schlimme Dinge unterwegs zugestoßen sein. Sie musste den heißen Schrecken mit aller Willenskraft niederringen, um eisern nachzurechnen, wie weit Barthel auf dem Weg von Ulm nach Augsburg wohl sein könne und wie es dort wohl aussehen möge. Außerhalb Augsburgs war sie in ihrem Leben so oft gewesen, wie man an einer Hand abzählen konnte, die Besuche bei den Gehöften vor der Stadtmauer, die sie mit Galläpfeln versorgten, nicht mitgerechnet. Sie war zweimal in ihrem Leben bei Änne gewesen, einmal vielleicht mit zehn Jahren und einmal, als sie vierzehn war. Das war die weiteste Strecke, die sie je von Augsburgs Mauern entfernt war. Clara dachte an den Horizont zurück, den ihr Vater ihr auf dem Perlachturm gezeigt hatte und wie sich dahinter die Welt aufklappte wie ein vielfach gefaltetes Pergament. Sie stellte sich die Welt als endlose Wiederholung des Weges zu Änne vor, durch das Flusstal, über eine Hügelkuppe, zum Waldsaum und an diesem entlang bis zum Abzweig zu Ännes Haus im Wald. Nähme man den Abzweig nicht, sondern führe weiter und weiter am Wald entlang, käme man wieder in ein Flusstal, auf eine neue, vielleicht etwas höhere und bewaldete Hügelkuppe, und irgendwann würde eine Stadt, ganz ähnlich wie Augsburg, auftauchen, mit Mauern und Türmen, Häusern, Gärten und Bäumen. Wo auf dieser Welt mochte Barthel gerade sein?

Er kam auch am Abend nicht an, und erschöpft ließ sie sich von Änne, die mit unermüdlichem Eifer die Kranke versorgte, ins Bett schicken.

In unruhigem, leichtem Schlaf spürte sie spät in der Nacht eine Hand auf ihrer Schulter.

»Clara, steh auf«, flüsterte Änne.

Clara fuhr hoch und sah es in Ännes Gesicht.

»Geht es zu Ende?«, fragte sie.

»Es ist vorbei«, sagte Änne.

Sie begab sich in die Kammer, nun Sterbekammer, und holte die für den Zweck vorgesehenen Kerzen hervor. Änne wusch den Körper, der grau, faltig und schon nicht mehr zur Mutter gehörig auf dem Bett lag. Clara kniete sich mit dem Rosenkranz auf den Betschemel. Es war schon gegen Morgen, der Sommertag sandte früh sein Licht in die Stadt.

Barthels Schritte waren auf der Treppe zu hören, das ersehnte Stampfen der Stiefel. Er musste sehr früh aufgebrochen sein, noch in tiefer Nacht.

Du bist zu spät, sagte ihr Blick voller Mitleid.

»Ist sie schon lange …?«, fragte er heiser.

»Erst zwei Rosenkränze, du hättest es fast geschafft.«

Der erschöpfte Barthel legte seine Arme um Claras Schultern, stützte sich schwer auf sie, und die elternlosen Geschwister weinten sich die Kleider nass. Sogar Änne, die schon viel Glück und Leid begleitet hatte, wischte sich die Tränen aus den Augen. Ihre Glückskinder waren allein in der Welt, und sie waren noch nicht erwachsen.

Zum Begräbnis kam Tante Irmel mit Tochter und Mann, laut aufheulend warf sie sich in Claras Arme und schrie fast, wie sehr sie das arme Kind bedauere, mutter- und vaterlos nun, ach, welch Verlust, die arme Schwester, nun wäre auch sie allein, auch ihre Eltern schon lange tot.

Clara zog Brust und Kopf zurück und legte sich nicht in die Umarmung Irmels, die ihr nasses Gesicht an Claras Goller drückte. Sie war froh, als die Reihe an Barthel ging, umarmt zu werden. Barthel versuchte, die Tante an den Unterarmen auf Abstand zu halten.

Tante Irmel blieb, bis der letzte Nachbar nach Hause gegangen war. Dann richtete sie sich am Tisch auf, sah sich mit einem scharfen Blick um und sagte in ganz klarem Ton, der alles Weinerliche mit einem Mal abgelegt hatte:

»Das Haus könnt ihr zwei allein ja nicht halten. Ich biet euch an, dass wir euch helfen, zu euch kommen und eine Familie werden, dann seid ihr nicht so allein auf der Welt. Vom Vater ist doch bestimmt noch was da, dass ihr dann euer Zehrgeld zahlen könnt, er ist ja auch noch nicht so lange tot.«

Clara blickte Barthel mit vor Schreck weit geöffneten Augen an. In den Tagen seit Mutters Tod hatten sie nicht über ihre Zukunft gesprochen. Clara wusste nichts über Barthel, musste er zurück nach Ulm? Wann konnte er selbst eine Stelle bekommen und etwas verdienen? Würde ihr Verdienst beim Bämler reichen, um sie, Afra und Barthel zu ernähren und das Haus zu halten? Wie sollte es weitergehen? Mit aller Macht droschen diese Fragen auf sie ein, als sie die kalten, berechnenden Worte der Tante vernahm.

Barthel hingegen schloss die Augen zu kleinen Schlitzen und stützte sich mit den Händen auf. Langsam, sehr langsam erhob er sich von der Bank.

»Irmel«, sagte er und machte eine lange Pause.

Sogar unter ihrem dicken Halsfett sah man Irmel hart und trocken schlucken.

»Bleib du wohnen, wo deines Mannes Haus steht. Ich kehre nicht mehr nach Ulm zurück, sondern werde Substitut beim bischöflichen Notar Widmann. Mach du dir mal keine Gedanken um unser Auskommen. Geh getrost hinauf zum Predigerberg und nimm eine Sorge weniger mit, denn um uns musst du dich nicht kümmern.«

Als er das Wort Predigerberg aussprach, glitt sein Mundwinkel in einem bitteren Lächeln nach unten, das Clara vom sonst so gutmütigen Bruder noch nie gesehen hatte.

Er erhob sich und wies mit seinem Arm und der flachen Hand gelassen zur Tür.

Irmel schnaubte ob dieser Frechheit und würde sicher zu Hause ihrem Gatten voll Empörung von diesem erneuten Rauswurf erzählen, aber es blieb ihr nichts anderes übrig, als den gewiesenen Weg durch die Tür zu schreiten. Barthel stand fest wie ein Baum, den Arm zur Tür gestreckt, den Blick auf Irmel gerichtet, die abzog mit geweiteten Nasenlöchern und tiefen, tiefen Falten zwischen Nase und Mund.

Als die Tür hinter ihr zuschlug, musste Clara kichern. Barthel schaute sie an und grinste. Sie fielen sich in die Arme und lachten.

»Barthel«, sagte Clara, als sie sich gefangen hatten, »Mutter ist kaum unter der Erde, und wir lachen.«

»Dem Vater hätt's so gefallen. Er hat uns deswegen alles beigebracht, genau aus diesem Grund, damit wir uns zu helfen wissen. Denk an ihn, er hätte es nicht gewollt, dass wir uns Irmel fügen.«

Barthel machte ernst. Obwohl er Irmel seine Stelle als Substitut bei Widmann mit fester Stimme angekündigt hatte, konnte er es an jenem Abend noch nicht wissen, ob Widmann seine Zusage einhalten würde. Erst an einem der nächsten Tage ging er zum bischöflichen Notar und zeigte ihm das Empfehlungsschreiben von Doktor Neithart. Es war ein glücklicher Umstand in all ihrer Not, dass Barthel seine Lehrzeit schon abgeschlossen hatte, als ihn der Bote mit der schlimmen Nachricht erreichte. Er hatte eben noch die letzten Tage in Ulm genossen, ohne rechte Lust, nach

Augsburg heimzureisen. Sein Geld, das er sich durch Lateinunterricht und Schreibarbeiten neben der Schule verdient hatte, reichte noch ein paar Wochen, und er dachte daran, noch eine Reise zu machen, vielleicht nach der schönen Stadt Nürnberg, die nicht weit lag und aus der viele seiner Schulfreunde kamen. Das musste seine Mutter nicht wissen, und in Augsburg erwartete ihn doch nur der Alltag eines Substituten, nicht mehr als ein Schreibknecht in den Diensten des Widmann.

Nun, der Freiheit von ein paar Wochen durfte er nicht nachweinen, auch Clara hatte sich nicht ausgesucht, wann sie ihn brauchte, und dass sie ihn brauchte, bewies ihm der Abend nach dem Begräbnis. Wäre er nicht da gewesen, hätte Clara keine Möglichkeit gehabt, das Haus vor Irmel und Ulrich zu retten.

Das Empfehlungsschreiben wies ihn als einen der Besten seines Jahrgangs aus. Barthel verhandelte hart und setzte hoch. Nicht als Lehrling, sondern als Substitut wolle er beginnen, in der Lehre sei er schließlich schon bei seinem Vater gewesen, und dass sich das ausgezahlt habe und er jetzt könne, was nötig sei für den Beruf des Notars, zeigten auch seine hervorragenden Ergebnisse. Er könne sich gut und gern als Scriba Publica in Augsburg anbieten, wolle Widmann ihn nicht einstellen.

Schließlich willigte Widmann doch ein, ihn als Substituten, aber im ersten Jahr bei halbem Lohn, einzustellen. Erst wenn er sich bewährt habe in Jahresfrist, würde er über den vollen Lohn nachdenken.

Der halbe Lohn und Claras Schreiberlohn aber reichten den Geschwistern, und Barthel richtete sich in seinem neuen Leben ein, während Clara ihr altes wieder aufnahm und Tag für Tag zum Bämler in die Werkstatt ging.

Meines Herzens traut Gespiel

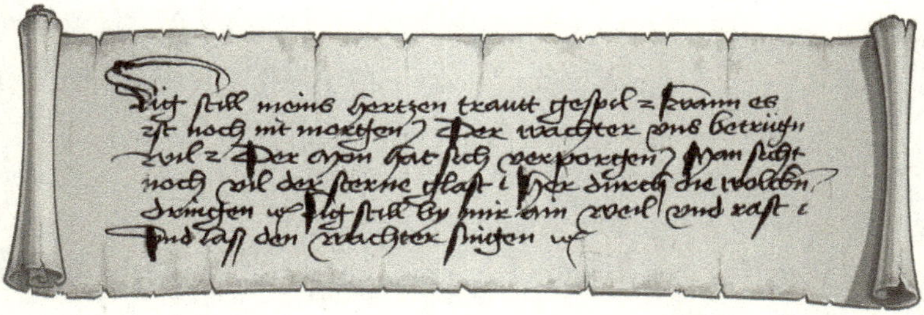

Lieg still, meines Herzens traut Gespiel | Denn es ist noch nicht morgen | Der Wächter uns betrügen will | Der Mond hat sich verborgen | Man sieht noch viel der Sterne Glast* | Her durch die Wolken dringen | Lieg still bei mir ein Weil und rast | Und lass den Wächter singen

(Liederbuch der Clara Hätzlerin)

* Glast = Schein, Glanz

November 1470

»Das war großartig, dieses Feuerwerk. So etwas hab ich noch nie gesehen.«

Clara geht mit Barthel vom Tanz nach Hause. Ein Laternenträger leuchtet ihnen, es ist spät.

Jetzt war der Himmel dunkel, aber vor wenigen Augenblicken noch sprühten Funken in allen Farben, es war, als hätte ein Maler in rasender Geschwindigkeit Bilder in den Himmel gemalt.

»Ich bin sicher, so etwas wird es öfter geben. Bestimmt wieder zu Neujahr. Wirst sehen, die Fugger und Egen lassen sich das nicht entgehen, koste es, was es wolle.«

»Ein neues Spielzeug für die Reichen, meinst du?«

»Aber eins, das für alle da ist, denn sehen kann es wohl jeder, der Fugger genau wie du und ich und der alte Hens, der hinten bei den Buden vom Fischmarkt bei der Kälte jede Nacht draußen schlafen muss.«

»Das stimmt, der Himmel ist für alle da, und sie können ihr Bild nur an den Himmel malen. Im Haus geht das bestimmt nicht.«

»Wo denkst du hin«, Barthel lacht, »du würdest alles abbrennen. Das ist allerdings vielleicht ein Mangel. Es geht nur auf größeren Plätzen und wenn es feucht ist, so wie heute.«

Barthel wird nicht fertig mit seinen Gedanken über das neuartige Spektakel, seine Möglichkeiten, die faszinierenden Farben, das Knallen und den schwefligen Geruch. Clara hört nur mit halbem Ohr hin. Noch immer hängt ihr der Name Bämler nach. So viele Jahre schon ist es her, und es gelingt ihr, ihm aus dem Weg zu gehen, ihn jahrelang nicht zu sehen, obwohl sie in derselben Stadt leben. Sie kennt seine Wege und meidet sie, sie kennt seine Freunde und weicht ihnen aus. Ganz bewusst ist sie nie Kalligraphin geworden, und zum Rubrizieren fehlt ihr ohnehin das Talent einer Malerin. So schreibt sie für den täglichen Gebrauch, Gesetze und Verträge, Lehrbücher und Traktate, aber keine Bibeln, Missalien und Gebetbücher, so dass sie nicht mit denselben Handwerkern und Schreibern zu tun hat wie Johann Bämler. Vergessen aber kann sie nichts. Wie Blasen aus einem Sumpf tauchen Erinnerungen auf, die sie jetzt nach Hause begleiten, die Treppen hinauf, in ihre Kammer, und gerade als sie im Bett zur Ruhe kommen will, leuchtet wieder der schreckliche Mond durch das kleine Fenster, höhnisch und kalt, und es ist alles wieder da.

Sommer 1449

Der alte Bämler öffnete ihr schwungvoll die Werkstatttür und begrüßte sie mit einem lauten »Grüße dich, Clara«. Sein roter Mantel wedelte ihm um die Hüften, als er sich drehte und die Fenster aufriss, wobei er laut hörbar die frische Morgenluft ein- und wieder ausatmete. Mit langen Schritten stürmte er nach hinten ins Haus.

An diesem Tag leuchtete die Sonne von einem strahlenden Himmel, den zarte Schleierwolken zierten, und die Luft war schon am Morgen lau. So ein Frühsommertag war ein guter Grund, bester Laune zu sein, vielleicht für Kinder, die hinaus zum Spielen drängten, für alte Frauen, die sich, die Hände im Schoß, auf einen wackeligen Hocker in die Morgensonne vor ihr windschiefes Häuschen setzten, für junge Mädchen, die, ihren Korb schwingend, mit hocherhobener Nase zum Tagwerk schritten, als ginge es zum Tanz, aber doch nicht für den alten Griesgram Bämler, der nicht dafür bekannt war, dass das Wetter je seine Laune beeinflusste, weder das gute noch das schlechte.

Clara stellte ihren Korb neben das Pult und schaute mit verwundert hochgezogenen Brauen auf Severin. Der zuckte nur mit den Schultern.

»Was ist los? Ein schöner Auftrag vom Dom?«

Von hinten kam Peters Stimme:

»Nein. Sein Sohn ist zurück.«

Sein Sohn, Johann. Seit zwei Jahren trat sie fast jeden Morgen durch die Tür und atmete die Schreiberluft in der Werkstatt ein, und doch hatte sie kaum an ihn gedacht. Auf einmal sah sie die schlanke Gestalt vor sich, wie er damals vom Ritterturnier sich schlendernd von ihr entfernte. Er hatte gedankenverloren einen Stein aufgehoben, von einer Hand in die andere Hand gelegt und ihn dann mit einem lässigen Wurf präzise in einen Futtertrog versenkt, so dass dem darin wühlenden Schwein der Futterbrei auf die Schnauze spritzte und es quiekend mit dem Kopf hochfuhr. Sie sah sich selbst als dummes Gör mit verquollenem Heulgesicht hinter ihm her blicken und spürte wie einen schweren Stein in ihrem Innern die Scham über jenen Tag.

Es lag Arbeit auf ihrem Pult. Ihre Hände nahmen dankbar die Routine auf. Sie spannte die Vorlage in den Rahmen und nahm den Stopfen vom Tintenfass.

Wispern und Zischeln begleiteten heute das Zirpen der Federn und Rascheln der Blätter.

»Und so überraschend, keiner hat es gewusst«, sagte Severin.

»Hat er auch nicht vorher geschrieben?«

»Dann hätt' es uns der Bämler doch gesagt.«

Es mochte jetzt vier Jahre her sein, dass sein Vater ihn nach Straßburg zu einem guten Illustrator in die Lehre geschickt hatte. Wenn Bämler nicht da war, redeten die Gesellen darüber, und so erfuhr Clara, dass Vater und Sohn nicht miteinander ausgekommen waren. Der herrische und aufbrausende Bämler konnte den aufmüpfigen Sohn nicht ausbilden, und so traf er die weise Entscheidung, dass es weniger zerstörerisch wäre, wenn Johann sich die Hörner woanders abstieße als im heimischen Stall.

Ob Johann sich an sie erinnerte? Ein flaues Zittern erhob sich in ihrer Magengrube. Sie wischte unwillig über ihr Pult und fing gerade noch das Tintenhorn auf, das durch ihre Hand beinahe aus dem Loch im Pult gehoben wurde.

Wenig später ging die hintere Tür auf, Stimmen näherten sich, die des alten Bämler war ungewohnt freudig und laut. Er hielt sogar die Tür für seinen Sohn auf.

»Tritt ein, schau dich um. Es hat sich gar nicht so viel geändert«, sagte der Alte in fast entschuldigendem Ton.

»Nein«, Johann lachte, »aber s'ist immer noch sauber und aufgeräumt. Was hast du zu tun?«

Der Alte holte die neuen Aufträge vom Kloster St. Ulrich und Afra hervor, und er wies auf den Stapel Papier, der erst vor kurzem eingetroffen war. Dann stellte er ihm die Schreiber vor:

»Den Peter kennst du noch.«

»Peter«, Johann drückte dem Alten mit beiden Händen die Rechte. »Das freut mich, dich zu sehen. Was machen die Augen?«

»Ja, man soll nicht klagen in meinem Alter, die feinen Sachen mach ich nicht mehr, aber meine Tinte ist gut, und zum Farbenreiben bin ich auch noch zu gebrauchen.«

Die beiden jungen Schreiber Severin und Lukas kannte Johann noch nicht, aber er begrüßte sie mit einem breiten Lächeln und einem Schulterklopfen. Sie setzten sich schüchtern wieder an das Pult, doch ihre Blicke wanderten voller Neugier von Vater zu Sohn und zurück. Beide Bämlers traten jetzt zu Clara. Sie hatte sich bemüht, die ganze Szene mit dem Schreiberblick – Stirn runter, Brauen hoch – verstohlen zu beobachten und blickte nun auf, als hätte sie die beiden jetzt erst bemerkt. Das war albern und unglaubwürdig, und gleich ärgerte sie sich über sich selbst.

»Und das ist die Clara, die schreibt auch bei uns«, sagte Bämler. Er hätte auch sagen können »Clara, unsere Schreiberin«, aber ihr war schon klar, dass er nicht über seinen Schatten springen und sie auf eine Stufe mit Severin und Lukas stellen konnte.

»Die Clara …«, Johann zögerte. »Bist du jetzt *die* Clara?«

Er schaute ihr fest und suchend in die Augen, und ihr klopfte das Herz im Hals.

»Ach, dich hätte ich jetzt fast nicht erkannt. Du bist die Clara Hätzlerin«, Johann strahlte sie an und zwang damit ein Lächeln auf Claras Gesicht.

»Ja, klingt das dumm, aber du bist halt doch groß geworden, seit ich dich das letzte Mal sah.«

Alle lachten, auch Clara. Johann hatte einen entwaffnenden Zauber, wie er das leichthin sagte und dabei mit den eisgrauen Augen funkelte.

Die beiden Bämler, Vater und Sohn, setzten sich an den großen Tisch und besprachen die Aufträge. Johann bestaunte die Papierqualität und schaute sich die Farben an, die auf dem Tisch standen.

Zum Mittag gingen sie alle wie immer in die große Küche. Die beiden jungen Schreiber drängten sich hungrig zur Tür, aber Johann drückte sie auf die Seite: »Ja, ihr zwei, wisst ihr nicht, was sich gehört, wenn man eine junge Dame um sich hat? Kommt ihr vom Dorf, was?« Er lachte und hielt Clara die Tür auf. Er deutete sogar eine Verbeugung an und blinzelte ihr zu. Die beiden Schreiberbuben grinsten verlegen, und Clara fühlte sich wie die Felicitas Rehlingerin in ihrem roten Rock, als ihr neulich beim Kirchgang vom Meuting die Tür aufgehalten wurde.

In der Küche auf der Bank saß eine junge, fremde Frau, die unsicher den Hereintretenden entgegensah. Sie war blass und hatte große braune Augen mit dunklen Schatten darunter, das dünne, mausbraune Haar scharf unter der Haube gescheitelt, mit einer kleinen Stupsnase und einem runden Kinn.

»Das ist meine Frau«, sagte Johann, »die Agnes.«

Jetzt zerstob das kleine Zittern in Claras Magen und wich einem kalten Stein, der sich in die Magengrube senkte. Er war verheiratet.

Johann sagte es ohne Stolz oder Freude, als hätte er seinen neuen Mantel gezeigt oder das Essen auf dem Tisch, aber nicht auf den Menschen gewiesen, mit dem er Herd und Bett teilte.

Am Mittagstisch schwieg Clara. Sie erfuhr, dass Agnes die dritte Tochter seines Lehrherrn aus Straßburg war. Diese saß auf der Bank, links der Schwiegervater, rechts der Ehemann, und drückte die Ellbogen eng an den Körper. Ihre magere Gestalt mit dem runden Rücken rührte sich nicht zwischen den beiden drahtigen Männern, die mit den gleichen ausladenden Bewegungen über sie hinweg nach Brot langten und ihre Becher einschenken ließen. Verschüchtert schaute sie von einem zum anderen und traute sich außer »Ja« und »Nein« nicht mal etwas zu sagen, wenn sie gefragt wurde.

Wovor hat sie so große Angst?, fragte sich Clara. Wer weiß, wie es mir in der Fremde gehen würde. Sie lächelte ihr aufmunternd zu, als sich ihre Blicke über dem Tisch trafen. Agnes schaute schnell weg, auf ihre Hände, die ein Stückchen Brot in immer kleinere Krumen zerrupften.

Auf dem Heimweg wunderte sich Clara über sich selbst. Was hast du denn gedacht, in den paar Stunden, seit du weißt, dass er wieder da ist? Hast zuvor jahrelang nicht an ihn gedacht und bist jetzt enttäuscht, weil er verheiratet ist? Wie bist du nur so albern! Sie schalt sich eine Närrin in Gedanken, als ob sie mit einer zweiten Person spräche. Und sie fühlte sich auch wie zwei: Ein unbedarftes kleines Mädchen mit schwärmerischen Gedanken fand den Johann hinreißend, witzig und war verzaubert von seinem Lächeln, von jeder seiner Gesten, besonders als er ihr so ritterlich die Tür aufhielt. Eine ernsthafte Schreiberin blickte nüchtern auf sein jahrelanges Fernsein und seine blasse Frau und schalt das verträumte Mädchen.

Doch das Kribbeln im Bauch wich auch am nächsten Morgen nicht, nicht auf dem Weg zur Arbeit, nicht beim Tagwerk und bei keinem Mal, wenn Johann zu ihr kam, um sie etwas zu fragen oder nach ihrer Schreibarbeit zu sehen.

Wenn sie nun morgens zur Arbeit ging, stritt alles in ihr. Sein schönes Gesicht erwartete sie gleich. Nur daran zu denken zog ihre Mundwinkel nach oben, und sie wollte singen, mitten auf der Straße. Aber sie durfte sich nicht verraten. Ihm nicht und erst recht nicht allen anderen. Er war verheiratet, und warum in aller Welt sollte er gerade sie mögen? Tageweise gelang es ihr, das Kribbeln zu unterdrücken. Sie mahnte sich zu sorgfältiger Arbeit, war ausgesprochen fleißig, half Afra in der Küche, um nur nicht auf dumme Gedanken zu kommen. Dann wieder genügte ein kostbarer Augenblick, in dem Johann und sie allein in der Bämler'schen Schreibstube waren, er sich auf den Tisch hinter ihr Pult setzte, mit den Beinen baumelte und sie über Barthel ausfragte, und alle Gleichgültigkeit, die sie wie einen Schutzwall aus Vernunft aufgezogen hatte, war hinweggefegt.

Auch zu Hause war seit ein paar Wochen einiges anders geworden. Eines Abends, als sie Quark und Brot gegessen hatten und eine schöne Pastete vom Markt, die Barthel mitgebracht hatte, rutschte Barthel auf seinem Sitz herum. Er schenkte der Schwester und sich Wein ein und rollte nervös den Becher zwischen seinen Händen.

»Was hast du auf dem Herzen?«

Er blickte auf und geradewegs in ihre Augen.

»Ich freie ein Mädchen«, stieß er hervor.

Er hatte das rechte Alter dazu, er war ein stattlicher junger Mann, versuchte, sich einen Bart wachsen zu lassen, was noch nicht hinreichend gelang, hatte eine gute Anstellung und ein halbes Haus – alle Umstände dafür waren richtig, trotzdem fühlte Clara eine Art Peinlichkeit. Dass ausgerechnet ihr Bruder ein Leben außerhalb des Hauses, Freude an Mädchen, den Wunsch nach einer Ehe haben könnte, war ihr schlichtweg bislang nicht in den Sinn gekommen. In ihrem Zuhause, gab es denn da Platz für einen weiteren Menschen, eine fremde Person?

Sie war so bass erstaunt, dass sie nichts sagte, sondern nur die Augenbrauen zur großen Frage hochzog, die ihr auf der Stirn geschrieben stand.

»Sie heißt Ennelin, und ihr Vater ist Silberschmied.«

Als Barthel ihr seine Braut vorstellte, sah Clara zuerst eine große Haube und darunter rote Wangen. Ennelin blickte auf, und Clara schaute in ein breites Gesicht mit tiefen freundlichen Grübchen in den Wangen und einer Unmenge blonder Löckchen, die sich von der blitzsauberen, gestärkten Haube nicht bändigen ließen und rund um das Gesicht unter der Haube hervorsprangen. Bald kam Ennelin, mal mit der großen Schwester, mal mit dem jüngeren Bruder, abends ins Haus, und die Räume füllten sich mit Scherzen und Lachen, mit Würfelspiel und Bechergeklapper. Clara freute sich aufs Heimkehren, meist saß Ennelin mit einem ihrer Geschwister schon auf der Bank und strahlte sie an.

Ennelin wollte von Clara gemocht werden, sie behandelte sie fast so ehrfürchtig, als wäre Clara ihre künftige Schwiegermutter, dabei trennten sie nur zwei Jahre. Es dauerte ein paar Wochen, aber schließlich wurde ihr Umgang vertrauter. Der Tag der Hochzeit wurde für den Herbst festgelegt, zwischen Michaelidult und Weihnacht. Claras Tage waren gefüllt mit dem Prickeln im Magen, dem Fleiß bei der Arbeit, dem Gelächter am Abend. Auf einmal waren viele Menschen um sie. In den paar Wochen seit dem Tod der Mutter lachte sie mehr als in den letzten vier Jahren seit des Vaters Tod. Manchmal erschrak sie bei dem Gedanken, wie schön ihr Leben geworden war, seit Mutter tot war. Wie kannst du so etwas denken, schalt sie sich, Maria Mutter Gottes, verzeih mir Sünderin und schenke meiner Mutter ewigen Frieden.

Aber wer weiß, ob Barthel so schnell zurückgekehrt wäre, ob sie jetzt grade zwischen Ennelin und deren Schwester sitzen und Wein trinken, den Würfelbecher weiterreichen und über Barthels Scherze lachen würde. Sie spürte die Wärme von Ennelins Unterarm und klatschte Barthel im Scherz auf die Hand, um ihm am Tricksen zu hindern. Hin und wieder ging Ennelin in den Garten, kurze Zeit später erhob sich Barthel mit den Worten: »Muss mal …«, und ein paar Minuten später kamen beide nacheinander mit geröteten Wangen zurück, Ennelin mit leicht verrutschter Haube und noch mehr Löckchen im Gesicht. Alle taten so, als sähen sie es nicht, sogar Afra schaute sich das Treiben an, beschwerte sich nicht über die Mehrarbeit der fast täglichen Gäste und blieb lang in der Küche, wenn die jungen Leute dort saßen und tranken. Nein, es war nicht gut, dass ihre Mutter nicht mehr da war. Aber es war so schön, dass Barthel zurück war.

Eines Abends, als Ennelin über die Schwelle des Hätzler'schen Hauses in die Hofdurchfahrt trat, sah sie Barthel und Clara hinten beim Brunnen stehen und miteinander reden. Barthel zeigte Clara ein Schriftstück, das sie erstaunt durchlas, erschrocken die Hand zum Mund hob und Barthel wohl eine Frage stellte. Er hob die Hände zu einer Geste, die besagte, dass er auch nicht wisse, was zu tun sei. Ennelin wollte zu den beiden treten und sie fröhlich begrüßen, Barthel, der mit dem Rücken zu ihr stand, neckend in den Nacken fassen, aber zwischen den Geschwistern stand etwas Inniges, ein Gleichklang, der sie innehalten ließ. Sie stellte sich neben die Küchentür, und ihr war mit einem Male klar, dass sie nie so nah bei Barthel sein würde, wie seine Schwester ihm war. Clara würde immer da sein, immer neben Barthel, sie würde in ihrer Ehe niemals das Ein und Alles des Gatten werden. Diese Schwester war ein Teil von ihm. Sie begriff es mit ihrem ganzen Herzen, seufzte, ließ die Schultern fallen und beschloss, Clara diesen Platz nicht streitig zu machen. Barthel war allein eben nicht zu haben.

Ennelin erfuhr auch nie, was Barthel Clara gezeigt hatte. Es war ein Schuldschein oder, besser, die Fälschung eines Schuldscheins. Barthel war an diesem Tag mit sorgenvollem Gesicht aus der Kanzlei seines Lehrherrn gekommen und hatte Clara gebeten, mit ihr nach draußen zu kommen, weg von allen Ohren, die mithören könnten.

»Clara, ich weiß nicht, was wir machen sollen, schau, was mir der Widmann heute gegeben hat.«

Clara las einen Schuldschein, den Lucas Welser für seinen Schwager Johann Lauginger ausgestellt hatte. Gesiegelt war er vom Notar Widmann. Lucas war mit Johanns Schwester Ursula verheiratet, und alle drei gehörten sie zu den reichsten Kaufmannsfamilien. Aber von Johann wusste man, dass er oft und ausgiebig spielte und dabei auch um Geld, was weder Kirche noch Elternhaus gern sahen.

Clara sah Barthel fragend an.

»Warum bereitet dir dieser Schuldschein Sorgen?«

»Er ist gefälscht.«

»Woher weißt du das?«

»Widmann hat es mir heute gezeigt. Er hat eine Lehrstunde daraus gemacht, und hat mir die acht Arten von Fälschungen aufgezählt. Bei dieser Urkunde sind es gleich zwei.«

Clara betrachtete den Schuldschein genauer und wendete das Pergament hin und her.

»Halt es mal gegen die Sonne.«

»Ja, ich kann es sehen, wo die beiden Namen stehen, wurde radiert, das sieht man an den hellen Stellen rund um die Namen, aber ich kann nicht gut lesen, was drunterstand.«

»Wenn man es weiß, kann man die früheren Namen sogar erkennen.«

»Und das weiß der Widmann?«

»Das weiß er genau. Die ursprüngliche Urkunde hat er selbst ausgestellt.«

»Und die zweite Fälschung?«

»Das Siegel.«

»Ich kann daran gar nichts erkennen.«

»Schau hier, wenn du am Fädchen zupfst und das Siegel drehst, siehst du, dass der Faden nur angeklebt ist, aber nicht durch die beiden Siegelplatten hindurchläuft.«

»Das heißt, der Faden wurde nicht in die beiden Platten gepresst, sondern später am Siegel angebracht? Das Siegel hing nicht immer an dieser Urkunde?«

»Richtig. Das Siegel wurde von einer anderen Urkunde hier angeklebt.«

»Wie hat Widmann das herausgefunden?«

»Das Datum stimmt nicht. Widmann wurde stutzig, als er das Datum und das Siegel zusammen sah. Zu diesem Datum hatte er schon ein neues Siegel. Im neuen Siegel hat er die Schrift geändert und seiner Figur einen Bart ins Siegel machen lassen. Der Bart fehlt hier.«

»Dann hat jemand eine Urkunde genommen, die Namen ausradiert und neue Namen eingeschrieben und dann ein Siegel von einer anderen, vielleicht überflüssigen Urkunde, darangemacht. Aber wer hat das gemacht und wozu?«

»Nun, das ›Wozu‹ ist das einfachste. Johann Lauginger braucht dringend Geld, und er wollte den Schuldschein seines Schwagers verkaufen.«

»Aber der Lucas Welser hätte doch gewusst, dass er den Schuldschein nicht geschrieben hat?«

»Nicht unbedingt. Lucas hat dem Johann schon öfter ausgeholfen. Wir vermuten, dass Johann diesen gefälschten Schuldschein bereits vor einiger Zeit mit einem Abschlag verkauft hat. Jetzt fiel der Schuldschein einem neuen Käufer in die Hände, und dieser wollte sich der Echtheit vergewissern und ist damit zu Widmann.«

»Und der hat bemerkt, dass es eine Fälschung ist. Wer war der Käufer? Wird er gegen den Fälscher vorgehen?«

»Vermutlich nicht. Der neue Käufer hat Laugingers Vater den Schuldschein angeboten, und der wird vermutlich nicht seinen eigenen Sohn ins Gefängnis schicken. Er wird für die Schulden aufkommen. Du weißt, dass er ihn bisher immer gedeckt hat.«

»Und wer hat nun die Urkunde gefälscht?«

»Das war«, Barthel zögerte, »wohl unser Onkel, der Schwestermann, den wir alle so gernhaben.«

»Nein«, Clara hob die Hand an den Mund, »der Ulrich? Woher weißt du das?«

»Auch das hat Widmann herausgefunden. Der Schuldschein mit den ursprünglichen Namen wurde von Widmann geschrieben, aber nicht besiegelt, und er wurde vor Gericht in einem Fall verwendet, bei dem Widmann bezeugen musste, dass er diesen Schuldschein beurkundet hatte. Nach dem Urteil gab er das Pergament dem Ulrich, der Gerichtsschreiber war, zu treuen Händen, um es beim Urteil aufzubewahren.«

»Aber hätte nicht auch ein anderer als der Ulrich den Schuldschein an sich nehmen können?«

»Unwahrscheinlich, denn er ist beim Gericht für die Aufbewahrung zuständig, er führt die Urkundenbücher und verwahrt alle Handfesten und Urkunden des Gerichtes, das ist seine Aufgabe als zweiter Gerichtsschreiber. Ohne ihn kommt keiner an die Urkunden, denn er verwahrt den Schlüssel.«

Clara schüttelte den Kopf.

»Trotzdem eine schwere Anschuldigung, die man nicht so ohne weiteres beweisen kann.«

»Was sollen wir machen, Clara? Dem Ulrich sagen, dass wir wissen, was er getan hat? Ihn beim Büttel anzeigen wegen der Fälschung?«

»Wird der Widmann nichts unternehmen?«

»Er gab mir die gefälschte Urkunde und sagte, ist dein Verwandter, kümmere dich drum, wie du es für richtig hältst.«

Clara betrachtete das Pergament schweigend.

»Und wenn wir es einfach behalten?«, fragte sie Barthel.

»Wozu?«

»Ich denke nur daran, dass er schon einmal nach unserem Haus gegriffen hat. Vielleicht versucht er es ein zweites Mal. Wir sind immer noch minderjährig, und er könnte die Vormundschaft beantragen oder sonst irgendetwas unternehmen. Jetzt, wo wir wissen, dass er auch vor Fälschungen nicht zurückschreckt …«

»Du meinst, damit haben wir etwas in der Hand, um ihn abzuwehren?«

»Ja, und wir müssen uns nicht überlegen, ob wir es sind, die ihm die Hand abschlagen lassen.«

»Ich weiß, er ist immer noch der Mann unserer Tante. Es ist etwas anderes, vom Urteil gegen einen Fälscher zu hören, als den eigenen verstümmelten Verwandten beim Gallusaustrieb zu sehen.«

»Du denkst wie ich«, sagte Clara. Sie gab Barthel das Dokument zurück. »Tu es in deinen Siegelschrank. Verwahr es gut, und wenn wir einmal Not haben und uns gegen ihn wehren müssen, haben wir etwas in der Hand.«

Johann Bämler fing bald an, Clara zu necken.

»Jetzt sag, Clara, hast du nicht auch schon einen Bräutigam?«

Sie beugte sich über ihr Blatt. Ihr wurde warm unter der Haube.

»Komm schon, ihr Mädchen wisst es doch immer schon lang im Voraus, wen ihr euch erwählt hab.«

»Ich nicht.«

»Was, du weißt es nicht oder du hast keinen?«

»Geht dich nix an.«

»Hoho, sei doch nicht so garstig.«

Die Tür ging auf, Johann stand auf und ging um den Tisch, bevor jemand sehen konnte, wie lässig er sich auf den Tisch hinter ihr gesetzt hatte.

Wenn so etwas geschah, wenn er das Wort im Scherz oder auch nur in Freundschaft an sie richtete, war die Nachtruhe dahin, das wusste sie. Dann saß sie in ihrer Kammer, starrte den Mond an und wünschte sich nichts sehnlicher, als ihm einmal über die Wange streicheln zu dürfen, und sie durchfuhr warme Röte, wenn sie sich vorstellte, wie er das bei ihr machen würde. Wenn er doch einfach hier wäre und das Sehnen nicht so schlimm. Je später der Abend, je höher der Mond, umso wütender wurde sie auf sich selbst und fing an zu schelten. Wie sollte das nur weitergehen, mit den beiden Claras, dem verliebten Mädchen und der vernünftigen Schreiberin. Es war nicht mehr zum Aushalten. Und keiner da, mit dem sie drüber reden konnte. Mit Barthel oder Ennelin ginge das nicht, Barthel würde sie nicht verstehen, Johann war schließlich verheiratet. Sie traute sich auch nicht, Bärbel davon zu erzählen. Bärbel mit ihrem klaren Sinn für die Verhältnisse in der Augsburger Gesellschaft würde ihr es entweder mit absolut vernünftigen Worten ausreden und nicht nachlassen, bis Clara ihr geschworen hätte, die Verliebtheit abzulegen, oder sie würde es gar zu ihrer Aufgabe machen herauszufinden, ob Johann Clara auch mochte, und sich mit ihr vielleicht auf viel gefährlichere Wege begeben. Man wusste nie, wie Bärbels Pendel ausschlagen würde. Sie liebte es, mit Menschen zu spielen. Wenn sie mit Bärbel darüber reden würde, wäre ihr stilles Sehnen zu einem Ding dieser Welt geworden, das Träumen zu etwas Greifbarem und Sagbarem. Das durfte nicht sein.

Von der Bämler'schen Werkstatt wegzugehen wäre keine gute Sache. Barthel sprach oft davon, seine eigene Schreibstube zu eröffnen, sobald er verheiratet wäre, aber bis er das nötige Geld beisammenhätte, würden noch viele Monate ins Land gehen. Sie brauchten den Verdienst noch. Bei Bämler wurde sie mittlerweile geschätzt, ihre Arbeit galt etwas. Eine Stelle in einer anderen Werkstatt zu finden wäre ein Glücksfall, als junge ledige Frau war es schon außergewöhnlich, dass sie bei Bämler arbeiten konnte.

Still und mit einer tief ins Gesicht gezogenen Haube ging sie morgens zum Bämler und ließ es immer so aussehen, als wäre sie eine Bürgerstochter auf dem Weg zum Markt oder Bäcker, immer mit einem Korb in der Hand. Die Nachbarn sollten nicht so genau wissen, wohin sie fast jeden Tag ging. Wegen Afra machte sie sich keine Sorgen, Clara hatte sie einmal gebeten, nicht mit anderen über die Stelle zu reden, und Afra sagte nur: »Gibt vieles, über das ich nicht red.«

Morgens, wenn sie die Schreibstube betrat und erfuhr, dass Johann aus dem Hause war, Papier besorgen oder mit seinem Vater zur Probstei, atmete sie auf, und ihre Schultern entspannten sich. Aber trat er dann um die Mittagszeit herein, fuhr es ihr wie ein silberner Blitz durch den Magen, und gleich ärgerte sie sich darüber wieder.

In einer der sehnsuchtsvollen Juninächte, als sie den Nachmittag mit Bärbel auf der Bleichwiese bei fröhlichen Tänzen der Mädchen verbracht hatte, schien der Mond so erbarmungslos mächtig und hell in ihr Zimmer, dass sie in die Schreibstube ging und ein Gedicht schrieb. Es floss ihr aus der Feder, hinein in das vom Mondlicht beschienene Papier, ohne abzusetzen stand es mit einem Mal da.

Am andern Morgen las sie es nochmals und wollte das Papierstück zerknüllen und wegwerfen. Wie albern, dachte Clara. Aber sie vermochte es nicht, und stattdessen hob sie es mit zwei Fingern und legte es ganz nach unten in die Kleidertruhe, zwischen die Leinenhemden, neben zwei Lavendelsträußchen.

November 1470

Clara wälzt sich schlaflos in ihrem Bett. Nun ist es gleich, ich kann eh nicht schlafen. Die Gedanken an Bämler lassen sich nicht vertreiben. Sie steht auf, um das Gedicht in der Kleidertruhe zu suchen. Und da, ganz unten, zwischen zwei vertrockneten Sträußchen, liegt ein Stück Papier, zusammengefaltet und glatt gestrichen. Sie holt es heraus und liest:

Ich Närrin will dir nahe sein
Ein' Törin dir zu Füßen
Denn unsre Liebe kann nicht sein
Die andern Lieb nicht büßen
Ein' Närrin will ich halten dein
Ein' Törin bei dir liegen
Und such den Kuss, doch nicht allein,
Der Teufel wird ihn kriegen
Zu Zeiten geh und miss ich dich
Zu Zeiten will dich lassen
Doch kommt die Zeit, dann brauch ich dich
Kann doch die Lieb nicht fassen.
Sei mein, mein Lieb und Leben
Ich brauche dich.
Ist falsch, muss Falsches bleiben

Ob falsch, ob recht, ich gehe nicht
Ich kann dich doch nicht lassen.

Sie streicht sorgfältig über das Gedicht. Zart und vertraut schweben die Worte aus längst vergangenen Jahren zu ihr herüber, als ob eine Schalmei ein sanftes Lied bläst. Soll ich denn nicht das Gedicht auch in das Liederbuch aufnehmen? Nein, so vermessen bin ich nicht. Wo hätte man das schon gehört, eine Frau, die Gedichte schreibt! Eine Schreiberin zu sein ist schon selten genug. Sie kannte keine andere Frau in Augsburg, die mit Schreiben ihr Brot verdiente. Mach dich nicht lächerlich, von einer Frau möchte niemand ein Gedicht lesen. Und öffne kein Geheimnis, das so lang bewahrt blieb. Verschweig Heimlichkeit.

Doch das Gedicht legt sie nicht mehr nach unten in die Truhe, sondern zu den Büchern auf das Bord über dem Bett.

Sommer 1449

Eines Morgens kam sie in die Schreibstube, als der alte Bämler gerade die beiden Gesellen zu den Gerbern schickte, neues Pergament holen. Er selbst ging zum Abt. Agnes war auch nicht da, wie Clara später erfuhr, sie war zum Schneider, weil sie neue Kleider bekam.

Johann bat sie an den großen Arbeitstisch.

»Ein neuer Auftrag. Wir sollen dieses Buch abschreiben, der ›Heilgen Leben‹. Schöne Schrift, aber keine Illuminierung gewünscht. Vater sagt, du sollst es schreiben.«

»Worauf?«

»Auf Papier. Aber es ist nicht richtig sortiert. Lass uns mal sehen, wie es überhaupt anfängt.«

Die Vorlage bestand aus unordentlich zusammengelegten Bögen, teils Papier, teils Pergament, und einige waren angesengt, andere nass geworden.

»Das sieht ja schlimm aus.«

»Das ist dem Domkapitular ins Feuer gefallen. Er hat das meiste gerettet, aber so kann er es nicht mehr benutzen, daher die Abschrift. Was meinst du, wo fängt es an?«

»Heiligenleben – haben wir ein Verzeichnis?«

»Ja, aber das hilft uns nicht viel, denn die Blätter sind ganz durcheinander, wir müssen jedes einzelne Blatt lesen und sortieren.«

Sie legten sich das Verzeichnis auf das Pult und fingen an, die Seiten zu lesen. Wo immer sie Namen von Heiligen fanden, legten sie die Seiten aufeinander. Hände griffen über Hände, Papiere wurden weggenommen und abgelegt und wieder aufgenommen und weitergeschoben, Finger streiften Arme, seine Hand schob ihre Hüfte aus dem Weg, scherzhafte Worte flogen hin und her.

»Hast du nicht noch einen Hieronymus?«

»Nein, aber einen Crispin und zwei Theodoren.«

»Meine Güte, hast du gewusst, was Margaretha für ein langes Leben hatte, ich hab fast zehn Bögen von ihr.«

»Vielleicht war es gar nicht lang, sondern nur sehr ereignisreich.«

»Und hier Thasis, wusstest du, dass mancher Mann sein Erb und Gut für sie hergegeben hat? Muss die schön gewesen sein.«

»Oder die Männer unvernünftig.«

»Für schöne Frauen machen viele Männer Dummheiten.«

»Du nicht?«

Der Scherz hing in der Luft, wie ihr Lächeln. Clara hatte das Gefühl, sie würde fallen. Seine grauen Augen waren ihr einziger Halt. Ihre Hände verschränkten sich ineinander und lösten sich sofort wieder, als hätten sie sich am heißen Kessel verbrannt.

Nur einen Augenblick später hielt er wieder ihre Hand und zog sie in die kleine Kammer neben der Werkstatt. Hier lagerten Seile und Futter für die Schweine und Hühner.

Ihre Gesichter waren sich nah. Mit beiden Händen schob er die Haube nach hinten, und ihr Haar fiel auf ihre Schultern. Er atmete tief ein, und seine Augen funkelten. Sie hob ihr Kinn, er beugte seins, und sie küssten sich. Es war schön und doch nicht. Wieder gab es zwei Claras, eine spürte seine Lippen und öffnete ihre, wurde weich in den Knien, legte die Hände auf seine Arme. Die andere fing an, wie im Fieber zu denken: »Was geschieht? Wie sieht das aus, wenn ich von oben auf uns schauen könnte?« Irre Gedanken suchten krampfhaft nach einem Bild von ihr und ihm, als müsse sie von außen auf sie sehen, und weil ihr das nicht gelang, wurden die Gedanken missliebig. »Wie riecht das denn, hat er Zwiebeln gegessen? Ist das immer so, so, ich weiß nicht, machen es die anderen Männer auch?«

Plötzlich schrien ihre Gedanken auf: »Was machst du da? Bist du wahnsinnig?«

Die andere, verliebte Clara hatte keine Ohren zu hören.

Eine Tür klapperte, und beide schraken auseinander. Zu ihrem Glück war es die Tür des Nachbarn, in der Werkstatt war noch alles still. Clara stopfte sich die Haare unter die Haube. Johann legte seine Hand an ihre Wange.

»Morgen«, sagte er, »holst du Galläpfel beim Schwieberbauern, ich komme nach, ich denke mir eine Ausrede aus, und wir treffen uns bei der Bleichmühle, auf der Obstwiese hinter dem Holzstapel, wo der alte Wagen steht.«

Die eine Clara nickte. Die andere rang verzweifelt mit den Händen.

Johann ging aus der Werkstatt und ließ sie allein. Sie schenkte sich Wasser in den Becher, trank ihn in einem Zug aus und legte sich die Hände an die sengenden Wangen. Zaghaft nahm sie die Blätter des Heiligenlebens auf und legte mal eins hier auf den Stapel, mal auf einen anderen. Sie stand versonnen am Tisch und starrte vor sich. Noch nie war es so still in der Werkstatt gewesen, kein Blatt raschelte, keine Mücke summte, im Haus war alles von einem dicken Schweigen bedeckt, und wenn das Holz im Gebälk knackte, senkte sich die Stille danach nur umso fester um Clara. Irgendwann fasste sich die andere Clara ein Herz. Das muss ein Ende haben. Ich muss hier weg. Sie räumte Feder und Tinte auf und ordnete die Bögen, so gut es ging, so dass wenigstens ein paar Stapel Heiliger geordnet auf dem Tisch lagen. Sie schalt sich eine

Närrin, schloss die Werkstatttür und machte sich auf den Nachhauseweg.

Stunden später, nach einem Abendessen, das sie nur ansah, saß sie in ihrer Kammer und versuchte sich zu erinnern, was er gesagt, was er getan, wie er ihr durchs Haar gefahren war und über die Wange. Verzweifelt bemerkte sie, dass ihre Erinnerung schon jetzt nur noch ein lückenhaftes Mosaik war, in dem die wichtigsten Teilchen fehlten. Wo war sein Mund, wie war seine Hand, wann strich er ihr das Haar aus der Stirn? Sie wollte es fest im Gedächtnis halten, jede einzelne Geste, aber alle Gedanken flohen vor ihr. Die Liebe hatte ihren Kopf weich gekocht wie Apfelmus. Sie schlief die halbe Nacht nicht. Du darfst nichts von dem vergessen, was geschah. Als der Morgen graute, hörte sie den Hahn.

Der Vormittag wollte nicht enden. Niemand durfte etwas merken. Es zog sie zu ihm, aber sie blickte stur auf ihr Blatt. Bleib beim Schreiben, mahnte sie sich. Aus Angst, Fehler zu machen, weil sie ständig an etwas anderes dachte, schrieb sie nicht wie sonst die Zeilen in einem Schwung, sondern Buchstabe für Buchstabe. So aber gelang ihr erst recht nicht, sich auf das zu Schreibende einzulassen, und sie ertappte sich ständig dabei, aus dem Fenster zu sehen. Wenigstens blickte sie dann nicht in seine Richtung.

Endlich war es Nachmittag. Der alte Bämler ging hinauf in seine Stube, wie immer nach dem Mittagbrot, und Clara nahm den Galläpfelkorb vom Brett. Sie hätte schwören können, dass gestern noch einige drinlagen, aber heute war er leer.

Zum Peter sagte sie: »Ich geh zum Schwieberbauern, Galläpfel holen, er hat mir gestern Nachricht geben lassen, dass seine Kinder welche gesammelt haben.«

Peter nickte nur gleichgültig, Severin und Lukas hoben nicht mal den Kopf. Sie hatten eine neue und schwierige Illumination zur Aufgabe bekommen. Sollte die einfache Schreiberin sich um so schnöde Dinge wie die Tintenherstellung kümmern, wo sie doch Blau und Rot malen mussten und sogar Blattgold zu verarbeiten hatten.

Clara ging zum Gögginger Tor hinaus und nach Westen. Sobald sie einige Entfernung zur Stadt hinter sich hatte, verlangsamte sie ihre Schritte. Sie sah sich nach der Baumwiese um. Dort stand der Holzstoß in der zweiten Baumreihe und der alte Wagen davor. Dahinter war eine Schlehenhecke, und vom Weg aus konnte man nicht hinter den Holzstoß blicken. Sie setzte sich an einen der Bäume, so dass sie keinem auffiel, der den Weg entlangging.

Sie musste nicht lange warten. Johann ging sehr schnell und sah sich suchend um. Sie stand auf und winkte ihm. Er kam gerannt, hob sie hoch, drehte sie im Kreis und strahlte.

Er zog seine Schaube von der Schulter und breitete sie mit großem Schwung auf dem Boden aus. Sie musste lachen.

Wieder gab es diese Küsse. Wieder fühlte eine Clara und dachte eine andere. Wie schmecken die Küsse heute? Die Lippen drücken mir auf die Zähne. Die Schreibarbeit liegt auf dem Tisch, sie muss heute noch mehrere Seiten schreiben. Beeilen tut der Arbeit nicht gut. Warum denkt sie an etwas anderes? Gleich gibt es noch eine Clara, die darüber nachdenkt, warum die eine Clara küsst und die andere an etwas ganz anderes denkt. Kurz vor diesem verstörenden Gedanken öffnete sie die Augen weit und sah in den tiefen blauen Himmel hinein, der auf sie herabzustürzen schien. Sie wusste nicht mehr, ob der Himmel das Feste und Wirkliche war oder der Rücken auf der Schaube, durch die sie Wurzeln und Steinchen spürte. Sie spürte alles auf einmal: den unebenen Boden, sein Gewicht auf ihr, ihre Hände auf seinem Rücken, die Lippen und die Haut, und über allem spürte sie diesen blauen, blauen Himmel, der sich auf sie legte, sie umhüllte, sie beinah erstickte. Johann drehte sich zur Seite und strahlte sie an. Er fuhr mit den Fingern über ihre Grübchen.

Clara sagte nichts und tat nichts. Worte hatte sie keine. Die Zeilen aus Gedichten, die ihr einfielen, kamen ihr so übertrieben vor, so triefend süß. *Mich freut als wohl ihr lieblich Gruß Als im Hunger ein Pfann mit Mus*. Albern.

Sie schwieg und wandte den Blick zur Seite. Der Korb geriet in ihr Blickfeld, er stand da wie ein Ding aus einer anderen Welt. Die Galläpfel. Sie zuckte zusammen.

»Ich muss los, Galläpfel holen, sonst merken sie, dass ich zu lang gebraucht hab.«

Auf Johanns Gesicht zeigte sich sein verschmitztes Jungenlächeln, das ihnen schon zu Kinderzeiten eine sagenhafte Idee für den nächsten Streich, das neueste Spiel versprach. Er leerte die Tasche seiner Schaube und holte die Galläpfel hervor, die er in der Werkstatt aus dem Korb genommen hatte.

»Du kannst noch bleiben«, flüsterte er und drückte ihre Schulter sanft auf die Decke zurück. Ich will nicht, dachte die andere Clara, ich muss zurück. Aber sie hielt still. Als die Sonne hinter dem Holzstoß verschwand, standen sie auf. Sie klopfte sich das Gras aus dem Rock. Johann schüttelte die Schaube aus. Sorgsam zupften sie jedes Ästchen, Blättchen und jeden Grashalm vom Rock.

»Geh jetzt«, sagte er. »Ich geh noch ins Wirtshaus, mich wird man nicht vermissen.«

Seine linke Hand hielt ihre rechte. Sie ging einen Schritt zurück, die Arme spannten sich. Es zog sie so viel zurück, aber der Korb am andern Arm wog schwer.

Vorsichtig schauten sie hinter dem Holzstoß hervor. Niemand war auf der Straße zu sehen. Sie ging zurück zum Stadttor. Sieht man das? dachte sie. Man muss es doch sehen.

September 1449

»Johann, ich muss gehen«, murmelte Clara. Er legte die Hand auf ihre Hüfte, genau an die Stelle, wo die Knochen enden und die weiche Taille beginnt. Seine Hand war fest und zart. Ihre Muskeln, die sie schon zum Aufstehen gespannt hatte, wurden wieder weich.

»Bleib noch ein wenig«, flüsterte er ihr ins Ohr und küsste sie an der Kuhle, die die Sehne am Hals mit dem Schlüsselbein bildet. Alles zerfloss, und sie sank zurück auf die kratzenden, strohgefüllten Säcke.

»Lieg still, es ist noch nicht Morgen.«

Wenig später riss sie sich aus dem Schlummer, der sie grade in einen tiefen Schlaf ziehen wollte.

»Ich muss jetzt gehen, sonst sieht der Wächter mich, und zu Hause werden sie auch wach.«

»Ich bring dich heim.«

»Zu zweit fallen wir eher auf, das ist Unsinn. Bleib hier.«

Es sah fast wie Erleichterung aus, wie er sich in sein Strohlager zurücksinken ließ. Feiner Zorn rührte sich in ihr, Unwillen, denn immer war sie es, die gehen musste. Er schloss die Augen und war schon fast eingeschlafen, als sie sich endlich angezogen und das Stroh aus dem Haar gezupft hatte.

Leise öffnete sie die Tür der kleinen Kammer einen Spaltbreit und spähte in die menschenleere Gasse. Die Sonne war noch nicht aufgegangen. Sie schlüpfte hinaus und zog fröstelnd das Tuch enger um die Schultern. Alle Wärme und Weichheit hatten sie mit dem Schwall kühler Morgenluft verlassen, der ihr ins Gesicht blies. Sie spannte Arme und Beine an, um sich gegen die Herbstkälte zu wehren. Sie hätte ihn nochmals wecken und ihm sagen sollen, dass auch er in seine Schlafkammer gehen sollte, aber sie zog nur vorsichtig die Tür hinter sich zu, den Kiefer angespannt und fest die Klinke mit der Hand umklammernd, damit die Tür nicht gegen den Rahmen krachte. Mit leisem Groll gönnte sie ihm die verlegenen Erklärungen, sollte er zu spät aus der Kammer schleichen. Schließlich war sie es, die hinaus in die Kälte musste, und er blieb im gewärmten Lager zurück.

Clara blickte in der Gasse auf und ab und sah keine Seele. Auch an der nächsten Biegung schaute sie erst in beide Richtungen, wie eine Diebin. Gerade noch sah sie den grauen Mantel des Wächters in der Annagasse verschwinden und atmete auf. Nun würde sie ihm nicht mehr über den Weg laufen, bis sie zu Hause war. Zurück blickte sie nicht, und so sah sie auch nicht die Gestalt in dem dunklen Mantel, die ihr seit der Bämler'schen Werkstatt folgte.

Ihr Herz schlug ihr bis zum Hals, als sie vorsichtig die Hoftür zum Hätzler'schen Haus öffnete und nach drinnen lauschte. Alles schien still. Sie zog die Holzpantoffeln aus und die Filzschuhe an. Dann trug sie die Pantoffeln vorsichtig zum Brunnen. Am Abend zuvor hatte es geregnet. Sie musste die Schuhe säubern, bevor jemand den frischen Dreck sehen konnte. Gerade als sie die Pantoffeln an ihren Platz neben der Küchentür stellte, spürte sie eine Bewegung und drehte sich um. Etwas Heißes fuhr ihr vom Magen hoch zur Kehle.

»Bist schon auf?«, fragte Afra.

»Ja«, sagte Clara knapp und drehte sich rasch um, damit Afra ihre roten Wangen nicht sehen konnte. Sie ging zur Herdstelle, Feuer machen. Wenn Afra nur ein wenig früher aufgestanden wäre, hätte sie Clara zur Haustür hereinkommen sehen. Oder hatte sie etwa? Hastig griff Clara nach dem Schürhaken und suchte nach der Glut vom Abend zuvor. Wie eine Diebin, lief es ihr die ganze Zeit durch den Kopf, wie eine Diebin, wie eine Diebin. Sie warf ein paar Späne auf die Glut und sah zu, wie die Flammen aufloderten. Jetzt konnten wenigstens ihre Backen sie nicht mehr verraten, die von der Ofenglut brannten. Clara starrte ins Feuer. Die Wärme weckte die Erinnerung an seine Hände auf ihrem Körper. Es war so wohlig schön bei ihm. Den Rücken hoch lief es warm, vom Steißbein bis zum Nacken schüttelte sie sich.

Dann erhob sie sich von der Herdstelle und drehte sich um. Afra war nicht mehr in der Küche. Die Tür zum Garten stand auf. Sie hörte die Hühner leise gackern.

Nur ein paar Tage später döste sie in der Seilkammer noch einmal ein, obwohl sie wach bleiben und in der frühen Dämmerung aufbrechen wollte. Ein Hahnenschrei schreckte sie aus einem wirren Traum. Sie stieß mit dem Kopf gegen einen Balken und fluchte leise. Draußen war es fast hell. Sie musste sich beeilen.

»Johann, wach auf, bitte, es ist Tag, du musst zurück und ich auch.«

Er brummte nur und schmatzte im Schlaf. Clara zuckte mit den Schultern und lugte vorsichtig aus der Tür auf die Straße, wie sie es schon so viele Male gemacht hatte. Niemand war zu sehen.

Sie gelangte unbehelligt bis vor das Hätzler'sche Tor. Als sie es öffnete, ragte von innen ein Arm hervor, der ins Leere griff. Eine junge Frau, in ein Wolltuch gehüllt, starrte Clara an, und sie starrte zurück. Wortlos schlüpfte die Frau an ihr vorbei. Sie kam Clara bekannt vor, die hellen Locken, das flächige Gesicht mit den hellen

Augen, wo hatte sie sie schon gesehen? Und was tat diese junge Frau im Hätzler'schen Haus am frühen Morgen?

Zum Nachdenken blieb keine Zeit, sie musste schauen, ob Afra schon wach war. Sie öffnete vorsichtig die Küchentür. Afra stand am Wasserfass und wandte ihr den Rücken zu. Sie hatte das Unterkleid über die Schultern gestreift und wusch sich das Gesicht und die Arme. Clara blieb an der Tür stehen und regte sich nicht. Afra blickte rasch über ihre Schulter und fuhr fort, sich zu waschen.

Afras Rücken war lang und gerade, so weiß wie die Marmorsäulen im Dom, mit blauen Adern. Clara hatte Afra noch nie anders als in Kleidern und mit Haube gesehen. Nie hatte sie in Afra etwas anderes gesehen als die Magd im Hause, nie den Menschen, die Frau wahrgenommen, aus Fleisch und Blut, mit einem schlagenden Herz und einem warmen Mund, mit dem Sehnen und Verlangen, das alle Menschen in sich trugen. Clara ertappte sich dabei, wie sie die Hand ausstrecken und die kühle, glatte Haut berühren wollte. Sie erschrak über sich selbst. Es war, als hätten Johanns Verlangen und seine zarten Berührungen die Grenze zwischen Clara und der anderen nackten Haut aufgehoben.

Afra fragte: »Hast du sie gesehen?«

Claras Hand sank. Sie war dabei, »Wen?« zu fragen, doch sie spürte, wie lächerlich es wäre, wenn sie nun so täte, als wäre sie von oben aus der Schlafkammer gekommen. Mit einem Mal fiel ihr der Name der jungen Frau wieder ein.

»War das nicht …«

»Ja, das war sie«, antwortete Afra trocken.

»Grete? Unsere ehemalige Magd?«

Afra nickte.

Clara setzte sich auf die Bank. Afra zog ihr Unterkleid hoch und legte sich ein wollenes Tuch um die Schulter. Dann drehte sie sich zu Clara um und sah ihr fest in die Augen. Clara fuhr zurück und spürte Afras Blick wie ein Messer in ihren Kopf fahren.

»Weißt du, Clara, heimliche Liebe ist etwas sehr Gefährliches. Das muss man mit kühlem Kopf angehen. Es steht alles auf dem Spiel, alles. Sei vorsichtig. Sei sehr, sehr achtsam.«

Afra drehte sich um und ging mit dem Korb zum Hühnerhaus.

Die Marienstatue im Kloster Maria Stern hatte ein klares, feines Gesicht und schien jeden direkt anzuschauen, der vor ihr stand. Der Blick senkte sich liebevoll und fast ein bisschen erstaunt auf die Betende nieder, mit leicht hochgezogenen Augenbrauen, als wollte sie fragen: ›Was führt dich denn nun schon wieder zu mir?‹ Das Jesuskind wollte nur spielen, reichte der Betenden den Ball und zog mit der anderen Hand am Schleier seiner Mutter. Aufmerksam und der Betenden zugewandt, hatte Maria die Lippen leicht geöffnet. Sprich mit mir, schien sie zu sagen. Clara kniete sich nieder und betete: »Gegrüßest seist du Maria, voll der Gnade, der Herr ist mit dir.«

Den ganzen Vormittag war ihr nichts gelungen. Sie hatte frei, denn sie erlaubte es sich nicht, in Nächten in die Seilkammer zu gehen, an denen sie anderntags bei Bämler zu arbeiten hatte. Der Schrecken, den sie bei Afras Worten empfunden hatte, drückte ihr von innen an die Brust, und so viel sie auch betete, der Druck ließ nicht nach, sondern stieg hoch in ihre Kehle.

»Gegrüßest seist du Maria, voll der Gnade, der Herr ist mit dir, Du bist gebenedeit unter den Frauen, und gebenedeit ist die Frucht deines Leibes …«

Claras gemurmeltes Gebet erstarb. Eine Frucht ihres Leibes, bloß das nicht. Sie waren immer so vorsichtig, aber sie wusste genug von Änne, dass man nur ganz sicher sein konnte, wenn man enthaltsam war. Was wäre, wenn … sie mochte nicht daran denken. Es war alles so verworren.

Konnte es denn so falsch sein zu lieben? Johann hatte ihr erklärt, dass ihn nichts mit Agnes verbinde, auch nicht die körperliche Liebe, die ihm als Ehemann zugestanden hätte. Er habe geheiratet, um wieder nach Augsburg ziehen zu können. Nach der Hälfte der Lehrzeit habe er gemerkt, dass er alles könne, was Agnes' Vater ihm beibringen konnte, und dass seine Bilder und Verzierungen schöner waren als alles, was in der dortigen Werkstatt hergestellt wurde, einschließlich der Arbeiten seines Lehrherrn, des Johannes Mentelin selbst. Geduld und Bescheidenheit zählten noch nie zu Johanns Stärken, und weil die Welt nun einmal für ihn gemacht war, beschloss er auch, nach seinen Bedingungen zu leben. Eines Tages, so hatte er Clara erzählt, ging er zu Mentelin und sagte ihm graderaus, dass er wieder nach Augsburg gehen würde, um seinen Vater zu unterstützen, weil er bei ihm nichts mehr lernen könne.

Meister Mentelin lehnte sich zurück, legte die Fingerspitzen aneinander und lächelte. Eine Weile sagte er gar nichts, und grad als Johann ungeduldig eine Antwort erbitten wollte, sagte er schneidend:

»Du kannst sofort gehen, aber nur unter einer Bedingung: Du heiratest noch hier in Straßburg die Agnes und nimmst sie mit nach Augsburg als deine Frau.«

Johann verschlug es die Sprache.

»Du kannst natürlich auch drüber nachdenken, ohne meine Erlaubnis vorzeitig zu gehen, abzuhauen, aber du hattest hier einen Vertrag, der noch fast ein ganzes Jahr gegolten hätte. Den hast du grade gekündigt«, er machte eine Pause. Johann schluckte.

»Glaub mir, ich hab genug Verbindungen nach Augsburg, um dich dort zu verklagen und das restliche Lehrgeld und eine Entschädigung zu verlangen. Dein Vater würde zahlen müssen, wenn du nicht im Schuldgefängnis landen oder der Stadt verwiesen werden willst. Falls du es überhaupt bis Augsburg schaffst.«

Er machte eine Pause und lächelte dünn.

»Überleg es dir bis morgen, du kannst zusagen und in vier Wochen, wenn das Aufgebot bestellt und die Brautmesse gehalten ist, nach Augsburg ziehen, und es soll dein Schaden nicht sein –, oder du kannst morgen gehen, wohin du willst, aber ohne einen Pfennig und obendrein mit einer Klage am Hals.«

Oh Gott, Agnes, dachte er, bloß nicht die. Agnes war die dritte der Töchter des Johannes Mentelin und wahrlich keine Schönheit. Dass ihr Äußeres ihn nicht ansprach, wäre kein Grund gewesen, eine Ehe abzulehnen. Aber Agnes war dazu noch schüchtern, ängstlich und fromm. Er sah sie fast nur beten. Was sollte er mit ihr anfangen? Alles an Agnes war das Gehabe einer Klosterfrau. Als er sich umdrehte und zornig stapfend die Stiege zu seiner Kammer emporging, ärgerte ihn aber etwas anderes noch viel mehr: Er war vor Mentelin getreten, um ihn loszuwerden, um frei zu sein. Er hatte es sich so reizvoll ausgemalt, in aller Ruhe über Basel, am Rhein und Bodensee entlang, über die Reichenau und durch die herrlichen Städte Weinsberg, Ravensburg und Ulm wieder nach Augsburg zu reisen und dann freudig von seinem Vater aufgenommen zu werden, sich in Augsburg niederzulassen, eine Familie zu gründen und ein erfolgreicher Rubrikator und Illuminator zu werden. Er wusste jetzt, dass er das Zeug dazu hatte und diese Arbeit ihm gefallen würde. Er fühlte sich erwachsen und reif, denn er hatte durchaus etwas gelernt. Und nun durchkreuzte dieser fiese Geizkragen seine Pläne –, nur weil er als Vater zu geizig war, die Mitgift für die unmannbare Frömmlerin ans Kloster zu zahlen, zwang er Johann, mit einer kränklichen, weinerlichen Frau nach Augsburg zurückzukehren.

Die ganze Nacht schlief er nicht, sondern ging in seiner Kammer auf und ab. Am Morgen wusste er, dass es keinen Sinn hatte, er musste zusagen, sonst hätte er in Straßburg keinen ruhigen Tag mehr zu erwarten und in Augsburg kein ungestörtes Leben. Es war ein Fehler gewesen, Mentelin um vorzeitige Entlassung zu bitten. Er hatte nicht mit dessen Talent zur Intrige gerechnet. Dann fress ich halt die Fliege in der Suppe mit, was soll's, die Zukunft wird es schon richten. Einmal in Augsburg, werd' ich schon eine Lösung finden.

Clara gefiel nie, wie er über Agnes redete. Als ob sie eine unangenehme Sache und kein Mensch sei. Er war schließlich nicht der einzige Leidtragende, musste Agnes doch ihre Heimat verlassen und mit einem missmutigen Gatten in eine fremde Stadt ziehen, in der sie niemanden kannte –, und das bei ihrer Menschenscheu! Agnes wäre besser in einem Kloster aufgehoben. Arme Agnes! Maria Mutter Gottes, bitte für sie!, betete Clara. Und was tu ich ihr an! Bitte auch für mich, für mich Sünderin. Ehebrecherin. Ja, das war sie, bei Lichte betrachtet. Es war viel zu gefährlich, Johann weiter zu sehen. Es musste ein Ende haben. Sie musste Johann meiden.

Ein paar Tage gelang es ihr auch. Sie wich ihm aus, und er runzelte die Stirn, als sie zum wiederholten Mal auf seine heimlich geflüsterten Fragen, ob sie heute Nacht käme, nur still den Kopf schüttelte. Nachts schlief sie nicht. Johann ist mein Leben, ich will bei ihm bleiben, was soll ich nur tun, dachte sie. Wenn Agnes in ein Kloster ginge und ihn freigäbe … Sie malte sich schwärmerische Jungmädchenträume aus, aber sie wusste doch genau, dass das nie geschehen würde.

Ein paar Tage nach Michaeli nutzte Clara die kurze Zeit, in der keiner der Gesellen anwesend war und der alte Bämler in den Hof an den Brunnen gegangen war, um zu Johanns Pult zu gehen und ihm zuzuflüstern: »Johann, wir können uns nicht mehr in der Seilkammer treffen, was wir machen, ist eine große Sünde.«

»Clara, mein Herz, mein Lieb«, er hielt ihre Hände fest und drückte Küsse auf die Handrücken. »Sag das nicht, ich brauch dich doch, ohne dich ist das alles nicht zu ertragen …«

Der alte Bämler stand plötzlich in der Tür. Clara riss ihre Hände weg und drehte sich rasch um. Was hatte er gesehen? Johann und sein Vater schauten sich an, mit zusammengekniffenen Lippen, und ihnen war sicher nicht bewusst, wie sehr sich ihre finsteren, unnachgiebigen Blicke glichen. Dann senkte Johann den Blick auf sein Schreibpult, und der alte Bämler ging zu seinem Stehpult und ordnete die Bücher. Ein klebriges Schweigen herrschte in der Stube. Clara atmete auf, als kurze Zeit später Severin und Lukas mit ein paar Schließen für Bücher, die sie an der Schlossermauer abgeholt hatten, witzelnd und scherzend zur Tür hereinkamen.

Alle schienen Clara nun länger anzublicken als nötig, der alte Bämler, Afra, sogar ihr Bruder, der in letzter Zeit missgelaunt und kurz angebunden war. Dennoch zwang sie sich, an jedem Werktagmorgen in die Bämler'sche Werkstatt zu gehen, und betete den ganzen Weg über zur Jungfrau Maria, dass Johann doch bitte nicht in der Werkstatt zu arbeiten habe. Sie wünschte ihn weg, hinaus aus Augsburg, soll er doch Papier in der Mühle holen oder in die umliegenden Klöster fahren, soll sie ihn doch tagelang nur nicht sehen müssen.

Doch meist war er da. Und auch er sah sie lange an, zu lange, und sie wich seinen Blicken aus.

Nur zwei Wochen später war Gallustag, der Tag, an dem alljährlich Unruhestifter, Zuhälter, Falschspieler, Betrüger und andere schädliche Leute unter dem Gallusgeläut für drei Jahre aus der Stadt gejagt wurden – meist durch ein Spalier johlender ehrbarer Bürger, von denen Clara einige im Verdacht hatte, nur durch glückliche Umstände dieses Mal nicht beim Austrieb mitlaufen zu müssen. Der Gallusaustrieb war immer im Oktober, ein paar Wochen vor der Steuerschätzung und zu Beginn der Wahl der neuen Räte. Es war die Zeit, in der die Stadtoberen darauf bedacht waren, den ehrenwerten Bürgern eine saubere Stadt zu präsentieren. Sie trieben am Gallustag arme Schlucker in den Winter hinaus, Menschen, die oft schon in anderen Städten in Acht waren und es schwer haben würden, im Winter eine Bleibe zu finden.

Clara war auf dem Weg zum Markt, als sie auf den Zug stieß, der zum Stadttor wankte. Wenn ich daran gedacht hätte, sagte sie sich, hätte ich den Gang auf morgen verschoben. Der feierliche Glockenklang, unter dem sonst festlich gekleidete Patrizier oder wenigstens Mägde und Knechte in sauberem Gewand zur Kirche schritten, machte den traurigen Zug, der sich, von den johlenden Rufen der ehrbaren Bürger begleitet, in von der Kirche abgewandter Richtung zum Stadttor bewegte, umso bizarrer. Sie wollte das Elend gar nicht sehen. Ein paar Gaukler in einstmals bunt gescheckten und nun ausgeblichenen Wamsen mit Schellenkappen ohne Schellen, Diebe und Räuber, alle nicht mehr unversehrten Leibes, denen Ohr, Nase, Hand oder Fuß fehlten, ausgemergelte Trunkenbolde und einige junge Frauen mit dem grünen Band der Prostituierten an der Haube schleppten sich in dem traurigen Zug dahin. Eine Frau mit ungekämmtem Haar war dabei. Clara kannte sie, sie hatte sie schon öfter auf dem Markt gesehen, wo sie bereits mehrmals wegen des Verkaufs verdorbener Ware des Platzes verwiesen worden war. Neben ihr schritt ein Mädchen, vielleicht zehn Jahre alt, die Hand fest in eine Falte ihres Rockes verkrallt. Ein kleinerer Junge saß auf dem Arm seiner Mutter, die trüb und stumpf auf den Weg vor sich starrte. Gleich hinter diesen schritt eine junge Frau, hochschwanger und mit dem grünen Band am Schleier als Hübschlerin gezeichnet, eine der Frauen aus dem Gelben Haus in der Quergasse. Warum auch immer man sie der Stadt verwies, das verhärmte Gesicht und der vorgewölbte Bauch erregten in Clara eine Mischung aus Mitleid und Ekel. Sie hatte Mitleid mit der Gleichaltrigen, über deren Geschichte sie nichts wissen konnte, die aber vielleicht durch nur einen Fehltritt zur Ehrlosigkeit verdammt und im Frauenhaus gelandet sein könnte, und zugleich empfand Clara Ekel vor der traurigen Gestalt, die mit dem Makel grenzenloser Einsamkeit vor sich hin stierend den Weg entlangschwankte. Nur ein Fehltritt. Möge es mir nie geschehen, Mutter Gottes, Maria, beschütze mich und alle Frauen vor der Sünde und mach, dass die arme Frau einen Platz findet, an dem sie ihr Kind bekommen und ernähren kann. Clara seufzte. Das wäre schon ein sehr großes Wunder der Mutter Gottes, wenn sie das bewerkstelligen könnte, denn wahrscheinlicher war, dass Mutter und Kind im Graben starben, und wenn das nicht, dann in der Winterkälte erfroren oder verhungerten, und wenn es wenigstens ein bisschen besser ging, auf einem Bauernhof von Almosen lebten, bis das Kind dann doch am Husten stürbe, mehr konnte man für sie nicht hoffen.

Claras Blick blieb an dieser jungen Frau hängen. Sie fror mit einem Mal am ganzen Leib. Das junge Mädchen war doch wie sie, und es war grauenvoll, aber gut möglich, dass sie, die gute Bürgerstochter Clara, die diese Menschen heute abstoßend fand, vielleicht im nächsten Jahr, mit einem ebenso vorgewölbten Bauch, in der Prozession der Ausgestoßenen aus der Stadt getrieben wurde.

In kleinen Gruppen schlängelte sich der elende Zug durch das Heilig-Creutz-Tor. Clara wartete nicht, bis sie die Letzten hinter der Wegbiegung bei den Obstbaumwiesen verschwinden sah. Sie kehrte um und ging nach Hause, den leeren, für die Einkäufe gedachten Korb mit müdem Arm an ihrer Seite baumelnd.

Auf dem Rückweg von der Werkstatt machte sie nun fast immer halt in der Kapelle von Maria Stern und kniete sich vor die kleine Statue. Inbrünstig und mit Tränen in den Augen bat sie: »Mutter

Gottes, verzeih mir Sünderin und hilf mir mit der Kraft deiner Liebe, ich will nur glücklich sein, ich bin kein schlechter Mensch.«

Das liebliche Gesicht der Gottesmutter schaute sanft zu ihr herab und blieb stumm.

Wenn sie sich nach ihren Gebeten erhob, war ihr manchmal so, als wäre noch jemand in der Kapelle. Sie meinte, ein leises Rascheln von Stoff oder den Tritt eines Lederschuhs zu hören, aber wenn sie sich umsah, war sie meist allein, oder es war eine der Nonnen, die bedächtig die abgebrannten Kerzen vom heruntergetropften Wachs säuberte.

An einem dieser Tage, als sie gerade die Kapelle verließ, legte jemand von hinten seine Hände auf ihre Schultern. Sie erschrak und fuhr herum. Johann blickte sie sehnend an.

»Komm mit, Clara, ich muss mit dir reden. Folge mir einfach in einiger Entfernung, durchs Jakobertor und dann rechts, da können wir reden.«

Sie seufzte und nickte. Ab und zu blickte sie sich um, sah aber kein bekanntes Gesicht, dem sie ihren ungewohnten Weg hätte erklären müssen, meist aber versuchte sie, im Gewirr der Gassen die Gestalt Johanns nicht aus den Augen zu verlieren.

Draußen auf der Wiese setzten sie sich hinter ein paar Schlehenbüsche.

»Clara, wir müssen weg aus Augsburg. Hier haben wir beide keine Zukunft. Ich hab alles gut durchdacht. Wir können zusammen sein, wie Mann und Frau, stell dir das nur vor.«

Er nahm ihr Gesicht zwischen seine Hände und hob es, so dass sie in seine Augen blicken musste.

»Wir sollten nicht beide zugleich aus Augsburg weggehen. Ich inszeniere einen Streit mit meinem Vater und gehe vor. Ich warte auf dich in Ulm, und du gehst drei Tage später los, der Zainer mit seinem Fuhrwerk verlässt dann auch die Stadt. Er wartet auf dich an der Wegscharte am Kreuz, du steigst auf, und in ein paar Tagen treffen wir uns in Ulm. Von dort aus finden wir immer einen, der uns mitnimmt nach Mainz.«

Sie zog ihm energisch die Hände weg, hielt sie aber fest.

»Wieso nach Mainz? Und wovon sollen wir leben? Wo sollen wir wohnen? Ich kenn dort keine Menschenseele.«

»Ach, Liebes, ich hab doch für alles gesorgt. Der Gensfleisch braucht gute Schreiber und geschickte Handwerker, er braucht sie so dringend, und er zahlt so gut, wir werden keine Sorgen haben, das hat mir der Zainer versichert. Und wohnen können wir erst mal über seiner Offizin, da hat der Gensfleisch Zimmer. Er hat ein großes Haus und braucht viele kundige Hände für ein neues Werk. Und wenn wir etwas Geld verdient haben, suchen wir uns ein eigenes Haus ...«

»Wer ist das überhaupt, dieser Zainer, von dem du da redest?«

»Ach, das ist ein Freund von mir, ein sehr verlässlicher, guter Mensch. Ich hab ihn in Straßburg kennengelernt. Er reist mit Schriften und Büchern über die Lande. Er hat gute Pferde und einen festen Karren, und du kannst ihm voll und ganz vertrauen. Er bringt dich nach Ulm, und von da aus reisen wir in die Freiheit.«

Johann spann seine Träume weiter, erzählte ihr von Gensfleisch, der viel Geld und viele Ideen habe, und welchen Nutzen sie davon haben könnten, aber Clara blickte zweifelnd zu Boden und zupfte Gras von der Wiese. Es duftete nach reifen Äpfeln und nasser Erde. Wespen umsurrten sie, und ein großer Admiralsfalter labte sich an einem gänzlich braun verfaulten Apfel, der neben Clara im Gras lag. Der Falter war träge vom reichen Mahl und schwenkte seine Flügel langsam und behäbig, als fließe die Zeit im Herbst langsamer als im Frühjahr, wenn die Schmetterlinge wie übermütige Kinder mühelos durch die Lüfte tänzelten. Die überreife, schwere Herbstluft legte sich auf Clara.

Ein paar Augenblicke später griff Johann um ihre Hüfte und versuchte, ihren Hals zu küssen. Clara hatte Angst vor der Entdeckung. Dass sie bisher niemand gesehen haben sollte, kam ihr immer unwahrscheinlicher vor.

»Hör auf, hier kann jeden Augenblick einer vorbeikommen«, zischte sie, drückte seine Hände nach unten weg und wand sich aus seinen Armen. Fast war sie weg, da drückte er ihr doch noch einen Kuss auf den Nacken. Seine Barthaare kitzelten. Sie musste lächeln. Wie schön wäre es, das immer genießen zu dürfen, ohne Angst vor Entdeckung, ohne die ewig kreisenden Worte im Kopf »wie eine Diebin, wie eine Diebin«.

»Wie lange dauert die Reise nach Mainz?«, fragte sie.

»Kommt drauf an, ob wir einen Kaufmann finden, der bis Mainz durchfährt und uns mitnimmt, ob wir viel zu Fuß gehen müssen und ob wir für das letzte Stück ein Boot finden. Wenn es gut geht, sind wir in zehn Tagen da.«

Sie riss ein paar Gräser ab und flocht sie um ihre Finger. Zeige-, Mittel-, Ringfinger und kleiner Finger, Gräser umbiegen und auf der anderen Seite zurück, und wenn sie am Zeigefinger ankam, zog sie das Gras von der Hand und fing von vorne an.

Johann schwieg. Er saß im Gras, hatte den Kopf auf die Hand gestützt und sah ihr aufmerksam ins Gesicht.

Es stimmte schon, hier würde sie niemand vermissen. Barthel würde bald heiraten, Ennelin würde ihm eine liebe Frau sein, bald war bestimmt ein Kind unterwegs, dann wären die drei eine glückliche Familie, und sie, Clara, wäre immer noch allein und würde sich vor Sehnsucht nach einem Leben verzehren, das sie nicht haben konnte. Wenn sie daran dachte, wie friedlich Barthel und Ennelin ihr Glück mit ein paar Kindern genießen würden, drehte sich ihr der Magen um. Sie wünschte ihrem Bruder alles Glück der Welt, aber sie könnte es nicht mitansehen. Sonst hatte sie niemanden mehr auf der Welt. Änne brauchte sie auch nicht, sie kam immer schon allein zurecht. Bärbel war glücklich verheiratet.

Aber dennoch. Mainz. Es klang so kalt. So weit weg, und wie sollte sie das Barthel erklären? Sollte sie ihm sagen, warum sie ginge? Sich verabschieden? Oder sich wegschleichen, nie mehr wiederkommen, Barthel im Unklaren lassen über ihr Schicksal? In die Fremde, in eine andere Stadt und nur Johann allein, sonst niemand, den sie kannte, nein, das konnte sie nicht.

Mit Tränen in den Augen schüttelte sie den Kopf.

Johann schlug mit der Faust an den Baumstamm und fluchte.

»Sieh es doch ein, hier sind wir nur unglücklich.«

»Du hast eine Frau, das kannst du doch nicht vergessen?«

»Sie ist zu nichts zu gebrauchen«, stieß er hervor.

Clara erschrak.

»Red doch nicht so von ihr, sie kann doch nichts dafür …«

»Ach, was weißt du schon«, erwiderte er grob und wandte sich ab. Er erhob sich und sagte: »Warte noch ein wenig und geh dann nach Hause.«

Ohne ein Wort und ohne sich umzusehen, schritt er davon.

Claras Augen brannten, die Tränen drückten heraus. Nun hatte sie sich auch noch mit Johann gestritten. Sie hatte niemanden auf der ganzen Welt. Sie fröstelte. Es wurde Abend.

Clara wischte die Tränen ab und zog ihr Tuch um die Schultern. Kurz bevor sie das Jakobertor erreichte, trat ihr ein Mann in den Weg.

»Ulrich«, rief sie erstaunt. Sie hatte den Schwestermann ihrer Mutter schon viele Monate nicht mehr gesehen. Seit der Sache mit dem Haus nach ihres Vaters Tod hatte er ihre Schwelle nicht mehr betreten, nur Irmel war öfter noch zu Besuch, als die Mutter noch lebte. Sonst sah sie die beiden und ihre Tochter nur beim Kirchgang oder bei Festen. Man grüßte sich knapp, und Ulrich wandte sich meistens ab, bevor er grüßen musste. Was wollte er nun von ihr?

»Jaja, der Ulrich, der alte Onkel«, sagte er mit schiefem Grinsen, »und wo kommt das Nichtlein denn her?«

»Ich wüsste nicht, was dich das angeht«, sagte Clara trotzig.

»Hast einen Liebsten, was?«

Clara schwieg. Was wusste Ulrich?

»Und es ist dir nicht kommod, dass ihr zusammen gesehen werdet, nicht wahr?«

Sie schwieg noch immer. Ihr Herz begann zu klopfen.

»Jaja«, sein Grinsen wurde immer breiter, »und verheiratet ist er auch, tststs …«

Er schüttelte den Kopf.

Clara durchfuhr es heiß und kalt. Sie zitterte vor Kälte und Angst. Sie wollte an ihm vorbeigehen, doch er hielt sie am Ellbogen fest.

»Was willst du von mir?«

»Hör zu, Clara, ich weiß, mit wem du nächtelang zusammen bist und dich tagsüber auf den Wiesen vor Augsburg wälzt. Und ich kann mir sogar ganz gut vorstellen, was ihr da so treibt.«

Er fuhr sich mit der Zunge über die Lippen und starrte sie an. Dann grinste er wieder.

»Und wenn der Herr Vater des Gespielen davon erführe, oh je, nein, das wär dann schon schaurig für euch alle.«

Clara wurde schwindelig, ihre Knie gaben nach. Am liebsten hätte sie sich gesetzt, doch am Wegesrand im Dreck konnte sie ihm nirgends ausweichen.

»Schau, ich bin kein Unmensch. Ich mach dir einen Vorschlag zur Güte. Wir gehen in den nächsten Tagen zum Notar, du überschreibst deiner Tante die Hälfte eures Hauses, die dir gehört, und sonst bleibt alles, wie es ist. Das heißt, wenn du dann immer noch

Lust auf deinen trauten Liebsten hast, sonst …«, er strich ihr vom Ellbogen den Arm entlang bis zur Schulter, »wir wohnen ja dann unter einem Dach, und du weißt doch schon, wie man es einem Mann angenehm macht, nicht wahr?«

Clara riss sich los und rannte davon.

»Gut, gut, ich geb dir Bedenkzeit, aber morgen um diese Zeit treffen wir uns wieder hier, sonst gibt es übermorgen Neuigkeiten in einer gewissen Werkstatt«, rief er ihr hinterher.

»Mir ist nicht gut, ich leg mich hin, muss ein bisschen schlafen«, stieß sie fast atemlos hervor, als sie den Kopf durch den Türspalt der Küche steckte und Afra am Herd sah. Rasch ging sie hoch, zog sich das Oberkleid aus und legte sich ins Bett, die Decke bis zum Kinn hochgezogen, damit sie sich schnell schlafend stellen konnte, wenn Afra nach ihr sehen würde.

Ein lautloses, entsetztes Weinen, das keinen klaren Gedanken zuließ, zerrte an ihrer Kehle. Das Schlimmste war eingetreten. Manchmal, in dunkler Nacht, hatte sie einen Glockenschlag lang der grenzenlose Schrecken gepackt, man könne sie als Ehebrecherin anklagen und bestrafen, und sie müsse in Schimpf und Schande die Stadt verlassen. Sie sah die schwangere Hübschlerin vom Gallusaustrieb, die nun Claras Gestalt hatte. Jetzt bedrohte sie dieses Schicksal unmittelbar. Ulrich würde ohne Skrupel die Nachricht von ihrer Liebschaft verbreiten, dessen war sie sicher. Sie war wütend auf den niederträchtigen Ulrich, aber auch auf sich, hatte sie sich doch das alles selbst zuzuschreiben. Sie schämte sich. Was nur, was konnte sie tun? Irgendwann musste sie eingeschlafen sein, denn es war dunkel in ihrer Kammer, als sie aus einem wirren Traum erwachte, in dem Johann mit ihr in einer fremden Stadt war und eine alte Frau ihr eine Kröte unter den Rock stopfte, die ihr die Beine hochkrabbelte und die sie nicht verscheuchen konnte. Und immer noch stand die Frage vor ihr, was sie nun tun sollte. Wie sollte sie es anstellen, Ulrich ihren Teil des Hauses zu überschreiben? Spätestens dann würde doch Barthel alles erfahren? Wie sollte sie Barthel gegenübertreten? Ihm alles beichten? Barthel, der ihr bei allem so vertraute, ihr Zwillingsbruder und der einzige Mensch aus der Familie, der ihr geblieben war, so wie auch sie für ihn die einzige Verwandte war? Sie hatte ihn so hintergangen. Allein wenn sie sich sein Gesicht vorstellte, wie sie ihm ihren Fehltritt würde gestehen müssen, krampfte sich ihr Herz zusammen, und stiegen die Tränen wieder in die Augen. Sie biss sich die Fingernägel ab, einen nach dem anderen, und betrachtete dann mit Schaudern die Hände. Plötzlich fiel ihr auch wieder ein, dass Ulrich noch gesagt hatte, sie würden dann unter einem Dach wohnen, und sie wisse ja nun, was Männer gern hätten. Obwohl sie wach war, fühlte sie die Kröte aus dem Traum an ihrem Bein hochwandern. Entsetzt schüttelte sie die Decke weg und wischte sich die Beine ab.

Ihr war übel. Sie zog die Waschschüssel heran und übergab sich. Schwankend blickte sie zur Luke hinaus in den Nachthimmel, der wolkenverhangen war. Mond und Sterne waren nicht zu sehen. Trotzdem schaute sie lange hinauf in das schwarze Gewölbe über ihr. Es gab nur eine Möglichkeit. Sie würde mit Johann gehen. Sie musste gleich morgen zu ihm gehen oder ihm eine Nachricht zukommen lassen, sie wusste nicht, wie sie es anstellen sollte. Ausgerechnet heute war er im Zorn von ihr gegangen. Hätte sie doch nur gleich zugestimmt, mit nach Mainz zu gehen, dann wäre ihr das alles erspart geblieben, und Ulrichs Drohung hätte ihren Stachel verloren. Vielleicht war es am besten, wenn sie sich am frühen Morgen zu ihm schlich. Aber wie sollte sie ihn treffen, ohne dass die anderen es bemerkten? Nein, sie musste einfach in die Werkstatt gehen, sich nichts anmerken lassen und einen unbeobachteten Augenblick nutzen, um mit ihm zu reden. Sollte sie ihm die Wahrheit sagen über den schlimmen Ulrich? Würde er dann nicht denken, sie ginge nur mit, weil sie gezwungen war? War es denn nicht auch so? Wie auch immer, sie hatte keine andere Wahl. Es war besser, Johann nichts von der Erpressung zu sagen. Es würde ihn nur kränken und stünde auf immer zwischen ihnen. Sie belog ausgerechnet die beiden Menschen, die sie am liebsten hatte, Barthel und Johann. Sie schlief nicht mehr ein, saß auf dem Bett und stellte sich den Morgen vor, wie er ablaufen könnte, was schiefgehen könnte, wie es gelingen könnte, und immer wieder begannen ihre Gedanken von neuem zu kreisen wie ein Wasserstrudel beim Umrühren im Fass.

Es war nicht leicht für Clara in der Bämler'schen Werkstatt am andern Tag. Johann schien sie zu meiden, was sie nicht wunderte. Sie hatte ihn tief gekränkt mit ihrer Absage. Sie musste es schaffen, ihn allein zu sprechen. Schreiben konnte sie an diesem Tag nicht, ihre sämtlichen Buchstaben wanderten wie verwundete Krieger über die Zeilen, und ständig musste sie etwas korrigieren. Sie begann, sehr langsam zu arbeiten, um wenigstens kein Papier zu verschwenden. Endlich war Mittagszeit, und der Raum leerte sich. Der alte Bämler war zur Apotheke gegangen, um Pigmente zu besorgen.

»Johann«, flüsterte sie, als dieser gerade zur Küche gehen wollte, »bitte, bleib.«

Er hatte die Hand auf der Klinke, und sie sah, wie er zögerte.

Dann drehte er sich um und öffnete den Mund, um etwas zu sagen, aber etwas in ihrem Blick ließ ihn innehalten.

»Was ist los?«

»Johann, es tut mir leid, dass ich gestern so, ich weiß nicht, dass ich abgelehnt habe. Ich habe eine Nacht darüber schlafen müssen und – ja, ich will mit dir nach Mainz.«

Ganz langsam, viel zu langsam, entspannten sich Johanns zusammengezogene Augenbrauen, und ein feines Lächeln legte sich auf sein Gesicht.

»Ist gut, Clara.«

Er schaute sich nach der geschlossenen Küchentür um, dann trat er rasch zu ihr, nahm ihr Gesicht ganz sanft in beide Hände und wischte mit den Daumen ihre Tränen ab.

»Aber Clara, so schlimm war es doch nicht, es ist doch alles gut jetzt«, sagte er.

Hinter der Küchentür sagte jemand etwas, gleich konnte die Tür aufgehen, und sie trennten sich voneinander. Clara zwang sich zu lächeln.

»Geh essen, Johann, alles Weitere besprechen wir noch. Aber sei sehr, sehr vorsichtig, ich glaube, der Barthel ahnt etwas, und dein Vater hat uns auch neulich fast erwischt.«

Sie hoffte, ihre Mahnung würde Früchte tragen. Sie durften sich beim Pläneschmieden nicht von Ulrich erwischen lassen. Ah, Ulrich, sie hatte schon fast vergessen, dass sie Ulrich heute noch mal treffen musste, um ihn in Sicherheit zu wiegen. Er durfte nicht merken, dass sie fliehen wollte, sonst wäre alles verloren.

Sie wartete an der vereinbarten Stelle vor dem Jakobertor auf Ulrich, blieb aber auf dem Weg, so dass Passanten sie beide sehen konnten. Als Ulrich kam, griff er sie herrisch am Ellbogen und wollte sie auf die Wiese zum Holzstoß ziehen, aber sie schüttelte ihn ab und stemmte beide Füße auf den Boden. Glücklicherweise kam gerade ein Fuhrmann mit zwei Gehilfen vorbei, die an einer tief ausgefahrenen Stelle Mühe hatten, ein lockeres Rad zu drehen. Es wäre aufgefallen, wenn sie sich gewehrt hätte, aber unter den Rufen der Fuhrleute und dem Knarren des Wagens konnte niemand hören, was sie und Ulrich redeten. Sie hatte sich vorgenommen, nur das Nötigste zu sagen.

»Und?«

»Ja, mach es ab mit dem Notar, ich komme und gebe dir meinen Teil.«

»Weiß der Barthel davon?«

»Geht dich nichts an.«

»Hehe, werd nicht frech, ich brauch nur ein Wörtchen fallen zu lassen, das weißt du.«

Clara sah ihn zornig an. Diese missliche Lage war nicht allein ihre Schuld, das spürte sie, er war der Widerling und sein Vergehen ebenfalls eine Sünde. So war es doch, oder?

»Wir machen es«, sagte sie, »aber zu meinen Bedingungen. Niemand soll etwas davon wissen, bevor wir nicht beim Notar waren. Du schweigst still, sonst ist es auch für dich vorbei mit dem Haus.«

Ulrich schmunzelte sogar ein wenig. Vermutlich stellte er sich gerade Barthels Miene vor, wenn er ihm die Übertragungsurkunde vor die Stirn hielt und endlich das Hätzler'sche Haus am Heilig-Creutz-Tor als Eigentümer betrat.

»Gut. Du wirst deine Hoffart schon noch verlieren, dafür sorge ich. Ich melde mich bei dir, wenn es so weit ist.«

Dann ging er.

Clara atmete aus. Sie wischte sich den Ärmel ab, an dem seine Hand gelegen hatte, sehr lange, als ob etwas Klebriges darauf war, und ging hinter den Fuhrleuten her langsam in die Stadt zurück.

Clara stand neben dem steinernen Wegkreuz und wartete. Der Morgen dämmerte. Die Auen lagen im Nebel, darüber schlich sich ein schmutzig-graues Rosa in die Wolken. Auf jeder Faser ihres Wolltuchs hatte sich ein kleines Tautröpfchen niedergelassen. Das moosüberwachsene Steinkreuz roch modrig, vertrocknete Blumen lagen auf dem Podest. Der Nebel erstickte die Geräusche. Es war so still, dass sie die Tropfen von den Zweigen der Büsche hinter sich fallen hörte. Kein Vogel sang, kein Wind wehte. Sie stand ganz still, stiller als das Kreuz, aber ihre Gedanken rasten.

Noch vor weniger als einer halben Stunde hatte sie, fertig angezogen, auf ihrem Bett gesessen, die Schultern gestrafft und den Brief an ihren Bruder glatt gestrichen. Ihre Feder, ihr Tintenfass und den Beutel mit dem Geld hatte sie in ihre Gürteltasche gepackt. Sie hatte noch eine gute Schreibprobe auf Pergament sorgfältig in ein Tuch gehüllt, damit sie nicht zerdrückt wurde. Man wusste nie, ob man nicht jemanden überzeugen musste, dass sie sehr gut schreiben konnte. Das andere Geld war im Saum ihres Rockes, und ein kleiner Teil im Sack, der noch ein Hemd, ein Unterkleid, warme Strümpfe und ein zweites Umhängetuch enthielt. Zum dritten Mal hatte sie den Brief an ihren Bruder gelesen:

»Lieber Bruder, sorg dich nicht um mich,
ich mache eine Wallfahrt nach Aachen.
Ich geh ohne Abschied, er wär mir zu schwer.
Es wird mir nichts Schlimmes geschehen,
ich habe eine gute Mitfahrt gefunden.
Aber wann ich zurückkomme, weiß ich nicht.
Grüße mir Ennelin. Bitte verzeih mir.
Deine Schwester Clara.«

Seufzend war sie aufgestanden, hatte den Brief auf das Bett gelegt und ihr Bündel genommen.

Nun stand sie am steinernen Kreuz. Was, wenn Zainer nicht käme? Was, wenn sie Johann nicht in Ulm fände? Wenn Barthel den Brief nicht fände? Oder wenn er ihn zu früh fände und gleich hinter ihr herkäme und sie hier sähe? Jesus Maria, was, wenn Änne jetzt des Wegs käme? Was würde sie ihr sagen? Alle unwahrscheinlichen Zufälle schienen ihr zwangsläufig. Es würde schiefgehen, es musste schiefgehen. Was, wenn nicht Zainer, sondern ein anderes Fuhrwerk als Erstes hier langkäme? Und sie den Fuhrmann kannte? Was, wenn ihr der Ulrich wieder gefolgt war? Er würde sie am wenigsten von allen gehen lassen, denn damit wäre ihm das Haus wieder entglitten, das Haus, das er so sehr haben wollte und das sie für Barthel schützen musste.

Sie sagte sich, dass es klüger wäre, sich hinter dem Stein zu verstecken, aber ihr Körper rührte sich nicht. Er gehorchte nicht der zarten Stimme der Vernunft, die ihr den Abbruch dieses irren Vorhabens oder wenigstens Vorkehrungen gegen das Entdecken empfahl. Das Knarren von Rädern und Stapfen von Hufen schob sich aus dem Nebel. Sie hörte Pferde leise schnauben, die gleich hinter den Büschen der Wegbiegung erschienen, und ein junger Mann mit einem rötlichen gestutzten Bart und dichten Augenbrauen sah sie mit ruhigem Blick vom Kutschbock aus an, als er die Zügel anzog.

»Clara?«, fragte er, aber es war schon fast keine Frage mehr. Sie nickte.

»Zainer?«, fragte sie.

Er klopfte auf das Holzbrett neben sich. Sie warf ihr Bündel auf die Ladefläche und stieg auf den Wagen. Steif und schweigend saß sie eine Handbreit von ihm entfernt, die Hände auf dem Schoß krampfhaft ineinander verschlungen.

Vorgestern war Johann gegangen. Er hatte schlimm mit seinem Vater gestritten. Den Streit hatte er vom Zaun gebrochen. Dann hatte er seine Sachen gepackt und dem Vater gesagt, er würde gehen, in Mainz beim Gensfleisch arbeiten, der zahle wenigstens gut, und wenn sich der Vater entschlossen habe, ihm die Werkstatt zu übergeben, solle er ihm das in einem Brief mitteilen. Aber solange er die Werkstatt nicht habe, könne er nicht in Augsburg bleiben. Das warf er dem vor Zorn zitternden Vater vor die Füße. Clara hatte fast ein wenig Mitleid mit dem alten Meister Bämler. Sicher, er war kein angenehmer Mensch, meist übel gelaunt und ungerecht, aber er hatte sie mit Wohlwollen bei sich arbeiten lassen. Bevor Johann mit seiner Ehefrau aus Straßburg nach Hause gekommen war, hatte der Alte Clara manchmal angesehen, als wollte er ihr etwas Wichtiges sagen, besonders wenn sie allein in der Werkstatt waren. Wenn sie dann aufblickte, lächelte er ihr zu, aber gesagt hatte er nie etwas. Vielleicht wäre es ihm recht gewesen, wenn sie seine Schwiegertochter geworden wäre. Schließlich verstand sie etwas vom Geschäft, ihre Arbeitskraft wäre in der Werkstatt sehr wertvoll gewesen. Und Lohn hätte der alte Geizkragen ihr dann keinen mehr zahlen müssen. Das Schauspiel, das Johann vorgeführt hatte, der geplante Streit, wäre ihr unendlich peinlich gewesen, hätte sie es mitansehen müssen. So wurde es nur von einem blassen Schatten hinter der Tür beobachtet, und als Johann wutentbrannt aus der Werkstatt stapfte, schloss seine Frau Agnes leise die Tür zur Küche, setzte sich an den Tisch und weinte.

Zainer und Clara schwiegen. Sie sah sich um, und ihr war schon wieder zum Heulen zumute. Es fiel ihr so schwer zu gehen, aber sie fand keinen anderen Ausweg. Mit Barthel reden, ja, vielleicht, aber was würde er ihr entgegnen? Zu Recht wäre er wütend auf sie, und wie sollte er die Sache lösen? Erpressen konnte der Ulrich auch ihn mit seinem Wissen über sie. Und vielleicht, vielleicht wäre Barthel nicht mal wütend, sondern nur maßlos traurig. Das wäre noch viel schlimmer. Sie schämte sich viel zu sehr, zu Zainer die Worte zu sagen, nach welchen sie sich sehnte: »Lass mich runter, ich geh wieder heim.«

Sie schwieg, steif und starr, auf dem Kutschbock sitzend. Ihr war kalt von innen.

Ein sehr gerader Weg führte durch einen nicht enden wollenden Wald. Das Herbstlaub fiel zaghaft von den Bäumen, als ob es sich aus eigenem Entschluss auf den sanften Weg nach unten gemacht habe. Die Pferde dampften. Bald war es zu spät zur Umkehr. Für eine Rückkehr zu Fuß war die Entfernung nun zu groß.

Allmählich wurde es heller. Der graubraune Nebel erhielt einen glänzenden Schein. Der Weg stieg an, und schließlich verließen sie den Wald. Ihr stockte der Atem. Blaues Licht brach durch die zarte Nebelwand, die nur noch wie ein feiner Vorhang die weite Landschaft verhüllte, die Täler noch im Nebel, nur die Waldkuppen und ansteigenden Wiesen ragten heraus. In der Ferne war ein dunkelgrüner dicker Streifen Berge, der die weitere Sicht versperrte. Endlich sprach sie:

»Wie schön das ist. Zum ersten Mal seh ich ihn.«

»Wen?«

»Den Horizont. Ich hab ihn mir schon als Kind vorgestellt, aber dass er so schön ist!«

Sie erinnerte sich an den lang vergangenen Tag, als der Vater mit ihr und Barthel den Perlachturm bestiegen hatte. Ganz vergessen hatte sie das, bis heute. Aber es war fast so, wie sie es sich damals auf dem Perlachturm gedacht hatte: Sie hatte den Horizont erreicht, und eine neue Landschaft mit einem neuen Horizont faltete sich vor ihr auf.

Zainer brummte nur. Er strich sich über den dichten Bart und zeigte auf die bewaldeten Hügel in der Ferne. »Das ist die Alb. Morgen sind wir in Ulm.«

Sie übernachteten in Burgau in einem einfachen Gasthof an der Straße. Vor lauter Angst, etwas falsch zu machen, bewegte sich Clara nur, wenn Zainer sie zu sich rief oder herwinkte. Er bestellte das Essen, sie löffelte schweigend die Suppe und ging sofort danach in das kalte Zimmer, in dem sie ein verwanztes Bett vorfand. Sie schob den Riegel vor, legte sich angezogen auf das Bett und tat die ganze Nacht kaum ein Auge zu. Irgendwie musste sie doch geschlafen haben, denn als es sacht an die Tür klopfte, schrak sie hoch und wusste nicht, wo sie war.

»Clara«, rief Zainer leise von draußen, »steh auf, wir fahren bald los.«

Am Nachmittag des zweiten Tages tauchten die Türme der Stadt Ulm auf. Wie eine riesige braune Kröte hockte das gedrungene Münster mitten in der Stadt, um sich herum die Dächer der Bürgerhäuser und vor sich das blaue Band der Donau. Das Knarzen der Deichsel und das Schmatzen der Räder im Dreck des Weges, das Clara jetzt zwei Tage lang begleitet hatten, hörten plötzlich auf, als sie auf die hölzerne Brücke über den Seitenarm der Donau fuhren. Die Hufe der beiden Pferde klapperten über die Planken. Der Wagen durchquerte die Insel auf einem kurzen Stück Weg und gelangte dann auf die lange Brücke über die echte Donau. Ein Tor in einem hohen, weißen Turm auf quadratischem Grundriss erwartete sie. Die Torwächter warfen einen Blick auf Zainers Fuhre, er warf ihnen ein paar Münzen zu, und, ohne ein Wort zu wechseln, fuhr Clara zum ersten Mal in ihrem Leben in eine andere Stadt als Augsburg ein.

Nicht weit hinter dem Turm machte Zainer an der Hofeinfahrt eines Wirtshauses halt. Er sprang vom Kutschbock, hieß Clara warten und ging in die Wirtsstube. Clara sah sich um. Die Leute sahen aus wie in Augsburg. Sie sprachen fast genauso und trugen die gleichen Kleider. Die Straße war vom gleichen Schmutz belegt, die Schweine wühlten im gleichen Mist, und es roch auch wie in Augsburg. Zwei Tage hinter dem Horizont kam sie in einer Stadt an, die sich kaum von ihrer Heimat unterschied. Hätte die Fremde nicht farbiger sein müssen, fabelhafter und funkelnder als ihre vertraute Umgebung? Dann musste sich der Horizont wohl noch viel weiter auffächern, um die märchenhaften Landschaften zu erreichen, von denen die Kaufleute berichteten, und Ulm war noch längst nicht fern genug. Zwei Tage, grübelte sie, wie groß war die Welt, wenn sie nach zwei Tagen noch nicht einmal ein bisschen fremd auf sie wirkte? Zainer kam zurück, lenkte den Wagen durch die Hofeinfahrt und spannte die Pferde aus.

»Warte hier«, sagte er, »Johann ist nicht in der Wirtsstube.«

»Weiß er denn, dass wir hier haltmachen?«

Zainer schaute sie einige Augenblicke stumm an.

»Wie gut habt ihr euch abgesprochen?«, fragte er schließlich mit hochgezogenen Augenbrauen.

»Mir hat er nur gesagt, ich soll mit dir nach Ulm fahren.«

»Er kommt bestimmt gleich«, brummte Zainer in seinen Bart.

Clara spürte Angst in der Kehle hochsteigen. Es klang so einfach, als Johann die Pläne schmiedete. Fahr mit Zainer nach Ulm, dort wirst du mich treffen. Einzelheiten spielten bei Johann keine Rolle. Mehr als die Gewissheit von Zainers Worten hatte sie nicht.

Mittlerweile hatte Zainer die Pferde in den Stall geführt und einen Teil seiner Ware entladen, mit dem Stallknecht des Wirtes und mit einem Kaufmann verhandelt. Clara war ihm in den warmen Stall gefolgt und wartete geduldig, den Beutel mit beiden Händen an sich gedrückt. Schließlich kam Zainer zu ihr.

»Ich fahr jetzt weiter.«

Erschrocken blickte sie auf.

»Aber Johann ist noch nicht da.«

Zainer sah den Schreck in ihren Augen. Unbehagen regte sich in ihm. Johann hat sie nicht verdient, dachte er unvermittelt. Er wird sie nicht auf Händen nach Mainz tragen. Bist selbst schuld, sagte er im Stillen zu Clara, dass du dich mit ihm eingelassen hast. Laut sagte er: »Geh halt in die Wirtsstube, vielleicht ist er inzwischen angekommen.«

Er drehte sich um und ging. Wäre er geblieben, hätte er ihr vieles sagen müssen, was sie nicht hätte hören wollen.

Clara schnappte nach Luft. In eine Wirtsstube gehen, allein, in einer fremden Stadt. Und vorhin hatte Zainer doch nachgesehen, da war Johann nicht drin. Sie wartete lieber auf dem Hof.

Der frühe Novemberabend senkte sich auf die Stadt. Als es so dunkel war, dass die Farben verblassten und die Pferde und Wagen im Hof nur noch grau und schemenhaft zu erkennen waren, gab sie sich einen Ruck und ging zur Tür. Von drinnen kamen laute Männerstimmen. Sie hob die Hand, um den groben hölzernen Griff zu fassen, da wurde die Tür aufgestoßen und flog ihr fast an den Kopf, sie konnte gerade noch zurückweichen. Zwei bärtige Knechte traten heraus und riefen lachend etwas nach innen. Der zweite hielt ihr sogar die Tür auf. Das ermutigte sie, und sie trat ein.

Niemand achtete auf Clara. Eine Frau mit verschwitztem Gesicht schleppte Bierkrüge zu den voll besetzten Tischen. Laute Männerstimmen grölten bis unter die Decke. Es roch nach altem Bier, nach Pisse und fettem gebratenem Fleisch. Sie ging langsam in die Mitte des Raumes, wo bei einer Säule keine Tische standen und sie ein wenig Platz hatte. Als die Frau ohne die Krüge zurückkam und ihre leeren Hände an ihrer Schürze abrieb, wandte sie sich zu Clara: »Grüß dich, magst du was essen?«

»Eigentlich such ich jemanden«, sagte Clara.

Die freundliche Stimme der Kellnerin machte sie ruhiger. Sie blickte sich um.

Im selben Augenblick sah Johann auf. Er saß mit einigen Männern zusammen an einem Tisch und würfelte. Er sah sie, strahlte und stand auf.

»Da bist du ja. Wo hast du so lang gesteckt? Ich dachte, ihr wärt früher da.«

Clara war so erleichtert, dass ihr gar nicht in den Sinn kam zu fragen, warum er denn dann nicht mal im Hof nach ihr geschaut habe. Vielleicht war er in den Gastraum gekommen, als sie mit Zainer im Stall war. Sie ging mit ihm an den Tisch, er bestellte ihr etwas zu essen und einen Krug Bier. Mit einem Mal war sie hundemüde und froh, dass er gleich nach dem Essen ihren Beutel nahm und ihr sagte: »Wir haben hier ein Zimmer, sogar für uns allein, du wirst müde sein, wir gehen hoch.«

Niemand wusste, dass sie in diesem Zimmer waren. Niemand würde sie stören. Er hatte sogar den Riegel vorgelegt. Er zog sie zum Bett und küsste sie. Sie schlang ihre Arme um seinen Hals. Ein warmes Gefühl breitete sich in ihrem Bauch aus.

»Oh, Johann«, flüsterte sie, »das tut so gut.«

Das Wirtshausbett war ein warmes Nest geworden, die Müdigkeit verflogen. Sie liebten sich und lachten, und Clara verlor etwas von dem Unbehagen der letzten Tage. Einmal kitzelte Johann sie, und sie musste so laut lachen, dass jemand nebenan gegen die Wand donnerte. Kein Wächter sang, kein Morgen graute. So sollte es ab jetzt immer sein.

Clara erwachte, als es schon hell war. Im Hof waren laute Rufe und Hufgetrappel zu hören. Sie ging zum Fenster. Der Novembermorgen, der das Licht nur zögerlich zu sich rief, schien sogar schon länger angebrochen. Aber wen kümmerte es? Sie hatten nichts zu tun, außer nach Mainz zu reisen, und dafür hatten sie genügend Zeit. Clara wusch sich mit dem Wasser aus einer Kanne, die auf einer Truhe stand, während Johann noch tief und fest schlief. Sie zog sich an, setzte sich auf die Bettkante und wartete. Johann schlief lange.

Ganz langsam stieg die Beklemmung vom Zainer'schen Kutschbock wieder in ihr auf. War es ein Fehler? Wie ging es weiter? Wieder war ihr zum Heulen zumute, als sie daran dachte, was Barthel wohl machte und ob er ihren Brief wohl schon gelesen hatte. Ein heißer Schreck durchfuhr sie, als sie sich vorstellte, wie

Ulrich zu Barthel ginge und von ihrer Liebschaft zu Johann erzählte und wie Ulrich über sie reden würde. Dem Gespött und der Missachtung aller Augsburger wäre sie ausgesetzt, wenn sie irgendwann einmal wieder nach Augsburg käme. Es war doch eigentlich so, dass sie nie wieder Augsburg betreten könnte, war es doch unvermeidbar, dass Ulrich übel von ihr sprach in der ganzen Stadt.

Sie hatte ihre Hände ineinander verkrampft, als Johann endlich erwachte, sich rekelte und sie auf die Schulter küsste.

»Was für ein Morgen, meine Liebe«, sagte er mit wohliger Stimme. Dann zog er sie ins Bett. Sie wäre lieber in die Wirtsstube gegangen, um etwas zu trinken und zu essen und, vor allem, um einen Fuhrmann für die Fahrt nach Mainz zu finden. Sie kam nicht gegen ihn an, gegen ihren eigenen Körper, der nichts tat, sondern geschehen ließ, gern geschehen ließ. Der Kopf dachte, aber er hing nicht mehr richtig auf ihren Schultern. Die eine Clara sagte streng: Steh endlich auf und kümmere dich um eure Reise, die andere Clara hörte einfach nicht, umarmte Johann, streckte sich wohlig unter der Decke.

Johann lehnte sich auf einen Ellbogen und strich ihr mit der anderen Hand die Haare aus der Stirn.

»Mein Mädchen, jetzt sind wir endlich zusammen.«

An diesem Tag war es zu spät dafür, noch ein Gefährt für eine längere Strecke zu finden. Sie wollten nicht nur eine kurze Strecke an einen unbedeutenden Ort mitgenommen werden, von dem aus sie vielleicht nur zu Fuß weiterkämen. So beschlossen sie, noch einen Tag in Ulm zu bleiben.

»Clara, pack alles zusammen, ich hab einen gefunden, der uns bis Cannstatt mitnimmt. Er fährt gleich los, beeil dich.«

Schlaftrunken setzte sie sich auf. Sie hatte nicht bemerkt, dass Johann schon in der Gaststube war, um nach einer Mitfahrgelegenheit zu suchen. Mit wirren Haaren sammelte sie ihre Sachen ein, stopfte alles in den Beutel und blickte noch einmal durch das Zimmer, um nichts zu übersehen und zu vergessen. Sie setzte sich die Haube auf, drückte das Haar drunter und stolperte die Treppe hinab. In der Gaststube setzten sie sich zu einem dicken Fuhrmann an den Tisch, der mit feisten Apfelbäckchen Clara angrinste. »Frau Clara, ich freie mich, eure Bekanntschaft zu mache. Trinked mer ein Bier zamma, bevor es losgeht.«

Ob der Fuhrmann immer so fröhlich war oder schon früh am Morgen sehr viel Bier genossen hatte, konnte sie nicht sagen, aber da sie Durst hatte und nichts gefrühstückt, war sie froh, von der jungen Wirtin noch einen Krug Bier und einen kleinen Laib Brot zu bekommen. Der Fuhrmann hatte es weniger eilig als Johann, den es plötzlich nicht mehr in Ulm hielt. Er wartete nur, bis Clara ihr Bier geleert hatte, dann drängte er den Fuhrmann zum Aufbruch.

»Kerle«, sagte der, »das Wetter isch guat, drängel net so, wir kommen noch im Hellen bis Neidlingen.«

Schließlich setzte er sich auf den Kutschbock des großen Wagens, der mit Fässern und Stoffballen beladen war, und zeigte den beiden mit dem ausgestreckten Daumen der Faust nach hinten auf die Ladefläche. »Sucht euch a Plätzle, hab euch hinten zwei Ballen Stoff hing'legt. Aber net buable«, rief er jovial und kicherte.

Clara verstand das Wort zwar nicht, aber sie konnte sich denken, was er sich vorstellte, und wurde wieder mal rot.

In Cannstatt übernachteten sie in einem schmutzigen Gasthaus, das nach Abtritt und altem Bier roch. Clara hatte Lust auf einen Besuch im Badehaus, aber Johann hatte schon am Abend für den frühen Morgen eine Mitfahrt gefunden bis Worms. Das einzig Gute war der frühe Aufbruch aus dem verlausten Haus.

Das Werk der Bücher

Dezember 1470

Clara holt schon das dritte Paar Wechselärmel aus der Truhe und hält sie ans Oberkleid. Die roten sind doch zu auffällig, die grünen passen nicht zum blauen Kleid, die braunen haben abgeschabte Stellen an den Ellenbogen vom Schreiben, die kann sie nicht anziehen. Also doch die roten? Was ist denn nur so besonders an einem Treffen mit Zainer!

Die Zeiten sind doch nun lange vorüber, in denen der Magen flattert und die Finger zittern, wenn man sich mit einem Mann trifft. Es ist doch nur Zainer, nur ein guter Freund der Familie – was denn mehr? So viele Jahre war er weg, hatte geheiratet und seine Frau verloren und nun seine Heimat in Augsburg gefunden. Es ist doch nur recht und billig, sich seine Offizin anzusehen, nach allem, was sie schon gemeinsam erlebt haben, ja, das ist es doch wohl, was ihre Finger zittern lässt und ihren Magen bis zur Kehle hebt: was er alles weiß und wen er alles kennt. Es gibt nur drei Menschen auf der Welt, Zainer, Barthel und Änne, die die Wahrheit kennen. Da wächst der bärtige Zainer hervor wie ein Riese überm Gebirge, und sie hat fast ein wenig Angst vor ihm. Sie weiß wohl, dass er schon ein paar Jahre jetzt in Augsburg ist und sich gut eingerichtet hat, aber sie hatte ihren Kopf im Hühnerhaus gelassen, so getan, als hätte sie nichts mit ihm zu tun. Das geht nicht, schimpft sie sich, du Törin. Du musst mit ihm umgehen, einen

Weg finden, wie wir aus den alten Geschichten raus- und in etwas Neues hineinkommen. Etwas Neues … Welche Ärmel nimmt sie denn nun? Sie streckt sich so heftig, dass die Schultern krachen, und sperrt den Gedankenstrom in eine Ecke. Mein Kopf ist wie ein Hühnerhaus, das ist wohl wahr. Sie zerrt ungeduldig die roten Ärmel aus dem Kleiderhaufen und geht hinunter in die Küche, um sie sich von Afra annesteln zu lassen.

Ein Korb mit einem schönen Kuchen nimmt sie mit, weil es bei Besuchen so üblich ist. Ist es auch so, wenn eine ledige Frau einen verwitweten Mann besucht? Jetzt fangen die Hühnergedanken schon wieder an, hört auf zu gackern!

Den ganzen Weg zur Offizin geht das so. Wie er sie anblickte, neulich beim Tanz, das war doch mehr als Freundschaft. Wenn er nun mehr will … oder macht sie sich etwas vor? Soll sie ihm gleich sagen, dass da nichts ist als Freundschaft? Dann macht sie sich lächerlich, wenn er ihr doch nur die Offizin zeigen will. Um mehr geht es doch nicht.

Als sie die Tür öffnet und in die Werkstatt blickt, bleibt sie staunend stehen. Eine blitzsaubere Offizin, in der Mitte eine große Presse, die wie ein gut gezähmter Ochse auf ihre Arbeit wartet, links am Fenster die blitzenden Lettern in den Kästen, Stapel feinsten Papiers sauber auf der Bank aufgereiht.

Zainer kommt ihr entgegen, wischt sich die Hände an dem Tuch ab, das an seiner ledernen Schürze hängt, und begrüßt sie. Clara streckt ihm verlegen den Korb mit dem Kuchen hin.

»Ich weiß nicht, ob ich dir Kuchen bringen soll oder nicht, ich hab niemanden gefunden, der mir sagt, ob es sich ziemt, aber hier ist er.«

Beide wissen, was sie meint, mit dem »ob es sich ziemt«. Er nimmt ihr den Korb aus der Hand, und auch das merken beide, dass er darauf achtet, ihre Finger nicht zu berühren.

Sie trinken Wein und essen den Kuchen, auf der Ofenbank, einander zugewandt.

»Deine Offizin, Zainer, die Presse und das alles«, sie macht einen großen Bogen mit dem Arm, »das sieht so sauber aus, so aufgeräumt und geordnet.«

Hier bei Zainer riecht es nach Papier und Tinte, vermischt mit der schneidend klaren Novemberluft, die durch die offenen Fenster hereinfällt. Das Brennholz ist unter der Bank gestapelt, Späne und Zweige sorgfältig weggekehrt, und im Kachelofen brennt ein wärmendes Feuer. Als Claras Blick durch die sauber aufgeräumte Werkstatt streift, vergleicht sie diese unwillkürlich mit der letzten Druckerwerkstatt, die sie vor mehr als zwanzig Jahren sah. Der Lärm und der Schmutz aus der anderen Offizin, damals in Mainz, wühlen sich durch ihre Erinnerung. An der hinteren Wand ließ Zainer ein großes Gestell bauen, in dem die Setzkästen schräg aufgestellt liegen, so dass man sie leicht auf die Stellagen an den beiden Arbeitsplätzen der Setzer heben konnte. Die ganze Einrichtung ist durchdacht, so dass die beiden Wege, vom Setzen über die Tinte bis zum Druck und vom Papierlager über das Befeuchten bis zum Druck klar erkennbar waren. Der Boden ist gefegt, die Tische leergeräumt. Jedes Ding hat seinen Platz, bis hin zur kleinsten Letter. Wie anders war die Offizin, die sie vor zwanzig Jahren zum letzten Mal sah – in jener fernen Stadt.

Herbst 1449

An einem trüben Novembernachmittag trafen Clara und Johann in Mainz ein. Von Worms aus fanden sie Platz auf einem Frachtkahn, der den Rhein hinabfuhr. Rasch trieb der große Strom das flache Boot nach Norden. Clara klammerte sich an dem Brett fest, auf dem sie saß, bis ihre Finger vor Kälte steif wurden. Der Himmel war grau, die Wälder links und rechts des Flusses von Nebel verhangen, und wenn sie in die braunen Wellen des Rheins starrte, wurde ihr schwindelig und übel. Einzig, dass das Boot recht breit war und ein Tuch zum Schutz vor dem aus dem Nebel fallenden Nieselregen über ihr gespannt war, gab ihr Zuversicht auf den wankenden Brettern. Nichts nahm ihr den Schreck vor den Strudeln des Stroms, in dem Unholde aller Art unter der Oberfläche lauerten, Wasserweiber und der nasse Nöck etwa. Noch nie war Clara auf so trübem Wasser gewesen, dessen Grund man nicht erkennen konnte. Zu Hause ließ der helle, weiß schäumende Lech das kleinste Fischlein sehen, allen Unrat und jede blinkende Münze. Erzählten dort die alten Weiber vom Nöck, lachte sie darüber und stellte sich höchstens vor, wie sein Reich unter Wasser aussehen möge, wenn man es erblickte, im Mühlenweiher oder am Lech oberhalb von Augsburg. In einer zarten Burg aus Muscheln, mit hellgrünem Tang behangen und bevölkert von silberglänzenden Fischlein saß ein hübscher Kerl mit im

Wasser wallenden Locken und einem Fischschwanz, mit einem Dreizack in der Hand, auf einem Thron von Kieseln. Was aber unter den braunen Wellen in den Tiefen des Rheins, unter einer ungeheuren Menge von Wasser, die kein Anfang und kein Ende und vor allem keinen Grund zu haben schien, sich abspielte, jagte ihr kalte Schauer über den Rücken. Und dass der Hakenmann sie mit einem Fischhaken ins Wasser ziehen könne, war so leicht vorstellbar, dass sie furchtsam nach solchen Haken Ausschau hielt. Zog er nicht besonders gern die losen Weiber zu sich in sein nasses Reich? Der Hakenmann, der Nöck, er hatte plötzlich Ulrich Mangolts Gesicht, und ihr wurde schwindlig. Nicht in die Wellen sehen, sagte sie sich, schau nicht ins Wasser, sonst zieht er dich runter.

Ständig rief der Steuermann kurze Befehle an die Treidler am Ufer, die das Schiff auf Kurs hielten, so dass sie nie zu weit in die Mitte des breiten Stroms gelangten. Unter seinen Rufen und den Antworten der Treidler gelangten sie rasch voran.

Es dämmerte noch nicht einmal, als sich der Kahn in Mainz am Eisernen Turm ans Ufer schob. Das Entladen des Schiffes musste schnell gehen. Clara verließ das schwankende Boot und dankte der Jungfrau Maria mit einem eilig gemurmelten Gebet dafür, dass sie wieder festen Boden unter den Füßen hatte. Jetzt schwindelte ihr nicht mehr, obwohl sie seltsam schwankend stand, aber der Kopf schwirrte ihr von der lärmerfüllten Luft. Die Treidelknechte und Lastenträger sparten nicht mit Schimpfwörtern. Ihre Rufe mischten sich mit dem Gehämmer der Schmiede, dem Schnauben der Pferde, die an die für die Ladung bereitstehenden Wägen geschirrt waren, und mit dem Läuten der Glocken vom nahen Dom, dessen Türme sie schon beim Näherkommen auf dem Wasser am linken Ufer hatte aufragen sehen.

Bei einer der Garküchen neben dem Eisernen Turm fragten sie nach dem Humbrechtshof.

»Geht durch die Gasse da, dann steht ihr vor unserem Kaufhaus. Von dort am linken Eck grade hoch bis Sankt Quirin, dann links, dann seid ihr schon fast da«, wies ihnen ein Schmied mit Lederschurz den Weg, der eine dampfende Pastete verspeiste, die er gerade in der Garküche gekauft hatte.

Nach nur wenigen Schritten standen sie auf dem Platz vor dem Mainzer Kaufhaus. Prächtig schob es seine hellgraue, mit bunten Zinnen geschmückte Fassade in den schon dunkelnden Himmel, und das grüngoldene Glas der Butzenscheiben funkelte von den Kerzen und Lampen im Innern des großen Hauses. An den schlanken, mit reichem Schnitzwerk verzierten Türflügeln vorbei blickte Clara in eine hohe Halle, in der Silber glänzte, Samt leuchtete und schwarz gekleidete Herren mit goldenen Ketten würdevoll über Ballen aus weicher Wolle strichen. Aus dem Kaufhaus drangen gedämpfte Gespräche, das sanfte Murmeln gesitteter Patrizier und Kaufleute. So war es auch in Augsburg im Weberzunfthaus. Clara atmete auf. Die Städte sind sich vielleicht ähnlicher, als sie dachte, und es würde ihr leichter fallen in der Fremde, wenn sie Vertrautes fände.

Hinter dem Kaufhaus verliefen sie sich im Gewirr kleiner Gassen, die rechts und links von mehrstöckigen Holzhäusern mit Steinfundament gesäumt waren, ab und zu durchbrochen von einem hohen Steinhaus mit Erkern und Treppentürmen. Sie hatten nicht die richtige Straße gefunden, die schnurgerade zur Quirinskirche führen sollte. In den engen, winkligen Gassen wichen sie Haufen von Unrat aus, die mancherorts schon an den Hauswänden emporkrochen. Kein Augsburger Lechwasser spülte den Abfall aus Holzstücken, Tonscherben, Stofffetzen, verschimmeltem Brot, verfaultem Fleisch, Stroh, Gemüseresten und Tierexkrementen weg, und der Gestank blieb zwischen den Mauern der Häuser stehen, die einander spätestens ab dem zweiten Stockwerk so nahekamen, dass die Bewohner sich durch die Fenster die Hände reichen konnten.

Unversehens öffnete sich vor ihnen der Domplatz, und sie blickten auf das wuchtige Gotteshaus aus rotem Sandstein. Der Gegensatz zwischen dem fein gestalteten Kaufhaus und dem trutzigen Kirchenbau hätte größer nicht sein können.

Clara und Johann bahnten sich einen Weg durch die Menge auf dem Marktplatz. Marktfrauen boten Martinsgänse feil, auf den Schragen der Stände lagen Äpfel und Eier im Stroh, Schlachtgesellen schleppten Fleischstücke von der Metzg, und Knechte schoben hölzerne Karren mit Mist über das Pflaster. Clara hielt sich eng an Johann, um ihn im Gewirr nicht zu verlieren. Die Stadt Mainz war doch fremd, es roch anders, die Menschen redeten in einem seltsam singenden Tonfall, fast kein Wort verstand sie, und der Markt war ein einziges Durcheinander von Waren, Ständen, Tieren und Menschen. Es war ganz anders als in ihrer schönen Heimatstadt, in der an der langen Straße von St. Ulrich bis fast zum Dom sich die Gaden nach Gewerken an den Augsburger Häuserwänden entlang ordneten, man wusste, wo man das Brot, wo die Fische, die Wolle, das Leder und das Hühnervieh kaufte, und musste sich keinen Weg durch das Gedränge von Bauern, Marktfrauen, Hühnern und Hunden, Holzbuden und Tüchern bahnen, immer auf der Hut vor den Hinterlassenschaften aller möglichen Tiere.

Wieder fragten sie nach dem Humbrechtshof und fanden endlich den rechten Weg. Als sie in die Schustergasse einbogen, zog Clara Johann am Ärmel:

»Meinst du nicht, wir sollten uns erst einen Gasthof suchen und unsere Kleider ausbürsten? Wir können uns doch morgen früh dort vorstellen.«

»Nein, Clara, ich will das jetzt gleich machen«, sagte er.

»Warum ist es so dringend? Unser Geld reicht doch noch für eine Nacht im Wirtshaus.«

»Ich will aber jetzt dorthin«, sagte Johann scharf.

Johann klopfte mit dem Eisenring ans Tor eines stattlichen Hauses, dessen Mauer eine gute Strecke der Straße entlanglief. Ein Stallknecht öffnete und zeigte ihnen die Tür zur Offizin. Auch hier klopfte Johann, zog sich nun unsinnigerweise den Mantel glatt und klopfte den Schmutz vom Schuh. Seine Schuhe waren so schmutzig, dass die Geste nichts brachte, außer Clara noch deutlicher zu machen, wie verdreckt sie nach acht Tagen Reise aussehen mussten. Und wie sie riechen mussten.

Als niemand antwortete, drückte Johann die Klinke und öffnete die Tür. Köpfe hoben sich von Werkbänken und Tischen. Etliche Gehilfen in Hemden und mit umgebundenen Schürzen schauten die Neuankömmlinge an, teils neugierig, teils mit unwillig zusammengezogenen Augenbrauen, teils gleichgültig. Ein Mann erhob sich und ging ihnen entgegen. Erst runzelte er die Stirn, dann breitete sich ein Grinsen auf seinen roten feisten Backen aus.

»Ach, schau an, der Johann!«, rief er aus. Er war gedrungen und klein, aber mit starken Armen und riesigen Händen, die er Johann entgegenstreckte. Seine kleinen schwarzen Augen flitzten hin und her und schienen gleichzeitig Johann zu begrüßen, Clara von oben bis unten zu mustern und die Gesellen im Blick zu haben, die er mit einer herrischen Handbewegung zur Arbeit zurückwedelte.

»Berthold, sei gegrüßt«, sagte Johann.

Dieser schlug ihm mit seiner Pranke auf die Schulter, so dass Johann kurz in die Knie sackte. Clara fühlte sich erleichtert. Es hatte doch jemand auf Johann gewartet.

»Wen hast du da mitgebracht?«, wandte sich Berthold an Clara.

»Meine Frau Clara.«

Die Lüge ging ihm so leicht über die Lippen, dass Clara fast der

Atem stockte. Wie kann er nur so gut lügen, ohne rot zu werden, ohne das geringste Zögern oder Zittern in der Stimme. Wie gut, dass er für uns beide lügt, ich könnte es nicht, dachte sie. Sie blickte nach unten, es sah verschämt aus, und ihre Wangen glühten.

Berthold sah Clara an, seine Augen wurden schmaler und sein Blick schärfer. Er öffnete den Mund, als ob er eine Frage auf den Lippen hätte, dann nickte er ihr etwas unschlüssig zu und wandte sich wieder an Johann.

»So, mein Guter, jetzt bist du da, wie angekündigt. Dann setz dich mal her an den Tisch, es gibt gleich Abendbrot, und alles Weitere klären wir dann.«

Er grinste breit, und es wirkte herzlich, aber Clara bemerkte den Wechsel von dem scharfen Blick, mit dem er sie musterte, zu der jovialen Art, mit der er Johann an der Schulter fasste und zum Tisch führte.

»Else!«, rief der grobschlächtige Mann.

Eine Tür im hinteren Bereich ging auf, und eine Magd mit einer roten verschnupften Nase unter einer einst weißen, reichlich angeschmutzten Haube streckte den Kopf heraus.

»Ist das Abendbrot fertig? Leg Löffel und Essen für zwei Leute mehr raus. Und bring gleich mal einen Krug Würzwein, wir haben Neuankömmlinge.«

Clara setzte sich neben Johann auf die Bank und sah sich um.

Der Raum war lang und schmal, hinten links von der Wand zur Küche abgeschlossen, aus der die Magd den Kopf herausgestreckt hatte, und reichte rechts von der Küchentür noch weiter nach hinten. Dort sah sie hölzerne Gestelle und eine große Mostpresse.

Im vorderen Teil saßen an langen Tischen an den Fenstern fünf oder sechs Gesellen. Sie hatten eiserne Stifte, Hämmer, Meißel, Feilen und kleine Sägen vor sich liegen. Nirgends lagen auch nur ein Stück Papier oder Pergament, kein Schreibpult und kein Tintenfass waren zu sehen. Clara wurde unruhig. Das war doch keine Schreiberwerkstatt. Was sollten sie hier tun, Johann und sie, sie waren doch beide Schreiber?

Doch, dort an der Stirnseite des langen Tisches, an dem sie saßen, entdeckte sie einen Stapel Papier. Also doch eine Schreibstube, aber welches Geheimnis barg sie?

Berthold plauderte munter mit seiner Ochsenstimme: »Gut, dass du es noch vor dem Wintereinbruch geschafft hast. So können wir dich gleich einteilen. Morgen trifft sich der Henn mit dem Fust Johann, davon wird es abhängen, wie es weitergeht. Du bist grad zur rechten Zeit gekommen.«

Er rieb sich die Hände und fuhr sich dann mit den Fingern über den langen schwarzen Schnurrbart.

»Grad zur rechten Zeit, jetzt geht es bald richtig los hier, und dann können wir jede Hand gebrauchen.«

Die Magd kam mit einem Krug und einigen Bechern und stellte alles auf den Tisch vor Berthold. Sie sah Clara an, neugierig und unwirsch zugleich.

»Ja schenk halt ein, Els, braucht es jetzt noch eine Anweisung?«

Else brummte was und goss zwei der Becher voll. Dann knallte sie den Krug auf den Tisch, dass der Wein fast herausschwappte.

»Einen dritten«, fuhr Berthold sie an, »bist du blind, oder siehst die Frau hier nicht? Behandelt man so einen Gast?«

Else zuckte zusammen und befüllte den dritten Becher. Dieses Mal wagte sie es nicht und stellte den Krug vorsichtig ab. Sie zog die kleinen Augen noch schmaler zusammen und die Mundwinkel nach unten, blickte rasch zu Clara und verschwand wieder Richtung Küche.

Dankbar nahm Clara einen Schluck und wärmte die Hände am hölzernen Becher. Der Würzwein schmeckte sehr gut, nach Zimt und Nelken, und er war sogar mit Honig gesüßt.

Berthold schaute Clara neugierig an, sein Blick wanderte vom Gesicht bis zu ihrer Brust.

»So, da hat sich der Johann ja eine Hübsche ausgesucht. Wie heißt dein junges Weib noch mal?«, fragte er. Clara war nicht wohl bei seinem Grinsen, und ihr Blick senkte sich zum Tisch.

Bevor Johann antworten konnte, wurde die Eingangstür weit aufgerissen, und der größte Mann, den Clara je gesehen hatte, betrat die Offizin; seine Gestalt wurde durch den Mantel mit dem wulstigen braunen Pelzkragen und die topfartige schwarze Mütze aus Filz auf dem Kopf, unter der hellbraune Locken hervorquollen, noch wuchtiger. Fast alles an ihm war groß: die Nase, die Ohren, der breite Mund, die Schultern, so breit wie Claras Kleidertruhe zu Hause lang war, und der Bauch, vorgewölbt auf festen Beinen und umgürtet mit einem silbergewirkten Gürtel, an dem zahlreiche Beutel baumelten. Das Einzige, was an ihm klein war, waren seine hellen Augen, die dicht beieinanderstanden und ihren scharfen Blick über die Anwesenden gleiten ließen.

»Ah, Henn, schau, wer angekommen ist«, rief Berthold und wies mit seinem Arm auf Clara und Johann.

Er flüsterte den beiden zu: »Das ist er, der Johann Gensfleisch, Besitzer des Hauses und Meister der Werkstatt.«

»Gibt's noch kein Abendbrot?«, fragte der Meister mit einer tiefen und ebenfalls laut dröhnenden Stimme.

Gensfleisch ließ sich ihnen gegenüber auf der Bank nieder. Er stöhnte.

»Was für Flohhauben, was für saufnasige Schmerbäuche. Nie wieder mach ich Geschäfte mit den Schwarzkutten, das schwör ich dir.«

»Lief es nicht gut?«, fragte Berthold.

»Nicht gut? Lauter Trottel, mit nichts im Hirn als vergorenem Sauerkraut. Vom Wein aufgeweicht ist ihr Hirn. Sie wollten Garantien haben – und wissen, worum es geht!«

Er lachte laut auf.

»Du hast ihnen nicht gesagt, wofür du das Geld brauchst?«

»Spinnst du jetzt auch? Wenn ich euch sag, hab ich gesagt, was wir vorhaben, dann verkauft ihr meine Idee an den Nächstbesten weiter, ihr verschachert jeden guten Gedanken, ihr würdet sogar eure Seele an den Teufel verschachern, für ein paar Gulden mehr.«

»Na ja«, warf Berthold vorsichtig ein. »Würdest du selbst dein Geld in Unternehmungen stecken, wenn du gar nicht weißt, worum es geht?«

Gensfleisch beugte sich mit beiden Armen über den Tisch und starrte Berthold in die Augen: »Wie viele Hundert Male hab ich das wohl schon getan, meinst du?«, zischte er. Dann setzte er sich zurück und schlug mit der Faust auf den Tisch, dass die Becher sprangen und Clara zusammenzuckte.

»Wer nichts wagt, gewinnt nie etwas. Auf Neues muss man Vertrauen vorschießen – und Geld, sonst geht der Weltlauf nicht voran, sonst bleiben wir im Elend stecken.«

In einem Zug leerte er seinen Becher, schenkte sich nach, rülpste und sah plötzlich Clara und Johann an, die still auf der Bank saßen, die Hände um die Becher gefaltet, damit nicht ein weiterer Faustschlag den schmackhaften Inhalt auf dem Tisch verkleckerte.

»Wer seid jetzt ihr beiden?«, fragte Gensfleisch und blickte sie mit seinen kleinen blauen Augen an.

Bevor Johann noch den Mund aufmachen konnte, erklärte es ihm Berthold:

»Das ist der Johann Bämler, Schönschreiber und Rubrikator aus Augsburg, und seine Frau, äh, Clara. Er fängt bei uns an, er kann uns mit den Schriften zur Hand gehen.«

»Hat er das gelernt?«, fragte Gensfleisch.

Jetzt sprach Johann für sich selbst: »Ja, hab ich wohl, Meister

Gensfleisch, ich hab bei meinem Vater, dem Johann Bämler in Augsburg gelernt, und beim Mentelin in Straßburg.«

Gensfleisch verschluckte sich fast am Wein und musste husten.

»Mentelin, was? Bist du ein Spion oder was? Der Mentelin ist hinter mir her wie der Teufel hinter einer armen Seele. Der hatte noch nie eine eigene Idee, er klaut sie sich überall zusammen. Hat der Mentelin dich geschickt, oder wie?«

An Berthold gewandt sagte er kalt:

»Der setzt mir keinen Fuß in meine Offizin.«

Clara erschrak und hielt den Atem an.

Bertholds Blick schien Johann zu sagen, er solle besser den Mund halten.

»Nein, nein«, beruhigte Berthold, »ich hab ihn geholt, ich kenn ihn noch aus Straßburg. Für ihn kann ich bürgen, und er hat eine feine Hand.«

Er flüsterte dem Gensfleisch noch etwas zu, bei dem Clara nur die Worte »nicht im Guten gegangen, Rechnung offen« verstand.

Gensfleisch nickte schwer.

»Ich überleg's mir«, brummte er.

Ruppel drängte: »Aber überleg nicht zu lang. Ich muss sonst noch andere Schreiber heuern. Wir können ihn gut gebrauchen.«

»Wenn der Fust morgen zusagt, ist der – wie heißt er?«

»Bämler.«

»… ist der Bämler eingestellt.«

Er winkte mit dem leeren Weinkrug nach der Magd, die begann, den Tisch abzuräumen.

Berthold stand auf und bedeutete Johann und Clara, ihm zu folgen.

»Ich bring euch zur Kammer, da könnt ihr euch vor dem Essen richten.«

Sie gingen über den Hof und in das hintere Gebäude. Dort stiegen sie eine Holztreppe empor und gingen an einer langen Reihe kleiner, niedriger Türen entlang. Schließlich blieb Berthold vor einer der Türen stehen, öffnete sie und ließ sie hineingehen.

»Ich sag der Magd, sie soll euch Wasser bringen«, sagte er.

An der Tür drehte er sich um, die Hand auf der Klinke, und fügte grimmig hinzu:

»Ist eigentlich eine Kammer für einen, du hättest mir schon sagen müssen, dass du mit deiner Frau kommst. Jetzt geht es halt nicht anders.«

Dann schloss er die Tür.

In der Kammer waren ein Fenster gegenüber der Tür und ein schmales Bett in der Ecke. Am Boden standen ein dreibeiniger Hocker und eine Truhe und unter dem Fenster ein kleiner Tisch. Alles war einfach und schmucklos. Das Bett aber war mit hellem Leinen bezogen und sah sauber aus. Clara sehnte sich nach dem Bett, aber noch mehr nach dem versprochenen Wasser.

Mit gebürsteten Kleidern und gekämmtem Haar unter ihrer zweiten, guten Haube saß sie einige Zeit später auf dem Bett und wartete auf Johann, der seine Schuhe mit einem Büschel Stroh abwischte. Draußen war es schon vollständig dunkel geworden, und in der Kammer flackerte eine kleine Öllampe. Vor dem Fenster lag in einem Kasten ein wenig Stroh, wohl zum Schließen der Fensteröffnung, wenn es zu kalt würde oder der Wind zu sehr blies.

Sie seufzte laut.

»Was ist, Clara?«, fragte Johann.

»Was, wenn er uns nicht nimmt? Was machen wir dann?«

»Der wird mich schon nehmen. Der Berthold Ruppel hat da auch ein Wörtchen mitzureden.«

Clara war mit einem Mal zum Heulen zumute. Ihre Kehle war wie zugeschnürt, und sie musste an sich halten, um nicht laut aufzuschluchzen. Die Reise, die neue Stadt, die fremden Menschen – sie fasste kaum, was ihr in den letzten zehn Tagen alles widerfahren war, was sie gesehen, gehört, gerochen hatte, und Johann nahm gelassen hin, dass ihre Zukunft so ungewiss war wie die eines armen Tagelöhners, der nicht wusste, wie es am nächsten Tag weitergehen sollte.

Sie setzte zu einer Erwiderung an, als die schweren Glocken des nahen Domturms den ersten Schlag des Sechsuhrläutens taten. Es dröhnte in ihren Ohren und bebte in ihrem Körper. Sie stellten sich beide an das Fensterchen und blickten schweigend auf den Turm, der sich über das Fenster zu neigen schien. Johann legte den Arm um ihre Schultern.

»Das schaffen wir schon«, sagte er ihr ins Ohr, »wir sind jetzt frei, das ist das Einzige, was zählt.«

Er wandte sich zur Tür, und Clara griff nach ihrem Schultertuch, als sie mitten in der Bewegung erstarrte. Ihr war der scharfe Blick Berthold Ruppels eingefallen, als Johann sie als seine Frau vorgestellt hatte, und was Ruppel dem Gensfleisch über den Mentelin zugeflüstert hatte.

»Johann, du sagtest dem Ruppel, dass ich deine Frau sei.«

»Ja, und?«

»Und ihr kennt euch von Mentelin in Straßburg? Aber dann muss er doch wissen, dass du die Agnes geheiratet hast? Er wusste sogar, dass du im Streit von Mentelin gegangen bist.«

»Du Dumme, das weiß er doch von mir. Meinst du, ich wär so hirnverbrannt, ihm das mit der Agnes zu erzählen? Er ist lange vor mir vom Mentelin weg, zusammen mit dem Gensfleisch, und mit ihm nach Mainz, danach war ich noch einige Monate in Straßburg, bevor ich … ach, lassen wir das jetzt. Ich kann jetzt keine schlechte Laune gebrauchen.«

Er grinste sie an, riss die Tür der Kammer auf und schob sie mit einer galanten Armbewegung in Richtung Stiege.

Unten in der Offizin war der Tisch von Arbeitsgerät und Papier freigeräumt, und Becher, Schüsseln und Brot waren aufgestellt. Berthold Ruppel wies ihnen einen Platz zu. Clara war außer der Magd Else die einzige Frau. Else trug gerade eine dampfende Schüssel mit Suppe herein. Sie hatte ein breites Gesicht und presste missmutig die Lippen zusammen. Als sie die Schüssel abgestellt hatte, wischte sie sich mit dem Handrücken schniefend die Nase, hoffentlich bevor der Tropfen daraus in die Suppe gefallen war, und schöpfte dann jedem mit der Kelle in einen hohen Becher. Unter den Gesellen waren einige, die genau wie die Augsburger Handwerkerburschen aussahen, aber ein paar waren auch schon älter und wirkten wesentlich ruhiger als die ungehobelten Männer aus den Zünften der Fuhrleute, Maurer oder Gerber. Mehrere von ihnen hatten kurz geschnittene Haare und waren glatt rasiert, und sie hatten feine Hände, ohne Schwielen und Narben, mit allen Fingern dran, Schreiberhände vielleicht.

Als alle mit Suppe versorgt waren, faltete Ruppel die Hände zum Tischgebet.

Gensfleisch klopfte währenddessen ungeduldig mit seinem Löffel auf den Becher und schnitt, als es mit dem Gebet ans Ende ging, dem Ruppel das Wort ab.

»Gesegnete Mahlzeit!«, brüllte er.

Alle aßen schweigend.

Gensfleisch blickte durch die Reihen seiner Arbeiter auf den Bänken. Schließlich blieb sein Blick an Johann und Clara hängen, an Clara viel länger als an Johann, das merkte sie sofort und bekam feuchte Hände vor Aufregung.

»Und sie?«, fragte Gensfleisch, »warum sitzt sie am Tisch? Soll sie der Magd helfen?«

»Ich bin auch Schreiberin«, platzte Clara heraus.

»Schreiberin? Eine Frau?« Er zog die Augenbrauen hoch. »Eine Frau, die schreiben kann, das glaub ich erst, wenn ich es seh.«

Ein paar der Gesellen lachten leise. Ermutigt grinste er und fuhr fort:

»Nähen, kochen, reden, ja manche Weiber beherrschen sogar das Schweigen, höchst selten zwar – aber schreiben?«

Noch mehr spöttisches Gelächter, und Clara wurde über und über rot und blickte nach unten. Sie sah ihren Beutel im Schoß liegen mit der Pergamentrolle, ihrer Schreibprobe, die sie auf der ganzen Reise bei sich getragen hatte wie einen Glücksbringer und die sie abends in den Kammern der Wirtshäuser herausgeholt und fest in der Hand gehalten hatte, als Versicherung für das, was sie konnte, was sie unterschied von den meisten Frauen, was ihr Halt gab auf ihrer beschwerlichen Reise, ein Pfand auf die Zukunft.

Sie stand auf, ging an der langen Bank entlang, bis sie vor Gensfleisch stand. Alle verstummten und hörten auf zu essen, einige behielten die Löffel in der Luft und machten große Augen. Gensfleisch blickte erstaunt von seiner Suppe auf.

Clara hatte das Pergament aus dem Beutel geholt und rollte es nun langsam auf.

»Seht her, ich kann es«, sagte sie mit zitternder Stimme.

Der Vater fiel ihr ein, wie er damals nach kurzem Zögern in der Stube zu ihr sagte, es schade nicht, wenn sie auch lesen und schreiben lerne, und des alten Bämler Gesicht trat vor ihre Augen, als sie ihm ihre Schreibprobe zeigte, es kam ihr vor wie in einem anderen Leben, und doch wiederholte sich die Szene gerade, als hätte sie alles schon einmal erlebt, das gleiche Herzklopfen, dieselbe Bangigkeit vor dem Urteil eines Mannes.

Gensfleisch sah sich das Pergament an, gab es ihr zurück und nickte.

»Können wir brauchen. Ruppel, wenn der Fust zusagt, fangen die beiden hier an. Wir müssen die Lettern entwerfen und schreiben, und die Schreiber können dann auch beim Schneiden helfen. Kannst du Tinte machen?«, fragte er Clara.

Sie nickte.

»Gut. Morgen wissen wir mehr.«

Die Spannung am Tisch wich, alle löffelten weiter. Clara kehrte zu ihrem Platz zurück und rollte mit zitternden Fingern die Pergamentrolle zusammen. Johann blickte stur in seinen Becher, als wären die Gemüsestückchen darin das Wichtigste im Leben. Als die Suppe in den Bechern zur Neige ging, begannen murmelnde kleine Gespräche unter den Tischgenossen. Clara hielt den Löffel, aß aber nicht. Der Appetit war ihr vergangen, so dass sie ihren Rest Suppe nach ein paar Bissen Johann zuschob.

Am Abend hatten sie ihren ersten Streit in Mainz. Als sie nach dem Essen in ihrer Kammer ankamen, setzte Johann sich mit dem Rücken zu ihr auf den Schemel.

»Was hast du?«, fragte sie.

»Was ich hab?«

Er fuhr herum.

»Du hättest beinah alles zerstört. Du warst so knapp davor«, er hob Daumen und Zeigefinger und führte sie fast zusammen, »wir sind noch nicht mal eingestellt, und du stellst schon Forderungen. Du hast unser beider Zukunft in dieser Schreibstube riskiert. Wenn er dich abgelehnt hätte, hätte er vielleicht auch gleich mich fortgeschickt.«

»Johann, er wollte wissen, ob ich der Magd helfe, aber ich kann doch viel wertvollere Arbeit leisten, ich kann schreiben.«

»Er hat mich eingestellt, mich, aber so wie du dich verhalten hast, hast du die Gefahr heraufbeschworen, dass wir beide heute noch auf der Straße gelandet wären.«

»Als ob wir schon weiter wären als das! Wir haben Unterkunft für eine Nacht, und was nach Morgen kommt, ist gänzlich ungewiss. Johann, ich bin mitgekommen, weil du mir versprochen hast, dass wir hier unseren Lebensunterhalt als Schreiber verdienen können.«

»Ach, deswegen bist du mitgekommen? Ich dachte, du bist mitgekommen, damit wir endlich zusammen leben können … aber die edle Dame hier will einen Beruf haben, womöglich einer Zunft angehören. Hättest besser Hosen angezogen und wärst als Mann nach Mainz gekommen.«

»Was redest du da?«

Er drehte sich um.

»Sei still jetzt, ich will nichts mehr hören.«

»Aber …«

»Still, sag ich.«

»Nein, hör mir zu, ich versteh nicht, warum du so wütend bist. Ich mache mir Sorgen, hier ist nichts geregelt, wie du es versprochen hast. Erst morgen werden wir es wissen. Wir können nur hoffen, dass es gut geht. Und wenn wir eingestellt werden, haben wir ab morgen vielleicht sogar doppelten Lohn. Hätte ich heute nichts gesagt, würde ich nicht mal die Hälfte vom Lohn der Magd bekommen, da wären wir schlechter gestellt.«

»Wenn du nicht gleich ruhig bist, dann geh ich.«

Sie bekam es mit der Angst zu tun. Was auch immer er mit seiner Drohung meinte, sie wollte es nicht riskieren, dass er für heute Abend, für einen Tag oder gar für immer ging.

Sie zog sich schweigend das Überkleid und die Ärmel aus und legte sich in ihrem Unterkleid ins Bett. Sie versuchte, ganz unter der Decke zu verschwinden, und drehte sich zur Wand, mit dem Rücken zu ihm. Tränen rannen ihr aus den Augenwinkeln, aber sie rührte sich nicht. Stumm und reglos lag sie da. Nicht rühren, warten, hoffen, dass es bald vorübergeht, dass er ihr gleich sanft über den Rücken streichelt, sich entschuldigt und alles wieder warm und weich wird, was jetzt steif und kalt war. Nach endlos langer Zeit schlüpfte auch Johann unter die Decke, wandte ihr den Rücken zu und schlief rasch ein. Lange starrte sie ins Dunkel, spürte nur noch ihren eigenen Atem, wie er von der Wand wieder zu ihr gelangte.

Am andern Morgen sprach keiner von beiden den Streit an. Sie zogen sich ruhig an und redeten das Nötigste, aber voller Freundlichkeit, als wäre der gestrige Groll ein trotziges Kind, das man mit Sanftmut gefügig machen konnte. Clara brachte vor Aufregung kaum einen Bissen von dem harten Brot herunter, das sie noch in Worms auf der Fahrt nach Mainz gekauft hatte. Sie hatte am Abend vor lauter Aufregung zu wenig gegessen und wusste nicht, ob es zum Frühstück in der Werkstatt etwas geben würde.

Clara wusste so gut wie nichts von dem, was sie erwartete. Johann hatte so wenig von Gensfleischs Werk erzählt, dass sie sich kaum etwas zusammenreimen konnte. Es ging ums Schreiben, ums Illustrieren, so viel hatte sie verstanden. Es ging aber auch um eine neue Erfindung, die etwas mit Holzschnitten zu tun hatte. Vielleicht ein großes Werk für die Domherren von Mainz, das in kurzer Zeit von vielen Händen hergestellt werden musste? Sie hatte schon davon gehört, dass in Klöstern Holzschnitte mit Illustrationen auf die Seiten mit Farbe abgerieben wurden und darunter dann die Schreiber ihren Text setzten. Wenn eine Werkstatt Missalien für viele Kirchen herstellte, wäre es gut, so viele Schreiber wie möglich zu beschäftigen, denn abgerieben waren die Holzschnitte schnell, wenn sie einmal hergestellt waren, das Schreiben jedoch dauerte länger.

Als sie die Tür zur Offizin öffneten, saß die große Gestalt des Henn Gensfleisch schon am Tisch, über einen Becher Wein und einige Papiere gebeugt, die er mit sorgenvollem Stirnrunzeln durchsah.

»Wieso kommt es eigentlich, dass ich ständig um Geld betteln muss? Warum hängt immer alles an diesen vermaledeiten Gold- und Silberstücken?«

Ruppel flüsterte Johann und ihr zu, dass heute eine wichtige Entscheidung für die große Aventiure, das »Werk der Bücher«, wie er es nannte, fallen würde. Henn Gensfleisch hatte den Johann Fust eingeladen, einen angesehenen Mainzer Kaufmann, den er um Geld für eine völlig neuartige Erfindung bitten wollte, die die Welt des Schreibens mit einem Mal verändern werde. Ruppel dürfe nicht zu viel erzählen.

»Der Henn denkt, sein genialer Einfall käme ihm manchmal so simpel vor, dass er sich wunderte, warum nicht längst schon andere auf den Gedanken gekommen waren. Er hat immer Angst, jemand könne ihm seine Idee stehlen und schneller sein als er. Aber wir sind schon richtig weit, was die Werkzeuge und das Verfahren angeht.«

»Und worum geht es?«, fragte Johann. Clara wunderte sich. Warum wusste denn Johann nicht, was in dieser Offizin vor sich ging?

»Es geht um eine Erfindung, mit der die Arbeit von Dutzenden, vielleicht Hunderten von Schreibern auf eine bisher undenkbar kleine Zeitspanne verringert werden könnte.«

Ruppel wollte weiterreden, aber ein Knecht rief ihm von der Tür aus etwas zu.

»Ich muss raus, mich um eine Lieferung kümmern. Setzt euch schon mal hin, ich komme wieder zu euch und geb euch Arbeit.«

Auch die Knechte standen bisher unschlüssig herum und warteten darauf, Anweisungen für den Tag zu erhalten.

Clara wagte nicht, sich zu rühren, und beobachtete aus den Augenwinkeln den vor sich hin brütenden Gensfleisch, der noch einen tiefen Schluck aus seinem Weinbecher nahm, sich mit der Hand über den Bart fuhr und weiter vor sich hinstarrte.

Wenn der Fust heute zusagt, dachte Gensfleisch, und ich das Geld bekomme, nenn ich mich fortan Gutenberg. Johannes zum Gutenberg, das klingt nach Samt und Federn, nach Goldketten und einem klimpernden Beutel am Gürtel.

Er hasste den albernen Namen Gensfleisch. Henn Gensfleisch nannte ihn seine Familie. Ein Bauer kann so heißen. Er hielt es für durchaus möglich, dass es ihm allein schon um dieses unsäglichen Namens willen nicht gelang, bei betuchten Geldgebern und bei den »Alten«, den Mainzer Patriziern, Kredit für seine Aventiure zu bekommen. Bäuerlich war der Name, wie der ehrgeizlose Vater, der lieber in Eltville auf einem Bauernhof hauste, als in Mainz ein gutes Haus zu führen. Hieße er Zum Jungen, ja, hieße er Löwenhaupt, dann hätte er schon längst das nötige Kapital beisammen.

Die Zeit drängte. Er fühlte sich getrieben, er könnte schon viel weiter sein mit seinem Werk. Wie viele Jahre seines Lebens hatte er vergeudet! Er war schon in seinen Fünfzigern, genau wusste er es nicht, und es riss ihn neuerdings an der Schulter und drückte auf die Brust. Wenn er in der Früh aus dem Bett aufstand und es kalt und nass war wie jetzt im November, taten ihm alle Glieder weh. Er spürte wohl das Alter, und das machte ihm Angst. Es musste heute vorangehen. Der Fust musste Geld geben. Gensfleisch seufzte wie ein altes Weib.

Frühjahr 1437

Damals im Kloster zu Sankt Arbogast, da war er noch jung und wild, hatte Einfälle und Kraft. Die glorreiche Straßburger Zeit – wie ein Hengst hatte er sich gefühlt, wie ein starker junger Bär. Im Frühling war das gewesen, kurz nach der unglückseligen Geschichte mit der Ennelin. Er hätte es gleich wissen können, dass Ennelin zur Ysernen Tür, das schöne, aber fromme Kind, nur mit der Mutter zu haben war, und mit der war nicht gut Kirschen essen. Den Vater hatte er schon so weit, der hätte bestimmt in sein Werk investiert. Aber die Mutter! Wie sie mit dem Vertrag wedelte und immerfort kreischte: »Niemals unterschreiben wir das, erst wird geheiratet, erst Ennelin, dann das Geld!« Ein bisschen tat es ihm leid um Ennelin, aber letztendlich war ihm der Preis zu hoch. Er hätte Ennelins Mutter mitgeheiratet, und diese hielt das Geld zusammen wie ein Entenarsch die Entenkacke. Und dann hatte sich das keifende Weib angemaßt, ihn, den ehrbaren Gensfleisch zum Gutenberg, vor den Richter zu zerren. Als ob er je der Ennelin mehr versprochen hätte, als man beim Küssen so vor sich hin flüsterte. Beinah wäre es noch schiefgegangen, als der Schott Nikolaus ihm vor Gericht in den Rücken gefallen war. Doch er konnte sich wehren, hatte den Schott einen untreuen Zeugen genannt – »einen armen, notdürftigen Menschen, der ein armes, notdürftiges Leben führt«. So kam er aus der Geschichte mit Ennelin ohne größere Blessuren heraus.

Kurze Zeit später war es, als er im Skriptorium des Augustinerklosters Sankt Arbogast vor den Toren Straßburgs auf den Schreiber wartete, der ihm ein Schriftstück kopieren sollte. Der Andreas Dritzehn wollte damals alles schriftlich haben, jede Vereinbarung, mit Handschlag besiegelt, musste noch mit Handfeste und echtem Siegel niedergeschrieben werden. Er war so misstrauisch – wie überhaupt alle. Immerzu sich absichern, mit allen möglichen Verträgen und Versicherungen, anstatt ihm einfach mal zu vertrauen. Wenn er nicht immerzu von Zweiflern und Zauderern umgeben wäre, dann wäre er schon so viel weiter!

Da stand er nun im Kloster und sah unten im Hof dem Glockengießer dabei zu, wie dieser für die Klosterkapelle eine recht kleine Glocke zu gießen hatte. Der Glockengießer drückte Buchstaben aus Wachs auf den Lehmkörper. Eine ganze Zeile schrieb er, rund um den Umfang der Glocke gleich über dem Wolm. Er holte sich die Lettern aus einem kleinen Kasten, dort waren sie alle fein sortiert: Von den Buchstaben E und A gab es viele, auch vom R und S. Dann gab es einige X und I für die Jahreszahl: MCDXXXVII. Alle waren gleich groß und so schön geschnitten, dass er vom Fenster des Skriptoriums im ersten Stock die Inschrift auf dem Lehmkörper unten im Gras ohne Mühe lesen konnte, obwohl die Buchstaben wie im Spiegel auf dem Lehm klebten. Er drehte sich um und blickte ins Skriptorium. Fast ein Dutzend Mönche saß an den Pulten und schrieb Buchstabe für Buchstabe ab, von der Vorlage, die an einem Holzrahmen am Pult steckte, auf das Pergament, das vor ihnen auf dem Pult lag. Buchstabe für Buchstabe ... Der Mönch vor ihm holte sich gerade ein neues Pergament, auf dessen oberer Hälfte bereits ein Holzschnitt abgedruckt war, ein Märtyrer stand am Pfahl, und Pfeile staken in seinem Fleisch. Nun zog der

Mönch mit dem Griffel den Rahmen und die Linien. Dann nahm er die Feder, tauchte sie in die Tinte und setzte den ersten Buchstaben an. Gensfleisch stutzte: Buchstabe um Buchstabe – um wie viel schneller könnte man schreiben, wenn man die Buchstaben wie die Wachsbuchstaben auf der Glocke einmal zusammensetzte und dann wie beim Holzschnitt mehrere Blätter hintereinander abrieb? Man sparte sich einen Saal voller Schreiber und hätte in kürzester Zeit eine größere Menge desselben Blattes abgerieben. Man könnte weniger Geld verlangen als die Schreiber, aber mehr verdienen, weil man viel mehr Blätter in viel kürzerer Zeit herstellen könnte. Nur – die Buchstaben konnten nicht aus Wachs sein. Sie mussten dem Druck des Abriebs standhalten wie der Holzschnitt. Man könnte sie aus Holz schnitzen, aber jeden einzelnen Buchstaben zu schnitzen wäre wieder sehr viel Arbeit. Wie viele R und E man allein für eine Zeile auf einer ganz kleinen Glocke brauchte! Vielleicht, ja … vielleicht könnte man sie aus Metall gießen wie die Heilsspiegel? Sein Herz schlug plötzlich schneller: Da war er, der große Einfall. Halt den Gedanken fest, sagte er sich, halt ihn fest, das ist ein großer Einfall!

Vor einiger Zeit hatte ihm Antonius Heilmann, der Abt von Alt St. Peter, vom Gießen der Heilsspiegel erzählt. Im übernächsten Jahr, im Jahr des Herrn 1439, würde wieder eine große Pilgerfahrt nach Aachen stattfinden, mit Heiltumsschau und vielen Tausend Pilgern. Schon bei der letzten Pilgerfahrt fanden die Heiltumszeichen reißenden Absatz, es gab nicht einmal so viele zu kaufen, wie nachgefragt wurden.

Krug um Krug des guten Weins aus Obernai ersannen Gensfleisch und der Abt Antonius die Idee mit den Spiegelchen im Pilgerzeichen. Wenn die Pilger nach wochenlanger Reise mit schmutzigen Kleidern und dreckigen Schuhen in Aachen angekommen waren, war ihr einziges Ziel, einen Blick auf die Reliquien zu werfen, die am Dom der wartenden und betenden Menge gezeigt wurden. Aber oftmals waren sie so weit entfernt, dass sie nur wenig erkennen konnten von den vier wundertätigen Heiltümern Aachens, dem Kleid Marien, der heiligen Windel Jesu Christi, dem Lendentuch des Gekreuzigten und dem Enthauptungstuch des Johannes. Mit einem Spiegelchen im Pilgerzeichen aber würden sie das heilige Strahlen der Reliquie aufnehmen und sammeln, es bewahren, bis sie wieder zu Hause ankamen, und kauften sie gleich zwei Spiegelzeichen, konnten sie beide hochhalten und eines der Schwiegermutter mitbringen oder dem geliebten Onkel, dem mit der vererbbaren Leibrente.

»Henn«, sagte Antonius damals mit schon schwerer Stimme vom guten Obernaier, »du kannst die Pilgerzeichen für ein paar Kreuzer herstellen, je mehr du machst, umso einfacher werden sie herzustellen sein, und du kannst sie für ein Vielfaches verkaufen, je näher die Pilgerfahrt kommt und je näher du mit ihnen an die Stadt Aachen heranfährst.«

Am folgenden Tag rechnete Gensfleisch nach, und trotz des schweren Kopfes stellte er fest, dass es stimmte: Der Materialwert war denkbar gering, ein bisschen Kupfer, Blei und etwas Antimon zum Härten. Verwendete man eine aus Speckstein geschnitzte Gussform, ging es einigermaßen rasch. Dann brauchte er nur noch jemanden, der die Spiegel polierte.

Schon nach ein paar Tagen brachte Antonius seinen Bruder Andreas mit. Dem musste er immer wieder unter die Arme greifen, denn den Guten zog es viel zu oft ins Wirtshaus, aber ihrer beider Vater hatte sich geweigert, dem Tunichtgut weiter eine Rente auszuzahlen, solange er kein eigenes Einkommen vorweisen konnte. So einen arbeitsscheuen Wirtshausgänger konnte Gensfleisch nicht gebrauchen, aber dieser Andreas brachte wiederum seinen Freund mit, den Andreas Dritzehn, und der war voller Eifer.

Er war nicht besonders helle, man musste ihm alles dreimal erklären, aber fleißig war er. Beide Andreasse waren sie keine ausgebildeten Goldschmiede und nicht in der Zunft, doch vor den Toren Straßburgs war das einerlei. Sie wollten die Spiegel ja nicht in der Stadt Straßburg verkaufen, also kam keine Gefahr von den Zünften. Die beiden kannten auch Hans Riffe, Kaufmann in Straßburg mit zu viel Geld im Klimpersack. Damit war auch eine Geldquelle für das Material vorhanden, das nun gekauft werden konnte. Und das Schönste war: Die beiden Andreasse brachten sogar Geld mit aus ihren reichen Straßburger Elternhäusern und bezahlten, was Gensfleisch an Lehrgeld verlangte, um das Spiegelpolieren zu lernen.

Alle hätten sie am Ende Gewinn gemacht, wenn, ach, wenn nicht doppeltes Unglück über das Unternehmen hereingebrochen wäre.

Fast zwei Jahre lang arbeiteten die beiden Andreasse umsonst und fleißig, jedenfalls der Dritzehn. Der Gewinn aus dem Verkauf der Pilgerspiegel hätte das nötige Kapital beschafft, um das andere, das neue und geheime Werk seines großen Einfalls voranzubringen. Niemandem hatte er bis dahin von seiner anderen Idee erzählt, die ihm in St. Arbogast beim Gießen der Glocke gekommen war, nicht den beiden Andreassen, nicht dem Antonius, keinem seiner Freunde in Straßburg, auch nicht dem Riffe, und am allerwenigsten natürlich dem vermaledeiten Mentelin, der mit seinem langen Silberfuchsmantel dauernd in St. Arbogast herumschlich. Für den großen Einfall war die Zeit noch nicht reif. Nicht einmal den Schreiner Saspach hatte er eingeweiht. Er hatte ihn nur angewiesen, eine gewöhnliche Traubenkelter in eine Spindelpresse umzubauen. Und auch dem Dünnen Hans hatte er nichts gesagt, der ihm half, eine einfache zweiteilige Form aus Speckstein zu fertigen. Davon ließ er ihn gleich mehrere machen, so dass er größere

Mengen Legierung zu Pilgerzeichen in großen Stückzahlen verarbeiten konnte. Während die Andreasse polierten und der Dünne Hans die Zeichen goss, machte er sich auf den Weg nach Aachen, um die Erlaubnis zur Herstellung der Pilgerzeichen zu erbitten.

Man war entzückt von der Idee, Spiegel in die Pilgerzeichen einzusetzen! Tausendfach würde das Licht des Herrn aufglimmen und weitergetragen werden, die Aachener Domherren ließen an einem ebenso denkwürdigen wie trinkfreudigen Abend ihrer Vorfreude freien Lauf. Es hatte sich als vorausschauend erwiesen, zwei Fässer Wein und zwei Beutel Gulden mit nach Aachen zu nehmen. Schließlich wusste Gensfleisch, was die Beschlussfreude von Kirchenmännern vorantrieb.

Dann aber – dann kam die Pest.

Zuerst wurde die Heiltumswallfahrt, die für das Jahr 1439 vorgesehen war, auf das Jahr 1440 verschoben. Gut, das wäre ein Aufschub gewesen, den er mit noch mehr Produktion hätte überbrücken können. Je mehr Pilgerzeichen, desto mehr könnten verkauft werden, und Geld für das zusätzliche Material hätte er schon noch aufgetrieben. Der gute Riffe hatte schon zugesagt, und das für die neue Aventiure vorgesehene Geld hätte er einfach in die Produktion der Pilgerzeichen gesteckt und den um so höheren Gewinn im nächsten Jahr dann für das neue Werk genommen.

Aber dann geschah das zweite Unglück. Am Ende dieses Unglücksjahres, am Stefanstag, legte sich der Andreas Dritzehn morgens mit Fieber ins Bett, und am Abend war er tot, und mit ihm starb die ganze Sache. Der Faulenzer Andreas Heilmann war ohne den fleißigen Dritzehn nicht zu gebrauchen. Allein hätte es Gensfleisch auch nicht geschafft. Und ganz plötzlich hatte das Werk der Pilgerzeichen auch seinen Reiz für ihn verloren.

Weg mit Schaden, weg mit den unglückseligen Pilgerzeichen, den bisherigen schmalen Gewinn mit Riffe geteilt und auf zum neuen Werk! Der Riffe, der scharfe Hund, wollte ihn noch übers Ohr hauen, und dann erst noch die Brüder vom Dritzehn. Leichenfledderer waren das, wollten den vom Bruder eingezahlten Anteil ausbezahlt haben! Sie hatten keine Achtung für den toten Bruder, der so viel Fleiß und Ehrgeiz in das Werk gesteckt hatte. Mit ihm als Partner hätte Gensfleisch es noch weit gebracht, und in Straßburg gefiel es ihm besser als in diesem Mainzer Drecksloch. Allein der Wein war um so viel besser. Gut, dass er sich einen Vorrat gesichert hatte, den er nach Mainz mitnehmen konnte. Er musste doch sehen, was er noch an Geld abzwacken konnte, um sich im Frühjahr wieder neuen Wein aus dem Elsass kommen zu lassen. Das ist einfach der bessere Tropfen, dachte er, hier im Gau sollen sie mit ihrem sauren Zeug doch die Zinnkrüge putzen, aber trinken tu ich das Gesöff nicht.

November 1449

Jetzt saß er in seiner neu eingerichteten Offizin und wartete auf den Fust. Die hundertfünfzig Gulden von Vetter Arnold, die er vor einigen Monaten zu Beginn seines Aufenthaltes in Mainz bekommen hatte, waren schon lange aufgebraucht. Er brauchte nun dringend frisches Kapital.

Fust musste heute überzeugt werden. Gensfleisch war sich so sicher, dass es gelingen würde, das Drucken von Büchern. Den Druck hatte er schon ausgetüftelt. Die Mostpresse war noch so eine geniale Idee von ihm, und auch die war ihm ganz allein eingefallen, damals in Straßburg, als er während der Weinlese durch die Dörfer des sonnigen Elsass spazierte und die Bauern bei der Mostkelter beobachtete. Der Duft gärender Trauben lag über dem ganzen Dorf. Alle Bewohner waren auf den Beinen. Männer trugen Hotten voller Trauben durchs Dorf und verfluchten die Kinder, die ihnen um die Beine rannten. Frauen wuschen Presstücher an den Dorfbrunnen und Viehtränken aus. In fast jedem Hof stand eine große Kelter. Der mächtige Stempel wurde von jungen Burschen am Bengel auf den viereckigen Tiegel mit den Trauben gedrückt. Ob ich Trauben oder Papier in den Tiegel lege, spielt doch keine Rolle, dachte er. Wenn man den Bengel nur einmal fest von einer auf die andere Seite drehte, müsste es für das Bedrucken eines Blattes reichen. Dann könnte man das Blatt herausnehmen, das nächste Blatt unter den Stempel legen und den Bengel wieder drehen. Gleich nach der Ankunft zeichnete er die Skizze der Presse auf.

Und nun stand hinten in der Offizin im Humbrechtshof schon eine umgebaute Presse. Schon – sieben Jahre hatte es gedauert, sieben Jahre seines Lebens, seiner besten Manneskraft!

Jetzt musste er noch das Problem mit dem Weiterschieben lösen und das mit dem Tiegel, der sich ständig mitdrehte, wenn der Bengel gedreht wurde, und das Problem mit der Zähigkeit der Tinte. Dann das Problem, wie die Tinte am besten aufgetragen würde. Mit Pinseln oder mit Bürsten war es alles noch zu ungleich. Es wollte nicht gelingen. Mal war zu viel Farbe in den Borsten, mal zu wenig. Wenn die Tinte nicht genau die richtige Beschaffenheit hatte, wurde der Druck zu dünn, wenn zu viel Tinte aufgetragen wurde, verwischte er. Dann das Problem, wie die Tinte am besten auf dem Papier haftet, wie man das Papier aus dem Tiegel nimmt, wenn es noch feucht von der Tinte ist, wo man es hinlegt, damit es nicht zu starr oder zu wellig wird, bevor die Tinte trocknet. Und über das Problem mit den Lettern musste er auch noch nachdenken. Die Gussform funktionierte noch nicht, viel zu viele Lettern waren unscharf, die Ansatzstücke nicht gleich lang, das Metall das eine Mal zu weich, ein andermal zu spröde.

Ich schaff das, wenn mich nur die andern nicht immer behindern würden, dachte er. Zögerer, Zauderer, Zweifler oder, noch schlimmer, Lügner und Betrüger, die einem gleich das Geld aus der Tasche ziehen wollen. Gesellen, die einfach krank werden oder gleich gar nicht mehr kommen, treuloses Gesindel, wohin man auch blickt! Feige, missgünstige Fettwanste, die ihm seinen Erfolg nicht gönnen, Pfeffersäcke ohne Phantasie und Wagemut, und so geht es fort.

Gensfleisch schlug mit der Faust auf den Tisch. Clara zuckte zusammen.

»Was ist los, Meister?«, fragte Ruppel.

Gensfleisch hob langsam den über den Weinbecher gebeugten Kopf und schaute ihn lange an. Allmählich klarte sein Blick auf. Er kehrte aus seinen wütenden Gedanken zurück, setzte sich auf und straffte die Schultern.

»Was weißt du über den jungen Mann, den der Fust mitbringen wird?«, fragte Gensfleisch den Berthold. »Hast doch sonst deine Ohren immer überall.«

»Viel weiß ich nicht. Er heißt Peter Schöffer und kommt aus Gernsheim, und er war lange Jahre in Paris, hat dort wohl studiert.«

»Ein Gelehrter! Brauch ich noch so eine Flohhaube? Ich brauch Leut, die schaffen können.«

»Lass uns abwarten«, beschwichtigte ihn Berthold. »Fust wird schon einen guten Grund haben, warum er ihn mitbringt.«

»Aber in Straßburg war er nicht, der Knecht Peter?«

»Soweit ich weiß, nein.«

»Der Mentelin, dieser vor Neid zerfressene Habersack, der hat bestimmt seine Spione in Mainz. Passt bloß auf. Der war schon damals hinter mir her wie der Teufel hinter einem Eichkätzchen. Woran ich denn arbeite, wollte er immer wissen, der neugierige Gauch, ob die Spiegelproduktion denn nun eingestellt sei, was das denn für ein Werk sei, das ich da in St. Arbogast aufbauen wolle. Passt bloß auf, wenn ihr merkt, dass einer aus Straßburg ist.«

Clara zuckte zusammen und lugte vorsichtig zu Johann, der keine Miene verzog und seine Fingernägel mit einem Messer säuberte.

Gensfleisch schickte nach Würzwein und dem guten Kuchen vom Bäcker Ulrich, und gleich stand Ruppel auf, drückte einem der jüngeren Gehilfen ein paar Geldstücke in die Hand und ging zur Küche, um Else Bescheid zu sagen.

Clara saß mit Johann am großen Tisch und verknotete die Hände ineinander vor Ungeduld. Keiner gab sich den Anschein, auf sie zu achten, aber sie bemerkte wohl die schrägen Blicke, die ihr alle sagten, mal sehen, wie lange ihr zwei noch da sein werdet. Fahrig griffen die Hände der Knechte nach Werkzeug und ließen es wieder fallen, Köpfe senkten sich über Arbeit, die nur so tat, als wäre sie wichtig, stets im Augenwinkel den angespannten Meister Gensfleisch beobachtend, der hektisch in einem Büchlein blätterte, in dem er Notizen niedergeschrieben und Berechnungen angestellt hatte.

Wenig später öffnete der Gehilfe etwas umständlich die Tür, denn er hatte auf einem Arm köstlich duftende Backwaren zu balancieren und gleichzeitig den Besuchern die Tür aufzuhalten.

Gensfleisch stand auf, streckte beide Arme aus und schüttelte dem zuerst Eingetretenen mit großer Herzlichkeit die Hand, indem er sie mit beiden Pranken fest umschloss.

Der leicht verdutzt wirkende Besucher ließ sich von Gensfleisch zum Tisch führen. Er war schlank und nicht sehr groß, aber überaus erlesen gekleidet, mit einem federgeschmückten Barett, einer Schaube mit Pelzkragen und einer goldenen Kette. Seine Strümpfe waren fleckenlos weiß, und die großen Kuhmaulschuhe sauber gebürstet. Unter dem Barett glitzerte eine silberdurchwirkte Mütze – feiner gewandet als der Rehlinger in Augsburg an Festtagen. Das musste ein reicher und wohlgeborener Herr sein. Ein gekämmter schwarzer Bart mit schmalen grauen Streifen umrahmte ein blasses Gesicht mit wachen Augen. Seine Mundwinkel hatten den Hang, nach unten zu weisen, das war vielleicht der einzige Makel an seiner sonst so feinen, herrschaftlichen Erscheinung.

Hinter ihm trat leise und unscheinbar ein jüngerer Mann durch die Tür, schlank und mit langen Gliedern, mit schütterem braunen Haar, das ihm in Strähnen unter der Kappe hervorhing. Arme und

Beine waren ständig in Bewegung, manchmal grade so, als gehörten sie nicht zum Rest des Körpers, und sein Blick war seltsam abwesend, als wäre er in Gedanken nicht bei den Menschen, sondern bei Dingen, die nur er sah.

Mit ausgreifenden Schritten und lauten Worten erklärte Gensfleisch den Besuchern die Offizin. Sie gingen zur großen Presse, dem eigentümlichen Tier aus Holz, das rätselhaft im Dunkel der hinteren Werkstatt verharrte. Der Bengel ragte weit über den Rahmen hinaus, und der hölzerne Wagen, der an Schienen entlang unter den Tiegel geschoben wurde, lag still. Clara spannte die Schultern und richtete ihre Augen auf die Besucher. Sie verstand nicht alles, was Gensfleisch bei der Presse erklärte. Mit kraftvollen Worten und ausholenden Armbewegungen deutete er an, wie der Bengel schweifte, wie der Tiegel sich senkte. Er zeigte den Besuchern die Holzschnitte, die er schon gedruckt hatte, und verschwieg auch nicht, dass er noch nicht wusste, wie der Tiegel festzustellen sei, der sich nicht mit der Spindel mitdrehen durfte, weil sich sonst der Rahmen verzog und der Druck verrutschte. Er zeigte die breiten Bürsten, mit denen sie die Tinte auftrugen, und sprach von der ungelösten Frage, wie man die Tinte gleichmäßig auftrug, so dass der Druck an den Rändern nicht zu hell war und in der Mitte nicht ineinanderfloss. Außerdem durfte die Tinte nicht an den Stegen des Schnittes herunterlaufen, weil sonst die Konturen verwischten. Fast wie in Eile trieb er die Besucher vor sich her zur gegenüberliegenden, an der hellen Fensterfront zum Innenhof gelegenen Werkstattseite, wo Männer kleine Metallstifte feilten und prüften.

»Hier machen wir die Patrizen, das sind die Urlettern, aus denen machen wir dann die Matrizen, die in die Gießformen kommen.«

Seine Stimme dröhnte durch die Werkstatt. Clara verstand das mit den Patrizen und Matrizen nicht, es wirkte rätselhaft, wie diese Männer an winzigen Metallstiften herumfeilten und schnitten.

Clara beobachtete, wie der junge schlanke Besucher die Punzen genannten Metallstifte am hellen Fenster von allen Seiten betrachtete. Er ließ sich die Gussform aus zwei Specksteinhälften zeigen, die mit einer Eisenklammer zusammengedrückt wurden. Clara war zu weit weg, um zu erkennen, wie die Gussform im Innern beschaffen war, und es war ihr auch zu schwierig, all die Wörter auseinanderzuhalten. Gussform, Patrizen, Punzen, Legierung, Antimon, Stibium … die Begriffe wirbelten in ihrem Kopf herum. Eine gewöhnliche Schreiberwerkstatt war das nicht. Zu Hause beim Bämler, da kannte sie den Betrieb, dort wusste sie, wo die Arbeit lag, wie sie zu schreiben hatte, was abends fertig sein sollte. Aber hier ging es ja um eine Erfindung, wie Ruppel sagte. Das hing dann wohl mit der Presse und den kleinen Metallstiften zusammen, nur konnte sich Clara keinen Reim darauf machen.

Mit weit schwingenden Armen scheuchte Gensfleisch die Besucher zurück zum großen Tisch, er schenkte Würzwein in die bereitstehenden Zinnbecher und prostete ihnen zu, trank seinen Becher in einem Zug aus und rief mit dröhnender Stimme: »Was sagt Ihr, Fust Johann, welch glorreiche Zukunft wird uns beschieden sein!«

Fust schwieg. Er blickte sich erneut in der ganzen Werkstatt um. Gensfleisch ruckte auf dem Kissen hin und her, goss sich noch einen Becher ein und füllte das Schweigen Fusts mit allerlei nichtssagenden Sätzen.

»Wir werden es ihnen zeigen, den Pfaffen, sie werden gar nicht mehr wissen, wie sie ihre Mönche in den Klöstern beschäftigen können, ganze Schreiberstuben werden sie schließen müssen, und unsere Bücher werden in allen Klosterbibliotheken des Gaus stehen.«

Solange Fust schwieg, hielt Clara den Atem an. Auch Johann saß neben ihr stocksteif, die Hände um den Becher geklammert. Vom Urteil dieses Mannes, von dem sie gestern noch nichts wussten, würde abhängen, ob sie die nächsten Monate in dieser seltsamen Schreibstube verbringen würden oder weiterziehen mussten, ohne zu wissen, wo sie am Abend eine Schlafstatt würden nehmen können. Vom Urteil in einer Sache, die sie mit keiner Faser erfassen konnte, die ihr so fremd war, dass sie sich sehr dumm und sehr klein vorkam.

Schließlich trank Fust einen Schluck aus dem Becher, stellte ihn ab und hob die Hand. Augenblicklich verstummte Gensfleisch mitten in seiner wortreichen, von glühenden Farben ausgemalten Darlegung der Zukunft.

»Wofür genau brauchst du das Geld? Wie hoch soll die Summe sein? Hast du eine Aufstellung der Kosten?«

Gensfleisch entlud seine Spannung, indem er mit der flachen Hand auf den Tisch schlug. Ein Lächeln zog sein Gesicht in die Breite, und die blauen Augen blitzten, so dass es wirkte, als nähme er Fusts Interesse bereits als Zusage.

»Alles hab ich genau notiert und berechnet«, rief er. Er beugte sich vor, beide Ellbogen auf den Tisch gestützt, dass dieser knarrte. »Kommt mit nach hinten, dort habe ich die Bücher.«

Der junge Schöffer blieb sitzen, während die beiden älteren, ungleichen Männer in der Kammer verschwanden, in der Gensfleisch wohnte.

Peter Schöffer blickte sich um, stand schließlich auf und betrachtete alle Arbeitsplätze und jedes Werkzeug noch einmal. Schweigend ging er durch die Werkstatt, hob hier und dort ein Blatt, prüfte eine Punze, betrachtete die Specksteinmodeln, schaute in das Feuerloch, in dem die Legierung flüssig gehalten wurde. Die Arbeiter blickten ihm nervös nach. Schließlich wurde es dem Ruppel zu viel.

»Junger Mann, hast du Fragen?«

»Nein«, sagte dieser kurz und trocken.

»Wenn du aber schon so genau schaust, musst du dir schon die Frage gefallen lassen, was du denn wissen willst?«

Schöffer schwieg.

»Ich bin hier der Werkstattvorsteher«, sagte Ruppel und stemmte die Fäuste in die Hüften.

Schöffer blickte Ruppel lange an.

»Ich bin der Peter Schöffer aus Gernsheim, hab in Paris Kalligraphie und Illustration studiert.«

»Ja, das weiß ich doch.«

»Na, dann ist doch alles in Ordnung, jetzt kennen wir unsere Namen.«

Ruppel schnaubte durch die Nase.

»Ich will nur nicht, dass du hier überall rumfingerst, sondern um Erlaubnis fragst und das machst, was ich dir auftrage.«

»Wenn Herr Fust und Herr Gensfleisch sich da drin einig werden, dann fange ich hier als Kalligraph und Erfinder an und werde berühren und bearbeiten, was immer ich für richtig halte.«

Das sagte Peter Schöffer völlig ruhig und sehr leise, drehte sich auf dem Absatz um und ließ Ruppel stehen.

»Ha! Das wollen wir ja noch sehen.«

Finster blickte Ruppel dem jungen Mann nach, der unbeeindruckt seinen Rundgang fortsetzte, die langen Stirnfransen unter der Mütze tief ins Gesicht fallend, so dass man nie genau gewahr wurde, wo er gerade hinsah. Seine langen, schmalen Finger mussten alles berühren, am Holz entlangstreichen, das Papier befühlen, das Werkzeug in die Faust nehmen.

Schließlich setzte Peter sich zu Clara und Johann an den Tisch. Johann fragte ihn voller Neugier in den grauen Augen danach, welche Pigmente sie in Paris für die Farbe Rot verwendeten, und unversehens verwickelte er den erst einsilbig, dann immer lebhafter antwortenden Schöffer in ein Gespräch über Kalligraphie, Tinte und Farbe, über die Buchmalerei und die Schule von Göttingen, das große Lehrbuch der Rubrikatoren.

Wieder lauschte Clara dem Gespräch der beiden Männer, um dem Geheimnis des Werkes in dieser Offizin auf die Schliche zu kommen, aber alles, was sie von Johann und Peter hörte, war Fachsimpelei über Auripigment und Blattgold, über geriebenen Lapislazuli und die Vorteile des Ockers aus Südfrankreich.

Es ging schon auf Mittag zu, als sich endlich die Tür zum hinteren Teil des Hauses öffnete, und obwohl Neugier ein lasterhafter Zug ist, hoben sich Köpfe, hielten Hände inne und blickten Augenpaare die beiden Männer an. Gensfleischs Gesicht sprach Bände. Er grinste zufrieden, die Äuglein leuchteten, und als Fust ihm den Rücken kehrte, rieb er sich die Hände. Das Geschäft seines Lebens! Fusts unbewegter Miene war nichts zu entnehmen. Er wandte sich an Peter und sprach leise ein paar Worte zu ihm, die Clara nicht hören konnte. Peter nickte. An der Tür schüttelte Fust dem Gensfleisch die Hand und sagte nur:

»Wir machen es wie vereinbart. Schick mir die Bestelllisten, und der Schöffer kommt ab morgen.«

Das war an alle gerichtet, laut und deutlich hatte es Fust in das weite Rund der großen Werkstatt kundgetan.

Fust war nunmehr Geschäftspartner des Johann zum Gutenberg, wie er sich fortan nannte.

Und Clara und Johann? Clara hoffte nur, dass der Besitzer der Werkstatt sich an sein Versprechen vom Vorabend erinnerte. Sie wagte immer noch nicht sich zu rühren.

Als sich die Tür hinter Fust und Schöffer geschlossen hatte, wandte sich Ruppel eilig an Gutenberg. Der haute ihm kräftig auf den Rücken, blickte in die Runde und rief:

»Els, bring mal Wein und Becher für jeden, wir haben was zu feiern.«

Lebhaft schwatzend versammelten sich die Knechte und Gehilfen um den großen Tisch. Gutenberg schüttelte jedem die Hand, und als die Reihe an Johann kam, schlug er auch ihm auf die Schulter, packte sie und rüttelte sie so sehr, dass Johanns Gesicht sich vor Schmerz verzerrte. Gutenberg sprach die erlösenden Worte:

»Jetzt kann ich dich gut gebrauchen, du Schönschreiber, und dein Weib da auch. Ihr müsst nun die schönsten Buchstaben schreiben, die die Welt je gesehen hat. Mein Werk soll vollkommen werden, zu Gottes Ehre«, er zwinkerte, »und zu meinem Wohl!«

Clara war so erleichtert, dass ihr Tränen über die Wangen liefen, die sie verstohlen wegwischte. Sie konnte noch eine Nacht in der Kammer schlafen und noch eine und vielleicht noch viele, sie musste nicht weg von diesem Ort, sei er noch so seltsam und unergründlich.

Am zweiten Abend in ihrer Kammer stritten sie nicht. Sie sprachen über alles, was sie gesehen hatten. Clara hoffte, dass Johann mehr verstanden hatte von den seltsamen Vorrichtungen und Vorgängen in der Offizin.

»Wozu dient die Presse, Johann?«

»Ich denke, die reiben damit die Holzschnitte ab.«

»Und was haben sie mit den kleinen Metallstiften vor?«

»Sie wollen was zusammensetzen, Blätter mit Holzstichen und Buchstaben darauf oder so.«

»Aber wozu das Ganze? Was soll daraus entstehen? Und was sollen wir denn nun genau dort tun?«

Johann zuckte mit den Schultern und reinigte sich die Fingernägel mit seinem Messer.

»Werden wir ja noch sehen«, brummte er.

Er weiß es auch nicht, er hat keine Ahnung, dachte Clara. Sie klopfte mit der Hand den Staub aus ihrem Überkleid. Jeder Schlag aufs Kleid machte ihr klar, dass hier noch kein Handgriff saß. Wo war die kleine Bürste, mit der Afra zu Hause jeden Abend die Wollstoffe ausbürstete? Warum hatte sie nicht daran gedacht? Die wäre doch wichtig gewesen. Noch hatte sie nicht einmal Geld genug, um sich auf dem Mainzer Markt eine Bürste zu kaufen. Sie hielt das Kleid über einem Arm und klopfte mit der anderen Hand auf dem Stoff herum.

»Missgeburt von einem Ölleuchter«, keuchte sie, denn das Licht flackerte und rußte und gab dabei nur einen mickrigen Schein ab. Wenn man es bewegte, schwappte das Öl über die viel zu seichte Schale, und der Docht versank die ganze Zeit, weil er durch den zu großen Halter rutschte. Wenn es hier so was wie eine Töpfergasse gibt, kauf ich vom ersten Lohn ein gutes Talglicht, nahm sie sich vor.

»So ein Krampf wie das hier braucht doch keiner«, murmelte sie vor sich hin. In ihr war fester Wille, alles Neue kennenzulernen, alles Ungewohnte zu begreifen. Ich werde hier fertigwerden mit allem. Sie legte sich zu Johann, der bereits fest eingeschlafen war, und schlief traumlos bis zum nächsten Morgen.

Clara stand in der Werkstatt an der mittleren Säule vor dem großen Tisch und sah um sich. Ihr schwindelte. Es lief einer mit einem Krug Wasser zur Presse, einer mit Papier von der Presse zum Tisch, Gutenberg diktierte einem Gehilfen Bestellungen für Blei, Zink und Antimon, andere Knechte brachten glatte, grade Bretter aus gutem Holz in die Offizin und trugen sie in den hinteren Teil neben die Mostpresse, wo sie eingelagert wurden. Laufend kamen Lieferungen mit Schweineborsten, Marderhaaren, Lammleder und Kalbsleder. Auch eine größere Papierlieferung war schon eingetroffen. Wie hatte Gutenberg das Material so schnell bekommen? Er musste es vorbestellt haben, in der Hoffnung, dass er die Lieferungen würde bezahlen können, sobald die Gulden von Fust rollten.

Es war Claras zweiter Tag in der Offizin, doch von Arbeit für sie war keine Rede. Sie drehte sich langsam um die eigene Achse. Männer riefen sich Befehle zu, fachten das Feuer an, banden sich Lederschürzen um, holten Hämmer von der Esse oder suchten Feilen auf den Werktischen. Johann hatte sich in aller Ruhe an den Tisch gesetzt, zuerst eine Weile die Männer um sich herum beobachtet und dann ein vor ihm liegendes Blatt genommen, auf dem er jetzt mit einem Griffel Schwungübungen für Initialen machte oder für Ranken oder Akanthusblätter, sie sah es nicht genau. Er tat so unbeteiligt und gleichzeitig beschäftigt, in ihr aber stieg das Unbehagen wie Wasser in einem Krug am Brunnen. Es grummelte im Magen und schnürte ihr die Kehle zu. Sie fühlte sich so nutzlos und überzählig, dass sie am liebsten aus der Offizin gelaufen wäre. Plötzlich lag Gutenbergs Blick auf ihr, und er sprach sie an:

»Du bist doch Schreiberin und sagtest, du könntest Tinte machen?«

Clara stieß sich von der Säule ab und musste sich erst räuspern. »Ja. Das kann ich.«

»Woraus machst du sie?«

»Aus Eisenvitriol, aus Galläpfeln, und Essig brauch ich und Gummi Arabicum.«

»Gut, nimm das Geld hier und geh zur Apotheke am Dom, um alles dafür zu besorgen.«

»Ich kenn mich hier noch nicht aus.«

»Dann nimm dir den Martin mit, jetzt mach doch nicht so viel Gehebe drum.«

Gutenberg war ungeduldig. Er winkte einem jungen Burschen, dass er Clara begleiten solle. Am liebsten hätte er alles auf einmal erledigt, und Clara ließ sich anstecken von der Geschäftigkeit. Endlich hatte auch sie zu tun. Sie lief mit fliegenden Haubenbändern dem Buben Martin zur Apotheke nach und holte dort, was sie brauchte. Auf dem Markt fand sie auch einen Bauern, der ein paar Galläpfel hatte, nicht viele, aber sie bestellte bei ihm gleich noch mehr für die darauffolgende Woche.

In der Offizin suchte sie sich einen Mörser und zerstieß das Eisenpulver und das Gummi Arabicum, so fein es ging. Die Stimme des Vaters war ihr im Ohr: »Feiner, feiner, zerreiben, Cläre, je feiner umso besser wird die Tinte. Nicht müd werden, fein zerreiben.«

Sie goss ein wenig Wasser auf die Mischung und stellte sie auf die Bank am Fenster, durch das die Sonne schon am Morgen hereinschien. Dort saß ein älterer, grauhaariger Gesell mit einem langen Bart und freundlichen dunkelbraunen Augen. Den Mund sah man nicht durch die Barthaare, aber um die Augen spielten Fältchen, als würde er die ganze Zeit lachen oder wenigstens grinsen. Er half Clara, etwas Platz auf der Fensterbank zu schaffen, wo Holzreste und Metallstifte herumlagen. »Die Werkstatt is net die sauberste, Kindje«, brummelte er in seinen Bart, und seine Augen grinsten sie an. Sie fasste Mut, er war hilfsbereit, sie stellte sich vor:

»Ich bin Clara, Schreiberin.«

Fast hätte sie noch »aus Augsburg« gesagt, erinnerte sich aber grad noch an die Ermahnung von Johann, bloß nicht zu viel über ihre Herkunft zu reden, damit niemand Clara ausfindig machen könnte. Dafür wurde sie schon wieder rot. Die Augen lächelten sie an:

»Ich bin der Michel aus Friedberg, net weit von hier.«

Ihn konnte man um etwas bitten, das sah sie ihm an.

»Michel, ich brauch eine Raspel und einen Topf, wo find ich denn so was hier?«

Er bog seinen knöchernen Finger und winkte sie zur Küche. Die Magd Else war schon beim Zubereiten der Mittagssuppe. Sie blickte unwillig auf, fuhr sich mit dem Handrücken über die tropfende Nase und wies nur mit dem Daumen hinter sich, als Michel um einen Topf bat.

»Aber nicht die guten kupfernen. Wer weiß, was die da wieder zusammenbrauen. Nachher bekommt man sein Zeug gar nimmer oder völlig versaut zurück«, schimpfte sie und warf Clara noch einen ihrer stechenden Blicke zu, einen freundlichen hatte sie von Else bisher noch nicht gesehen. Wahrscheinlich ist sie neidisch, sie schuftet hier in der Küche und hat fast fünfzehn Leute zu verköstigen, und ich setz mich an den gedeckten Tisch. Clara fühlte dumpfes Unbehagen im Bauch. Wenn sie mir doch wohl wär! Dass ich schreiben kann und sie nicht, dafür können wir doch beide nichts.

Michel trottete mit dem Topf wieder in die Werkstatt, griff von der Wand eine Raspel und gab Clara beides. Er zeigte auf den Platz neben sich.

»Hier wär Platz, Clara Schreiberin, und zur Feuerstell hast du's net weit.«

Auch die Galläpfel musste sie ganz fein zerkleinern. Sie schob sich den Haubenzipfel vors Gesicht, um den Staub nicht einzuatmen, von dem man husten musste, und bemühte sich, ganz nah überm Topf zu reiben, damit der Staub nicht zu Michel und den andern flog. Dann kochte sie Wasser auf der Feuerstelle auf und rührte das Gallapfelpulver ein. Rühren, Wasser nachgießen, weiterkochen lassen, wieder rühren, das gab ihr reichlich Gelegenheit, sich umzusehen. Johann hielt sich in Schöffers Nähe auf. Zusammen standen die beiden an der Esse, an deren Rand Clara über kleinem Feuer die Gallapfelbrühe kochte. Peter fragte den Gesellen aus, der Blei- und Zinnstücke in einen tief im Feuer hängenden Eimer tat und von einem grau glänzenden Mineral eine flache Kristallscheibe abbrach und zur Mischung gab.

»Was ist das Glänzende?«, fragte Johann.

»Stibium«, brummte der Knecht. »Macht es hart.«

Er hob die Hand mit der Scheibe und drehte sie.

»Woher weißt du, wie viel du in die Mischung machen musst?«, fragte Peter.

»Weiß ich eben nicht, ich probier's halt.«

Schöffer drehte sich um und holte eine kleine Balkenwaage vom großen Tisch.

»Nimm die und schreib auf, wie viel du reinmachst. Wir können sonst nie die richtige Mischung finden.«

Bei »schreib auf« zuckte der Knecht derart zusammen, dass sich Schöffer, Johann und Clara gleich einen wissenden Blick zuwarfen. Er konnte nicht schreiben.

Ohne ein weiteres Wort zu verlieren, holte sich Peter eine Wachstafel und einen Griffel und legte die Gewichte auf die Waage. Sie maßen das Gewicht der Stibiumscheibe, bevor der Knecht sie in die brodelnde Mischung warf.

»Ruf mich unbedingt, bevor du die nächste Legierung machst. Wir müssen alles notieren«, wies ihn Peter an.

Solange sie auf das Schmelzen der Legierung warteten, holte sich Peter die Specksteinmodeln, in denen die Lettern gegossen werden sollten. Nie schienen seine Hände stillzustehen. Geschick war nötig, wenn man die beiden Specksteinmodeln zusammenfügen wollte. Trotz der Eisenklammer, die sie zusammenpresste, verrutschte der glatte Stein leicht, und das Gussstück konnte schief geraten oder sich in der Form verkanten. Peter schüttelte den Kopf und runzelte die Stirn.

»Das muss besser gehen«, murmelte er und nahm die Gussform in beide Hände.

»Warum hat er es nicht aus Holz gemacht?«, fragte er den Knecht.

Der zuckte bloß mit den Schultern. Sein Gesicht sagte, dass er sich mit dem Meister doch nicht anlegen würde. Er machte, was man ihm sagte.

Peter setzte sich an den Tisch, die Gussform vor sich, und versank in tiefe Gedanken. Er war so unnahbar, dass Johann sich schließlich wieder seinen Pigmenten zuwandte, das zerriebene Pulver prüfte, am Leinöl roch, die Pinselspitzen mit den Fingern formte.

Clara rührte weiter im Gallapfelsud. Schließlich siebte sie die Brühe in einen Holzbecher und stellte ihn zum Eisensaft ans Fenster. Morgen ginge es weiter, für heute konnte sie nichts mehr für die Tinte tun. Sie sah dem Michel beim Schnitzen der Buchstaben zu. Er schnitt winzige »m« in ein Stück Eisen, hielt sie immer wieder vor sich ins Licht, um an der Kante noch etwas abzufeilen oder die Rundung im »m« noch etwas steiler zu machen. Vor sich hatte er eine mit Tinte getränkte Filzmatte, in die er immer wieder den Buchstaben tauchte und auf ein Blatt neben sich abdruckte. Zwei Stunden feilte er an seinem »m«, da brach ihm der äußere Steg ab, und er warf die Punze mit einem unwilligen Brummen auf einen Haufen anderer Nägel, alle mit Lettern drauf, die nicht geraten waren. Das Metall schmolzen sie wieder ein, um neue Punzen zu machen, erklärte er. Michel gab ihr eine Punze zum Abfeilen der Kanten, und sie versuchte sich daran. Sie sah noch nicht, wie diese kleine Punze mit der großen Presse dort zusammenhing. Was genau war das »Große Werk«, von dem Gutenberg so begeistert sprach?

Am nächsten Tag kochte sie die beiden Tintensude auf, den mit dem Eisensalz, und den mit dem Gallapfelpulver. Sie rührte sorgfältig, bis beides abgekühlt war. Dann goss sie die lauwarmen Brühen zusammen. Noch etwas absetzen lassen, durchs Tuch filtern und dann luftdicht verschließen. Sie hatte eine ausreichende Menge für etwa eine Woche Schreibarbeit für einen Schreiber gemacht, aber Gutenberg wollte gleich noch mehr. Sobald die Galläpfel vom Bauern da wären, könne sie noch mehr machen, versprach sie ihm.

Peter Schöffer gab ihr und Johann eine neue Aufgabe: Sie schrieben Seiten aus einer Bibel ab, eine ganze Seite in feinster Handschrift, ein Buchstabe musste wie der andere aussehen, und wenn es nicht gelang, dann die ganze Seite noch mal, ganz egal, wie viel Zeit sie darauf verwandten. So schrieben sie Stunde um Stunde. Krampfte die Hand, schüttelten sie sie aus. Sie verglichen ihre Schriften, passten sie einander an, und wenn sie mit einer Seite zufrieden waren, vermaßen sie die Buchstaben. Es fiel ihr schwer, Buchstaben unverbunden zu schreiben, denn viele davon gehörten einfach zusammen. Einzeln kamen sie ihr nackt und verloren vor, wie frierende Kinder hockten sie auf der Zeile. Jeder feinste Strich wurde bewertet und verworfen, jeder Buchstabe tausendfach auf Papier gebannt, allein oder im Verbund mit anderen. Es galt, die Schrift immer feiner auszuarbeiten. Sie schrieb nicht mehr, sie zeichnete. Dann nahmen sie eine andere Seite aus der Bibel als Vorlage und setzten aus den vermaßten Buchstaben so genau wie möglich die neue Seite zusammen. Anfangs sahen die Buchstaben unbeholfen aus, bis deutlich wurde, dass auch die Abstände der Buchstaben zueinander unterschiedlich breit werden mussten. Erneut wurde vermessen, geschrieben und nachgemessen.

Schließlich stand Clara vom Tisch auf und betrachtete die letzte von ihr geschriebene Seite aus einiger Entfernung. Sie holte sich eine Punze von Michel und betrachtete sie.

Mit einem Male hatte sie begriffen. Es stand klar vor ihr. Es ging darum, die Lettern zu vervielfachen, so dass sie sie verwenden konnten, wie in einem Holzschnitt, nur waren die Lettern aus Metall und würden Zeile für Zeile immer wieder neu zusammengesetzt, grade so, wie die von ihnen vermaßten Buchstaben. Die Zeilen bildeten eine Seite, dabei mussten die Buchstaben wie im Spiegel verkehrt herum in einen Rahmen eingelegt werden, dann könnte man ein Blatt darauflegen und es abreiben oder, vielleicht eher, abdrücken mit dem Bengel der Presse. Johann, das spürte sie an seinem hektischen Blick, mit dem er das Geschehen beobachtete, wusste fast genauso wenig wie sie, war aber viel zu stolz, unbedarfte Fragen zu stellen, und fürchtete das Gelächter der anderen, besonders das des Ruppel, der gern die Schwächen der anderen für derbe Scherze nutzte. Johann wich dem aus. Wann immer niemand etwas von ihm unmittelbar forderte, vertiefte er sich in seine Malerei, seine Ranken und Initialen, als hätte er den ehrenvollsten Auftrag einer großen Abtei erhalten. Dabei malte er nur so vor sich hin.

Wenn Gutenberg da war, hatte er für jeden eine Aufgabe. Er merkte sofort, wenn jemand untätig auf der Bank saß, blickte denjenigen scharf aus seinen kleinen Augen an, wies mit dem Finger auf ihn und donnerte »Du!« durch den Raum, so dass alle zusammenfuhren, auch die, die schon fleißig ihrem Tagwerk nachgingen.

»Komm her«, befahl er dann.

Ihm fiel immer etwas ein, und er holte seine Gesellen auch von einer Arbeit weg, mit der sie grade beschäftigt waren, wenn ihn dünkte, er bräuchte sie an anderer Stelle. Sicher war man nie vor ihm. Er forderte und schimpfte, er war ein ungeduldiger Meister und beklagte die Faulheit seiner Gesellen. Am meisten aber schien er sich vor Spionen zu fürchten. Das wären die übelsten Parasiten, die ihm seine Idee stehlen wollten, um selbst Geld damit zu machen, ohne auch nur etwas Hirn in eine eigene Erfindung zu legen. Die Schmarotzer aus dem Elsass, die Gernegroß, die ihm schon einmal alles wegnehmen wollten.

»Die werden es wieder versuchen, verlasst euch drauf.«

Sprach es und nahm einen großen Schluck aus seinem mit feinem elsässischen Wein gefüllten Becher, der ihn entweder Unsummen an Zoll gekostet haben musste oder am Zoll vorbeigeschmuggelt worden war.

Am schlimmsten waren für Clara die Stunden, in denen Gutenberg außer Haus war, in unbekannten Geschäften oder mit Fust unterwegs, in denen anscheinend jeder in der Offizin seiner Aufgabe nachging. Die Silberschmiede feilten und schnitten an den Punzen, die Knechte schleppten Papierstapel und sortierten diese nach Herkunft, Dicke und Abmaß, Johann hängte sich an Peter Schöffer oder malte. Jeder war oder tat beschäftigt, nur sie saß manchmal einfach vergessen auf einem Schemel vor dem Tisch, hatte ihre heutige Aufgabe, vielleicht das Schreiben von zwanzig Variationen des kleinen »m« in Verbindung mit dem »y«, dem »o«, dem »ü«, dem »a«, bereits am Vormitttag erledigt. Sie wrang die Hände im Schoß. Dann spürte sie oft Ruppels Blick auf sich ruhen, der mit einem boshaft kleinen Lächeln in ihre Richtung schaute. Manchmal stand sie auf und sah über Michels Schulter auf dessen Arbeit, bis dieser von rechts unten hochschaute, sie mit den Augen anlächelte und ihr hin und wieder eine Punze und eine Feile in die Hand gab.

Es war fast lächerlich, wie Johann dem Peter Schöffer nicht mehr von der Seite rückte. Beide waren sie Kalligraphen und Schönschreiber, Rubrikatoren mit erstklassiger Ausbildung, und Johann wurde nie müde, mit dem Schöffer die Schönheit der Buchstaben zu besprechen, den Ansatz von Schmuckbuchstaben zu erörtern, über die Form und Rundung der verschiedenen Varianten der Letter G zu fachsimpeln.

Clara war immer wieder erstaunt über die Verschwendung, mit der in Gutenbergs Offizin alle möglichen Materialien verbraucht wurden. In Claras väterlicher Schreibstube wurde mit der selbst hergestellten Tinte sorgfältig gehaushaltet, obgleich ihre Zutaten nicht teuer waren. Die Tintenfässer wurden stets gut verschlossen, die Federn gereinigt und jedes Stückchen Papier beschrieben, das Pergament abgeschabt und wiederverwendet. Die Fässlein in der

Hätzler'schen Schreibstube waren fein ausgeputzt, bevor die nächste Tinte eingefüllt wurde. Selbst der alte Bämler mit seinen prachtvollen Miniaturen aus den leuchtendsten Farben, der am Gold nicht sparte, geizte mit dem Material und ließ kein Krümelchen Pigment unter den Tisch fallen. Er hatte eigens ein Lederstück unter den Reibestein gespannt, damit der Reibestaub der Pigmente aufgefangen wurde, bevor er zu Boden fallen konnte.

Hier, in der Offizin des Gutenberg, geschah das Gegenteil: Pigmente, Pinsel, Federn, Papier, Gummi arabicum, Eigelb und Eiklar, Blattgold, Silber, Blei, Stibium, alles wurde gekauft und verbraucht, ohne dass auch nur ein Werk die Offizin verließ. Zur Sparsamkeit erzogen, sah sie überall nur, wie das Geld dem Gutenberg durch die Finger rann, gar nicht zu reden von den Weinlieferungen aus dem Elsass, den feinen Stoffen, in die er sich kleidete, und den süßen Kuchen, die täglich vom Bäcker angeliefert wurden.

Die Tage vergingen rasch, schon waren sie eine Woche in Mainz, und dann noch eine. Mit Michel ging es gut, er half ihr immer, wenn sie etwas in der Werkstatt brauchte. Sie gewöhnte sich daran, sich zu Michel zu setzen, wenn Gutenberg ihr keine Schreibarbeit aufgetragen hatte und genug Tinte auf Vorrat gemacht war. Neben ihm konnte sie ganze Vormittage verbringen, an Punzen feilen und schweigen, und hatte wenigstens die Beruhigung, nicht untätig zu sein und ihr Geld zu verdienen.

Mit Johann war es seltsam. Am Abend waren sie vertraut und zärtlich, aber in der Werkstatt ging er seiner Wege, fast schien es, als würde er ihr ausweichen. Nach ein paar Wochen ging er öfters des Abends mit Ruppel und einigen anderen Gesellen ins Wirtshaus, erst nur an ein, zwei Abenden für eine Stunde, dann hin und wieder länger, und immer öfter. Sie saß in der Kammer, säuberte ihre Kleidung und besserte die Wäsche aus, und oft sah sie stundenlang vom Bett aus durch das Fensterchen hoch über ihr in einen ganz kleinen Teil des Himmels, ein paar Sterne nur, manchmal die Wolken, niemals den Mond. Zu Hause, nein, daran durfte sie nicht denken, an den Mond, der zu Hause verlässlich in ihre Kammer schien, an das Gackern der Hühner, die Afra im Hühnerhaus begrüßten, an das Lachen der Freundin Bärbel, an das Plätschern des Lechwassers in den Straßen. An den Bruder durfte sie schon gar nicht denken. Dann schossen ihr die Tränen in die Augen, und eine Verzagtheit ergriff sie, die sie früher nicht gekannt hatte. Trotzig musste sie dann die Schultern straffen. Ich schaff es aber, sagte sie sich. Ich werde hier Freunde finden. Freunde, höhnte eine spitze Stimme in ihr, du schaffst es ja nicht mal, dass die Else dich gern hat. Aber der Michel, antwortete sie der stichelnden Stimme. Es wird gehen. Es muss gehen.

Wenn Johann dann spät am Abend heimkam, lag sie oft schon im Bett, stellte sich schlafend und roch Wein und Bier, Schweiß und altes Stroh.

Als sie an einem trüben Dezembertag in die Küche kam, hing Else über einer Schüssel und stöhnte.

»Else, was hast du?«

Mit verquollenen Augen und einer schniefenden Nase krächzte Else: »Schnpfn.«

Clara legte ihr die Hand auf die Stirn. »Und Fieber, du gehörst ins Bett.«

»Und wer soll dann hier das Essen kochen?«, krächzte sie mit heiserer Stimme.

Ohne nachzudenken nahm sich Clara eine der nicht so sauberen Schürzen vom Haken, band sie um und griff nach dem Messer und dem Gemüse in Elses Hand. Else rieb sich die Nase und riss die kleinen geröteten Augen auf:

»Kannst du etwa kochen?«

»Ich kann nicht viel, aber ich weiß, wie man Gemüse putzt und schneidet.«

Fast hätte sie hinzugefügt: »Und deine immer gleiche Gemüsesuppe ist nicht schwer nachzukochen«, aber sie wollte die Arme nicht ärgern.

Zwar hatte sie sich in den ersten Tagen geschworen, sich von Elses vorwurfsvollen Blicken kein schlechtes Gewissen machen zu lassen, welches sie wie ein Kehrbesen dann zu allerlei Hausarbeit getrieben hätte, sondern es stattdessen zu ertragen, bei jedem Essen den Teller auf den Tisch geknallt zu bekommen und als Letzte bedient zu werden, hatte das Ächzen und Stöhnen von Else und die Sticheleien von Ruppel ausgehalten, um sich nicht selbst zu degradieren. Einen kranken Menschen aber konnte sie nicht beiseiteschieben. Es war Nächstenliebe im Namen Jesu, sich um Else zu kümmern, die hustete und keuchte und sich kaum von ihrem Stuhl erheben konnte. Gemeinsam deckten sie den Tisch, und gemeinsam wuschen sie die Becher ab. Am Ende saß sie vor dem großen Küchentisch und wischte sich die Hände an der Schürze trocken, während sich Else Wasser aus dem Krug einschenkte, einen Augenblick zögerte und dann einen zweiten Becher füllte, ihn vor Clara stellte und »Danke« sagte.

Clara lächelte.

Von diesem Tag an deckten sie den Tisch gemeinsam, trugen gemeinsam alles wieder ab. Es kostete Clara kaum Zeit, und niemand schien es zu bemerken. Aber Else war zufrieden. Sie schöpfte Clara die Suppe tief und mit einem guten Stück Fleisch drin, wann immer es welches gab.

Frühjahr 1450

»Dann kaufen wir eben noch mal einen Satz Leder von ihm, handele ihn runter, aber wir müssen es versuchen. Wo ist der Fehler?«

Gutenberg war wütend. Schöffer antwortete, während sie zum Tisch gingen, ohne die anderen Anwesenden zu beachten:

»Die Poren, sie machen den Druck uneinheitlich. Wenn du ganz schwarz druckst, siehst du es deutlich.«

Sie hatten noch nicht herausgefunden, wie man die Tinte gleichmäßig auf den erhabenen Lettern auftragen konnte. Mit Pinseln oder Bürsten ging es nicht, denn die Farbe war zäh und klebrig. Sie trugen die Farbe auf Lederballen auf, die sie mit Rosshaar füllten und auf kleine Brettchen nagelten. Man musste genau die richtige Menge an Farbe auf die Ballen bringen, doch trotzdem waren die Buchstaben nicht einheitlich schwarz, wenn man einen bedruckten Bogen gegen das Licht hielt. Hellere Flecken hier und da ließen die Konturen verschwimmen. Peter war nicht zufrieden.

»Es ist das porige Leder. Durch die Poren wird die Farbe nicht gleichmäßig auf das Papier übertragen. Um das auszugleichen, können wir aber auch nicht mehrmals drucken, das macht das Papier nicht mit.«

»Wir brauchen Leder ohne Poren.«

»Teure Sache, das Lammleder von der Bauchseite ist kostspielig, und die Stücke sind zu klein für unsere Ballen.«

»Verdammt nochmal. Ihr müsst dann die Gerber runterhandeln, ist das denn so schwer!«

Tausendmal sagte sich Clara, dass der Zorn nicht ihr galt, dass es einerlei sei, wenn er brüllte, doch immer schlug ihr Herz bis zum Hals, und die Sache, an der sie schrieb, feilte oder wischte, entglitt ihr. Es war dann besser, so zu tun, als wäre man beschäftigt. Sie fürchtete sich dennoch. Warum nur, wenn das alles sie nichts anging?

Einen Augenblick lang war es ruhig. Gutenberg holte Luft. Ein älterer Knecht, bärtig und mit gebeugten Schultern vor seiner Arbeit sitzend, nutzte die Stille und brummte:

»Nehmt doch Hundsleder.«

»Was?«, fragte Gutenberg scharf, »was hast du gesagt?«

»Nehmt doch Hundsleder, sag ich.«

»Hundsleder stinkt«, bemerkte Johann.

»Hundsleder – und warum sollen wir Hundsleder nehmen?«

»Es hat keine Poren.«

»Es hat keine Poren?«

Gutenberg stützte sich auf den Tisch dem alten Knecht gegenüber, der jetzt seine Feile sinken ließ und die Umstehenden aufklärte.

»Nein. Hab es schon gesehen, bei den Musikanten aus Böhmen. Auf ihren Trommeln. Völlig ohne Poren.«

»Gemacht«, sagte Gutenberg. Er rieb sich die Hände.

»Berthold, morgen gehst du zu den Hundshäutern und suchst dir ein paar schöne Stücke aus.«

Ruppel rümpfte die Nase.

»Das kann doch die Magd hier machen«, zu Claras Entsetzen wies er auf sie. Schon allein bei der Vorstellung der Straße in Augsburg, in der die beiden Hundshautgerber arbeiteten, zog sich Claras Magen zusammen. Dort stank es fürchterlich. Die Hundshäute allein strömten einen ekelhaften Geruch aus, aber zudem mussten sie auch noch mit dem Kot der Hunde gegerbt werden. In der ganzen Gasse lag Tag und Nacht ein Kotgeruch, der sie zum Würgen reizte, wenn sie nur daran dachte.

»Ich geh«, sagte Michel.

Gutenberg zog die Augenbrauen zusammen und blickte rasch von Ruppel zu Clara.

»Die Hundsgerber sind kein Umgang für eine Frau, schick einen Knecht«, sagte er kurz.

Clara atmete auf. Ruppel lächelte boshaft, und Claras Brust zog sich eng zusammen. Sie hatte schon erlebt, wie es war, wenn Berthold Ruppel es auf jemanden abgesehen hatte. Der eine oder andere Knecht verließ zermürbt die Offizin, wenn Ruppel ihn lange genug mit unangenehmen Arbeiten und ständigem Nörgeln getriezt hatte.

Das Hundsleder jedenfalls erwies sich als das richtige Leder. Schöffer legte Stücke davon aus und wies die Knechte an, sie mit Rosshaar zu füllen und mit Nägeln an einem Brett auf einem Stock zu befestigen. Und wirklich – der Druck wurde gleichmäßiger und satt schwarz. Die Druckfarbe wurde aus Leinöl und Ruß zusammengerührt und mit einem Spachtel auf einen glatten Stein gestrichen. Clara mochte die Farbe nicht, sie war zäh und klebte hartnäckig an Fingern und Schürzen. Flüssige, gute Tinte, in die man die Feder tauchen konnte, die zuverlässig durch die Geschicklichkeit einer Hand die Lettern aufs Papier zwang, war ihr lieber. Die Leinölfarbe setzte sich an den Ballen fest. Der Knecht drückte je einen Ballen in die Farbe und rieb sie aneinander, bis die Farbe gut verteilt war. Mit etwas Erfahrung hörte man am Schmatzen, ob genug, zu viel oder zu wenig Tinte auf die Ballen gerieben wurde.

Genau gleich musste es schmatzen bei beiden Ballen, wenn man sie auf den Satz abdrückte. Das musste mit großer Sorgfalt geschehen, damit beim Aufdrücken der Ballen nicht die kleineren Lettern durch die zähklebrige Farbe herausgezogen wurden und dennoch die ganze Seite gleichmäßig schwarz bedruckt wurde.

An jenem Tag, als endlich die Ballen mit dem richtigen Leder die Farbe gut annahmen und auch diese Frage eine Antwort erhalten hatte, saß Clara am offenen Fenster und wärmte sich an den letzten Sonnenstrahlen der schon starken Frühjahrssonne. Sie säuberte die Tintenhörner und spitzte Federn. Unmittelbar vor ihr, draußen vor dem Haus, hockten ein paar Knechte mit dem Rücken zur Hauswand auf der Erde. Ruppel war dabei, Johann, Michel und ein paar andere. Sie hatten sich Bier von der nächstgelegenen Schenke geholt.

Sie hörte Johann sagen, wie gut es wäre, dass die Farbe jetzt endlich richtig aufgetragen würde.

»Sei still«, zischte Ruppel, »muss ja keiner hier auf der Gass mitkriegen.«

»Wieso, wer soll denn da mithören?«

»Du bist aber gutgläubig. Unsere Erfindung ist begehrt, du weißt doch, wen der Henn fürchtet wie der Teufel das Weihwasser.«

»Jemanden, der uns ausspioniert?«

Michel brummte: »Da müssten wir mal die Läden zur Straße besser schließen, kann ja jeder reinschaun.«

»Wenn ihr mich fragt«, sagte Ruppel, »sollten wir eher bei gewissen Leuten vorsichtig sein, die bei uns arbeiten.«

»Einer von uns?«, fragte Johann voller Staunen. »Wer soll das denn sein?«

»Na, ich bin mir keine Stunde sicher, was der schaffige Schöffer mit dem Fust bespricht, wenn der mal wieder kommt und mit seinen Münzen klimpert.«

Ruppel sprach von der langen Nase des Schöffer, die der doch überall reinstecke. Clara schaute auf und überlegte. Ja, der Schöffer hatte in jeder Stufe des Druckens seine langen Finger drin, er befühlte alles, er berichtigte überall, und keine Einzelheit der ganzen Aventiure ließ er aus den Augen, aber das machte er doch, weil er es voranbringen wollte. Sie konnte sich keinen Spion vorstellen, der sein eigenes Werk an einen anderen verscherbelte. Dann hätte er ja gleich woanders anfangen können.

Ruppel zischte: »Ich weiß, was ich gesehen hab, der Schöffer trifft sich regelmäßig mit dem Fust, da tauschen die doch keine Heiligentäfelchen aus. Aber der Henn wird dem allem einen Riegel vorschieben, es ist jetzt höchste Zeit.«

»Was meinst du damit?«

»Ich hab ihm gesagt, Henn, hab ich ihm gesagt, wir sind an einer gefährlichen Stelle angelangt. Wir müssen es nur noch verbessern, aber wir brauchen nichts mehr zu erfinden oder hinzuzufügen. Jetzt steht das Werk, und jetzt steht auch alles auf dem Spiel.«

»Und was soll er tun?«

Bertholds Kopf erschien am Fenster. Er reckte sich, und Clara wich zurück. Sie wollte nicht als Lauscherin entdeckt werden, nicht gerade jetzt.

»Werdet ihr schon sehen«, sagte er und drehte sich abrupt um. »Allseits einen guten Feierabend, wir sehen uns morgen!«

Eine Weile flüsterten die anderen noch miteinander, die Meinungen und Mutmaßungen wogten hin und her, doch dann verschwand die Sonne hinter dem Giebel des Nachbarhauses, und es wurde empfindlich kühl dort unten auf der Straße.

Clara nahm sich vor, Johann später zu fragen, was er von der Sache mit dem Spion hielt.

Am Abend saß sie in der Kammer und besserte ihre Ärmel aus. Der Stoff war am Ellbogen abgeschabt, und sie setzte Flicken auf.

Viel Zeit zum Nachdenken hatte sie, allein in der Kammer. Das Frühjahr war in die Stadt gekrochen, ohne dass es Johann und Clara richtig bemerkt hätten. Ihre Wege waren kurz, von der Kammer zur Offizin, von der Offizin zur Apotheke oder auf den Markt und wieder zurück zur Offizin, abends wieder hoch in die Kammer. Ruppel zahlte die Löhne aus, immer freitags, aber die waren recht karg. Davon konnten sich Johann und Clara nur das Nötigste kaufen. Sie hatten so gut wie nichts aus Augsburg mitgebracht, jede Bürste, jedes Bändchen, jedes Stück Stoff, alles musste angeschafft werden. An ein neues Kleid war bei dem Lohn nicht zu denken. Sie hatten ein Mittagessen in der Offizin, aber wenn man an der immergleichen Suppe der Else nicht verzweifeln wollte, musste man sich bei den umliegenden Bäckern hier und da eine Pastete gönnen, ein Hefestück mit Honig oder ein paar Äpfel vom Markt.

Clara sehnte sich nach Afras Küche, nach ihrer Hühnerpastete und ihrem Mandelgebäck. Im Traum stand es manchmal vor ihr, das köstlich weiße, aus der verzierten Schüssel gestürzte Blancmanger von Afra, mit der aus Kalbsfüßen gekochten Gelatine, mit zu feinem Puder gemahlenen Mandeln und feinster Ziegenmilch. Die Familie war stolz darauf, an den hohen Feiertagen Adelsspeise essen zu können. Auf der Zunge zerging die cremige Masse, etwas so Köstliches hatte sie in ganz Mainz noch nicht gesehen. Hier aß man Würste, Kraut und Fleischpasteten aus grob Gehacktem. Wenn man Pech hatte, waren mehr Sehnen und Knochen in der Pastete als Fleisch. Man aß Getreidebrei, Salzhering und immer wieder Gemüsesuppe. Jetzt im Frühjahr stieg ihr der Geruch von gebratenen Zicklein in die Nase, wenn sie durch die Straßen zum Markt ging. Hätten wir wenigstens einen eigenen Herd, dachte sie, dann könnten wir ab und zu etwas Gutes für uns selbst kochen. Dann müsste sie aber auch das Geld für die Zutaten haben. Sie seufzte. Es gefiel ihr nicht, wie Johann mit dem Lohn umging. Er war schneller im Wirtshaus, als die Münzen von Ruppel in seine Hand fallen konnten, und wenn sie nicht aufpasste und ihrer beider Lohn oder wenigstens ihren eigenen am Freitag von Ruppel entgegennahm, sah sie kaum etwas davon wieder.

Das eintönige Leben zwischen Kammer und Offizin hatte sie beide verändert. Clara war oft müde und schlecht gelaunt, und Johann floh abends vor der Stubeneinsamkeit. Ein paarmal in der Woche, besonders aber nach dem Freitag, kam er abends spät zurück, roch nach Bier, schwankte und ließ sich schwer ins Bett fallen. Wenn das Bier ihn noch nicht bleischwer müde, sondern einfach nur wohlgelaunt gemacht hatte, neckte er Clara, zwickte und kitzelte sie, zog sie zu sich ins Bett, und sie liebten sich. Es war gut, dass er dann bei ihr war, aber es war nicht mehr so wie damals, in Augsburg oder auf der Reise nach Mainz, als sie einander die größte Freude bereiteten. Es kam ihr vor, als wäre sie weit weg von ihm, von den Freundinnen, der Heimatstadt, den vertrauten Gassen und Gärten und, ach, vom Bruder, manchmal sogar weit weg von sich selbst. Wenn sie allein war, kam es vor, dass sie weinte. Und wenn Johann da war, fand sie oft einen Grund, mit ihm zu schimpfen. Das machte es zwischen den beiden nicht besser, denn er floh dann umso schneller ins Wirtshaus. Fiel er aber vom Wein und Bier trunken ins Bett und schnarchte schon im Fallen, lag sie die ganze Nacht wach. Ein ekliger kleiner Wurm fraß sich durch ihre Gedanken. War es ein Fehler gewesen? Hätte sie in Augsburg bleiben sollen? Gab es etwas zu bereuen? Maria, Mutter Gottes, wie sollte es weitergehen? Den ganzen weiteren Sommer die gleiche Schufterei in der Offizin? Und dann noch einen Winter? Und noch einen Sommer? Wenn sie sich bei der überstürzten Entscheidung und in den aufregenden Tagen der Reise überhaupt eine Zukunft vorgestellt hatte, so lag diese nicht in dieser jämmerlichen Kammer, so kam darin nicht so schwere Arbeit und ein so herrischer Meister vor, so war Johann in ihrer Vorstellung ein Freund und Gefährte, kein missmutiger, oft trunkener und nüchtern fast gleichgültiger Mann.

Sie legte die Ärmel weg, schob den Schemel hinter sich so schnell weg, dass er umfiel, und hieb mit der flachen Hand auf den Tisch.

Ich will mich hier doch niederlassen, ich will hier heimisch werden, in dieser vermaledeiten Stadt, dachte sie bei sich, ich hab auch keine andere Wahl. Aber ich lass mich nicht herumschieben wie eine Spielfigur beim Schachzabel. Gleich merkte sie, dass das ein kindischer Gedanke war. Sie konnte gar nichts selbst bestimmen und war nicht mehr als eine Spielfigur. Von Gutenbergs Erfolg hing ab, ob sie in Mainz bleiben könnten. Sie fragte sich in den letzten Wochen, wann denn nun auch Geld in die Offizin kommen würde, denn sie sah Gutenberg immer nur Geldstücke aus seinem Beutel ausgeben, niemals sah sie welche hineinwandern. Wann würde er etwas Richtiges drucken und vielleicht dann auch verkaufen? Von Gutenbergs Erfolg schien aber auch ihr Glück mit Johann abzuhängen, denn erst, wenn sie etwas mehr Geld verdienen würden, könnten sie sich in einem guten Leben zu zweit einrichten. Öfter ertappte sie sich bei dem Gedanken, was wohl aus ihr und Johann würde, wenn das Werk der Bücher misslänge. Wo sollten sie dann hin? Würde sie einmal hier in Mainz eine Heimat finden, oder wäre sie dazu verdammt, mit Johann von Stadt zu Stadt zu ziehen, immer auf der Suche nach Arbeit für sie beide, immer in der Furcht vor Entdeckung?

Wenn ich weiß, was Gutenberg vorhat, muss ich nicht mehr so grübeln, dachte sie bei sich, ich muss es wenigstens wissen, dann sehe ich weiter.

Seit sie Ruppel von einem Spion hatte reden hören, fiel Clara auf, wie misstrauisch Gutenberg war. Auch an einem der nächsten

Vormittage, als sie wieder einmal im Tintensud rührte, kam er zur Offizin herein und murrte vor sich hin.

»Ich spür es, ich weiß es, dass da einer ist, der mir alles stehlen will. Und ich werde das zu verhindern wissen. Berthold, lass die Els mal einen Becher Wein bringen.«

Gutenberg trank den Wein, wischte sich über den Mund und wandte sich suchend um. Schöffer stand an der Werkbank und tüftelte wieder einmal am Gießinstrument. Gutenberg sah ihm über die Schulter. Peter blickte nur kurz auf und fuhr mit seiner Arbeit fort, ohne den Meister zu beachten. Er feilte am hölzernen Gießinstrument, drehte es ins Licht und feilte weiter. Das schräg durch das Fenster fallende Licht spiegelte sich in seinem Augenglas und warf tanzende Lichtpunkte auf die Werkbank. Der kleine Holzkasten, der aussah wie die winzige Esse eines Schmiedes, war im Innern mit einem eisernen Gießkanal versehen. Am unteren, breiteren Ende wurde die Matrize eingeschoben. Öffnete man den Holzkasten nach dem Eingießen des flüssigen Bleigemischs, konnte man eine Letter herausholen, ein Stab mit verdicktem Ende, an dessen Spitze der spiegelverkehrte Buchstabe saß. Peter Schöffers lange, schlanke Finger hantierten geschickt mit der Feile. Eine Weile sah Gutenberg ihm schweigend zu, und ein paarmal sah Clara, wie sich sein Mund öffnete, aber irgendetwas hinderte ihn am Sprechen, und schließlich wandte er sich ab und verschwand in seiner Kammer. Peter kümmerte das nicht.

Johann hatte sich in letzter Zeit von Peter abgewandt und war jetzt meist da, wo Ruppel war. Ruppel war nun sein Vertrauter, und oft schien es Clara, als ob Johann darauf erpicht war, Ruppel jeden Wunsch zu erfüllen. Er nahm Anweisungen von ihm entgegen und gab sie an die Silberschmiede und Papiergehilfen weiter, bald vertrat er sogar Ruppel, wenn der mal außer Haus war. Die Versuche mit der zähflüssigen Tinte und den Ballen verliefen gut, auch die Druckpresse und der Wagen waren so ausgeklügelt aufeinander abgestimmt, dass das Einlegen der Blätter und das Bedienen der Presse allmählich ineinandergriffen. Die Legierung für die Lettern war noch nicht gleichförmig genug. Immer mal wieder waren die Lettern zu weich oder zu spröde, aber es war nur eine Frage der Zeit, bis die Legierung aufs Gran genau wiederholbar herzustellen war.

Ein paar Tage zuvor hatte Clara Johann in der Kammer ganz arglos gefragt, ob er und Ruppel sich befreundet hätten.

»Das geht dich gar nichts an«, sagte er barsch.

»Aber Johann, ich wollte doch nur wissen …«

»Du musst nichts wissen, geh deiner Arbeit nach und sei still.«

»Hör mal, Johann, so kannst du doch nicht …«

Johann blickte sie scharf an, und sie wusste, dass es Streit geben würde, wenn sie weiter in ihn drängte. Sie schwieg, machte sich an ihre Stopfarbeit und ließ ihn in Ruhe.

Els hielt Clara am Ärmel fest, als sie grade die Küche verlassen wollte.

»Ist noch was aufzuräumen?«, fragte Clara.

»Nein«, Els wirkte verlegen. »Ich wollte fragen, also, könntest du mir zu Gefallen sein und, also, nur wenn du grad nichts Wichtiges zu tun hast?«

»Nun raus mit der Sprache, was möchtest du?«

»Heut Nachmittag kommt der Herr Fust, und der Meister will, dass ich ihm, dem Ruppel, dem Peter und dem Fust Wein und Gebäck in seiner Kammer serviere, aber ich hab meiner Muhme versprochen, dass ich noch vorbeischaue, es ist doch Karwoche, und sie konnte nicht zum Gottesdienst, und ich wollte ihr ein bisschen Weihwasser und …«

»Ist schon gut, Else, ich übernehm das, geh du nur.«

Els nickte dankbar und band sich die Schürze ab. Sie zeigte

Clara, wo der Wein stand, und wies auf eine mit einem Tuch bedeckte Platte, auf der das süße Gebäck bereitlag.

»Schneid noch den Zopf auf und füll die Becher mit Wein, dann bring alles rein, sobald der Fust da ist.«

Wenn Els wüsste, dachte Clara, wie ich mich über diese Gelegenheit freu, endlich mehr zu erfahren, was der Fust und der Gutenberg dort in ihrer Kammer zu besprechen haben.

Sie nahm sich vor, sich so lange wie möglich in der Kammer Gutenbergs aufzuhalten, um aus dem Gespräch etwas herauszuhören. Männer schauten nicht hin, wenn eine Frau Essen und Getränke brachte, sie brauchte nur die Haube ins Gesicht zu ziehen, dann würde ihnen nicht einmal auffallen, dass nicht Els, sondern Clara in die Kammer kam. Und sie würde das Zopfbrot erst dort aufschneiden und die Becher erst dort aus dem Krug einschenken, dann konnte sie so viel wie möglich mithören. Neugier war ein Laster, das wusste sie, aber hier ging es um ihre Zukunft. Da war eine kleine List gestattet, und Neugier nicht mehr lasterhaft.

Als Fust von Gutenberg begrüßt und mit Peter und Ruppel in die Kammer geleitet worden war, ging Clara in die Küche, holte das Brett mit dem Gebäck, die vier Zinnbecher und den Krug mit dem Wein und trug das Brett zur Kammer. Sie stellte alles vorsichtig auf einem kleinen Tisch neben der Tür ab. Umständlich und langsam schob sie Becher und Krug auf die eine Seite, dann sortierte sie alles wieder um, immer mit dem Rücken zu den vier Männern, die sich um einen Tisch gesetzt hatten. Sie hörte Fusts Stimme:

»Dann sind wir also weit gekommen in den letzten Wochen?«

»Sehr weit«, sagte Peter. »Ich bin fast fertig mit dem Gießinstrument, und auch alle anderen Fragen lösen sich langsam. Die Legierung macht mir noch Sorgen, auch müssen wir noch das richtige Papier finden. Doch es wird immer besser. Neulich habe ich bemerkt, dass bei Regen die Drucke viel schöner werden. Ich will mal schauen, ob es einfacher geht, wenn wir die Bögen befeuchten, aber das darf dann wieder nicht zu viel sein …«

»Jaja«, unterbrach ihn Gutenberg, »das sind alles nur noch Kleinigkeiten, Mückenschiss, unser Werk ist der Vollendung nahe!«

Fust schaute ihn skeptisch an.

»Und was heißt das? Wann willst du genau mit dem Druck beginnen?«

»Fust, du bist zu ungeduldig, wenn wir die ganzen Fragen der Aventiure gelöst haben, alles, was der Peter grad aufgezählt hat, dann gehen wir erst an den Druck. Und ich hab mir etwas Großartiges ausgedacht.«

Er machte eine bedeutungsvolle Pause, vielleicht erwartete er die drängende Frage von Fust, was es denn sei, aber Fust schaute Gutenberg nur fragend an.

»Als erstes Werk werde ich«, er machte eine kleine Pause, »nichts Geringeres drucken als das größte Werk der Christenheit, die Bibel!«

Fust lehnte sich zurück und blies die Luft aus den Backen.

»Bescheidener ging es nicht«, sagte er trocken.

Schöffer lächelte fein und nickte.

»Damit können wir beweisen, um wie viel besser der Druck ist als das Schreiben«, sagte er. »Wir können ein so sauberes Schriftbild herstellen, dass es jedem eine Freude sein wird, die Bibel zu lesen.«

Clara stellte einen Becher auf den Tisch, ging zum Krug und schenkte den nächsten ein. Dann schob sie Krug und Becher ein bisschen auf dem Brett hin und her. Darauf lief es also hinaus: Ein großes Werk sollte am Ende all dieser Versuche stehen und all dieser Summen, die jetzt ausgegeben wurden: die ganze Bibel! Wenn sie bedachte, wie kümmerlich die Schrift noch wirkte, die sie gerade aus den Lettern zusammensetzten, schien es ihr noch ein weiter Weg. Für die ganze Bibel mussten sie Tausende von Lettern schaffen, das allein würde die Männer in der Offizin auf Monate hinaus beschäftigen. Sie hatten bisher noch nie über mehrere Stunden ein größeres Werk gedruckt, immer nur ein oder zwei Blätter, und der gesamte Ablauf war noch nicht geübt. Die größte Frage für Clara aber war, wer das Setzen der Lettern übernehmen sollte. Dazu musste man Lateinisch können, man durfte keine Fehler machen und musste das Schriftbild ausgewogen und passgenau in das Seitenraster bringen. Das konnten nur gelehrte Schreiber, und davon gab es nicht viele.

Gutenberg erklärte, dass er vor dem Druck der Bibel einseitige Blätter und weniger umfangreiche Bücher als erste Drucke verkaufen wollte.

»Dann kommt auch wieder Geld in die Kasse, das kann dir doch nur recht sein.«

Aber Fust schüttelte den Kopf.

»Nichts geht raus aus der Offizin. Verkauft nichts! Passt auf eure Erfindung auf! Man hat mir gesagt, dass zurzeit einige Straßburger in der Stadt sind. Schaut, dass nichts nach außen dringt. Es wäre ein schrecklicher Gedanke, wenn uns jetzt noch jemand zuvorkäme.«

Ruppel rutschte auf seinem Hocker nach vorn:

»Aber was können wir tun? Wir kennen die Spione nicht.«

»Ich kann es nur wiederholen: Schaut, dass nichts nach draußen dringt. Trefft Maßnahmen. Lasst euch was einfallen. Wenn ein anderer schneller ist als ihr, verlier ich viel Geld, und dazu bin ich nicht bereit.«

Seine Worte klangen plötzlich scharf, als würde er mit einer Schwertklinge durch die Luft fahren.

Clara schnitt das Gebäck und legte die Scheiben auf die Platte. Aus den Augenwinkeln sah sie, dass Ruppel ihr dabei zusah. Allzu lange ließ sich das Spiel vermutlich nicht mehr treiben.

Gutenberg schlug mit der Hand auf den Tisch, was er häufig tat, wenn er einen Entschluss gefasst hatte.

»Ab jetzt verlässt keine Maus mehr die Offizin, kein Schnipsel Papier und kein Krümchen Metall, ohne dass ich es kontrollieren lasse!«

»Und wie soll das gehen?«, fragte Ruppel, »sollen alle durchsucht werden oder was?«

»Genau, so machen wir das, du bist mir dafür verantwortlich. Du stellst dich an den Hofausgang, und jeder, der rauswill, muss seine Taschen und Beutel zeigen. Keiner geht auch nur mit einem Blatt Papier raus, es könnte ja auch eine Zeichnung drauf sein, keine Punze und keine Letter verlässt unsere Offizin!«

Ruppel blickte skeptisch. »Das hält uns aber auf, es geht zu wie in einem Taubenschlag, wie soll ich das denn machen, da gibt es dann eine lange Schlange, wenn alle abends nach Hause gehen ...«

Clara, die gerade zum dritten Mal den Tisch an der Tür mit ihrem Tuch sauber wischte, zuckte zusammen. Wieder hatte Gutenberg die Faust auf den Tisch geknallt.

»Dann ist das eben so. Es darf nichts raus, haben wir uns verstanden?«, sagte er.

Gutenberg blickte zu Clara, und Ruppel folgte ihrem Blick.

»Bist du bald fertig?«, fragte Ruppel mit hochgezogenen Augenbrauen.

»Jaja«, sagte Clara und hoffte, dass ihr zu Boden gerichteter Blick bescheiden wirkte. Jetzt musste sie acht geben, dass im Eifer, Spione zu finden, nicht sie als Erste verdächtigt würde.

»Dann raus mit dir. Du bist ja noch langsamer als die Els«, beschwerte er sich.

Clara nahm den Krug und verließ die Kammer.

Schade, sie hätte gern noch mehr gehört. Wer waren denn diese Straßburger, die dem Gutenberg nachspionierten? Woher wusste

Fust das? Konnten das Leute vom Mentelin sein? Wenn einer das Werk der Bücher ebenfalls verfolge, dann hätte sein Schwiegervater Mentelin das Zeug dazu, hatte sie Johann einmal sagen hören.

Gutenberg kam anderntags am Morgen aus seiner Kammer gestürzt, das Haar wirr, das Hemd sichtbar noch vom Vortag, stellte sich in die Mitte der Offizin neben den langen Tisch und rief:

»Alle her zu mir und zuhören!«

Als die Knechte im hinteren Teil der Werkstatt bei der Presse sich nicht gleich zu den anderen gesellten, warf er einen Holzhammer nach ihnen. Einer konnte sich grade noch wegdrehen, so dass der Hammer ihn nicht am Kopf traf, sondern an der Schulter streifte.

»Ihr müsst nicht glauben, dass ich ein blinder alter Trottel bin, den man nach Strich und Faden betrügen kann, ihr dahergelaufenen Nichtsnutze, ich weiß wohl, dass es genug Missgunst gibt, die vor den Türen dieser Offizin nicht haltmacht. Aber keiner wage es, auch nur eine Silbe zu erzählen von dem, was wir hier machen, sonst ist er seine Arbeit hier los, und ich zerr ihn vor Gericht, so dass er seines Lebens nicht mehr froh wird, und keiner wage es, aus dieser Offizin etwas herauszuschmuggeln, etwas von meinem Eigentum. Ich traue euch so viel wie dem Schwarzen unter euren ewig dreckigen Fingernägeln. Ab jetzt wird kontrolliert. Vorn am Tor wird ein Pult stehen, und jeder, der rauswill, zeigt seine Beutel und Taschen, und der Ruppel durchsucht sie. Keine Maus und kein Bröcklein Speck verlassen die Offizin, ohne dass ich es weiß, dass das klar ist.«

Er stierte alle aus seinen kleinen Augen an, rülpste, drehte sich um und verschwand wieder in der Kammer.

»Ihr habt's gehört«, ergriff Ruppel das Wort, noch ehe sie ihre Arbeit wieder aufnahmen. »Thomas, Walter, ihr kommt mit und helft mir am Tor. Die Anordnung gilt ab sofort!«, setzte er noch hinzu, und Clara kam das ziemlich großspurig vor.

Es wurde gemurmelt, auch der eine oder andere Kopf geschüttelt, aber schließlich gingen alle an die Arbeit. Ruppel kratzte sich im Nacken, dann ging er mit den beiden Knechten zum Tor und stellte zwei Böcke mit Platten so auf, dass nur noch eine Person dazwischen durchgehen konnte. Wenige Stunden später hatte er sich von den Schreinern eine Art Durchgang machen lassen, der von zwei Pulten begrenzt war. Links und rechts stand je ein Knecht, der allen in die Taschen und Beutel schaute, die die Offizin verlassen wollten.

Ruppel fand Gefallen an seiner neuen Rolle als Aufseher, und auf das Murren der Knechte, wenn sie abends in einer Schlange vor ihm standen und sich beschwerten, dass es so viel länger dauere, bis sie nach Hause kämen, antwortete er mit noch mehr Gründlichkeit und ließ sich höchstpersönlich die kleinsten Beutel zeigen, betrachtete jedes Messerchen und betastete sogar die weiten Hemdsärmel. Das machte er nicht nur am Feierabend, sondern auch bei jedem Laufjungen, Fuhrknecht und Bäckerburschen, die etwas in die Werkstatt zu liefern hatten. Oft stand Gutenberg daneben und schaute finster auf seine Arbeiter, und diese blickten finster zurück. War es schon zuvor nicht die heiterste Arbeitsstelle gewesen, so flogen nun kaum noch Scherze hin und her, und außer dem Ruppel selbst machte sich niemand mehr über andere lustig. Misstrauen herrschte in der Offizin.

Selbst in der Nacht war der Nachtwächter gehalten, die paar Bewohner des Hauses zu durchsuchen, Johann, wenn er ins Gasthaus ging, oder Clara, wenn sie spät noch eine Besorgung machen wollte. Schöffer wurde genauso behandelt, und sogar der Fust zeigte den Inhalt seines Beutels, als er das nächste Mal in der Offizin war.

Frühsommer 1450

Als Ostern vorüber war, fanden sie endlich eine andere Bleibe. Clara hatte Else einige Male gesagt, wie gern sie ihre eigene Küche hätte, und wenn es nur zwei Kammern wären, aber ein Herd und Rauchfang sollten dabei sein, und eines Tages nahm Else sie in der Küche am Ärmel und sagte ihr, es gäbe etwas für sie. Drei Gassen weiter wäre bei einer Witwe genau das Richtige frei geworden, und da es ein bescheidenes Häuschen sei, wäre es auch für wenig Geld zu mieten. Clara konnte ihr Glück kaum fassen, als sie und Johann nicht nur dorthinziehen konnten, sondern Gutenberg auch noch in einer seiner großzügigen Anwandlungen aus seinem mit einer roten Rose bestickten Beutel ihr, dem Schöffer und dem Johann je einen Gulden in die Hand drückte. Ihm war sonst einerlei, welcher Lohn an wen bezahlt wurde, und der missgünstige Ruppel hielt sie alle schmal, aber wenn Gutenberg in der richtigen weinseligen Laune war, konnte er in seinen Beutel greifen und denjenigen beschenken, der ihm grad unter die Augen kam. Wenn Ruppel das sah, rollte er mit den Augen, wagte aber nichts zu sagen. Schöffer nahm den Gulden nur und betrachtete ihn mit spöttischem Lächeln, als wolle er sagen, der gehöre sowieso nicht dem, der ihn so großzügig verschenkt. Clara steckte Johanns Gulden rasch in ihren Beutel, bevor er ihn zurückverlangen konnte. In den folgenden Wochen verwendete sie das Geld dafür, das neue Zuhause mit allem Nötigen auszustatten. Endlich konnte sie auf dem Markt die frischen guten Sachen, auch mal ein Huhn oder ein Kaninchen, kaufen, und als sie mit der Ausstattung der zwei kleinen Kammern zufrieden war, beschloss sie eines Morgens, für sich und Johann etwas Besonderes zuzubereiten. Sie hatte Afra schon so oft zugesehen, ein Blancmanger müsste ihr doch gelingen.

Sie besorgte sich bei der Nachbarin ein bisschen Ziegenmilch und auf dem Markt eine gute Menge Mandeln. Vom Vortag hatte sie das weiße Fleisch einer Hühnerbrust aufbewahrt. Die Morgensonne schien durch das kleine Fenster, unter dem der Tisch in ihrer winzigen Küche stand. Sie hackte zuerst die Mandeln ganz fein, zerstieß sie mit dem Mörser und mischte sie mit der Ziegenmilch. Die Mandeln rochen gut, ein wenig bitter und doch süß. Dann zerriss sie die Hühnerbrust in feinste Fasern. Sie erinnerte sich, wie sie und Barthel unter dem Tisch in der Hätzler'schen Küche saßen und vermeintlich unbeobachtet von Afra die feinen Hühnerstückchen vom Tisch stibitzten. Heute kam es ihr ganz und gar unwahrscheinlich vor, dass Afra die Kinderfinger, die von unten nach dem Fleisch tasteten, nicht bemerkt haben sollte. Sie lächelte, während sie in einem Topf Schmalz heiß machte, ein wenig Mehl dazutat und alles mit der Mandelmilch und dem Fleisch aufkochte. Sie hatte sich beim Metzger etwas fertige Gelatine geholt, weil sie nicht genug Töpfe und Zeit hatte, um sie selbst herzustellen. Am Schluss tat sie noch einen guten halben Becher Honig dazu, aber von dem hellen Honig, den sie neulich auf dem Markt gefunden hatte. Der dunkle hätte die Farbe des Blancmanger verdorben. Der Duft von in Ziegenmilch aufgelöstem Honig durchzog die kleine Küche mit ihren steinernen, feuchten Wänden.

Beim Rühren der weißen Masse mischten sich schwarze Spiralen hinein. Sie schüttelte den Kopf und schloss kurz die Augen. Es kam vom Tintemachen. Erst jetzt fiel Clara auf, dass sie seit vielen Wochen, eigentlich den ganzen Winter, immer nur schwarzen Sud rührte, niemals so etwas köstlich Duftendes, Weißes, und alles, was sie so bitter entbehrte, die Gerüche der Heimat, die Wärme des Herdes im Hätzler'schen Haus, überfiel sie mit einem so starken Sehnen, dass einige Tränen in das Blancmanger fielen, bevor sie sich trotzig über die Augen fuhr. Es nutzte nichts. Außerdem sollte die Speise gelingen. Sie füllte die Masse in eine tönerne Schüssel, deckte sie ab und stellte sie hoch auf die Fensterbank zum Abkühlen. Jetzt kam das Schönste am Blancmanger, fast besser als die kühle, gestürzte Speise, die sie am Abend mit Johann essen würde: Sie strich mit den Fingern die Schüssel aus, den Löffel, den Honigbecher, sie blickte über die Schulter, ob sie in der stillen Küche auch keiner beobachtete, und leckte die Schüssel bis auf den letzten Rest aus, mit den Fingern und schließlich mit der Zunge, wie eine Katze.

Johann lobte die Speise. Sie tranken den Wein, den sie besorgt hatte, und an diesem Abend legte er nicht den Löffel weg und murmelte nicht die ewig gleichen Worte: »Ich schau dann noch mal beim Ochsenwirt vorbei«, sondern blieb bei ihr. Sie lachten über Ruppels Geiz, über Gutenbergs Launen und Elses Kochkünste. Sie lachten sogar über die abwegige Idee, einer von ihnen könne ein Spion aus Straßburg sein. Sie scherzten wie damals, in Augsburg, als sie sich nur hinter dem Holzstoß treffen konnten oder in der Seilkammer. So sollte es immer sein, dachte Clara und lehnte sich an die rau verputzte Wand ihrer kleinen Küche.

In den folgenden Wochen machte das angenehm trockene Wetter alles milder und selbst den betrunkenen Johann, der seinen Lohn das ganze Frühjahr über immer wieder in rasendem Tempo den Mainzer Mönchen ins Glas warf, nahm sie nachsichtiger hin. Er ist ja noch jung, wir stehen schon zueinander, es wird alles gut werden, sagte sie sich, in der Abendsonne am Rhein sitzend und den Fischern beim Einholen der Netze zuschauend.

Dennoch gab es Abende, an denen die Vergangenheit aus der finstersten Ecke ihres Gedächtnisses trat wie die schwarzen Spiralen im Blancmanger und sie verzweifelt versuchte, sich das Gesicht des lieben Bruders vor Augen zu führen. Dann sehnte sie sich so sehr nach den Augsburger Bächen, nach dem Roten Tor, nach dem blauen Himmel mit den weißen Wolken, dass ihr die Tränen auf die Näharbeit fielen, die sie im Schoss hatte.

Clara und Johann saßen über den neuen Bögen und vermaßen die Buchstaben. Alle anderen waren schon gegangen, außer Ruppel, der draußen am Hoftor saß bei seinem Pult. Nur an ihrem Tisch brannte eine Öllampe, denn es war Ende August geworden, und der Abend brach schon deutlich früher herein. Johann maß und rief ihr die Zahlen zu, sie schrieb alle auf ein Blatt, um am anderen Morgen den Schriftschneidern die Korrekturen angeben zu können. Die hintere Tür zu den Räumen von Gutenberg ging auf, und beide sahen vom Tisch auf und beobachteten, wie er näherkam. Er presste ineinandergestapelte Tonbecher an seine Brust und hielt in der anderen Hand einen Krug. Ins Halbdunkel starrend, versuchte er zu erkennen, wer da noch beim Schein der Lampe arbeitete.

»Ihr seid es, ihr Fleißigen. Macht Feierabend. Trinkt einen Becher Wein mit mir.«

Er mag mal wieder nicht alleine trinken, dachte Clara. Auf gut Glück hatte er die Becher mitgebracht, hoffend, dass noch jemand von seinen vielen Helfern da wäre.

Johann setzte sich auf und streckte seinen Rücken. Er hob die Arme nach hinten und sagte:

»Ja, Feierabend. Es reicht für heute.«

Gutenberg stellte Krug und Becher auf den Tisch und zog sich mit Schwung einen Hocker heran. Er fragte die beiden, was sie gerade beschäftigt habe, hörte den Bericht und goss ein.

»Auf die Kunst! Auf die Aventiure!«, rief er, hob den Becher und blickte sie mit funkelnden Augen an. Seine riesige Nase war gerötet, sein Haar wie immer so wirr wie ein zerrupftes Vogelnest.

»Wenn nur alle so ehrlich zuverlässig wären wie ihr beiden«, sagte er.

Woher will er das denn wissen, er hat noch kaum ein Wort mit mir gewechselt, dachte sich Clara. Sie war misstrauisch. Seine Stimmungen pflegten rasch zu wechseln.

»Ich rat es euch, ihr seid noch jung, nehmt euch in Acht, die Welt ist voller Betrüger und Gauner, und sie wollen alle nur an dein Geld …«

Johann lachte. »Dann kann uns erst mal nichts geschehen, wir haben ja noch keins.«

Gutenberg lachte mit, wurde ernst und beugte sich vor:

»Ich sag's euch, dem Schöffer, dem trau ich nicht einmal so weit.«

Er streckte den Arm aus, reckte den Daumen nach oben und visierte ihn an, als würde er mit einer Armbrust schießen wollen.

»Ich hätte damals nicht einwilligen sollen, ihn mit in die Aventiure reinzunehmen, der spioniert doch nur rum und trägt dem Fust alles zu, was hier passiert.«

Clara schwieg still, aber sie dachte sich, dass er mit der Vermutung wohl recht hatte. Sie hatte den Schöffer schon oft leise mit Fust sprechen hören, besonders, wenn Gutenberg nicht in der Werkstatt war. Aber wenn Gutenberg dachte, der Schöffer wäre der Spion und würde sonst nichts zum Werk der Bücher beitragen, hatte er nicht recht. Peter Schöffer war ein Tüftler, der sich stundenlang über das Gießinstrument beugte, feilte, auseinanderbaute und wieder zusammensetzte. Wenn jemand in der Werkstatt nicht weiterwusste, wenn die Presse knirschte oder die Legierung zu zäh floss, rief man Peter. Er wusste immer, was zu tun war. Wenn er die Lösung nicht parat hatte, zog er sich zurück und kam nach ein paar Stunden mit den Worten zurück: »Versuch es mal so, so müsste es gehen.«

Ohne Peter Schöffer wäre das Werk der Bücher noch nicht so weit vorangekommen.

»Das hat man davon, wenn man etwas von sich preisgibt, dann wird man ausgenutzt nach Strich und Faden.«

»Nun ja«, warf Johann ein, »der Peter tut viel für eure Kunst.«

»Tut er, ja«, brummte Gutenberg, »aber es wird immer meine Idee bleiben, immer. Ich hab das erfunden – das alles hier! Alles mein Werk!«

Seine Stimme schwoll an, und mit großer Geste schwang er den Arm durch die Werkstatt, beugte sich wieder vor und tippte sich an die Stirn:

»Dadrin ist es entstanden, und ich erzähl euch jetzt, wie. Das war vor vielen Jahren, ich war noch ein junger Mann, so wie du jetzt, äh, …«, er suchte nach dem Namen.

»Johann«, flüsterte Clara.

»Ja, also, Johann, so wie du war ich damals, das ist schon viele Jahre her. Und die Idee kam mir wie im Traum. Das war in Sankt Arbogast, als die Glocken gegossen wurden. In der Nacht träumte mir, ich säße vor einem weißen Pergament und eine Stimme sagte: ›Schreib!‹ Ich hatte aber keine Feder und keine Tinte. Wie denn, dachte ich, wie soll ich denn schreiben? Da flogen plötzlich die Buchstaben alle einzeln daher und setzten sich auf dem Blatt zusammen, wie Vögelchen kamen sie angeschwebt, setzten sich aufs Blatt und hinterließen ihre Abdrücke. Dann flogen sie brav zurück auf ein großes Gestell und warteten da, ich glaube, sie zwitscherten sogar, und als ich das Blatt wendete, kamen sie wieder angeflogen und setzten sich so wundersam auf dem Blatt zusammen, dass ich bald den ganzen Text lesen konnte. Ich habe mich noch nie im Leben so glücklich gefühlt wie in diesem Traum, alles war so einfach, so leicht, wie den Vögeln das Fliegen fällt. Eines Tages, das schwor ich mir, werden die Buchstabenvöglein sich auf die Blätter setzen und ihre Abdrücke hinterlassen, auch wenn ich nicht träume. Und jetzt seht, was draus geworden ist …«

Er sagte das mit einem bitteren Ton und stürzte den Wein in seinem Becher hinunter.

Johann zögerte: »Aber Meister, ihr steht doch schon ganz knapp vor der Vollendung, viel fehlt nicht mehr, und wir können der Welt ein ganz neues Werk zeigen.«

»Ein neues Werk, ha, und wie die Geier hocken sie schon da draußen und wollen mir alles wegnehmen, mein Geld, meine Erfindung. Wisst ihr, was das Wertvollste daran ist? Das, was es am meisten zu schützen gilt und was den höchsten Wert in diesem Raum hat? Wisst ihr's?«

Funkelnd blitzten seine Augen von Clara zu Johann.

»Ihr wisst es nicht, obwohl ihr jeden Tag selbst daran arbeitet!«

Er streckte eine Hand aus und öffnete die Faust. Eine kleine Patrize lag darin, mit dem Buchstaben »A«, ein kleiner Körper aus glänzendem Metall, schlank und an einem Ende verdickt, wo der Buchstabe in Spiegelschrift in den Stahl geschnitten war.

»Je besser die Patrizen sind, je feiner aufeinander abgestimmt in Höhe und Weite, je genauer geschnitten, desto schöner wird das Buch. Das ist der wahre Schatz. Wer die schönsten Patrizen hat, macht die besten Bücher. Der andere Kram hier«, und wieder fuhr sein Arm durch den halben Raum, »das ist nur Beiwerk, das kann sich jeder besorgen, auf jedem Markt und bei jedem Handwerker.«

Johann starrte die Patrize an. Clara sah an seinem Stirnrunzeln, wie es dahinter arbeitete.

Gutenberg schüttete den Rest aus dem Krug in seinen Becher, den er schon zum dritten Mal geleert hatte, während Clara und Johann ihre Becher noch nicht mal halb leer getrunken hatten. Er lamentierte:

»Die meinen, sie könnten mich übers Ohr hauen, weil ich nicht so viel Geld hab, nicht so viel Ehre, nicht so viel ... ach, alles Gauner und Betrüger. Nur weil meine Mutter keine von denen war, meinen die, ein Leben lang auf mir herumtrampeln zu können. Aber ich zeig es euch noch, ihr werdet sehen. Der Gutenberg wird euch zeigen, wozu er imstande ist, euch allen. Das schönste Buch der Welt werde ich herstellen, und zwar nicht nur einmal, sondern hundertmal, und eines so schön wie das andere, und dann könnt ihr eure erbärmliche Tintenkleckserei vergessen.«

Er rülpste laut. Clara rutschte auf der Bank hin und her. Sie war müde, und ihr wurde kalt. Sie wusste, wenn er so anfing, konnte es Stunden dauern, bis er den Monolog zu Ende gebracht hatte.

»So ein Buch kann man gut und gern für zweihundert Gulden verkaufen, und ich werde auf Jahre hinaus die schönsten machen, auch wenn sie schon wie die Schmeißfliegen um mich herumschwirren. Was wollen die Straßburger schon wieder hier in Mainz, wenn nicht spionieren? Jedes Kloster, jeder Bischof, jeder Fürst, ja sogar der Papst – alle werden sie bei uns Bücher bestellen, weil wir die schönsten haben werden, ich sage es euch. Unsere Vögelchen werden die zierlichsten sein, die sich am elegantesten auf das Papier setzen. Irgendwann einmal wird es überall im Reich, ach, was sage ich, bis nach Italien und Burgund, in Holland und in Spanien, überall wird es Offizine geben, und alle werden sie Bücher drucken.«

Sein Arm wischte wieder mit großer Geste knapp am Weinkrug vorbei. Er setzte den Ellbogen auf, rülpste wieder und streckte den Zeigefinger hoch.

»Aber keiner, keiner, hört ihr, wird so schön drucken wie ich. Meine Vögelchen, eines Tages werden sie richtig fliegen.«

Versonnen hielt Gutenberg inne und starrte auf seinen Weinbecher. Johann nutzte die Pause und stand auf:

»Bitte um Vergebung, Meister, aber wir müssen uns noch etwas zu essen machen, wir sind seit Mittag hier.«

»Jaja, geht nur.«

Er wedelte mit einer Hand, und die beiden verließen die Werkstatt.

Am Hoftor wischte sich Ruppel gerade den Bierschaum vom Mund. Er hatte sich einen Krug vom Wirtshaus bringen lassen. Nun grinste er die beiden an.

»So, länger gearbeitet? Und euch genug beim Meister eingeschmeichelt? Aber glaubt bloß nicht, dass ich euch jetzt so gehen lass. Los, alle Beutel öffnen.«

Gehorsam, fast gelangweilt, öffnete Clara den Beutel, der an ihrem Gürtel hing. Darin waren nichts als ein paar Münzen, ein Tuch und ihr Federmesser. Ruppel langte in den Beutel und wühlte darin herum, und plötzlich spürte sie, wie seine Hand im Beutel nach ihrem Schenkel griff. Sie zuckte zurück, aber Ruppel hatte seine andere Hand um ihre Schulter gelegt, so dass sie nicht von ihm wegtreten konnte. Sie blickte sich nach Johann um, der mit bleichem Gesicht und hängenden Armen dastand und rasch wegblickte, als ihre Augen seinen Blick trafen. Warum hilft er mir nicht? Sie stand ganz starr und steif, während Ruppels Finger an ihrem Schenkel nach oben krabbelten. Er grinste sie an.

»Berthold, bitte«, sagte Johann endlich und trat einen Schritt näher.

Ruppel ließ sie los, gab ihr einen Klaps auf den Hintern und winkte Johann durch, ohne in seine Beutel zu schauen.

Auf dem Weg zu ihrem Haus zitterte Clara und hatte zugleich

einen heißen Kopf. Johann legte den Arm um sie. Den ganzen Abend sprachen sie nicht.

Erst kurz bevor sie zu Bett gingen, fragte Clara:

»Was hast du gedacht, als Gutenberg uns die Patrize zeigte?«

Johann blickte sie fast dankbar an, dankbar, dass sie eine andere Frage, die zwischen ihnen stand, nicht stellte. Doch Clara schämte sich zu sehr. Die krabbelnden Finger schienen noch immer auf ihrem Schenkel zu liegen.

»Nichts Besonderes, ich hab nur überlegt, woher er sie wohl hatte.«

»Hm«, machte Clara, hob das Kinn kurz an, als ob sie ihm zunicken wolle, senkte es aber nur langsam und zögernd. Sie glaubte ihm nicht. Er hatte mehr gedacht, als die Patrize in der großen Hand des Gutenberg lag, das hatte sie ihm angesehen.

In der Nacht lag sie in ihrem Bett und sah durch das Fenster den Wolken zu, die sich ständig veränderten, auffaserten und wieder zusammenballten. Sie hörte Gutenbergs Worte in ihrem Kopf:

»Das ist der wahre Schatz. Wer die schönsten Patrizen hat, macht die besten Bücher. Der andere Kram hier …«

Er hat nicht recht, dachte sie. Er hat nicht recht, gute Patrizen werden bald alle machen. Es ist aufwendig, man muss mit Geduld und Sorgfalt arbeiten. Eine gut geschnittene Schrift, in der alle Buchstaben aufeinander abgestimmt sind, war nicht leicht herzustellen. Für ein ausgewogenes Schriftbild galt es, nicht zu wenig Buchstaben für die Ligaturen und richtigen Abstände zu schneiden, aber auch nicht zu viele, sonst war die Schrift beim Setzen nicht mehr zu überschauen. Außerdem konnte man auch Schriftstücke mit weniger eleganter Textur lesen, solange die Buchstaben eindeutig waren. Nicht jeder Druck musste einem Meisterwerk der Kalligraphie gleichkommen.

Vor Claras Augen stieg etwas anderes auf, etwas viel Wichtigeres für das Herstellen eines Buches – das Gießinstrument. Sie sah es in Peter Schöffers Händen, wie er es sorgfältig auseinandernahm und im Innern mit der Holzfeile ein wenig Holz am Gießloch entfernte. Das Gießinstrument war das Einzigartige an der ganzen Aventiure. Eine Druckerpresse zu bauen war einfach. Beim Drechsler ließ man sich eine Weinpresse umbauen. Man besorgte sich Leder für die Ballen und ließ sich vom Schreiner Winkel und Setzkästen bauen. Schwierig war es, die Patrizen zu schneiden, dafür brauchte es Spezialisten, Gold- und Silberschmiede, die mit Metall umgehen konnten. Schwierig war es auch, die richtige Mischung der Metalle herauszufinden, aber das konnte man mit einigem Geld und Material durch Probieren schaffen. Aber das Gießinstrument zu bauen hatte den erfinderischen und geschickten Peter Schöffer sehr viel Zeit und Findigkeit gekostet. Mit seiner Hilfe konnte man das Gießen der Lettern aus den Patrizen in sehr kurzer Zeit schaffen. Wenn man überhaupt Bücher schnell herstellen wollte, mussten das Gießen und das Setzen beschleunigt werden. Das Gießinstrument gab es nur einmal, in ihrer Werkstatt, und würde es in seiner Vollendung auch lange nicht woanders geben.

September 1450

Wie eine Feder schwebte das kleine Blatt Papier zu Boden, das, unbemerkt von den beiden Knechten, von einem der Fässer mit elsässischem Wein gefallen war, die gerade angeliefert wurden. Clara hob es auf und wollte es schon zu den Fässern bringen, die gerade durch die Küchentür gerollt wurden, als ihr Blick auf die Worte fiel, die auf dem Zettel geschrieben standen. Sie hatte erwartet, die Menge und die Art des Weines, vielleicht auch den Winzer oder Weinberg darauf notiert zu finden, doch es stand etwas gänzlich anderes darauf:

»Treffen Dienstag Vier Schlag am Kirschgarteneck. Bring es mit.«

Sonst stand nichts auf dem Zettel, kein Name, weder des Empfängers noch des Absenders.

Clara zuckte mit der Schulter. Das ging sie alles nichts an, sie würde den Zettel einfach wieder auf eines der Fässer legen. Die beiden Knechte waren nach draußen gegangen, um noch mehr Fässer hereinzuholen. Sie stand in der Küche und streckte die Hand zum Fass, doch plötzlich hielt sie inne. Was, wenn diese Nachricht nun für den Spion war? Den unbekannten dunklen Geist, der seit Ostern in der Offizin jedem über die Schulter zu schauen schien und alle misstrauisch machte? Der dafür verantwortlich war, dass es eine halbe Stunde länger dauerte, bis des Abends alle aus der Werkstatt kamen, weil jeder seine Beutel zeigen musste? Der dafür sorgte, dass Gutenberg seit Wochen griesgrämig und stechend unter seinen wulstigen Augenbrauen hervorschaute, jeden Handgriff mit einem scharfen Blick musternd?

Sie steckte den Zettel rasch in ihren Beutel, niemand war da und hatte sie gesehen. Sie musste ihn sofort zu Gutenberg bringen.

Aber wieder zögerte sie. Wäre es nicht besser, wenn sie selbst erst einmal sehen könnte, wer da zu einem Treffen verabredet war? Und was für eine Art von Treffen es war? So ein Zettel konnte alles Mögliche bedeuten. Das musste schon gar nichts Geheimes und keineswegs gleich Geheimnisverrat sein. Vielleicht war es völlig harmlos, und dann wäre es reichlich beschämend für sie, wenn sie damit jetzt zu Gutenberg lief, um von einem Spion zu erzählen. Besser war es, sie legte den Zettel wieder auf eines der Fässer und beobachtete, wer ihn einsteckte. Dann könnte sie immer noch entscheiden, ob sie Gutenberg davon erzählte.

Clara kramte den Zettel wieder heraus und legte ihn auf eines der Fässer. Hinter ihr polterte es. Wie ertappt, fuhr sie herum. Einer der Knechte rollte noch ein Fass über die Schwelle der Küche. Sie tat so, als würde sie sich die Hände abwischen, und nahm wahllos einen Topf vom Tisch neben den Fässern. Dann lächelte sie den Knecht an und hoffte, dass das Lächeln nicht schuldbewusst, sondern freundlich wäre, und klopfte wie beiläufig mit den Fingern auf den Topfboden. Fast hätte sie noch eine Melodie gesummt, um ihre Anwesenheit in der Küche vollends unauffällig zu machen, aber das wäre dann wieder viel zu auffällig gewesen.

Sie ging in die Werkstatt und wunderte sich über sich selbst. War sie jetzt besonders mutig und unverfroren, oder war das gerade das Einfältigste, was sie tun konnte? Gleichwohl, sie holte sich den Gallapfelmörser und stellte sich an die Werkbank neben der Küche. So konnte sie alle sehen, die in die Küche gingen und wieder herauskamen.

Die Werkstatt füllte sich. Sie war an diesem Morgen eine der Ersten gewesen. Els kam, grüßte sie und ging in die Küche, Ruppel öffnete die Küchentür und fragte Els, ob der Wein schon angeliefert wäre. Es dauerte ein wenig, dann rief sie zurück, ja, da stünden neue Fässer hinten am Kellerabgang, und wenn bald mal einer käme und sie ihr aus dem Weg räumen würde, wär das eine ganz gute Sache.

Clara rieb und rieb und behielt dabei die Küchentür im Auge. Ruppel sah ihr über die Schulter.

»Jaja, koch du nur deine Tinte, du kleine Tintenhexe, kochen können die Weiber eh besser als alles andere, wobei nicht als alles andere, da gibt's doch noch was, was die eine oder andere gut kann, nicht?«

Er kniff sie in die Wange, und die Umstehenden, die seine Bemerkung gehört hatten, lachten. Clara schossen die Tränen in die Augen, vom Kneifen und vom Ärger. Sie drehte sich rasch von Ruppel weg und sah aus dem Fenster, damit niemand ihre Tränen sähe, und die rote Wange.

Als Ruppel die Offizin endlich verließ, beschloss sie, einen Topf in der Küche für den Gallapfelsud zu holen und dabei zu schauen, ob der Zettel noch da war. Sie ging nach hinten zum Abgang in den Keller. Die Fässer standen noch genauso da, wie sie sie am Morgen gesehen hatte, aber auf dem Fass lag nichts mehr. Nun hatte sie doch nicht bemerkt, wer den Zettel genommen hatte. Els konnte es nicht gewesen sein, aber sie hatte nicht gesehen, wer noch in die Küche ging, als sie voller Wut und Scham im Gesicht auf den Hof starrte. Es blieb ihr nur eins, um herauszufinden, für wen der Zettel war. Sie musste sich am kommenden Dienstag selbst um das Vierschlagläuten herum am Kirschgarten einfinden.

In der Ecke stank es. Männer, Hunde und weiß Gott was für andere Tiere schienen seit Jahrzehnten diesen Winkel zwischen zwei Häusern mit ihrer Notdurft durchtränkt zu haben, so dass es Clara die Tränen in die Augen trieb. Das Herz klopfte ihr bis zum Hals. Sie sah nichts Auffälliges im Kirschgarten, der kleinen Gasse, die schräg vom Dom bis hinauf zum Hügel führte. Einen Kirschgarten konnte sie dort auch nicht sehen, nur einen alten knorrigen Kirschbaum, der an einer Biegung der Gasse stand, die die Mainzer das Kirschgarteneck nannten.

Vor lauter Sorge, das Treffen zu verpassen, hatte sie gleich nach dem Mittagessen ihren Korb genommen, etwas von Besorgungen für Tinte gemurmelt, den leeren Korb dem Knecht am Eingang gezeigt, der glücklicherweise gerade den Ruppel vertrat, und war dann rasch nach Hause gelaufen, um ihr ältestes Kleid anzuziehen und die Haube mit den längsten und breitesten Bändern, damit sie ihr Gesicht bedecken konnte, und sie hatte Galläpfel, normale Äpfel und ein paar Fläschchen mit Eisenvitriol in den Korb getan, damit es auch wie eine Besorgung aussah, wenn sie wieder in die Offizin käme.

Die Gefahr war dennoch groß, dass der Spion sie erkannte, es musste ja jemand aus der Offizin sein, der den Zettel genommen hatte. Und wenn es nun etwas ganz Harmloses war und sie sich völlig lächerlich machte mit ihrem Argwohn und ihrer List? Sie atmete tief ein und ganz langsam aus, um sich zu beruhigen.

Vom Hügel her kamen zwei Fremde. Sie lehnten sich neben den Kirschbaum an den Zaun und warteten. Dabei unterhielten die beiden sich so leise, dass sie außer einer fremden Satzmelodie nichts erfassen konnte. Wenn sie etwas von dem Gesprochenen hören oder gar herausfinden wollte, wer die beiden waren, musste sie näherkommen. Einer war jung und schlank, bewegte sich rasch und lachte viel. Der andere war älter und hatte sehr lässig die Ellbogen auf den Zaun gestützt und das Bein gegen eine Latte gelegt. Er trug einen außergewöhnlich schönen Mantel mit einem silberfarbenen Pelzkragen. Hatte nicht Johann einmal erzählt, der Mentelin wäre immer so stolz auf seinen Mantel mit dem Kragen eines russischen Silberfuchses? Das erinnerte sie an den alten Bämler mit seinem roten Samtmantel. Was war das für eine Sache mit den Schönschreibern und ihren besonderen Mänteln? Sie verlor sich in Gedanken an die Augsbuger Schreibstube und sehnte sich sogar nach dem alten bärbeißigen Bämler, so dass sie beinahe verpasst hätte, wie sich ein weiterer Mann zu den beiden Fremden gesellte. Sie hatte ihn nicht herankommen sehen, und jetzt stand er mit dem Rücken zu ihr. Was bist du für eine Kundschafterin, schalt sie sich, du kriegst nicht mit, wenn der Zettel wegkommt, du kriegst nicht mit, wenn der Spion zum geheimen Treffen kommt, das hier wird nichts. Sie biss sich auf die Lippen und beschloss, an den dreien vorbeizuschlendern, um wenigstens etwas von dem mitzubekommen, was dort vor sich ging. Sie zog sich die Haube noch tiefer ins Gesicht, blickte vor sich auf den Boden, den Korb vor dem Bauch, und näherte sich langsam dem Kirschbaum.

»Hast du sie dabei?«, fragte der Ältere.

»Ja, hab ich«, brummte eine leise Stimme.

»Zeig her«, der Jüngere griff nach einem zusammengerollten Papierbogen, den der Hinzugekommene in der Hand hielt, und strich ihn sofort glatt.

»Doch nicht hier auf der Gass«, sagte der Hinzugekommene scharf, und jetzt erkannte ihn Clara.

Es war Ruppel. Berthold Ruppel, ausgerechnet der, dem Gutenberg die Kontrolle seiner Offizin anvertraut hatte, war ein Verräter?

Ruppel versuchte, dem Jüngeren das Blatt wieder aus der Hand zu nehmen.

»Nun lass mich doch schauen«, sagte der.

Clara war fast auf der Höhe der drei Männer, und ihr Herz schlug jetzt so laut, dass sie meinte, die drei müssten es hören.

Wenn sich Ruppel jetzt umdrehte, könnte er sie erkennen. Er langte nach dem Blatt, als sich der Jüngere wegdrehte und es mit ausgestrecktem Arm mit einem Mal vor Claras Nase hielt. Sie blickte darauf und sah eine Zeichnung der Presse, sie konnte den Tiegel erkennen und den Bengel, und besonders genau war die Vorrichtung zum Festhalten des Tiegels gezeichnet, der sich beim Drehen des Bengels nicht mitdrehen durfte.

»Verzeihung«, sagte der Jüngere und zog das Blatt wieder zu sich. Da drehte Ruppel sich um. Clara erschrak so sehr, dass sie stolperte und den Korb vor sich auf den Boden setzte, um nicht ganz zu fallen.

Der junge Mann hob sie am Ellbogen hoch und fragte, ob alles in Ordnung wäre, derweil schnappte Ruppel sich das Blatt aus dessen anderer Hand und war glücklicherweise damit beschäftigt, es wieder zusammenzurollen.

»Jaja, es ist gut, nichts ist geschehen«, flüsterte Clara rasch. Sie wagte nicht laut zu reden, damit Ruppel ihre Stimme nicht erkannte. Sie nickte dem jungen Mann zu und ging schnell weiter.

Was für ein Glück, dass er mich nicht genau gesehen hat, dachte Clara. Sie blies erleichtert den Atem aus und ging weiter die Gasse hinunter. Sie würde doch gern wissen, ob die drei noch zusammenstanden. An der nächsten Straßenecke blickte sie noch einmal rasch zurück.

Das hätte sie nicht tun sollen. Sie blickte geradewegs in Ruppels Augen, der ihr nachsah. Es war zwar schon ein Stück Weg zwischen ihnen, und sie sah sehr rasch wieder weg, aber sie konnte nicht sicher sein, ob er sie erkannt hatte.

Wieder biss sie sich auf die Lippen. Sie versteckte sich hinter dem offenen Holztor eines kleinen Schuppens. Erst einmal durchatmen. Wenn nur das Herz nicht so klopfen würde! Hier würde Ruppel sie nicht sehen, selbst wenn er ihr nachgelaufen käme. Nur, was sollte sie nun tun?

Sie wusste, dass er die Zeichnung der Presse aus der Offizin geschmuggelt und den Fremden gegeben hatte, dass einer der Fremden einen Silberfuchsmantel trug wie der Mentelin zu Straßburg, aber sie wusste nicht sicher, ob er es war. Ich muss ganz sicher sein, dachte sie, bevor ich ausgerechnet den engsten Vertrauten Gutenbergs als Spion beschuldige. Was, wenn er alles abstreitet? Ich brauche einen Beweis, meine Worte allein werden nicht zählen.

Nach kurzer Zeit hastete Ruppel an ihr vorbei. Sie sah durch die Ritzen in der alten Holztür, wie er mit vorgeschobenen Schultern schnellen Schrittes die Straße hinunterging.

Clara beschloss, zurückzugehen und den Fremden zu folgen, um herauszufinden, wo sie nächtigten. Außerdem waren die Fremden in entgegengesetzter Richtung gegangen zu der, in die Ruppel ging, so dass es keine Gefahr gab, ihm in die Arme zu laufen. Als sie gerade hinter dem Tor hervortreten wollte, löste sich eine andere Gestalt unten an der Straße von einer Wand und trat auf Ruppel zu. Es war ein sehr schlanker Mann, sie konnte ihn nicht genau sehen, weil ein Karren mit Säcken durch die Straße rumpelte, und einen Augenblick lang dachte sie, es könnte Johann gewesen sein. Jetzt siehst du aber Gespenster, dachte sie, nicht alle in der Offizin sind Spione, und wieso sollte Johann … Johann, der sich mit Ruppel so gut verstand in letzter Zeit, Johann und Ruppel, die fast jeden Abend zusammen im Wirtshaus saßen, ihr Johann, der ihr nicht zur Seite stand, wenn Ruppel widerwärtig zu ihr war?

Sie wischte die Gedanken schnell weg und eilte zurück zum Kirschgarteneck. Dort sah sie gerade noch den langen Mantel um die Ecke schwingen, und sie folgte den beiden in gebührendem Abstand.

Was tust du nur, was tust du, was tust du nur, was tust du, klopften ihre Holztrippen unentwegt auf den Gehsteig. Ich hab keine Wahl, ich muss wissen, wer die beiden sind.

An der Gasthaustür, hinter der die beiden verschwunden waren, zögerte Clara und überlegte. Sie prüfte, ob sie ein paar Münzen im Beutel griffbereit hatte, und betrat das Wirtshaus. Hinten saßen die beiden über die Zeichnung gebeugt, eine Schankmagd brachte ihnen grade zwei Becher Wein.

Clara stellte sich auf die andere Seite des großen hölzernen Tresens in eine dunkle Ecke und wartete, bis die Magd an ihr vorbeikam.

»Wart mal«, sagte sie.

»Ja?«

»Sind das da drüben, die beiden dort, Gäste, die bei euch nächtigen?«

Die Magd zuckte mit den Schultern, blieb aber vor ihr stehen. Clara zog eine Münze aus ihrem Beutel und drückte sie der Magd in die Hand.

Die Magd nickte.

»Und wie heißen die beiden?«

Die Magd blies die Backen auf. Clara legte ihr noch eine Münze in die offene Hand.

»Weiß ich nicht.«

Clara zog die Augenbrauen zusammen und öffnete den Mund, da sagte die Magd:

»Aber ich weiß, wer es weiß.«

Wieder streckte sie die Hand auf. Clara seufzte und legte die dritte Münze in die schmutzige Hand.

»Geh hier durch nach hinten zum Pferdestall. Da ist der Knecht Mattes. Der kommt aus derselben Gegend wie die beiden und hat sich lang mit dem Jüngeren unterhalten. Ich glaub, der weiß, wer die sind.«

Clara schaute der Magd zweifelnd nach, die hinter dem Tresen verschwand und ihr den Rücken zukehrte. Einen Versuch war es wert, obwohl die Magd eine eher vage Auskunft gegeben hatte. Clara gelangte durch einen finsteren, nach Bier und Pisse riechenden Flur in den Hof. Beim Pferdestall blickte sie sich um. Hinten stand einer und hängte Zaumzeug an die Haken.

»Bist du Mattes?«, fragte sie.

Ein hübscher rotwangiger Kerl, vielleicht zwei, drei Jahre jünger als sie, drehte sich um und strahlte sie an.

»Bin ich, Mattes, immer zu Diensten, schöne Magd, was darf ich für dich tun? Willst etwa ein Pferdchen mieten?«

Er lachte so fröhlich, dass sie selbst lächeln musste.

»Nein, heute nicht, ich müsste nur was wissen. Vielleicht kannst du mir helfen.«

Wie sollte sie es anstellen, dass er nicht misstrauisch wurde, sondern ihr bereitwillig die Auskunft gab, die sie brauchte?

»Ich hab gehört, du kommst aus dem Elsass, aus Straßburg vielleicht?«

»Ja?«, antwortete er etwas vorsichtiger und wandte sich wieder seinem Zaumzeug zu.

»Wie ist es denn da in deiner Heimat? Kann man da gut leben?«

»Gut leben? Da ist das Paradies auf Erden, das Essen ist tausendmal besser als hier, und der Wein«, er küsste seine Finger, »nicht mit dem Gesöff hier zu vergleichen.«

»Dann war es da schöner als hier?«

»Jaaa«, er kratzte sich am Kopf und zögerte, »äh na ja, ich wär gern noch da, aber … warum willst du das alles wissen?«

Er hatte sein fröhliches Lächeln verloren.

Jetzt musste sie lügen.

»Ich, äh, ich muss, ich sollte, na ja, möglichst schnell weg von hier, und man hat mir eine Stelle in Straßburg angeboten, und da hab ich von der Schankmagd dadrin gehört, dass du von dort kommst, und dachte, ich frag dich mal …«

Sie war über und über rot geworden, aber es passte zu ihrer Geschichte, und er nahm sie ihr ab.

»Ach herrje, na dann, aber du machst keinen Fehler mit Straßburg, das ist eine gute, reiche Stadt, und wenn du was kannst, findest du auch eine Anstellung.«

Sie legte den Kopf schief.

»Du willst nicht wieder hin?«

»Nein«, er lachte bitter, »noch nicht. Aber ich vermisse meine Heimat.«

»Na ja, so weit ist es ja nicht, und sicher kommen ab und zu Straßburger hierher, mit denen du reden kannst.«

»Ja, du hast recht, grad sind zwei da, mit denen man so reden kann, wie einem der Schnabel gewachsen ist.«

»Sind die beiden denn ehrbar und freundlich? Könnte ich vielleicht mit ihnen reisen?«

»Also, ich hab bisher nur mit einem von beiden geredet, dem Jüngeren, der hat mir ihre Pferde gebracht. Er ist der Geselle von dem anderen, und der ist irgendwie ein, na, ein Maler oder Schreiber oder Notar oder so, ich weiß nicht genau, jedenfalls glaube ich ein Gelehrter.«

»Meinst du den mit dem schönen Mantel?«

»Ja genau, hast du ihn schon gesehen? Und weißt du was, jetzt, wo du den Mantel erwähnst, fällt es mir wieder ein, man kann sich seinen Namen gut merken, denn der mit dem schönen Mantel heißt Mentelin, ist das nicht lustig?«

Beide lachten sie laut. Clara wunderte sich, wie gut sie ihm etwas vorspielen konnte, aber Mattes machte es ihr leicht. Doch der Schreck bei dem Namen Mentelin durchfuhr sie heiß. Nun wusste sie sicher, dass er es war, dem der Ruppel die Zeichnung gegeben hatte. Ruppel war der Spion, schwärzte Fust und Schöffer an, wo er konnte, und spielte dabei doppeltes Spiel mit Gutenberg.

Sie war einen Schritt weiter, aber noch nicht am Ziel, denn noch immer wusste sie nicht, wie sie es beweisen sollte.

»Ich muss gehen, Mattes, sonst wird es zu dunkel.«

Mattes winkte ihr fröhlich nach.

Clara ging durch die Straßen zurück zu ihrem Haus, ohne auf den Weg zu achten. Ihre Gedanken rasten. Ich weiß nun, dass es Ruppel ist, aber was mach ich jetzt damit? Und was, wenn das wirklich Johann war, den Ruppel vorhin getroffen hat? Bedeutet das, dass Johann mit drinhängt und von dem Verrat weiß, oder weiß er nichts? Was soll ich von ihm halten? Wenn ich ihn auf Ruppel anspreche, wird er immer gleich böse.

Sollte sie Gutenberg sagen, was sie am Nachmittag herausgefunden hatte? Würde er ihr glauben oder dem Ruppel? Wenn er ihr glauben würde, dann würde Ruppel rausgeschmissen werden, und wenn Johann mit drinhing, auch Johann und dann sie gleich mit. Wenn Gutenberg ihr aber nicht glauben würde, wäre sie auch entlassen, und Johann mit ihr. Eine kleine böse Stimme in ihr flüsterte: »Wenn Johann dann überhaupt mit dir kommt …«. Und wenn Ruppel sie heute erkannt hatte, würde er dann dafür sorgen, dass sie gehen musste? Und Johann mit ihr?

Sie konnte es drehen und wenden, wie sie wollte, am Ende ihres Gedankenfadens verlören Johann und sie die Arbeit bei Gutenberg und wären heimatlos. Also besser erst einmal nichts sagen? Das wäre auch nicht recht, Gutenberg und allen anderen gegenüber. Dafür hatten sie und die Gesellen nicht so hart gearbeitet, dass die Erfindung von anderen gekapert würde. Außerdem war Ruppel immer widerlicher zu ihr, sie fürchtete sich vor ihm. Es wäre eine gute Sache, wenn er derjenige wäre, der gehen müsste.

Im letzten Herbst und Winter zeigte Ruppel ihr mit Nichtachtung, dass er mit ihrer Einstellung nicht einverstanden war. Aber in letzter Zeit gab er ihr nur noch schmutzige und lästige Aufgaben, sobald Gutenberg die Offizin verließ: die Ecke an der Presse kehren, Stroh holen, den Topf für die Legierung von der Asche befreien, und er grabschte nach ihr wie neulich, als sie so spät nach Hause gingen. Schlimmer wog fast noch, dass Ruppel sie sogar in Johanns Gegenwart mit unanständigen Sprüchen oder Schimpfereien bedachte und sich gerade so benahm, als wüsste er, dass Johann sie nicht in Schutz nehmen würde. Wäre es nicht gut, ihn im Staub der Straße vor der Offizin zu sehen, entehrt und mit abgeschnittenen Ohren als Spion entlarvt?

Mit diesem Gedanken, über den sie selbst erschrak, fand sie sich vor der Tür der Quirinskirche. Sie betrat die Kirche und kniete dort vor dem Marienaltar.

Maria, Mutter Gottes, gegrüßet seist du und hilf mir, hilf mir in meiner Not. Vater im Himmel, geheiligt werde dein Name, sag mir, was ich tun soll? Unversehens betete sie zu ihrem eigenen Vater, der immer so besonnen und ehrlich war, wofür ihn alle achteten. Was rätst du mir, lieber Vater? Soll ich deiner beispielhaften Ehrlichkeit folgen, zu Gutenberg gehen und ihm schonungslos alles erzählen, wie es ist? Soll ich ihm sagen, dass Ruppel sich mit Mentelin trifft, dass Johann da wahrscheinlich mit drinsteckt, dass – machen wir reinen Tisch – er sowieso nicht mein Mann ist, sondern in Augsburg mit Mentelins Tochter verheiratet? Soll ich das alles sagen und damit riskieren, dass wir morgen auf der Straße stehen und weiterziehen müssen, in eine ungewisse Zukunft? Und wie würde Johann es aufnehmen, wenn er hört, wie ich ihn bloßstelle? Als Verrat würde er es empfinden, und ich glaube nicht, dass er es mir verzeihen würde. »Wir« würden nicht auf der Straße stehen, es wäre nur ich allein! Ach Vater, soll ich das etwa wagen?

Reue, das Wort Reue, kam ihr in den Sinn. Reue gab es zweimal, einmal wenn man jemandem mit Absicht und voller Schuld schadete und es später vor Gott, dem Herrn, und den Menschen tief bereute und nie wieder tun würde. Es gab aber noch die andere Reue, die eigene, wenn man bemerkte, dass man sich in einem Augenblick seines Lebens falsch entschieden hatte. Der Augenblick vor der Wirtshaustür in Ulm, als sie Johann nicht finden konnte und hätte umkehren können, der Augenblick vor dem Kreuz im Nebel, als sie darauf hätte verzichten können, auf Zainers Wagen zu steigen, und wieder nach Augsburg hätte heimkehren können, der Augenblick, als sie den Brief für den Bruder aufs Kissen legte, und sie stattdessen ihr Zeug wieder hätte auspacken können, der Augenblick, als sie in der Bämler'schen Stube stand und Johann zusagte, mit ihm nach Mainz zu gehen. Ach, sie hätte es nicht tun sollen! Sie tat es damals aus Angst, dass ihre Liebe entdeckt würde und sie als Ehebrecherin gebrandmarkt mit dem Gallusaustrieb die Stadt hätte verlassen müssen, aber auch aus Trotz, weil man ihr das Glück versagte, das andere haben durften, weil sie ihre Liebe entweder verstecken musste oder ihr ganz entsagen, dazu verdammt, allein zu bleiben. Aber wie allein war sie jetzt! Sie sehnte sich so sehr nach Augsburg, nach dem Bruder und dem Haus, nach Änne und Afra, nach Bärbel und Barbara und dem warmen, ruhigen Fluss des Lebens, der sie dort umfangen würde. Hier in Mainz war es kalt – kalt, leer und gefährlich. Die Tränen rannen über die Wangen, und sie legte beide Hände auf ihr Gesicht und schluchzte laut. Eine Hand legte sich auf ihre Schulter. Erschrocken fuhr sie hoch.

Eine alte Frau mit einem runden Gesicht und zwei blauen Augen, die sie an Änne erinnerten, schaute sie mit schräg gelegtem Kopf an.

»Na, mein Goldstücksche, was ist dann so schlimm?«, fragte sie in dem singenden Tonfall der Mainzer. »Das letzte Mal, wie ich eine so hab heulen sehen, war was Kleines unterwegs, was nicht unterwegs sein sollte … wird doch net bei dir auch? Erzähl mir mol!«

Heiß durchfuhr es Clara. War der Neumond schon vorüber? Ja, und der nächste Vollmond sogar auch, sie hatte schon lange nicht mehr nachgerechnet. Noch mehr Tränen nässten ihr Gesicht.

Die alte Frau hob sie an den Ellbogen hoch und wischte ihr mit einem Tuch das Gesicht ab. Wie das aussehen musste, dachte Clara. Sie selbst war nicht hochgewachsen, aber die Alte war noch einen guten Kopf kleiner als sie und reckte dünne, faltige Arme zu ihr hoch, um ihr die Nase zu putzen.

»Danke«, murmelte sie, »ist schon gut, ist schon vorüber«, wehrte sie ab und zog sanft die Hand, die ihre Nase wischte, nach unten.

»No, was isses denn bei dir, mein Mädsche?«, drängte die alte Frau.

»Es ist … verworren«, sagte Clara.

»Isch kann dir doch helfen, Engelsche, isch weiß, wer den Maiden hilft. Des dauert net lang, dann isses weg, grad wie es gekommen ist, hehe, gell, komm, isch zeig es dir …«

Sie fasste Clara am Ärmel und wollte sie mit sich ziehen. Clara erschrak noch mehr. Vor den alten Frauen, die mit unsauberen, manchmal wenig wirksamen und doch viel Schaden anrichtenden Mitteln jungen Frauen helfen wollten, hatte sie Änne immer gewarnt. Und in Augsburg waren viele Geschichten von Mädchen im Umlauf, die ledig schwanger wurden und – was nur mit großer Heimlichkeit erzählt wurde – es hatten wegmachen lassen. Wenn sie nicht daran starben, landeten sie im Gelben Haus, wo sie unentrinnbar einem grausamen Schicksal ausgeliefert waren.

Voller Schrecken riss sich Clara los und rannte an der Alten vorbei auf die Straße.

»Jaja, da treiben's, die jungen Weiber, mit jedem dahergelaufene

Schönling, und dann bereuen sie's, dann isses aber zu spääät«, rief ihr diese hinterher. Sie verzog die mit Falten eingekerbten Mundwinkel zu einem bösen Grinsen.

Schlaflos starrte Clara später in die dunkle Kammer und wagte nicht sich zu rühren, damit Johann nicht wach würde. Wieder und wieder kreisten dieselben Gedanken in ihrem Kopf, schnell wie die sich drehende Ratsche, mit der an Karfreitag zum Gottesdienst gerufen wurde, und mit demselben schnarrenden Geräusch. Ratlos, mutlos, ehrlos, schamlos, immer wieder dieselben Worte. Konnte die Alte recht haben? Wann hatte sie zuletzt geblutet? Und was sollte sie nur wegen Ruppel unternehmen? Es musste schon gegen Morgen gehen, als sie in einen Dämmerschlaf fiel und ihr letzter Gedanke war: Ich mache gar nichts, ich werde niemanden verraten, es soll mir alles gleich sein.

Am anderen Morgen schleppte sie sich übermüdet in die Offizin. Sie füllte Tinte in ein Horn und trug diese zum Tisch. Plötzlich quetschte ihr eine raue Hand den Nacken zusammen.

»Pass bloß auf, Augsburgerin, ich weiß wohl, wen der Johann im Gepäck hatte, als er aus Straßburg zurückkam«, flüsterte ihr Ruppels Stimme ins Ohr. »Mach jetzt keinen Fehler, sonst wissen es bald alle anderen.«

Er drückte noch einmal fest zu, wisperte das Wort »Ehebrecherin« und stieß sie dann so fest von sich, dass sie das Tintenhorn fallen ließ und die ganze Tinte über den Boden spritzte. Ruppel ging mittendurch, und erst, als die anderen Knechte ihm zuriefen, er solle stillhalten, blickte er sich um, tat überrascht und grinste die Fußstapfen aus Tinte an, die von der Lache durch die halbe Offizin führten.

Wie betäubt holte Clara einen Eimer Wasser und ein paar Lappen aus der Küche und putzte den Boden. Er weiß alles, natürlich, er weiß alles von Mentelin, wie konnte sie nur so dumm sein, das nicht zu bedenken! Deswegen war er auch so unverschämt zu ihr, weil er wusste, dass … dann hatte er auch Johann in der Hand, fiel ihr plötzlich ein. Sie musste den Atem ganz fest anhalten, um nicht loszuheulen. Jetzt nicht heulen. Er weiß von uns und wird es mich spüren lassen. Ich stecke in der Falle. Wenn ich ihn jetzt verrate, wird er den Spieß umdrehen. Denk nach, zwang sie sich, denk doch nach. Ruppel überführen, wie mach ich das? Wie beweis ich, dass er der Spion ist? Sie wusste genau, dass Ruppel nur auf die nächste Gelegenheit wartete, um sie und Johann loszuwerden, jetzt, wo sie ihm jederzeit Ärger machen konnte. Sie musste ihm zuvorkommen, ihn bloßstellen, und zwar so, dass es unglaubwürdig klingen musste, wenn er etwas über sie und Johann erzählen wollte.

Sie schrubbte den Boden und war sich wohl bewusst, dass alle Knechte ihr Hinterteil anstarrten. Wie unwürdig das war. Kalte Wut auf Ruppel erfasste sie.

Den ganzen Tag lief sie herum, als hätte die Welt eine Wand zwischen sie und die anderen Menschen geschoben. Ständig fiel ihr etwas herunter, nichts gelang, und immerzu schimmerten Tränen in ihren Augen, die sie mit Müh und Not zurückhielt. Michel beobachtete sie, und manchmal schien ihr, als wolle er gleich etwas sagen. Aber er schwieg.

Es war, als waberte Claras Verzweiflung durch die Offizin und löste ein kleines Missgeschick nach dem anderen aus. Ein Topf mit Legierung kippte ins Feuer und versaute die Feuerstelle. Später am Nachmittag brach dem Peter Schöffer ein Steg an der Gießöffnung des Gießinstruments, als er versuchte, den Gießkanal mit der Feile etwas zu erweitern. Fast zwei Wochen hatte er an diesem Stück gearbeitet, es immer wieder verbessert, und nun war es hinüber.

»Sakrament, verfluchtes Stück«, zischte er, und warf das Gießinstrument mit einem großen Krach in die Ecke am Ofen auf den

Haufen, auf dem die Holzabfälle landeten. Sie wurden jeden Abend von Ruppel in den Ofen geworfen, um sie zu verbrennen, denn auch das war Teil der neuen Anweisung: Auch der Ausschuss und das Missratene konnten den Spionen Auskunft über den Stand des Werkes geben, es durfte nichts liegen bleiben. Punzen und Lettern, die nicht mehr gebraucht wurden, wurden schnellstens eingeschmolzen, Holz und Papier verbrannt.

Da kam Clara ein Gedanke.

Jetzt oder nie. Ein ganzer Tag war vergangen, seit ihr eingefallen war, wie sie aus der Zwickmühle entkommen könnte, ein ganzer Tag und noch mal eine schlaflose Nacht. Sie war bleich und müde, aber sie wusste, dass dieser Augenblick der einzige war, der ihr Rettung bieten konnte.

Clara erhob sich, strich den Rock glatt und ging zum Tisch, an dem Gutenberg in sein schwarzes Büchlein schrieb.

»Meister«, sagte sie, so laut sie konnte, und ihre Stimme zitterte.

Gutenberg sah hoch und schob unwillig sein Buch von sich.

»Was ist denn nun schon wieder?«, seufzte er.

Clara hatte noch nie das Wort an Gutenberg gerichtet, sie hatte bisher immer nur Befehle entgegengenommen und Antworten auf Fragen gegeben. Alle um sie herum schauten neugierig auf.

»Meister, ich weiß, wer unsere Aventiure an den Mentelin verrät.«

Gutenberg blieb abwartend sitzen, während alle anderen unwillkürlich den Atem anhielten, »Ach«, riefen oder sich aufrichteten und sogar näherkamen. Lieber wäre es Clara andersherum gewesen: dass Gutenberg erstaunt und neugierig aufgeblickt und die anderen ruhig geblieben wären.

»Na, dann mal raus mit der Sprache.«

»Es ist der Ruppel.«

Drei Dinge geschahen gleichzeitig: Ruppel erhob sich, knurrend wie ein an die Kette gelegter Hund, Johann stöhnte auf, und Gutenberg lachte laut und anhaltend.

Es lief nicht gut, gar nicht gut, sie hatte sich alles so anders vorgestellt gestern Abend, als sie im Bett ersonnen hatte, wie sie den Ruppel hereinlegen und unschädlich machen konnte. Jetzt verlor sie allen Mut. Wie konnte sie nur auf den Gedanken kommen, dass man ihr glauben würde?

Gestern noch erschien ihr der Plan sonnenklar. In einem unbeobachteten Augenblick machte sie sich am Ofen zu schaffen und steckte das zerbrochene Gießinstrument in ihre Schürze. Sie ging sofort in die Küche und verbarg es dort bei den Sauerkrautfässern, denn die brauchte Els vor dem Winter nicht. Am anderen Morgen musste sie nur früh genug aufstehen, um vor allen anderen in der Offizin zu sein, und vor allem so früh, dass der alte Nachtwächter noch da war, der dann bei Sonnenaufgang von den Knechten abgelöst wurde und für den Rest des Tages verschwand. So konnte keiner wissen, dass sie vor allen anderen da war. Da sie die ganze Nacht sowieso kein Auge zutat, war sie sogar froh, endlich in der Frühe aus dem Bett zu schleichen. Johann schnarchte leise und merkte nichts.

Am Tor grüßte sie den Nachtwächter, der nur irgendwas von »früh uff« murmelte. Sie ging in die Küche, holte das Gießinstrument und steckte es in Ruppels Lederschürze, die er nur trug, wenn er sich an der Presse mit der klebrigen schwarzen Farbe zu schaffen machte. Die Gefahr war da, aber gering, dass er das Gießinstrument fand, bevor sie Gutenberg davon erzählen würde.

Dann hieß es warten. Sie setzte sich in eine dunkle Ecke in der Küche, wartete, bis ein paar Knechte da waren, und trat irgendwann aus der Küche, die Hände an der Schürze abwischend, als wäre sie schon die ganze Zeit in der Küche gewesen. Weiter warten. Warten, bis Gutenberg kam, bis Ruppel kam, bis alle anderen da waren, aber nicht zu lang, sie konnte es nicht wagen, dass Ruppel vielleicht doch seine Schürze umband.

Der Rest des Plans, das merkte sie jetzt, war nicht gut ausgearbeitet, denn dass Gutenberg auf ihre Neuigkeit hin einfach lachte, war darin nicht vorgesehen. Doch es gab kein Zurück mehr. Die Anschuldigung war ausgesprochen.

»Ich hab ihn gestern mit einem Straßburger reden sehen, am Kirschgarteneck, der einen Silberfuchsmantel trug.«

»So, hast du, du verleumderisches Stück Dreck«, stieß Ruppel hervor.

Hastig fügte sie hinzu:

»Und ich hab mich erkundigt, es war der Mentelin.«

»Das ist aber schon eine starke Anschuldigung«, sagte Gutenberg, der das Ganze nicht ernst zu nehmen schien und Ruppel beschwichtigend auf den Arm tätschelte.

»Es war Mentelin, ich weiß es, und Berthold hat ihm eine Zeichnung von der Presse gegeben.«

»Es reicht«, schrie Ruppel, »du räudige Sackhur, hör auf mit deinen Lügen.«

»Ruppel!«, rief Gutenberg. Johann stand mit aufgerissenen Augen neben dem Ofen.

»Wie kommst du dazu, meinen Freund Ruppel des Verrats zu bezichtigen?«, fragte Gutenberg. Er kniff die Augen zusammen und sah Clara scharf an. Das war ihre Chance, vielleicht ihre einzige, denn Ruppel ging schon um den Tisch herum auf sie zu.

»Ich kann es beweisen, denn er wollte ihm heute auch noch das Gießinstrument übergeben, ich hab gesehen, wie er es in seiner Schürze versteckt hat, das Stück, das dem Peter gestern missraten ist.«

Ruppel stürzte sich auf sie, »Lügnerin«, brüllend. Clara wich einen Schritt nach hinten, verlor das Gleichgewicht und riss Ruppel mit sich, der mit den Händen nach ihrem Hals gegriffen hatte. Gutenberg trat zu Ruppel, fasste ihn an den Schultern und hob ihn hoch.

»Was ist denn in dich gefahren?«

Ruppel keuchte. Clara stand auf und ging drei Schritte nach hinten, nur weg von Ruppel. Sie rieb ihren Ellbogen, der vom Sturz schmerzte.

»Das Gießinstrument hat das Dreckstück selbst in meine Schürze getan, sie will doch nur von sich ablenken, eine Lügnerin ist sie, eine üble Nachrederin, sie hat Grund genug von sich abzulenken, die Augsburgerin da mit ihrem Buhlen …«

Ruppel holte Luft, und dahinein sagte Michel aus Friedberg ruhig und vernehmlich:

»Ich hab auch gesehen, wie er heute Morgen was am Ofen geholt und es in seine Schürze gesteckt hat.«

Ruppel und Clara sahen Michel gleichermaßen fassungslos an.

Gutenberg winkte einem Knecht:

»Geh, hol die Schürze.«

Er fasste in die Tasche und zog das Gießinstrument heraus. Fragend blickte er Ruppel an, der dunkelrot angelaufen war und beim Reden Spucke sprühte.

»Das hat sie da reingetan, die Schlampe, die stecken doch alle unter einer Decke.«

»Sag, Berthold«, fragte Gutenberg, und er kniff die Augen noch weiter zusammen, »wo warst du gestern Nachmittag? Hier nicht, ich hab dich gestern gesucht.«

»Jedenfalls nicht am Kirschgarteneck.«

»Doch.«

Eine neue Stimme mischte sich ein. Es war Johann.

»Doch, ich hab dich da gesehen, ich war auch dort.«

»Ja, weil ich dich dahinbestellt hab, du Trottel …«

Im selben Augenblick merkte Ruppel, dass er sich verraten hatte. Seine Gesichtsfarbe wechselte von dunkelrot zu leichenblass.

Gutenberg hob die Augenbrauen.

»Jetzt hör aber auf, Berthold, mal warst du da, mal nicht. Red klar mit mir: Hast du dem Mentelin gestern eine Zeichnung gegeben, ja oder nein?«

Ruppel schnappte nach Luft, wies mit ausgestrecktem Arm auf Clara und Johann und schrie:

»Die zwei Ehebrecher da, um die müsstet ihr euch mal kümmern, die spielen ein ganz falsches Spiel, das sind Lügner und Betrüger.«

Gutenberg holte tief Luft.

»Ruhe!«, schrie er.

Alles war still. Gutenberg sah auf das Gießinstrument in seiner rechten Hand, in der linken hielt er die Schürze. Berthold öffnete den Mund, da sagte Gutenberg, nun mit einer viel ruhigeren, schneidend trockenen Stimme:

»Berthold, ich kann nicht glauben, warum ausgerechnet die harmlose Clara so eine Sache erfinden sollte. Und der Michel und der Johann mit dazu? Ich frag dich, was hast du getan? Antworte, hast du unsere Sache verraten?«

»Du glaubst der dahergelaufenen räudigen Hure da und nicht mir?«

»Hör auf zu fluchen wie ein Pferdekutscher, ich hab das hier«, und er klopfte auf das Gießinstrument, »und ich hab zwei Leute, die mir sagen, dass du gestern den Mentelin getroffen hast. Was hast du getan, frag ich dich noch mal?«

Anstatt sich zu beruhigen und mit klaren Worten die Lügengeschichte in Luft aufzulösen, was ihm mit etwas mehr Kaltblütigkeit sogar jetzt noch gelungen wäre, trat Ruppel dieses Mal auf Gutenberg zu und versuchte zeternd, ihm das Gießinstrument wegzunehmen.

»Dir gehört hier alles, du Großkotz, was? Du wirfst mit dem scheißgeliehenen Teufelsgeld nur so um dich, und für uns bleiben die Almosen, ich mach da nicht mit«, schrie er wieder.

»Hör auf, du tumber Mensch, was machst du da?«

Gutenberg streckte das Instrument am langen Arm nach oben und winkte zwei Knechten, die den Ruppel zurückhielten, damit er nicht weiter auf den Meister losging.

Es wurde totenstill in der Offizin. Niemand sagte ein Wort, Ruppel keuchte, nur Gutenberg drehte wieder langsam das Gießinstrument in seinen Händen, als würde er es wie der Schöffer von allen Seiten begutachten. Dann endlich hob er den Kopf und sah den Ruppel an:

»Berthold, du warst mein Freund, und deswegen hast du jetzt einen, aber nur diesen einzigen Ausweg: Verschwinde und lass dich nie mehr blicken. Wenn ich dich noch einmal in Mainz sehe, lass ich dich festsetzen und lass dir die Ohren abschneiden, wie es einem Spion und Dieb gebührt, da kannst du sicher sein. Ich geh heute Mittag Schlag zwölf zum Gericht und lass dich in Acht schlagen. Ab da werden die Büttel dich in der Stadt suchen.«

Er machte eine Pause. Dann blickte er Ruppel eindringlich an.

»Hau ab«, und als Ruppel den Mund öffnete, fügte er leise hinzu: »Hau ab, sonst schneid ich dir die Ohren gleich hier selber ab, ich schwör es bei Gott!«

Die beiden Knechte zogen Ruppel zur Tür hinaus, je näher er dem Hoftor kam, umso schleppender trugen ihn seine Beine, als ob ihn eine Lähmung ergriffen hätte, und schließlich blieb den beiden Knechten nichts anderes übrig, als ihn im wahrsten Sinne des Wortes aus dem Tor zu werfen, auf die Straße, in die Gosse.

Alle waren den dreien gefolgt, stellten sich an die Tür oder hingen an den Fenstern zur Straße, um zu sehen, wie der Ruppel sich mühselig erhob, ihnen mit verzerrtem Gesicht die Fäuste entgegenreckte, alle außer Clara und Gutenberg. Er sah sie an, nahm das Gießinstrument und schmiss es mit Wucht auf den Haufen zurück, von dem sie es am Morgen geholt hatte. Dann wandte er sich um, kratzte sich am ganzen Kopf und ging in seine Kammer. Ohne nachzudenken, lief Clara zum Müllhaufen, steckte sich das Gießinstrument in ihren Beutel, verbarg ihn in den Rockfalten und hockte sich auf einen Schemel.

Nun war sie es, die eine Lähmung befiel, eine Lähmung, ein Grauen und ein Zittern. Wie knapp es war! Wenn Michel und dann noch Johann ihr nicht zur Seite gesprungen wären, wäre jetzt alles aus. Als die anderen staunend, teils entsetzt und teils sogar belustigt, das Geschehen besprachen, langsam wieder zu ihren Arbeitsplätzen gingen, schauten sie Clara neugierig an, aber keiner sagte etwas. Johann ging zu ihr, nahm sie am Arm und sagte:

»Komm, wir gehen heim.«

»Wie konntest du nur! Warum machst du immer wieder solche Sachen?«

Zuerst schwieg Johann lange, und Clara war schon fast erleichtert, und immer noch erstaunt, dass er es dieses eine, entscheidende Mal gewagt hatte, sich gegen den Ruppel zu stellen. Doch dann hieb er mit der flachen Hand auf den Tisch und legte den Kopf in die Fäuste.

»Wie konntest du uns nur in so eine gefährliche Sache reintreiben?«

Sie habe alles aufs Spiel gesetzt, ihre ganze Zukunft, ihr Auskommen, immer würde sie so eigenmächtig handeln, immer ihm schaden, was sie sich dabei denke. Er habe sich ihrer beider Leben hier weiß Gott anders vorgestellt, aber sie müsse ja immer meinen, bei den Männern zu sein, wie ein Mann zu arbeiten, ob sie nicht wisse, wo ihr Platz sei, warum sie denn immer nur Ärger machen müsse.

Clara saß nur da mit gesenktem Kopf. Als er sich müde geredet hatte, sagte sie:

»Johann, der Ruppel wusste von uns, der Mentelin hat ihm vermutlich alles erzählt, und er hätte es so oder so bald allen verraten, er hat's mir auf den Kopf zugesagt, gestern, ich musste handeln, sonst wären wir jetzt ohne Arbeit und müssten Mainz verlassen.«

»Ach, und mir traust du nicht zu, dass ich den Ruppel im Griff hatte? Hättest du mich machen lassen, hätte heute nicht alles auf Messers Schneide gestanden.«

Clara fror plötzlich. Ihre Finger waren so kalt, als hätte sie diese in Eiswasser gesteckt.

»Der Ruppel hat dir schon länger gesagt, dass er es weiß, nicht wahr? Seit der Zeit, als er dich für alle möglichen Aufgaben einspannte und anfing, mich so schlecht zu behandeln, seit einigen Wochen schon weiß er es, und er hat dich wie eine Spielpuppe benutzt und mich dazu, er hat mich die ganze Zeit angegrabscht, und du hast nichts dagegen getan. So war das.«

Johann trommelte mit den Fingern auf den Tisch und sagte nichts.

»Und das mit dem Mentelin weißt du also auch, du wusstest, dass der Ruppel die Aventiure an ihn verrät.«

Johann stand so heftig auf, dass er den Tisch umwarf, ging drohend auf sie zu und hob seine Hand. Er schaute ihr voller Wut in die Augen. Clara stand vor ihm, mit zusammengepressten Lippen. Er wird es nicht tun, dachte sie, er wird innehalten und nachdenken.

Da gab er ihr eine Ohrfeige und verließ das Haus.

Clara setzte sich an den Tisch, rieb sich die Wange und zitterte am ganzen Leib. Sie spürte seine Hand wie ein Brandmal. So war es denn vorbei. Alles klang hohl, das gemeinsame Lachen, die zarten Liebesworte, die zusammengesponnenen Träume. Ein bitterer Geschmack war in ihrem Mund. Sie sah ihn nicht mehr, den Johann, der ihr verschmitzt fröhliche Komplimente machte, der mit ihr Bänder einer wunderbaren Zukunft flocht, der ihr mit zarter Hand über die Wange strich. Es war ein ganz anderes Gesicht, das, als er zuschlug, eines, das sie nie mehr sehen wollte, ihr aber schon ins Gedächtnis gebrannt war.

Als es dunkel war, erhob sie sich und nahm den zweigeteilten Block des Gießinstruments aus ihrer Rocktasche. Sie legte ihn zu ihren Sachen unter dem Bett. Johann schaute nie nach ihren Sachen.

Mutter Gottes, Maria, das ist kein Diebstahl und kein Verrat. Dass sie es dem Ruppel untergeschoben hatte, war Notwehr. Er hätte kein Mitleid mit ihr gehabt. Das ganze letzte Jahr hatte sie so hart gearbeitet. Der Lohn war nicht einmal gut und reichte nicht aus, dass sie und Johann daran denken konnten, etwas Eigenes aufzubauen, gar ein Haus zu kaufen oder eine eigene Werkstatt aufzubauen. Sie hatte viel Sorgfalt in das Schneiden der Patrizen gesteckt, weil sie zeigen wollte, wie gut sie das konnte, weil sie die einzige Frau war, die beim Schriftschneiden helfen durfte, aber niemand hatte sie dafür gelobt, weder Gutenberg noch Schöffer, Ruppel schon gar nicht, Fust hatte sie nie zur Kenntnis genommen, und selbst Johann wich ihr in der Werkstatt aus. Sie wusste, dass das Gießinstrument vom Müllhaufen innen gut gelungen war, auch wenn die Kante heute abgebrochen war. Man konnte es dennoch nachbauen, und es würde, mit den richtigen Matrizen gefüttert, gleichmäßig hohe Lettern gießen, die einen schönen Druck ergaben. Es war ihr gutes Recht, sich des weggeworfenen Instruments zu bemächtigen, es für noch ungeahnte Zwecke mitzunehmen, als ein Pfand auf die Zukunft.

Dezember 1470

Clara blättert gedankenverloren in den Papieren auf dem großen Tisch in der Zainer'schen Druckwerkstatt. Die Erinnerung an Mainz hat sie lange Augenblicke schweigen lassen. Mit einem Mal blickt sie auf.

»Wie ging es denn weiter dort in Mainz, mit dem Werk der Bücher?«

Endlich kann sie ihre Neugier stillen. Lange wollte sie gar nichts mehr wissen von den Menschen in Mainz, wollte selbst nicht daran denken. Doch in den letzten Jahren hatte sie auf dem Markt schon einige Drucke gesehen. Sie muss also vollbracht worden sein, die Aventiure. Sie weiß, dass sich das Drucken verbreitet hat, fast zwanzig Jahre waren vergangen, und nun ist mit Zainer der Druck auch in Augsburg angekommen. Im Notariat ihres Bruders war das Schreiben nicht zu ersetzen. Wie sollten denn auch Urkunden und Verträge gedruckt werden? Sie hatte nach wie vor viele Aufträge, Abschriften von allen möglichen Büchern und Sammlungen zu erstellen. Auch Scham und Heimlichkeit hinderten sie bisher daran, sich zu erkundigen, wer alles druckt, wie es denn nun gemacht wird und wo sich die Erfindung aus ihrer Zeit bei Gutenberg verbreitet hat. Wie es Gutenberg überhaupt geht. Zainer erzählt es ihr gern.

Was er weiß, hat er sich von Ruppel und Mentelin erzählen lassen oder mit eigenen Augen gesehen, wenn er hin und wieder der Offizin in Mainz einen Besuch abstattete. Ruppel zog natürlich noch am selben Tag, als Gutenberg ihn aus der Offizin warf, mit dem Mentelin nach Straßburg. Eine Zeitlang, erzählt Zainer, ging in Mainz alles gut. Ab und zu erschien Fust in der Offizin, doch meist unterhielt er sich mit Peter Schöffer. Gutenberg war mehr und mehr in seinem Raum hinter der Offizin verschwunden, Wein trinkend, Papiere und Bücher auf dem Schreibtisch hin und her schiebend. Seine Launen waren in der Werkstatt mehr denn je gefürchtet, denn während Peter einem jeden Arbeiter morgens die Aufgaben erteilte und die Ergebnisse begutachtete, stürzte Gutenberg aus dem Hinterzimmer in die Offizin, fegte wie ein stürmischer Herbstwind zwischen den Bänken und Tischen durch und wirbelte das Papier wie Laub durcheinander, dass es am Ende in den Ecken sich aufhäufte und mühselig von den Knechten sortiert werden musste, wenn der Meister die Offizin verlassen hatte.

»Du kanntest ihn ja«, sagt Zainer trocken.

Außerdem hatte er immer öfter außerhalb der Offizin zu tun. Er hatte sein Elternhaus geerbt und hielt sich oft dort auf. Keiner in der Offizin wusste, was er dort tat.

Ob Gutenberg sich durchsetzte oder sich einfach über Fust hinwegsetzte, wusste Zainer nicht, doch es wurden in den zwei Jahren, seit sie weggegangen war, einige Kalender und lateinische Lehrbücher von Donatus gedruckt, und endlich floss Geld in die Offizin, vor allem mit Ablassbriefen. Der Mainzer Klerus hatte schnell erkannt, womit sich Geld verdienen ließ. Ablassbriefe waren bisher eine teure Sache, jeder musste einzeln von Hand geschrieben werden, und viele Mönche ruinierten sich Augen, Hände und Rücken. Wenn man sie zu Hunderten drucken konnte, konnte man sie günstiger verkaufen, dafür aber eine unglaublich große Menge mehr davon, und das bedeutete Geld nicht nur von den begüterten Bürgern der Stadt, sondern auch von den Ärmeren. Raus aus dem Fegefeuer wollten sie alle, und das nur in eine Richtung, versteht sich.

Dann dauerte es noch einige Zeit, in der Schöffer wie besessen an immer schöneren Lettern arbeitete. Mit einer mittelmäßig schönen Schrift druckten sie alle einfachen Schriftstücke, aber die Schrift der Bibel sollte so sein, als hätte ein schreibender Engel vom Himmel sie gebracht. Nach fast drei Jahren des Schriftschneidens und Ausprobierens war sie dann endlich fertig. Aus den Matrizen wurden feine Lettern gegossen, die in einem riesigen Setzkasten sortiert auf ihren Einsatz warteten. Die erste Bibel konnte gedruckt werden.

Zainer selbst hatte sie gesehen, in gestochen scharfen Lettern aus einem satten Schwarz, fein verteilt und ausgewogen gesetzt reihte sich Blatt an Blatt. Selbst der Papst hatte über seinen Gesandten Piccolomini ein Exemplar erworben, und die etwa zweihundert Bibeln, die Gutenberg gedruckt hatte, verkauften sich rasend schnell. Die zähe Zeit der Vorbereitung, der lange Atem, die eselshafte Geduld und vor allem der ewige Strom der klimpernden, glitzernden Gulden: Alles hatte sich gelohnt. Das Werk der Bücher war gelungen! Gutenberg streichelte immer wieder die glatten, sanften Papierbögen, besah sich seine Drucke von morgens bis abends und hielt sie gegen das Licht.

»Nur die Sache mit dem Geld …«, sagt Zainer.

»Ach ja, ihm ist das Geld nur so durch die Finger geronnen«, sagt Clara.

»Er hätte mit dem Gewinn aus den Bibeln zuerst Fust auszahlen müssen oder wenigstens eine Vereinbarung mit ihm treffen, wie es mit der gemeinsamen Aventiure weitergehen solle. Fust wollte endlich Geld sehen.«

Stattdessen befriedigte er andere Gläubiger, nicht zuletzt die

Weinhändler aus dem Elsass, und steckte das noch vorhandene Geld in den Bau einer weiteren Druckpresse in seinem Elternhaus und in das Gießen neuer Schriften.

Irgendwann wurde es Fust zu bunt. Er brachte Gutenberg vor Gericht. Er verlangte das eingebrachte Vermögen von zweimal achthundert Gulden zurück oder die Herausgabe des Bücherwerks und seiner Geräte und Werkzeuge, auf die ihm ein Pfandrecht zustand. Fust vermutete, dass trotz des Bibelverkaufs keine achthundert Gulden, nicht einmal mehr hundert, im Säckel waren. Das Gericht gab ihm recht. Gutenberg musste ihm die ganze Aventiure überlassen.

»Hatte Fust es von Anfang an darauf angelegt, sich das Werk der Bücher zu beschaffen, wenn es so weit wäre?«, fragt Clara.

Zainer wackelt mit dem Kopf.

»Fust war ein schlauer Kaufmann, ein exzellenter Spieler des Schachzabel. Kennst du das Spiel?«

Clara zuckt mit den Schultern.

»Ein bisschen.«

Fust hatte sich, wie jeder gute Schachzabelspieler, zweimal abgesichert, sein Geld steckte im Pfandrecht auf das Werk der Bücher und das Wissen darüber im Kopf des Peter Schöffer, den er als Vertrauensmann in die Offizin brachte und der schließlich später sein Schwiegersohn wurde.

»Also noch ein Spion«, brummt Clara.

»Das kann man auch anders sehen. Du weißt doch auch, was Schöffer alles erfunden und geleistet hat. Er hat die schöne Schrift so lange schleifen lassen, bis die Buchstaben sich auf dem Blatt wunderbar ineinanderfügten, er hat den Rapport erfunden und den schwenkbaren Tiegel und das Gießinstrument …«

Clara winkt ab. »Ich weiß, ich weiß, du hast recht, ohne Schöffer wäre alles nicht so gut geworden, vielleicht wäre auch alles zerronnen, weil Gutenberg am Ende nicht genug Geduld gehabt hätte.«

»Die Donate, die Gutenberg druckte, kaum dass du von dort weggegangen bist, zeigten, wie gut es funktioniert, aber sie waren hässlich im Vergleich zu dem, was Schöffer mit den Bibeln erschuf.«

»Und du sagst, er hat es geschafft? Wie gern würde ich eine der Bibeln einmal sehen! Und wie ging es weiter mit Johann zu Gutenberg, der früher Henn Gensfleisch hieß? Ich weiß gar nichts mehr seit damals.«

»Du musst nicht denken, dass Fust ihn über den Tisch gezogen hat, weil er der schlauere Schachzabelspieler war. Wir wissen beide, wie der Wein dem Gutenberg so manches Mal den Kopf vernebelte, aber wenn er seine fünf Sinne beisammenhatte, wusste er genau, was er tat. Und mit seinem starken Willen, seiner Kraft, andere zu überzeugen, setzte er sich immer wieder durch. Einen Teil des Erlöses aus dem Bibelverkauf steckte er in den Aufbau einer neuen Offizin. Heimlich natürlich, so dass weder Fust noch Schöffer es merkten. Gutenbergs Geschwister waren alle gestorben, er war der letzte Erbe des elterlichen Hauses in Mainz, und dort ließ er eine neue Druckerpresse bauen und eine neue Offizin einrichten. Er nahm sogar die Lettern aus den Donaten-Drucken mit, und auf jenes elterliche Haus hatte Fust keinen Zugriff. Dort ließ Gutenberg sich nieder, nachdem er sich mit Fust vollends zerstritten hatte.«

»Und was weißt du von Ruppel und Mentelin?«

»Ich bin noch im selben Jahr nach Straßburg. Da war der Ruppel schon dort, beim Mentelin, und sie haben gemeinsam eine Offizin eingerichtet. Aber zur Rettung von Mentelins Ehre sei gesagt, dass er selbst schon recht weit war, und bis auf das Gießinstrument und die Legierung so gut wie alles beisammenhatte, was zum neuen

Werk der Bücher nötig war. Als die Idee mit den beweglichen Lettern einmal in der Welt war, konnte sich ja jeder seinen Teil dazu ausdenken.«

»Und das Gießinstrument, das ich dir …«

Clara stockt. Zainer zögert.

»Ja, das hab ich dem Mentelin gegeben. Wir haben es gemeinsam nachgebaut und solange Versuche gemacht, bis wir die Gießstücke in vollendeter Form aus dem Instrument schlagen konnten. Das war der Anfang von Mentelins Druckkunst, und auch der von meiner.«

»Dann hast du den Gutenberg eigentlich auch verraten.«

»Du nicht? Schließlich hab ich das Gießinstrument von dir.«

»Ich weiß.«

Sie schweigt eine Weile und seufzt dann. Sie rechnet es Zainer hoch an, dass er nichts sagt.

»Und jetzt? Was macht Gutenberg heute?«

»Er lebt nicht mehr, Clara. Er ist vor zwei Jahren gestorben, im Stift.«

Clara ist bestürzt. Der große, starke Mann. Er war sich so sicher, die Vögelein aufs Papier zu zwingen, er war sich so sicher, ein Meisterwerk zu schaffen und mit seiner Erfindung die Welt zu verändern. Ob Fust und Schöffer, ob Mentelin und Zainer dafür sorgen würden, dass Gutenbergs Anteil an dieser Aventiure in Ehren gehalten würde? Was wohl von ihm bleiben wird? Er war ein aufbrausender, weinsüchtiger, verschwenderischer und unsteter Mann, aber wer weiß, ob ohne sein Drängen und seine unermüdliche Kraft die Erfindung schon vollendet wäre.

»Ob sich sein Traum wohl erfüllt, dass man sich einmal seiner erinnert?«, sagt sie nachdenklich.

Mit Elend und mit Schmerzen

Mit Elend und mit Schmerzen | Da schieden sich die zwei | Sich kränkt ihr beider Herzen | Von Manniger Hand Schrei | Gott wollt sie wieder bringen | Von Kummer und von Weh | Und lass ihn wohl gelingen | Das sie zu Freuden springen | Und haben Lust wie eh
(Liederbuch der Clara Hätzlerin)

Dezember 1470

»Und jetzt bist du hier in Augsburg. Was hast du vor?«, fragt Clara den Zainer.

Zainer lacht. »Ich bin eingedeckt mit Aufträgen vom Abt von St. Ulrich und Afra.«

Er erzählt Clara von den Bibeln und Missalien, die er für das Kloster druckt. Mit warmen Worten beschreibt er den Abt als Freund und Kenner. Zainer zeigt ihr seine erste selbst geschnittene Schrift.

»Die hat der Molitor mit mir zusammen entworfen, und ich hab sie allein geschnitten. Sie ist ganz neuartig, sie gleicht den Schriften aus Italien. Auch dort wird schon gedruckt, und in Venedig haben sie diese klaren Buchstaben entworfen, an die ich meine Schrift angelehnt habe. Nächstes Jahr werde ich einen Auftrag ohne die Kirche drucken, eine Geschichte über König Apollonius vom Dichter Steinhöwel, er war neulich hier. Und ich arbeite daran, Bild und Text gleichzeitig zu drucken. Wenn man es geschickt aufbaut, müsste man alles zusammen in einem Arbeitsgang auf das Blatt bekommen. Schöffer hat das schon geschafft, aber es kostet mich viel Zeit.«

Zainer erklärt, geht auf und ab, gibt ihr Papier in die Hand, zeigt ihr Punzen und Lettern, fühlt mit Daumen und Zeigefinger die Konsistenz der Druckfarbe und ist in seinem Element. Clara betrachtet sein Gesicht, die silbernen Strähnen im Bart und die tiefen Falten von Nase zu Mund. Die Augen sind von einem Kranz von Fältchen umgeben, auf den großen Händen zeichnen sich die starken Adern unter der Haut ab.

Vor langer Zeit war der Bart gestutzt und rötlich blond, und seine blauen Augen leuchteten frisch unter seiner Mütze hervor.

Herbst 1450

In der Nacht war Clara plötzlich hellwach. Sie riss die Augen auf und starrte ins Dunkel. Schwanger. Sie hätte es schon seit einigen Wochen wissen können. Die Anzeichen kannte sie, Änne hatte es ihr erklärt, und jedes Mal, wenn sie eines davon bemerkte, schob sie jeden Gedanken daran weit nach hinten. Aber in dieser Nacht tauchte das Wort in ihrem Kopf auf wie ein Stück Holz, das man vergeblich unter Wasser zu drücken versuchte, so deutlich, dass sie dachte, sie hätte es vielleicht laut gesagt.

Johann war überhaupt nicht nach Hause gekommen, der Platz neben ihr war leer. Es war ganz still in der Kammer. Seit der Geschichte mit dem Ruppel redete er kaum noch mit ihr und blieb öfter die ganze Nacht weg. Clara war ihm dankbar für sein »Doch!« vor Gutenberg und Ruppel, aber sie hatte kaum noch Hoffnung, dass sie sich versöhnen würden. Ihre Wange brannte noch, jedes Mal, wenn sie daran zurückdachte, und von Johann kam kein Zeichen der Zuneigung.

Sie starrte ins Leere, Dunkle und konnte nur noch dieses eine Wort denken: schwanger. Das Herz klopfte bis zum Hals, ihr Inneres fühlte sich heiß und stechend an. Maria, Mutter Gottes, steh mir bei. Was soll ich jetzt tun? Ich muss es ihm sagen. Am besten gleich, wenn ich ihn sehe, muss ich vor ihn treten und es sagen, und vielleicht werden wir uns am Ende versöhnen, mit einem Kind ist doch alles anders. Er wird mich nicht im Stich lassen, vielleicht wird er sich sogar freuen, dass wir ein Kind bekommen, und wir werden hier … aber wie soll es aufwachsen, wie getauft werden? Bisher wollte keiner wissen, ob wir verheiratet sind, muss ich das jetzt dem Pfarrer sagen? Wie machen das die Mainzer? Ich habe es all die Monate nie gebeichtet, das ist eine große Sünde, werden sie sagen, oh Mutter Gottes, hilf, Maria, hilf. Wird jemand fragen? Muss ich lügen? Kann ich lügen? Sie presste die Lider zu, die Kiefer und die Zähne, aber es half nichts. Das Wort drehte Kreis um Kreis im Kopf. Schwanger. Schwanger. Schwanger.

Das graue Licht des Morgens senkte sich langsam in die Kammer. Sie erkannte die Wasserkanne, den Tisch, die Truhe. Ihre Holzschuhe vor der Truhe sahen zuerst wie zwei kleine Ferkel aus, aber jetzt konnte man schon die Absätze und die Strümpfe daneben erkennen. Sie war steif. Seit Stunden lag sie wach und hatte sich nicht gerührt. Wann wäre der beste Augenblick, es ihm zu sagen? Die Neuigkeit, die sich jetzt in ihren Kopf nach vorne drängte und auf der Stirn geschrieben stehen musste, in grauen Lettern, mit Asche gemalt: schwanger.

Erst als es schon lange hell war, erhob sie sich langsam, quälend steif, und schleppte sich zur Wasserkanne. Es half nichts, sie musste mit ihm reden. Aber erst musste sie wach werden. Heute zu Mittag würde sie mit ihm reden, bei der ersten Gelegenheit, vielleicht kam er in ihre Wohnung, um sich zu waschen, dann konnte sie es ihm hier unter vier Augen gestehen. Gestehen. Was hatte sie denn zu gestehen? Sie hatte die Sünde doch nicht allein begangen, oder?

Sie blickte aus dem Fenster und sah an einer Ecke den großen dunklen Dom hervorragen. Die Sonne glänzte auf den Dächern. Ach, was bist du nur für ein ängstliches Huhn, ermahnte sie sich, es wird alles gut gehen. Er hat doch immer gesagt, wir leben wie

Mann und Frau, mehr muss keiner wissen. Aber von Kindern, von Kindern hat er nie gesprochen. Der Morgen verging quälend langsam. Immer wieder kamen ihr Zweifel.

Sie wollte an diesem Morgen nicht in die Werkstatt, es war ihr ein Gräuel, den anderen unter die Augen zu treten, vor allem Michel, der doch alles wusste. Der wusste, dass sie den Ruppel verleumdet hatte, und sie hatte ihm weit mehr untergeschoben als die Spionage, die er verübt hatte, sondern auch noch einen Diebstahl, den er nicht begangen hatte. Sie hätten ihm dafür eine Hand oder die Ohren abhacken können, oder er wäre auf Jahre im Kerker verschwunden. Ruppel war kein guter Mensch, ganz bestimmt nicht, aber sie erschrak bei dem Gedanken, dass ihre Lüge fast einen Menschen verstümmelt hätte.

Das Leben in der Offizin war nicht einfacher geworden, seit Ruppel weg war. Sie drückte sich dort nur noch in den Ecken herum, und keiner mochte mit ihr zu tun haben. Und jetzt war sie auch noch schwanger. Tränen traten ihr in die Augen, aber sie wischte sie energisch mit dem Ärmel ab und griff nach dem Korb. Sie würde auf den Markt gehen und etwas Gutes zu essen machen. Immerzu blickte sie auf den Domturm mit seinem Kreuz. Heilige Maria, Mutter Gottes, hilf, ich weiß nicht, was ich tun soll.

Als sie vom Markt zurückkehrte, stand Johann in der Kammer, und er war nicht allein. Zainer saß am Tisch, mit einem Becher Wein vor sich, sein großer Rücken gebeugt, sein rotblonder Bart auf der Brust ruhend. Johann stand an der Herdstelle und hielt einen Brief in der Hand. Als sie eintrat, drehte er sich um. Er fuhr sich verwirrt durchs Haar.

»Clara«, sagte er, »Clara …«

Seine Stimme klang unsicher. Sie stellte den Korb auf den Tisch und löste das warme Tuch über ihrer Haube. Still nickte sie Zainer zu, der auch nur knapp nickte und kein Wort sagte.

»Clara, ich muss nach Hause.«

Nach Hause? Sie schluckte.

»Meinem Vater geht es schlecht, er will mich sehen. Meine Mutter ist verzweifelt. Die Gesellen wissen nicht, was sie tun sollen, es liegen viele Aufträge aus den Klöstern da, und niemand führt sie aus. Alles wird zusammenbrechen. Ich muss hin, ich muss meiner Mutter helfen.«

Sie erstarrte.

»Nach Hause?«, flüsterte sie.

»Ja, Clara, versteh doch, mein Vater ... und hier ist es ja auch nicht mehr so einfach, in Augsburg brauchen sie mich jetzt.«

Zainers Blick wanderte hin und her. Er sah Johanns betretene Miene und wie seine Augen Claras Blick auswichen, und er sah die starre Verzweiflung in Claras Gesicht. Es scheiden sich zwei, dachte er.

»Ich muss heim nach Augsburg, da ist meine Familie, meine Mutter braucht mich«, sagte er, fast hart.

Nichts drang in Claras Kopf außer den Worten »heim nach Augsburg«.

»Du bleibst am besten erst mal hier, und wenn es meinem Vater besser geht, komm ich wieder zurück.«

Er geht nach Hause.

»Und wenn er stirbt, dann lass ich dich nachholen.«

Zainer sog die Luft scharf ein. Johann merkte gar nicht, welchen Unsinn er redete. Er war dort verheiratet. Kein Wort von seiner Frau in Augsburg. Was dachte sich dieser eigensüchtige Tropf? Wie wollte er denn Clara nachholen? Als was? Zainers Stirnfalte grub sich tiefer ein.

»Am besten pack ich mein Zeug und suche mir heute noch einen Fuhrmann, der bis Oppenheim fährt, dann kann ich gleich morgen früh über den Rhein setzen.«

Immer noch sagte Clara kein Wort. Eine Hand hatte sie auf den Tisch gestützt, mit der anderen hielt sie die Bänder ihrer Haube vor der Brust zusammen. Johann zögerte. Er wartete wohl auf eine Antwort von Clara, die nicht kam.

Der Brief der Mutter mahne ihn zu großer Eile, erklärte er nochmals, wenn nicht einer käme und die Aufträge übernähme, würden Kloster und Bischof sich eine andere Schreiberwerkstatt nehmen, und wovon sollten sie dann leben? Die Gesellen könnten kein Papier kaufen und wüssten auch nicht, wie die Aufträge auszuführen waren, und die Mutter wisse es auch nicht. Johann stürmte in die Schlafkammer und fing an zu packen.

Clara setzte sich an den Tisch und starrte vor sich, die Hände ineinander verschlungen, die Fingerkuppen rot, die Knöchel weiß. Sie sah nur ihre Finger an. Wunderlich sahen die aus, wie Beeren oder andere kleine weiche Dinger, etwas, das keineswegs zu ihrem Leib gehörte. Die ganze Zeit musste sie diese seltsamen roten Beeren betrachten, die da an ihren Fingern wuchsen.

Zainer erhob sich. Der Tisch ächzte und neigte sich in seine Richtung, weg von Clara. Er war ein riesiger Kerl, mit seinen großen Händen, wie Löwenpranken auf den Wappenschildern, und den schweren, breiten Schultern. Clara schwieg und starrte vor sich hin, Johann rumorte in der Kammer.

»Jetzt hilf mir doch mal mit den Kleidern, wo sind denn meine Stiefel?«, rief er aus der Kammer. Clara rührte sich nicht. Zainer ging zur Tür, drehte seinen breitkrempigen Hut und zuckte schließlich mit den Schultern, bevor er die beiden allein ließ.

Johann packte einen Reisesack und bat Clara, den Rest seiner Sachen in einer Kiste zu verstauen und mit einer Fuhre nach Augsburg bringen zu lassen.

»Ich lass bald von mir hören.«

Clara war immer noch wie stumm und erstarrt. Was soll ich nur sagen? Ihm eine gute Reise wünschen? Er darf heim, ich muss hierbleiben. Allein.

Sie starrte ihn stumm mit weit geöffneten Augen an. Das Flehen darin erkannte er wohl.

»Ach Clara, mach es mir nicht schwerer, als es eh schon ist. Du kommst eine Zeitlang allein zurecht, das hast du doch schon bewiesen. Ich werde bald wieder hier sein, oder wir finden einen anderen Weg. Ich muss jetzt meiner Familie helfen, ich kann meine Mutter jetzt nicht allein lassen.«

Ihm jetzt zu erklären, dass es ihr in zwei Jahren nicht möglich gewesen war, überhaupt einen Brief an den Bruder zu schreiben, dass sie nicht einmal wusste, ob er und Ennelin noch lebten, dass sie neues Leben in ihrem Bauch hatte –, es ging nicht. Sie setzte sich an den Tisch und legte die Hände vors Gesicht.

Er legte ihr die Hand auf die Schulter. Sie rührte sich nicht. Johann zuckte mit den Achseln. Die Tür fiel ins Schloss.

Er ist fort. Er darf nach Augsburg, und ich muss hierbleiben. Clara legte sich aufs Bett. An nichts mehr denken, nichts mehr fühlen, am besten gar nicht mehr da sein. Tot sein, das wäre das Beste. Kalt war ihr, von innen heraus. Vielleicht konnte sie einfach so sterben, hier auf dem Bett, wenn sie nur lang genug läge. Irgendwann musste sie eingeschlafen sein. Sie träumte von den Wasserspeiern am Dom, die ihr nachriefen: schwanger, schwanger! Ein Wasserspeier gebar einen hässlichen kleinen Hund, der auf sie zulief und wild bellte. »Nimm ihn doch«, rief Johann, »er will zu dir, du musst für ihn sorgen.«

Clara erschrak so sehr, dass sie davon erwachte. Ihr Nacken schmerzte. Kalter Schweiß rann an ihr herab. Ihr war erbärmlich schlecht. Langsam erhob sie sich, erbrach sich in die Waschschüssel und legte sich wieder hin.

Am Morgen erwachte sie vom Gestank in ihrer Kammer. Die

Sonne wärmte ihren Leib. Sie presste die Hände auf ihren Bauch. »Das kann nichts dafür«, dachte sie, »das ist nicht schuld. Ich bin es allein, ich dumme Gans, ich hab auf ein Leben mit ihm gehofft, und er geht einfach fort.«

Sie erhob sich, brachte die Schüssel zum Abtritt und wusch sie am Brunnen aus. Dann schleppte sie sich zur Werkstatt.

Als sie eintrat, starrten alle sie an. Oh Gott, sie wissen es. Sie sehen, dass ich schwanger bin, dachte sie. Reiß dich zusammen, das können sie nicht wissen.

Doch die erstaunten Blicke ließen sie nicht los. Sie wirkten fragend, als wollten sie wissen, warum sie noch da wäre. Es war klar, ohne Johann hatte sie keinen Stand mehr in der Werkstatt, keinen Schutz und keine Berechtigung, dort zu arbeiten.

Sie setzte sich und begann mit dem Abfeilen des M, das sie vorgestern geschnitten hatte. Niemand sagte ein Wort.

Hier konnte sie nicht bleiben. Sobald es ging, schleppte sie sich wieder nach Hause.

Am Abend klopfte es an ihre Tür. Zainer stand da und drehte seinen großen schwarzen Hut in der Hand.

»Kann ich reinkommen?«, fragte er.

»Ja.«

Clara goss schweigend Wein in einen Becher, stellte ihn vor ihm ab und setzte sich an den Tisch. Sie fragte sich, was dieser große, ihr fast unbekannte Mann noch von ihr wollte. Er hatte seinen Auftrag ausgeführt, Johann den Brief gegeben, genau wie er damals den Auftrag ausgeführt hatte, sie mit nach Ulm zu nehmen. Fast stumm, gänzlich teilnahmslos. Warum war er nun hier?

Zainer legte seine riesigen Hände um den Holzbecher, der darin fast verschwand. Er atmete ein paarmal schwer, als ob es ihn Überwindung kosten würde, den nächsten Satz auszusprechen.

»Was willst du nun tun?«, fragte er schließlich und schaute ihr in die Augen.

Sein Blick hielt ihren fest, bis ihre Pupillen hinter Tränenwasser verschwanden und sie aufschluchzte. Zainers Augen sprangen von einem Ding zum andern in der Kammer. Wenn sie nur aufhören würde zu weinen, dann könnte er sie wieder ansehen.

Sie straffte die Schultern, wischte sich über die Nase, und die Worte platzten aus ihr heraus.

»Ich weiß überhaupt nicht, was ich tun soll. Ich bekomme ein Kind.«

Sie wollte es niemandem sagen und fragte sich später oft, warum sie sich ausgerechnet Zainer anvertraute, einem eher Fremden. Aber er war der Einzige, der die Geschichte ihrer Flucht aus Augsburg kannte, der Einzige, der noch ein Band in ihre Heimat zu knüpfen imstande war.

Zainer lehnte sich zurück und sog die Luft scharf ein. Immer tat er das, wenn er nicht weiterwusste. Er trommelte mit den Fingern auf den Tisch. Eine Mücke surrte durch die Kammer. Beide schwiegen sie.

Schließlich nahm Zainer einen Schluck aus dem Becher.

»Hast du jemanden, zu dem du gehen kannst?«

»Hier in Mainz?«, Clara lachte verbittert auf. »Ich kenn hier kaum einen Menschen.«

»Dann geh nach Hause, nach Augsburg.«

»Und da soll ich ein lediges Kind bekommen? Ich kann nicht zurück. Du ahnst nicht, was mich da erwartet. Mir bleiben doch nur eine fremde Stadt und die Schande, und das Kind werde ich wohl …«

Sie schluchzte wieder. Er wusste, was sie meinte. Wenn sie es auf die Welt brachte, musste sie es zum Waisenheim bringen, in die Findelgasse, wenn sie es nicht gleich in den Rhein werfen wollte.

Sonst war ihr Leben verwirkt, allein mit dem Kind würde sie nirgends unterkommen.

»Hier kannst du nicht bleiben«, sagte er nach langem Schweigen. »Du bist mit mir vor Jahresfrist hierhergekommen, du gehst wieder mit mir. Hast du denn gar niemanden, der dir helfen könnte?«

Clara knetete ihre Hände. »Doch. Ich könnte Änne fragen, ob sie mich zu sich nimmt. Wenigstens für eine Weile. Wenn sie noch lebt.«

»Wer ist Änne?«, fragte Zainer.

»Das ist – das war – sie ist Hebamme, sie kam uns oft besuchen, sie hat auch schon vielen Frauen geholfen …«

Zainer nickte. Er nahm noch einen Schluck aus seinem Becher und wischte sich den Mund mit dem Handrücken ab. Das wäre eine Lösung unter Frauen, und wie auch immer die Hebamme und Clara sich entscheiden würden, es würde ihm die heikle Sache aus seinen Männerhänden nehmen.

»Gut. Wo wohnt sie?«

»Bei Augsburg, in den westlichen Wäldern.«

»Pack dein Zeug, wir fahren morgen früh.«

Clara starrte ihn mit großen Augen an.

»Und was sag ich Gutenberg und Schöffer?«

»Sind sie dir noch was schuldig?«

»Nein, die letzten Tage hab ich nicht viel gearbeitet, ich war viel krank. Lohn hab ich kaum noch zu bekommen.«

»Bist du ihnen was schuldig?«

Sie lachte bitter auf.

»Nein, weiß Gott, ich hab genug für sie geschuftet.«

»Dann geh einfach. Sie werden nicht fragen. Es wär für sie eh schwierig geworden, dich länger allein ohne Johann zu beschäftigen. Du bist schließlich keine Mainzer Bürgerin, das würde nicht lange gut gehen.«

Clara erinnerte sich an die schrägen Blicke, als sie am Morgen in die Offizin gekommen war.

Schneller, als sie dachte, hatte sie ihre Sachen im Reisesack verstaut. Erst da bemerkte sie, wie wenig ihr in dem Jahr gehört hatte, wie schmal das Mainzer Leben war. Die paar Becher und Teller konnte sie getrost stehen lassen. Es war nichts von Wert in den beiden Kammern, in denen sie gehaust hatten. Sie hinterließ der Wirtin einen Brief an Else, sollte die sich holen, was sie brauchte. Johanns Bücher und Farben, die er auf der Messe in Frankfurt im Frühjahr gekauft hatte, hatte sie in die Truhe gepackt. Es war ihr gleichgültig, ob diese jemand abholte oder nicht.

Den Tagesanbruch am nächsten Morgen konnte sie kaum erwarten. Sie hatte in Kleidern auf dem Bett gelegen und an die Decke gestarrt. Hin und wieder musste sie wohl eingeschlafen sein, denn sie konnte sich nicht erinnern, wann das erste Tageslicht durch das Fenster drang. Sobald es hell genug war, ging sie zum Wirtshaus, das ihr Zainer angegeben hatte. Er hatte die Pferde schon angeschirrt.

Schweigend setzte sie sich auf den Bock.

Die nächsten wolkenverhangenen Tage holperten sie über die Handelswege von Worms nach Speyer, setzten dort über den Rhein und nahmen den geraden Weg in südöstlicher Richtung über Bretten und Esslingen bis Ulm. Wo sie schliefen und aßen, ging im grauen Nebel der Novembertage an Clara vorüber. Sie wünschte sich nirgendwohin, vor jeder Ankunft hatte sie Angst. Unsinnige Gedanken plagten sie. Das Geruckel des Wagens möge doch die Schwangerschaft beenden, es möge doch alles nur Einbildung sein, es könnte sich doch in Augsburg alles wieder zum Guten wenden mit ihr und Johann. Dann wieder verwünschte sie den Tag, an dem Johann in die väterliche Werkstatt gekommen war, verwünschte sich für ihre prickelnde Verliebtheit, für ihre Unvernunft, und verwünschte am Ende sogar Zainer, weil er ihr keine Worte der Wärme gab, die sie im Grunde aber auch gar nicht wollte. Schweigend saßen sie auf dem Bock des ratternden und holpernden Wagens, der sich durch die ausgefahrenen Furchen quälte. Langsam trotteten die Pferde vor sich hin. Ein paar Wälder und Lichtungen, ein paar Dörfer und Bäche weiter verwünschte sie sich wieder, dieses Mal für ihre Undankbarkeit. Sie sollte froh sein über Zainers Hilfe.

Weit hinter Ulm holte Clara das Gießinstrument aus ihrem Reisesack.

»Hier«, sagte sie. »Nimm.«

Erstaunt blickte er von ihr auf das Ding in ihrer Hand und wieder in ihr Gesicht.

»Das Gießwerkzeug. Damit kannst du Lettern gießen.«

»Ich weiß wohl, was das ist«, sagte er, »aber wie kommst du da dran? Hast du es in der Offizin gestohlen?«

»Nein«, sagte sie, »oder, vielleicht doch. Schöffer hat es weggeworfen. Wenn du einmal nicht nur Bücher und Schriften verkaufen, sondern selbst welche drucken willst, dann brauchst du das dafür. Es hat nur einen kleinen Fehler, hier oben im Anguss ist ein Steg gebrochen, ansonsten ist es fast perfekt. Gutenberg sagte, die Patrizen sind das Wichtigste beim Drucken, aber er hat nicht recht. Patrizen kann dir jeder gute Schreiber aufzeichnen und jeder Feinschmied schneiden. Das Gießen ist das Schwierigste. Pass gut drauf auf.«

»Danke«, brummte Zainer, drehte es ein paarmal in der Hand und steckte es in seine Tasche.

Wenn du einmal in Not gerätst, dann komm zu mir. Das waren Ännes Worte vor vielen Jahren, als sie fast noch ein Kind war und mit Ännes Lehren und Warnungen kaum etwas anzufangen wusste. Welche Not sollte sie denn befallen, dachte Clara damals, sie hatte

Vater und Mutter und Bruder, Heim und Hof. Und nie würde sie so liederlich werden, ein lediges Kind zu bekommen. Wie hoch sie von sich dachte, wie tief sie sich versehrt hatte. Die Schwangere vom Gallusaustrieb stand ihr vor Augen, wie sie hohlwangig und völlig dumpf aus der Stadt trottete. Sie wollte nicht so enden. Änne war der einzige Mensch, der ihr noch helfen konnte.

Sie muss mich auch empfangen, dachte Clara, sie muss mich wollen. Lebte Änne vielleicht gar nicht mehr, ihr Haus im Wald verrammelt, der Garten überwuchert, kein Mensch weit und breit? Das Bild des verlassenen Häuschens stand so klar vor ihren Augen, dass kein anderes sich formen konnte.

Einige Stunden später zog Zainer die Zügel an. Die Mittagssonne schien blass durch einen dünnen Wolkenschleier auf einen schmalen Pfad, der vom Weg in den Wald führte. Gelbe Wiesengräser und verdorrte Kletten wucherten an den Rändern.

Clara stieg ab. Zainers Hand hielt ihren Unterarm fest.

»Ich warte hier eine Stunde, dann muss ich los. Es wird früh dunkel. Wenn du dann nicht zurück bist, bleibst du wohl bei ihr.«

Clara nickte und schluckte schwer. Ein dicker Knoten schnürte ihre Kehle zusammen. Sie brachte kein Wort heraus und hoffte nur, Zainer würde ihr das nicht als Undankbarkeit auslegen.

Sie ging den Pfad entlang, der ihr schmaler und zugewachsener vorkam als bei ihrem letzten Besuch. Das war noch, als die Mutter lebte. Sie hatten sich damals von einem Knecht aus Augsburg herfahren lassen, sie und die Mutter, um Änne zu besuchen. Der Knecht war ein lustiger Kerl, zu Späßen aufgelegt, der ihnen den Weg über Witze erzählte und mit seiner Schleuder vom Kutschbock nach den Eichhörnchen zielte.

Bei Änne angekommen, nahm diese Clara auf einen Gang durch den Wald mit, zum Kräutersammeln. Der Wald roch nach feuchter, moosiger Erde, unzählige Vögel zwitscherten und die Sonne warf grüngoldene Sprenkel auf die Rinden der Bäume. Dann begann ihr Änne zu erklären, wie das ist mit dem Kinderkriegen. Clara wurde rot und wollte das nicht hören, aber Änne redete ruhig weiter, sammelte Kräuter und erzählte sogar, wie das ist mit dem Kindermachen. Sie sah sich nicht nach Clara um, die missmutig und voller Scham hinter ihr her trottete. Änne erklärte, wie der Samen in den Körper der Frau gelangte, wie das Kind auf demselben Weg den Körper wieder verließ, wie das mit den Blutungen und der Fruchtbarkeit zusammenhing, an welchen Tagen im Monat sie aufpassen müsse, dass sie sich aber besser nicht mit Männern einlassen solle, bevor sie verheiratet war, »und wenn du in Not gerätst, dann fummel nicht herum, geh zu niemand anderem als zu mir.«

Wenn du in Not gerätst, komm zu mir. Schritt für Schritt klopfte sich der Satz in ihren Kopf. Der Pfad wurde breiter, Ännes Häuschen kam in Sicht.

Kaum hatte Clara den Waldpfad betreten, holte Zainer das Gießinstrument aus seinem Sack unter dem Kutschbock hervor und drehte es in seinen großen Händen hin und her. Er betrachtete es von allen Seiten und öffnete die beiden Hälften. Drinnen war ein kleiner Kanal aus Metall und Platz für die Punze. Er sah den abgebrochenen Steg. Es war leicht nachzubauen, er wusste nur noch nicht genau, wie es zu handhaben war, aber das würde er zusammen mit dem Mentelin in Straßburg schon herausfinden. Dem Mentelin fehlte nur wenig, um ebenso drucken zu können wie Gutenberg. Zu diesem könnte er reisen, mit ihm und von ihm das Drucken lernen. Jetzt hatte er auch etwas in der Hand, was er ihm bieten könnte. Zug um Zug. Zainer fehlte noch das Rezept für die Tinte, dem Mentelin noch dieses Gießwerkzeug. Er arbeitete dort mit Speckstein und Ton, er würde erstaunt sein, was man mit dem Holzgießstück anstellen konnte. Die Druckerpresse mit ihrem aufgehängten Kasten, die Lederballen zum Stempeln der Farbe, das feuchte Papier – das hatte Zainer alles genau beobachtet, wenn er in der Offizin des Gutenberg war, um Pergament und Papier anzuliefern. Die Patrizen und Matrizen, all das barg kaum noch ein Geheimnis, das man nicht mit etwas Herumprobieren selbst lüften könnte. Das Setzen war nicht weiter schwierig, wenn man es eine Weile übte, wenn auch die Schrift spiegelverkehrt und einmal gekippt vor einem lag. Sicher konnte man sich daran gewöhnen und sie nach einiger Zeit genauso lesen wie normale Schrift. Er konnte Latein, das war wichtig, wenn man für die Kirche drucken wollte. Auch die Legierung hatte er sich aufgeschrieben, die Rezeptur hatte Schöffer eines Tages auf dem Tisch liegen, als er in der Werkstatt war. Nein, es fehlte nicht mehr viel, dann könnte er sogar seine eigene Werkstatt aufmachen. Er hatte die Straße satt, den holprigen Wagen, den Schmutz und die verlausten Herbergen. Vielleicht sollte er sich niederlassen.

Zainer blickte Clara nach. Ihr braunes Kleid war schon im Walddunkel verschwunden, aber ihre weiße Haube sah er noch aufblitzen. Er erahnte noch ihre Gestalt, ihren anmutigen Gang. Was für eine schöne Frau sie war, und wie mutig und feinsinnig. Dass sie erraten hatte, was er mit dem Gießinstrument anfangen konnte, gefiel ihm gut. Vielleicht klangen ihre Seelen gleich. Wie gern würde er ihr nahe sein. Er erinnerte sich, wie sie neben ihm auf dem Kutschbock immer wieder die Haarsträhnen von ihrer Wange unter die Haube schob. Es stiegen warme Wellen in ihm auf, wenn er daran dachte, wie sie die Haube abnehmen und das dunkelbraune Haar, mit rötlichem Glanz gesprenkelt, auf ihre Schultern herabfiel, und wenn er dann diese Schultern umfassen und mit seinen Händen die Haare an ihrem Nacken nach oben streifen könnte … Zainer stöhnte leise. Was er sich da nur dachte, als ob diese schöne Frau etwas an einem so groben Klotz, wie er einer war, finden könnte. Mit den Bären im Perlachturm war er eher zu vergleichen als mit den jungen Männern, deren Blicke er sofort beobachten konnte, wenn Clara unterwegs mit ihm eine Herberge betreten hatte.

Wie nur, wie konnte sie nur auf diesen üblen Kerl hereinfallen! Johann Bämler war ein Trunkenbold, der dazu noch leicht dem Spiel verfiel und nur für den Eigennutz lebte. Was hatte Clara an diesem selbstsüchtigen Menschen gefunden? Er, Zainer, würde Clara auf Händen tragen, wenn er dürfte.

Nun war auch die Haube hinter einer Biegung des Pfades verschwunden. Eine Stunde würde er warten, hatte er ihr gesagt. Er schlug sich mit der Hand an die Stirn. Was war er für ein Schafskopf! Er konnte nicht sicher sein, dass Änne sie aufnahm, dass Änne überhaupt da war! Wenn sie gerade dann wieder aus dem Wald auftauchte, wenn er nach einer Stunde mit seinem Karren um die Biegung fuhr? Oder wenn Clara in ihrer Verzweiflung vor einer leeren Hütte stünde und sich nicht traute, zu ihm zurückzukehren? Es klang nicht gerade nach einem Angebot, ihr zu helfen, was er da eben zu ihr gesagt hatte: »Ich warte hier eine Stunde, dann muss ich los.« Was hatte er sich nur dabei gedacht! Wenn er ihr wirklich helfen wollte, musste er ihr das auch sagen. Wenn er für sie sorgen wollte, musste sie das wissen. Wieder durchwog ihn eine warme Welle. Er würde sie aufnehmen, sie und ihr Kind, und wenn er an das kleine Wesen dachte, das in ihrem Bauch wuchs, war es schon, als wäre es sein eigenes. Er musste jetzt loslaufen, um sie zurückzurufen, um ihr zu sagen, dass sie beieinanderbleiben könnten.

»Ich Esel«, brummte Zainer, steckte das Gießinstrument zurück in den Sack, band seine Pferde an einen Busch und ging Clara hastig hinterher. Mit einem Mal war da eine andere Zukunft vor seinen Augen, ein Haus in Reutlingen, neben dem seines Bruders, eine schöne Offizin und eine lachende Clara, die ihn an der Hand hielt. Er schob die Zweige zur Seite und folgte dem Pfad bis zu einer Lichtung.

Dort sah er Clara, die vor dem Zaun einer Hütte stand. Im Garten wuchsen ein paar Kohlpflanzen, Lauch und Möhren ragten aus der Erde. Unter einem Baum waren die faulen Äpfel auf Haufen geschüttet, und aus dem Schornstein stieg Rauch.

Ein großer schwarzer Hund lag bei der Tür. Ein, zwei Schritte näherte sich Clara noch, dann erhob er sich, zuerst mit den Hinterbeinen, streckte seinen Rücken, dann die Vorderbeine und schlug an. Dreimal ließ er ein heiseres Bellen hören. Clara blieb stehen. Kette oder Leine waren nicht zu sehen, und der Hund war so groß, dass er den niedrigen Zaun mit einem Satz überspringen und sie mit drei weiteren erreichen konnte, bevor sie sich auch nur umdrehen könnte. Er stand ruhig da, bis sich die kleine Tür der Hütte einen Spalt öffnete und eine große weiße Haube mit einem lieben runden Gesicht und strengen Augen erschien, die sich vor Überraschung weiteten, als Änne den Besuch erkannte. Sie wischte sich mit der flachen Hand über das Gesicht und behielt die Hand auf dem Mund.

Zainer stand beim Waldpfad, von einem Busch verdeckt. Der Hund äugte wachsam in seine Richtung, aber von seiner Herrin zur Ruhe gerufen, musste er das Haus nicht verteidigen. Die Frauen lagen sich in den Armen, Änne streichelte Claras Rücken, und gemeinsam schritten sie durch den kleinen Gemüsegarten zur Hütte und traten ein. Es wirkte so innig und liebevoll. Zainer konnte sehen, wie Claras Schultern nach unten fielen, als Änne sie durch die Tür schob.

Wieder standen die Zweifel vor ihm. Was sollte Clara mit einem wie ihm? Er hatte ihr keinen Herd zu bieten, ihr und ihrem Kind, nur ein Leben auf der Straße und ein vages Versprechen auf ein Haus, das er noch nicht hatte. Wenn er sie auf der Reise gefragt hätte, hätte sie vielleicht zugestimmt, aus schierer Not, weil sie niemanden sonst hatte. Jetzt war sie bei Änne. Würde er jetzt fragen, würde sie ihn trotz ihrer Notlage abweisen, dessen war er sicher, und diesen Blick, diese Miene, wie sie ihn bedauernd betrachten würde, bevor sie seinen Antrag, mit ihm zu kommen, ablehnen würde, den könnte er nicht ertragen. Er hatte darauf gelauert, während der ganzen Reise, ob sie ihn einmal in Ruhe ansehen, einmal ein Wort an ihn, Günter Zainer, richten würde, einmal nur ihn als einen Mann sehen, der ihr Liebe schenken könnte, aber das war nicht geschehen. Er brauchte sich keine Hoffnung zu machen, dass in ihr auch nur ein Fünkchen Zuneigung für ihn aufgeglommen wäre.

Änne sah sich noch einmal um, bevor sie die Tür schloss. Der Hund saß immer noch regungslos und blickte in Zainers Richtung. Zainer nickte ein paarmal mit seinem großen schweren Kopf und zog sich, langsam rückwärtsgehend, zurück.

Änne saß am Tisch, die Wange in eine Hand gestützt, und hörte Clara zu.

Als Änne vor Jahresfrist nach Augsburg kam, um die beiden Hätzlerkinder zu besuchen, war Barthel wütend und zugleich voller Sorge. Er erzählte ihr von Claras Verschwinden, von der sogenannten Pilgerreise, hatte ihr den Brief vorgelesen und sich alles zusammengereimt.

»Dieser Lump, der Bämler Johann, das hat er ihr eingeredet, diese Flucht. Er hat eine Frau hier, stell dir vor! Welche Schande er meiner Schwester bereitet! Glaub bloß nicht, dass er davonkommt, wenn ich ihn in die Finger kriege. Und sie, Clara, wie konnte sie nur! Sie hat sich von ihm verführen lassen, und jetzt lebt sie irgendwo ehrlos und allein. Ich weiß nicht einmal, ob sie überhaupt noch lebt!«

Der starke Barthel schluchzte vor Kummer und raufte sich die

Haare. Ennelin legte ihm die Hand auf die Schulter. Änne blickte betreten vor sich auf den Tisch. Seine Augen wollte sie nicht sehen, diese mit Tränen gefüllten braunen Seen eines ihrer Glückskinder, in dem sie immer nur Lachen gespiegelt haben wollte. Sie verstand seine Wut und war selbst überrascht. Der schüchternen, manchmal sogar ängstlichen Clara hätte sie nicht zugetraut, gegen das sechste Gebot zu verstoßen und sogar die Heimatstadt wegen eines Mannes zu verlassen. Sie kannte einige Frauen, die wenig auf die Regeln der Augsburger Gesellschaft gaben, und tolerierte deren Entscheidung. Sie hätte nur Clara nie dazu gezählt. Nur hatte sie es selbst schon so oft mitangesehen, wie eine unbezwingliche innere Kraft zwei Menschen zueinander hinstreben ließ, die besser nicht zusammen waren. Die andere Kraft, die sie trennte, kam immer von außen, unerbittlich wie das Schwert eines Ritters hauten Dorf, Stadt, Höfe, Herren und Eltern zwei Liebende auseinander, und am Ende waren Änne und all die anderen Hebammen dabei, ein elendes kleines Wesen aus dem Weib zu ziehen. Und es konnte von Glück sagen, wenn es als ersten Menschen auf der Welt die Hebamme zu sehen bekam und nicht das weinende Gesicht der Mutter oder Schlimmeres, gar keinen Menschen, nur die nackte Erde, die es nicht aufnahm, sondern erfrieren und verhungern ließ. Warum diese starke Kraft Menschen aneinanderfesselte, die besser voneinander ließen, konnte Änne nicht erklären. Alle Vernunft ließen sie fahren. Jeder kannte die Gebote, der Reichste wie die Ärmste, der belesene und weitgereiste Kaufmann ebenso wie die kläglichste Tagelöhnerin. Für jeden galt dasselbe Gesetz. Manchmal hatte sie einen frevlerischen Gedanken. Wäre es nicht einfacher, man ließe die Menschen, wie sie wollten? Wäre es nicht liebevoller für alle Kinder, als willkommene Gäste in der Welt begrüßt zu werden, nicht als Feind und Last? Solche Gedanken jagten ihr Schauer über den Rücken. Das durfte sie keinem anvertrauen.

Bei einem späteren Besuch erzählte Barthel Änne, dass kurz nach Claras Verschwinden Schwager Ulrich vor dem Haus aufgetaucht war. Hinein traute er sich nicht, aber als Barthel das Haus verlassen wollte, hielt er ihn auf. Er wisse, sagte Ulrich, warum Clara die Stadt verlassen habe und vor allem mit wem und wenn Barthel keinen Skandal wolle, der dem guten Ruf der Familie Hätzler und, wer weiß, vielleicht auch seinem Leumund als ehrlichem Notar schaden würde, dann müsse er ihm, dem lieben Schwager seiner Mutter, sie ruhe in Frieden, schon entgegenkommen. Verächtlich schüttelte Barthel die Hand von seinem Arm, die ihn aufgehalten hatte, und er wollte sich umdrehen und gehen, als einzige Antwort auf diesen billigen Versuch der Erpressung. Doch Ulrich blieb hartnäckig, ja, er wurde sogar so laut, dass Barthel die Neugier der Nachbarn zu fürchten begann.

»Johann Bämler«, sagte Ulrich, »sagt dir das was? Weißt du, dass er auch weg ist, im Streit gegangen von seinem Vater, nur wenige Tage vor Clara? Und kannst du es dir denken, was die beiden so getrieben haben? Ich weiß es, ich hab es gesehen. Deine Schwester, die Zageltasch, ist eine Ehebrecherin«, sagte Ulrich und fuhr sich mit einer kleinen roten Zungenspitze über die Lippen.

Barthel drehte sich um, fasste den Ulrich am Wams und zog ihn in seinen Hof. Er schloss die Tür und drückte Ulrich dagegen.

»Ulrich, du widerst mich an.«

Er löste seine Hände vom Stoff des Mannes, als hätte er etwas Schmutziges angefasst, trat zwei Schritte zurück. Ulrich hatte ja recht. Clara war eine Ehebrecherin, es gab nichts zu rechtfertigen oder abzuschwächen. Insgeheim hatte er immer gehofft, es möge vielleicht doch ein anderer Grund sein, warum sie die Stadt verlassen hatte, es würde sich alles aufklären, denn er wusste das alles nicht von ihr. Aber es fühlte sich sehr schmutzig an, das aus Ulrichs Mund zu hören. Er schämte sich für seine Schwester.

Ulrich zog sich sein Wams zurecht und grinste.

Barthel atmete tief durch. Die folgenden Worte versuchte er, langsam und ruhig zu sprechen, obwohl seine Hände zitterten und sein Inneres auch.

»Mein Lehrherr, der Notar Widmann, hat uns vor kurzem die acht Arten von Fälschungen erläutert, die Papst Innozenz der Dritte aufgestellt hat. Gleich die erste handelt vom Fälschen von Siegeln und die fünfte von Rasuren. Als anschauliches Material hat er uns eine Urkunde gezeigt, die ihm vom misstrauischen Käufer eines Schuldscheins vorgelegt wurde. Es war raffiniert gemacht, aber nicht gut genug, um einen erfahrenen Notar wie den Widmann zu täuschen. Und ich habe viel von ihm gelernt.«

Er machte eine Pause.

»Der Schuldschein soll angeblich von Lucas Welser zu Gunsten des Johann Lauginger ausgestellt worden sein.«

»Und was hat das jetzt mit deiner Schwester zu tun, diesem liederlichen Weib?«, sagte Ulrich. Er hatte sein böses Grinsen noch immer im Gesicht.

»Nun, es ist unzweifelhaft, dass du der Letzte warst, der die Vorlage zur Fälschung in der Hand hatte. Das kann der kaiserliche Notar Widmann auch beweisen.«

»Kann er nicht.«

Jetzt grinste Barthel. Ulrich war ein böser Mensch, von Missgunst zerfressen und intrigant bis über seine beiden abstehenden Ohren, aber dazu war er auch leichtsinnig und zu schnell mit seinem Mundwerk.

»Ulrich«, sagte Barthel in bedrohlich ruhigem Ton, »ich hab die Urkunde. Und ich rate dir gut, kein Sterbenswörtchen über Clara zu verlieren, sonst sorge ich dafür, dass du deine Stelle verlierst und deine Fälscherhand gleich dazu. Halt dein Schandmaul, ein für alle Mal.«

Er öffnete die Tür und schubste Ulrich auf die Straße. Dann lehnte er sich dagegen und versuchte, mit zitternden Händen den Kragen seines Hemdes zu weiten.

Änne nickte nur traurig, als Barthel ihr davon erzählte.

»Aber Änne, warum, warum nur hat sie nicht mit mir darüber gesprochen? Liebt sie ihn denn so sehr, dass sie alles dafür wegwirft, Heimat, Freunde, mich, den einzigen Verwandten? Warum nur, um unserer Lieben Frau willen, warum? Was war so schrecklich hier?«

Bärbel, von der sich Änne erhofft hatte, Clara hätte sich ihr anvertraut, hatte noch weniger Ahnung als Barthel, und damit das so blieb, erzählte Änne ihr auch nichts von Barthels Gespräch mit dem Schwager.

So blieb nur zu warten, was allen schwerfiel. Als das Frühjahr kam, aber keine Clara, wollten Ennelin und Barthel die Hochzeit nicht länger aufschieben. Ein Schatten lag über dem Fest, das Barthel als einziger Hätzler feierte, wenn man mal von Tantel Irmel und ihrer Tochter absah. Ulrich traute sich nicht, in seine Nähe zu kommen. Ennelin war Barthels Trost, ihre liebevolle Fürsorge riss ihn aus missmutiger Stimmung. Immer wieder sprach sie ihm Zuversicht zu, sie sei sicher, dass Clara wiederkomme, Clara sei ein gutes, liebes Mädchen, sie würden sich bestimmt wiedersehen.

»Woher nimmst du deine Hoffnung?«, brummte Barthel dann, ließ sich aber von seiner Frau über den Kopf streichen. Sie neckte ihn mit einer zarten Kopfnuss, er zog sie am Arm auf seinen Schoß und war für eine Weile getröstet.

Ennelin war über ihre weitverzweigte Verwandtschaft und ihre redselige Familie gut unterrichtet. Sie war es, die Barthel und Änne erzählte, dass man die Agnes, Bämlers verlassene Frau, nun im grauen groben Gewand der Beginen sah, dass sie des Morgens das Bämler'sche Haus verließ, den Tag bei den Beginen, in Gebeten in der Kirche Maria Stern oder mit guten Werken in den Spitälern der Stadt verbrachte und des Abends erst heimkehrte, wenn alle sich schon zur Nacht zurückgezogen hatten, kurz bevor der Nachtwächter abdankte und alle ins Haus rief. Dem alten Bämler war Agnes gleichgültig. Missmutig versah er sein Handwerk. Seit der Sohn im Streit von ihm gegangen war, gruben sich die Falten von Nase zum Kinn tiefer ein, der Rücken wurde runder und die Augen schlechter.

Nun, im November 1450, war Änne gerade aus Augsburg gekommen, hatte ein paar Kinder auf die Welt gebracht und Vorräte für den Winter in der Hütte gekauft. Sie hatte Ennelin und Barthel gesehen, die frohe Kunde vernommen, dass Ennelin endlich schwanger war, und gesehen, wie sich eins ins andere fügte und sich jeder einrichtete in seinem Augsburger Leben, so gut es eben ging.

Sie war nicht darauf gefasst, der verlorenen Tochter gegenüberzusitzen, die sich ihren Kummer von der Seele schluchzte.

Änne schwieg lange, als Clara geendet hatte. Langsam legte sie ihre Hand auf Claras Hand.

»So, so. Schwanger bist du«, sagte sie nur.

Clara blickte mit rot verquollenen Augen auf und sah in die blauen Augen, die so hart und kalt wie zwei Edelsteine funkelten, auch wenn die rosigen runden Wangen und die Lachfalten in Ännes Gesicht nicht zu dieser Strenge passten. Aus Claras Kehle stieg erneut ein Schluchzen, das sich immer Bahn brach, wenn die bittere Tatsache sich wieder in den Vordergrund schob.

Änne legte energisch beide Handflächen auf den Tisch.

»Hör jetzt auf zu flennen. Schwangere haben nah am Wasser gebaut. Aber es macht nichts besser, wenn du dich im Elend suhlst. Du bleibst hier, bis das Kind da ist.«

»Und dann?«

»Kommt Zeit, kommt Rat.«

Dezember 1450

Nur wenige Tage nach Claras Ankunft senkte sich strenger Frost über den Wald und fraß sich durch den Garten mit seinen eisesstarren Lauchstangen und mit Reif bekränzten Kohlblättern, bis er an den Holzläden knabberte, die Änne von innen mit Stroh ausgestopft hatte. Um die Kälte auszusperren, ließ Änne nur ein kleines Fenster an der Küche mit Pergament bedeckt und begnügte sich mit ein paar Talglichtern. Dafür heizte sie den Herd üppig, und so war der warme rote Schein des Feuers in der Esse das hellste Licht in der Hütte. Drinnen herrschte auch tagsüber Dämmerlicht, und darin schlief sich Clara aus. Seit Tagen nickte sie am Tisch ein, den Kopf auf den Armen wie ein kleines übermüdetes Kind, oder sie stand morgens gar nicht erst auf. Änne ließ Clara schlafen, ihre Glieder wurden allmählich weicher, ihr Atem ruhiger, und ihr Blick hastete nicht mehr von Wand zur Tür, vom Fenster zur Esse, von der Truhe zum Bett, sondern richtete sich allmählich ruhig auf die Näharbeit, die Änne stets in Händen hielt, wenn sie nicht Holz holte, einen Brei kochte oder dem Hund etwas Fleisch hinauswarf. Ihre Speisekammer war gut gefüllt, ein paar Tage Frost konnten sie auch zu zweit ohne weiteren Nachschub überstehen, und ihr Gefühl sagte Änne, dass der Frost nicht anhalten würde. Dafür war der Himmel zu schlierig, die weißen und hellgrauen Wolkenschleier kündigten einen Wetterumschwung an. Am Abendhimmel stand zudem der Neumond mit dem Abendstern, und beide flimmerten in einem großen Hof.

Bald wird es wieder wärmer, dachte Änne.

Eines Abends schob sie Clara eine Näharbeit zu, ein einfaches Leinentuch war mit einem Hohlsaum zu versehen. Clara fasste das Tuch an, ließ es wieder los, rieb es zwischen den Fingern, nahm es in die Hand, um es genauer zu betrachten, und griff schließlich nach der Nadel.

Änne lächelte und senkte den Kopf. Sobald der Frost nachließ, würde sie sich aufmachen nach Augsburg. Sie konnte den Bruder nicht länger im Ungewissen lassen.

Als sie aufbrach, ließ sie den Hund da, der auf das Haus und Clara aufpasste. Sie sagte Clara lieber nicht, dass sie Barthel von Claras Ankunft erzählen wollte. Das hätte sie nur schrecklich aufgeregt. »Kinder holen« war der Grund für ihren Gang nach Augsburg.

Clara war nun ganz allein. Sie saß am Tisch und lauschte in den stillen Wald hinein. Ob sie bei Änne bleiben könnte, wenn das Kind da sein würde? Ich hab keinen Platz auf Erden, dachte sie und senkte den Kopf auf die Unterarme. Barthel war wütend, dessen war sie sicher, Bärbel gekränkt und wenn Ulrich übel über sie geredet hätte, konnte sie sich in Augsburg nicht mehr sehen lassen. Agnes war da und Johann, wie sollte sie da je wieder vor die Augsburger Bürger treten können? Wenn sie daran dachte, zog sich die Brust zusammen, so dass sie kaum noch atmen konnte.

Die Wege waren nicht mehr froststarr, weichten auf und wurden schlammig. Bei dem Wetter war mit Besuchern nicht zu rechnen, weder mit solchen mit guten noch solchen mit bösen Absichten. Dennoch achtete Clara in der Hütte in banger Ungeduld nicht nur auf jedes Geräusch vom Wald und von der Hütte, auf jeden Zweig, der knackte, auf das Pochen des Regens und das Rascheln der unter dem Dach aufgehängten Kräuter im Wind, der vom strohgestopften Fenster durch die Ritzen drang, sondern auch auf jede Regung in ihrem Leib, jedes Drehen und Drücken und jedes Zwicken im Rücken.

Gegen Mittag des grau verhangenen fünften Tages, an dem der Regen endlich nachgelassen hatte, hörte sie Schritte und das Bellen vom Hund. Gleich merkte sie, dass Änne draußen war, da der Hund, wie immer, wenn seine Herrin dabei war, nur dreimal Laut gab. Aber Änne sprach mit einem Menschen, nicht mit dem Hund, es kamen Schritte auf das Haus zu. Clara pochte das Herz bis zum Hals.

Die Tür ging auf. Änne trat ein und sagte: »Clara, ich hab wen mitgebracht.«

Clara blickte mit großen Augen auf die Tür und sah Barthel eintreten, Barthel und die blasse Ennelin, dick eingehüllt in eine warme Schaube mit Pelzkragen.

Clara blieb wie versteinert auf dem Stuhl sitzen. Sie hätte sich gern geregt, wäre aufgestanden und hätte wenigstens Barthel die Hand gegeben, aber sie konnte nicht. Angst kroch aus dem Magen herauf und stopfte ihre Gedanken voll. Wenn er sie abwies, würde sie das nicht ertragen.

Barthel blieb an der Tür stehen und schaute sie lange an. Im schweren Wollmantel sah er dicker aus, als sie ihn in Erinnerung hatte. Er blickte traurig, mit hochgezogenen Augenbrauen und fest zusammengepresstem Mund, als müsse er all die Wut, Verständnislosigkeit und Trauer noch einmal durchleben. Warum steht sie nicht auf, dachte er, ist das noch meine Schwester?

Doch erinnerte er sich auch an das Aufglimmen der Erleichterung und Freude, als ihm Änne vor zwei Tagen mit nüchternen Worten erklärte, Clara wäre bei ihr, schon seit einigen Tagen. Da fuhr es ihm ganz warm durch den Brustkorb, er schlug die Hände vors Gesicht und flüsterte: »Gott sei es gedankt, sie ist am Leben.«

Als er sich gefasst hatte, fragte er Änne nach Claras Befinden und erfuhr von der Schwangerschaft und der Einsamkeit seiner Schwester. Gesündigt hatte sie, und vielen Bürgern wäre die übliche Buße recht gewesen, sie allein mit einem Balg durch die kalte Welt gehen zu lassen. Aber sie war doch seine Schwester! Wer von den Männern, mit denen er aufgewachsen war, musste je dafür so büßen, dass er sich mit einem Mädchen eingelassen hatte, bevor sie verheiratet waren? Wie leicht war es für einen gewissenlosen Mann, die Vaterschaft abzustreiten. Hatte er Leumund genug, konnte er alles behaupten. Claras Sünde wog schwer, aber die Liebe zu seiner Zwillingsschwester, die Sehnsucht nach ihrer vertrauten Nähe lagen noch viel schwerer in der Waagschale.

Änne erzählte nicht nur von Clara, sondern hatte Barthel auch einen Vorschlag zu unterbreiten. Er hörte sich alles an, nickte und besprach sich mit Ennelin.

Nun war er hier und mit einem Mal nicht mehr sicher, was aus Clara geworden war. Steif saß sie da und blickte ihn nicht an, eine bleiche, reglose Gestalt.

Claras Hoffnung war fast erstorben. Nie wäre sie zu ihm nach Augsburg gegangen, die Angst davor, auf der Schwelle des Hätzler'schen Hauses zurückgewiesen zu werden, war so übermächtig, dass ihr Mut dazu nicht reichte. Doch ein kleiner funkelnder Gedanke machte sich auf den Weg: Warum war er hier? Er war schließlich zu ihr gekommen. Sie hob den Kopf, blickte Barthel an, ihre Wangen waren so bleich wie nie.

Alle standen still.

Barthel rührte sich als Erster. Er zog einen Stuhl heran und setzte sich an den Tisch, Clara gegenüber.

»Clara«, brach Barthel mit heiserer Stimme das Schweigen. Er räusperte sich. »Du hast mich ohne ein Wort verlassen, dabei sind wir Bruder und Schwester und haben nur noch einander. Aber über Vergangenes will ich jetzt nicht reden. Änne hat mit mir gesprochen. Höre, was wir dir zu sagen haben.«

Seine Stimme hatte eine Strenge, die ihr neu war. Der liebe Bruder, der heitere, immer zu Späßen aufgelegte Barthel sprach klare Worte, die er sich wohlüberlegt hatte. Es war die Kanzleistimme, die aus ihm sprach, die den Bauern beim Streit einen Kompromiss anbot oder dem Kaufmann eine Formulierung für den Vertrag.

»Ein Leben mit dem Vater deines Kindes ist nicht möglich. Wenn du heimkehren willst, darf nicht eine Seele in Augsburg wissen, dass du jemals mit ihm fort warst. Er ist seit einigen Wochen wieder da und hilft seinem Vater in der Werkstatt. Der Vater ist auf einer Seite gelähmt und kann nicht mehr arbeiten, aber er hält die Fäden weiter in der Hand, jähzornig und gebieterisch wie eh und je. Johann fügt sich und ist kaum woanders zu sehen als in Haus und Hof. Seine Frau, die Straßburgerin, ist endgültig zu den Beginen gegangen. Er ist ihr Gatte, aber sie wohnt nicht mehr im Bämler'schen Haus. Ich hoffe und erwarte, dass du dir jeden Gedanken an ihn aus dem Kopf geschlagen hast.«

Barthel machte eine Pause. Ennelin legte ihm die Hand auf die Schulter, und er drückte mit seiner rechten ihren Handrücken. Dann holte er tief Luft.

»Es ist ein wundersamer Zufall, dass meine Ennelin und ich ein Kind erwarten zur selben Zeit wie du deines. Änne sagt, ein paar Wochen werden sie auseinander sein, deines vermutlich etwas älter als unseres. Ennelin wird hierher zu Änne kommen, wenn ihr beide, so Gott will, eure Kinder bekommt. Das wird im Frühjahr sein, sagt Änne. Danach kommst du mit Ennelin nach Hause. Wir werden beide Kinder als meine und Ennelins ausgeben, als Zwillinge. Für dein Kind ist es das Beste, es wird Vater und Mutter haben, mehr, als du ihm je wirst bieten können, und dir biete ich an, dass du in unserem Haus bleiben kannst. Ich werde dir dein Erbe nicht streitig machen, das halbe Haus gehört immer noch dir. Ich habe nur die eine Bedingung: Du wirst niemandem jemals erzählen, wessen Kind es wirklich ist.«

Das war der Preis. Der Preis für ihren Fehltritt, dafür, dass sie der Verführung nachgegeben hatte, ja, dass sie es selbst gewollt und alle Gedanken an die Folgen der Sünde beiseitegeschoben hatte. Das Kind würde niemals »Mutter« zu ihr sagen, eine Tante bliebe sie bis ans Ende ihres Lebens.

Clara atmete tief ein.

»Barthel«, sie schluckte und musste all ihre Kraft zusammennehmen, »da ist etwas, was mich hindert, nach Augsburg zurückzukehren.«

Barthel schwieg und wartete.

»Der Ulrich, er weiß alles, und er … er wollte damals, dass ich ihm die Hälfte des Hauses überschreibe, dann würde er schweigen. Ich wusste mir nicht zu helfen. Johanns Plan, nach Mainz zu gehen, schien mir der einzige Ausweg. Ulrich drohte, es sonst der ganzen Stadt zu erzählen, wenn ich ihm meinen Anteil nicht übergebe. Vielleicht hätten wir ihn im Haus dulden müssen, und noch mehr …«

Nein, sie schämte sich zu sehr, um Barthel auch noch von dem schmutzigen Ansinnen zu erzählen, das Ulrich mit dem Einzug ins Hätzler'sche Haus verbunden hatte.

Barthel knurrte.

»Ulrich, so, das hätte ich mir denken können.«

Er überlegte und holte tief Luft.

»Den Ulrich, Clara, den können wir aus dem Spiel lassen. Er war bei mir und wollte auch mich erpressen, aber keine Sorge. Er schweigt. Wir dürfen nur kein Aufsehen erregen, wir müssen stillhalten.«

Wieder schwiegen sie alle. Schließlich flüsterte Ennelin:

»Was meinst du, Clara, wird es so gehen, wie Barthel es vorgeschlagen hat?«

Clara blickte sie an. Tränen liefen über ihre Wangen.

Dann flüsterte sie: »Ja. Ich, ich danke euch.«

Clara wollte aufstehen, aber ihre Knie versagten ihr den Dienst. Sie wackelten, als wären sie aus Blancmanger.

Ennelin beugte sich zu Barthels Ohr und flüsterte ein paar Worte. Er sah zu ihr auf, lächelte und erhob sich langsam. Als wäre er müde, stützte er dabei die Arme schwer auf den Tisch. Dann ging er um den Tisch herum, hob seine Hand und streichelte Clara sanft über die nasse Wange. Sie blickte auf, legte die Arme um seine Hüften und fing an zu schluchzen wie ein kleines Kind. Er tätschelte ihren Rücken, gab ein paar tröstende Laute wie »Na na, wer wird denn …« von sich und blickte hilflos von Änne zu Ennelin, die sich beide mit feinem Lächeln ansahen.

»Jetzt ist gut«, sagte Änne schließlich. »Clara, geh und hol vom Quittenmus. Wir haben einen langen Weg hinter uns. Barthel, hol Wasser. Ich muss was Warmes in den Bauch bekommen. Dieses Wetter ist nichts für eine alte Frau wie mich.«

Barthel lachte.

»Alte Frau – Änne. Du kannst gar nicht alt werden. Du springst wie ein junges Mädchen, schau dich doch an.«

Ennelin fiel ins Scherzen ein, und Clara strich sich verwundert die Tränen von den Wangen. Das bange Gefühl in der Brust wollte nicht weichen. Trotzdem musste sie lächeln.

Barthel und Ennelin blieben für die Nacht, wollten aber wieder aufbrechen, sobald das Wetter es zulassen würde. Claras Gedanken drehten sich im Kreis wie eine Katze, der man einen brennenden

Kienspan an den Schwanz gebunden hatte. Sie war sich keineswegs sicher, ob Barthel ihr nun verziehen hatte, aber nichts wünschte sie sich sehnlicher. Was mit dem Kind geschehen würde, berührte sie plötzlich nicht mehr so sehr. Das wird schon gut gehen, aber wird Barthel mich mögen? Wird er gern mit mir unter einem Dach leben? Nimmt er mich nur zu sich, weil es für ihn ein Gebot der Nächstenliebe ist, oder wird er mir meine Sünde verzeihen können?

Als sie Grütze mit Quittenmus gegessen hatten und Ennelin und Änne die Löffel und den Topf zum Spülstein brachten, fasste Clara ihren ganzen Mut zusammen, sah Barthel an und fragte: »Wirst du mir eines Tages verzeihen können?«

Keiner rührte sich mehr. Ennelin stand still am Spülstein, Änne, die ein Holzscheit auf die Feuerstelle legen wollte, hielt in der Bewegung inne und schaute nach Bruder und Schwester. Erst Augenblicke später antwortete Barthel.

»Hab ich schon«, brummte er und ergriff ihre Hand, »aber wenn du jetzt nicht aufhörst zu flennen, überleg ich es mir noch mal.«

Ennelin kicherte, Clara wischte sich das nasse Gesicht mit dem Ärmel trocken. Änne grinste, und Barthel, der nun sah, in welcher Verrenkung die beiden neugierigen Frauen am Herd zu ihnen herblickten, lachte auf.

Mai 1451

An beiden Seiten des Weges stand das Gras schon hoch, die Mahd musste bald beginnen. Der Wagen ruckelte durch die Furchen. Die beiden Säuglinge störten sich nicht daran, sie schliefen in den Armen ihrer Mütter, die sich immer wieder zurechtsetzten und verrutschte Tüchlein über die Köpfchen zupften oder das Kind in den anderen Arm legten. Ennelin blickte schläfrig über den Wagenrand in die Landschaft, von der sie oft nur die Hügelspitzen sah. Das hohe Gras wippte sanft zum Wagen hin.

Drei Wochen war das Gretle schon alt, und sechs die Veronika. Alles war gut gegangen, Änne hatte ihnen beigestanden und die beiden jungen Frauen sich gegenseitig geholfen. Zwei Mädchen waren es, zwei neue Hätzlerinnen.

Margarethe sollte Ennelins Tochter heißen, nach ihrer Großmutter, und Barthel nannte seine Nichte, seine Tochter, Veronika, denn Clara bat ihn, dem Kind einen Namen zu geben. Beide Kinder wurden zehn Tage nach Margarethes Geburt in der Dorfkirche getauft, dem Pfarrer genannt als Zwillinge des Bartholomäus Hätzler zu Augsburg. Es war besser, dass alles in einem fremden Kirchenbuch verzeichnet war. Dann gab es weniger neugierige Fragen.

Nun ging es zurück nach Augsburg. Claras Herz schlug bis zum

Hals. Nach mehr als anderthalb Jahren würde sie die Heimatstadt wiedersehen, ihre Gasse, ihr Haus, ihre Stube.

Das Kind musste Barthels werden, und Ennelins. Am Anfang, so hatten sie vereinbart, würden sie nicht ausgehen, Veronika würde in der Kammer gestillt, kein Fremder dürfe ins Haus kommen, kein Aufsehen solle erregt werden. Clara hatte sowieso viel zu große Angst, Bekannten zu begegnen. Was sollte sie denn sagen, wo sie gewesen wäre? Eine Pilgerfahrt von anderthalb Jahren? Und dass sie geboren hatte, das müsste doch jeder sehen – oder jede Frau zumindest. Würde sie lügen, würde das jeder an ihren roten Wangen ablesen können, an der Unsicherheit in ihrer Stimme. Besser nichts sagen. Gar nicht dran denken mochte sie, würde sie in die Nähe der Bämler'schen Werkstatt geraten und Johann sehen – der Magen wölbte sich nach oben, ihr war ganz schlecht. Vom Wagenschaukeln bestimmt und davon, dass sie keinen Horizont sah, nur hohes Gras und eine schmale Kante dunklen Waldes darüber.

Endlich öffnete sich der Weg auf Baumwiesen, er wurde breiter und belebter, das graue Band der Stadtmauer und die stolzen spitzen Türme kamen in das Sichtfeld der Frauen. Sie rumpelten durchs Heilig-Creutz-Tor. Barthel war vorausgeritten, hatte den Torwächtern Bescheid gesagt und das Hoftor zum Haus geöffnet. Sie waren in aller Frühe aufgebrochen, so dass trotz des warmen Frühsommertages noch nicht viele auf den Straßen unterwegs waren. Niemand schien Notiz zu nehmen, und schon war das Hoftor wieder geschlossen.

Afra stand in der Küchentür und lächelte mit ihrem schmalen Mund. Sie nickte bedächtig mit dem Kopf und nahm Clara wortlos das Kind aus den Armen. Lange betrachtete sie es, dann gab sie es Clara zurück und half, den Wagen abzuladen. Wenn es möglich war, so war Afra in der Zeit ihrer Abwesenheit noch harscher und hagerer geworden und auf jeden Fall stummer. Clara sehnte sich nach jedem kleinsten Zeichen von Freude oder wenigstens Wohlwollen, Verzeihung oder Nicht-übel-Nehmen.

Als sie die Küche betraten, strich ihr Afra über den Rücken.

In Augsburg

Dezember 1470

Clara und Zainer stehen noch immer in der Offizin. Draußen dunkelt es, es ist höchste Zeit heimzukehren.

»Wollen wir«, fragt Zainer vorsichtig, »uns noch mal sehen?«

Er hält ihr die Tür auf und blickt dabei an ihr vorbei auf den Türrahmen, als gäbe es dort etwas ungemein Bedeutsames zu betrachten. Er fährt mit dem Fingernagel an der Rille des Türblattes entlang. Clara zögert und schaut auf den Korb. Fast hätte sie ihn ein bisschen hin- und hergeschlenkert wie ein verlegenes Kind. Dann nickt sie, blickt auf und sagt: »Komm doch am nächsten Dienstag zu uns, Barthel freut sich bestimmt auch.«

Clara geht nach Hause. Der Himmel leuchtet rosa, und die Grenzlinie zwischen Wasser und Dunst über den Bachläufen und Kanälen verwischt. Zainer nähert sich ihr aufmerksam, bedacht, aber dahinter spürt sie, dass er etwas zurückhält, was aus ihm herauswill. Macht sie ihm etwa Hoffnung mit ihrer Einladung ins Hätzler'sche Haus? Dann hätte sie das nicht tun sollen. Ist er der gute alte Freund? Dann ist doch nun keine Peinlichkeit gegeben, ihn einzuladen. Barthel ist dabei. Sie kommt nicht ins Gerede. Aber dann wiederum – was weiß dieser alte Freund alles! Mehr als jeder andere außer Barthel und Änne. Hat sie ihm nun mit dem Satz, Barthel freue sich auch, bedeutet, dass sie sich nicht genug freut, dass sie nicht mit ihm allein sein will? Will sie das denn? Sie seufzt und stößt das Hoftor auf.

In der Nacht liegt sie lange wach. Was soll sie tun, wenn er sie um eine Ehe bittet? Soll sie sich nach all den Jahren nun, in ihrem vierzigsten Lebensjahr, noch einmal mit einem Mann zusammentun? Zusammenlegen? Es fröstelt sie. Sie lebt wie eine Nonne seit zwanzig Jahren, denn die Liebe zwischen Mann und Frau ist ihr verargt, davon will sie nichts mehr wissen. So büßt sie für die Sünde, sie ist sittsam und allein. Aber Zainer, wenn er die Ehe will, dann würde er das doch wollen, die körperliche Liebe. Wie sollte sie das nur zulassen? Wäre sie dafür nicht viel zu alt? Dabei ist doch in Zainers Verhalten viel weniger Schmeichelei und Werbung zu erkennen als in dem Gebaren des Doktor Hartlieb, der vor ein paar Jahren die Stadt besuchte. Das war ein ganz anderer Freund der Frauen, der werte Herr Doktor. Und dabei war er nicht einmal mehr jung, damals, vor fünf Jahren. Ob er überhaupt noch lebt?

Herbst 1465

»Wir bekommen Besuch.«

Barthel wedelte mit einem Stück Papier, als Clara an einem Morgen im Herbst die Schreibstube betrat, und grinste breit. Seine roten Backen zogen sich bis zu den Augen hoch und drückten sie zu kleinen Schlitzen zusammen. Selbstzufrieden wartete er auf eine Antwort der Schwester. Jetzt kam gleich eines seiner sinnlosen Rätsel, wenn er sich im Besitz einer Neuigkeit wähnte, die ihre ganze Frische verlöre, wenn er sie in einem lapidaren Satz mitteilen müsste. Dann würde Barthel die Schwester ja nicht auf die Folter spannen –, und das bereitete ihm größtes Vergnügen. Gleich würde er sie etwas raten lassen, was sie keinesfalls wissen konnte.

»Rate mal!«, rief er fröhlich und setzte auch noch hinzu: »Das errätst du nie.«

Sie seufzte. Draußen regnete und stürmte es schon seit Tagen, und jeder Gang durch die Gassen war ein gefährliches Schwanken zwischen schlammigen Pfützen, wackelnden Holzbohlen und dem durch die Bretter der Gehsteige quellenden Dreck, so dass selbst mit den höchsten Trippen beim kleinsten Fehltritt der Schmodder in die Schuhe drang.

Fehltritte erlaubte sich Clara nicht. Seit einigen Jahren schon trug Clara die Haube tief ins Gesicht gezogen. Sie hatte sich eine

Haube mit einem breiten Rand nähen lassen, den sie nach hinten klappte, wenn sie Licht zum Schreiben brauchte, und nach vorne, wenn sie durch die Straßen ging und von niemandem gesehen werden wollte, auch niemanden sehen wollte. Den Blick stets auf die Füße gerichtet, gelangte sie sicher durch den Straßenschmutz, unbemerkt von anderen, und ihre Augen waren davor geschützt, in jemandes Augen zu fallen.

Grade kam sie vom Papierhändler, wo sie eine Bestellung für Barthel aufgegeben hatte. Ihr war kalt, der Regen war über die Haube zwischen Nacken und Schultertuch bis auf den Rücken gelaufen, und sie musste sich dringend ein anderes Surcot anziehen. Ratespiele reizten sie nicht.

»Sag's mir halt gleich«, antwortete sie in ungehaltenem Ton.

Barthel blickte einmal scharf in ihre Augen und bemerkte ihre schlechte Laune.

»Ja, gut, also …«

Umständlich versuchte Barthel den richtigen Ton zu treffen, um die Schwester zu besänftigen.

»Der Schedel Hermann kommt heute Abend zu uns, und der Eber Valentin. Sie bringen noch einen Gast mit. Einen sehr berühmten, eigentlich, deswegen hab ich die Afra gebeten …«

Barthel verstummte. Er wagte gar nicht zu sagen, dass ihnen ein langer Abend mit einem köstlichen Abendessen und viel gutem Wein bevorstand, für dessen Gelingen sie beide als Gastgeber auch noch verantwortlich waren und finanziell in der Pflicht standen.

»Barthel, red, ich muss mir das nasse Zeug ausziehen, sag, was los ist.«

Barthel atmete tief ein und sprach schnell und bestimmt:

»Der zweite Gast ist Johann Hartlieb, der berühmte Doktor aus München, Freund und Schwager von Herzog Siegmund, weitgereister Diplomat, der schon Fürsten und Könige besuchte.«

Clara reckte überrascht das Kinn vor.

»Ach? Und er kommt in unser Haus, dich besuchen?«

»Na ja, eigentlich«, Barthel räusperte sich, »will er zu dir.«

Clara wurde warm.

»Zu mir? Aber, Maria hilf, was will er denn von mir?«

Clara war menschenscheu geworden. Veronika war schon zu einem jungen Mädchen herangewachsen, doch Clara blieb nach wie vor meist im Haus. Sie lebte mit Veronika, Afra und Barthel, und ab und an ging sie zu Bärbel, sonst saß sie tagein, tagaus in der Schreibstube, die Haube übers Gesicht gezogen, so dass selbst die Besucher des Notars sie nicht mehr grüßten, sondern als bloßes Inventar wahrnahmen, als Schwester des Notars, seine Schreiberin, die immerzu im ockerbraunen Kleid mit weißem Kragen und weißer Haube dort in der Ecke am Fenster saß und schrieb, der baumelnde Zopf und die schreibende Hand die einzige Bewegung an ihr. Das war schon einige Jahre so. Barthel konnte es sich nicht genau erklären, wie es dazu kam, und ein paar Versuche, sie unter Menschen zu bringen, scheiterten an ihrer Sturheit, sobald er das Gespräch auf einen Tanz oder ein Singspiel brachte, deren gemeinsamer Besuch er ihr schmackhaft machen wollte. Vielleicht lag es an ihrer Angst, dem Bämler zu begegnen, aber Barthel hatte nie gewagt, sie danach zu fragen. Bruder und Schwester schwiegen still und hatten seinen Namen seit jenem Mai nie wieder erwähnt, als Barthel sie und Ennelin mit den beiden Säuglingen bei Änne abgeholt hatte. Seit Ennelin und Grete gestorben waren, rührten sie beide überhaupt nicht mehr an Vergangenes. In den Kinderjahren der beiden Töchter war es für Clara besser, sich nicht viel draußen sehen zu lassen, um kein Gerede aufkommen zu lassen. Als ledige Frau, die nach langer Reise zurückgekehrt war, ließ man besser Gras über alles wachsen. Nach Ennelins und Gretes Tod aber hatte Barthel mit seiner großen Trauer zu kämpfen und deswegen zunächst nicht bemerkt, wie auch Clara sich seit dieser Zeit kaum noch aus dem Haus begab. Selbst auf den Markt wollte sie nicht, und auch nicht ins Badehaus. Als er nach Jahresfrist begann, wieder am gesellschaftlichen Leben teilzunehmen, winkte Clara nur ab, wenn er sie mitnehmen wollte oder eine Einladung für sie beide angenommen hatte. Allmählich ging sie zwar wieder auf den Markt, aber alles andere versagte sie sich. Büßte sie so für ihren Fehltritt? Büßte sie so dafür, dass Veronika und sie überlebten, während Ennelin und Grete im Pestjahr starben? Er wusste es nicht.

»Es ist wohl ein Auftrag. Doktor Hartlieb schreibt viel, er übersetzt und verfasst Romane und Werke zu allen möglichen Künsten, und anscheinend will er dir etwas zum Abschreiben geben. Das hat mir der Valentin gesagt, bei dem er nächtigt, und da hab ich die beiden und den Hermann für heute Abend eingeladen.«

»Aber Barthel, hättest du mir das nicht früher sagen können, schau mich an, und wir haben nichts im Haus.«

»Afra hat schon den Clemens losgeschickt, er besorgt alles, und du hast noch ein paar Stunden Zeit, beruhige dich.«

Unwillig Einwände vor sich hin murmelnd gegen ein Vorhaben, das sie nicht mehr absagen konnte, nahm sich Clara das feuchte Tuch von den Schultern und zog sich in ihre Kammer zurück.

Das passte ihr gar nicht, fremde Menschen, und dann auch noch Männer, und zu allem Überfluss sollte auch noch sie selbst Anlass der Begegnung sein. Die Aufträge, bei denen ihr Barthel ein paar Pergamente oder Papiere über den Tisch schob, »schreib ab, vom Wildsgefert« oder »hat mir der Bruder Meisterlin gegeben«, waren ihr die liebsten, einfach nur am Pult sitzen, schreiben, Tinte rühren, Papier besorgen, Federn schneiden, schreiben, Veronika aufwachsen sehen, Afras gutes Essen genießen, wieder schreiben. Was sollte ihr ein Gelage mit so hochgebildeten Männern für eine

Freude bereiten? Jetzt war ihr wieder kalt, und sie saß fröstelnd auf der Bettkante, die Haube in der Hand. Eine Weile spielte sie mit den Bändern der Haube, flocht sie um die Finger, löste sie wieder auf. Das feste und doch zarte Stoffband, das sich um ihre Finger schlängelte, beruhigte sie ein wenig. Schließlich stand sie auf, zuckte mit den Schultern und suchte in der Truhe nach dem schönen blauen samtenen Surcot. Mit den weißen Ärmeln müsste das angemessen sein heute Abend, so erlesen war ihr Haus nicht. Sie nahm das Kleid aus der Truhe und hängte es an das kleine Dachfenster zum Lüften. Erst muss ich aber Afra helfen, sagte sie sich, und begab sich in die Küche.

»Hier hast du nichts verloren, Clara. Willst du etwa nach Küchendunst riechen, wenn die Herrschaften kommen? Geh, hol das weiße Tuch aus dem Schrank und deck den Tisch in der Schreibstube. Ich hab den Clemens schon angewiesen, er soll feuern und fegen. Das müsste er schon getan haben, wenn nicht, dann mach ihm Beine. Am besten sagst ihm, wenn er sich nicht sputet, komm ich hoch und zeig ihm, wie es geht.«

In dieser Stimmung war mit Afra nicht zu streiten. Clara duckte sich weg und tat wie geheißen.

Clemens hatte von allein genug Respekt vor Afra und alles schon fein ausgekehrt. Clara ließ ihn die Hocker und die Bank an den Tisch rücken und die Krüge und das Zinngeschirr vom Bord holen. Sie polierte die Glaspokale und blickte sich um. Ihre Laune wurde besser. Es sah feierlich und gemütlich aus in der Schreibstube, und ein kleiner warmer Winkel in ihrer Brust fühlte sich fast wie Vorfreude an. Dann ging sie in den Garten, ein paar Zweige frischen Grüns für den Tisch zu holen, bevor sie sich umziehen musste.

Valentin Eber, der Augsburger Stadtschreiber, war ein guter Freund von Barthel. Er hatte zwar in Wien studiert, aber auch noch ein Jahr gemeinsam mit Barthel auf der Ulmer Notarschule absolviert. Seitdem waren beide befreundet und tranken gern zusammen einen Humpen Bier. Oft gesellte sich der Schedel Hermann zu ihnen, denn er war als Einziger aus dem Kreis der Gelehrten um Bruder Meisterlin und Sigismund Gossembrot auch den weltlichen Freuden zugetan, die da oft im Umtrunk und Gesang ihren Ausdruck fanden und mit der geistlichen Einkehr des Meisterlin und der feinsinnigen Frömmigkeit des Gossembrot nicht zu allen Tages- und vor allem Nachtzeiten vereinbar waren.

Clara stand am Fenster der Schreibstube und strich sich die Locken unter die Haube aus feinem Leinen mit dem aufwendigen Kruseler. Sie hatte diese Feiertagshaube als klares Zeichen für ihre Stellung als nicht mehr junge Frau des Hauses gewählt. Clara beugte sich vor, um eine Strähne hinter das Ohr zu streichen, und sah dabei hinunter auf die Straße, auf der in diesem Augenblick drei Herren auf das Tor des Hätzler'schen Hauses zugingen. Eber und Schedel kannte sie, daneben aber ging ein hochgewachsener Herr, auf dem Haupt ein mit einer prächtigen Fasanenfeder geschmücktes Barett. Genau in dem Augenblick, als ihr Blick auf die Straße fiel, ihr Kopf geneigt und die Hand, die das Haar unter die Haube strich, am Ohr, blickte der Herr auf und in ihre Augen. Sie zuckte zurück und wurde rot. Es musste für ihn so aussehen, als hätte sie am Fenster gespäht wie ein Kind, das es nicht erwarten kann, wenn Gäste kommen. Hoffentlich hatte er nichts gesehen. Sie wagte nicht, noch einmal in die Nähe des Fensters zu kommen. Sie musste doch jetzt Gastgeberin sein.

Clara hörte die Stimmen und Schritte auf der Holztreppe und stellte sich neben den Ofen, zu den Zinnbechern und dem Krug mit dem gewürzten und gewärmten Wein. Barthel öffnete die Tür weit, schwenkte den Arm einladend und hieß die drei Gäste eintreten. Valentin Eber war ein kleiner, rundlicher Mann mit lichtem

Haar und Lachfältchen um die Augen. Er begrüßte Clara mit einem freundlichen Nicken und der Frage nach ihrem Befinden. Auch Hermann Schedel, ein schlanker Mann mit grauem Haar und tief liegenden Augen unter buschigen Augenbrauen, begrüßte sie. Sie reichte beiden die gefüllten Zinnbecher mit einem Segenswunsch. Dann stand sie dem berühmten Doktor gegenüber.

»Meine Schwester Clara«, stellte Barthel vor.

Doktor Johann Hartlieb war groß und schlank und in ausgesucht feine Gewänder gekleidet. Er hatte volles, aber schon graues Haar, das ihm schwungvoll in die Stirn fiel, und war nach der neuesten italienischen Mode glatt rasiert. Wenn man ihn genauer betrachtete, sah man die Jahre, die sich in sein Gesicht gegraben hatten, aber die Gesten waren elegant und sein Körper schlank und voller Spannung. Er gehörte zu den Menschen, die sogleich jeden Raum füllten, den sie betraten, und noch mehr, die übrigen Anwesenden schienen alle in seiner Gegenwart zu schrumpfen, während er in der Stube ins Riesenhafte wuchs.

Mit einem gewinnenden Lächeln nahm er den dargebotenen Becher in die Hand und stellte ihn gleich auf den Tisch.

Dann geschah etwas ganz und gar Ungewöhnliches für die Augsburger Bürger: Er nahm Claras Hand und führte sie bis kurz vor seine Lippen. Claras Augen weiteten sich, selbst Barthel und seine beiden Augsburger Freunde stutzten und blickten erstaunt auf diesen fremden Herrn, der mit einer kleinen Verbeugung vor der Bürgersfrau stand und beinahe, aber eben nur beinahe, eine Grenze übertrat. Deutlich konnten alle Umstehenden auch sehen, dass seine Lippen sich ihrer Hand bis auf eine Handbreit näherten und dann innehielten und dass er sich lächelnd wieder zu seiner hohen Statur aufbaute. Clara spürte seinen Atem auf ihrem Handrücken und sah zugleich in Barthels große Augen hinter der Schulter des Herrn Doktor, und bei beiden stieg ein Gefühl tiefer Verbundenheit aus ihrer Kindheit auf, wenn sie etwas Peinliches und Lachhaftes bei Erwachsenen beobachteten. Ein Kichern löste sich von Claras Zwerchfell bis hoch in ihre Kehle und konnte gerade noch von ihr angehalten werden, was umso schwerer war, als sie es bei Barthel genauso aufsteigen sah, der es aber nicht zurückhalten konnte. Es entlud sich mit einem kleinen schnaubenden Geräusch, und Clara musste schnell nach unten schauen, um ihr Grinsen zu verbergen.

Der Herr Doktor nahm seinen Becher wieder vom Tisch und sagte galant, offensichtlich ohne das Amusement der Hätzlergeschwister bemerkt zu haben:

»So wart Ihr das, die ich versehentlich beim Richten der Haube gestört habe. Verzeiht meinen neugierigen Blick, das war ganz und gar ungehörig.«

»So ist es, mein Herr, aber macht euch deswegen keine Gedanken«, Clara fasste sich in der Rolle der Gastgeberin. »Seid willkommen in unserem Haus und lasst euch nieder, damit wir uns etwas an Speis und Trank laben können.«

Man setzte sich an die Tafel in der Mitte des Raumes, und Afra trug die Speisen auf. Die Herren sprachen über die Landshuter und Münchner Herzöge, über den vergangenen Krieg und die Streitigkeiten im Augsburger Rat.

Nach einer Weile ergriff der Doktor mit seiner wohltönenden Stimme das Wort und erklärte Clara sein Anliegen. Vor ungefähr acht Jahren hatte er im Auftrag zweier hochwohlgeborener Herren, des Markgrafen Johann von Brandenburg-Kulmbach, und seines Dienstherrn, des besagten Herzogs Albrecht, ein Buch über die sieben verbotenen Künste geschrieben, allesamt dargestellt in ihren Zusammenhängen und Wirkungen und auch in ihrer Gefährlichkeit und Unbilligkeit angesichts der geltenden Lehren der Kirche. Er benötige eine saubere, gut lesbare Abschrift des von eigener

Hand geschriebenen Werks, da er zugegebenermaßen nicht die schönste Schrift besäße und es das Werk auch erst dreimal gäbe, habe er es doch selbst für die beiden Herren abgeschrieben, und möchte nun ihr die Urschrift zur Abschrift geben, in ihrer schönsten Hand auf feines Papier mit der besten Tinte, es soll an nichts fehlen, um ein Werk höchster Güte daraus entstehen zu lassen. Er wünsche aber doch auch im Sinne der bestmöglichen Verbreitung dieses wichtigen Werks das nötige Entgegenkommen, was die Kosten anbelange.

Clara war so überrascht, dass sie erst mal keinen Ton von sich gab und aus Verlegenheit das Haubenband am Kinn löste.

»Zeigt mir doch einmal das Werk, ich bitte euch«, sagte sie schließlich.

Freudig erhob sich der Gast, ging zur Bank neben der Tür und kam mit einem Stapel Papier zurück, ungebunden, aber mit einem feinen Lederband umschlungen.

Sie löste das Band und betrachtete die einseitig beschriebenen losen Blätter.

Es gab davon gut einhundert, in einer zwar ungleich und in schwankenden Zeilen über das Blatt verteilten Schrift, die aber doch gut zu lesen war, wenn man sich erst einmal daran gewöhnt hatte.

»Wie wünscht Ihr die Arbeit? Soll sie rubriziert werden?«

»Nun, zunächst so einfach, aber so hochwertig wie möglich, Kapitelüberschriften in roter Tinte, der Rest kann einfach schwarz sein, wenn ihr euch für die ersten Buchstaben der Absätze bemüht, wäre es gut, sonst geht es mir darum, dass es gut zu lesen ist, da es noch viele Male abgeschrieben werden soll.«

Nun fragte er erneut nach dem Preis. Clara blickte Hilfe suchend in Barthels Gesicht. Alle Schreibarbeiten wurden zwar von ihr ausgeführt, die Gelder dafür nahm aber Barthel entgegen, der auch die Steuer für sie beide zahlte. Ihr Bruder wusste besser, für welche Schreibarbeiten in seinem Notariat welche Beträge verlangt werden können. In freundlichem Geplänkel wogte das Feilschen zwischen dem Gast und ihrem Bruder hin und her, der Duft des Würzweins und die angenehme Stimme des Doktors lullten Clara ein. Seine Taktik beim Feilschen war ungewöhnlich, aber wirksam: Anstatt den Aufwand kleinzureden und so das Verdienst zu schmälern, schmeichelte er Clara, lobte ihre Handschrift, die weithin bekannt und ihm so zu Ohren gekommen sei, ihre Sauberkeit und ihr gutes Auge beim Verteilen des Textes auf das Blatt, und es gelang ihm, feinsinnig Komplimente einzustreuen und gleichzeitig die Wichtigkeit des Vorhabens zu betonen. Es diene schließlich der Wissenschaft, der Aufklärung der geschätzten künftigen Leser, das Werk werde eine Verbreitung gewinnen, die es Kirche und Vernunft gleichermaßen zur Förderung bringen werde. Ihre Handschrift werde sich einprägen und den Menschen ein Begriff werden, ein Begriff der Lauterkeit und Reinheit, die ja auch den Geist seines Werkes prägten und die umso feiner nun, da er sie, Clara, die Schreiberin, kenne, auch in ihrem Äußeren erkennbar wären. Er habe wahrlich nicht damit gerechnet, eine so anmutige Erscheinung in der Schreiberin zu finden, und so ging es fort und fort. Allein Barthels Geschäftssinn war es zu verdanken, dass ein einigermaßen akzeptabler Lohn für die Sache vereinbart wurde. Er konnte sich gerade noch aufbäumen gegen den sanften Schwall der weichen Worte. Doktor Hartlieb rieb sich die Hände, stand auf und verkündete, die Übereinkunft nun mit einem guten Trunk beim Hasenwirt, der ein gutes Bier braue, mit ihnen begießen zu wollen.

Als Clara keine Anstalten machte, aufzustehen und mitzukommen, bestand der Doktor mit freundlichen Worten darauf, dass sie als Hauptperson der Abmachung keinesfalls fehlen dürfe, schmücke ihre Hand ja nicht nur jedes Blatt mit ihrer schönen Schrift, sondern auch sie selbst jede Gesellschaft und versüße so den Umtrunk. Seine Hudeleien wären nicht erträglich gewesen, hätte er sie nicht mit so natürlicher Eleganz und feinem Lächeln vorgebracht.

»Kommt mit, ich bitt euch, Ihr seid einfach zu charmante«, sagte er schließlich, und auf Claras fragend nach oben gezogenen Augenbrauen, die das fremde Wort noch nie gehört hatte, sagte er lächelnd: »Bezaubernd, verzeiht, ich war so lang in Frankreich, da fallen mir oft nur die französischen Wörter ein, wenn es etwas besonders Reizendes zu beschreiben gilt.«

Clara ließ sich überreden, mit ins Wirtshaus zu kommen. Sie war vielleicht vom Würzwein beim Essen schon etwas beseelt, denn sie hätte sonst nie einen Fuß in eine Augsburger Gaststätte gesetzt. Doch Barthel hakte sie unter und ging mit ihr und den anderen fröhlich scherzend den Bürgersteig entlang. Auf dem Weg zum Hasenwirt lächelte sie über den seltsam schönen Doktor, der sie so offensichtlich bezirzte und es geschafft hatte, sie zu etwas zu überreden, was sie seit so vielen Jahren nicht mehr getan hatte. Sie setzte sich mutig an den Tisch, ließ sich einen Becher Bier einschenken und hörte zu, wie Barthel, Valentin, Hermann und der Gast scherzhafte Vergleiche über die Biersorten, das Weintrinken und die unterschiedlichen Charaktere der Trinker austauschten.

Sie kamen auch wieder auf die sieben verbotenen Künste zu sprechen, und der Doktor erklärte seinem ehrfurchtsvoll lauschenden, ab und an vom Bierkrug nippenden Publikum den Charakter der sieben Künste und zählte diese an seinen Fingern ab:

»Als da wären: die Nekromantia, Geomantia, Hydromantia, Aeromantia, Pyromantia, Chiromantia, Spatulamantia. Die Negromantia«, hub der Doktor zu seinem Spontanvortrag an, »ist die gefährlichste unter den Künsten, oft nur über den Bund mit dem Teufel ausübbar.«

Natürlich sei die Wahrsagerei aus Erde, Wasser, Feuer und Luft nicht grundgefährlich, aber doch im christlichen Sinne sehr bedenklich. Hingegen habe er selbst oft die Spatulamantia mit allerlei Gebein und natürlich die Chiromantia ausgeübt, wobei er Letztere, so könne er sagen, durchaus studiert habe und beherrsche. Hierüber habe er ja auch schon vor einigen Jahren ein eigenes Werk für die Herzogin Anna von Braunschweig-Gubenhagen, seine Herrin, verfasst. Sprach es und nahm ganz ungeniert Claras Hand in die seine, die sie zurückzuziehen versuchte, aber von den warmen festen Fingern gehalten wurde.

»Erlaubet mir doch, Frau Clara, eure Hand zu nehmen. Eine Schreiberhand scheint mir doch besonders günstig, um euch einmal die Chiromantia an einem lebenden Beispiel zeigen zu können.«

Er beugte sich über ihre Hand, so dass sie seinen leichten Atem auf der mittleren, feinsten Stelle der Hand spüren konnte, dort, wo die Fingerknochen auslaufen und der leiseste Druck genügt, um die offene Hand zu einer sanften Faust zu schließen. Es kitzelte, aber sie blieb ernst.

»Nun«, hub er an, »da haben wir eine sehr starke Lebenslinie, euer Herz ist groß und offen für die euren, und euer praktischer Sinn zeigt, dass ihr fleißig und beharrlich eurem Broterwerb folget, und der Venushügel, schaut hier, unter dem kleinen Finger, ist ausgeprägt und rundlich, so dass euch die Minne hold war oder noch sein wird.«

Clara wurde rot wie einer der Äpfel von dem Baum hinten im Garten, von der glockenförmigen Sorte, die sich in einem sonnigen Herbst fast purpurn färbten. Sie musste unwillkürlich lächeln. Ihr Innerstes warm vom Bier und den schmeichelnden Worten des Hartlieb, aber dennoch zog sich ein Mundwinkel nach unten, als ob ihr Gesicht dem Doktor bedeuten wollte, wie man sich doch in der hohen Kunst der Chiromantia täuschen konnte. Dem Doktor fiel es nicht auf, er war noch aufmerksam über ihre Hand gebeugt.

Sie blickte mit ihrem halben Lächeln von ihrer in der großen Hand des stattlichen Herrn geborgenen kleinen Schreiberhand auf und stellte ihre Augen scharf auf die Umgebung, wofür sie seit ein paar Wochen immer mehr Zeit brauchte. Da sank ihr Blick in ein Paar hellgraue Augen, und sie erschrak.

Einer der wichtigsten Gründe, warum sie die Augsburger mied, war, ihn, Johann Bämler, nicht zufällig zu treffen. Die Male, an denen sie ihm in den vergangenen fünfzehn Jahren nahegekommen war, konnte man an einer Hand abzählen, und Worte hatte sie mit ihm nur ein einziges Mal ausgetauscht, vor sieben oder acht Jahren, zitternd vor Unsicherheit und Angst, dass er ihr wieder nach dem Herzen griffe. Nun aber sah sie sich selbst unvermittelt wie in einem Spiegel in seinen grauen Augen, sie sah sich selbst noch einmal, wie sie weich und spöttisch lächelte wegen der durchschaubaren, in Weissagungen verpackten Schmeicheleien des Herrn Doktor, wie sie sich am Arm, dessen Hand die Haut des fremden Mannes berührte, den Ärmel zurückstreifte und ihre blanke Haut sehen ließ.

Plötzlich tat es nicht mehr weh. Dort saß keiner mehr, der ihr nahekommen konnte, dort saß ein älterer Mann mit einem verhärmten Gesicht, über den grauen Augen graue Locken, und er blickte stumm und ein wenig traurig in ihre Richtung. Doktor Hartlieb versuchte gerade mit einem Scherz, ihre Aufmerksamkeit zurückzugewinnen, und mit einem Male musste sie auch über ihn lächeln. Auch du wirst mich mit deinen Schmeicheleien nicht beeindrucken. Die Zeiten sind vorbei, als sich ein schöner Mann in meinen Kopf schleichen durfte.

Sie schob die Hand aus der seinen und warf sie fast ein wenig verächtlich über ihre Schulter.

»Aber auch das ist keine Kunst, die die Kirche gutheißt, nicht wahr, Herr Doktor?«, sagte sie.

Ernüchtert blickte der Doktor in seine leere Hand und nickte.

»Natürlich, natürlich, gute Frau, aber das steht ja auch ausführlich in meiner Vorrede zum Buch aller verbotenen Kunst.«

Kurze Zeit später bedeutete sie Barthel, dass sie gehen werde, sie beschwichtigte die Herren, doch zu bleiben und noch ein paar Becher zu genießen, aber sie müsse nun ihren hausfraulichen Pflichten nachkommen, und schließlich habe sie ab morgen eine wichtige Aufgabe, nicht wahr, das verstehe er, der Herr Doktor.

So bestimmt und ruhig, wie sie es sagte, fielen dem berühmten Herrn nun doch keine gedrechselten Worte mehr ein, und er ließ sie mit einer galanten Verbeugung ziehen.

Auf dem Weg nach Hause musste sie über sich selbst staunen. Nein, ich brauche doch vor niemandem mehr Angst zu haben. Ich verschweig die Heimlichkeit, aber ich verdiene mir Lohn und Brot, Veronika ist ein gesundes, großes Mädchen geworden, und ich lebe in meiner Heimatstadt mit meinem Bruder im Elternhaus ein gesittetes und gutes Leben. Bilanz nannten das die Kaufleute, wenn man unten den Strich machte und alles zusammenrechnete. Alles zusammengenommen kannst du doch auf die Straße gehen und den Kopf hochhalten, du, Clara Hätzlerin, Schreiberin zu Augsburg, sprach sie zu sich selbst. Wer wusste schon, was vor fünfzehn Jahren geschehen war, nur Barthel, Änne und Zainer, ja, aber der war in Straßburg oder sonst wo.

Der Herr Doktor Hartlieb war danach noch ein paarmal in der Schreibstube erschienen, um sich zu erkundigen, wie die Arbeit voranginge. Er brachte ihr sogar Geschenke mit, ein schönes Band, süßes Konfekt, einmal sogar Sinasäpfel. Sie hatte sich jedes Mal artig bedankt und seine Fragen freundlich beantwortet, sie könne seine Schrift gut lesen, die Arbeit käme gut voran, sie lasse ihn wissen, wenn es fertig sei. Aber sie hatte am Morgen nach dem Besuch in der Gastwirtschaft den Bruder gebeten, bloß keine Termine an anderen Orten wahrzunehmen und in der Schreibstube zu bleiben, da der Herr Doktor sie in keinem Falle allein antreffen sollte. Barthel lächelte und nickte nur.

»Charmante«, sagte er noch und kicherte, »charmante«.

»Lies das noch mal«, forderte Änne und wischte sich die Lachtränen aus den Fältchen um ihre Augenwinkel.

Clara hob das Blatt höher, so dass mehr Licht am kleinen Fenster in Ännes Haus im Wald auf das Papier fiel.

»*Daraus machen sie dann eine Salbe mit einer Mischung aus Vogelblut und Schmalz*. Das letzte Kraut hat er verschwiegen, damit niemand ›*geärgert werden soll*‹, schreibt er. Dann geht es weiter: damit bestreicht man dann Bänke, Stühle, Rechen und Ofengabeln und fährt in die Lüfte.«

»In die Lüfte«, Änne lachte schallend. »Wenn du damit deinen Stuhl bestreichst und dich draufsetzt, dann stinkt höchstens dein Gewand nach ein paar Tagen nach ranzigem Schmalz und vergammeltem Vogelblut, aber in die Lüfte fahren! Wer hat denn diesen Unsinn verzapft?«

»Das war der hochwohllöbliche Doktor Johannes Hartlieb, Leibarzt des Herzogs von München, weitgereister Schriftsteller und Gelehrter, bewandert in vielen Sprachen, belesen und studiert. Aber Änne«, sagte Clara mit gespielter Entrüstung, »wie kannst du so etwas Unsinn nennen?«

Änne kicherte noch immer.

»Gut, wenn du Eisenkraut, Mondraute, Bingelkraut, Donnerbart, Frauenhaarfarn und Johanniskraut mischst, erhältst du davon noch nichts Brauchbares außer einem Tee, der beruhigt, dich auf den Abtritt setzt und vielleicht ein bisschen einfallsreicher macht.

Was mag wohl das letzte Kraut gewesen sein? Für den Samstag? Ich nehm mal an die Alraune. Ohne Alraune würde keiner in die Luft gehen«, sie kicherte wieder und schüttelte schmunzelnd den Kopf, während sie Quendelblättchen von ihren Zweigen auf ein sauberes Leinentuch auf dem Tisch strich.

Clara, Veronika und Afra saßen um den Tisch im Waldhaus von Änne. Clara mit dem Papier in der Hand, Veronika halb auf dem Tisch liegend, die Hand in die Wange geschmiegt und versonnen mit den Fingern an einem Bindfaden spielend, und Afra, die wie Änne nie ohne eine Arbeit mit den Händen sein konnte, ebenfalls die Quendelzweige abzupfend.

Bald nach dem Abend im Gasthaus fühlte sich Clara so unternehmungslustig wie schon lange nicht mehr. Eines Morgens stand sie auf und schaute gleich nach dem Wetter, und als sich nach ein paar Tagen das Regenwetter offensichtlich verzogen hatte und kleine tupfige Wolken vor einem klaren Herbsthimmel standen, beschloss sie, Änne im Wald zu besuchen. Sie war schon so lange nicht mehr dort gewesen und wollte schauen, wie es der alten Änne ging.

Afra zog die Augenbrauen hoch, wie immer, wenn Clara frühmorgens beschwingt die Treppe herunterkam und sich nach den Eiern erkundigte, bevor Afra noch richtig das Feuer im Ofen geschürt hatte.

»Afra, sag, du gehst doch ab und an zu Änne in den Wald?«

Afra nickte zögerlich.

»Und wenn du zurückkommst, bringst du doch immer Kräuterbeutel mit für Frauen, die bald gebären oder schon geboren haben?«

Wieder nickte Afra, und, so schien es, noch misstrauischer als beim ersten Mal.

»Was meinst du, wenn ich die Änne heute im Wald besuche,

könnte ich doch die Beutel mitbringen, das würde dir einen Weg sparen?«

Nun wog Afra den Kopf hin und her.

»Warum willst du denn Änne besuchen?«

Clara ging zum Küchenfenster, schlug den Rahmen auf und blickte hinaus.

»Weil's gar zu schön ist und ich die letzten trockenen und warmen Tage in diesem Herbst nutzen will. Ich hab plötzlich keine Lust, in der Stube zu hocken und zu schreiben. Ich bleib auch nur zwei Tage. Willst du nicht vielleicht auch mitkommen?«

»Und wer versorgt die Küche und macht dem Barthel und der Veronika das Essen?«

»Frag doch Marthe, die hat dir doch sonst auch schon geholfen. Der Barthel wird schon nicht verhungern, der hat genug auf den Rippen, und Gasthäuser gibt's ja auch. Ich geh hoch und frag ihn.«

Sie drehte sich mit solchem Schwung, dass ihr brauner Rock durch die Küche fegte.

»Und Veronika kommt natürlich mit! Ein Weiberausflug wird das!«, rief sie, schon auf der Treppe, in die Küche zurück.

Natürlich hatte Barthel nichts dagegen, auch mal zwei Tage ohne das Weibsvolk im Haus zu walten, wie er wollte. Essen würde er im Hasen, und auch Veronikas Augen glänzten, als sie von Claras Einfall hörte. Allzu oft kam man als das fünfzehnjährige Böckchen, das sie war, nicht vor die Tore Augsburgs.

Der Kutscher Matthes, der ihre Fuhren versah, spannte einen Wagen an. Sie polsterten ihn mit Stroh und Decken. Clara lief zwischen Speisekammer und Hof hin und her.

»Afra, lass uns doch noch von dem Schinken ein Stück für Änne mitnehmen«, rief sie in die Küche.

»Hm«, brummte Afra.

»Und Mandeln und eine Zimtstange und auch ein paar von den Nelken. Meinst du nicht, das könnte Änne auch mal gebrauchen?«

»Wenn du es sagst«, murmelte Afra.

Änne hat doch alles, was sie braucht, dachte sie. Als Clara auch noch einen von den Sinasäpfeln und Rosinen mitnehmen wollte, reichte es Afra.

»Das braucht sie nicht, und das isst sie auch nicht«, sagte Afra mürrisch und packte kurzerhand die beiden Beutel wieder aus.

Clara war viel zu gut gelaunt, um Afras gereizte Stimmung überhaupt zu bemerken, zuckte nur mit den Schultern und trug den Korb zum Wagen.

Kurze Zeit später zockelte das Pferd in gemächlichem Schritt auf dem holprigen Weg. Afra saß neben Matthes auf dem Bock in der wärmenden Sonne und blickte auf den wackelnden Schwanz. Sie beachtete die Landschaft kaum, die sich zu beiden Seiten des Weges hinzog. Die Felder waren abgeerntet, an vielen Büschen und Bäumen färbten sich schon die ersten Blätter, und rot leuchteten die Äpfel aus den Bäumen am Wegesrand.

Für gewöhnlich ging Afra diesen Weg allein. Frühmorgens, wenn die Hähne krähten und der Himmel gerade so hell geworden war, dass man den Weg erkennen konnte, brach sie auf, in ein altes Sackleinen gehüllt, das sie viel schäbiger ausschauen ließ, als es ihrem Stand als Magd in einem wohlhabenden Haus zukam. Sie ging gebeugt und mit weit ins Gesicht gezogener Haube. Keiner sollte den Eindruck bekommen, es könne etwas Wertvolles im Korb oder Beutel sein. Jeder sollte eine arme alte Frau sehen, die sich mühselig ins Dorf begab, vielleicht um etwas Gemüse zu erbetteln oder eine Taglohnarbeit zu finden. Auf dem Rückweg sorgte sie dafür, dass sie kurz vor dem Schließen der Tore in der Stadt ankam, wenn die Wachen schon an den Feierabend dachten und keiner eine alte Frau mit einem Korb im Arm beachtete. Doch im Korb war kein Almosengemüse, sondern ein paar Säckchen mit Kräutern und Pulvern, die sie bei Änne holte und den Frauen in Augsburg mitbrachte. Die säuberlich mit verschiedenen bunten Fäden umwickelten Beutel waren nicht nur für werdende und junge Mütter gedacht, sie enthielten nicht nur kleine Krüge mit Leinsamenöl zum Einreiben der Schwangerenbäuche oder Fenchelsamen für das Bäuchlein vom Neugeborenen. In manchen Beuteln war mehr Johanniskraut zu finden, als man für einen beruhigenden Tee brauchte, dazu Raute, Engelwurz und Petersilienwurzel. Es roch angenehm, aber über die Wirkung musste Afra schweigen.

Der Pferdeschwanz wippte hin und her. Ab und an zuckte er auf die Flanken des Pferdes, um eine Mücke oder Bremse zu verscheuchen, ab und an schnalzte Matthes mit der Zunge, und hinten wurden Clara und Veronika immer leiser. Wohl nickten sie ein im ruckelnden Rhythmus des Pferdeschritts und dem ächzend wackelnden Wagen, der durch die Wegfurchen zog. Vielleicht sollte sich Afra nicht so viele Gedanken machen. Änne würde schon wissen, ob sie ihr die gefährlicheren Beutel für die Frauen, die keine Kinder wollten, mitgeben würde oder ob sie diese lieber beim nächsten Mal holen sollte, wenn sie wieder allein zu Änne ging. Es wäre bequem, die Sachen nicht tragen zu müssen, aber die Gefahr der Entdeckung war groß. Clara war nicht dumm. Bisher ahnte sie nichts von dem heimlichen Warentransport, aber sie würde sich ihren Reim darauf machen, wenn sie die vielen, mit verschiedenfarbigen Bändern verschnürten Beutelchen sähe. Clara würde sicher schweigen, aber Änne und Afra wollten weder Clara noch Veronika, und schon gar nicht Barthel, mit einem Wissen belasten, das sie alle in Schwierigkeiten bringen konnte.

Afra seufzte. Entschieden war sie lieber allein unterwegs – ganz entschieden.

Als sie bei der Hütte ankamen, begrüßte Änne sie mit der lächelnden Gleichmut, mit der sie alle Überraschungen hinnahm, und warf Afra noch nicht einmal einen Blick zu, der bedeutungsvoll oder gar verschwörerisch gewesen wäre. Afra stieg vom Bock und atmete erleichtert aus. Auf Änne konnte man zählen, sie würde kein Risiko eingehen.

Ein sehr junges Mädchen kam ihnen aus der Hütte entgegen, schüchtern, die Hände an einer Schürze abreibend.

»Das ist Walburga, meine Helferin«, sagte Änne und legte dem etwa dreizehnjährigen Kind den Arm um die Schulter. Ein offenes, mondförmiges Gesicht mit wachen dunklen Augen schaute die drei Ankömmlinge an.

»Geh, Walburga, hilf der Veronika mit dem Auspacken«, wies sie Änne mit ruhiger Stimme an.

Walburga und Veronika nahmen die Körbe vom Kutscher entgegen und trugen sie in die Hütte. Wie alle Böckchen schauten sie einander verlegen von der Seite an und wagten erst einmal nicht, auch nur ein Wort zu wechseln.

Drinnen packte Clara ihre Mitbringsel aus. Änne schnupperte an der Zimtstange und dem Nelkenbeutelchen, zog die Nase leicht gekräuselt zurück und bedankte sich artig.

Veronika war vor die Tür gegangen, und Walburga folgte ihr zögernd. Bald saßen beide auf der Bank und streichelten Ännes großen Hund.

Clara erzählte Änne im Plauderton die neuesten Nachrichten aus Augsburg, wer wen geheiratet, wer gestorben war, mit brummigen Einwürfen von Afra, wenn Clara etwas nicht ganz korrekt wiedergab oder sich bei einem Namen oder Datum vertan hatte, und schließlich erzählte sie vom Treffen mit dem Doktor Hartlieb und ihrem Auftrag.

»Änne, kann ich dir mal was vorlesen? Ich weiß nicht, was ich von einigen der Rezepte halten soll, die der Doktor in seinem Buch aufgeschrieben hat.«

So las Clara das Rezept von der Flugsalbe vor, einer Salbe, mit der sich Hexen in die Lüfte erheben konnten, nachdem sie ihre Schenkel und alle möglichen zum Fliegen tauglichen Gegenstände damit bestrichen hatten.

»Wie das Fahren in die Lüfte zuging«, las sie. »Zu solchem Fahren nutzen auch Mann und Weib, nämlich die Unholde, eine Salbe, die heißen sie Ungentum Pharelis, die machen sie aus sieben Kräutern und brechen jegliches Kraut an einem Tag, der dann demselben Kraut zugehört. Also am Sonntag brechen und graben sie Solsequium, am Montag Lunariam, am Dienstag Verbenam, am Mittwoch Mercurialam, am Donnerstag Barbam Jovis, am Freitag Capillos veneris. Daraus machen sie dann Salben mit Mischung etlichen Blutes von Vogel auch Schmalz von Tieren, das ich als nicht schreib, dass jemand davon soll geärgert werden, wann sie denn wollen, so bestreichen sie Bänke oder Stühle, Rechen oder Ofengabeln und fahren dahin, das alles ist recht Nekromantia, und vast groß verboten ist.«

Erst lachte Änne herzlich, aber mit einem Mal wurde sie ernst.

»Clara, warum schreibt er das? Für wen ist das gedacht?«

»Ich weiß es nicht, Änne, immerzu schreibt er, wie unchristlich, schädlich und gotteslästerlich all diese Dinge sind, die Nekromantia und die Geomantia, Hydromantia, Aeromantia, Pyromantia, Chiromantia und Spatulamantia, und doch beschreibt er sie auf das Genaueste, so dass man alles nachahmen könnte.«

»Was sind das alles für *mantia*? Ich versteh nicht, was das mit dieser dummen Flugsalbe zu tun hat. Die Mischung in dieser Flugsalbe, vor allem wenn die letzte Pflanze Alraun ist, macht dich benommen, und du siehst Dinge, die es nicht gibt. Da kann dir dann einer einreden, du könntest fliegen, und du fühlst dich dann so.«

»Und woher weißt du das so genau, Änne?«

Änne legte den Kopf schief.

»Clara, Kind, wenn ich das nicht wüsste, wäre ich eine schlechte Wehfrau und Heilerin. Also was weißt du über diese Mantia-Dinge?«

»Das sind die sieben magischen Künste, also die verbotenen. Nekromantia, das ist die Kunst der Flüche, Zauber und Beschwörungen, und dann kommen die vier Weisheiten von den vier Elementen: Geomantia ist vor allem die Sterndeutung, Hydromantia die Deutung von Wassern und allem Fließenden, Aeromantia die Deutung des Vogelflugs und Pyromantia die Deutung von Flammen, Rauch, Spiegeln und Kristallen. Und dann gibt es noch die Chiromantia, das kennst du, das Handlesen, und die Spatulamantia, das Wahrsagen mit den Knochen.«

»Aber das ist doch alles Aberglaube, das ist nicht nur von den Pfarrern als gotteslästerlich geächtet, das ist auch völlig unsinnig und nur für die Dummen. Warum schreibt er darüber?«

»Ehrlich gesagt, Änne, ich weiß es nicht. Ich verstehe nicht, warum er genauestens beschreibt, wie man Flugsalbe macht, um dann ständig zu wiederholen, dass das doch alles unchristlich und gotteslästerlich sei und man dabei mit dem Teufel im Bunde stehe. Dann bräuchte er sich doch nicht damit zu befassen. Vielleicht soll es vor Aberglauben schützen, wenn man ihn erkennen lernt?«

»Das wäre eine Möglichkeit. Aber vielleicht sind alle Aussagen über den Unglauben der sieben schwarzen Künste nur vorgeschoben, damit er das Buch ungestraft schreiben kann. Willst du das denn nicht wissen, wenn du es schon abschreibst?«

»Und was soll mir das Wissen nützen? Er zahlt gut, es steht nichts drin, woran ich mich durch reines Abschreiben selbst schon versündige, und alles andere kann mir doch gestohlen bleiben.«

Änne verstummte. Ihre roten Wangen und ihre blitzblauen Augen ergrauten und erloschen. Ihr Blick ging in eine weite, dunkle Ferne.

»Mir gefällt das nicht.«

»Wovon sprichst du?«

»Meine Mutter hat mir alles beigebracht, was ich weiß, und sie hat es von ihrer Mutter und diese von ihrer und so geht es fort bis in alle Urzeiten. Jede Heilfrau hat bestenfalls eine Tochter oder auf jeden Fall eine Ziehtochter, der sie all ihr Wissen beibringt –, und keine von uns kann und konnte je lesen und schreiben. Was wir wissen, setzen wir zum Wohle der Frauen ein, und viele Männer würden uns viele unserer Wohltaten verbieten, wenn wir sie nicht im Geheimen täten. Aber nun fangen die Männer an und schreiben alles auf, die Ärzte, Kirchenleute, Bader, Gelehrten und Doktoren, schreiben alles Mögliche in ihre Bücher, ob es nun stimmt oder nicht, aber es steht dann festgeschrieben und wird gelesen und wiederholt und noch mal abgeschrieben und falsch abgeschrieben, und so geht es fort und fort. Und du machst da mit. Wir Heilfrauen verlassen uns auf unser Gedächtnis, und weil wir wissen, dass wir nichts anderes haben, lernen wir besonders lang und sorgfältig, bis wir alle Heilkräuter verstehen und bis wir alle Krankheiten einmal gesehen haben. Aber wenn es so weitergeht, werden wir Heilfrauen eines Tages von diesen Buchstaben gefesselt werden und vom Papier erstickt, ertränken werden sie uns, um unser Wissen zu vernichten. Dann vergeht unser Wissen mit uns. Denn wir Heilfrauen können es ihnen nicht gleichtun. Wir können weder lesen noch schreiben und unser Wissen nur weitergeben, wenn wir lange genug leben.«

Änne hob beide Hände vors Gesicht und wischte sich langsam die Zukunft aus den Falten.

»Flugsalbe«, sagte sie kopfschüttelnd, »und fahren dahin.« Sie lächelte mit einem bitteren Zug um den Mund.

Nun waren sie schon wieder auf dem Heimweg, und Änne hatte es doch getan, hatte Afra im letzten Moment noch einen kleinen Sack mit Beuteln zugesteckt, die mit bunten Bändern verschlossen waren, und den Afra nun nah bei sich, unter ihrem Rock, verstaut hatte. Es musste rasch gehen, denn Veronika und Clara saßen schon auf dem Wagen und legten sich wegen der einsetzenden Kühle die Decken über die Schultern.

»Wenn wir noch vor Einbruch der Nacht in Augsburg sein wollen, müssen wir jetzt aber los«, rief Clara, »was macht ihr denn da noch, Änne?«

»Alles in Ordnung«, rief Änne, »nur ein bisschen Tee für die Schwangeren und etwas Leinsamenöl.«

Afra sandte ein Stoßgebet, wohin auch immer, und es half wohl, denn Clara ließ sich von Veronika ablenken, die quengelte, weil ihr der Geruch der alten Pferdedecke in die Nase stieg.

»Jetzt hab dich nicht so, so hast du es wenigstens warm, und morgen macht Afra dir Badewasser warm. Nicht wahr, Afra, das geht doch morgen?«

»Das geht«, brummte Afra.

Matthes fuhr los, und bald schwangen die Worte in Afras Kopf hin und her wie der Schwanz des Pferdes. »Blau für die Frau, Blau für die Frau, Braun für den Bauch, Braun für den Bauch, Grün für das Kind und Rot für den Tod, Rot für den Tod, Rot für den Tod.«

Mai 1471

»Und, was meinst du dazu?«

Nun hat er sie gestellt, die Frage, auf die sie schon seit Wochen wartet und die sie jetzt doch unvorbereitet trifft, oder vielleicht nicht unvorbereitet, aber entschlusslos. Clara weiß noch immer nicht, was sie ihm antworten soll, aber nun muss sie es tun. Gerade noch drehte Zainer sein Barett nervös in den Händen, nun blickt er still in dieselbe Richtung wie Clara, hinüber in das bunte Treiben im Dorf.

Sie stehen auf der anderen Flussseite unter der großen Eiche. Vom Dorf leuchten bunte Kleider herüber, rote und grüne Gewänder, blaue, schwarze und grau glänzende, die geschmückten Tressen der Pferde und die mit Silber beschlagenen Sättel blitzen hervor, und alles treibt und webt und fließt auf den schmalen Wegen des Dorfes. Weiß gewandete Badegäste vergnügen sich in großen Bottichen am Flussufer oder sprühen bei übermütigen Wasserspielen in einem im Fluss aufgestauten kleinen Bassin Fontänen in die Luft.

Die Augsburger Bürger feiern mit Kindern, Kartenspiel, Musik, Tanz und reichlich Essen und Trinken seit dem Morgen in dem kleinen Dorf außerhalb der Tore der Stadt. Andres Frickinger, der ehemalige Stadtpfleger, reicher Salzfertiger, Verbündeter und Verwandter der Nördlinger und Ulmer Stadtherren, lud vor ein paar

Wochen wie jedes Jahr alles, was Rang und Namen hat, Kaufleute, Zunftmeister, Ratsherren und die Oberhäupter der Geschlechter, deren Frauen, Kinder, Mägde, Knechte, Hunde und Pferde in das Dorf Göggingen zum Badefest. Dort besaß der Frickinger ein schönes Anwesen, und eines seiner größten Vergnügen ist es, rauschende Feste zu geben, auf denen er sich in üppige Gewänder gekleidet zeigt und offensichtlich Gefallen am Lachen, Tanzen, Spielen und Prassen seiner Mitbürger findet

Auch Barthel, dem kaiserlichen Notar, und seiner Schwester Clara, der Schreiberin, war die Einladung überbracht worden, und beide nahmen die Gelegenheit gern war, den langweiligen Stadtmauern zu entfliehen und Musik und Tanz auf dem Dorfe im schönen Monat Mai zu genießen.

Am Morgen waren sie in aller Frühe aufgebrochen. Mit dem Hahnenschrei musste Clara aufstehen, um sich von Afra das rote Surcot mit dem weißen Seidenunterkleid und den rot-weiß gestreiften Ärmeln anziehen zu lassen. Dann packte Afra Körbe und Tongefäße voller Speisen und Getränke, ihr berühmtes Blancmanger ebenso wie eine Kaninchenpastete und süßen, mit allerlei grünen Maikräutern versetzten weißen Wein, ein Fässchen Bier für Barthel und frisch gebackenes weißes Brot.

Es war abgemacht, dass Zainer sie mit seinem Gespann abholen kommen sollte, und wie immer stand er überpünktlich am Hätzler'schen Hoftor, das Pferdegeschirr mit frischen Blumen geschmückt und die Ladefläche des Wagens mit Kissen und Decken gepolstert. Veronika, Leonhard und ihr kleiner Sohn Peter waren schon da. Der Weg war nicht weit, in etwas mehr als einer Stunde zu Fuß zu bewältigen, doch die feinen Kleider sollten nicht durch Straßenstaub beschmutzt werden, und die üppig mitgeführten Speisen und Getränke waren einfacher mit dem Wagen zu transportieren. Da sie schon früh den Kräuterwein probierten, stimmte

Barthel bereits das erste Lied an, als sie gerade das Gögginger Tor durchfuhren und das glitzernde Band des Sinkelbachs in den Wiesen sahen. Alle fielen ein, und Veronikas Kind juchzte vor Freude.

Im Dorf Göggingen war alles geschmückt mit Blumenkränzen und Fahnen. Bänke und Tische standen auf den Dorfwiesen bereit. Die Dörfler drückten sich schüchtern an die Hauswände, um die reichen und hochwichtigen Herren und Damen aus der Stadt zu betrachten. Die Dorfjugend war von Frickinger in ockerfarbene Gewänder neu eingekleidet worden und bediente die Herrschaften aus Augsburg.

Es waren Zielscheiben für die Schützen aufgestellt, die sich mit Armbrust und Bogen maßen. Auf einem Tanzboden spielte eine kleine Kapelle mit Zink, Leier und Trommel zum Tanz, und obwohl es noch weit bis Mittag war, drehten sich dort schon fröhliche junge Menschen im Kreis. Die größte Attraktion des Festes aber waren die großen, mit dem Wasser der Singold gefüllten Bottiche und das im Fluss aufgestaute Bassin. In den Bottichen saßen leicht bekleidet die Damen und ließen sich Wein und Früchte servieren, im Bassin vergnügten sich die älteren Buben und jungen Männer damit, sich gegenseitig ins Wasser zu stoßen.

Veronika und Leonhard waren nicht so verschämt wie Clara und machten sich gleich auf zum Fluss, legten ihre Überkleider ab und stiegen in einen der Bottiche. Barthel, Zainer und Clara ließen sich auf einer kleinen Mauer am Dorfanger nieder, Clara mit dem kleinen Peter auf dem Schoß, der schon eingeschlafen war.

Von dort aus hatten sie einen guten Blick auf die Neuankömmlinge, die über die hölzerne Brücke der Singold zu Pferd oder in Kutschen kamen, und nicht nur sie waren erstaunt, als auf der Brücke ein Mann in einer Gruppe von Menschen erschien, mit dessen Kommen kaum einer der Augsburger Bürger gerechnet hatte. Unvermittelt lief ein dumpfes Raunen durch die Menge. Ausgerechnet Ulrich Schwarz, der jetzige Stadtpfleger, besuchte das Fest seines liebsten Feindes und Vorgängers Andres Frickinger.

Beide konnten gegensätzlicher kaum sein: Frickinger saß in diesem Augenblick auf einem mit Pfauenfedern geschmückten Thron neben dem Tanzboden unter einem Baldachin, in einem prächtigen blau samtenen Gewand mit goldenen Litzen und riesigen Puffärmeln, unter dem sehr große Kuhmaulschuhe hervorschauten. Sein feistes Gesicht mit dem dunklen Bart und den rosigen Wangen strahlte Selbstgefälligkeit aus. Seine bloße Existenz machte allen deutlich, wohin er gehörte und wohin die Übrigen gehörten, was Abstammung bedeutete und was das Patriziat ausmachte.

Dagegen trug der Schwarz Ulrich ein einfaches schwarzes wollenes Gewand, den Rock nachlässig mit einem Band zusammengehalten, das Haar ungekämmt und wirr und im Gesicht anstelle patrizischer Würde fortwährend aufblitzender Schalk in kleinen Knopfaugen. Er wandte den Kopf von einem zum nächsten seiner ihn umgebenden Freunde, sein Mund schien nie still zu sein, sondern mit ironischem Lächeln eine Spitze nach der anderen zu verteilen, über seine eigenen Witze ebenso lachend wie über die Einwürfe der anderen.

Schwarz und Frickinger stehen sich im Rat unversöhnlich gegenüber. Frickinger gehört der ehrwürdigen Zunft der Salzfertiger an, die seit Generationen Ratsmitglieder sind und den edelsten Familien der Kaufmannsstube angehören. Fast alle sind sie Abkömmlinge von ritterbürtigen Lehnsleuten oder Hofmännern des Bischofs, als dieser vor über hundert Jahren noch der Herrscher der Stadt Augsburg war. Frickingers Großmutter war eine Rehm aus dem Geschlecht, das schon seit zweihundert Jahren in der Stadt die Stadtpfleger stellte. Schwarz hingegen stammt aus einer aus dem Umland zugezogenen Zimmermannsfamilie. Er steht der

Zimmermannszunft vor, die für die Zahl der aus ihren Reihen in den Rat entsandten Mitglieder zu den »kleinen« Zünften zählt, aber mit all den am Bau beteiligten Handwerkern an Männern gerechnet die größte Zunft in der Stadt ist – leider auch eine der ärmsten, und genau da setzt die Politik des Ulrich Schwarz an. In Frickingers Augen will Schwarz die gottgegebene Ordnung stürzen, aber der Druck der ärmeren Leute, die in Schwarz einen Verbesserer ihrer Umstände erhoffen, spült Schwarz nach oben. Dass er den kleinen Handwerkern nicht zu haltende Versprechen macht und im Rat alle gegeneinander ausspielt, tut seiner Beliebtheit keinen Abbruch.

Nie und nimmer hatte Andres Frickinger ihn eingeladen, das war jedem klar, der jetzt den Schwarz mit seiner Gruppe von Zimmerleuten zu Fuß die Brücke überqueren sah.

Fröhlich spazierten Schwarz und seine Freunde auf dem Dorfweg entlang in Richtung der kleinen Kirche und des Frickinger'schen Herrenhauses. Wie von einer unsichtbaren Kraft gezogen, gingen etliche der Festgäste hinter ihnen her.

Das Gemurmel wurde dichter, die einen versuchten mit unverhohlener Neugier, die Zimmerleute sogar zu überholen, um beim zu erwartenden Spektakel einen guten Platz zu ergattern, die anderen versuchten verschämt, ihre Neugier hinter schlecht gespielter Lässigkeit zu verstecken und wie zufällig und absichtslos in Richtung Herrenhaus zu schlendern.

Zainer sah Barthel an.

»Was wird da wohl geschehen, wenn der Frickinger den Schwarz entdeckt?«

Barthel zuckte kurz mit den Schultern und füllte Zainers Becher mit Bier, dann den seinen. Er hob wortlos den Becher und nickte Zainer zu.

»Das werden wir früh genug erfahren.«

»Hast recht. Lass dir das Bier schmecken.«

Es dauerte nicht lange, bis die ersten Festgäste wieder vom Dorfinneren an das Flussufer kamen, an dessen Mauer Zainer und Barthel saßen. Schon einer der Ersten, der bei ihnen anlangte, war recht froh, hier zwei Ahnungslose vorzufinden, denen er seine Geschichte erzählen durfte.

Der Schwarz sei, sagte er, gradewegs auf dem Dorfweg bis zum Herrenhaus gegangen, vor dem unter dem gewaltigen Baldachin der Frickinger Andres wartete, dem man den frechen Besuch schon eilfertig gemeldet hatte. Dann habe sich der Schwarz mitten auf den Weg gestellt, die Arme weit von sich gestreckt, sich langsam um die eigene Achse gedreht, und er habe gesagt, wie schön es doch im Monat Maien in der freien Natur und auf dem Lande sei, eine Erquickung und wohltuende Abwechslung von der grauen Stadtluft. Der Frickinger habe nur mit den Fingern auf die Stuhllehne getrommelt. Dann habe der Schwarz gesagt, er wundere sich nur, warum er heute hier so viele Augsburger um sich sehe, und alle so schön gewandet und so wohl genährt, und Wein und Bier hätten sie wohl auch schon zugesprochen, und wie leicht die Damen da beim Bade gekleidet seien, das sei ja schon fast unzüchtig. Gebe es denn ein Fest, dessen Einladung ihm entgangen sei? Sprach's und blickte dem Frickinger frech ins Gesicht. Daraufhin habe jener wütend ausgestoßen, er habe mit Sicherheit den Schwarz nicht eingeladen und er solle gefälligst seine Kumpane nehmen und das Dorf verlassen. Nun habe der Schwarz sich breitbeinig vor Frickinger aufgestellt, ihm ins Gesicht gelacht und gesagt, er habe gar nicht vor, das Dorf zu verlassen, es gefalle ihm hier, er sehe so viele Zünftler aus ganz Augsburg, da passe die Zimmermannszunft doch sicher auch noch dazu, und außerdem könne ihm niemand verbieten, hier des Wegs zu gehen, das sei ein freies Land und der Dorfweg frei begehbar, oder habe vielleicht er, Frickinger, auch den Weg gekauft? Womöglich noch mit Geldern der Stadt Augsburg, die er hier ins Dorf gesteckt habe, um es herzurichten und zu schmücken? Ob man da wohl mal genauer hinsehen müsse, aus welchem Säckel der Frickinger Andres genau das Fest hier jetzt bezahle? Das Gesicht des Frickinger sei rot wie ein Herbstapfel geworden, er sei aufgesprungen und habe gebrüllt, Schwarz solle sich vom Acker machen, er und sein Gesindel. Der Schwarz habe nun auch gebrüllt, die Angehörigen der Zimmermannszunft seien kein Gesindel, aber das sei das alte Problem der Salzfertiger und Kaufleute, dass sie die Nase so hoch trügen, dass ihnen reinregnete. Die beiden wären wohl noch aufeinander losgegangen, wenigstens aber habe man erwarten können, dass der Frickinger es ans Herz bekäme, hätten der Rehm und der Lauginger nicht den Frickinger vorsichtig am Ärmel zurückgezogen und begütigend auf ihn eingeredet. Der Schwarz sei daraufhin zur Musik am Tanzboden vorbeigetänzelt, habe sich einen Krug Bier und ein Laib Brot von einem der Tische geschnappt und war allseits grüßend den Dorfweg entlanggegangen. Das Dorf habe er am anderen Ausgang wieder verlassen – mitsamt seinen Zimmerleuten, die sich ebenfalls großzügig von den Kuchen, dem Obst und den Bierkrügen bedienten. Man habe noch ein »Lasst uns dort am Waldrand feiern, da riecht es weniger streng« gehört, ein freches Lachen – und dann sei der Spuk vorüber gewesen. Der Frickinger habe sich zur Mittagsruhe in sein Haus zurückziehen müssen.

Clara, Zainer und Barthel lachten. Das würde Stadtgespräch werden, da waren sie sicher.

»Aber er hat doch recht, der Schwarz, die Zimmerleute arbeiten fleißig und viel, die Maurer und Weißbinder ebenso und alle am Bau beschäftigten Handwerker, aber sie sind im Rat kaum vertreten, ihr Lohn ist gering, und eh es der Schwarz nicht wurde, war nie einer von ihnen Stadtpfleger«, sagte Zainer.

»Unser Rat ist bestens dafür eingerichtet, die Ordnung in der Stadt aufrechtzuerhalten. Wir wissen doch aus den Chroniken, wie es ist, wenn die kleineren Zünfte aufbegehren, Mord und Totschlag gibt es dann«, entgegnete Barthel. »Und was die Verteilung der Löhne angeht, so müssten die Meister der Zimmermannszunft sich mal zuerst an die eigene Nase fassen und ihre Leute ordentlich bezahlen. Man kann da nicht einfach so die Schuld auf die anderen schieben.«

Barthel fügte nachdenklich hinzu: »Ich weiß nicht, was ich vom Schwarz halten soll, seine Provokationen gefallen mir nicht. Man kann auch anders an die Sache herangehen. Das wird nicht gut enden mit dem, wenn du mich fragst.«

Veronika und Leonhard kamen vom Baden zurück, kleideten sich an und hörten nun auch von der Frechheit des Ulrich Schwarz. Sie aßen von Afras Köstlichkeiten und setzten sich in den Schatten der Mauer. Barthel fand zwei Kartenspieler und war rasch im Spiel versunken.

Veronika hatte den schlafenden Peter in ihren Schoß gelegt und rollte gedankenverloren seine Kinderlocken um ihren Zeigefinger. Sie hob den Kopf und fragte Clara, ob sie denn nun fertig sei mit dem Liederbuch für den Jörg.

»Ja, es ist getan. Vor ein paar Tagen hab ich den letzten Strich gemacht.«

Sie erzählte Veronika und Leonhard, wie Jörg ein weiteres Mal, und damit zum letzten Mal, wegen des Liederbuchs in der Schreibstube erschienen war. Für den würdigen Abschluss hatte sie sich ihr blaues Kleid angezogen, das sonst dem Kirchenbesuch vorbehalten war, und von Afra Würzwein anrichten lassen, mit ein wenig Buttergebäck und Quittenmus vom letzten Jahr.

Am Abend davor hatte sie das letzte Gedicht von Muskatplüth abgeschrieben, ein Liebesgedicht, von Mündlein rot, von sehnender Not, von lichter Kehl, weißen Ärmlein und einer Brust nach Manns Gelust, und von ganz unverhohlener Begierde. Es war insgesamt eine sehr schöne Arbeit, und sie war auch stolz auf den recht hohen Stapel an Papier, den sie dem Auftraggeber vorweisen konnte. Jedes einzelne Gedicht war schön gestaltet und fein gerichtet, doch das allerletzte Gedicht kam ihr doch gar zu zuckrig vor, wie bei einem üppigen Festmahl: Wenn der feinen Speisen zu viel genossen wurden, wird das letzte Stück Konfekt zu süß sein.

Als Jörg eintrat, zeigte sie ihm die Papiere, und dann setzte sie mit feierlicher Geste ihren Namen darunter, schwungvoll unterstrichen von roten und schwarzen Bögen.

»So schön hast du es geschrieben, ich wusste, dass deine Handschrift es zu einem würdigen Compendium machen würde«, sagte Jörg und blätterte die Papiere eins ums andere Mal mit zufriedener Miene durch, las hier und dort eine Zeile, mit vor Eifer roten Wangen den Finger über die Zeilen führend. Er zählte Clara den restlichen Lohn auf den Tisch, glänzende Münzen, die sie ins Kästlein neben der Tür legte, wo auch Barthel seinen Lohn verwahrte.

»Weißt du, Veronika, ich hab es auch dem Jörg gesagt: Das war schon eine der schönsten Arbeiten, die ich in meinem Leben machen durfte. Ich hab schon viel geschrieben, Verträge, Gesetze, Anweisungen für allerlei, vom Beizen bis zur verbotenen Kunst, es war alles Mögliche dabei, aber diese Gedichte abzuschreiben war ein großes Vergnügen. Oft hab ich sie laut vor mich hingesagt. Es ist gut, dass die Arbeit getan ist, doch morgen werd ich wieder die trockenen Verträge von Barthel vor mir haben.«

»So, schreibt der Vater nicht so schön wie der Herr Oswald von Wolkenstein? Sag, Vater, hast du deine Urkunden denn noch nicht mit Blümelein, Lämmlein und Mündelein geschmückt?«

Veronika lachte Barthel an.

Zainer schaute Clara ernst an.

»Ich weiß nicht, wie lang es deinen Beruf noch geben wird«, sagte er urplötzlich mit finsterer Miene. Clara sah ihn verdutzt an.

»Wegen der Druckerei, meinst du?«

»Ja, du wirst sehen, eines Tages wird niemand mehr von Hand schreiben, alles wird in rasender Geschwindigkeit gedruckt, schneller als hundert Mönche eine Bibel schreiben können, werden hundert Bibeln gedruckt, und nicht nur das. Es fängt mit Missalien und Kirchenbüchern an, aber es werden folgen die Lehrbücher, Chroniken, Kalender, ja, und Bekanntmachungen der Obrigkeit, Flugblätter, neue Ideen und Erfindungen – alles wird gedruckt und keiner wird mehr ein halbes Jahr warten, um ein paar Gedichte sein Eigen zu nennen. Stapelweise werden wir Drucker so ein Compendium dann anbieten, wie du es nur einmal in vielen Monaten für den Jörg abgeschrieben hast.«

»Das glaub ich nicht, Zainer.«

Auf Claras Stirn erschien eine Furche.

»So einfach ist das nicht mit dem Drucken. Woher willst du denn wissen, wer welches Buch in zwanzigfacher Ausfertigung von dir kaufen wird? Wer soll es denn erwerben? Wenn die Klosterbibliothek bei St. Ulrich und Afra ein oder zwei Exemplare hat, reicht das doch, wozu alles hundertfach drucken? Nein, da ist kein Marktplatz, auf dem sich Bücher verkaufen wie die Semmeln vom Dombeck.«

»Die Semmeln vom Dombeck haben sich noch nie gut verkauft, der kann doch nicht backen«, warf Leonhard ein.

»Stimmt«, rief Barthel vom Kartenspiel herüber, »montags sind sie klein und knatschig, weil er vom Sonntag noch zu besoffen ist, und die Woche über muss man aufpassen, dass er einem nicht die alten von der letzten Woche andreht.«

Sie plauderten über die gute und schlechte Ware der Augsburger

Bäcker, und lobten Afras Gebäck als doch einfach das beste, da könne kein Bäcker mithalten.

Zainer beteiligte sich nicht am Gespräch, sondern sah Clara unter seinen buschigen Augenbrauen hervor mit einem Blick an, als wolle er sie um Verzeihung bitten.

So schlimm fand Clara seine Worte zum Ende ihres Berufsstands nicht. Sie hatte keine Furcht, keine Aufträge mehr zu bekommen. Mich wird die Schreiberei noch satt machen, und noch ein paar Generationen wird es dauern, bis sich das mit dem Drucken durchgesetzt hat. So schnell wird es nicht gehen, denn auch das Ducken ist ein schwieriges Geschäft. Man muss viel können und wissen, geschickt sein und geübt, nicht jeder kann die Buchstaben so gut zusammensetzen, dass Seiten fehlerfrei dutzendfach gedruckt werden können. Nein, sie machte sich keine Sorgen und war darum dem Zainer auch nicht bös. Eher sorgte sie sich um ihn, weil er sich ganz allein an die Druckerei gemacht hatte. Sein Bruder war von Straßburg aus nach Ulm gegangen, und es war auch besser so. Denn obwohl sie zusammen bei Mentelin gelernt hatten, hatte er ganz andere Ansichten, was die Druckkunst betraf, und gemeinsam in einer Offizin hätten sie sich doch nur gestritten. Doch dass sich der Zainer ganz auf die Kirchenleute, namentlich den rührigen Abt Melchior verließ, und sich als Neubürger noch gar nicht gut mit den Herren und den Meistern der großen Zünfte in Augsburg stand, könnte ihm eines Tages von Nachteil sein. Die Augsburger hielten zusammen, und der Zainer kam von Reutlingen und Ulm, er war kein Hiesiger, sie würden es ihm schwer machen. Ihm ging es ums Drucken, aber den Augsburgern ging es immer nur ums Geld.

Zainer atmete mit einem Mal tief ein, schaute Clara in die Augen und schlug ihr vor, den Schatten der großen Eiche auf der anderen Seite der Brücke zu genießen. Sie schlenderten den kleinen Hügel hoch und blickten von dort aufs Dorf und die feiernden Menschen.

»Heute ist ein ausgesprochen schöner Tag, nicht wahr?«, fragte Clara und versuchte, ihre Verlegenheit zu überspielen.

»Ja, ist es.«

»An so einem Tag kommt es einem vor, als wäre die Welt ohne Fehler und Sünde, ohne Schmerzen und Leid.«

»Wenn du zurückschaust auf dein Leben, gibt es da viel, was du bereust?«

Clara schaute überrascht auf.

»Das müsstest du doch wissen, Zainer, gerade du.«

»Verzeih mir, Clara, ich will dich nicht ärgern.«

Er schwieg. Dann atmete er schwer und sagte:

»Ich habe einmal einen sehr großen Fehler gemacht, den ich bereue. Das war vor vielen Jahren, auf einer Reise von Mainz nach Augsburg, in den westlichen Wäldern war es, als ich auf dem Kutschbock saß und eine junge Frau in den Wald ging.«

Clara schwieg und sah ins Dorf hinab.

»Da bemerkte ich, dass ich ein großer Trottel wäre, wenn ich ihr nicht nachliefe und ihr sagte, sie möge mit mir kommen, sie und ihr ungeborenes Kind, und ich wollte ihr schwören, dass ich für sie sorgen würde, mein Leben lang.«

»Und bist du ihr nicht nachgelaufen?«

»Doch, bis zur Hütte. Dort traf sie auf eine ältere Frau und ging mit ihr in die Hütte. Ich wagte es nicht, den beiden zu folgen. Plötzlich kam ich mir sehr dumm vor, dass ich darauf gehofft hätte, dass sie ausgerechnet mich nehmen würde. Vielleicht hätte sie Ja gesagt, weil sie in einer Notlage war und keine Wahl gehabt hätte. Und dann hätte sie es später bereut. Vielleicht«, er seufzte, »aber ich habe es ihr nie gesagt, bis heute. Diesen Fehler bereue ich noch immer als den größten meines Lebens. Ich hätte es ihr gleich sagen sollen.«

Clara sah ihn an. So hatte sie doch recht, Zainer war ihr gut und wollte mit ihr leben. Sie war nur erstaunt darüber, dass er es schon so lange wollte. Kurz flackerte in ihrem Kopf ein Bild auf von sich, wie sie in einem fremden Häuschen in einer anderen Stadt saß, ein kleines Kind auf dem Schoß und Zainer, der zur Tür hereinkam und ihr zulächelte. Wäre das ihr Leben gewesen? Wäre sie glücklicher geworden?

Zainer drehte sich zu ihr, fasste vorsichtig die Finger ihrer Hände, als würde er in jede Hand ein ganz zerbrechliches Glas aus Venedig nehmen, und dann fragte er sie. Sie hat es kommen sehen.

»Ich will nicht länger bereuen, dich damals nicht gefragt zu haben. Ich frage dich jetzt: Wollen wir, liebe Clara, uns zusammentun? Wir werden älter, wir mögen einander, wir können uns Freude und Stütze sein, Freunde sind wir schon lange. Willst du mit mir die Ehe schließen?«

Für Zainer ist das eine lange Rede.

Clara schluckt und dreht den Kopf zur Seite, blickt hinüber ins Dorf. Sie sieht Barthel, der lacht und die Karten triumphierend in die Mitte des kleinen Kreises wirft. Wie ein kleiner Junge wirkt er. Seit über zwanzig Jahren leben sie gut miteinander. Bärbel kommt vorbei und Änne, Valentin Eber und Hermann Schedel und natürlich oft und gern Zainer, dem nach einem langen Arbeitstag in der Offizin zu Hause niemand Gesellschaft leistet und der sich seit den ersten Treffen mit Clara angewöhnt hat, abends des Öfteren auf einen Trunk bei ihnen vorbeizuschauen. Sie sieht Veronika, die Peter am Bauch kitzelt, und Leonhard, der im Gras liegt, mit den Füßen wippt und auf einem Grashalm kauend seine beiden Lieben beobachtet. Sie sieht Afra, die am Flussufer die Messer im Wasser abspült, das glitzernd in der Nachmittagssonne an ihr vorüberströmt.

So spaziert ihr Leben dahin, so angenehm plätschernd wie die sanft dahinfließende Singold. Was würde Barthel sagen, wenn sie Zainers Angebot annähme und auszöge? Mit einem Mal sieht sie ihn, wie er damals am Küchentisch saß, den Kopf in den Händen und die Schultern bebend.

Oktober 1457

In jenem Herbst brach die Heimsuchung doch über Augsburg herein, obwohl sich viele Augsburger von den Wellen der Pest und anderen schlimmen Krankheiten oft verschont fühlten. Feiste Ratsherren lobten sich selbst, als wäre es ihr Verdienst, dass die nächstgrößere Stadt, gleich in welcher Richtung, mehr als drei Reisetage entfernt läge und nur die gesunden Reisenden die Tore der Stadt erreichen könnten. Die Zunftmeister pflichteten ihnen bei, die das frische Lechwasser rühmten, das ständig die Straßen Augsburg durchspüle, von Unrat reinige und die krank machende Luft mit sich fort trüge.

Und doch häuften sich in jenem Jahr gegen Ende September, besonders nach der Michaelidult, die Krankmeldungen, die Spitäler füllten sich, und der Stadtarzt ordnete zusammen mit dem Rat rasch Maßnahmen an: Die Stadttore wurden geschlossen, aus den Pesthäusern durfte keiner mehr heraus, der einmal drinnen war, und es wurden große Feuer aus Wacholderholz in den Straßen angezündet, die Tag und Nacht zu brennen hatten. Die Augsburger schlichen nunmehr in lange Mäntel gehüllt mit Tüchern vor dem Gesicht zum Bäcker oder zur Metzg. Sie versorgten sich, so gut es ging, aus eigenen Vorräten, und kein Fest, kein Tanz, kein Rat und kein Zunfttreffen fanden mehr statt. Mit einem Mal war jeder des anderen Feind und jede Begegnung eine Gefahr, und es wurde gebetet, bis die Rosenkranzperlen abgegriffen waren. Nur die Ärzte mit den Pestmasken, die Pfarrer mit den Pestglöckchen und die Totengräber mit den Bahren gingen von Haus zu Haus, suchten nach dem Zeichen an der Tür, das ihnen zeigte, wo ein Kranker, Sterbender oder Toter lag, und wagten sich mehr oder weniger bereitwillig in die Stuben.

An jenem traurigen Tag blieben die beiden Mädchen Veronika und Margarethe den ganzen Tag zu Hause. Sie vergnügten sich mit dem jungen Kätzchen, das sie neulich bekommen hatten, spielten Fadenspiele und wiegten ihre Puppen. Zuerst bekam Gretlein Fieber. Ennelin blieb bei ihr über Nacht und wusch den kleinen kranken Körper mit Essigwasser ab. Sie gab ihr Blutwurz und Theriak, aber das Fieber sank nicht. Als Clara am Morgen in das Zimmer der beiden kam, lag das Mädchen tot und bleich im Bett und Ennelin mit hohem Fieber neben ihr. Es dauerte nur bis zum Abend, dann war auch Ennelin gestorben.

Als die Totengräber beide Leichname am frühen nächsten Morgen wegbrachten, saß Barthel am Tisch, blickte sich nicht um und weinte still. Clara sprach die nötigen Gebete, doch sie wusste auch nicht, wie eine so kurze Totenwache zu halten war. Veronika musste in ihrer Kammer bleiben, damit sie möglichst wenig mit den beiden Toten in Berührung kam. Veronika weinte nicht still, sondern schrie ihren Protest laut heraus. Sie verstand nicht, warum sie nicht zu Gretlein durfte und in die Kammer gesperrt war. Sie hatte doch nichts Böses getan, nur Gretlein auf die Finger gehauen, als diese mit der Katze spielen wollte, vielleicht ein bisschen fest. Sie war selbst erschrocken über die weißen Abbilder ihrer eigenen Finger auf dem roten Händchen Gretleins. Aber warum wurde sie stundenlang eingesperrt? Deswegen? Das war ungerecht. Alle hörten ihre Rufe und ihr wütendes Weinen, aber niemand holte sie heraus.

Keine Trauerfeier und kein Geleit stützten Barthel, Clara und Veronika. Gretlein und Ennelin waren einfach weg. Als nach einem weiteren Tag, den Veronika allein in der Kammer verbrachte, klar war, dass keiner von ihnen sich mit der Pest angesteckt hatte, durfte Veronika wieder in die Küche. Sie sah nur graue Gesichter um sich herum. Erst allmählich wurde ihr klar, dass Gretlein gegangen war, und Ennelin mit ihr, und dass sie nie mehr zurückkehren würden.

Tagelang sprach Barthel kein Wort. Sehr zögerlich, mit dem Abklingen der Pestwelle nach einigen Wochen, kehrte er über seine Arbeit ins Leben zurück, denn seine Aufgaben als kaiserlicher Notar musste er versehen. Oft blickte er Veronika und Clara stumm an. Clara verstand das als Vorwurf und konnte ihn nicht entkräften. Warum nur, warum waren seine Frau und sein Kind gestorben und die Schwester und deren Kind verschont? Warum war es nicht andersherum? Niemals hätte er diese Worte ausgesprochen, aber sie waren lesbar in seinen Augen, machten sich laut über sein Schluchzen und standen geschrieben in seinem zermürbten Gesicht.

Bis zu diesem Pestjahr fühlte sich Clara gut aufgehoben in ihrem Elternhaus, beim Bruder und dessen liebevoller Frau. Sie konnte dankbar sein für das großzügige Verzeihen bei ihrer Rückkehr und zahlte zurück mit Treue und Fleiß. Sie schrieb Schriftstücke für Barthel ab, fertigte Kopien aller möglichen Schriften für seine Kunden an, den Klerus und die reicheren Bürger, und half Ennelin und Afra beim Nähen, Besorgen und Versorgen der beiden Mädchen.

Mit Ennelins und Gretleins Tod schlug ihre Dankbarkeit um in Schuldgefühle. Barthel hatte das nicht verdient, das nicht. Eher hatte sie es verdient, als Sünderin, die sie war. Jeden Nachmittag ging sie zum Kloster Maria Stern und betete zur Maria, die so gütig herabschaute auf die Betende und das Kind auf ihrem Arm ein wenig nach vorn streckte, als wolle sie es darreichen, als wolle sie sagen *›Hier nimm meinen Sohn, als Trost für alles, was dir widerfahren ist.‹*

Mit den Monaten und Jahren wuchs Schorf über Barthels Wunde, und Clara salbte sie mit Freundlichkeit und Hingabe.

Niemals sprach Barthel seinen Vorwurf aus, niemals war Clara versucht, ihn danach zu fragen.

Mai 1471

Immer noch betrachtet Clara das Gewimmel im Dorf. Gerade sieht sie nur noch Farbkleckse, rote, grüne, blaue und silberne. Sie wischt sich mit beiden Daumen über die feuchten Augen.

Von hier oben sieht sie, wie Leonhard den Kleinen auf den Arm nimmt und sich zu Barthel beugt, wie das Kind lachend in Barthels Haaren zaust, der überrascht nach oben blickt und fröhlich nach den Händchen des Kindes greift.

Zainer folgt Claras Blick. Clara sieht ihn von der Seite an und schüttelt den Kopf. Er nickt bedächtig, setzt sich sein Barett auf und dreht sich zum Gehen um. Dann stockt er, streckt den Arm nach hinten und ergreift ihre Hand. Gemeinsam gehen sie zurück ins Dorf.

Die Schrift

1476

Wann es mir klarwurde, dass sie meine Mutter war, weiß ich noch ganz genau. Geahnt, oder eher gefühlt, hatte ich es schon lange. Sie hütete mich als Kind, versorgte mich und saß bei mir am Bett, wenn ich krank war. Immer war sie da, immer schon. Auch Ennelin war da, die ich Mutter nannte, aber nicht so oft, denn Ennelin starb schon, da war ich noch keine acht Jahre alt. Ich hab um sie als meine Mutter getrauert und um meine Schwester, das Gretle, aber ich wurde getröstet, denn es gab Clara, die immer da war, wenn ich mir weh tat, wenn ich krank war, wenn mit mir geschimpft wurde, wenn ich gelobt werden musste, wenn ich um Ennelin weinte und ums Gretle.

Es waren andere, kaum merkliche Zeichen. Wie sie mir über den Kopf strich und mich ansah, als ich meine Schürze das erste Mal selbst gebunden hatte. Wie sie mit mir schimpfte, als ich beim Steinehüpfen die Milchkanne umstieß. Wie sie mit Änne über mich redete, wenn sie glaubte, ich sei auf der Bank schon eingeschlafen. Wie wenig sie mit Barthel über mich redete. Barthel war ein guter Vater, und als ich mit zwölf Jahren sicher wusste, dass sie meine Mutter und er deswegen nicht mein Vater, sondern mein Onkel war, hat es mich mehr gekostet, ihn fortan als Onkel zu sehen, denn sie als Mutter.

An jenem Tag, als ich zwölf war, verriet sie sich. Vielleicht hatte sie das all die Jahre gefürchtet, dass einmal der Tag kommen würde, an dem es passiert. Sie sprach nicht viel mit Nachbarinnen und Verwandten, nicht viel mehr als über das Wetter und den Brotpreis. Aber mit Änne führte sie lebhafte Unterhaltungen über Gott und die Welt, über ihre Schreibarbeit ebenso wie über die Frauen, die von Änne betreut wurden.

Ich weiß es noch wie heute: Ich saß auf der Ofenbank und nähte einen ausgerissenen Saum um. Die beiden beachteten mich nicht weiter. Änne erzählte: »Die Melcherin tut sich schwer, sie schnauft so viel, das gefällt mir nicht. Der Bauch ist zu hoch und senkt sich nicht. Wenn sie noch mehr zunimmt, kann das schlimm für Mutter und Kind enden.«

»Aber ich hatte doch auch Beschwerden beim Atmen, als ich schwanger war, was ist daran so ungewöhnlich?«

Ich sah auf und sagte: »Als du schwanger warst? Wann warst du schwanger, Tante?«

Es war, als hätte ich auf dieses letzte Stückchen gewartet, als würde nun alles ineinandergreifen, wie die Zahnräder von der großen Uhr am Perlachturm ging ein Rad um eine Zinke weiter, und eine helle Glocke schlug in mir an. Ich hatte so schnell gefragt, dass ich es selbst erst merkte, als die Wörter schon heraus waren.

Änne sog scharf die Luft ein, Clara wurde krebsrot im Gesicht. Niemand sagte etwas. Dass sogar Änne stillschwieg, ließ mich den nächsten Satz sagen:

»Mit mir, oder?«

Clara senkte das Kinn auf die Brust, aber es fehlte ihr der Mut, es zum Nicken wieder zu heben. Dass sie damals nicht nicken konnte, ärgerte mich mehr als ihr jahrelanges Täuschen davor und ihr beharrliches Schweigen danach. Ich stand auf, legte das Nähzeug auf den Tisch und ging zur Tür hinaus in den Garten.

Noch nie war ich so wütend auf Clara.

Auf der Bank unter dem Apfelbaum warf ich Steinchen auf das Regenfass, als nach einiger Zeit Änne zu mir kam.

»Du bist zornig, oder?«

»Nein, es ist in Ordnung, wenn man sein Leben lang belogen wird.«

»Sei nicht verdreht. Es ging nicht anders.«

Änne schwieg. Ich auch.

»Was war mit Clara?«

Änne seufzte tief. Dann schüttelte sie den Kopf.

»Ich werd dir nicht alles sagen. Frag sie selbst. Aber es gab keine andere Lösung.«

»Was für ein Versteckspiel habt ihr mit mir gespielt?«

»Clara war allein auf der Welt, mit dir. Sie hatte nur noch den Barthel. Ennelin war zur selben Zeit schwanger. Ihr seid nur mit ein paar Wochen Abstand geboren. Da haben wir euch als Zwillinge ausgegeben, aus einer guten Ehe. Allein hätte Clara keine Chance im Leben gehabt. Und du vielleicht auch nicht. Es war im Übrigen meine Idee. Wenn du also auf jemanden wütend sein willst, nimm mich.«

Dass die Erklärungen aus Ännes Mund so selbstverständlich und so zwingend klangen, machte meinen Zorn nur größer.

»Ihr hättet mir das sagen müssen. Ihr habt alle gelogen. Wie das ist, wenn einen die Liebsten ein Leben lang belügen …«

»Wann hätten wir es dir sagen sollen? Als du so klein warst, dass du dich verplappert hättest? Als Ennelin starb, warst du erst acht. Die Gefahr war zu groß.«

Die Steinchen prallten mit dumpfem Scheppern gegen das hohle Fass.

»Wer … wer ist mein Vater?«

»Frag sie.«

Änne stand auf und strich ihren Rock glatt.

Ich fragte sie nicht, dazu war ich viel zu wütend. Ich dachte nach. Und allmählich setzte sich alles zu einem Bild zusammen.

Ich erinnere mich noch genau, wie ich mich an ihren Rock drückte, als wir eines Tages um den Dom gingen und plötzlich ein großer, schlanker Mann mit grauen Augen vor mir stand. Das mit den grauen Augen weiß ich noch, weil ich selbst graue Augen habe und man mir oft sagt, dass das selten sei. Ich war vielleicht fünf oder sechs. Aus Unbehagen drückte ich mich an Claras

Rock, weil sie sich nicht grüßten, wie es sonst üblich war, wenn sich zwei Augsburger trafen, und weil er zurückwich, als er mir kurz in die Augen sah.

»Wie geht es dir, Clara?«, fragte er.

Nun sah er weder sie noch mich an, sondern seine Stiefelspitzen.

»Gut.«

»Wer ist das?«

Er wies mit der Kinnspitze auf mich.

»Meine Nichte.«

Er nickte, aber mit dem Kinn von unten nach oben. Ein Nicken, das Zweifel ausdrückte.

»So.«

»Gehab dich wohl«, sagte Clara, sehr kalt und sehr angespannt, und zog mich an der Hand fort.

Ich schaute zurück, und er sah mir nach. Mir, nicht ihr.

Von da an habe ich ihn öfter auf der Straße gesehen, noch ohne zu ahnen, wer er ist.

Als es mir klarwurde, mit zwölf im Garten beim Fass, traf ich eine Entscheidung. Zuerst aus Trotz beschloss ich, es niemandem zu sagen und nichts zu ändern. Sollten sie doch selbst mit ihren Lügen klarkommen. Ich würde sie nichts mehr dazu fragen. Ich wusste genug. Wenn ich ehrlich bin, heute, doppelt so alt wie damals, dann muss ich eingestehen, dass sich auch Angst unter den Trotz mischte. Nicht gerade wenig Angst vor dem, was kommen mochte, wenn ich davon erzählte.

Dennoch brachte ich vorsichtig in Erfahrung, wer er war, ohne selbst Erkundigungen einzuholen. Ich hörte einfach zu. So groß ist Augsburg nicht.

Als Clara auf dem Sterbebett lag, erzählte sie mir endlich alles. Die ganze Geschichte mit ihrer großen Reise und wie sie verlassen wurde. Wie sie bei Änne lebte und später mit Barthel und Ennelin im Elternhaus. Auch, dass sie ihm nicht verzeihen könne, nicht einmal in ihrer letzten Stunde. Sie sagte: »Er ist mir etwas schuldig. Er ist mir schuldig, dass mich mein Kind nie Mutter nennen durfte.«

Ich wollte protestieren und machte den Mund auf. Für sie und mich war doch da schon alles klar, es spielte doch keine Rolle mehr, ob ich Tante oder Mutter zu ihr sagte. Aber ich hielt inne. Doch, es war eine Lüge gewesen, ihr halbes Leben lang musste sie lügen und sich verstellen, weil er zu feige war und sie damals in Mainz zurückgelassen hatte.

Sie hustete. Dann nahm sie meine Hand und sagte leise: »Vroni, in meiner Truhe ist mein Erbe. Nimm es und tu damit, was du willst. Ich wollte immer etwas zurücklassen auf dieser Erde, etwas, das die Menschen an mich erinnert, etwas, das fester ist als das ganze Papier, das ich mein Leben lang beschrieben habe, und nicht so flüchtig wie die Buchstaben darauf. Aber das ist nun auch gleichgültig. Ich bin nur froh, dass ich dich hatte, dich in meinem Leben.«

Dann weinte sie und strich mir über den Kopf, denn ich hatte ihn auf ihre Brust gelegt und weinte auch.

Als alles vorbei war und Clara im Grab, als meine Tränen getrocknet waren und Änne wieder in den westlichen Wäldern war, ging ich eines Nachmittags zur Truhe und öffnete sie. In Leinen gewickelt lagen kleine Stücke aus Eisen. Ich wickelte eines aus, es fiel mir in die Hand. Es war ein länglicher Stab, viel kleiner als ein Finger, und am Ende verdickt. Dort war ein Buchstabe zu erkennen, aber verkehrt, wie im Spiegel. Es war ein M. Ich zählte mehr als fünfzig verschiedene Buchstaben, und das waren noch nicht alle. Diese Eisenstücke brauchte man zum Drucken, ja, das hatte ich beim Zainer schon mal gesehen, in großen Kästen mit vielen Fächern lagen Hunderte dieser Stifte. Es war eine Schrift, eine Schrift, die sie geschnitten hatte, ohne jemandem davon zu erzählen. Wann hatte sie das gemacht? Sie musste die kleinen Nägel aus Stahl mit den Buchstaben obenauf einzeln, nach und nach, bei den Schmieden in der Schlossgasse geschnitten haben. Ich hatte es nie bemerkt.

Eine Weile saß ich da und überlegte, was ich nun tun sollte. In unserem Rechenkontor war kein Platz für ein Druckwerk, Leonhard und ich konnten nicht drucken und hatten auch keine Kundschaft, die das gebraucht hätte. In den Offizinen der Stadt arbeiteten Silberschmiede, Schreiner, Drucker und Setzer, es waren riesige Werkstätten voller großer Geräte aus Holz und Eisen, voller Menschen, Bottiche und Bretter, voller Papier und Pergament. In unserem Kontor waren zwei große Rechentische, Waagen und Gewichte, einige Bücher, Tafeln und Stifte. Der Raum war nicht größer als eine gewöhnliche Küche, und Leonhard und ich waren die Einzigen, die darin arbeiteten. Was sollten wir mit einer Schrift? Mir fiel einer ein, dem ich die Patrizen geben könnte.

Ein paar Tage später nahm ich das A, das M und das S und besuchte Günter Zainer. Er war mit verquollenen Augen bei der Leich dabei gewesen. Mittlerweile wusste ich nun auch, wie eng er Mutter verbunden war, dass er neben Änne und Barthel der Einzige war, der alles wusste. Bei ihm wäre die Schrift in guten Händen. Er zeigte mir voller Stolz die ersten Blätter seiner Bibel.

Aber die Schrift wollte er nicht nehmen.

»Das wär nicht recht«, sagte er. »Ich hab selbst eine Schrift geschnitten und die Antiqua gekauft, ich will jetzt damit drucken. Claras Schrift ist sehr schön und gut gemacht. Bring sie zu jemanden, der das zu schätzen weiß.«

Es dauerte noch viele Tage, bis ich mich dazu entschließen konnte, den anderen Drucker aufzusuchen.

Eines Morgens packte ich wieder das A, das M und das S ein und ging in die Offizin von Johann Bämler. Er war jetzt schon über fünfzig Jahre alt, aber immer noch ein schöner Mann. Er hatte nicht den dicken Bauch der Ratsherren bekommen und nicht das schüttere Haar der Pfaffen, nur grau war es geworden. Als man mich in seine Stube ließ, blickte er von einem großen Buch auf. Er hatte Pinsel und Farbtöpfe vor sich. Er musterte mich lange, kniff die Augen zusammen, so dass die Falten drumherum tiefer wurden und seine Augen noch weiter in die Höhlen sanken. Sein Blick brauchte lange, um mich zu erkennen, vielleicht, weil er sonst nur feine, nahe Dinge betrachtete.

»Du bist die Veronika«, sagte er, »die Veronika Hätzlerin.«

»Ja.«

»Was führt dich zu mir?«

Ich weiß nicht, ob ich es mir einbildete, weil ich es gern gehabt hätte, aber er sah traurig aus. Er lächelte nicht, aber die Stimme war sanft, als spräche er zu einer Kranken. Das war nicht, was ich wollte, dass er mich wie ein wundes Tier behandelte oder, schlimmer noch, wie ein kleines Kind.

»Sie hat dir nicht verziehen«, sagte ich und sah ihm fest in die Augen.

Er seufzte und blickte auf das Buch, das vor ihm auf dem Tisch lag.

»Kann ich mir denken«, murmelte er. »Ich hab es mir auch nicht verziehen.«

Ich schwieg. Es war gar kein gutes Gefühl, ihm einen Vorwurf zu machen. Ich hatte es mir anders vorgestellt.

Er fragte: »Und du?«

»Ich? Ich hab dich nicht gebraucht. Barthel ist mein Vater. Ein guter Vater.«

»Ja, der Barthel. Ich hab immer gewusst, dass er es weiß. Er hat mich immer böse angeschaut und mich gemieden, wo es ging. Er hat mir auch seiner Lebtag keinen Gefallen getan. Aber sag, was willst du jetzt von mir?«

Ich stand auf und packte die drei Patrizen aus. Er nahm sie in die Hand und schaute sich die Stirnseite mit den Buchstaben genau an.

»Oh«, es war fast ein Stöhnen. »Claras Schrift.«

Ich war erstaunt.

»Woher weißt du, dass sie eine Schrift gemacht hat?«

»Nein, nein, ich erkenne nur ihre Schrift, ihre Art, die Buchstaben zu schwingen. Sie hat die Patrizen gemacht, nicht wahr?«

»Ja. Über fünfzig Stück davon.«

»Das ist einiges wert«, sagte er vorsichtig.

»Willst du die Schrift?«, fragte ich. »Ich geb sie dir. Du kannst nicht viel erwarten von unserer Familie, vom Barthel nicht und von mir auch nicht, aber schließlich bist du …«, ich zögerte. In letzter Zeit gab es so viele Wörter, die ich noch nie in meinem Leben ausgesprochen hatte.

Er nickte sehr langsam.

»Die Schrift ist gut, wenn ich das an den ersten drei Patrizen sehen kann. Sie passt zu ihr – und zu mir. Ich kauf sie dir ab.«

»Ich will kein Geld von dir.«

Er hob fragend die Augenbrauen, fast ein bisschen erschreckt. Da wurde mir klar, dass er meinen Satz so verstand, dass ich andere Ansprüche an ihn erheben könnte.

»Ich will gar nichts von dir. Bin mein Leben lang ohne dich zurechtgekommen. Nimm du die Schrift, aber ich bitte dich um eins: Halte Claras Andenken wach, nutze die Schrift und verbreite sie, mach Abdrücke davon oder wie auch immer ihr Drucker sie vervielfältigt, drucke damit und gib sie anderen. Clara wollte etwas hinterlassen, was ihr Leben überdauert. Die Buchstaben in den Büchern sollen ihre Spuren sein. Nimm die Schrift und druck damit. Das ist alles, was ich will.«

Nachwort

Von den Personen, die in dieser Geschichte eine wichtige Rolle spielen, habe ich nur Afra, Änne, Ennelin und Gretl, Tante Irmel und Schwager Ulrich, den Vater Johann Bämler sowie die Magd Els und Michel aus Friedberg erfunden. Claras Mutter hat ihren Vornamen von mir bekommen, ebenso ihr Enkelsohn, der kleine Peter. Alle anderen handelnden Personen, ob Johann Bämler, Günter Zainer, Jörg Roggenburg, Barbara Peutinger, Barbara Bäsinger, die Fugger-Brüder, Doktor Hartlieb, der Richter Hans Ebran von Wildenberg und sein Schreiber Mornauer, Gutenberg, Fust und Schöffer, Mentelin und Berthold Ruppel wirkten zu Claras Lebzeiten. Die bekannten Daten und Fakten ihres Lebens habe ich mit dem verwoben, was wir über Clara Hätzlerin wissen, und die Leerstellen mit dem befüllt, wie es hätte gewesen sein können. Einzig die Geschichte von Hans von Hoy könnte sich im Jahr 1423, nach anderen Quellen im Jahr 1455 abgespielt haben und wurde von mir in das Jahr 1444 gelegt. Das »Landshuter Abenteuer« von 1467 wird in zwei Chroniken erwähnt. Barbara Bäsingers Lebensdaten, die Geburts- und Sterbedaten ihrer Kinder sind verbürgt.

An seiner Wirkmacht gemessen sind die Quellen zu den Ereignissen im Leben Johannes Gutenbergs, immerhin zum Mann des Milleniums gekürt, nur spärlich. Über weite Strecken seines Lebens können die Historiker nicht einmal seinen Aufenthaltsort bestimmen. Vieles über die Erfindung des Buchdrucks folgern die Forscher aus den technischen Möglichkeiten und jüngeren Quellen. Aus seiner Zeit ist kaum Material herübergekommen, mit

Ausnahme der wunderschönen und bis heute unerreichten Gutenberg-Bibeln.

Auch was wir über Clara Hätzlerin wissen, füllt keine halbe Seite, und doch liegen neun ihrer Handschriften, vor fast 600 Jahren entstanden, wohlverwahrt in europäischen Bibliotheken. Ihre akkurate Schreibweise macht sie mittlerweile zum »Eichmaß« in der Handschriftenforschung.

Am meisten überraschte mich bei der Recherche, wie vielfältig weibliches Leben im fünfzehnten Jahrhundert war, wie umfassend Frauen am wirtschaftlichen Leben teilhatten, wie wirkungsvoll ihr Handeln in einigen Fällen war und wie wenig wir heute darüber wissen.

Man denke nur an die Entscheidungen der Barbara Bäsingerin und ihre Bedeutung für den Aufstieg ihres Sohnes Jakob Fugger zum »reichsten Mann der Welt«. In der Chronik der Fugger-Familie wird sie nicht erwähnt.

Auch Clara machten die Historiker des 19. Jahrhunderts kurzerhand zur Nonne, einer Bürgerstochter trauten sie offensichtlich das Leben einer selbständigen, ledigen Frau nicht zu.

Darum wollte ich Clara Hätzlerin und ihre Weggefährtinnen und Weggefährten zum Leben erwecken: um zu zeigen, wie es hätte gewesen sein können.

Danke

Es war gar nicht so einfach herauszufinden, wie ein gewöhnlicher Mensch in einer süddeutschen Stadt im fünfzehnten Jahrhundert lebte. Geholfen haben mir dabei »Alltag im Spätmittelalter« von Harry Kühnel, »Feste und Bräuche aus Mittelalter und Renaissance – Die Augsburger Monatsbilder« sowie »Kurzweil viel ohn' Maß und Ziel«, beide herausgegeben vom Deutschen Historischen Museum. Einige Motive der Monatsbilder finden sich in den Szenen des Buches. Ein besonderer Schatz war das Sammelwerk »Gutenberg aventur und kunst«, herausgegeben von der Stadt Mainz zum 600. Geburtstag von Johannes Gutenberg. Es gibt noch sehr viele Forscher und Historiker, in deren Werken ich wertvolle Details zum Alltag, zur Kunst des Schreibens und Druckens, zu den Menschen Augsburgs im 15. Jahrhundert fand.

Prof. Dr. Racha Kirakosian von der Universität Freiburg gab mir als eine der ersten Leserinnen in einer frühen Phase wichtige Hinweise für die Erzählperspektive und Haltung der Autorin. Ich danke ihr sehr für diese wichtigen Impulse.

Besonderer Dank geht an Dr. Nino Nanobashvili vom Gutenberg-Museum in Mainz für das intensive Gespräch und die zahlreichen Hinweise.

Es war ein unvergessliches Erlebnis, im Nationalmuseum in Prag das Liederbuch der Clara Hätzlerin vor Augen zu haben, ihre schreibende Hand förmlich zu fühlen und ihr so nah zu sein, wie es nach über fünfhundert Jahren nur irgendwie geht. Dafür danke ich dem Kurator Dr. Richard Šípek von Herzen.

Ein großes Dankeschön an Frau Dr. Cordelia Borchardt für den herzlichen Empfang im »Netz« der Fischer-Verlage und an Herrn Hans Christian Rohr für das behutsame Lektorat.

Danke an Christian Sauer für seine Hilfe auf dem Weg zur Veröffentlichung und an Carmen, Pauline, Ghislaine und Lothar für ihren Rat und ihre Zugewandtheit. Besonderen Dank meiner Mutter, meiner Tochter und meinem Mann, den besten Lesern, die ein Mensch nur haben kann.

Personenverzeichnis

AUGSBURG

Clara Hätzlerin, Schreiberin, ca. 1430–1476
Bartholomäus Hätzler, Kaiserlicher Notar, genannt Barthel, Claras Bruder, ca. 1430–1494
Bartholomäus Hätzler, Notarius Publicus, Claras Vater, gestorben 1444
Bertha Hätzlerin, Claras Mutter*
Afra, Magd im Hätzler'schen Haus*
Änne, Hebamme, eine Freundin der Familie*
Ennelin, Barthels Frau*
Veronika, Barthels und Ennelins Tochter
Gretl, Barthels und Ennelins Tochter*
Leonhard Pfister, Ehemann von Veronika
Peter, Leonhards und Veronikas Sohn*
Irmel, Schwester von Claras Mutter*
Ulrich Mangolt, Schwager von Claras Mutter*
Appollonia, deren Tochter*

Jakob Fugger der Ältere, Goldschmied und Kaufmann, 1398–1469
Barbara Bäsingerin, Ehefrau des Jakob Fugger des Älteren, 1419–1497
Andreas Fugger, Goldschmied und Kaufmann, 1394–1457
Barbara Stammlerin, Ehefrau des Andreas Fugger, 1415–1476
Felicitas Fugger, Frau des Jörg Roggenburg und Tochter von Andreas Fugger und Barbara Stammlerin, geboren ca. 1444

Jörg Roggenburg, Kaufmann, ca. 1440–1475
Franz Bäsinger, Vater der Barbara Bäsingerin, 1390–1467
Dorothea Seidenschwanz, seine Frau, 1396–1467

Johann Bämler der Ältere, Rubrikator und Illustrator*
Johann Bämler der Jüngere, Rubrikator, Illustrator, Drucker, 1425–1503

Markgraf Albrecht Achilles von Ansbach, Landesfürst, 1414–1486
Bartholomäus Welser, Bürgermeister, 1484–1561
Andres Frickinger, Patrizier und Bürgermeister
Ulrich Schwarz, Zimmermann und Bürgermeister, gehenkt 1478
Oswald Horch, Stadtschreiber und Freund von Bartholomäus Hätzler
Johannes Widmann, Bischöflicher Notar
Hans von Hoy, Kaufmann
Valentin Eber, Stadtschreiber, ca. 1420–1470
Doktor Johann Hartlieb aus München, ca. 1400–1468
Barbara Peutinger, genannt Bärbel, Claras Freundin, 1425–1494
Ulrich Hochstätter, Kaufmann, Ehemann von Bärbel, 1422–1497
Konrad Peutinger, Neffe von Bärbel, später Gelehrter und Politiker, 1465–1547

LANDSHUT

Alexander Mornauer, Stadtschreiber in Landshut, 1438–1490
Hans Ebran von Wildenberg, Richter in Landshut, 1426–ca. 1503
Glatzkopff, Angeklagter, gestorben 1467
Heinrich Erlenbach, ehemals Stadtschreiber von Augsburg, später in Landshut

MAINZ

Günter Zainer, Fahrender Händler, später Drucker in Augsburg, gestorben 1478

Berthold Ruppel, Werkstattleiter bei Gutenberg, später bei Mentelin, gestorben vor 1495

Johannes Gutenberg, auch Henn Gensfleisch, Unternehmer und Erfinder, ca. 1400 bis 1468

Johannes Fust, Anwalt und Investor, ca. 1400–1466

Peter Schöffer, Kalligraph und Erfinder, ca. 1425–ca. 1503

Els, Magd in der Gutenberg'schen Werkstatt*

Michel aus Friedberg, Feinschmied in der Gutenberg'schen Werkstatt*

Johannes Mentelin, Rubrikator und Kalligraph aus Straßburg, 1410–1478

(Personen mit * sind von der Autorin erfunden)

Peter Prange

Ich, Maximilian, Kaiser der Welt

Historischer Roman

Band 19819

Er wird einmal über halb Europa herrschen – doch als er seiner Lebensliebe Rosina begegnet, ist er nur der »Bettelprinz« am Wiener Hof. Angetrieben von seiner Idee, das römisch-deutsche Kaiserreich wiederaufzurichten, wirbt er um Maria, die Erbin von Burgund. Fortan wird er ein Zerrissener sein in der Liebe zu zwei Frauen und im Zwiespalt zwischen Macht und Leidenschaft. Wie in einem Brennglas verdichtet sich im Schicksal des Tat- und Prachtmenschen Maximilian die Welt im Umbruch vom Mittelalter zur Renaissance.

»Peter Pranges Buch bietet viel: spannende Geschichte, große Gefühle – und sogar Fakten!«

Stern

fi 19819 / 1

Sabine Weigand

Das Buch der Königin

Historischer Roman

Band 19701

Erbin, Mutter, Rebellin: der große Roman um Königin Konstanze, die heimliche Schlüsselfigur der Stauferdynastie. Es ist die berühmteste Geburtsszene des Mittelalters: Konstanze, Frau des deutschen Kaisers Heinrich VI., vierzigjährig, als unfruchtbar verschrien, hochschwanger. Sie bringt ihren Sohn öffentlich, auf dem Marktplatz von Jesi, zur Welt. Die Nachwelt kennt sie als Mutter des Stauferkaisers Friedrich II. Aber welcher Weg liegt wirklich hinter Konstanze von Sizilien? Wem gehört ihre Treue: ihrer Heimat Sizilien oder ihrem Mann, dessen Grausamkeit sie entsetzt?

»Meisterhaft gelingt Sabine Weigand, worum
sich so mancher Historiker vergeblich bemüht:
Geschichte erlebbar zu machen.«
Claudia Urbasek, Nürnberger Zeitung

fi 19701 / 1

Sabine Weigand

Das Perlenmedaillon

Roman

Band 16359

Gegen ihren Willen muss Helena den Patrizier Konrad Heller heiraten. Doch eine verbotene Liebe verbindet sie mit dem Goldschmied Niklas. Nur die Briefe, die Niklas ihr über den jungen Maler Albrecht Dürer aus Venedig schickt, geben ihr noch Hoffnung – und das Perlenmedaillon, das sie zu Anna, der Hure, führt.

Mit Annas Hilfe wagt Helena das Unerhörte: sie begehrt gegen ihren Mann auf, ruft den Nürnberger Rat an. Und Niklas, der in Venedig das Geheimnis des Diamantschleifens entdeckt hat, macht sich auf den Weg zu ihr. Kann sie ihr Schicksal wenden?

Die wahre Geschichte der Helena Heller zwischen Venedig und Nürnberg – der große Roman von Sabine Weigand.

»Liebe, Schmuggel und andere Abenteuer:
Dieses Buch ist das Schmuckstück unter den
Historienromanen.«
Für Sie

»Ein absolutes Muss
für Freunde historischer Romane«
3sat/nano

Fischer Taschenbuch Verlag

fi 16359 / 1